短歌俳句 愛情表現辞典

大岡 信 監修

遊子館

短歌　俳句　愛情表現辞典

監修のことば

本シリーズは、大岡信監修『日本うたことば表現辞典』全九巻「植物編（上・下）」「動物編」「叙景編」「恋愛編」「生活編（上・下）」「狂歌川柳編（上・下）」（B5判）を再編集し、新書名をほどこしたものである。読者の「よりハンディーに」「より実作に便利なものに」との要望にこたえ、造本は携帯しやすいコンパクトなB6判・合成樹脂表紙となり、内容編成についても、「植物編」「動物編」「叙景編」「生活編」は総五十音順構成から歳時記構成（春、夏、秋、冬、新年、四季）へと大巾な再編集がほどこされている。「恋愛編」については「男歌」「女歌」の分類が、「狂歌川柳編」については、歳時記編のみを採択し、作品の追補がほどこされている。

新書名はそれぞれ『短歌俳句　植物表現辞典』『短歌俳句　動物表現辞典』『短歌俳句　自然表現辞典』『短歌俳句　生活表現辞典』『短歌俳句　愛情表現辞典』『狂歌川柳表現辞典』とした。

この書名には、日本独自の短詩型文学である「短歌」「俳句」「狂歌」「川柳」を、それぞれ独立した文学表現として捉えると共に、それぞれが連続し、または共鳴する文学表現である関係がしめされている。すなわち本シリーズでは、短歌・俳句を同一見出しに収録し、それぞれ万葉から現代にいたる作品が成立順に配列されている。これにより読者は、短歌と俳句の表現手法の変遷を見とることができ、歌語から俳語（季語）への捨象と結実、さらには、日本人の美意識の大河のごとき流れもうかがうことができる。

また、本シリーズには、俳句における季語がほぼ網羅されており、その意味でテーマ別の短歌俳句歳時記辞典となっている。さらに、「四季」の分類で、季語以外の見出しが豊富に収録されており、作品を通して、季語の成立とその概念を考える上でも十分参考になる。

第一巻の『植物表現辞典』には四季折々の植物の形・色・香りに寄せた多彩な作品が収録され、図版も豊富で、植物画辞典と見間違えるほどの紙面は、読者の眼を大いに楽しませるであろう。第二巻の『動物表現辞典』には、日本人の「鳥獣虫魚」に対する写実と共棲の眼差しが随所にうかがわれる。第三巻の『自然表現辞典』には、「叙景」を通した「叙情歌」のすぐれた作品群を見ることができる。第四巻の『生活表現辞典』には、一～三巻には収録されていない人事・宗教など生活万般の季語と作品が収録されている。さらに第五巻『愛情表現辞典』は、日本の詩歌作品の中心ともいうべき「叙情」、その核をなす「愛の歌」「恋愛の歌」に標準をあてており、読者は収録された作品を通して、万葉人の昔から現代に至るまで変わらない人間感情の大動脈を読みとることができよう。

最終巻の『狂歌川柳表現辞典』においても同様の編集がなされ、短歌・俳句の志向する「雅」に対し、笑いと機知、諧謔と風刺を主題とする「俗」の一大沃野を読みとることができる。読者は、「雅」に対する「俗」の中にも、人間性の全面的な開花があり、雅俗相俟って初めて、私たちの文学が全円的なものになるということを理解できるであろう。

以上のことから、本シリーズは、狂歌・川柳までをも包括した日本の短詩型文学を季語の分類に照応させ、さらに重要なテーマを追補した総合表現辞典として、また引例作品の博捜ぶりと配列の巧みさにおいて、それぞれの分野の研究者ならびに実作者にとって、有用かつ刺戟的な座右の書となるものと確信し、江湖に推奨したい。

二〇〇二年一〇月

監修者　大岡　信

目　次

男　歌

女　歌

一、本辞典には、古代から現代の「恋の歌」「愛情の歌」を「男歌」「女歌」の二章に分けて収録した。さらに「男歌」は「恋」の思い、「妻」への思い、「子・孫」への思い、「親」への思い、「父」への思い、「母」への思い、「兄弟・姉妹」への思い、「家族・祖父母・親戚」への思い、「友人・知人・師弟」への思い、「故郷・古里」への思いの一〇項目に分けた。「女歌」では、「妻」への思いを「夫」へ思いに変えたほかは、ほぼ同様の項目立てとした。

二、本辞典でいう「男歌」は、作者が男性の作品、「女歌」は女性の作品を基準としているが、作者不詳の歌については、作品の内容によりそれぞれに分類した。「男歌」「女歌」に分けることにより、読者は、各項目において、愛情表現における男女の感性の違いと共通点、さらには万葉から現代の日本人の様々な「愛」の系譜が窺えるものと思う。特に「子・孫」への思いの作品では、「父と子」「母と子」の感性の違い、愛情表現の違いが特徴的にあらわれているので参照されたい。

三、作品は、短歌、俳句の順に収録した。古代より近世（江戸時代）までの短歌は、歌語の歴史的変遷と類似性が理解しやすいように、歴史的仮名遣いの五十音順に配列した。明治以降の短歌ならびに俳句は、おおむね作者の生没年順に配列した。短歌・俳句の作品は「作品」「作者」「出典」の順に表記した。

（例）和歌・短歌

「恋」の思い

逢《あ》ふことのなきよりかねてつらければ
さてあらましにぬるゝ袖《そで》かな
相模・後拾遺和歌集一一（恋一）

「母」への思い

山ゆゑに笹竹《ささたけ》の子を食ひにけり
ははそはの母よははそはの母よ
斎藤茂吉・赤光

（例）俳句

「友人・知人・師弟」への思い

許六が木曾路におもむく時
旅人のこゝろにも似よ椎の花
芭蕉・続猿蓑

「故郷・古里」への思い

郷愁は梅雨の真昼の鶏鳴くとき
中村草田男・火の島

四、近世までの短歌には、さまざまな掛けことばや隠喩が詠み込まれているため内容が理解しにくいと思われるので、適宜〔大意〕〔注解〕を付した。また、古今和歌集ならびに新古今和歌集の「恋」部の作品には、それぞれの歌集にある〔分類〕を収録した。

五、近世までの短歌には、収録短歌の〔本歌〕〔参考歌〕を収録し、歌意と歌語の類似性と系統性が理解できるようにした。

六、短歌凡例

＊作品の用例・出典名は原則として『新編国歌大観』(角川書店)に拠り、本書表記凡例に従い適宜改めた。

＊勅撰集・私撰集からの短歌には、部立・巻数・作者名を適宜記載した。

＊私家集からの短歌には、出典を記載し、編・作者名を付記した。

＊百首歌、歌合からの短歌には、出典を記し、作者名の判明しているものは作者名を記載した。

＊物語中の短歌には、作品名を記載した。

＊贈答歌、長歌、旋頭歌などは、その旨を記載した。

＊近世以降の短歌は、作者名・出典名を記載した。

＊短歌作品は、おおむね歌集の成立年順・近世以降の歌人は生年順に掲出した。

七、俳句凡例

＊作者名の表記は、近世以前は俳号(雅号)または通行名とし、明治期以降は俳号に姓を付すか、または作家名・本名を記載した。俳号は『俳文学大辞典』(角川書店)、『俳諧大辞典』(明治書院)によった。

＊作者に複数の俳号がある場合は、一般的に著名な俳号で掲出した。

＊出典の表記は、原則として句集名、収録書名を記載したが、略称表記をしたものもある。

＊俳句作品は、生没年の不明な俳人も多いため、おおむね俳人の時代順に掲出した。俳人の生没年は『俳文学大辞典』(角川書店)、『俳諧大辞典』(明治書院)によった。

八、表記について

＊解説文の漢字表記は、常用漢字、正字体を使用し、異体字はほぼ現行の字体とした。ただし、収録歌・収録句の作品性などを考慮して、字体を残す必要のあると思われるものは、常用漢字があるものでも正字体を使用した。

＊用例作品は原則として出典どおりに収録したため、旧仮名遣いと現代仮名遣いを併用した。また異本などとの関係で、仮名・漢字の表記が常に同一とは限らない。

＊反復記号は出典に準拠し、(ゝ、ゞ、ゝ、ゞ々〱)を使用した。

＊理解上、難読と思われる漢字、誤字などについては、適宜、ふりがなを補足した。

男歌

「恋」の思い——男歌

「恋」の思い

―短歌（古代〜近世）

「あ」

暁の恋の心を

暁のなみだや空《そら》にたぐふらん袖におちくる鐘《かね》のおと哉《かな》

慈円・新古今和歌集一四（恋四）

〔大意〕暁の別れの涙が空に合わせているのだろうか。涙といっしょに、私の袖に落ちてくる鐘の音よ。

あからひく色ぐはし子を屢見《しば》れば人妻ゆゑにわれ恋ひぬべし

万葉集一〇（柿本人麻呂歌集）

〔大意〕紅顔の美人をしばしば見ていると、人妻なのに私は恋をしてしまいそうだ。〔注解〕「あからひく」―「子（女子）」に掛かる枕詞。赤い色を帯びている。

秋風に掻《か》きなす琴《こと》の声《こゑ》にさへはかなく人のこひしかる覧

壬生忠岑・古今和歌集一二（恋二）

〔分類〕「逢わずして慕う恋」の「恋に乱れて」の歌。〔大意〕秋風に掻きならす琴の音にまで、どうしてせつなくあの人が恋しく思われるのでしょうか。〔注解〕「掻きなす」―かき鳴らす。

秋風に山の木《こ》の葉《は》のうつろへば人の心もいかゞとぞ思《おもふ》

素性・古今和歌集一四（恋四）

〔分類〕「契りを結んで後になお慕い思う恋」の「身のほどを知る」の歌。〔大意〕秋風が吹いて山の木の葉が紅葉して変わるように、人も心変わりするので、あの人の心はどうなのだろうと思うのです。〔注解〕「うつろへ」―色づく。「色が変わる」と「心が変わる」意を掛ける。

秋《あき》風の憂《う》き人よりもつらきかな恋《こひ》せよとては吹《ふ》かざらめども

空人・千載和歌集一四（恋四）

〔大意〕秋風はつれない人よりも薄情なものだなあ。恋をせよといって吹くのではないだろうが、秋風が吹くと人恋しさがつのることだ。

〔参考歌〕
我《わ》が背《せ》子《こ》が来《き》まさぬ宵《よゐ》の秋風は来《こ》ぬ人よりもうらめしき哉《（かな）》

曾祢好忠・拾遺和歌集一三（恋三）

あき風の吹《ふ》き裏《うら》がへす葛《くず》の葉《は》のうらみても猶うらめしき哉

平貞文・古今和歌集一五（恋五）

〔分類〕恋「心の秋」の歌。〔大意〕冷たい秋風が吹いて裏返す葛の葉裏が見えるように、「飽き」がきて心変わりをしたあなたの心を知り、恨んでもまだ恨みにおもわれることです。〔注解〕「あき」―「秋」と「飽き」を掛ける。「裏がへす」―心変わりする意を掛ける。「うらみても」―「裏見て」と「うら（本心）見て」と「恨みて」を掛ける。

秋風の身にさむければつれもなき人をぞ頼《たの》む暮《く》るゝ夜ごとに

素性・古今和歌集一二（恋二）

〔分類〕「逢わずして慕う恋」の「寝ても恋う」の歌。

〔大意〕冷たい秋風が身に沁みて寒いので、私はこうして薄情なあの人でも頼みにするのです。暮れていく夜ごとに。

秋風は身をわけてしも吹《ふ》かなくに人の心のそらになる覧

紀友則・古今和歌集一五（恋五）

〔分類〕恋「人の心は…」の歌。〔大意〕冷たい秋風は身を二つに分けて吹き抜けるものではない。同じように人の心に「飽き」がきても、それが身を引き裂くものではない。それなのにどうして人の心は風に吹きとばされるようにむなしくなるものなのだろうか。〔注解〕「秋風」―「秋」と「飽き」を掛ける。「そらに」―空にある意と心を奪われる意を掛ける。

秋霧のはるゝ時なき心には立《た》ちゐのそらも思《おも》ほえなくに

凡河内躬恒・古今和歌集一二（恋二）

〔分類〕「逢わずして慕う恋」の「恋に乱れて」の歌。〔大意〕秋霧は晴れる時がないというが、恋の思いが晴れない私の心は、秋霧の動きも、また自分が立ったり座ったりするのも気がつかないほどなのですよ。〔注解〕「はるゝ」―霧がはれる意と悩みがはれる（解消する）意を掛ける。「そら」―空にある意と心を奪われる意を掛ける。

是貞親王家歌合の歌

秋なれば山とよむまでなく鹿《しか》に我おとらめやひとり寝《ね》る夜《よ》は

よみ人しらず・古今和歌集一二（恋二）

〔分類〕「逢わずして慕う恋」の「恋に乱れて」の歌。〔大意〕秋なので山が反響するほどに妻を求めて鳴く鹿に、私の泣く声は劣るでしょうか（劣ることはない）、独りで寝る夜は。〔注解〕「とよむ」―妻を求めて牡鹿が反響するほどに鳴くこと。

題しらず

秋の田のいねてふこともかけなくに何《なに》を憂《う》しとか人のかるらむ

素性・古今和歌集一五（恋五）

〔分類〕恋「人の心は…」の歌。〔大意〕秋の田の稲というものは刈り架けるものだが、「あき（飽き）」たから「いね（去）」と言葉をかけたわけでもないのに、なにがつらくてあの人は離れていくのでしょうか。〔注解〕「「秋」―「飽き」を掛ける。「いね」―「稲」と「去（い）ね）」を掛ける。「かけなくに」―稲を架ける意と言葉をかける意を掛ける。「かる」―「刈る」と「離（か）る」を掛ける。

秋の野に笹《さ》わけし朝《あさ》の袖よりも逢《あ》はで来《こ》し夜《よ》ぞひちまさりける

在原業平・古今和歌集一三（恋三）

〔分類〕「契りを結んで後になお慕い思う恋」の「逢うよしなしに」の歌。〔大意〕秋の野で、笹を分けて帰った朝の、笹に置く露と別れの涙で濡れた袖よりも、お逢いできずに帰って来る夜のほうがいっそう涙で濡れることですね。〔注解〕「ひち」―濡れる状態。

題しらず

あきの野にみだれて咲《さ》ける花の色のちぐさに物を思《おもふ》ころ哉

紀貫之・古今和歌集一二（恋二）

〔分類〕「逢わずして慕う恋」の「恋に乱れて」の歌。〔大意〕秋の野に乱れ咲く花の色がさまざまであるように、あれこれと恋の思いに乱れるこのごろですよ。〔注解〕「ちぐさに物を思ふ」―多様な花の色とさまざまに乱れる恋情を掛ける。

秋の野の尾花が末《うれ》の生《お》ひ靡き心は妹に寄りにけるかも

万葉集一〇（柿本人麻呂歌集）

〔大意〕秋の野の尾花の先がなびくように、私の心は妹に引かれてしまったことだ。〔注解〕「秋の野～生ひ」

——ここまで序。

秋の夜の霧立ちわたりおぼろかに夢《いめ》にそ見つる妹が姿を

万葉集一〇（柿本人麻呂歌集）

〔大意〕秋の夜の霧が立ちわたってはっきりと見えないように、ぼんやりと夢に見た妹の姿が恋しい。〔注解〕「秋の夜～わたり」——ここまで序。「おぼろかに」——ぼんやりと。

円融院御時御屏風、八月十五夜、月の影池にうつれる家に男女ゐて懸想したる所

秋の夜の月見るとのみ起《お》きゐつゝ今夜《（こよひ）》も寝《ね》でや我は帰《かへ》らん

平兼盛・拾遺和歌集一三（恋三）

〔大意〕秋の夜の月を見るだけのような振りをして起きていたが、（恋しいあの人と）今夜も共寝ができずに私は帰ることになるのだろうか。

秋《あき》の夜《よ》の夜風《よかぜ》を寒《さむ》み吾妹子《わぎもこ》が衣《ころも》をうつに目《め》を覚《さ》ましつゝ

実方朝臣集（藤原実方の私家集）

〔大意〕秋の夜の夜風が寒いので、いとしい吾妹子が布を砧に打つ音に目を覚ましていたことだ。〔注解〕「衣をうつ」——布を柔らかくして艶をだすために砧にのせて木槌で打つこと。

秋萩の上に置きたる白露の消《け》かも死なまし恋ひつつあらずは

弓削皇子・万葉集八

〔大意〕秋萩の上に置いた白露のように、消えて死んでしまおうかしら。恋い慕って苦しんでいないで。〔注解〕「秋萩～白露の」——「消」を引きだす序。

中将の御息所のもとに萩につけて遣はしける

秋萩《はぎ》の下葉《したば》を見ずは忘《わす》らるゝ人の心をいかで知《し》らまし

広平親王・拾遺和歌集一三（恋三）

〔大意〕秋萩の下葉の色の移ろいを見なかったならば、私のことは忘れられ、あなたの心が変わったことをどうして知ることができようか。

あくがるゝたまのゆくへよ恋しとも思はぬ夢にいりやかぬらむ

伏見院・金玉歌合

〔大意〕わが身を抜け出てさまよう魂の行方よ、私を恋しいとも思ってくれないあの人の夢の中に入りかね、夢で逢うことさえできずにいるのだろうか。〔注解〕「あくがる、たま」―魂が身体から離れてさまようこと。

明《あ》け闇《ぐれ》の朝霧隠《がく》り鳴きて行く雁はわが恋《こひ》妹に告げこそ

作者不詳・万葉集一〇

〔大意〕明けてまだ暗いうちの朝霧に隠れて鳴いて行く雁は、私の恋を妹に告げておくれ。

明《あ》けぬとて今はの心つくからになど言《い》ひしらぬ思《おも》ひ添《そ》ふらむ

藤原国経・古今和歌集一三（恋三）

〔分類〕「契りを結んで後になお慕い思う恋」の「まれに逢う夜は」の歌。〔大意〕夜が明けてしまうということで、「今はもう（つらい別れの時か）」という心が定まると同時に、なぜ言いようのない思いが寄り添うのでしょう。

寛平御時后宮歌合の歌

明《あ》けぬとて帰《かへ》る道にはこきたれて雨も涙もふりそほちつゝ

藤原敏行・古今和歌集一三（恋三）

〔分類〕「契りを結んで後になお慕い思う恋」の「きぬぎぬ」の歌。〔大意〕夜が明けてしまうということで、帰る道では、しごいてこぼれ落ちるように雨も涙も降りそそぎ、体の中まですっかり濡れてしまいます。〔注解〕「こきたれて」―しごいてこぼれ落ちる。「ふりそほつ」―降って中まで濡れること。「ふり」―雨が降る意と涙が流れる意を掛ける。

朝影にわが身は成りぬ韓衣《からころも》裾の合はずて久しくなれば

作者不詳・万葉集一一

〔大意〕朝の影のように私は痩せ衰えてしまった。妹に逢わなくなって長いので。〔注解〕「韓衣」―裾に掛かる枕詞。裾の合わないことと逢えないことを掛ける。

女に遣はしける

朝氷《あさごほり》とくる間《ま》もなき君《きみ》によりなどてそほつる袂《たもと》なるらん

大中臣能宣・拾遺和歌集一二（恋二）

〔大意〕朝氷が解けるように、打ち解ける間もない（冷たい）あなたのために、どうしてぐっしょりと濡れる私の袂なのだろう。〔注解〕「とくる」―氷が解ける意に「打ち解ける」意を掛ける。

人につかはしける

あさぢふの小野《をの》の篠原《しの》忍《(しのぶ)》れどあまりてなどか人の恋《こひ》しき

源等・後撰和歌集九（恋二）

〔大意〕浅茅の生える小野の篠原の「しの」の名のように、人目を忍んで思い続けてきたが、忍びきれずに、どうしてこんなにあの人が恋しいのだろうか。

〔参考歌〕
浅茅生《あさぢふ》の小野《をの》の篠原《しのはら》しのぶとも人しるらめや言《い》ふ人なしに

よみ人しらず・古今和歌集一一（恋一）

文に書かむによかるべき歌とて、俊綱朝臣人〱によませ侍りけるによめる

朝寝髪《あさねがみ》みだれて恋《こひ》ぞしどろなる逢《あ》ふよしもがな元結《もとゆひ》にせん

良暹・後拾遺和歌集一一（恋二）

〔大意〕朝の寝起きの髪が乱れるように、私の恋心も乱れてしどろもどろになっている。あなたに逢う手立てがあればよいのに。あればそれを元結にして、髪のようにこの乱れた心を整えよう。

〔参考歌〕
あはれてふ言《こと》だになくは何《なに》をかは恋《こひ》のみだれの束緒《つかねを》にせむ

よみ人しらず・古今和歌集一一（恋一）

恋歌人〱よみけるに、よめる

あさましやこは何事《なに》のさまぞとよ恋《こ》ひせよとても生《む》まれざりけり

源俊頼・金葉和歌集八（恋下）

〔大意〕あきれたことだ、これは何のありさまか、恋をせよといって生まれてきたわけではなかったのだよ。

〔参考歌〕
あさましや剣《つるぎ》の枝《えだ》のたは《(わ)》むまでこは何《なに》の身のなれるなるらん

和泉式部・金葉和歌集一〇（雑下）

本院の五の君の許に初めてまかりて、あしたに

朝《あさ》まだき露分《わ》け来《き》つる衣手のひるま許《(ばかり)》に恋《こひ》しきやなぞ

平行時・拾遺和歌集（恋二）

〔大意〕朝早く露を分けて帰り、濡れた衣が乾く間の、その昼間だけでもあなたのことを恋しく思うのはどうしたことか。〔注解〕「ひるま許に」―「昼間」と「干る間」を掛ける。

かの女に代りて、返しに、よめる

浅《あさ》みこそ袖は漬《ひ》つらめ涙河身さへながると聞《き》かばたのまむ

在原業平・古今和歌集一三（恋三）

〔分類〕「契りを結んで後になお慕い思う恋」の「逢うよしなしに」の歌。〔大意〕水が浅いところでこそ袖が濡れるといいますが、あなたの恋心が浅いから袖が濡れるだけなのでしょう。あなたの涙川の水かさが増して、あなたの身が流れるほどと聞いたならば、あなたの心を信じましょう。

葦《あし》の葉に夕霧立ちて鴨が音《ね》の寒き夕《ゆふべ》し汝《な》をは偲《しの》はむ

作者不詳・万葉集一四

〔大意〕葦の葉に夕霧が立ち込めて、鴨の鳴く声が身にしみて寒そうに聞こえる夕べには、はるかにおまえを思い偲ぶことであろう。

旅の思ひを述ぶといふことを

あしひきの山越《こ》え暮《く》れて宿借《やどか》らば妹《いも》立《た》ち待《ま》ちて寝《い》ねざらむかも

石上乙麿・拾遺和歌集一三（恋三）

〔大意〕山越えで日が暮れて、宿を借りたならば、妹は私の帰りを立ったまま待っていて、寝られないかもしれない。〔注解〕「あしひきの」——山の枕詞

あしひきの山桜花ひと目だに君とし見てば吾《あれ》恋ひめやも

大伴家持・万葉集一七

〔大意〕山の桜花を一目だけでもあなたと見たならば、私はこれほど恋しく思いはしないでしょう。〔注解〕「あしひきの」——山の枕詞。

あしひきの山さな葛《かづら》もみつまで妹に逢はずやわが恋ひ居《を》らむ

作者不詳・万葉集一〇

〔大意〕山さな葛が紅葉するまで妹に逢わないで、私はこのまま恋い続けているのでしょうか。〔注解〕「あしひきの」——山の枕詞。

人を言ひはじめむとて

あしひきの山下繁《したしげ》く這《は》ふ葛《くず》の尋《（たづね）》て恋ふる我と知《し》らずや

兼覧王・後撰和歌集一〇（恋二）

〔大意〕山の下の方に繁り這う葛がどこまでも延びていくように、どこへでも恋い尋ねていく私であるということを、あなたは知らないのですか。〔注解〕「あしひ

きの～葛の」—ここまで序。「あしひきの」—山の枕詞。

忍ぶる恋

あしひきの山のあなたに立《た》つ雲《くも》のしられでのみや思《おもひ》消《き》えなん

頓阿・頓阿法師詠

〔大意〕山の向こうに立つ雲が見えないように、あの人に知られることもなく、思い焦がれて消えてしまいそうだ。〔注解〕「あしひきの」—山の枕詞。

明日香川瀬《せ》瀬《せ》の珠藻のうち靡き情《こころ》は妹《いも》に寄りにけるかも

作者不詳・万葉集一三

〔大意〕明日香川の瀬々の珠藻がうちなびくように、私の心はすっかり妹に惹かれてしまったことである。

安《あ》太《だ》多《た》良《ら》の嶺《ね》に臥《ふ》す鹿《し》猪《し》のありつつも吾《あれ》は到らむ寝《ね》処《ど》な去《さ》りそね

作者不詳・万葉集一四

〔大意〕安太多良の山に寝る鹿猪がいつも同じ所で寝るように、私はいつもと変わらずにあなたのもとに行こう。どうかあなたも寝る所を変えないでください。〔注解〕「安太多良の～鹿猪の」—ここまで序。

あだに散《ち》る花よりも猶《なほ》はかなきはうつろふ人の心《こころ》なりけり

宗尊親王・文応三百首

〔大意〕はかなく散る花よりも、いっそう頼りにならないのは、移ろい変わるあの人の心でした。

〔本歌〕

色《いろ》見えてうつろふ物は世中《よのなか》の人の心の花にぞありける

小野小町・古今和歌集一五（恋五）

あぢきなしわが身《み》にまさるものやあると恋せし人をもどきしものを

曾祢好忠・後拾遺和歌集一四（恋四）

〔大意〕ああやるせない。自分より大切なものなどあるものかと、恋をしている人を批判していた私なのに、いまは私自身が恋にとらわれてしまったよ。

〔参考歌〕

身にまさる物なかりけり緑《みどり》児《ご》はやらんかたなくかなしけれども

よみ人しらず・金葉和歌集一〇（雑下）

あぢきなや恋《こ》ひてふ山はしげくとも人《ひと》の入《い》るにやわがまどふべき

一条摂政御集（藤原伊尹の私家集）

〔大意〕無駄ですよ。恋という山に木々が繁っていようとも、あなたが隠れようと入って行くのなら、私は迷うものか（私も入って行くまでのことだ）。

〔参考歌〕

わが恋《こひ》は知《し》らぬ山路《ぢ》にあらなくに　迷《まよふ》心ぞわびしかりける

紀貫之・古今和歌集一二（恋二）

あぢきなや人の心の憂《う》きにさへたゞわれからと身を恨《うら》みつゝ

宗尊親王・文応三百首

〔大意〕やるせないことだ。あの人の心のつらさも、ひとえに自分が原因なのだと、このわが身を恨めしく思っていて。

〔本歌〕

あまの刈《か》る藻《も》にすむ虫《むし》の我からと音《ね》をこそなかめ世をばうら見じ

藤原直子・古今和歌集一五（恋五）

〔参考歌〕

あぢきなや我《わ》が名《な》はたちて唐衣身にもならさでやみぬべき哉《かな》

よみ人しらず・拾遺和歌集一二（恋二）

梓弓引きてゆるへぬ大夫《ますらを》や恋とふものを忍《しの》びかねてむ

作者不詳・万葉集一二

〔大意〕梓弓を引き絞ってゆるめもしないような勇ましい男が、どうして恋などというものをこらえられないのだろう。〔注解〕「梓弓」―「引く」に掛かる枕詞。

梓弓《あづさゆみ》ひき野《の》のつゞら末《すゑ》つゐ《ひ》にわが思ふ人にことのしげゝむ

この歌は、ある人、天帝の、近江妥女に賜ひけるとなむ申す

よみ人しらず・古今和歌集一四（恋四）

〔分類〕「契りを結んで後になお慕い思う恋」の「噂も高く」の歌。〔大意〕梓弓は本末を「引き」ますが、その名の「引野」の蔓草の「末」といわれる蔓の先が茂り伸びるように、最後には私が恋い慕うあの人に噂が高くたつでしょう。

梓弓《あづさゆみ》ひけば本末《もとすゑ》わが方によるこそまされ恋《こひ》の心は

春道列樹・古今和歌集一二（恋二）

〔分類〕「逢わずして慕う恋」の「つれなさをうらむ恋」の歌。〔大意〕梓弓を引くと弓の元と末が自分の方に寄るというが、私の方が引き寄せられるばかりで、独り寝の夜こそいっそう強くなります。この私の恋心は。

〔注解〕「よる」―「寄る」と「夜」を掛ける

からうじて逢ひ知りて侍ける人に、つゝむことありて、逢ひがたく侍ければ

あづま地《（ぢ）》の小夜《さや》の中山中〳〵に逢《あ》ひ見て後《のち》ぞわびしかりける

源宗于・後撰和歌集九（恋二）

〔大意〕「東路の小夜の中山なかなかに」というが、中途半端にお逢いしたために、その後は、かえってさみしくなってしまいますね。〔注解〕「中〳〵に」―中途半端に。なまじっか。

〔参考歌〕

あづま路《ぢ》の小夜《さや》の中《なか》山なか〳〵に何《なに》しか人を思《（おもひ）》そめけむ

紀友則・古今和歌集一二（恋二）

あづま路《ぢ》の小夜《さや》の中《なか》山なか〳〵に何《なに》しか人を思《（おもひ）》そめけむ

紀友則・古今和歌集一二（恋二）

〔分類〕「逢わずして慕う恋」の「恋に乱れて」の歌。

〔大意〕東路（東海道）のさやの中山の名のように、どうして中途半端にあの人を思いはじめたのだろうか。〔注解〕「中〳〵に」―中途半端に。なまじっか。

〔参考歌〕

思ひ絶えわびにしものをなかなかに何か苦しく相見そめけむ

大伴家持・万葉集四

あな恋《こひ》し今も見てしか山がつの垣《かき》ほに咲《さ》ける山となでしこ

よみ人しらず・古今和歌集一四（恋四）

〔分類〕「契りを結んで後になお慕い思う恋」の「深く思う恋」の歌。〔大意〕ああ恋しい。いまも逢いたいものだ。山里に住む人の垣根に咲いていた大和撫子のような可憐な娘よ。

堤の中納言の御息所を見て遣はしける

あな恋《こひ》しはつかに人をみづの泡《あわ》の消《き》えかへるとも知《し》らせてし哉《（がな）》

藤原実頼・拾遺和歌集一一（恋一）

〔大意〕ああ恋しい。わずかにあの人の姿を見てから、私は水の泡のように消え入る思いでいると、なんとかあの人に知らせたいものだ。

粟島の逢はじと思ふ妹《いも》にあれや安眠《やすい》も寝ずて吾《あ》が恋ひ渡る

作者不詳・万葉集一五

〔大意〕もう逢うまいと思う妹であろうか、いや帰ってまた逢う妹であるのに、私は安らかに眠れずに恋い続けている。〔注解〕「粟島」—「逢は」に掛かる枕詞。

逢《あ》はずして今宵《こよひ》あけなば春の日のながくや人をつらしと思《おも》はむ

源宗于・古今和歌集一三（恋三）

〔分類〕「契りを結んで後になお慕い思う恋」の「逢うよしなしに」の歌。〔注解〕「人をつらしと思はむ」—あの人をつれない方だと思うでしょう。

待ちて空しき恋

あはでしもいかにわかるゝ道ならん待《(まつ)》夜《よ》にあくる峰の横雲

後柏原天皇・内裏着到百首

〔大意〕逢うこともなかったのに、どうして別れることができようか。あの人を待ってむなしく明けた夜明けの空は、横雲が峰を離れようとしている。

〔本歌〕

春の夜《よ》の夢のうき橋《はし》とだえして峰《みね》にわかるゝ横雲《よこ》の空《そら》

藤原定家・新古今和歌集一（春上）

周防内侍したしくなりて後、ゆめ〱このこともらすなと申ければよめる

逢《あ》はぬ間《ま》はまどろむことのあらばこそ夢《ゆめ》にも見きと人に語《かた》らめ

源信宗・金葉和歌集八（恋下）

〔大意〕あなたにお逢いしていない時に、うとうとすることでもあるなら、あなたに逢ったのだと、夢の中では人に話すかもしれませんが（あなたを思って一睡もできない私は、人に話すような機会は全くありません）。

逢《あ》はぬ夜の降《ふ》るしらゆきとつもりなば我さへともにけぬべきものを

この歌は、ある人の曰く、柿本人麻呂が歌也

よみ人しらず・古今和歌集一三（恋三）

〔分類〕「契りを結んで後になお慕い思う恋」の「逢うよしなしに」の歌。〔注解〕「つもりなば」—雪が積もる意と、逢えない夜が続き積もる意を掛ける。「けぬべきものを」—雪が解けて消える意と、わが身が死んで消え去る意を掛ける。

あはれとし君《きみ》だに言《い》はば恋《こ》ひわびて死《し》なん命《いのち》も惜《お》しからなくに

源経基・拾遺和歌集一一（恋一）

〔大意〕「あわれ」とだけでもあなたが言ってくださるのならば、恋の失意で死のうとしている私の命も惜しくないのに。

あはれとてとふ人のなどなかるらんものおもふやどの荻《をぎ》の上風《うはかぜ》

山家心中集（西行の私家集）

〔大意〕「あわれ」といって訪れてくれる人がなぜいないのだろう。恋の思いに沈むこの宿に訪れるのは、荻の上を吹く風ばかりである。

あはれとて人の心のなさけあれな数《かず》ならぬにはよらぬ歎《なげ》きを

西行・新古今和歌集一三（恋三）

〔分類〕「身を歎く恋」の歌。〔大意〕「あわれ」と言ってくれるあの人の心の情けがあればなあ。物の数には入らない身分のこの身とはいえ、そのために遠慮をしなければならない恋の嘆きではないものを。

あはれともいふべき人はおもほえで身《み》のいたづらになりぬべきかな

一条摂政御集（藤原伊尹の私家集）

〔大意〕あなたに見捨てられてしまったこの私を、「あわれ」といってくれる人も思い浮かばないので、この片思いの恋に身を焦がして、むなしく死んでしまうでしょうよ。

あはれなる心の闇《やみ》のゆかりとも見し夜《よ》の夢をたれかさだめん

藤原公経・新古今和歌集一四（恋四）

〔分類〕「遇ひて逢はざる恋」の「夢に寄す」の歌。〔大意〕夜に見た夢（一夜の逢瀬）が、私のこのかなしい心の闇に関係があると、いったい誰が分かるでしょう、それはあなたばかりです。

〔本歌〕
かきくらす心のやみにまどひにき夢《ゆめ》うつゝとは世人《（よひと）》さだめよ

在原業平・古今和歌集一三（恋三）

あはれなる身の思ひかないつはりの人の契《ちぎり》をなぐさめにして

宗尊親王・文応三百首

〔大意〕かわいそうな私の物思いであるよ。あの人の偽りの約束を慰めに信じて。

相思はずあるらむ兒ゆゑ玉の緒の長き春日を思ひ暮《くら》さく

作者不詳・万葉集一〇

〔大意〕私の片思いであろうと思われる子だのに、この長い春の一日、その子を恋しく思って暮らすことよ。

〔注解〕「玉の緒の」―「長き」に掛かる枕詞。

相思はぬ妹をやもとな菅《すが》の根の長き春日を思ひ暮さむ

作者不詳・万葉集一〇

〔大意〕思い合っているのでもない妹をしきりに恋しく思いながら、私は菅の根のように長いこの春の一日を暮らすことであろうか。〔注解〕「もとな」―無性に。しきりと。「菅の根の」―「長き」に掛かる枕詞。

顕はれんと欲する恋

あひおもふ道しなければよそよりはもれぬ憂《う》き名ぞ人にあやしき

藤原政為・内裏着到百首

〔大意〕思い合いながら、その恋を実らす手立てもない状態であるのに、どこからかもれたのか、つらい噂が立っているようだ、あの人にすまないことだ。〔注解〕「憂き名」―「浮き名」を掛ける。

年ごろ逢はぬ人に逢ひてのちにつかはしける

逢《あ》ひ見《み》しをうれしきことと思《おも》ひしは帰《かへ》りてのちの歎《なげ》きなりけり

道命・後拾遺和歌集一四（恋四）

〔大意〕しばらくぶりにあなたにお逢いしてうれしく思ったことが、帰って後の私の歎きの種となりました。

あひみしを夢になせとはもろ共に思《おも》ふならひいふもためしぞ

正徹・永享五年正徹詠草

〔大意〕互いに契りあったことを、夢の中のできごとにしようとするのは、お互いに心に思うにしろ、口に出して言うにしても、世間によくあることである。

題知らず

逢《あ》ひみてののちこそ恋《こひ》はまさりけれつれなき人をいまはうらみじ

永源・後拾遺和歌集一二（恋二）

〔大意〕恋い慕う人に逢い見た後だからこそ、恋の思いはいっそうまさるものだったのだ。だからつれないあの人をいまは恨むことはするまい。

〔参考歌〕

逢《あ》ひ見ての後《のち》の心にくらぶれば昔は物も思《おも》はざりけり

藤原敦忠・拾遺和歌集一二（恋二）

我《わ》が恋は　猶《なほ》　逢《あ》ひ見ても　慰《なぐさ》　まずいやまさりなる心地のみして

よみ人しらず・拾遺和歌集一二（恋二）

逢《あ》ひ見《み》てののちの心《こゝろ》を　先《まづ》　しればつれなしとだにえこそ　恨《うらみ》　ね

藤原定家・定家卿百番自歌合

〔大意〕逢った後、あなたにいっそう恋い焦がれるだろうとあらかじめわかっているので、今、逢ってくれなくても、私はあなたをつれない人だと恨みきれないでいる。

〔本歌〕

逢《あ》ひ見ての後《のち》の心にくらぶれば昔は物も思《おも》はざりけり

藤原敦忠・拾遺和歌集一二（恋二）

相見ては幾日《いくひ》も経《へ》ぬをここだくも狂ひに狂ひ思ほゆるかも

大伴家持・万葉集四

〔大意〕あなたにお逢いしてから幾日も経っていないのに、こんなにも狂おしく恋しいことである。

相見ては月も経なくに恋ふと言はばをそろとわれを思ほさむかも

大伴駿河麿・万葉集四

〔大意〕お逢いしてからひと月もたっていないのに、あなたを恋しいといえば、私のことを軽はずみと思うでしょうね。〔注解〕「をそろ」—軽率。軽はずみ。

人のもとより帰りまで来てつかはしける

あひ見ては慰《なぐさ》むやとぞ　思《おもひ》　しに名残《なごり》しもこそ恋《こひ》しかりけれ

坂上是則・後撰和歌集一一（恋三）

〔大意〕この私の恋しい思いは、あなたにお逢いして契ったら慰められると思いましたが、その後も、それが名残となって恋しさが続くことです。

忍びて通ひける人に

逢《あ》ひ見てもつゝむ思ひのわびしきは人間《ま》にのみぞ音《ね》は泣《な》かれける

藤原有好・後撰和歌集一一（恋三）

〔大意〕お逢いしても、包み隠している恋の思いのせつなさは、人の見ない間に、つい声をだして泣いてしまうほどです。

逢《あひ》見ねど忘れぬ人は常よりもつねなき折ぞ恋しかりける

公任集（藤原公任の私家集）

〔大意〕逢うことができないのに、いまだに忘れられない人は、いつもよりも無常なことのある時こそに恋しく思われるものだったのです。

在所を言はざる恋といへる心をよみ侍ける

逢《あ》ふことのありし所《ところ》し変《かは》らずは心をだにもやらましものを

源雅頼・千載和歌集一四（恋四）

〔大意〕あの人に逢ったことのある所が変わらないならば、私の心だけでもそこに行かせたいのに（あなたは居場所を教えてくれない）。

七夕の後朝に、女の許につかはしける

逢《あ》ふことのいつとなきにはたなばたの別《わか》るゝさへぞうらやまれける

藤原隆資・後拾遺和歌集一一（恋一）

〔大意〕あなたに逢うのがいつになるのかわからない私には、七夕の一夜だけ逢ってすぐに別れるような牽牛と織姫さえ羨ましく思われます。

逢《あ》ふ事のかく難《かた》ければつれもなき人の心や岩木《いは》なるらむ

賀茂政平・千載和歌集一二（恋二）

〔大意〕逢うことがこんなにも難しいので、つれないあの人の心は岩か木なのであろう、と思う。

逢《あ》ふことのかたみをだにも見てしかな人は絶《た》ゆとも見《み》つゝしのばん

素性・新古今和歌集一五（恋五）

〔分類〕「絶ゆる恋」の歌。〔大意〕逢うことは難しいが、せめて恋の形見だけでも欲しい。あの人とは縁が切れても、その形見を見ながら偲ぼうものを。〔注解〕「かたみ」―「難み」と「形見」を掛ける。

天暦御時歌合に

逢《あ》ふ事の絶《た》えてしなくは中〳〵《なかなか》に人をも身をも怨《うらみ》ざらまし

藤原朝忠・拾遺和歌集一一（恋一）

〔大意〕恋しい人に逢うことがまったくないのならば、かえってあの人のつれなさもこの身のつらさも恨まないだろうに。

あふことのたゞひたぶるの夢《ゆめ》ならばおなじ枕《まくら》に
またも寝《ね》なまし

静円・後拾遺和歌集一三（恋三）

〔大意〕あの人に逢ったのがまったくの夢ならば、また同じ枕に寝て同じ夢をみたいのに。

逢《あふ》事のなぎさにし寄《よ》る浪なればうらみてのみぞ
立《た》ちかへりける

在原元方・古今和歌集一三（恋三）

〔分類〕「契りを結んで後になお慕い思う恋」の「逢うよしなしに」の歌。〔大意〕「無き」という名の「渚」に寄せくる波が「浦」を見るだけで戻るように、あなたに逢うこともなく、私はただ「恨み」に思って立ち帰ったのです。〔注解〕「なぎさにし」―逢うことの「無き」と「渚」を掛ける。「うらみ」―逢えない「恨み」と「浦見」を掛ける。

あふことのまれなる色やあらはれん洩《も》り出《いで》て染《そむ》
る袖の涙に

藤原定家・定家卿百番自歌合

〔大意〕恋しい人に逢うことがまれであるということが色に顕れるのだろうか。洩れ出てきて袖を染める涙の色のために。

百首歌の中に恋の心を

逢《あ》ふことのむなしき空《そら》のうき雲は身をしる雨のた
よりなりけり

惟明親王・新古今和歌集一二（恋二）

〔分類〕「絶えて逢はざる恋」の「浮雲に寄せる」の歌。
〔大意〕逢うことも途絶え、虚ろな空に浮かぶ雲は、空虚な心の私の憂き身であり、自分の身の程を思い知らされる涙の雨をもたらす兆しなのだ。〔注解〕「むなしき空」―虚ろに見える空の意と全くないの意を掛ける。
〔本歌〕
かず〲に思《おも》ひおもはず問《と》ひがたみ身をしる雨は降《ふ》
りぞまされる

在原業平・古今和歌集一四（恋四）

題しらず

逢《あふ》事の夜《よ》ゝを隔《へだ》つる呉《くれ》竹の節《ふし》の数《かず》なき恋《こひ》もす
る哉《かな》

藤原清正・後撰和歌集一〇（恋二）

〔大意〕逢うことが、呉竹の節と節の間を隔てている空間の「よ」のように幾夜も隔てられ、その呉竹の「節」のように「臥す」ことの数が少ない恋をすることだなあ。

摂政太政大臣家百首歌合に

逢《あ》ふことはいつと伊吹《いぶき》の峰《みね》におふるさしも絶《た》えせぬ思《(おもひ)》なりけり

藤原家房・新古今和歌集一二（恋二）

〔分類〕「頼む恋」の「山に寄せる」の歌。〔大意〕逢うことはいったい、いつになるのか、伊吹の峰に生えるさしも草の「さしも」のように、これほどまでも絶えることなく燃える私の恋の思いの火だなあ。〔注解〕「さしも」―「さしも草」と「これほどまで」の意を掛ける。

〔本歌〕

かくとだにえやはいぶきのさしもぐささしも知《し》らじな燃《も》ゆる思《おも》ひを

藤原実方・後拾遺和歌集一一（恋一）

逢《あ》ふことはいつとなぎさの浜千鳥波《はまちどりなみ》のたちゐにねをのみぞ鳴《な》く

源雅定・金葉和歌集七（恋上）

〔大意〕逢うことがいつと言ってないので、渚の浜千鳥が波の満ち引くたびに鳴声を立てるように、私も立ち居のたびにあの人を恋しく思って泣いてばかりいることです。〔注解〕「なぎさ～波の」―ここまで序。

題知らず

逢事《(あふ)》はかたゐざりするみどり児《ご》のたゝむ月にも逢《あ》はじとやする

平兼盛・拾遺和歌集一一（恋一）

〔大意〕すぐに逢うことは難しいと思いますが、片膝を立てて這っている幼児が立てるようになる来月になっても、あなたは私に逢うまいとするのですか。

逢《あ》ふことは雲居《くもゐ》はるかになる神の を《(お)》とにきゝつゝ恋《こ》ひわたる哉

紀貫之・古今和歌集一一（恋一）

〔分類〕「逢わずして慕う恋」の「ひそかに恋う」の歌。〔大意〕あなたに逢うことなど、雲がはるかなように手が届かず、私は、遠くに鳴る雷の音を聞くように、あなたの噂を聞いては恋い慕いつづけることですよ。

〔参考歌〕

天雲《あまくも》の八重雲隠《がく》れ鳴る神の音のみにや聞き渡りなむ

作者不詳・万葉集一一

女の許に遣はしける

逢事《(あふ)》は心にもあらでほど経《ふ》ともさやは契《(ちぎり)》

し忘《わすれ》はてねと

平忠依・拾遺和歌集一五（恋五）

〔大意〕あなたに逢うことなど思いもよらず、心ならずも逢えないままで時がたってしまったが、とはいえ、私はそのように約束したのだろうか、私のことを忘れてしまえなどと。

題知らず

逢《あ》ふことはさもこそ人目《ひとめ》かたからめ心《こゝろ》ばかりはとけて見《み》えなむ

道命・後拾遺和歌集一一（恋二）

〔大意〕私と逢うことはたしかに人の目を憚ってむずかしいことでしょうが、せめて心だけは打ち解けて見せてほしいものです。

あふことはしのぶの衣あはれなどまれなるに乱《みだれ》そめけん

藤原定家・定家卿百番自歌合

〔大意〕逢うことを忍ぶという、この信夫摺りの衣は、逢うことも稀なあの人のせいで、ああ、どうして見るも稀なる涙の色に乱れ染まり初めたのだろう。

しのびて通ひ侍ける女のもとより狩装束送りて侍けるに、摺れる狩衣侍けるに

逢事《あふ》は遠山ずりの狩《かり》衣着《き》てはかひなき音《ね》をのみぞ泣《な》く

元良親王・後撰和歌集一〇（恋二）

〔大意〕遠山摺りの狩衣ではありませんが、あなたとの間は遠く、私はここへやって来てもあなたに逢うことができず、甲斐もなく声をあげて泣いています。

摂政右大臣時、家歌合に、恋の心をよめる

逢《あ》ふ事は身を変《か》へてとも待《ま》つべきを世《よ》ゝを隔《へだ》てんほどぞかなしき

藤原俊成・千載和歌集一四（恋四）

〔大意〕あの人と逢うことを、生まれ変わって来世でも良いと待つべきところだが、この世と来世を隔てるであろう期間がつらく悲しいことだ。

逢《あ》ふことも今《いま》はむなしき空蟬の羽に置《を》く露の消《き》えやはてなん

宗尊親王・文応三百首

〔大意〕逢うことも今となっては望めない、蟬の羽に置く露が消え果ててしまうように、いっそ死んでしまお

うか。

〔本歌〕

空蟬《うつせみ》のはにおく露《つゆ》のこがくれてしのび〳〵に濡《ぬ》る、袖《そで》かな

伊勢集（伊勢の私家集）

逢《あ》ふことをその年月《とし》と契《ちぎ》らねば命《いのち》や恋《こひ》のかぎりなるらん

藤原重基・千載和歌集一二（恋二）

〔大意〕あなたに逢うのをいつの年月と約束していないので、私は命のかぎりあなたを恋し続けるのだろうか。

〔参考歌〕

逢はむ日をその日と知らず常闇《とこやみ》にいづれの日まで吾《あれ》恋ひ居《を》らむ

中臣宅守・万葉集一五

わが恋《こひ》はゆくゑ《（へ）》もしらずはてもなし逢《あ》ふを限《（かぎり）》と思許《（おもふばかり）》ぞ

凡河内躬恒・古今和歌集一二（恋二）

逢《あ》ふことをながらの橋《はし》のながらへて恋《こ》ひわたるまに年ぞへにける

坂上是則・古今和歌集一五（恋五）

〔分類〕恋「よしや世の中」の歌。〔大意〕逢うこともなく、長柄橋が年月を経るように、私は何の手立てもなく生きながらえて恋い慕い続けている間に、年月が経ってしまったことです。〔注解〕「ながらの橋」―「無から」を掛ける。「ながらへて」―時がたつ意と生きながらえる意を掛ける。

初めて女の許にまかりて、あしたに遣はしける

逢事《（あふ）》を待《ま》ちし月日のほどよりも今日《けふ》の暮《くれ》こそ久《ひさ》しかりけれ

大中臣能宣・拾遺和歌集一二（恋二）

〔大意〕逢うことを待っていた月日の頃よりも、あなたにお逢いする今日の暮を待つ方が長く感じることです。

衣に寄する恋

あふことを夢にもなさずしろたへの色うらめしき衣々《（きぬぎぬ）》の空《そら》

心敬・寛正百首

〔大意〕あの人の訪れなど夢のようにかなわないままに、白妙の衣の白さばかりが目について、衣をわけて別れるこの後朝（きぬぎぬ）の空がうらめしい。

逢坂《あふさか》の関の清水《し》は浅《あ》くとも結《むす》びそめつと人にもらすな

藤原季春・宝徳二年十一月仙洞歌合

〔大意〕逢坂の関の清水は浅くても手で水を掬ぶように、まだ浅くとも二人は結びはじめたと、浅はかに他人に洩らすでないよ。〔注解〕「結び」―水を「掬び」の意と契りを「結び」の意を掛ける。

あふと見てことぞともなく明《（あけ）》にけりはかなの夢のわすれがたみや

藤原家隆・家隆卿百番自歌合

〔大意〕恋しい人に逢う夢を見て、なんということもなく夜が明けてしまった。このはかない夢が二人の恋の忘れ形見であろうか。

〔本歌〕

秋の夜も名のみなりけり逢《あ》ふといへば事ぞともなく明《あ》けぬるものを

小野小町・古今和歌集一三（恋三）

逢《あ》ふならぬ恋《こひ》なぐさめのあらばこそつれなしとても思《おも》ひ絶《た》えなめ

道因・千載和歌集一二（恋二）

〔大意〕逢わないことがもし恋の慰めになるのならば、つれない人だということであきらめただろうが、あなたに逢うこと以外、恋の慰めにはならないのだから、私はいくらつれなくされてもあなたに逢うことをあきらめないのだ。〔注解〕「あらばこそ」―もし…であれば…だろうが。

〔参考歌〕

相見ては恋慰むと人は言へど見て後にそも恋ひまさりける

作者不詳・万葉集一一

天地の神なきものにあらばこそ吾《あ》が思《も》ふ妹に逢はず死《しに》せめ

中臣宅守・万葉集一五

宇治前太政大臣の卅講の後の歌合に

逢《あ》ふまでとせめていのちのをしければ恋《こひ》こそ人の祈《いの》りなりけれ

藤原頼宗・後拾遺和歌集一一（恋一）

〔大意〕あの人に逢うまでは生きていたいと、非常に命が惜しく思われるので、恋心というものは、人にとって祈りみたいなものなのだなあ。

あふまでのいのちもがなとを《（お）》もひしはくやしかりける我《（わが）》心かな

山家心中集（西行の私家集）

〔大意〕あなたに逢うまで命があればよいと思ったのは、

くやしい限りのいたらない私の心であったことよ。

親の守りける人の女に、いと忍びに逢ひて、ものら言ひける間に、親の呼ぶと言ひければ、急ぎ帰るとて、裳をなむ脱ぎ置きて入りにける。その後、裳を返すとて、よめる

逢《あ》ふまでのかたみとてこそ留《とゞ》めけめ涙に浮《う》かぶもくづなりけり

藤原興風・古今和歌集一四（恋四）

〔分類〕「契りを結んで後になお慕い思う恋」の「形見」の歌。〔大意〕次に逢うまでの形見として置いていった裳でしょうが、その名の「も」のように、私が流す涙の海に藻屑のように浮かんでいますよ。〔注解〕「裳（も）」と「藻」を掛ける。

逢《あ》ふまでのかたみも我はなにせむに見ても心の慰《なぐさ》まなくに

よみ人しらず・古今和歌集一四（恋四）

〔分類〕「契りを結んで後になお慕い思う恋」の「形見」の歌。〔大意〕次に逢うまでの思い出の形見も私にはどうしようもないものです。それを見ても私の心は慰められることはありませんので。

年を経る恋

あふまでの恋をいのりの玉の緒《を》に年月ながくふる涙かな

藤原為家・中院詠草

〔大意〕逢えるまでは、と恋を祈る私の命の玉の緒に、年月を経て長く降り続けてきた涙であることだ。

〔参考歌〕

あふまでの恋ぞ祈りになりにける年月長きもの思へとて

藤原為家・続後撰和歌集一二（恋二）

適逢恋

あへばかくあはねば絶《たえ》て山彦の音信《おとづれ》だにもせぬやたれなり

香川景樹・桂園一枝

〔大意〕逢う時は良いのだが、逢わないとなると、こちらの便りにもまったく返事もくれない、そんなあなたは一体なんなのでしょう。

天雲《あまくも》の外《そと》に見しより吾妹子《わぎもこ》に心も身さへ寄《よ》りにしものを

笠金村・万葉集四

〔大意〕雨雲のように手のとどかない人と思ったときから、私は吾妹子に、心も身さえも惹かれてしまったも

のを。

左大将朝光五節の舞姫たてまつりける
かしづきを見て、つかはしける

天《あま》つ空《そら》とよのあかりに見し人のな《（ほ）》を面影《おもかげ》のしひてこひしき

藤原公任・新古今和歌集一一（恋二）

〔分類〕「初めての言う恋」の歌。〔大意〕禁中の豊明節会で見たあの人が、今もその面影がたまらなく恋しい。〔注解〕「天つ空」―宮中・禁中。「とよのあかり」―豊明節会。

雨降《ふ》らば恨《うら》みざらまし来《こ》ぬ人の心見《こゝろみ》えたる夜半のつきかげ

宗尊親王・文応三百首

〔大意〕雨が降れば恨まないですむだろうに。晴れていても来てくれない、人の心の内が見える夜半の月影であることよ。

雨やまぬ軒《のき》の玉水数《かず》知《し》らず恋しき事のまさる頃《ころ》哉《（かな）》

平兼盛・後撰和歌集九（恋一）

〔大意〕雨の止まない軒の玉雫が数えられないように、数えられないほど恋しさがつのるこの頃でありますよ。

あやしくもわがみやま木《ぎ》のもゆるかな思《おも》ひは人につけてしものを

藤原忠通・詞花和歌集七（恋上）

〔大意〕不思議なことに、わが身が深山の木の芽の萌えるように燃えることよ。恋の思いの火はあの人につけたのに。〔注解〕「みやま木」―「身（み）」と「深（み）」を掛ける。「もゆる」―「萌ゆ」と「燃ゆ」を掛ける。「思ひ」―「思ひ」の「ひ」に「火」を掛ける。

〔参考歌〕
たよりにもあらぬ思《おも》ひのあやしきは心を人につくるなりけり

在原元方・古今和歌集一一（恋一）

あやなくてまだき無《な》き名《な》のたつた河わたらで止《や》まむ物ならなくに

御春有助・古今和歌集一三（恋三）

〔分類〕「契りを結んで後になお慕い思う恋」の「逢うよしなしに」の歌。〔大意〕わけもわからず早々に、根拠のないうわさが立つという竜田川ですが、この川を渡らずに（この恋を貫かずに）やめられるものではありません。〔注解〕「たつた河」―名が「立つ」と川の

「たつた川」を掛ける。「わたらで」―川を渡る意と恋の思いを遂げる意を掛ける。

摂政左大臣家にて、恋の心をよめる

あやにくに焦《こ》がるゝ胸《むね》もあるものをいかに乾《かは》かぬ袂《たもと》なるらん

源雅光・金葉和歌集七（恋上）

〔大意〕あいにくなことに、恋の思いの火で焦がれる胸もあるというのに、どうして涙で濡れたまま乾かないこの袂なのだろうか。

陽明門院皇后宮と申しける時、久しく内に參らせ給はざりければ、五月五日内よりたてまつらせ給ける

あやめぐさかけし袂《たもと》のねを絶《た》えてさらにこひぢにまどふころかな

後朱雀院・後拾遺和歌集一三（恋三）

〔大意〕袂にかけた菖蒲草の根が切れ、それを探して泥土の上を迷い歩くように、共寝も絶えたので、私はあらためてあなたを恋しく思ってまどっているよ。〔注解〕「ねを絶えて」―「根」と「寝」を掛ける。「こひぢ」―「恋路」と「泥（こひぢ）」を掛ける。

騒ぎければ、まかり帰りて、又の朝につかはしける

荒《あら》かりし浪の心はつらけれどす越《ご》しに寄《よ》せし声《こゑ》ぞ恋《こひ》しき

藤原守正・後撰和歌集一一（恋三）

〔大意〕荒かった浪のようなあなたの心はつれないけれど、洲越しならぬ簾越しに寄せてくれたあなたの声はなにより恋しいものです。〔注解〕「す越」―「簾」と「洲」を掛ける。

晨明《ありあけ》のつれなく見えし別《わかれ》より暁許《ばかり》うき物はなし

壬生忠岑・古今和歌集一三（恋三）

〔分類〕「契りを結んで後になお慕い思う恋」の「逢うよしなしに」の歌。〔大意〕夜が明けてもそしらぬ顔で空にかかっている有明の月のように、あの人がつめたく感じられたあの別れ以来、暁ほど憂きつらいものない。

あるかひもなぎさに寄《よ》する白浪のまなくもの思《おも》ふわが身なりけり

源景明・新古今和歌集一一（恋一）

〔分類〕「波に寄する恋」の歌。〔大意〕生きる甲斐もないが、貝もない渚に寄せる白波の絶え間のないように、ただしきりと恋い慕い続けているわが身なのですよ。

〔注解〕「かひもなぎさ」―「甲斐」と「貝」を掛け、「なき」と「渚」を掛ける。

沫雪の庭に降りしき寒き夜を手枕《たまくら》纏《ま》かず独りかも寝む

大伴家持・万葉集八

〔大意〕沫雪が庭に降りしきる寒い夜なのに、妹に手枕をすることなく、ひとり寝るのだろうか。

「い」

書を通ずる恋

いかゞ見《み》し夜の衣のそれならでかへすや夢とおもふ玉章《（たまづさ）》

後柏原天皇・内裏着到百首

〔大意〕どのようにこの手紙を見たのだろうか。夜の衣を返すのではなく、手紙を返してくるとは、これは現実ではなく、夢ではないかと思う。〔注解〕「夜の衣」―夜衣を裏返して寝ると恋しい人の夢を見ることができるという俗信。

〔参考歌〕

いとせめて恋《こひ》しき時はむばたまの夜の衣を返《かへ》してぞ着《き》る

小野小町・古今和歌集一二（恋二）

女に遣はしける

いかで〳〵恋《こ》ふる心を慰《なぐさ》めて後《のち》の世までの物を思《おも》はじ

大中臣能宣・拾遺和歌集一五（恋五）

〔大意〕どうにかして、恋い慕うこの心をしずめさせて、来世まで恋の物思いにとらわれたくはないものだ。

いかでかは思《おも》ひありとは知《し》らすべきむろの八島《やしま》のけぶりならでは

実方朝臣集（藤原実方の私家集）

〔大意〕どのようにして、あなたへの燃えるような思いがあると知らせたらいいだろう。あの室の八島の燃え続ける煙ではない私ですから。〔注解〕「思ひ」―「思ひ」の「ひ」に「火」を掛ける。

いかでかはかく思《（おもふ）》てふ事をだに人づてならで君《きみ》に知《し》らせむ

藤原敦忠・拾遺和歌集一一（恋一）

〔大意〕どうにかして、こんなにも私があなたを恋い慕っているということだけでも、人伝てではなく、直接あなたに知らせたい。

女につかはしける

いかで我つれなき人に身を替《か（へ）》えて恋《こひ》しきほどを思ひ知《し》らせむ

藤原実能・千載和歌集一一（恋二）

〔大意〕どうにかして、つれないあの人とわが身を入れ替えて、あなたを恋い慕うこの思いのほどを知らせたいものだ。

〔参考歌〕

心がへする物にもが片恋《かたこひ》はくるしき物と人にしらせむ

よみ人しらず・古今和歌集一一（恋一）

恋するは苦《くる》しき物と知《し》らすべく人を我《わ》が身にしばしなさばや

よみ人しらず・拾遺和歌集一一（恋二）

左衛門督家成が家に歌合し侍けるによめる

いかならむ言《こと》の葉《は》にてかなびくべき恋《こひ》しといふはかひなかりけり

藤原頼保・詞花和歌集七（恋上）

〔大意〕どのような言葉にならなびくのだろうか。恋しいという言葉では効き目はなかったよ。

如何《いか》ならむ名を負ふ神に手向《たむけ》せばわが思ふ妹《いも》を夢《いめ》にだに見む

万葉集一一（柿本人麻呂歌集）

〔大意〕どのような名を持った神に手向けをしたならば、私が恋い慕う妹を夢の中だけでも見ることができるだろう。

いかにして逢《あ》ひ見《み》ることを寝《ぬ》るがうちの夢かと計《ばかり》忍びはてまし

藤原伊忠・宝徳二年十一月仙洞歌合

〔大意〕どうにかして、この忍ぶ逢瀬のつらさを、寝ている間にみる夢とでも思って、忍びこらえられればよいのだか。

いかにしてよそにも見《み》むと思ひしはつらきに馴《な》れぬ心《こゝろ》なりけり

宗尊親王・文応三百首

〔大意〕遠く離れていてもどうにかしてあの人を見たいと思ったのは、恋のつらさにまだなれていない私の心であったことだ。

いかにせむ人伝《づ》てにやる言《こと》の葉《は》に思《おも》ふ心《こゝろ》の残るおほさを

二条良基・後普光園院殿御百首

〔大意〕どうしたらよいだろうか、人伝てで伝える言葉では、十分に伝えきれない心に残る思いの多さを。

〔参考歌〕

如何《いかに》してかく思《おもふ》てふ事をだに人づてならで君に語《かた》らん

藤原敦忠・後撰和歌集一三（恋五）

いかにせん涙もらさぬ憂《う》き中につゝむかひなき袖のうつり香《が》

藤原持季・宝徳二年十一月仙洞歌合

〔大意〕どうしたらよいだろうか。人に知られまいと涙も漏らさないようにしているつらい仲なのに、包み隠そうとしても甲斐のないこの袖の移り香は。

花に寄せて恨むる恋

いかにせん花にはげしき山風は身のとが知《し》らぬ人の心を

三条西実隆・再昌草

〔大意〕どうしたらよいだろう。花に激しく吹きつける山風は自身の罪を知らないが、そんなふうに私につれないあの人の心を。

題知らず

いかばかりうれしからまし面影《おもかげ》に見《み》ゆるばかりの逢《あ》ふ夜《よ》なりせば

藤原忠家・後拾遺和歌集一三（恋三）

〔大意〕どれほど嬉しいことだろうか。いつも面影がありありと見えているあの人に、実際に逢える夜であれば。

人につかはしける

いかばかりうれしからましもろともに恋《こ》ひらるゝ身も苦《くる》しかりせば

鳥羽院・新古今和歌集一三（恋三）

〔分類〕「相思はぬ恋」の歌。〔大意〕どれほど嬉しいことであろうか。私とともども、恋心を寄せられるあなたも苦しむのであれば。

いかばかり恋路《こひぢ》は遠きものなれば年《とし》はゆけども逢《あ》ふよなからむ

藤原教長・千載和歌集一二（恋二）

〔大意〕恋の道とは遠いものなので、年月が経っても（恋しいあの人に）逢う機会がないのなら、一体どのくらい遠いものなのだろうか。

稀に逢ふ恋

いきて世《よ》におなじつらさを歎《なげ》けとや忘《わす》れはてては
思ひいづらん

頓阿・頓阿法師詠

〔大意〕生きて同じつらさに歎けというのか。私のことをすっかり忘れたと思うころに、ふたたび思い出して逢いにくるなんて。

〔参考歌〕
生《い》きてよもあすまで人もつらからじこの夕暮《ぐれ》をとはば問《と》へかし

式子内親王・新古今和歌集一四（恋四）

息の緒に妹《いも》をし思へば年月の行くらむ別《わき》も思ほえ
ぬかも

作者不詳・万葉集一一

〔大意〕命をかけて、妹を恋しく思っているので、年月が過ぎていく区切れもわからないことです。〔注解〕「息の緒」―命の綱の意。

漁《いざ》りする海人《あま》の楫の音《と》ゆくらかに妹《いも》は心に乗りに
けるかも

作者不詳・万葉集一二

〔大意〕漁をする海人のこぐ櫓の音がゆるやかに聞こえて来るように、私の恋しい妹はゆったりと私の心に乗っている。

しのびて逢ひわたり侍ける人に

漁火《いざり》の夜《よる》はほのかにかくしつゝ有《（あり）》へば恋《こひ》の下《した》
に消《け》ぬべし

藤原忠国・後撰和歌集一〇（恋二）

〔大意〕漁火がほのかなように、夜ひそかに逢い続けていると、恋の思いの火は表にでないうちに消えてしまうに違いない。〔注解〕「かくしつゝ」―「隠しつつ」と「斯くしつつ」を掛ける。「恋」―「こひ」の「ひ」に「火」を掛ける。

いその神ふりにし恋《こひ》の神《かみ》さびてたゝるに我はねぎ
ぞかねつる

藤原忠房・拾遺和歌集一四（恋四）

〔大意〕石上の布留の「ふる」のように、古びた昔の恋が、神がかって祟っているというのに、私はそれを祈り鎮めることができず持て余してしまったよ。〔注解〕「いその神」―地名の石上。「ふる」に掛かる枕詞。「ねぎ」―祈願して祈る。

磯《いそ》の神ふるの中道《なかみち》なか〳〵に見ずは恋《こひ》しと思《おも》はま

しやは

紀貫之・古今和歌集一四（恋四）

〔分類〕「契りを結んで後になお慕い思う恋」の「見れども飽かず」の歌。〔大意〕布留の中道の「ふる（経る）」という名のように、時が過ぎれば薄れていくものと思いましたが、「なか」という名のように、なまじ中途半端にお逢いしなければこれほど恋しいと思わなかったでしょう。〔注解〕「磯の神」―「ふる（布留）」を引き出す表現。「ふる」―地名の「布留」と「経る」を掛ける。

いたづらに行《（ゆき）》ては来《き》ぬる物ゆへ《（ゑ）》に見まくほしさに誘《いざ》なはれつゝ

よみ人しらず・古今和歌集一三（恋三）

〔分類〕「契りを結んで後になお慕い思う恋」の「逢うよしなしに」の歌。〔大意〕むなしくも行っては帰ってくるばかりだからこそ、逢い見たさに惹かれて、また行き来させられまして…。

草に寄せて馴るる恋

いつかさて水馴《みな》れぞ馴《な》るゝ浮《う》き草の根《ね》ざしとゞめん思ふみぎはに

三条西実隆・再昌草

〔大意〕いつになったらさて、水に馴れるようにあの人は私に馴れてくれるのだろう。浮草のようなあなたを私の思う通りの汀に根ざしとどめたいものだ。〔注解〕「水馴れ」―「見馴れ」を掛ける。

〔本歌〕

たぎつ瀬《せ》に根《ね》ざしとゞめぬ浮《うき》草のうきたる恋《こひ》も我はする哉

壬生忠岑・古今和歌集一二（恋二）

いつしかと袖《そで》にしぐれのそゝくかな思《おも》ひは冬のはじめならねど

賀茂重延・千載和歌集一一（恋一）

〔大意〕はやくも袖に時雨が注いできたことだ。時雨が木々を紅葉させるように私の袖も紅涙で染まってしまったが、この恋の思いは冬のはじめではないのに。〔注解〕「袖のしぐれ」―時雨が木々を紅葉させる。ここでは袖を紅色に染める涙。

実行卿家歌合に、恋の心をよめる

いつとなく恋にこがるゝわが身より立《た》つや浅間《あさま》の煙《けぶり》なるらん

源俊頼・金葉和歌集七（恋上）

〔大意〕いつと限らず、恋の思いの火に焦がれるわが身から立ちのぼるのが、浅間山の煙なのだろうか。
〔参考歌〕
みねごとに浅間の岳の煙あひて身にあまる恋のほど
もしられず
素意・多武峰往生院歌合

在所に尋ぬる恋

偽《いつはら》でそこと教《おし》へよ人目《め》もる道は心をしるべに
もせん

藤原政為・内裏着到百首

〔大意〕偽らないで恋しい人がいる場所をそこだとちゃんと教えてほしい。人目を避けるべき道では、恋い慕う心を道案内のしるしにしよう。
〔参考歌〕
知《し》る知《し》らぬ何《なに》かあやなく分《わ》きて言《い》はむ思《おも》ひのみこそ
しるべなりけれ
よみ人しらず・古今和歌集一一（恋一）

いつはりの涙なりせば唐衣しのびに袖はしぼらざ
らまし

藤原忠房・古今和歌集一二（恋二）

〔分類〕「逢わずして慕う恋」の「片思い」の歌。〔注解〕
「しのびに」―見えないようにひそかに。

契りて年を経る恋

偽《いつはり》もしらるゝ程の年月《とし》を有《あり》し契《ちぎり》にわすれぬ
も憂《う》し

藤原政為・内裏着到百首

〔大意〕あの人の言葉は偽りだったと思い知らされるほどの年月がたっているが、昔の恋の約束ゆえに、あの人を忘れることのできないのがつらい。
〔参考歌〕
あひ見ても忘るるほどになりなましありし契の誠な
りせば
俊恵・新拾遺和歌集一三（恋三）

偽《いつはり》も似つきてそする顕《うつ》しくもまこと吾妹子《わぎもこ》われ
に恋ひめや

大伴家持・万葉集四

〔大意〕（あの人が私に恋をしているらしいが、）嘘も本当らしくつくものです。実際、本当に吾妹子が私を恋するでしょうか、そんなことはありますまい。〔注解〕
「顕しく」―目に見えるように顕れる。真実である意。

女につかはしける

いつまでの命《いのち》もしらぬ世中《よのなか》につらき歎《なげ》きのやま
ずもあるかな

藤原義孝・新古今和歌集一二（恋二）

〔分類〕「久しく逢はざる恋」の「水に寄せる」の歌。
〔大意〕いつまでの命ともわからない世の中なのに、つらい恋の歎きのいつまでも続くことですよ。

いで吾《あ》が駒早く行きこそ真土山《まつちやま》待つらむ妹《いも》を行きて早見む

作者不詳・万葉集一二

〔大意〕さあ、吾が駒よ早く行け、私を待っている妹に、行って早く逢いたいから。〔注解〕「真土山」―「待つ」に掛かる枕詞。

いとはるゝ身を憂しとてや心《こゝろ》さへ我を離《はな》れて君に添《そ》ふらん

藤原隆親・千載和歌集一三（恋三）

〔大意〕あなたに疎ましがられるこの身をいやだといって、私の心さえ私を離れてあなたのそばにいるのでしようね。

恨むる恋

いとふともこの世の後にむまれあふその名ぞ心身をや祈《いの》らん

正徹・永享五年正徹詠草

〔大意〕あの人は私のことを嫌うけれども、来世に生まれかわって、まためぐり逢うという、その評判を心に信じて、わが身を祈ろう。

古《いにしへ》にありけむ人もわがごとか妹《いも》に恋ひつつ寝《い》ねかてずけむ

柿本人麻呂・万葉集四

〔大意〕昔の人も、私のように妹を恋しく思いながら寝られなかったことであろうか。

いにしへに猶立《（たち）》かへる心哉《（かな）》恋《こひ》しきことにもの忘《わす》れせで

紀貫之・古今和歌集一四（恋四）

〔分類〕「契りを結んで後になお慕い思う恋」の「ひたすらに慕うわが恋」の歌。〔注解〕「恋しきことに」―恋しいという思いについては。

左大臣女御うせ侍にければ、父大臣のもとに遣はしける

いにしへをさらにかけじと思へどもあやしく目《め》にも満《み》つ涙《なみだ》哉《（かな）》

村上天皇・拾遺和歌集一五（恋五）

〔大意〕過ぎ去ったことは全く心にかけまいと思うのだが、不思議にも目に溢れてくる涙であるよ。

いのちにもまさりてお《(を)》しくある物は見はてぬ夢《ゆめ》の覚《さ》むるなりけり

壬生忠岑・古今和歌集一二（恋二）

〔分類〕「逢わずして慕う恋」の「つれなさをうらむ恋」の歌。〔注解〕「見はてぬ夢」―見終わらない（恋の）夢。

命《いのち》やは何《なに》ぞは露《つゆ》のあだものを逢《あ》ふにし換《か》へばお《(を)》しからなくに

紀友則・古今和歌集一二（恋二）

〔分類〕「逢わずして慕う恋」の「逢うことを願う恋」の歌。〔注解〕「露のあだものを」―露と同じように消えやすくはかないものの意。

恋の心を人〱のよみけるに、よめる

命《いのち》をしかけて契《(ちぎり)》し仲《なか》なれば絶《た》ゆるは死《し》ぬる心ちこそすれ

実源・金葉和歌集七（恋上）

〔大意〕命までもかけて契った仲なので、それが絶えるということは、死んでしまうような気持がするよ。

命《いのち》をば逢《あ》ふに替《か》え《(へ)》むと思《おも》ひしを恋《こ》ひ死《し》ぬとだに知《し》らせてし哉《(かな)》

寂超・千載和歌集一二（恋二）

〔大意〕自分の命を逢うことと引き替えにしようと思ったが、逢うことができないので、せめて、恋い焦がれて死んでしまうとだけでもあの人に知らせてほしいものだなあ。

石根《いはね》踏《ふ》み夜道行かじと思へれど妹によりては忍《しの》びかねつも

作者不詳・万葉集一一

〔大意〕岩を踏んで夜道を行くことなどするまいと思ったが、恋い慕わしい妹なので、私は我慢ができなくて来てしまった。

思不言恋

いひ初《そめ》てつれなからばとさりげなくつゝむ思ひぞいとゞくるしき

小沢蘆庵・六帖詠草

〔大意〕思いを打ち明けて、つれなくあしらわれたらと、さりげなく思い秘めた恋心はますますせつないことだ。

今こむと言《い》ひし許《(ばかり)》に長月のありあけの月を待《ま》ち

いでつる哉

素性・古今和歌集一四（恋四）

〔分類〕「契りを結んで後になお慕い思う恋」の「深く思う恋」の歌。〔注解〕「今こむと」―（あなたが）もうすぐに行くと。

今来《こ》むと言《い》ひてわかれし朝《あした》より思《おも》ひくらしの音《ね》をのみぞなく

遍昭・古今和歌集一五（恋五）

〔分類〕恋「逢うことも間遠になって」の歌。〔大意〕すぐ来ますと言って別れたあの朝から、恋しく思いながら暮らしており、秋の朝から夕までひぐらしが鳴くように、私も一日中声を上げて泣いております。〔注解〕「思ひくらし」と「蜩（ひぐらし）」を掛ける。

いま来《こ》んとたのめしことを忘《わす》れずはこの夕暮《ゆふぐれ》の月や待《ま》つらん

藤原秀能・新古今和歌集一三（恋三）

〔分類〕「月に寄せて待つ恋」の歌。〔大意〕すぐに行こうと言って約束したことをあの人が忘れなければ、この夕暮の月の出を心待ちにして私を待っているだろう。

〔本歌〕

今こむと言《い》ひし許《ばかり》に長月のありあけの月を待《ま》ちいでつる哉

素性・古今和歌集一四（恋四）

今更に妹に逢はめやと思へかもここだわが胸おぼぼしからむ

大伴家持・万葉集四

〔大意〕もう妹に逢うことができないと思うからだろうか、こんなに自分の胸が乱れて苦しいのは。〔注解〕「おぼぼし」―わだかまりがあってはっきりしないこと。

初めて言に出だす恋

いまさらに色にぞいづる思《おも》ひ草のべの尾花《おばな》のもとの心《こゝろ》を

頓阿・頓阿法師詠

〔大意〕いまになって言葉に出し始めたことだ。野辺の尾花の思い草ではないが、かねてから恋い慕っていた心を。

今ぞ知《し》る思《おも》ひ出《い》でよと契《ちぎり》しは忘《わす》れんとてのなさけなりけり

西行・新古今和歌集一四（恋四）

〔分類〕「恨むる恋」の歌。〔大意〕今になってわかりました。別れるときにあの人が「思い出して下さい」と約束したのは、「この恋は忘れましょう」ということを伝えるための気遣った表現だったのですね。

従二位藤原親子家草子合に、恋の心をよめる

今《いま》はたゞ寝《ね》られぬいをぞ友《とも》とする恋《こひ》しき人のゆかりと思《おも》へば

宣源・金葉和歌集七（恋上）

〔大意〕今となっては、ただ眠られないことを友としている。恋しい人に縁のあることだと思うので。〔注解〕「い」―寝。

今はとて返《かへ》す事の葉《は》ひろひを《(お)》きて　を《(お)》のがものから形見《かたみ》とや見む

源能有・古今和歌集一四（恋四）

〔分類〕「契りを結んで後になお慕い思う恋」の「離れ行く人を思う恋」の歌。〔大意〕今はもう、と、あなたがお返しになる手紙を木の葉のように拾い集めておいて、もともと私の書いたものですが、あなたを偲ぶ形見として見ていましょうか。〔注解〕「事の葉」―手紙を木の葉に見立てた表現。

忍びて久しき恋

いまはとて洩《も》らしもすべき思ひにもわがつれなさの面《おも》がはりせで

三条西実隆・再昌草

〔大意〕もう、我慢できないと、人に洩らしそうな思いなのに、馴れてしまってつれもなく、私の顔色は変わりもしないでいる。

題しらず

いまはとて別《わか》れしほどの月をだに涙《なみだ》にくれてながめやはせし

藤原経衡・新古今和歌集一四（恋四）

〔分類〕「思ふ恋」の「月に寄す」の歌。〔大意〕「それでは」と、あわただしく別れた時の月は、涙でくもってながめることなどできませんでした。

今ははや恋《こ》ひ死《し》なましをあひ見むと頼《たの》めし事ぞいのちなりける

清原深養父・古今和歌集一二（恋二）

〔分類〕「逢わずして慕う恋」の「逢うことを願う恋」の歌。〔注解〕「あひ見むと頼めし」―契りを結ぼうとあてにさせた。

夢《いめ》にだに見えばこそあらめかくばかり見えずしあるは恋ひて死ねとか

大伴家持・万葉集四

〔大意〕夢でだけでも逢えるならば、生きていられるのだが、このように夢ですら逢えないということは、もう恋い焦がれて死ねということか。

妹《いも》があたり茂き雁が音夕霧に来鳴きて過ぎぬ為方《すべ》なきまでに

作者不詳・万葉集九

〔大意〕妹の家のあたりでしきりに鳴く雁が、夕霧の中に来て鳴くと行ってしまった。妹恋しさでどうしようもなさそうに。

妹があたり遠く見ゆれば怪《あや》しくもわれは恋ふるか逢ふ縁《よし》無しに

万葉集一一（柿本人麻呂歌集）

〔大意〕妹の家のあたりが遠くに見えると、不思議なほど私は恋の思いに乱れるのだ、逢う方法がなくて。

妹《いも》が袖わかれし日よりしろたへの衣かたしき恋《こ》ひつゝぞ寝《ぬ》る

よみ人しらず・新古今和歌集一五（恋五）

〔分類〕「久しく思ふ恋」の「袖に寄す」の歌。〔大意〕妹ときぬぎぬの別れをした日から、私は衣を片敷いて、妹を恋しく思い続けながら独り寝することだ。〔注解〕「しろたへの」―「衣」に掛かる枕詞。

妹が見し屋前《には》に花咲き時は経《へ》ぬわが泣く涙いまだ干《ひ》なくに

大伴家持・万葉集三

〔大意〕妹が見た庭には花が咲き、時は過ぎてしまった。（妹恋しさに流す）私の涙はいまだ乾かないのに。

妹が目を見まくほり江のさざれ波重《し》きて恋ひつつありと告げこそ

作者不詳・万葉集一二

〔大意〕妹の姿を見たいので、堀江の小波が絶え間なく寄せてくるように、しきりと恋い続けていると告げてください。〔注解〕「ほり江」―「堀り」と「欲り」を掛ける。「重きて」―波が絶え間なく寄せることと恋の思いがわいてくることを掛ける。

妹《いも》と寝《ね》ば岩戸《いはと》の空《そら》もさし曇《くも》りその夜《よ》ばかりはあけずもあらなむ

実方朝臣集（藤原実方の私家集）

〔大意〕妹と共寝をするのなら、天の岩戸が閉ざしたまとなって、その夜だけは明けないでくれればなあ。

〔注解〕「さし」—接頭語に戸の縁語の「鎖し」に掛かる。「あけ」—夜が「明け」ることと戸を「開け」を掛ける。

妹《いも》に恋ひ寝《い》ねぬ朝明《あさけ》に鴛鴦《をしどり》のここゆ渡るは妹が使か

万葉集一一（柿本人麻呂歌集）

〔大意〕妹が恋しくて寝られず明けた朝方に、鴛鴦がここを飛び渡って行くのは、妹の使いだろうか。

妹に恋ひ寝《い》ねぬ朝《あした》に吹く風は妹にし触《ふ》ればわれさへに触れ

万葉集一二（柿本人麻呂歌集）

〔大意〕妹が恋しくて寝られなかった夜明けに吹く風よ、もしも妹に触れているならば、この私にも触れておくれ。

妹に恋ひわが泣く涙敷栲《しきたへ》の木枕《こまくら》通《とほ》り袖さへ濡れぬ

作者不詳・万葉集一一

〔大意〕妹が恋しくて、私の泣く涙が木枕を通して袖までも濡らしてしまった。〔注解〕「敷栲の」—「枕」に掛かる枕詞。

家の歌合に、はじめたる恋の心をよめる

色見えぬ心《こころ》ばかりはしづむれど涙《なみだ》はえこそしのばざりけれ

源国信・金葉和歌集八（恋下）

〔大意〕色に出ない心だけは抑え鎮めているが、この涙はこらえることができないのだ。

〔参考歌〕

色見《み》えぬ心《こころ》のほどを知《し》らするは袂《たもと》を染《そ》むる涙なりけり

祐盛・千載和歌集一一（恋一）

色もなき心を人に染《そ》めしよりうつろはむとは思《おも》ほえなくに

紀貫之・古今和歌集一四（恋四）

〔分類〕「契りを結んで後になお慕い思う恋」の「ひたすらに慕うわが恋」の歌。〔大意〕もともと色がない心を、あの人への思いで染めはじめたときから、色の移ろうように私が心変わりするとは思えないことですよ。〔注解〕「染めし」—色を染める意と心を寄せる意を掛ける。「うつろはむ」—色が変わるだろうの意と心がさめるだろうの意を掛ける。

「う」

うきうらみ恋しきあはれいづかたにまさるおもひと心をぞ見る

伏見院・金玉歌合

〔大意〕あの人のつれなさを恨む思いと、私のあの人を恋しく思う気持ちと、どちらがの方が強い思いなのかと、自分の心の中をのぞいて見ました。

〔参考歌〕

間近《まぢか》くてつらきを見るは憂《う》けれども憂《う》きは物かは恋《こひ》しきよりは

よみ人しらず・後撰和歌集一六（恋六）

憂《う》きなかの枯《か》れ野《の》の尾花そをだにもかれにし袖《そで》の名残《なごり》とや見《み》む

二条良基・後普光園院殿御百首

〔大意〕疎まれる仲となり別れた今は、枯れ野の尾花のようであるが、その枯れ尾花だけでも、二人の仲の終わった袖の名残りとして見ようか。〔注解〕「枯れ」—男女の仲が「離（か）れ」を掛ける。

逢ひて逢はざる恋

憂《う》きながらあらず成《なり》ぬる手枕《たまくら》の夢にも見《み》えよ過《すぎ》し昔は

三条西実隆・内裏着到百首

〔大意〕つらいことではあるが、私の恋は期待したようにはならなかった。独り寝のはかない夢にでも見よう。ふたりが逢っていた過ぎ去った昔のことを。

〔参考歌〕

ありし夜を恋ふるうつつはかひなきに夢になさばや又もみゆやと

藤原為氏・続千載和歌集一三（恋三）

うきながらけぬる泡《あわ》ともなりななむながれてとだに頼《たの》まれぬ身は

紀友則・古今和歌集一五（恋五）

〔分類〕恋「よしや世の中」の歌。〔大意〕浮きながら消えてゆく泡になれるならばなって消えてしまいたい。泡ならば流れて行けばなんとかなるだろうが、悲しい涙を流して成り行きにまかせても期待の持てないわが身としては。〔注解〕「うきながら」—「浮きながら」と「憂きながら」を掛ける。「けぬる」—泡が消える意と身が消える（死ぬ）意を掛ける。

恋

うきながらさてもある世の身をすててたがためとてか人を恋《こふ》らん

藤原為家・中院詠草

〔大意〕つらいことばかりではあるが、それでもこの世に生きていられる身を捨て（出家をしたというのに）、だれのためといって、人を恋い慕っているのでしょう。

〔参考歌〕うきながらさてもあるよを女郎花などひとときに露こぼるらん

寂蓮・夫木和歌抄一一（秋二）

うきにかく恋《こひ》しきこともありけるをいさつらからむいかゞ思《おも》ふと

実方朝臣集（藤原実方の私家集）

〔大意〕つらくされても、このように恋しいこともあるので、私の方もつらくしてみよう。あなたがどう思うかと。

憂《う》き人の面影《おもかげ》ばかり残してや月は涙《なみだ》に曇《くも》りはつらん

二条良基・後普光園院殿御百首

〔大意〕つれないあの人の面影だけを残して、どうして月は私の涙で曇りきっているのだろう。

〔参考歌〕

曇《くも》れかしながむるからにかなしきは月におぼゆる人のおもかげ

八条院高倉・新古今和歌集一四（恋四）

うき人の月はなにぞのゆかりぞと思《おも》ひながらもうちながめつゝ

藤原実定・新古今和歌集一四（恋四）

〔分類〕「思う恋」の「月に寄す」の歌。〔大意〕あの月はつれないあの人と何か関係があるのだろうかと思いながら、関係もないのについ見入ってしまって。

海に寄する恋

うき身をも海《うみ》にいれとやいさむらん枕《まくら》のしたのおきつ白浪《しらなみ》

心敬・寛正百首

〔大意〕つらいわが身を海に投げてしまえと、諭しているのだろうか。枕の下が流す涙で海となり白波を立てているのは。〔注解〕「おきつ」―「沖」と「置き」を掛ける。

薄《うす》氷とけてもつらし池水の鳰《にほ》の通《かよ》ひ路《ぢ》ありと知《し》られて

藤原永親・宝徳二年十一月仙洞歌合

〔大意〕薄氷が解けても解けなくても池の鳰はつらいように、相手の心がうち解けても、恋の通い路があると知られるのはつらいことだ。

〔本歌〕

冬の池に住《す》む鳰鳥《にほどり》のつれもなくそこにかよふと人にしらすな

凡河内躬恒・古今和歌集一三（恋三）

つれなかりける人のもとに、逢ふよしの夢を見てつかはしける

うたゝねに逢《あ》ふと見つるが現《うつゝ》にてつらきを夢《ゆめ》と思《おも》はましかば

藤原公教・金葉和歌集七（恋上）

〔大意〕うたた寝で見たあなたに逢う夢が現実になって、いまのあなたの薄情さが夢と思えればよいのですが。

〔参考歌〕

うたゝねに恋《こひ》しき人を見てしより夢《ゆめ》てふ物は頼《たの》みそめてき

小野小町・古今和歌集一二（恋二）

うたゝ寝《ね》に頼《たの》むばかりの夢もがな恋てふ事の慰《なぐさ》めにせん

宗尊親王・文応三百首

〔大意〕うたた寝しているあいだに期待できるほどの夢が見たいものだ。恋というものの慰めにしたいので。

〔本歌〕

うたゝねに恋《こひ》しき人を見てしより夢《ゆめ》てふ物は頼《たの》みそめてき

小野小町・古今和歌集一二（恋二）

宇治川の瀬《せ》瀬《せ》のしき波しくしくに妹は心に乗りにけるかも

万葉集一一（柿本人麻呂歌集）

〔大意〕宇治川の瀬々の浪がしきりに立つように、妹がしきりに私の心にかかってくるのだよ。〔注解〕「宇治川の～しき波」――ここまで序。

夏忍恋

うちしのび我ぞねになく時鳥まつをかごとに更《ふく》るよの空

小沢蘆庵・六帖詠草

〔大意〕人目をしのんで、私は時鳥の代わりに声を抑えて泣くことだ、時鳥を待つのにかこつけて更けていく夜の空よ。〔注解〕「かごとに」――かこつけにして。

愛《うつく》しと思ふ吾妹《わぎも》を夢《いめ》に見て起《お》きて探るに無きがさぶしさ

作者不詳・万葉集一二

〔大意〕かわいいと思う吾妹子を夢に見て、起きて探してもいなくて寂しい。

うつくしとわが思ふ妹《いも》は早も死なぬか生《い》けりともわれに寄るべしと人の言はなくに

（旋頭歌）

万葉集一一（柿本人麻呂歌集）

〔大意〕かわいいと私が思っている妹は早く死んでしまえばいい。生きていても、私になびきそうだと人は言わないので。

愛《うつく》しみわが思ふ妹《いも》を人皆の行くごと見めや手に巻かずして

万葉集一一（柿本人麻呂歌集）

〔大意〕かわいいと私が思う妹を、他の人たちが行きすがらに見ていくように見ることなどできるだろうか、この手に抱きもしないで。

一夜を限る恋

うつゝともわかでやみにし一夜《よ》こそ逢《あ》ふもかはるもはじめなりけれ

頓阿・頓阿法師詠

〔大意〕現実とも夢ともわからないで終わった一夜の契りこそが、逢った始めであり、あなたの心変わりの始めでもあったことだ。

〔本歌〕

君やこし我や行きけんおもほえず夢か現かねてかさめてか

伊勢物語（六九段）

逢ふ恋

うつゝともわかぬ契りはよひ〱にみしを夢ぞとしるほどもなし

慶運・慶運百首

〔大意〕現実とはわからないほどの逢瀬は、宵ごとに夢の中で逢ったのと区別もつかないほど、はかないものだ。

〔参考歌〕

世《よ》の中《なか》は夢かうつゝかうつゝとも夢とも知《し》らずありてなければ

よみ人しらず・古今和歌集一八（雑下）

現《うつつ》にか妹《いも》が来ませる夢《いめ》にかもわれか惑《まと》へる恋の

繁きに

作者不詳・万葉集一二

〔大意〕現実に妹が来たのだろうか。それとも夢の中に私が迷ったのだろうか。あまりに恋い焦がれているために。

ある女に

うつり香《が》のうすくなりゆくたきもののくゆる思《おも》ひに消《き》えぬべきかな

清原元輔・後拾遺和歌集一三（恋三）

〔大意〕あなたが薫きしめた香の移り香が薄くなっていく、そのほのかな匂いのように、あなたを恋い焦がれる思いで、私の身は消えてしまいそうだ。〔注解〕「うつり香の〜たきものの」—ここまで「くゆる」を引きだす序。「思ひ」—「思ひ」の「ひ」に「火」を掛ける。

宰相典侍歌合に、花に寄する恋

うつりゆく心の花のはてはまた色みゆるまでなりにけるかな

頓阿・頓阿法師詠

〔大意〕移ろっていく人の心の花は、ついに、心変わりした色がはっきりと見えるほどになったことだ。

〔本歌〕

色《いろ》見えてうつろふ物は世中《（よのなか）》の人の心の花にぞありける

小野小町・古今和歌集一五（恋五）

春恨恋

うつり行《ゆく》人に恨《うらみ》の猶ぞそふはなはことしもおなじ色香に

小沢蘆庵・六帖詠草

〔大意〕他の人に心が移っていく人への恨みが一層つのることだ。花は今年も同じ色香で咲いているのに。

移《うつ》り行《（ゆく）》人の心の花かづら後《のち》の世かけて何頼《なにたの》みけん

宗尊親王・文応三百首

〔大意〕移り変わって行く人の心の花でつくった髪飾りなどして、来世にまでわたって、何を期待していたのだろうか。

木に寄する恋

うはの空に教《をし》へし杉の梢にもこゝろは見えてあき風ぞふく

心敬・寛正百首

〔大意〕訪れるときの目印にして下さいと、上の空で教えた杉の梢にも、「秋」ならぬ飽きっぽいその人の心が窺われて、秋風が吹いているよ。〔注解〕「あき風」—

「秋」と「飽き」を掛ける。

うへしげる垣根がくれの小篠原《をざさはら》しられぬ恋はうきふしもなし

藤原定家・定家卿百番自歌合

〔大意〕上の方が繁った垣根に隠れた小笹原のように、あの人に知ってもらえないままの恋には、つらいこともない。〔注解〕「ふし」―小笹の縁語。

馬来田《うまぐた》の嶺《ね》ろの笹葉《ささは》の露霜の濡《ぬ》れてわ来なば汝《な》は恋ふばそも

作者不詳・万葉集一四

〔大意〕馬来田の嶺の笹葉が露霜で濡れるように、私が濡れながら来たのは、おまえを恋しく思うからなのだよ。

怨《うらみ》ても泣《な》きてもいはむ方ぞなき鏡に見《み》ゆる影《かげ》ならずして

藤原興風・古今和歌集一五（恋五）

〔分類〕恋「わが身悲しも」の歌。〔大意〕怨んでも泣いても（この恋の苦しさを）訴える先がありません。鏡に見える自分の影以外には。

絶ゆるを恨むる恋

恨《うらみ》わび今は絶《た》えねと思ひこし我《わが》玉の緒を人にかけつゝ

後柏原天皇・内裏着到百首

〔大意〕あの人の薄情さを恨み悲しんで、今はもうこの恋が終わっても良いと思うようになってきた。私の命をあの人にかけていたのに。〔注解〕「玉の緒」―玉を貫く紐。命にたとえる。

女のもとにつかはしける

怨《うら》むれど恋《こ》ふれど君が世《よ》とゝもに知《し》らず顔《がほ》にてつれなかるらん

よみ人しらず・後撰和歌集一四（恋六）

〔大意〕あなたをお恨みし、恋い慕いもしましたが、あなたがいつまでも、そ知らぬ顔でつれなくするのはなぜですか。

うれしきといふわらはに文通はし侍りけるに、異人に物言はれてほどもなく忘られにけりと聞きてつかはしける

うれしきを忘《わす》るゝ人もある物《もの》をつらきを恋《こ》ふるわれやなになり

源政成・後拾遺和歌集一一（恋一）

〔大意〕「うれしき」を忘れる人もあるのに、その「うれしき」の薄情な仕打ちをかえって恋しく思う私は、一体何なんでしょうか。〔注解〕「うれしき」―「うれしき」という名の女の童と「嬉しき」を掛ける。

日ごろけふと頼めたりける人の、さもあるまじげに見え侍ければよめる

うれしとも思《おも》ふべかりしけふしもぞいとゞ歎《なげ》きのそふこゝちする

道命・後拾遺和歌集一一（恋二）

〔大意〕（あの人が逢ってくれそうにもなく見えるので）うれしいと思うはずであった今日は、よりいっそう歎きの加わる思いがする。

「え」

えぞいはぬ憂《う》きも恨《うらみ》も逢《あ》ひ見《み》ばと思ひし夜半《よは》の忍ぶあまりに

藤原教季・宝徳二年十一月仙洞歌合

〔大意〕よく言えないのだ。日頃の不満も恨みごとも逢ったら言おうと思っていたのに、夜中の逢瀬を人に気づかれないように、気をつけるあまりに。

「お」

弥生の一日より、忍びに、人にものら言ひて後に、雨のそほ降りけるに、よみて、遣はしける

起《お》きもせず寝《ね》もせで夜《よる》をあかしては春の物とてながめ暮《くら》しつ

在原業平・古今和歌集一三（恋三）

〔分類〕「契りを結んで後になお慕い思う恋」の「逢うよしなしに」の歌。〔注解〕「春の物」―春の景色。ここでは春の長雨をいう。「ながめ」―「眺め」と「長雨」を掛ける。

入道一品宮に侍ける陸奥がもとにつかはしける

奥山《おくやま》の真木《まき》の葉《は》しのぎ降《ふ》る雪《ゆき》のいつとくべしと見《み》えぬ君《きみ》かな

源頼綱・後拾遺和歌集一一（恋二）

〔大意〕奥山の槙の葉にかぶさるように降る雪のごとく、いつになっても打ち解けてくれるのか、わからないあなたですよ。

〔参考歌〕
奥《おく》山の菅《すが》の根《ね》しのぎふる雪《ゆき》のけぬとかいはむ恋《こひ》のしげきに
よみ人しらず・古今和歌集一一（恋一）

を《（お）》さふれどあまる涙《なみだ》はもる山のなげきに落《お》つる雫《しづく》なりけり
藤原忠隆・金葉和歌集八（恋下）
〔大意〕押さえても溢れ出る涙は、「漏る」の名の守山の投木のように、私の歎きで落ちる涙の雫であったよ。
〔注解〕「もる山」―「守山」に「漏る」を掛ける。「なげき」―「歎き」に薪の「投木」を掛ける。

落つれども軒《のき》に知《し》られぬ玉《たま》水は恋《こひ》のながめのしづくなりけり
大中臣清文・千載和歌集一一（恋一）
〔大意〕雨は軒から落ちるが、軒でないところから落ちる玉水は、恋の物思いをしている私の目から流れる涙の雫であることだ。〔注解〕「ながめ」―物思いをしてぼんやりとして見る意の「眺め」と「長雨」を掛ける。
〔参考歌〕
雨やまぬ軒《のき》の玉水数《かず》知《し》らず恋しき事のまさる頃《ころ》哉《（かな）》
平兼盛・後撰和歌集九（恋一）

しのびて懸想し侍ける女のもとに遣はしける
音無の川《かは》とぞつゐ《（ひ）》に流《（ながれ）》ける言《い》はで物思《（おもふ）》人の涙は
清原元輔・拾遺和歌集一二（恋二）
〔大意〕音無の川となってついに流れてしまった。恋の思いも打ち明けないで、物思いする人の涙は。

を《（お）》とにのみきくのしら露夜《つゆよる》はおきて昼《ひる》は思ひにあへずけぬべし
素性・古今和歌集一一（恋一）
〔分類〕「逢わずして慕う恋」の「音に聞く恋」の歌。
〔注解〕「をと」は噂。「聞く」と「菊」、「置き」と「起き」、「思ひ」と「日」を掛ける。

を《（お）》とは山を《（お）》とに聞きつゝ相坂《（あふさか）》の関のこなたに年をふる哉
在原元方・古今和歌集一一（恋一）
〔分類〕「逢わずして慕う恋」の「音に聞く恋」の歌。
〔大意〕音羽山の「音」という名のように、あの人の噂を聞きながら、また「逢う坂」の名でしたが逢うことはできずに、私はこの逢坂の関のこちら側で年月を過ごしているのです。

おなじ世にわがさきだちて恋しなば君が心の後ぞゆかしき

藤原為兼・金玉歌合

〔大意〕同じこの世に、私が先立って恋い焦がれて死んだならば、あなたの心のその後が知りたいものだ。

おのがしし人死《しに》すらし妹《いも》に恋ひ日にけに痩《や》せぬ人に知らえず

作者不詳・万葉集一二

〔大意〕人はそれぞれその人らしく死ぬものらしい。私は妹に恋してから日に日に痩せてしまった。人に知らせることもなしに。〔注解〕「おのがしし」――自分自身のするままに。

をのづから《(お)》つらき心も変《かは》るやと待《ま》ち見《み》むほどの命《いのち》ともがな

静縁・千載和歌集一二（恋二）

〔大意〕ひとりでに薄情なあの人の心も変わるだろうと、待って見届けるほどに、命があればよいが。

生《お》ふれども駒《こま》もすさめぬ菖蒲草《あやめ》かりにも人の来《こ》ぬがわびしさ

凡河内躬恒・拾遺和歌集一二（恋二）

〔大意〕成長したとしても馬も食べない菖蒲草を刈り取るというが、そのようにかりそめでも、あの人の訪れのないのが寂しい。〔注解〕「生ふれども～菖蒲草」――ここまで序。「かりにも」――「刈り」と「仮」を掛ける。

大かたのよその情《なさけ》を見し日よりこひしき人に成《なり》にけるかな

初恋

香川景樹・桂園一枝拾遺

〔大意〕一般的な異性に思いを抱き始めるころから、そのうち一人の人が恋しい人になっていくのですよ。

おほかたはたが名《な》かをしき《(を)》袖《そで》凍《し》みて雪《ゆき》もとけずと人に語《かた》らむ

実方朝臣集（藤原実方の私家集）

〔大意〕だいたい誰の浮名がたつのを心配しているのですか。袖が凍って雪も解けないように、あなたが打ち解けてくれないと人に話してしまいますよ。

〔参考歌〕

おほかたはなぞや我《わ》が名《な》の惜《お》しからん昔のつまと人に語《かた》らむ

貞元親王・後撰和歌集一〇（恋二）

大空《おほぞら》は恋《こひ》しき人のかたみかは物思《(おもふ)》ごとにながめらるらむ

酒井人真・古今和歌集一四（恋四）

〔分類〕「契りを結んで後になお慕い思う恋」の「形見」の歌。〔注解〕「ながめるらむ」―遠くを眺める意と物思いする意を掛ける。

大幣《おほぬさ》と名《な》にこそ立《た》てれながれてもつゐ《(ひ)》に寄《よ》る瀬《せ》はありてふ物を

在原業平・古今和歌集一四（恋四）

〔分類〕「契りを結んで後になお慕い思う恋」の「身のほどを知る」の歌。〔大意〕私を大幣にたとえられますが、大幣は流れても最後は流れつく浅瀬がありますのに、私はあなた恋しさに涙を流しても、最後に頼って落ちつくあてもない。〔注解〕「大幣」―大きな串にさした幣で、人々はそれを引き寄せ穢をはらい、その後で川に流す。

大原野祭の日、榊にさして女の許に遣はすとて

大原《おほはら》の神も知《し》るらむ我《わ》が恋《こひ》は今日《けふ》氏人の心やらなむ

藤原伊尹・拾遺和歌集一一（恋一）

〔大意〕大原の神も知っているだろう、私の恋の思いは。どうか祭の日の今日、氏人である私の心をかなえてほしい。

大船のたゆたふ海に碇《いかり》下《おろ》し如何《いか》にせばかもわが恋止《や》まむ

作者不詳・万葉集一一

〔大意〕大船は揺れる海に碇をおろして船を鎮めるが、どのようにしたならば私の、この恋の思いは止むことだろう。〔注解〕「大船の〜碇下し」―ここまで序。

弓削皇子、紀皇女を偲ふ御歌

大船《おほぶね》の泊《は》つる泊《とま》りのたゆたひに物思《も》ひ痩《や》せぬ人の児《こ》ゆゑに

弓削皇子・万葉集二

〔大意〕大船の泊る港で、船が揺れて安定しないように、私は揺れる恋の物思いに痩せてしまった。あの人は他人のものなのに。〔注解〕「たゆたひ」―揺れて定まらない意と気持ちが動揺する意を掛ける。

おぼろかにわれし思はば人妻にありといふ妹《いも》に恋ひつつあらめや

作者不詳・万葉集一二

〔大意〕いい加減に私が思っているならば、人妻である

という妹に、恋い続けているであろうか。

面影《おもかげ》のわすらるまじき別《わか》れかななごりを人の月にとゞめて

西行・新古今和歌集一三（恋三）

〔分類〕「暁に帰りなんとする恋」の歌。〔大意〕面影を忘れられない別れであることよ。忘れられない名残をあの人は月にとどめて。

〔参考歌〕

晨明《(ありあけ)》のつれなく見えし別《(わかれ)》より暁許《(ばかり)》うき物はなし

壬生忠岑・古今和歌集一三（恋三）

おもかげはおし《(を)》へし宿《やど》にさきだちてこたへぬ風《かぜ》の松に吹《(ふく)》声

藤原定家・定家卿百番自歌合

〔大意〕あの人の面影は教えてくれた宿へと先立って案内してくれるけれども、呼んでもあの人は答えてくれず、松に吹く風の声が聞こえるばかりである。

忘れ難き恋

面影《(おもかげ)》もなさけもわきていつの時いつの折とか人にしのばん

後柏原天皇・内裏着到百首

〔大意〕あの人の姿かたちもお心も、ひとしおに、あの時はどうだった、この折はどうだったといって、あの人を慕い思い出そう。

思《おも》はずよ寝《ね》くたれ髪《かみ》のそのまゝに乱《みだ》れて人を恋《こ》ひんものとは

宗尊親王・文応三百首

〔大意〕想像もしなかったよ。寝乱れた髪さながら、心も乱れてあの人を恋い慕うことになろうとは。

〔参考歌〕

黒髪《くろかみ》のみだれも知《し》らずうちふせばまづかきやりし人ぞこひしき

和泉式部・後拾遺和歌集一三（恋三）

思はぬに到らば妹《いも》が嬉しみと笑《ゑ》まむ眉引《まよびき》思ほゆるかも

作者不詳・万葉集一一

〔大意〕思いがけない時に到着したならば、妹が嬉しさで微笑むその引いた眉の様子が、今から思いやられるなあ。

思はぬに妹が笑《ゑま》ひを夢《いめ》に見て心のうちに燃えつつそをる

大伴家持・万葉集四

〔大意〕思いがけずに妹の笑顔を夢に見て、心のなかで恋の炎が燃えたっています。

思《おも》ひあまりいひいづるほどに数《かず》ならぬ身《み》をさへ人
に知《し》られぬるかな

道命・後拾遺和歌集一一（恋二）

〔大意〕思い余って、恋の思いを言葉に出しているうちに、物の数でもない私の身の上までも、あの人に知られてしまいました。

〔参考歌〕
花筐《がたみ》めならぶ人のあまたあれば忘《わす》られぬらむ数《かず》な
らぬ身は
よみ人しらず・古今和歌集一五（恋五）

海路を隔つる恋といへる心をよめる

思《おも》ひあまりうち寝《ぬ》る宵《よひ》のまぼろしも浪路《ぢ》を分《わ》けて
行《ゆ》きかよひけり

鴨長明・千載和歌集一五（恋五）

〔大意〕恋しさに堪えかねて、寝る宵の夢の中の私の幻も、波路をわけて行き通っていたよ。〔注解〕玄宗皇帝の命令で楊貴妃の生まれ変わりの仙女をさがしにでかけた道士士臨邛の故事にもとづく。

〔参考歌〕
たづねゆくまぼろしもがなつてにても魂のありかを
そこと知るべく
源氏物語（桐壺）

雨降る日、女につかはしける

思《おも》ひあまりそなたの空《そら》をながむれば霞《かすみ》をわけて
春雨ぞふる

藤原俊成・新古今和歌集一二（恋二）

〔分類〕「忍び難き恋」の「空に寄せる」の歌。〔大意〕恋の苦しさに堪えかねて、あなたのいる方角の空をながめると、霞を分けて春雨が降るばかりです。

〔参考歌〕
思《おも》ひかねそなたの空《そら》をながむればたゞ山《やま》のはにかゝ
る白《しら》雲
藤原忠通・詞花和歌集一〇（雑下）

摂政右大臣の時の家の歌合に、恋の歌
とてよめる

思《おも》ひ出《い》づるその慰《なぐさ》めもありなまし逢《あ》ひ見《み》てのち
のつらさなりせば

藤原季経・千載和歌集一一（恋二）

〔大意〕恋しい人に逢った後のつらさならば、逢えたことを思い出して、その慰めにもなったでしょうが、恋しい人は逢ってくれないのでつらいばかりです。

おもひいでて今朝《けさ》は消《け》ぬべしよもすがらおきかへりつる菊《きく》の上《うへ》の露《つゆ》

一条摂政御集（藤原伊尹の私家集）

〔大意〕あなたを思い出して恋しさがつのり、今朝は消え入りそうな気がする。一晩中起きてあなたと契りを交わし帰ってきた私は、菊の上に置く露のように。

人を忍びにあひ知りて、逢ひがたくありければ、その家のあたりをまかり歩きける折に、雁の鳴くを聞きて、よみて、遣はしける

思《(おもひ)》いでて恋《こひ》しき時は初雁《はつかり》のなきてわたると人知《し》るらめや

大伴黒主・古今和歌集一四（恋四）

〔分類〕「契りを結んで後になお慕い思う恋」の「ひたすらに慕うわが恋」の歌。〔大意〕あなたを思い出して恋しい時は、初雁が鳴いて渡るように、私も泣きながら通っているということを、あの人は知っているだろうか、多分知りますまい。

思《おも》ひ入《い》るふかき心のたよりまで見しはそれともなき山路《ぢ》哉《(かな)》

藤原季能・新古今和歌集一四（恋四）

〔分類〕「思ふ恋」の「山に寄す」の歌。〔大意〕思い込んだ私の恋心の深さのほどを示す手がかりになろうと思って見ていたが、さほどでもない山路だったなあ。

遇ひて遇はざる恋の心をよめる

思《おも》ひきや逢《あ》ひ見《み》し夜《よ》はのうれしさに後《のち》のつらさのまさるべしとは

藤原実能・金葉和歌集八（恋下）

〔大意〕そんなことだとは思っていただろうか。お逢いした夜の嬉しさのせいで、その後のつらさの方が強くなるなんて。

〔参考歌〕

逢《あ》ひ見《み》しをうれしきことと思《おも》ひしは帰《かへ》りてのちの嘆《なげ》きなりけり

道命・後拾遺和歌集一四（恋四）

うゑのおのこども、老後の恋といへる心をつかうまつりけるによませ給ける

思《おも》ひきや年《とし》の積《つも》るは忘《わす》られて恋《こひ》に命《いのち》の絶《た》えむものとは

後白河院・千載和歌集一四（恋四）

〔大意〕思ったであろうか。年をとることは忘れて、恋の思いに命が絶えることになろうとは、思いもしなかったよ。

思《おも》ひきや夢をこの世《よ》の契《ちぎ》りにて覚《さ》むる別《わか》れを歎《なげ》く
べしとは

俊恵・千載和歌集一二（恋二）

〔大意〕思ってもみたであろうか。夢の逢瀬をこの世の契りとしたが、その夢が覚めるときには別れを歎くことになるなんて。

思《おも》ひしる人ありあけの夜《よ》なりせばつきせず身をば
恨《うら》みざらまし

西行・新古今和歌集一二（恋二）

〔分類〕「片思」の歌。〔大意〕もしも私の思いを分かってくれる人がいる有明の夜であれば、いつまでもつったないこの身を恨むこともないでしょうに。〔注解〕「ありあけ」―「人あり」と「有明」を掛ける。

廉義公家の障子の絵に、撫子生ひたる
家の心細げなるを

思《（おもひ）》知《し》る人に見せばや夜《よ》もすがら我《わ》がとこ夏にを《（お）》
きゐたる露《つゆ》

清原元輔・拾遺和歌集一三（恋三）

〔大意〕風雅を知る人に見せたいものだ。一晩中私の家の常夏に置いている露（寝床を濡らしている私の涙）を。〔注解〕「とこ夏」―撫子。「床」を掛ける。

思《おも》ひ知《し》る人《ひと》もあらじをふる雪《ゆき》に消《き》えかへりつゝ恋《こひ》
をするかな

四条宮下野集（四条宮下野の私家集）

〔大意〕私の思いを知ってくれる人もいないと思いますが、お逢いしなくなってからは、この降る雪のように消え入る思いでいながら、恋い慕っております。

しらぬ人

おもひつゝぬればあやしなそれとだにしらぬ人を
も夢にみてけり

賀茂真淵・賀茂翁家集

〔大意〕恋い焦がれたまま寝ると、不思議なことに、その人とさえ知らない人をも夢に見たことだ。

恋の歌とてよめる

思《おも》ひ寝《ね》の夢《ゆめ》だに見えで明《あ》けぬれば逢《あ》はでも鳥《とり》の音《ね》
こそつらけれ

寂蓮・千載和歌集一二（恋二）

〔大意〕恋しい人を思いながら寝ても夢にも現われてくれないままで夜が明けてしまったので、恋しい人に逢えなくても（逢えても）朝の鳥の声はつらいものであるよ。

〔参考歌〕

ひとり寝《ぬ》る時は待《ま》たる、鳥の音《ね》も稀《まれ》に逢《あ》ふ夜はわびしかりけり

小野小町姉・後撰和歌集一三（恋五）

題しらず

思《おもひ》やる心にたぐふ身なりせば一日《ひとひ》に千度《ちたび》君は見てまし

大江千古・後撰和歌集一〇（恋二）

〔大意〕恋しいあなたを思って馳せる心とこの身が一体であれば、一日に千度でもあなたを見ることができるのだが。

〔参考歌〕

おもへども身をし分《わ》けねば目《め》に見えぬ心をきみにたぐへてぞやる

伊香子淳行・古今和歌集八（離別）

思《おもひ》やる境《さかひ》はるかになりやするまどふ夢路《ゆめぢ》に逢《あ》ふ人のなき

よみ人しらず・古今和歌集一一（恋二）

〔分類〕「逢わずして慕う恋」の「揺れる思い」の歌。

〔注解〕「まどふ夢路」―恋に乱れて迷い尋ねる夢の中の路。

思ふ子が衣《ころも》摺《す》らむににほひこそ島の榛原《はりはら》秋立たずとも

作者不詳・万葉集一〇

〔大意〕私が恋い慕う人の衣を摺り染めにしようと思うので、よく色がついておくれ、島の榛原はまだ秋にならなくても。

思《おも》ふことなくてすぎつる世《よ》の中《なか》につゐ（ひ）にこゝろをとゞめつるかな

大江為基・詞花和歌集八（恋下）

〔大意〕思い悩むこともなくて過ぎてきたこの世（二人の仲）に、私はとうとう心をとらわれてしまった。

〔参考歌〕

人知《ひとし》れず思《おもふ》心を留《とゞ》めつゝいくたび君が宿《やど》を過《す》ぐらん

よみ人しらず・拾遺和歌集一一（恋二）

思《おも》ふてふことはいはでも思《おもひ》けりつらきもいまはつらしと思《おも》はじ

平兼盛・後拾遺和歌集一四（恋四）

〔大意〕あなたを思っているということは、口に出して言わなくても思ってきました。あなたがつらいということも、今はつらいと思いますまい。

身を恥づる恋

思ふとておもなくいかで見《み》えもせん鏡にだにも
つゝましき身を

三条西実隆・内裏着到百首

〔大意〕恋しいといっても、恥ずかしくてとてもではありませんが逢うことはできません。鏡でさえも憚れるわが身ですので。

〔参考歌〕
見《み》るからに鏡《かゞみ》の影《かげ》のつらきかなかゝらざりせば
かゝらましやは

懐円・後拾遺和歌集一七（雑三）

思《おも》ふともかれなむ人をいかゞせむ飽《あ》かずちりぬる
花とこそ見め

素性・古今和歌集一五（恋五）

〔分類〕恋「人の心は…」の歌。〔大意〕恋い慕っても、花の枯れるように離れていった人をどうしたらよいだろう。見飽きないうちに散ってしまう花と思ってあきらめよう。〔注解〕「かれなむ」—「枯れ」と「離（か）れ」を掛ける。

おもふとも恋《こ》ふとも逢《あ》はむ物なれや結《ゆ》ふ手《て》もたゆ
く解《と》くる下紐《したひも》

よみ人しらず・古今和歌集一一（恋一）

〔分類〕「逢わずして慕う恋」の「ひそかに恋う」の歌。
〔大意〕どれほど思ってみても恋い慕ってみてもあの人に逢えるものだろうか。いや逢えまい、結ぶ手もだるくなるほど結んでも解けてくる下紐ですよ。

〔参考歌〕
京師辺《みやこべ》に君は去《い》にしを誰解《たれと》けかわが紐の緒の結《ゆ》ふ手
たゆしも

作者不詳・万葉集一二

思ふにし餘りにしかば為方《すべ》を無み出でてそ行きし
その門《かど》を見に

作者不詳・万葉集一一

〔大意〕恋しい思いがあふれてきて、どうしようもないので出かけて行った。あなたの家の門を見に。

万葉集和し侍りけるに

思《おも》ふらむ心の内を知《し》らぬ身は死《し》ぬ許（ばかり）にもあ

らじとぞ　思《おもふ》

源順・拾遺和歌集一二（恋二）

〔大意〕あなたがどれほど恋しく思っているのか、あなたの心の中を知らない私は、恋い死にするほどではないと思っています。

思《おも》ふらむ人にあらなくにねもころに　情《こころ》尽《つく》して恋ふるわれかも

大伴家持・万葉集四

〔大意〕あの人は私を思ってくださる人ではありませんが、こまやかに情を尽くして恋い慕う私です。〔注解〕「ねもころに」—こまやかに。

思《おも》へどもいはで忍《しの》ぶのすり　衣《ごろも》　心の中にみだれぬるかな

源頼政・千載和歌集一一（恋一）

〔大意〕恋しいと思っていても口にだして言わないで忍んでいるが、信夫の摺り衣のように、心の中は乱れていることだ。

おもへども人目《め》つゝみの高《たか》ければ河と見ながらえこそわたらね

よみ人しらず・古今和歌集一三（恋三）

〔分類〕「契りを結んで後になお慕い思う恋」の「人目を忍ぶ恋」の歌。〔注解〕「つつみ」—気にして。障害の意と「堤」を掛ける。「河」—「川」と「彼は」を掛ける。「えこそわたらね」—逢うことができないでいる。川を「渡る」と恋の思いを遂げる意を掛ける。

「か」

女に物言ひはじめて、さはる事侍てゝまからで、言ひ遣はし侍ける

かゝらでも　有《あり》にし物を白雪《しらゆき》の一日《ひとひ》もふればまさる我《わ》が恋《こひ》

在原業平・拾遺和歌集一二（恋二）

〔大意〕こんなふうに毎日逢わなくても、いままでは物思いもなく過ごしていたのに、いまでは一日でも逢わないと、いっそう思いがつのる私の恋だ。〔注解〕「白雪」—「降れば」に掛け「経れば」をみちびく枕詞。

かゝる身ををゝ《おほ》したてけんたらちねのを《お》やさへつらき恋もするかな

山家心中集（西行の私家集）

〔大意〕恋の思いを遂げられないでいるこの私、こんな身に育てあげた母親さえ恨みに思うほど、つらい恋をしていることだ。

かきくらし降《ふ》る白雪《しらゆき》のしたぎえにきえて物　思《（おもふ）》　こ
ろにもある哉

壬生忠岑・古今和歌集一二（恋二）

〔分類〕「逢わずして慕う恋」の「片思い」の歌。〔大意〕あたり一面を暗くするほど降る白雪も下の方で解けて消えるように、私も心の奥底で、消えていくように恋の物思いをするこのごろですよ。

かきくらす心のやみにまどひにき夢《ゆめ》うつゝとは
世人《（よひと）》さだめよ

在原業平・古今和歌集一三（恋三）

〔分類〕「契りを結んで後になお慕い思う恋」の「きぬぎぬ」の歌。〔大意〕恋の思いにかき乱されて心の闇にまどってしまった。この恋は夢の中のことなのか、現実の出来事なのか、他の人が判断してください。

かきくらす涙の雨の脚繁《あしゝげ》くさかりにもののなげか
しきかな

山家心中集（西行の私家集）

〔大意〕空を暗くするほど雨が降るように、目もかきくれるほど涙の雨が降りしきり、いまをさかりの歎かわしい私の恋よ。

〔参考歌〕
かきくらし雲間《くもま》も見《み》えぬさみだれは絶《た》へ《（え）》ず物思《ものおも》ふわ
が身なりけり

藤原長能・後拾遺和歌集一四（恋四）

題しらず

かきやりしその黒髪《くろかみ》のすぢごとにうちふすほどは
面影《おもかげ》ぞたつ

藤原定家・新古今和歌集一五（恋五）

〔分類〕「面影に寄する恋」の歌。〔大意〕かつてかき撫でたその黒髪の一筋一筋までが鮮明に、横になるときは、いつもあの人の面影が浮かんでくる。

〔本歌〕
黒髪《くろかみ》のみだれも知《し》らずうちふせばまづかきやりし人
ぞこひしき

和泉式部・後拾遺和歌集一三（恋三）

忍びたる女をかりそめなる所にゐてま
かりて、帰りて朝につかはしける

限《かぎ》りなくむすびを《（お）》きつる草枕いつこのたびを思《おも》ひ

忘《わす》れん

藤原伊尹・新古今和歌集一三（恋三）

〔分類〕「逢ふ恋」の歌。〔大意〕いつまでもとかたい契りを結んだ旅寝であったが、いつになろうとこの度のことを忘れることなどありましょうか。〔注解〕「草枕」―旅の枕詞的用法。「たび」―「旅」と「度」を掛ける。

かくとだに言《い》はで儚《はかな》く恋《こ》ひ死《し》なばやがてしられぬ
身とやなりなん

隆恵・詞花和歌集七（恋上）

〔大意〕せめて、私の思いはこうですと告白したいけれど、言わずにはかなく恋い死にするのならば、このままあの人に知られない身となってしまうのだろうか。

女にはじめてつかはしける

藤原実方・後拾遺和歌集一一（恋一）

かくとだにえやはいぶきのさしもぐささしも知《し》ら
じな燃《も》ゆる思《おも》ひを

〔大意〕このように恋い慕っているというだけのことでもどうして言えるでしょうか、そうとは知らないでしょうね、もぐさのように燃える私の思いを。〔注解〕「えやはいぶきの」―「えやはいふ（言えない）」に「伊吹」を掛ける。「さしもぐさ」―もぐさに用いる蓬。

〔参考歌〕

なほざりにいぶきの山のさしもぐささしも思はぬこ
とにやはあらぬ

作者不詳・古今和歌六帖六

抜気大首の筑紫に任けらえし時に、豊前国の娘子紐児を娶きて作る歌

斯《か》くのみし恋ひし渡ればたまきはる命もわれは惜
しけくもなし

抜気大首・万葉集九

〔大意〕こんなにも恋い慕い続けているのだから、命さえも私は惜しくもない。〔注解〕「たまきはる」―「命」に掛かる枕詞。

かくのみし恋ひや渡らむ秋津野《あきづの》に棚びく雲の過ぐ
とは無しに

大伴千室・万葉集四

〔大意〕このように恋い慕い続けているだけなのだろうか。秋津野にたなびく雲の流れが過ぎていくように、過ぎ去って忘れるということもなしに。

かくばかり色に出《い》でじと忍《しの》べども見《み》ゆるらんもの

を堪《た(へ)》えぬけしきは

賢知・千載和歌集一一（恋一）

〔大意〕これほどに恋の思いが顔色にでないようにと忍んできたが、見えていることであろう、堪えきれない私の様子は。

〔参考歌〕

しのぶれど色に出《い》でにけり我《わ》が恋は物や　思《(おもふ)》と人の
問《と》ふまで

平兼盛・拾遺和歌集一一（恋一）

かくばかり恋ひつつあらずは石木《いはき》にもならましも
のを物思《も》はずして

大伴家持・万葉集四

〔大意〕こんなに恋い慕ったりせずに、石や木にもなればよかったなあ、こんな物思いもなくて。

斯《か》くばかり恋ひむものそと知らませばその夜は寛《ゆた》
にあらましものを

作者不詳・万葉集一二

〔大意〕これほどに恋しく思うものと知っていたならば、あの夜は、もっとゆったりと過ごしたのになあ。

年を経て語らふ人のつれなくのみ侍ければ、うつろひたる菊につけてつかはしける

かく　許《(ばかり)》　深《ふか》き色にもうつろふを　猶《(なほ)》　君《きみ》きくの花と
言《い》はなん

源清蔭・後撰和歌集一三（恋五）

〔大意〕菊の花がこれほどに深い色へ移ろい変わってゆくのを見ると、他の人に思いが移ったかに見えるつれないあの人も、やはり菊の花の名のように、私の願いを聞く花だと言っていただきたいものです。

待つ恋

かく　斗《(ばかり)》　待《ま》たるゝ暮《くれ》をいつはりになれてたのまぬ
身とや　知《(しる)》らん

慶運・慶運百首

〔大意〕これほどまで、待ち望まれる夕暮れであるが、あなたの空言になれて頼みとしなくなったことを、あなたは知っているだろうか。

香具山《かぐやま》は　畝火雄々《うねびをを》しと　耳梨《みみなし》と　相《あひ》あらそひき
神代より　斯《か》くにあるらし　古昔《いにしへ》も　然《しか》にあれこ
そ　うつせみも　嬬《つま》を　あらそふらしき　（長歌）

天智天皇・万葉集一

〔大意〕香具山は、畝火山を雄々しいと思い、その愛を得ようとして耳梨山と相争った。神代からこのようであるらしい。昔もそうであったからこそ、今もひとりの女性をめぐって、相争うことがあるものらしい。

三井寺に侍ける童を、京にいでばかならずつげよと契りて侍けるを、京へいでたりとは聞きけれども、をとづれ侍ざりければ、いひつかはしける

かげみえぬ君《きみ》は雨夜《あまよ》の月なれやいでても人にしら
れざりけり

覚雅・詞花和歌集七（恋上）

〔大意〕姿の見えないあなたは、雨の夜の月なのでしょうか。山の端から出て来ても、人に気付かれないのですね（雨夜の月ではないのだから姿を見せてください）。

題しらず

かげろふに見し許《(ばかり)》にや浜千鳥《はまちどり》ゆくゑ《(へ)》も知《し》らぬ恋《こひ》に
まどはむ

源等・後撰和歌集一〇（恋二）

〔大意〕かげろうのようにかすかに見たばかりに、飛んで行く浜千鳥のような行方もわからない恋に惑うことでしょうよ。

〔参考歌〕

夢よりもはかなきものは陽炎《かげろふ》のほのかに見えし影《かげ》に
ぞありける

よみ人しらず・拾遺和歌集一二（恋二）

藤原敏行朝臣の、業平朝臣の家なりける女をあひ知りて、文遣はせりける言葉に、今まうでく、雨の降りけるをなむ見煩ひ侍と言へりけるを聞きて、かの女に代りて、よめりける

かず〱に思《おも》ひおもはず問《と》ひがたみ身をしる雨は
降《ふ》りぞまされる

在原業平・古今和歌集一四（恋四）

〔分類〕「契りを結んで後になお慕い思う恋」の「身のほどを知る」の歌。〔大意〕心から深く思ってくださるのか、くださらないのか、おうかがいしにくいのですが、雨で出かけにくいというあなたの言葉で、わが身のほどを知り、（涙といっしょに）雨もますます降りつのっていることです。

春日祭にまかれりける時に、もの見に出でたりける女のもとに、家を尋ねて遣はせりける

春日野《かすがの》の雪間《ま》をわけて生《お》ひいでくる草のはつかに

見えしきみはも

壬生忠岑・古今和歌集一一（恋一）

〔分類〕「逢わずして慕う恋」の「ほのかに見て恋う」の歌。〔注解〕「はつかに」—わずかに。「はも」—回想的詠嘆表現。

春日《かすが》野のわかむらさきのすり衣しのぶの乱《みだ》れかぎりしられず

女につかはしける　在原業平・新古今和歌集一一（恋一）

〔分類〕「紫草に寄す」の歌。〔大意〕春日野の若紫で摺った摺衣のように若々しく美しいあなたの姿を見て、このしのぶもぢ摺りの模様のように、人目を忍ぶ私の心は乱れに乱れています。〔注解〕「しのぶの乱れ」—しのぶもぢ摺りの衣の乱れ模様と忍ぶ心の乱れを掛ける。

かずならぬ心のとがになしはてじしらせてこそは身をもうらみめ

山家心中集（西行の私家集）

〔大意〕とるにたりぬ身で恋をしたからといって心の罪には、するまい、自分の思いを相手に打ちあけた上で身の不幸を嘆くなら嘆こう。

〔参考歌〕

思《おも》ひあまりいひいづるほどに数《かず》ならぬ身《み》をさへ人に知《し》られぬるかな

道命・後拾遺和歌集一一（恋一）

霞立つ春の長日を奥処《おくか》なく知らぬ山道を恋ひつつか来《こ》む

作者不詳・万葉集一二

〔大意〕霞の立つ春の長い一日、行きつくところもわからぬ山道を私は恋の思いを抱きながら歩いて行くのであろうか。

霞立つ春の長日《ながひ》を恋ひ暮し夜の更《ふ》けぬれば妹《いも》に逢へるかも

万葉集一〇（柿本人麻呂歌集）

〔大意〕霞の立つ春の長い一日を恋い暮らし、夜が更けてやっと恋しい妹に逢うことができたのだ。

はじめたる恋の心をよめる

かすめては思《おも》ふ心《こころ》を知《し》るやとて春《はる》の空《そら》にもまかせつるかな

良暹・金葉和歌集八（恋下）

〔大意〕ほのかに言えば、私の恋い慕う心を知ってくれ

るかと期待して、春の霞む空にまかせて言ったことで
すよ。

風ふかば峰《みね》にわかれん雲をだにありし名残《なごり》のかた
みとも見《み》よ

藤原家隆・新古今和歌集一四（恋四）

〔分類〕「思い出す恋」の「雲に寄す」の歌。〔大意〕風
が吹いたら峰のところで別れて飛んでいくような雲で
あるが、せめてその雲を恋し合っていた時の形見とし
て眺めてください。

風ふけば浪打《(うつ)》岸の松なれやねにあらはれて泣《な》きぬ
べら也

この歌は、ある人の曰く、柿本人麻呂
がなり

よみ人しらず・古今和歌集一三（恋三）

〔分類〕「契りを結んで後になお慕い思う恋」の「色に
出でなむ」の歌。〔注解〕「ねにあらはれて」—松の根
が波で洗われて露出するように。

風ふけば峰にわかるゝ白雲の絶《た》えてつれなき君が心か

壬生忠岑・古今和歌集一二（恋二）

〔分類〕「逢わずして慕う恋」の「つれなさをうらむ恋」
の歌。〔注解〕「絶えて」—ぜんぜん。

冷泉院春宮と申ける時、百首歌たてま
つりけるによめる

風《かぜ》をいたみ岩《いは》うつ波《なみ》のを《(お)》のれのみくだけてものを
おもふころかな

源重之・詞花和歌集七（恋上）

〔大意〕風が激しいので、岩を打つ波が砕け散るように、
私だけが心を砕いて物思いするこの頃であるよ。

総に寄する恋

片糸《かたいと》のその一ふしは残るともまたよりあはむ限り
をぞ待《(まつ)》

幽斎・玄旨百首

〔大意〕縒り合わす片糸のひとすじが残っても、また縒
り合わされるように、私もあの人にふたたび逢える機
会が来るまで待ち続けることだ。

方ふたがりける頃、違へにまかるとて

片《かた》時も見ねば恋《こひ》しき君《み》をおきてあやしや幾《いく》夜ほか
に寝《ね》ぬらん

藤原有文・後撰和歌集一〇（恋二）

〔大意〕片時でも逢っていなければ恋しく思われるあな

たを放っておいて、おかしなことに、どうして今まで幾夜もほかで寝ていたのでしょうか。

片岡《かたをか》の雪まにねざす若草《わか》のほのかに見てし人ぞこひしき

曾祢好忠・新古今和歌集一一（恋一）

〔分類〕「若草に寄せて」の「見る恋」の歌。〔大意〕片岡の雪の間に根をおろしている若草がかすかに萌えでているように、わずかに見たあの人が恋しくてならない。

〔本歌〕

春日野《かすがの》の雪間《ま》をわけて生《お》ひいでくる草のはつかに見えしきみはも

壬生忠岑・古今和歌集一一（恋一）

前太政大臣家にて、木幡の里の恋といふことを

かちよりぞ木幡《こはた》の里《さと》もかよひこしなどか恋路《ぢ》のくるしかるらん

頓阿・頓阿法師詠

〔大意〕わざわざ徒歩でこの木幡の里までやってきたのに、どうして恋の路はこんなにも苦しいのだろうか。

〔本歌〕

山科《しな》の木幡《こはた》の里に馬はあれど徒歩《かち》よりぞ来《く》る君を思へば

柿本人麻呂・拾遺和歌集一九（雑恋）

契待恋

かならずとたのめしけふの暮なれどとはれぬほどはいかゞとぞ思《おもふ》

小沢蘆庵・六帖詠草

〔大意〕きっと来てくれると頼みに思わせてくれた今日の夕暮だけれども、来ないうちはやはり心配になってしまうなあ。

河の瀬《せ》になびく玉藻《たまも》のみがくれて人に知《し》られぬ恋《こひ》もする哉

紀友則・古今和歌集一二（恋二）

〔分類〕「逢わずして慕う恋」の「片思い」の歌。〔注解〕「みがくれて」―水に隠れて。恋の思いを隠くしての意の「身隠れて」を掛ける。

帰るさに妹《いも》に見せむにわたつみの沖つ白玉拾《ひり》ひて行かな

作者不詳・万葉集一五

〔大意〕帰るときに、妹に見せるために、海の沖の白玉

を拾っていこう。〔注解〕「わたつみ」―海。

女のもとより雪降り侍ける日帰りてつかはしける

帰《かへ》るさの道《みち》やはかはるかはらねどとくるにまどふけさの淡雪《あはゆき》

藤原道信・後拾遺和歌集一二（恋二）

〔大意〕帰るときの道はいつもと変わっているでしょうか。変わりはしませんが、今朝の淡雪がとけるように、あなたがうちとけてくれたので、かえって惑っています。

上毛野平度《をど》の多杼里《たどり》が川路にも児《こ》らは逢はなも一人のみして

作者不詳・万葉集一四

〔大意〕上野（こうずけ）の平度の多杼里の川道で、恋しいあの子が逢ってくれるといいなあ、一人で来てくれて。

祈りて逢ひ難き恋

神にだに恨《うらみ》をかけんとがもなし又　此《この》うへの憑《たの》みなき身は

藤原政為・内裏着到百首

〔大意〕恋が実らないので、神にさえ恨みを抱いてしまう、そんな恐ろしい罪を犯したことはないけれど。これ以上、頼りとするもののないわが身はつらいものだ。

からころも袖《そで》に人めはつゝめどもこぼるゝものは涙《なみだ》なりけり

一条摂政御集（藤原伊尹の私家集）

〔大意〕あなたとのことを知られないように、唐衣の袖で人目は隠しているけれども、涙は包みきれずにこぼれ落ちてしまうのだ。

唐衣なれば身にこそまつはれめ掛《か》けてのみやは恋《こ》ひむと　思《おもひ》し

景式王・古今和歌集一五（恋五）

〔分類〕恋「人の心は…」の歌。〔大意〕唐衣も着なれれば身にぴったりとするように、あの人ともなれ親しめばぴったりと合うだろうが、それにしても、まさに衣を掛けるがごとく、あの人を心に掛けてずっと思い続けることになろうとは考えもしなかったことだ。

刈《かり》こもの思《おもひ》みだれて我恋《こ》ふと妹《いも》しるらめや人し告《つ》げずは

よみ人しらず・古今和歌集一一（恋一）

〔分類〕「逢わずして慕う恋」の「ひそかに恋う」の歌。〔注解〕「刈こもの」―「乱る」をだす表現。刈り取った菰が乱れるように。

狩《かり》人の入野《いるの》の男鹿音《ね》にたてて命《いのち》を限《かぎ》り恋《こひ》もするかな

二条良基・後普光園院殿御百首

〔大意〕狩人の入る入野では、音をたてた男鹿が射られて命を落とすように、私も声をあげて命の限りの恋をすることだよ。〔注解〕「入野」―地名の「入野」と「入る」「射る」を掛ける。

旧恋

賀茂真淵・賀茂翁家集

かれしそのむかしばかりはしたはぬや我さへうとく今はなりけむ

〔大意〕ずっと前に終わった恋の昔ぐらいは、なつかしく思わないだろうか、いや、思うだろうに。私も、もうそういうことには疎くなってしまったようだ。

かれはてむ後《のち》をば知らで夏草のふかくも人のおもほゆる哉

凡河内躬恒・古今和歌集一四（恋四）

〔分類〕「契りを結んで後になお慕い思う恋」の「深く思う恋」の歌。〔大意〕枯れ果てるであろう将来のことを知らずに夏草は深く生い茂っているが、同じように、さきざきに離れてしまうことなど考えずに、深くあの人のことが思われることであるよ。

人のもとにて題をさぐりて冬恨恋といふ事を

かれゆくを一ふしうしと見つるより心にさわぐあしのうらかぜ

賀茂真淵・賀茂翁家集拾遺

〔大意〕葦が一節枯れていくように、恋しい人が離れていくことはひとときわつらいと思ったときから、私の心の中は浦風に吹かれる葦のように乱れてしまったことだ。〔注解〕「かれゆくを」―葦が「枯れ行く」と恋人が「離れ行く」を掛ける。

「き」

枕に寄する恋

きえかへり思ひしづむもかひぞなきさ夜《（よ）》の枕《まくら》のふるき世の夢

心敬・寛正百首

〔大意〕命も消えてしまうほど落ち込んでも何の甲斐もありません。夜の枕の夢の中で過ぎた昔のあの人を思い出しても。

きえかへりくれまつそでぞしほれぬるを《お》きつる人は露《つゆ》ならねども

山家心中集（西行の私家集）

〔大意〕命も消えるほどに、夕暮を待つ私の袖は涙にぐっしょり濡れてしまった。今朝置いてきたあの人は草に置く露ではないのだけれども。

切恋

消《きえ》ぬべき露のいのちよまてしばし逢《あふ》にかへんとおもひこしみぞ

小沢蘆庵・六帖詠草

〔大意〕露のように消えてしまうさだめのこのはかない命よ。だが少し待っておくれ、恋しいあの人に逢うことと引き換えにしようと思ってきたこの命なのだ。

題知らず

来《き》たりとも寝《ぬ》るまもあらじ夏の夜《よ》の有明月もかたぶきにけり

曾祢好忠・詞花和歌集八（恋下）

〔大意〕あの人がおいでになったとしても、もう共寝する時間もないでしょう。夏の短かい夜の有明の月も西に傾いてしまいました。

人の許にまかりそめて、朝につかはしける

昨日まで逢《あ》ふにしかへばと思《おもひ》しをけふは命《いのち》のお《を》しくもあるかな

藤原頼忠・新古今和歌集一三（恋三）

〔分類〕「逢ふ恋」の歌。〔大意〕昨日までは、この命を逢うことと引き換えにできるならばと思っていたが、今朝はこの命が惜しく思われることだ（また逢いたいために）。

〔参考歌〕

命《いのち》やは何《なに》ぞは露《つゆ》のあだものを逢《あ》ふにし換《か》へばお《を》しからなくに

紀友則・古今和歌集一二（恋二）

きのふ見《み》し人の心にかゝるかなこれや思《おも》ひのはじめなるらん

宗尊親王・文応三百首

〔大意〕昨日見た人のことが気にかかるなあ。これが恋のはじまりなのだろうか。

〔参考歌〕
きのふ見《み》し人はいかにとおどろけどなを《（ほ）》長《（ながき）》夜《よ》の夢にぞ有《（あり）》ける
慈円・新古今和歌集八（哀傷）

昨日見て今日こそ隔《へだ》て吾妹子《わぎもこ》が幾許《ここだく》継ぎて見まくし欲しも
作者不詳・万葉集一一
〔大意〕昨日逢って、今日だけ離れて逢っていないだけなのに、吾妹子にこれほどにも続けて逢いたい。

君が着る三笠の山に居《ゐ》る雲の立てば継《つ》がるる恋もするかも
作者不詳・万葉集一一
〔大意〕三笠山にかかる雲は絶え間なく次々と立ちのぼってくるように、私もとめどもない恋をすることである。〔注解〕「君が着る」―「三笠」に掛かる枕詞。

小弁がもとにつかはしける
君《きみ》がためおつる涙《なみだ》の玉《たま》ならばつらぬきかけて見《み》せまし物《（もの）》を
源経信・後拾遺和歌集一四（恋四）
〔大意〕あなたのために落ちるこの涙がもしも玉であったならば、貫いて緒にかけてお見せしたいものを。
〔参考歌〕
つゝめども袖にたまらぬ白玉は人を見ぬめの涙なりけり
安倍清行・古今和歌集一二（恋二）

女のもとより帰りてつかはしける
君《きみ》がためをしからざりしいのちさへ長《なが》くもがなと思《おも》ひぬるかな
藤原義孝・後拾遺和歌集一二（恋二）
〔大意〕あなたにお逢いするためならば、惜しくないと思っていたこの命までも、長くあってほしいと思うようになりました（あなたに再度お逢いしたいために）。
〔参考歌〕
命《いのち》やは何《なに》ぞは露《つゆ》のあだものを逢《あ》ふにし換《か》へばおし《（を）》からなくに
紀友則・古今和歌集一二（恋二）

年を経たる恋といへる心をよみ侍ける
君恋《こ》ふとなるみの浦《うら》の浜《はま》ひさぎしほれてのみも年《とし》を経《ふ》るかな
源俊頼・新古今和歌集一二（恋二）
〔分類〕「忍ぶ恋」の「海辺の木に寄せる」の歌。〔大意〕あなたを恋い慕うようになった私は、鳴海の浦の浜辺のヒサギが波に濡れるように、涙にぐっしょり濡れて年月を過ごしていることです。〔注解〕「なるみ」―「成る身」と「鳴海の浦」を掛ける。

君恋《こ》ふる涙しぐれと降《ふ》りぬれば信夫《しのぶ》の山も色《いろ》づきにけり

祝部成仲・千載和歌集一一（恋二）

〔大意〕あなたを恋い慕う涙が時雨のように降りますので、信夫の山が紅葉となるように、忍ぶ思いの私の袖も紅の涙に濡れ、色づいてしまいました。〔注解〕「信夫」―陸奥国の歌枕の「信夫」に「忍ぶ」を掛ける。

〔参考歌〕

もの思ふと隠《こも》らひ居《を》りて今日見れば春日《かすが》の山は色づきにけり

作者不詳・万葉集一〇

君こふる涙しなくは唐衣《から》むねのあたりは色もえなまし

紀貫之・古今和歌集一二（恋二）

〔分類〕「逢わずして慕う恋」の「片思い」の歌。〔注解〕「しなくは」―ないならば。「唐衣」―美しい衣裳。「色」―激しい恋の火。

きみ恋《こ》ふる涙のとこに満《み》ちぬればみをつくしとぞ我《われ》はなりける

藤原興風・古今和歌集一二（恋二）

〔分類〕「逢わずして慕う恋」の「片思い」の歌。〔大意〕あなたを恋する涙が独り寝の床に満ちてしまったので、海に立つ道標の「みおつくし」の名のように、私の命は尽きて（身を滅ぼして）しまいました。

君《きみ》恋《こ》ふる 涙《なみだ》やきりてかくしけむひとり寝《ぬ》る夜《よ》の月なかりしは

実方朝臣集（藤原実方の私家集）

〔大意〕あなたを恋しく思う涙が霧となって目をふさがれてしまったのだろうか。一人寝の夜の月が見えなかったのは。

君恋《こ》ふる身はおほぞらにあらねども月日をおほく過《す》ぐしつるかな

藤原伊房・千載和歌集一一（恋一）

〔大意〕あなたを恋い慕うこの身は大空ではありませんが、月や太陽が何度も通り過ぎていきました（あなたに恋をしてから長い月日が流れました）。

〔参考歌〕

数《かず》ならぬ身は山の端《は》にあらねども多《おほ》くの月を過《す》ぐしつる哉《かな》

よみ人しらず・後撰和歌集一三（恋五）

きみといへば見まれ見ずまれ富士《ふじ》の嶺《ね》の珍《めづら》しげなくもゆるわがこひ

藤原忠行・古今和歌集一四（恋四）

〔分類〕「契りを結んで後になお慕い思う恋」の「見れども飽かず」の歌。〔大意〕あなたのことになると、見ていようが見ていまいが、逢おうと逢うまいと、富士の峰の燃えて煙をだすことが珍しくもないように、たえず燃えている私の恋の火よ。〔注解〕「見まれ見ずまれ」―「見る」の意と「逢う」の意を掛ける。「こひ」―「恋」と「火」を掛ける。

君に恋ひ寝《い》ねぬ朝明《あさけ》に誰《た》が乗れる馬の足音《あのと》そわれに聞かする

作者不詳・万葉集一一

〔大意〕あなたを恋しく思って寝られなかった朝明けに、誰が乗っている馬の足音だ、私に聞かせてさらに思いをつのらせるのは。

君《きみ》やたれありしつらさはたれなれば恨《うら》みけるさへ今《いま》はくやしき

藤原隆信・千載和歌集一三（恋三）

〔大意〕あなたは誰ですか、お逢いする前の薄情さを思うと一体誰だったのか。あなたをお恨みしたことさえ、お逢いできた今は悔しいことです。

君をのみ思《おも》ひ寝《ね》にねし夢《ゆめ》なればわが心から見つるなりけり

凡河内躬恒・古今和歌集一二（恋二）

〔分類〕「逢わずして慕う恋」の「つれなさをうらむ恋」の歌。〔注解〕「わが心から」―私の恋心によって。

人しづまりて来、といひたる女のもとへ、待ちかねてとくまかりたりければ、かくやは言ひつるとて出で逢はざりければ、言ひ入れ侍ける

君《きみ》を我《わ》がおもふこゝろは大原《おほはら》やいつしかとのみすみやかれつゝ

藤原相如・詞花和歌集八（恋下）

〔大意〕あなたを恋しく思う私の心は溢れるほどで、いつも速やかにと心せかれてしまうのです。〔注解〕「大原」―地名の「大」に「多し」を掛ける。「すみやか」―大原の「炭焼き」に早くの意の「速やか」を掛ける。

「く」

古く物言ひ侍ける人に

草隠《がく》れかれにし水はぬるくともむすびし袖《そで》は今もかは《(わ)》かず

清原元輔・拾遺和歌集一二（恋二）

〔大意〕草の中に隠れて涸れてしまった清水は温くなったけれども、水を掬って濡れた袖はいまも乾かない（あなたとは疎遠になってしまったが、あなたと交わした愛情は忘れられず、私の袖は涙に濡れていまだに乾くことがありません）。〔注解〕「草隠れ」—女性にたとえる。「むすびし」—「掬ぶ」に愛情を交わす意の「結ぶ」を掛ける。

草枕旅には妻は率《ゐ》たれども匣《くしげ》のうちの珠《たま》をこそ思へ

湯原王・万葉集四

〔大意〕旅には妻を連れて来ているが、私の本心は櫛箱の中の珠のように美しいあなたのことを思っているのだ。〔注解〕「草枕」—旅の枕詞。

佐伯宿禰東人の和ふる歌

草枕旅に久しくなりぬれば汝《な》をこそ思へな恋ひそ吾妹《わぎも》

佐伯東人・万葉集四

〔大意〕旅に出てずいぶんたってしまったので、おまえをこそ恋しく思うが、他の女性のことは思わない。心配することはない、恋しい吾妹よ。〔注解〕「草枕」—旅の枕詞。

くちん世を思ふもかなしきり〲す筆《ふで》のあとみる夜《(よ)》はになく声《こゑ》

心敬・寛正百首

〔大意〕あの人の筆跡を見ている夜中、はかない命のこおろぎの鳴く声がする。こおろぎのようにこの筆跡もいつか朽ち果てるだろうと思うと悲しい。〔注解〕「きり〲す」—こおろぎの古名。

心かけたる人につかはしける

汲《く》みて知《し》る人《ひと》もあらなん夏山《やま》の木《こ》のした水《みづ》は草《くさ》がくれつゝ

藤原長能・後拾遺和歌集一一（恋一）

〔大意〕汲み取ってそれと理解してくれる人もいてほしい。夏山の木々の下を流れる水は、草に隠れながら流れているように、私も密かにあなたのことを思っています。

〔参考歌〕
秋山の樹《こ》の下隠《かく》り逝《ゆ》く水のわれこそ益《ま》さめ御思《みおもひ》よりは
鏡王女・万葉集二

山に寄する恋　　頓阿・頓阿法師詠

雲かゝる富士《ふじ》の高嶺《たかね》にたつ煙《けぶり》かくれはつべき身の思ひかは

〔大意〕雲がかかっている富士の高嶺に立つ煙のように、私の恋は今は隠れていても、最後まで隠せるような思いであろうか。

紀友則・古今和歌集一五（恋五）

雲もなくなぎたる朝の我なれやいとはれてのみよをばへぬらん

〔分類〕恋「わが身は」の歌。〔大意〕雲もなく穏やかな朝は、よく晴れたままで夜が過ぎたためだろうか。すると、泣いている朝の私ははどうだろう、嫌われたままで一夜を過ごしたからこのようになっているのでしょうね。〔注略〕「なぎたる」―「凪ぎ」と「泣き」を掛ける。「いと晴れて」と「厭れて」を掛ける。

くもり日の影《かげ》としなれる我《われ》なれば目《め》にこそ見えね身をばはなれず

下野雄宗・古今和歌集一四（恋四）

〔分類〕「契りを結んで後になお慕い思う恋」の「ひたすらに慕うわが恋」の歌。〔注略〕「身をばはなれず」―あなたの身から離れません。

遠き所に思ふ人を置き侍て　　源経基・拾遺和歌集一四（恋四）

雲井なる人を遥に思ふには我《わ》が心さへ空《そら》にこそなれ

〔大意〕雲が居る遠い所に住む人を遥か遠くから思っていると、私の心さえもが上の空となってしまうことだ。

くるしきは人にかたらぬ夢路にて又も逢よやあると見るまで

公任集（藤原公任の私家集）

〔大意〕苦しいことは、人に言うことのできない忍ぶ恋をして、また再び逢う機会もあるのだろうか、と考えている自分を夢にまで見てしまったときの気持ちである。

忍びて逢ふ恋

くるしとも人はつゝまん色やなき涙ぞ我につらき物なる

藤原政為・内裏着到百首

〔大意〕つらいという思いをあの人は隠そうとしない。そんなあの人の涙は私にとっては耐えがたいものです。

〔参考歌〕
恋《こひ》しともいはば心《こゝろ》のゆくべきにくるしや人目《め》つゝむ思《おも》ひは

近衛院・新古今和歌集一二（恋二）

恋の心をよめる

暮《く》るゝ間《ま》もさだめなき世《よ》にあふ事をいつとも知《し》らで恋わたるかな

隆源・金葉和歌集八（恋下）

〔大意〕日の暮れる間にもはかなくなってしまうこの世の中で、あなたに逢えることがいつになるのかも知らないで、私は恋い続けることであるよ。

〔参考歌〕
夢《ゆめ》のごとなどか夜《よる》しも君を見む暮《く》るゝ待《ま》つ間《ま》もさだめなき世《よ》を

壬生忠見・拾遺和歌集一二（恋二）

初めて逢ふ恋

呉竹の夜をやへだてん憂《う》きふしはかけじや契《（ちぎり）》ながきはじめに

三条西実隆・再昌草

〔大意〕逢う夜を隔てるのだろうか、そんなつらいことは思いもかけないだろうよ、初めていつまでもと契りを交わしたときには。〔注解〕「呉竹の」――「夜」の枕詞。

初逢恋

くれなゐに染《そめ》しながひもけながくも恋せし心今宵とけにけり

田安宗武・悠然院様御詠草

〔大意〕紅に染めた長紐のごとく、長い間恋い続けていた私の心は、今宵ようやくやわらいだ。

道因・新古今和歌集一二（恋二）

くれなゐに涙の色《いろ》のなりゆくをいくしほまでと君に問《と》はばや

〔大意〕あなたを恋い慕う私の涙は紅色になってゆきますが、このうえ幾入（いくしお）まで染め付けなければならないのかと、あなたにお尋ねしたい。〔注解〕「しほ（入）」――染色で染液に布を浸ける度数。

文つかはしける女の、いかなることかありけむ、いまさらに返事をせず侍ければ、いひつかはしける

くれなゐになみだの色《いろ》もなりにけり変《かは》るは人の
こゝろのみかは

源雅光・詞花和歌集七（恋上）

〔大意〕悲しさで、私の涙の色は紅に変化してしまいました。変わるのは人の心ばかりではないのです。

寛平御時后宮歌合の歌

紅の色には出《い》でじ隠《かく》れ沼《ぬ》のしたにかよひて恋《こ》ひは
死《し》ぬとも

紀友則・古今和歌集一三（恋三）

〔分類〕「契りを結んで後になお慕い思う恋」の「人目を忍ぶ恋」の歌。〔大意〕紅の色のようにはっきりと表にはだすまい。草で隠れている沼の下でもひっそりと水は流れているように、ひそかに通い続けて、恋い死しようとも。

くれなゐの初《はつ》花染《そめ》の下《した》衣人こそ知《し》らね深《ふか》き心《こゝろ》を

宗尊親王・文応三百首

〔大意〕初咲きの紅花で染めた紅の下着のように、深く染め上げた恋心を私が抱いているのを、あの人は知らないのだ。

紅の振《ふ》りいでつゝ泣《な》く涙には袂《たもと》のみこそ色まさ
りけれ

紀貫之・古今和歌集一二（恋二）

〔分類〕「逢わずして慕う恋」の「恋に乱れて」の歌。
〔注解〕「紅の振りいでつゝ」—紅色を振り出し染めるように、涙を振りしぼって泣くこと。

暮《くれ》にとも契《ちぎ》りてたれか帰《へ》るらん思《おも》ひ絶《た》えたるあけ
ぼのの空《そら》

藤原家隆・千載和歌集一二（恋二）

〔大意〕暮にまた逢おうと約束して帰って行くは誰だろうか、私はすっかりあきらめてしまった、このせつない曙の空だよ。

人のもとに、しば〳〵まかりけれど、逢ひがたく侍ければ、物に書きつけ侍ける

暮《く》れぬとて寝《ね》てゆくべくもあらなくにたどる
〳〵も帰《かへ》るまされり

在原業平・後撰和歌集一〇（恋二）

〔大意〕日が暮れてしまったからといって、寝ていくこともできないのだから、思いまよいながらもこの夜道をたどって帰るほうがまだましですよ。

後朝の恋

くれをだに待《ま》てとも人は契《ちぎ》らぬをやがてまた寝《ね》の
夢にみるかな

頓阿・頓阿法師詠

〔大意〕夕暮を待っていて下さい、とあの人は約束したわけでもないのに、別れたすぐ後にまた寝ると夢にあの人を見たことです。

くろかみの色かはるまでなりにけりつれなき人を
恋わたるとて

能因集（能因の私家集）

〔大意〕黒髪の色が白く変わるほど時がたってしまいました。長い間、薄情なあの人を恋い続けているうちに。

「け」

今朝《けさ》はしもおきけむ方も知《し》らざりつ　思《おもひ》　いづるぞ
きえてかなしき

大江千里・古今和歌集一三（恋二）

〔分類〕「契りを結んで後になお慕い思う恋」の「きぬぎぬ」の歌。〔注解〕「今朝はしも」—今朝こそは。「思（おもひ）」—「思ひ」の「ひ」に「火」を掛ける。

けさよりぞ人の心はつらからであけはなれぬるそ
らをうらむる

山家心中集（西行の私家集）

〔大意〕あなたに逢えた今朝からは、あなたを恨む思いはなくなったが、そのかわり、後朝の別れをせかす明けわたる空を恨めしく思うことだ。

けふぞしる思ひいでよとちぎりしはわすれんとて
のなさけなりけり

山家心中集（西行の私家集）

〔大意〕今日こそ思い知った。「思い出して下さい」と約束したのは、忘れよう、と思ったからこそのあの人の思いだったのだ。

「こ」

大和に侍ける人に遣はしける

越《こ》えぬまは吉野《よしの》の山のさくら花人づてにのみ聞《き》き
わたる哉

紀貫之・古今和歌集一二（恋二）
〔分類〕「逢わずして慕う恋」の「恋に乱れて」の歌。
〔大意〕大和に行かない間は、吉野の美しい桜を人伝てに聞くだけのように、あなたのことも人伝てに聞くだけです。

心《こゝろ》こそ恋《こひ》にはかゝれあら鷹《たか》の手にもたまらぬ人のつらさに

二条良基・後普光園院殿御百首
〔大意〕私の心は恋に捕われてしまったのだ。まだ馴れていなくて手にもとまらない新鷹のような、あの人のつれなさに。〔注解〕「あら鷹」――とらえたばかりの調教前の若い鷹。
〔参考歌〕
いつまでか逢ふことかたきあら鷹の手なれぬ中に心おくらん
源仲教・新拾遺和歌集一四（恋四）

心さへ我にもあらずなりにけり恋《こひ》は姿《すがた》の変《かは》るのみかは

源仲綱・千載和歌集一四（恋四）
〔大意〕心さえも自分のものではなくなってしまったよ。恋というものは姿だけがやつれて変わるのだろうか（いや心までも変わってしまうのだ）。

心には燃《も》えて思へどうつせみの人目を繁み妹に逢はぬかも

作者不詳・万葉集一二
〔大意〕心の中では恋の炎が燃えていますが、世の中の人の目が多いので愛しい妹に逢えないのです。

心をぞわりなき物と思《おもひ》ぬる見る物からや恋《こひ》しかるべき

清原深養父・古今和歌集一四（恋四）
〔分類〕「契りを結んで後になお慕い思う恋」の「見れども飽かず」の歌。〔大意〕心とはどうしようもないものだと思うようになりました。そうでなければ、お逢いしていながらどうしてこれほど恋しく思うはずがあるでしょうか（そんなことはないはずなのですから）。

心《こゝろ》をばつらきものとて別《わか》れにし世《よ》ゝのおもかげ何したふらん

藤原定家・定家卿百番自歌合
〔大意〕心とは無情なものだと言って、あの人と別れたが、何年経っても消えない面影を、私はどうして慕うのだろう。

〔本歌〕
心をばつらき物ぞと言《い》ひ置《を》きて変《かは》らじと思《おもふ》顔《かほ》ぞ恋《こひ》しき

よみ人しらず・拾遺和歌集一五（恋五）

ことづけてけさのわかれはやすらはん時雨《しぐれ》をさへやそでにかくべき

山家心中集（西行の私家集）

〔大意〕時雨を言い訳にして、今朝の別れはまだやめよう、朝戸出して、涙で濡れる袖に時雨までかけられようか。

事にいでて言《い》はぬ許《ばかり》ぞ水《み》無《な》瀬《せ》河したに通《かよ》ひてこひしき物を

紀友則・古今和歌集一二（恋二）

〔分類〕「逢わずして慕う恋」の「つれなさをうらむ恋」の歌。〔大意〕ことばに出して言わないだけです。水のない水無瀬川が地下で流れているように、私の思いはあなたのもとへひそかに通って、お慕い申しておりますのに。

坂上大嬢に和ふる歌

言《こと》のみを後も逢はむとねもころにわれを頼めて逢はざらむかも

大伴家持・万葉集四

〔大意〕言葉だけでは、後でも逢いましょうと心こまやかにおっしゃって、私を頼みにさせながら、お逢いくださらないのでしょうね。

事も無く生き来《こ》しものを老《おい》なみにかかる恋にもわれは会へるかも

大伴百代・万葉集四

〔大意〕災難もなくこれまで生きて来たのに、老年になって、これほどのつらい恋に私は出会ってしまったことである。

こぬ人を思《おも》ひ絶《た》えたる庭のおもの蓬《よもぎ》が末《すゑ》ぞまつにまされる

摂政太政大臣家百首歌よみ侍けるに

寂蓮・新古今和歌集一四（恋四）

〔分類〕「庭に寄せて久しき恋」の歌。〔大意〕訪れてくれないあの人はもう来ないのだとあきらめて、庭一面に生える蓬の上葉を眺めているが、これは待つよりもつらいものだよ。

〔参考歌〕
頼《たの》めつゝ来《こ》ぬ夜あまたに成《なり》ぬれば待《ま》たじと思ふぞ待《ま》

つにまされる

柿本人麻呂・拾遺和歌集一三（恋三）

来《こ》ぬ人を待《ま》つとはなくて待《ま》つよゐ《(ひ)》の更《ふ》けゆく空《そら》の月もうらめし

藤原有家・新古今和歌集一四（恋四）

〔分類〕「月に寄せて忘らるる恋」の歌。〔大意〕訪れもない人を、待つあてもなく待っている宵、夜も更けていくその空にかかる月さえもうらめしい気持ちがする。

〔参考歌〕
晨明《(ありあけ)》のつれなく見えし別《(わかれ)》より暁許《(ばかり)》うき物はなし

壬生忠岑・古今和歌集一三（恋三）

こぬ人をまつほの浦の夕なぎに焼《や》くやもしほの身もこがれつゝ

藤原定家・定家卿百番自歌合

〔大意〕訪れもない人を待っています、松帆の浦の夕凪どきに海人が焼く藻塩のように、恋の火で身も焦がしながら。〔注解〕「まつほ」―「松帆」に「待つ」を掛ける。

このごろは夢もうつゝもひとつにてあけぬくれぬと面《おも》かげに立《たつ》

香川景樹・桂園一枝

〔大意〕この頃は、夢も現実も一つになって区別もつかず、明けても暮れても恋しい人の面影があらわれるのです。

この月の此間《ここ》に来《きた》れば今とかも妹《いも》が出で立ち待ちつつあるらむ

作者不詳・万葉集七

〔大意〕この月の光がここまで来ているので、今か今かと、恋しい妹は門に出て、私を立ちながら待っているだろう。

はじめたる人につかはしける

木《こ》の葉《は》散る山のした水《みづ》うづもれて流《なが》れもやらぬものをこそ思《おも》へ

叡覚・後拾遺和歌集一一（恋一）

〔大意〕山かげを流れる水が、しきりに散る木の葉にうづもれてとどこおっているように、私の思いがあなたに届かないので悩んでいます。

〔参考歌〕
あしひきの山した水の木隠《こがく》れてたぎつ心をせきぞかねつる

よみ人しらず・古今和歌集一一（恋一）

あしひきの山下《した》とよみ行《(ゆく)》水の時ぞともなく恋《こ》ひ
渡哉《(わたるかな)》

よみ人しらず・拾遺和歌集一一（恋二）

初めて会ふ恋の心をよめる

恋《こ》ひ〳〵て逢《あ》ふうれしさを包《つゝ》むべき袖は涙に朽《く》ち
はてにけり

藤原公衡・千載和歌集一三（恋三）

〔大意〕恋しく思い続けて、やっと逢えるうれしさを包むはずの袖は、恋の涙で朽ち果ててしまいました。

〔参考歌〕
うれしさをけふは何《なに》にかつゝむらん朽《く》ちはてにきと
見《み》えしたもとを

藤原孝善・後拾遺和歌集一八（雑四）

恋《こ》ひ〳〵て逢《あ》ふとも夢《ゆめ》に見《み》つる夜《よ》はいとゞ寝覚《ねざ》め
ぞわびしかりける

大中臣能宣・後拾遺和歌集一一（恋二）

〔大意〕恋い焦がれつづけて、ようやくあなたに逢う夢を見た夜は、いっそう目覚めがわびしいことであるよ。

〔参考歌〕
恋《こ》ひ〳〵て逢《あ》ふ夜はこよひあまの河霧立《(たち)》わたりあけ
ずもあらなん

よみ人しらず・古今和歌集四（秋上）

恋しきに消《き》えかへりつゝ朝露《あさつゆ》の今朝《けさ》はおきゐむ心
地こそせね

在原行平・後撰和歌集一一（恋三）

〔大意〕恋しさに、すっかり気持が沈んで、朝露が置くように、今朝は起きて居ずまいする気持ちすらおきない。

津の国にあからさまにまかりて、京なる女につかはしける

恋《こひ》しきになにはのことも思《おも》ほえずたれ住吉《すみよし》の松《まつ》と
いひけん

大江匡衡・後拾遺和歌集一三（恋三）

〔大意〕あなたが恋しくて、難波に来ても何のことも思えない。誰が住み良い、住吉の松といったのだろうか。
〔注略〕「難波」—地名の「難波」に「何は」を掛ける。
「住吉」—地名の「住吉」に「住みよし」を掛ける。

〔参考歌〕
津の国《くに》のなには思《おも》はず山城《しろ》のとはにあひ見むことを
のみこそ

よみ人しらず・古今和歌集一四（恋四）

恋《こひ》しきも思《おもひ》こめつゝある物を人に知《し》らるゝ涙なに也

平中興・後撰和歌集一一（恋三）

〔大意〕恋しいことも、心の底に隠しつづけているのに、人に知られてしまう涙が出てきてしまうなんて、いったいどういうことなのか。

〔参考歌〕

世中《よのなか》の憂《う》きもつらきも告《つ》げなくにまづ知《し》る物はなみだなりけり

よみ人しらず・古今和歌集一八（雑下）

恋しきを慰《なぐさ》めかねて菅原《すがはら》や伏見に来《き》ても寝《ね》られざりけり

源重之・拾遺和歌集一五（恋五）

〔大意〕恋の物思いのつらさをまぎらすことができず、菅原の伏見に来て臥しても、その名のように眠ることはできなかった。〔注略〕「伏見」―地名の「伏見」に「臥す」を掛ける。

恋《こひ》しきを何につけてかなぐさめむ夢だに見えず寝《ぬ》る夜なければ

源順・拾遺和歌集一二（恋二）

〔大意〕この恋しくてつらい思いを何によって慰めたらよいでしょう。恋しいあの人を夢にさえ見ることができないのです。物思いの苦しさのせいで寝られる夜などないのだから。

百首歌たてまつりける時、恋の心をよめる

恋《こひ》しさは逢《あ》ふをかぎりと聞《き》きしかどさてしもいと〻思ひ添《そ》ひける

藤原教長・千載和歌集一三（恋三）

〔大意〕恋しい思いは逢えばおさまると聞いていたが、逢ってからのほうがいっそう恋心が増すものであるよ。

〔参考歌〕

相見ては恋慰むと人は言へど見て後にそも恋ひまさりける

作者不詳・万葉集一一

月明かゝりける夜、女の許に遣はしける

恋《こひ》しさは同《おな》じ心にあらずとも今夜《こよひ》の月を君見ざらめや

源信明・拾遺和歌集一三（恋三）

〔大意〕恋しく思う気持ちは、あなたと私では同じではないとしても、今夜の美しい月をあなたは見ないことはないだろうから、せめて同じ心でこの月を見ることで満足しよう。

遠き所なる女につかはしける

恋《こひ》しさは思《おも》ひやるだになぐさむを心にを《(お)》とる身こそつらけれ

藤原国房・後拾遺和歌集一三（恋三）

〔大意〕恋しさは、遠くにいるあなたに思いを馳せるだけで慰められるものなのに、心のようには遠くへ送れない、心よりも劣るこの身がつらく思われるのだ。

恋《こひ》しさは寝《ね》ぬに慰《なぐさ》むともなきにあやしくあはぬ目《め》をも見《み》る哉《(かな)》

源浮・後撰和歌集一〇（恋二）

〔大意〕恋しい思いは、寝ないでいるからといって慰められるものではないが、恋しい時に逢えないめにあって悲しいからか、不思議に瞼が閉じ合わないものであるよ。〔注解〕「あはぬ目」―「逢えないめにあう」の「め」と「瞼が合わない」意の「め」と「悲しいめに合う」の意の「め」を掛ける。

題知らず

恋《こひ》しさをいかゞはすべき思《おも》へども身は数《かず》ならず人はつれなし

源師光・千載和歌集一二（恋二）

〔大意〕この恋しい思いをどうしたらよいものかと思うのだが、この身は物の数には入らないし、あの人は冷たいし、どうにもならない。

旅宿恋といへる事をよめる

恋《こひ》しさを妹《いも》知《し》るらめや旅寝《たびね》して山《やま》のしづくに袖ぬらすとは

藤原顕季・金葉和歌集八（恋下）

〔大意〕私のこの恋しい思いを妹は知っているだろうか。旅寝をして山の雫に袖を濡らすように、涙で袖を濡らしているということを。

〔参考歌〕

あしひきの山のしづくに妹《いも》待つとわれ立ち濡れぬ山のしづくに

大津皇子・万葉集二

恋《こひ》しさを憂《う》き身なりとて包《つゝ》みしはいつまでありし心なるらむ

源師光・千載和歌集一一（恋一）

〔大意〕あなたへの恋しさを、苦しいことの多い身だからと包み隠していたのは、いつの頃まであった心なのでしょう（いまはもう隠しきれません）。

題知らず

恋《こひ》してふことを知《し》らでややみなましつれなき人の
なき世《よ》なりせば

永源・後拾遺和歌集一一（恋二）

〔大意〕私は、恋しいということを知らないで一生を終えたでしょう。もし薄情なあの人がこの世にいなかったならば。

恋《こひ》しとは誰《た》が名《な》づけけむ事ならん死《し》ぬとぞたゞに
言《い》ふべかりける

清原深養父・古今和歌集一四（恋四）

〔分類〕「契りを結んで後になお慕い思う恋」の「深く思う恋」の歌。〔注解〕「死ぬとぞたゞに」—死ぬとそのものずばりに。

恋《こひ》しともいはぬに濡《ぬ》るゝ袂《たもと》かな心を知《し》るは涙《なみだ》なりけり

源雅通・千載和歌集一一（恋一）

〔大意〕恋しいとも言わないのに濡れる袂であることよ。口には出さない私のせつない恋心を知っているのは涙であるよ。

忍ぶ恋の心を

恋《こひ》しともいはば心《こころ》のゆくべきにくるしや人目《め》つゝ
む思《おも》ひは

近衛院・新古今和歌集一二（恋二）

〔分類〕「忍ぶ恋」の歌。〔大意〕恋しいと言えば、心は晴れていくものなのに、苦しいことだ、人目を忍ぶ恋の思いは。

恋《こひ》しとも又つらしとも思ひやる心いづれかさきに
立《た》つらむ

源師光・千載和歌集一二（恋二）

〔大意〕あの人のことが恋しいとも、またうらめしいとも、思いやる私の二つの心。いずれが先に立って、あの人の所に道案内するのだろうか。

こひ死《し》なぬ身のおこたりぞ年へぬるあらばあふよ
の心づよさに

藤原定家・定家卿百番自歌合

〔大意〕恋い焦がれて死んでしまわないわが身の怠慢で、年月を経てしまった。生きていれば、また逢える機会もあると心強く期待して。

〔本歌〕

いかにしてしばし忘《わす》れん命《いのち》だにあらば逢《あ》ふよのあり
もこそすれ

よみ人しらず・拾遺和歌集一一（恋一）

恋《こ》ひ死《し》なば君《きみ》はあはれといはずともなか〳〵よその人やしのばむ

覚念・詞花和歌集七（恋上）

〔大意〕私が恋い焦がれて死んだならば、当のあなたはかわいそうだと言わなくても、他の人が私を偲んでくれるでしょうか。

恋ひ死なば恋ひも死ねとや霍公鳥《ほととぎす》物思《も》ふ時に来鳴き響《とよ》むる

中臣宅守・万葉集一五

〔大意〕恋い焦がれて死ぬのならば恋い死にせよというのか。ホトトギスが私が物思いする時に飛んで来て鳴き騒ぐことだ。

こひ死《し》なば誰《た》が名《な》はたゝじ世中《よのなか》のつねなき物と言《い》ひはなすとも

清原深養父・古今和歌集一二（恋二）

〔分類〕「逢わずして慕う恋」の「つれなさをうらむ恋」の歌。〔大意〕私が恋い死にするならば、いったいあなた以外の誰の名が評判となるでしょうか。そんなものは世の中の無常の一つだと言いつくろうとしても。

〔参考歌〕

里人も語り継《つ》ぐがねよしゑやし恋ひても死なむ誰《た》が名ならめや

作者不詳・万葉集一二

歌合し侍ける時、忍恋の心をよめる

恋《こ》ひ死《し》なば世のはかなきにいひを《お》きてなき跡《あと》までも人に知《し》らせじ

藤原頼輔・千載和歌集一一（恋一）

〔大意〕恋い焦がれて死んだとしたならば、この世のむなしさのせいだと言い残して、私が死んだ後までも、この恋を人には知らせまい。

〔参考歌〕

こひ死《し》なば誰《た》が名《な》はたゝじ世中《よのなか》のつねなき物と言《い》ひはなすとも

清原深養父・古今和歌集一二（恋二）

女の許につかはしける

恋《こ》ひ死《し》なば我《われ》ゆへ《ゑ》とだに思ひ出《い》でよさこそはつらき心なりとも

藤原実国・千載和歌集一二（恋二）

〔大意〕私が恋い焦がれて死んだとしたならば、自分のせいで死んだのだとだけでも思い出してください。そのように薄情なあなたの心であっても。

〔参考歌〕
こひ死《し》なば誰《た》が名《な》はたゝじ世中《よのなか》のつねなき物と言《い》ひはなすとも
清原深養父・古今和歌集一二（恋二）

恋《こ》ひ死《し》なむ命《いのち》をたれに譲《ゆづ》りをき《（お）》てつれなき人のはてを見《み》せまし
俊恵・千載和歌集一二（恋二）

〔大意〕恋い焦がれて死ぬであろう私の命を、誰に譲って、つめたいあの人の行く末を見させようか。

〔参考歌〕
恋死《こひし》なむいのちはことの数《かず》ならでつれなき人のはてぞゆかしき
永成・後拾遺和歌集一一（恋一）

恋ひ死なむ時は何せむ生《い》ける日のためこそ妹を見まく欲《ほ》りすれ
大伴百代・万葉集四

〔大意〕恋い焦がれて死ぬような時になってからでは、どうにもならない。生きているこの日のために妹に逢いたいのだから。

恋《こ》ひ死《し》なむ涙《なみだ》のはてや渡《わた》り河ふかき流《なが》れとならむとすらん
源光行・千載和歌集一二（恋二）

〔大意〕恋い焦がれて死ぬであろうこの涙の流れる行く末は、三途の川の深い流れとなろうとしているのだろうか。

後三条内大臣の家に歌合し侍ける時、
恋の歌とてよめる

恋《こ》ひ死《し》なむ身はをしからず逢《あ》ふ事に替《か》え《（へ）》むほどまでと思《おも》ふばかりぞ
道因・千載和歌集一一（恋一）

〔大意〕恋い焦がれて死ぬであろう私の身は惜しいことはない。ただ恋しい人に逢うことと引き替えにするまでは生きていたいと思うだけだ。

逢はざる恋

恋《こ》ひしなん命《いのち》の中をかぎりにてのちの世まではなげかずも哉《かな》
慶運・慶運百首

〔大意〕恋しく思うつらさは、命のある間だけにして、後の世になってまで嘆くことはしたくないものだよ。

〔参考歌〕
いかで〳〵恋《こ》ふる心を慰《なぐさ》めて後《のち》の世までの物を思《おも》

はじ

大中臣能宣・拾遺和歌集一五（恋五）

恋《こ》ひ死《し》なん命《いのち》は 猶《なほ》もお《を》しきかなおなじ世《よ》にあるかひはなけれど

藤原頼輔・新古今和歌集一三（恋三）

〔分類〕「身を嘆く恋」の歌。〔大意〕恋い焦がれて死んでしまうであろう命であるけれど、やはり命が惜しく思われることだ。逢うこともできず同じ世に生きている甲斐はないけれども（ただ同じ世に生きているだけでも満足なので）。

恋《こ》ひ死《し》なんおなじうき名をいかにして逢《あ》ふにかへつと人にいはれん

藤原長方・新古今和歌集一二（恋二）

〔分類〕「片思」の歌。〔大意〕恋い焦がれて死ぬときには浮名が立つであろうが、同じ浮名ならば、何とか逢うために命を引き替えにしたのだと言われたいものだ。

〔本歌〕

命《いのち》やは何《なに》ぞは露《つゆ》のあだものを逢《あ》ふにし換《か》へばお《を》しからなくに

紀友則・古今和歌集一二（恋二）

原に寄する恋

恋死《し》なん身の思ひ出に草の原《はら》とはんと契る一言もがな

幽斎・玄旨百首

〔大意〕あなたに恋い焦がれて死んでいくであろう私のこの世の思い出に、草の繁る野の私の墓を訪れようという約束の一言を欲しいものです。

〔参考歌〕

恋死なむ命は人のためなれば浅茅が原の露をだに問へ

安嘉門院高倉・続拾遺和歌集一二（恋二）

恋しなんわが世のはてににたる 哉《かな》 かひなくまよふゆふ暮の雲

藤原良経・南海漁父北山樵客百番歌合

〔大意〕恋い焦がれて死んでしまうであろう私の生涯に似ていることであるよ。あてもなくさまよう夕暮の雲よ。

女のがりつかはしける

恋《こひ》すてふもじの関守《せきもり》いくたびかわれ書《か》きつらん心づくしに

藤原顕輔・金葉和歌集七（恋七）

〔大意〕あなたに恋しているという文字を手紙に何度私は書いたことだろうか、心も尽きるほどの思いで。〔注解】「もじの関守」―「もじ（門司）」に「文字」を掛け、自分を関守にたとえる。

恋《こひ》すてふ我《わ》が名はまだき立《たち》にけり人知《し》れずこ
そ思《おもひ》そめしか

壬生忠見・拾遺和歌集一一（恋一）

〔大意〕恋をしているという私の噂は、はやくも立ってしまったことだ。人に知られることのないようにと密かに恋しはじめたばかりであったのに。

恋《こひ》すればうき身さへこそお《を》しまるれおなじ世《よ》にだ
にすまむと思《おも》へば

心覚・詞花和歌集七（恋上）

〔大意〕恋をすると、死んでも惜しくないと思っていた苦しいこの身でさえも死ぬのが惜しまれる。思いがかなえられなくとも、せめて恋しい人と同じこの世に住みたいと思うので。

恋せじといのるみむろのますかゞみうつりしかげ
をいかでわすれん

藤原為家・中院詠草

〔大意〕もう恋はするまいと祈った三室山のご神体のますみの鏡、それに写った恋しい人の面影をどうして忘れることなどできましょうか。

恋《こ》ひそむるからあい《ゐ》の衣《きぬ》の色に出て深《ふか》き心を知《し》ら
せてしがな

宗尊親王・文応三百首

〔大意〕美しい藍の衣のように、表面に出して恋しはじめた私の深い思いをあの人に知らせたいものだ。

〔参考歌〕

隠《こも》りには恋ひて死ぬとも御苑生《みそのふ》の韓藍《からあゐ》の花の色に出《い》
でめやも

作者不詳・万葉集一一

恋《こ》ひそめし心《こゝろ》をのみぞうらみつる人のつらさをわ
れになしつゝ

平兼盛・後拾遺和歌集一一（恋一）

〔大意〕恋しはじめた自分の心だけを恨んでしまうよ。あの人のつれなさを自分のせいにして。

消息かよはしける女、をろかなる様に
見え侍ければ

恋《こ》ひて寝《ぬ》る夢地《ゆめぢ》にかよふたましひの馴《な》るゝかひな
くうとき君《きみ》哉《かな》

よみ人しらず・後撰和歌集一二（恋四）

〔大意〕恋しく思いながら寝る、その夢路を通ってここにやってくる私の魂は馴れているのに、その甲斐もなくよそよそしいあなたであることよ。

こひといふ心は四方《よも》にかよへども一すぢにこそ身をばかふなれ

慈円・南海漁父北山樵客百番歌合

〔大意〕恋の心は四方に通うけれども、私の身はひとすじに恋に身を変えて死んでしまいそうである。

恋《こひ》ゆへ(ゑ)はさもあらぬ人ぞ恨《うら》めしき我よそならば問《と》はまししものを

菅原是忠・千載和歌集一二（恋二）

〔大意〕恋ゆえのつらい今は、なんの関係もない人が恨めしい。私が他人ならば慰めの声をかけましょうものを。

中院入道右大臣中将に侍ける時歌合し侍けるに、恋の歌とてよめる

恋《こ》ひわたる涙《なみだ》の川《かは》に身を投《な》げむこの世《よ》ならでも逢《あ》ふ瀬《せ》ありやと

藤原宗兼・千載和歌集一二（恋二）

〔大意〕恋し続けたこの涙川にわが身をなげよう。この世でなく来世でも、あの人に逢う機会があるかと思って。

〔参考歌〕

身を投げむ涙の川に沈みても恋しき瀬々に忘れしもせじ

源氏物語（早蕨）

恋(こひ)わたる涙の川のしがらみはたまづさ計(ばかり)みるまなりけり

能因集（能因の私家集）

〔大意〕恋い慕い続けて流す涙の川を塞き止めてくれるのは、あなたの手紙を見ているだけの、その少しの間だけです。〔注解〕「しがらみ」──水を塞き止めるため、水に杭を打ち竹木で横から編んだもの。転じて塞き止める、まといつくの意。

公任卿家にて、紅葉、天の橋立、恋と三つの題を人〳〵によませけるに、遅くまかりて人〳〵みな書くほどになりければ、三つの題を一つによめる歌

恋《こ》ひわたる人に見せばや松《まつ》の葉《は》のしたもみぢする天《あま》の橋立《はしだて》

藤原範永・金葉和歌集八（恋下）

〔大意〕恋し続けるあの人に見せたいものだ。松の葉の

下葉が紅葉する天の橋立を（私の秘めた激しい恋心を）。

寛平御時后宮歌合の歌

恋《こ》ひわびてうち寝《ぬ》るなかに行《ゆき》かよふ夢の直路《たゞぢ》は
うつゝならなむ

藤原敏行・古今和歌集一二（恋二）

〔分類〕「逢わずして慕う恋」の「寝ても恋う」の歌。
〔注解〕「わびて」―悩んで。「うつつならなむ」―現実であってほしい。

恋心をよめる

恋《こ》ひわびて寝《ね》ぬ夜《よ》つもれば敷妙《しきたへ》の枕《まくら》さへこそうと
くなりけれ

藤原顕輔・金葉和歌集八（恋下）

〔大意〕恋に疲れて寝られない夜が積もり重なっているので、あの人ばかりか枕までも遠くなってしまった。
〔注解〕「敷妙の」―「枕」に掛かる枕詞。「枕」―恋の象徴。
〔参考歌〕
わが恋《こひ》を人知《し》るらめやしきたへの枕のみこそ知《し》らば
しるらめ

よみ人しらず・古今和歌集一一（恋一）

題しらず

恋《こ》ひわびて野辺の露《つゆ》とは消《き》えぬともたれか草葉
を哀《あはれ》とはみん

藤原公衡・新古今和歌集一五（恋五）

〔分類〕「露に寄せて頼む恋」の歌。〔大意〕恋に疲れて野辺の露と消えてしまおうとも、いったい誰が草葉のような私のことを哀れと見てくれるでしょうか。
〔参考歌〕
我ならぬ草葉も物は思《おもひ》けり袖より外《ほか》に置《を》ける白露《しらつゆ》

藤原忠国・後撰和歌集一八（雑四）

恋《こ》ひわびぬ茅渟《ちぬ》のますらをならなくに生田《いくた》の川《かは》に
身をや投《な》げまし

藤原道経・千載和歌集一二（恋二）

〔大意〕恋のつらさに疲れてしまって、茅渟の壮士ではないが、生田の川に身を投げてしまおうか。〔注解〕「茅渟のますらを」―茅原処女をめぐって茅渟壮士と菟原壮士が争い、入水した茅原処女の後を追って二人も投身したという生田川の伝説。
〔参考歌〕
住みわびぬ我が身投げてむ津の国の生田の川は名の
みなりけり

大和物語（一四七段）

いかでかと思ふ人のさもあらぬさきに、
さぞなど人の申ければ

恋わぶる君《きみ》に逢《あ》ふてふ言《こと》の葉《は》は　偽《いつはり》さへぞうれし
かりける

中原章経・金葉和歌集八（恋下）

〔大意〕恋い焦がれているあなたに逢うという言葉は、
たとえ偽りであってもうれしいことです。
〔参考歌〕
いつはりのなき世なりせばいか　許《ばかり》　人の事の葉《は》う
れしからまし

よみ人しらず・古今和歌集一四（恋四）

恋わぶる身やうき舟の　渡守《わたしもり》　こがれて袖のかは《わ》く
まもなし

藤原為家・中院詠草

〔大意〕恋のつらさに疲れているわが身は、浮き舟の渡
し守なのか、あなたに恋い焦がれて流す涙に、袖の乾
くひまさえない。

恋の歌とてよめる

恋《こひ》をのみしぐるゝ空《そら》の浮《うき》雲は曇《くも》りもあへずそで濡《ぬ》
らしけり

藤原成家・千載和歌集一二（恋二）

〔大意〕恋だけにとらわれてつらい思いの私に、しぐれ
る空の浮雲は曇りきらないのに、私の袖を濡らすこと
だ。〔注解〕「浮雲は」――「浮き」に「憂き」を掛ける。
〔参考歌〕
今日はなほひまこそなけれかき曇るしぐれ心地はい
つもせしかど

和泉式部・風雅和歌集一五（雑上）

恋《こ》ふといふはえも名づけたり言ふ為方《すべ》のたづきも
無きは吾《あ》が身なりけり

大伴家持・万葉集一八

〔大意〕恋ということはよく名付けたものだ。思いを表
現する方法もないのは、わが身であることだ。〔注解〕
「たづき」――状態、さま。

恋ふること慰めかねて出で行けば山も川をも知ら
ず来にけり

万葉集一一（柿本人麻呂歌集）

〔大意〕恋の物思いをなだめかねて、家の外に出て行っ
たら、山も川も目に入らずにここまで来てしまった。

早春庚申夜恋歌

氷《こほり》とも人の心をおもはばや今朝《けさ》たつ春の風に解《と》くべ

く

〔大意〕あの人の心が氷であってくれたらよいと思う。
立春の今朝吹く風で解けるだろう。

能因集（能因の私家集）

子持山《こもちやま》若鶏冠木《わかかへるで》の黄葉《もみ》つまで寝《ね》もと吾《わ》は思《も》ふ汝《な》は
何《あ》どか思《も》ふ

作者不詳・万葉集一四

〔大意〕子持山の若いカエデの木が紅葉するまであなたと寝ていたいと私は思う。あなたはどう思うか。

これも又ながき別《わか》れになりやせん暮《くれ》を待《ま》つべき命《いのち》
ならねば

藤原知家・新古今和歌集一三（恋三）

〔分類〕「暮を待つ恋」の歌。〔大意〕今朝の別れもまた、一時の別れではなく永の別れになるのではないだろうか。暮を待っていられる命とは思えないので。

物言ひける女に蟬の殼を包みてつかはすとて

これを見よ人もすさめぬ恋すとて音《ね》を鳴《な》く虫《むし》のな
れる姿《すがた》を

源重光・後撰和歌集一一（恋三）

〔大意〕これを見てください。人も相手にしないようなはかない恋をしているのだと、声をあげて鳴く虫のなりの果ての姿を（私のようです）。

衣手の別《わ》く今夜《こよひ》より妹もわれもいたく恋ひむな逢
ふよしを無み

三方沙弥・万葉集四

〔大意〕袖をわけ、別れてしまう今夜からは彼女も私も大変恋しく思うだろう、逢う方法がないのだから。

「さ」

咲き出《で》照る梅の下枝《しづえ》に置く露の消《け》ぬべく妹に恋ふ
るこのころ

作者不詳・万葉集一〇

〔大意〕咲き出て照り映える梅の下枝に置く露のように、身も消えるがごとく妹を恋しく思うこのごろです。

笹《さゝ》の葉《は》にをく《(お)》霜《しも》よりもひとり寝《ぬ》るわが衣手《(ころもで)》ぞさ
えまさりける

紀友則・古今和歌集一二（恋二）

〔分類〕「逢わずして慕う恋」の「片思い」の歌。〔注解〕「さえまさりきる」―凍るような寒さがいっそうまさっている。笹と霜で独り寝の夜の寒さを表現する。
〔参考歌〕
小竹《ささ》が葉のさやぐ霜夜に七重《ななへ》かる衣《ころも》に益《ま》せる子ろが膚はも
作者不詳・万葉集二〇

笹《さゝ》のはにをく(お)初霜《はつしも》の夜を寒《さむ》みしみは付《つ》くとも色《いろ》にいでめや
凡河内躬恒・古今和歌集一三（恋三）

〔分類〕「契りを結んで後になお慕い思う恋」の「人目を忍ぶ恋」の歌。〔大意〕笹の葉に置く初霜が、夜が寒いので凍り付くとしても、葉が色づくことなどあるでしょうか。同じように私のあなたへの思いを表に出すことはありません。

旅宿に逢ふ恋

笹枕《さゝまくら》たゞかりそめと思ふなよ一よのふしも代々《よよ》の契りを
慶運・慶運百首

〔大意〕旅寝のただの仮りそめと思わないでください。一夜だけのことでも、いつまでもと願うこの契りを。

〔参考歌〕
うきふしと中々なりぬささ枕むすぶ一夜の夢のちぎりは
よみ人しらず・新拾遺和歌集一三（恋三）

五月《さ》山こずゑを高《たか》みほとゝぎす鳴《な》くねそらなる恋《こひ》もする哉
紀貫之・古今和歌集一一（恋一）

〔分類〕「逢わずして慕う恋」の「片思い」の歌。〔注解〕「そら」―「空」と「うわの空」を掛ける。

さても又あふをたのみのはてもなし恋は命ぞかぎりなりける
藤原為家・中院詠草

〔大意〕それにしてもまた、あなたに逢うことを期待する日々は果てしなく続くことだ。恋というものは、命のある限り続くものだったのですね。

月に寄せて契る恋

里わかぬ影こそ憂《う》けれ契《ちぎり》(ちぎり)をきし(お)月をいづくの誰に忘《わす》れん
三条西実隆・再昌草

〔大意〕里の区別をつけずに照らす月の光こそつらいものだ。かつて契りを月にかけた人を、どこの誰と忘れられようもないので。

さにつらふ妹をおもふと霞立つ春日《はるひ》も暗《くれ》に恋ひ渡るかも

作者不詳・万葉集一〇

〔大意〕頬の紅く美しい妹を思うと、霞の立つ春の日も暗く思えるほどに恋い続けています。〔注解〕「さにつらふ」—頬の紅く美しい。「に」は「丹」の意。

佐檜《さひ》の隈檜《くまひ》の隈川《くまがは》の瀬を早み君が手取らば言寄《ことよ》せむかも

作者不詳・万葉集七

〔大意〕佐檜の隈の檜の隈川の流れが早いからといって君の手を取って渡ったならば、噂が立つでしょうね。〔注解〕「言寄せむかも」—仲が良いと人々が噂をたてるだろう。

佐伯山《さへきやま》卯《う》の花持てる愛《かな》しきが手をし取りてば花は散るとも

作者不詳・万葉集七

〔大意〕佐伯山で卯の花を持っている恋人の手をとることができれば花が散ってもいい。

さまぐ＼におもひみだるゝ心をば君がもとにぞ束《つか》ねあつむる

山家心中集（西行の私家集）

〔大意〕さまざまに思い乱れる私の心を、結局はあなたのもとに束ねて集めることだ。

題しらず

さむしろに衣かたしき今宵《こよひ》もや我を松覧《（まつらむ）》宇治の橋姫

よみ人しらず・古今和歌集一四（恋四）

〔分類〕「契りを結んで後になお慕い思う恋」の「深く思う恋」の歌。〔注解〕「さむしろ」—狭い莚。「衣かたしき」—自分の衣だけを敷く独り寝。「松」—「松」と「待つ」を掛ける。

〔参考歌〕

わが恋ふる妹《いも》は逢はさず玉の浦に衣《ころも》片敷き独りかも寝む

作者不詳・万葉集九

かたらひ侍ける女の夢に見えて侍ければよみける

さめてのち夢なりけりと思《おも》ふにも逢《あ》ふは名残《なごり》のをしくやはあらぬ

藤原実定・新古今和歌集一二（恋二）

〔分類〕「逢はざる恋」の「夢に寄せる恋」の歌。〔大意〕醒めた後に夢だったと気がつく時も、逢うというのは名残の惜まれることだ。

さらにまた結《むす》ぼほれゆくこゝろかな解《と》けなばとこそ思《おもひ》しかども

山家心中集（西行の私家集）

〔大意〕さらにまた恋の痛苦に結ばれていく私の心よ。あなたに逢うことによってこの心が解けたらと思うのだが。

祈る恋

さりともと浮《うき》田のみしめうちなびくしるしなきにもひく心かな

正徹・永享九年正徹詠草

〔大意〕むりだと思いながらも、浮田の標（しめ）が靡くのを見ると、恋人の心が自分に靡くのではないかと期待を抱くことだ。

〔参考歌〕

斯《か》くしてやなほや守らむ大荒木《おほあらき》の浮田《うきた》の社《もり》の標《しめ》にあらなくに

作者不詳・万葉集一一

さ男鹿の入野《いりの》の薄《すすき》初尾花いつしか妹が手を枕《まくら》かむ

作者不詳・万葉集一〇

〔大意〕入野の薄の初尾花はいつ咲くだろう、そして、いつ妹の手を枕にできるだろう。〔注解〕「さ男鹿」―「入」に掛かる枕詞。

「し」

志賀《しか》の海人《あま》の火気《けぶり》焼《や》き立てて焼く塩の辛《から》き恋をもわれはするかも

石川君子・万葉集一一

〔大意〕志賀の海人が煙を立てて焼く塩のように、辛（から）くつらい恋を私はしています。

しかばかり契《ちぎ》りし中も変《かは》りけるこの世《よ》に人を頼《たの》みけるかな

藤原定家・千載和歌集一五（恋五）

〔大意〕あんなにまで深く契った仲も変わりはてたことだ。すべてが変わっていくこの世で、私はあの人を頼みにしていたものだなあ。

〔参考歌〕

しかばかり契《ちぎ》りしものを渡《わた》り川帰《がはかへ》るほどには忘《わす》るべしやは

源重之・後拾遺和歌集一〇（哀傷）

しきしまの大和《やまと》にはあらぬから衣ころも経《へ》ずして
逢《あ》ふよしも哉《(がな)》

紀貫之・古今和歌集一四（恋四）

〔分類〕「契りを結んで後になお慕い思う恋」の「深く思う恋」の歌。〔注解〕「しきしまの大和」—日本。「から衣」—唐衣。「ころも経ずして」—間を置かないで。「よし」—方法。

しきたへの枕のしたに海はあれど人をみるめは生《お》
ひずぞありける

紀友則・古今和歌集一二（恋二）

〔分類〕「逢わずして慕う恋」の「恋に乱れて」の歌。〔大意〕枕の下に涙の海はあるが、そこでは海藻の海松が育たないように、あの人を見る機会も得られないことである。〔注解〕「しきたへ」—枕に掛かる枕詞。「みるめ」—海藻の「海松」と「見る目」を掛ける。

下《した》にのみ恋《こ》ふればくるし玉《たま》の緒《を》の絶《た》えてみだれむ
人なとがめそ

紀友則・古今和歌集一三（恋三）

〔分類〕「契りを結んで後になお慕い思う恋」の「色に出でなむ」の歌。〔大意〕心の中でのみ恋することはつらいことです。玉を貫く緒もいつかは切れて散り乱れるものですが、私も乱れてみよう、誰も咎めないでほしい。

死《し》ぬる命《いのち》いきもやすると心見に玉の緒《を》 許《(ばかり)》 あはむ
と言《い》は南《(なむ)》

藤原興風・古今和歌集一二（恋二）

〔分類〕「逢わずして慕う恋」の「片思い」の歌。〔大意〕恋の苦しさでいまにも死にそうな私の命が生き返るかと、ためしに玉の緒の間のような、わずかな間くらいは逢おうといって下さい。

〔参考歌〕
玉の緒の間《あひだ》も置かず見まく欲《ほ》りわが思ふ妹は家遠くして

作者不詳・万葉集一一

後朝の恋の心をよめる

しのゝめの明《あ》けゆく空《そら》も帰《かへ》るには涙《なみだ》にくるゝ物
にぞありける

源師俊・金葉和歌集八（恋下）

〔大意〕早朝の明けていく東の空も、恋しい人のもとから帰る時は、涙で暗く曇って見えなくなるよ。

しのゝめの別《わか》れを惜しみ我ぞまづ鳥よりさきにな
き始《はじ》めつる

源寵・古今和歌集一三（恋三）

〔分類〕「契りを結んで後になお慕い思う恋」の「きぬぎぬ」の歌。〔注解〕「我ぞまづ」―私こそが先に。「なき」―泣くと鳴くを掛ける。

しのびつゝやみなむよりは思《おも》ふことありけりとだに人《ひと》に知《し》らせん

大江嘉言・後拾遺和歌集一一（恋一）

〔大意〕恋の思いを忍び続け、それきりにするよりは、思い慕っていましたとだけでも、あの人に知らせよう。

忍びわびぬ命にむかふ我中《わがなか》の夢の契《ちぎ》りは又も結《むす》ばで

源房郷・宝徳二年十一月仙洞歌合

〔大意〕こらえかねてしまった。命がけの私たちの仲なのに、夢のようにはかない契りはふたたび結ぶこともなくて。

〔参考歌〕

直《ただ》に逢ひて見てばのみこそたまきはる命に向ふわが恋止《や》まめ

中臣女郎・万葉集四

忍《しの》ぶぞよ新手枕《にひたまくら》のむつごとを涙ながらに露ももらすな

後崇光院貞成・宝徳二年十一月仙洞歌合

〔大意〕私は耐えているよ。だから初めて交わした手枕の睦言を、涙を見せて他人に少しも洩らしたりするなよ。

〔参考歌〕

夢とても人にかたるな知《し》るといへば手枕《たまくら》ならぬ枕だにせず

伊勢・新古今和歌集一三（恋三）

被忘恋

忍ぶやと人の心を見しほどにわするゝ草の花になりぬる

賀茂真淵・賀茂翁家集拾遺

〔大意〕あの人は思いを隠しているのかなと相手の気持ちを想像しているうち、忘れ草の花のように、私は忘れられてしまいました。

しのぶるに心のひまはなけれどもなを《ほ》もる物は涙《なみだ》なりけり

藤原兼実・新古今和歌集一一（恋一）

〔分類〕「忍ぶ恋」の歌。〔大意〕恋の思いを忍ぶのに、心の隙はないけれども、それでも洩れるものは、涙であったことだ。

女のもとに初めて遣はしける

しのぶるも誰ゆへ《（ゑ）》ならぬ物なれば今は何かは君に
隔《へだ》てむ

平公誠・拾遺和歌集一一（恋一）

〔大意〕恋の思いを忍ぶのも、誰ならぬあなたのためなのだから、耐え切れなくなった今は、なにをあなたに心隔てることがあろうか。

しのぶれど色に出《い》でにけり我《わ》が恋は物や思《（おもふ）》と人の
問《と》ふまで

平兼盛・拾遺和歌集一一（恋一）

〔大意〕思いを秘めていたけれど、とうとう外にあらわれてしまった、私の恋の思いは。恋の物思いをしているのではないかと、人が尋ねるほどに。

しのぶれど恋《こひ》しき時はあしひきの山より月のいで
てこそ来《く》れ

紀貫之・古今和歌集一三（恋三）

〔分類〕「契りを結んで後になお慕い思う恋」の「逢うよしなしに」の歌。〔大意〕ひそかに恋い慕う思いを隠しているが、あの人が恋しいときには、山の端から月が出てくるように、私も出かけてくるのだよ。

〔参考歌〕
あしひきの山より出《い》づる月待つと人には言ひて妹《いも》待
つわれを

作者不詳・万葉集一二

題知らず

しのぶれば苦《くる》しかりけり篠薄《しのすゝき》秋の盛《さか》りになりや
しなまし

勝観・拾遺和歌集一二（恋二）

〔大意〕恋の思いを忍んでいるのはつらいことだ。篠薄が秋の盛りに穂をだすように、私もこの思いを外に出せればいいのに。

潮待つとありける船を知らずして悔《くや》しく妹を別れ
来にけり

作者不詳・万葉集一五

〔大意〕潮を待つということで、船が出港しないでいることを知らないで、悔しいことにもう妹と別れてきてしまった。

白河《しらかは》のしらずとも言《い》はじそこきよみ流《（ながれ）》て世ゝに
すまむと思へば

平貞文・古今和歌集一三（恋三）

〔分類〕「契りを結んで後になお慕い思う恋」の「色に出でなむ」の歌。〔大意〕白川の名のごとく「知らず」とは言いますまい。その水底は清く流れていつの世も澄み切っているでしょう、そのように心清らかにいつまでも共に住もうと思いますので。〔注解〕「すまむ」―「澄まむ」と「住まむ」を掛ける。

五月五日、はじめたる女のもとにつかはしける

知《し》らざりつ袖のみぬれて菖蒲草《あやめぐさ》かゝるこひぢに生《お》ひん物とは

小一条院・金葉和歌集七（恋上）

〔大意〕知らなかった。泥の中に生えている菖蒲草をとるために袖がぬれるように、恋の涙で袖がぬれて、このような恋路に落ちてしまうものとは。〔注解〕「こひぢ」―恋路と泥（こひぢ）を掛ける。

〔参考歌〕

ほとゝぎす鳴《な》くやさ月のあやめ草あやめも知《し》らぬ恋《こひ》をする哉《(かな)》

よみ人しらず・古今和歌集一一（恋一）

あやめぐさかけし袂《たもと》のねを絶《た》えてさらにこひぢにまどふころかな

後朱雀院・後拾遺和歌集一三（恋三）

白玉と見えし涙も年ふれば唐《から》紅にうつろひにけり

紀貫之・古今和歌集一二（恋二）

〔分類〕「逢わずして慕う恋」の「恋に乱れて」の歌。

〔注解〕「白玉」―真珠。「唐紅」―血の色の涙。

白浪の跡《あと》なき方に行《(ゆく)》舟も風ぞたよりのしるべなりける

藤原勝臣・古今和歌集一一（恋一）

〔分類〕「逢わずして慕う恋」の「音に聞く恋」の歌。

〔注解〕風が恋の便りを伝えてくれるの意が込められている。

しらなみの入江《いりえ》にまがふ初草のはつかに見えし人ぞ恋しき

藤原家隆・家隆卿百番自歌合

〔大意〕白波のよせる入江に漂う若々しい磯草のように、ほんのわずか見えたあの人が恋しい。

〔本歌〕

春日野《かすがの》の雪間《ま》をわけて生《お》ひいでくる草のはつかに見えしきみはも

壬生忠岑・古今和歌集一一（恋一）

白浪の寄《よ》する磯間《いそま》を漕《こ》ぐ舟のかぢとりあへぬ恋《こひ》もする哉《かな》

大伴黒主・後撰和歌集一〇（恋二）

〔大意〕白波の寄せる磯の間を漕ぎ行く船が櫓をうまくとれないように、楫のとれない（自制のきかない）恋を私はしていることだ。

〔参考歌〕

白波の寄する磯廻《いそみ》を漕ぐ船の楫《かぢ》取る間《ま》なく思ほえし君

大伴家持・万葉集一七

験《しるし》なき思ひやなぞとあしたづの音《ね》になくまでに逢《あ》はずわびしき

坂上是則・後撰和歌集一〇（恋二）

〔大意〕この甲斐のない思いはなんだろうと、鶴の鳴き声のように泣きたいほどに、あなたに逢わないでいることがわびしい。〔注解〕「あしたづの」—葦辺にいる鶴。鶴をいう歌語。

水無瀬恋十五首歌合に

しろたへの袖のわかれに露《つゆ》おちて身にしむ色《いろ》の秋風ぞふく

藤原定家・新古今和歌集一五（恋五）

〔分類〕「露に寄せて頼むる恋」の歌。〔大意〕純白の袖の上、後朝（きぬぎぬ）の別れの紅涙が落ちて、それに呼応するように、身に染みる色の秋風が吹いていくことだ。

〔本歌〕

吹き来れば身にもしみける秋風を色なきものと思ひけるかな

よみ人しらず・古今和歌六帖一

「す」

夢の中に契る恋といへる心をよめる

姿《すがた》こそ寝覚《ねざ》めの床《とこ》に見えずとも契《ちぎ》りし事のうつゝなりせば

藤原俊憲・千載和歌集一三（恋三）

〔大意〕姿こそ、この寝覚めの床に見えなくても、夢の中で契り交わしたことが現実であれば嬉しいのに。

須磨《すま》の海人《あま》の浦《うら》こぐ舟《ふね》のあともなく見《み》ぬ人恋《こ》ふるわれやなになり

源高明・後拾遺和歌集一一（恋一）

〔大意〕須磨の漁師が浦をこぐ舟の航跡がすぐ消えてしまうように、なんのゆかりもなく、お逢いしたこともないあなたを恋い慕っている私は、いったいどうしたというのでしょうか。

題しらず

須磨《すま》のあまの塩《しほ》やくけぶり風をいたみ思《おも》はぬ方に
たなびきにけり

よみ人しらず・古今和歌集一四（恋四）

〔分類〕「契りを結んで後になお慕い思う恋」の「身のほどを知る」の歌。〔注解〕「風をいたみ」—風が強いので。「思はぬ方」—「思わぬ方向」と「思いがけない人」を掛ける。

住《すみ》の江の岸による浪よるさへや夢《ゆめ》の通《かよ》ひぢ人目《め》よ
く覧《らむ》

藤原敏行・古今和歌集一二（恋二）

〔分類〕「逢わずして慕う恋」の「寝ても恋う」の歌。〔注解〕「よるさへや」—夜までも。「人目よく覧」—あの人は人目を避けるのだろうか。

住の江の松ほど久《ひさ》になりぬれば葦鶴《あしたづ》のねになかぬ
日はなし

兼覧王・古今和歌集一五（恋五）

〔分類〕恋「逢うことも間遠になって」の歌。〔大意〕年月を経た住の江の松の名のように、あなたを「待つ」ことが久しくなったので、葦辺の鶴が鳴くように、私も心の底から声を振り絞って泣かない日はありません。

忠房がむすめのもとに久しくまからで、
遣はしける

住吉の松ならねども久《ひさ》しくも君と寝《ね》ぬ夜《よ》のなりに
ける哉《かな》

源清蔭・拾遺和歌集一二（恋二）

〔大意〕住吉の松ではないが、（待ちつかれて）あなたと共寝しない夜が久しくなってしまったことだ。〔注解〕「松」—「待つ」を掛ける。

あひしりて侍ける人を久しうとはずし
て、まかりたりければ、門より返しつ
かはしけるに

住吉の松にたちよる白浪のかへる折《おり》にや音《ね》は泣《な》か
るらん

壬生忠岑・後撰和歌集一〇（恋二）

〔大意〕住吉の松に立ち寄る白波も寄せて返る折りには、松の根の「ね」のように、音（ね）をあげて泣かれるのだろうか。住み良くしてお待ちいただいているはずのあなたに逢えずに、声をあげて泣き帰るこの私のように。〔注解〕「住吉」―地名の住吉と「住み良し」を掛ける。「かへる」―波が「返る」と「追い返される」を掛ける。「音」―松の「根」と「音（ね）」を掛ける。

「せ」

寛平御時后宮歌合の歌

蟬のこゑ聞《き》けばかなしな夏衣うすくや人のならむと思へば

紀友則・古今和歌集一四（恋四）

〔分類〕「契りを結んで後になお慕い思う恋」の「身のほどを知る」の歌。〔大意〕蟬の声を聞くとかなしいことだ。蟬の羽は薄く夏衣のようだが、あの人の心も夏衣のように情けが薄くなるのだろうと思えば。

せめておもふ今一度《ひとたび》のあふことは渡《わた》らん河や契《ちぎり》なるべき

藤原定家・定家卿百番自歌合

〔大意〕せめていま一度逢いたいと思うことは、三途の川を渡ることが二人の契り（宿縁）なのでしょうか。

〔本歌〕

あらざ覧《らん》この世《よ》のほかの思《おも》ひ出《い》でにいまひとたびの逢《あ》ふこともがな

和泉式部・後拾遺和歌集一三（恋三）

「そ」

底《そこ》ひなき淵《ふち》やはさは《わ》ぐ山河《やまがは》のあさき瀬《せ》にこそあだ浪はたて

素性・古今和歌集一四（恋四）

〔分類〕「契りを結んで後になお慕い思う恋」の「ひたすらに慕うわが恋」の歌。〔大意〕底の果てない深い淵は水音の立ち騒ぐことがあろうか、山間の川の浅瀬ほど定まらない（気まぐれで誠意のない）波が立つものだ。

題しらず

袖のうへに人のなみだのこぼるゝはわがなくよりも悲しかりけり

香川景樹・桂園一枝

〔大意〕袖の上に恋しい人の涙がこぼれ落ちるのは、自分自身が泣くよりも悲しいことだ。

平定文家歌合に

園原《そのはら》やふせ屋《や》におふる帚木《はゝきゞ》のありとは見えてあはぬ君《きみ》かな

坂上是則・新古今和歌集一一（恋二）

〔分類〕「見て逢はざる恋」の歌。〔大意〕園原の布施屋に生えている帚木があるように見えても近づけば消えるように、見えてはいるのに逢ってはくれぬあなたであることよ。

夕の恋

そのまゝに消《き》えずは人を待《ま》ちつけよおきてわかれし床《とこ》の朝露《つゆ》

正徹・永享五年正徹詠草

〔大意〕そのまま消えないで、あの人を待ち続けておくれ、起きて別れた床の朝露よ。

〔参考歌〕

ほとゝぎす夢かうつゝか朝露《あさつゆ》のおきて別《わか》れし暁のこゑ

よみ人しらず・古今和歌集一三（恋三）

そま川《がは》の浅《あさ》からずこそ契《ちぎ》りしかなどこの暮《くれ》を引《ひ》きたがふ覧《（らん）》

藤原盛方・千載和歌集一二（恋二）

〔大意〕杣木を流す川のように、浅くない約束をしたのに、この暮に逢う約束をなぜ裏切るのだろう。

そよとだに音にな立《た》てそ夜比《（よごろ）》へて忍《しの》びにかよふ道の笹《さゝ》原

藤原資任・宝徳二年十一月仙洞歌合

〔大意〕「そよ」とも音に立てるな。幾夜を経てようやく忍んで通ってゆく恋路の、この笹原のようには。

〔参考歌〕

有馬山《ありまやま》猪名《ゐな》の笹原《さゝはら》風吹《ふ》けばいでそよ人を忘《わす》れやはする

大弐三位・後拾遺和歌集一二（恋二）

形見を留むる恋

そをだにもとめてやは見《み》ぬ逢《（あふ）》事の今は涙のもくづなるとも

三条西実隆・内裏着到百首

〔大意〕そんなものでも、裳を形見としましょう。逢うことが今はなくなり、私の涙の藻屑となるとしても。

〔注解〕「もくづ」—藻屑の「も」と「裳」を掛け、「裳」は形見となる。

〔本歌〕

逢《あ》ふまでのかたみとてこそ留《とゞ》めけめ涙に浮《う》かぶもく

づなりけり

藤原興風・古今和歌集一四（恋四）

「た」

たえず行《ゆく》飛鳥《あすか》の河《かは》のよどみなば心あるとや人の
おもはむ

この歌、ある人の曰く、中臣東人が歌
也

よみ人しらず・古今和歌集一四（恋四）

〔分類〕「契りを結んで後になお慕い思う恋」の「ひたすらに慕うわが恋」の歌。〔注解〕「よどみなば」—流れが淀む意と（自分に）ためらいう心があるの意を掛ける。

〔参考歌〕
絶えずゆく明日香の川の淀めらば故しもあるごと人
の見まくに

作者不詳・万葉集七

夜を通さざる恋

たがかたに待《ま》つ夜《よ》ふけぬと恨《うら》むらん来《き》てはほどな
く起《お》き別《わか》るとも

頓阿・頓阿法師詠

〔大意〕どこかで待つ夜が更けたとあの人を恨む人もあるだろう、私の所に来てすぐに起きて別れ帰っても。

纔かに見し恋

たが春にあくまでか見《み》し山桜霞の間よりそふ思ひかな

後柏原天皇・内裏着到百首

〔大意〕いつの春に飽きるまで見たことがあるだろうか、山桜を。霞の間よりかすかにしか見えない山桜のようなあなたへの思いは増すばかりだ。

〔本歌〕
山ざくら霞の間《ま》よりほのかにも見てし人こそ恋《こひ》しか
りけれ

紀貫之・古今和歌集一一（恋一）

高山の菅《すが》の葉凌《しの》ぎ降る雪の消《け》ぬと言ふべくも恋の
繁けく

三国人足・万葉集八

〔大意〕高山の菅の葉に覆いかぶさるほどに降る雪が消えるように、身も消えて（死んで）しまうほどに恋心がつのることよ。〔注解〕「雪の消ぬと言ふべくも」—「雪の消えてしまうほどに」と「死んでしまうほどに」を掛ける。

たぎつ瀬《せ》に根《ね》ざしとゞめぬ浮草《うき》のうきたる恋《こひ》も我はする哉

壬生忠岑・古今和歌集一二（恋二）

〔分類〕「逢わずして慕う恋」の「恋に乱れて」の歌。
〔注解〕「根ざしとゞめぬ」―根をさしてとどまらないような。「うきたる」―不安定な。

ただ一夜隔てしからにあらたまの月か経《へ》ぬると心はまとふ

湯原王・万葉集四

〔大意〕ただ一夜離れていただけで、ひと月も経ったのではないかと思い、私の心は乱れてしまう。〔注解〕「あらたまの」―「月」に掛かる枕詞。

立《たち》かへりあはれとぞ思《おもふ》よそにても人に心をおきつしらなみ

在原元方・古今和歌集一一（恋一）

〔分類〕「逢わずして慕う恋」の「音に聞く恋」の歌。
〔大意〕遠くからでもあの人に心を奪われてしまった。私は恋しいと繰り返し思っている。沖から寄せ返す白波のように。〔注解〕「立かへり」―繰り返し。波の寄せ返す意を掛ける。「おきつ」―心を置くと「沖」を掛ける。

稀なる恋

立帰《たちかへり》いくたび袖にかゝるらん絶《た》えぬとみえしさゝがにの糸《いと》

慶運・慶運百首

〔大意〕立ち帰ってきて、幾度か私の袖にかかることだ。もう絶えてしまったと思っていた蜘蛛の糸（私の思いの糸）が―（あの人への思いがたち切れないことだ）。

恋といへる心をよみ侍ける

立《た》ち帰《かへ》る人をも何《なに》か恨《うら》みまし恋《こひ》しさをだにとゞめざりせば

源師時・千載和歌集一四（恋四）

〔大意〕来てはすぐ帰るあの人を、どうして恨みましょうか、「恋しさ」という思いさえとどめていかなかったならば。

立ちしなふ君が姿を忘れずは世の限りにや恋ひ渡りなむ

作者不詳・万葉集二〇

〔大意〕しなやかに美しいあなたの姿を忘れないで、生きている間中、私は恋い続けることでしょうか。

三方沙弥、園臣生羽の女を娶きて、未

だ幾の時を経ずして病に臥して作る歌

橘《たちばな》の蔭履《かげふ》む路《みち》の八衢《やちまた》に物をそ思ふ妹《いも》に逢はずて

三方沙弥・万葉集二

〔大意〕橘の木陰を踏んでいく道が八方に別れているように、とりとめもなく思い乱れることである。妹に逢わないので。

来りて留まらざる恋

立《たち》よるも夢かとみえし宵《よひ》の間ぞとはぬはつらきことはり《わ》もなき

三条西実隆・内裏着到百首

〔大意〕あなたが立ち寄られたのは、つかのまで夢かと思える宵の間であった。そんなあなたには、訪れのない時はつらいものであることがわからないでしょうね。

〔参考歌〕
忘《わす》れねと言《い》ひしにかなふ君なれどとはぬはつらき物にぞ有《あり》ける

本院蔵・後撰和歌集一三（恋五）

月に寄する初恋

尋ねきていつしか月のやどる哉《かな》　われだにしらぬ袖《そで》の涙《なみだ》を

頓阿・頓阿法師詠

〔大意〕いつのまにか月光がやどっていることよ、自分すら気づかなかった袖の涙を尋ね来て。

〔参考歌〕
物思ふとわれだにしらぬ夕暮の袖をもとめておける露かな

藤原行能・続古今和歌集一一（恋一）

たてぬきに思ひ乱《みだ》れぬしづはたの絶《た》えてわびしき恋にも有哉《あるかな》

能因集（能因の私家集）

〔大意〕縦糸横糸の乱れるように思い乱れ、倭文機の糸が切れるように、途絶えてしまったわびしい私の恋であるよ。〔注解〕「しづはた」―倭文機。古代の織物。

七夕《たなばた》は今日《けふ》をや昨日《きのふ》まちわびしわれは昨日《きのふ》ぞ今日《けふ》は恋《こ》ふらし

実方朝臣集（藤原実方の私家集）

〔大意〕七夕の彦星と織り姫は今日の日の逢瀬を昨日一日待ちわびていたであろうが、私はあなたに逢えた昨日を、今日は恋しく思っています。

種《たね》しあれば梢にねざす宿《やど》り木のかりそめながらかれぬ中かな

慶運・慶運百首

〔大意〕種があれば梢に根をおろす宿り木のように、かりそめであっても恋心があれば、離れることのない仲であることよ。〔注解〕「かりそめ」―「仮」と「借り」を掛ける。「かれぬ」―「枯れぬ」と「離（か）れぬ」を掛ける。

〔参考歌〕

種《たね》しあれば岩《いは》にも松《まつ》は生《お》ひにけり恋《こひ》をし恋《こ》ひば逢《あ》はざらめやも

よみ人しらず・古今和歌集一一（恋一）

待つ恋

たのまじと人にはいひし夕暮《ゆふぐれ》の思ひもすてずなに待《ま》たるらん

頓阿・頓阿法師詠

〔大意〕あてにはしませんとあの人にいった夕暮に、やはり来てくれるのではないかという思いが捨てきれずに、なんで待ち遠しく思われるのだろう。

偽の恋

たのまでもさすがいかにと目《め》の前《まへ》の言《こと》のみよきに思《おも》ひわびつゝ

三条西実隆・再昌草

〔大意〕頼みにする気がないものの、やはりどうかなと、目先のあまい言葉に、（期待をしてしまって）思いわずらうことだよ。

〔参考歌〕

いで人は事のみぞ良《よ》き月草のうつし心は色ことにして

よみ人しらず・古今和歌集一四（恋四）

たのめおきし後瀬《のちせ》の山の一《（ひと）》ことや恋を祈《いの》りの命なりける

藤原定家・定家卿百番自歌合

〔大意〕頼みにさせておいた「後瀬の山」の、その名のように、後で逢おうというあの一言が、恋の成就を祈って生きる私の命の支えだったのだ。

〔本歌〕

今はゝや恋《こ》ひ死《し》なましをあひ見むと頼《たの》めし事ぞいのちなりける

清原深養父・古今和歌集一二（恋二）

右大臣、住まずなりにければ、かの昔遣せたりける文どもを取り集めて、返すとて、よみて、贈りける

頼《たの》めこし事の葉《は》今は返してむわが身ふるればを《（お）》き所なし

藤原因香・古今和歌集一四（恋四）
〔分類〕「契りを結んで後になお慕い思う恋」の「離れ行く人を思う恋」の歌。〔大意〕頼みにして来たあなたの手紙を今はお返しします。我が身が古くさく疎まれ、身の置き場所がない様に、あなたの手紙を置く場所がありません。
頼《たの》めつゝ逢《あ》はで年《とし》ふるいつはりに懲《こ》りぬ心を人は知《し》らなむ
凡河内躬恒・古今和歌集一二（恋二）
〔分類〕「逢わずして慕う恋」の「逢うことを願う恋」の歌。〔大意〕あてにさせておいて、逢うこともなく年月が過ぎていったあなたの偽りに、懲りずにいる私の心をあなたは知ってほしい。

恋歌とてよめる
西行・新古今和歌集一三（恋三）
たのめぬに君来《く》やと待《ま》つよゐ（ひ）のまの更《ふ》けゆかでたゞ明《あ》けなましかば
〔分類〕「夜ふけて待つ恋」の歌。〔大意〕約束してくれたわけでもないが、あの人が来るかと待っているこの宵が更けていかないで、（つらく長い夜にならないで）すぐに明けてしまえばなあ。

小八条の御息所につかはしける
手枕《たまくら》にかせる袂《たもと》の露《つゆ》けきはあけぬとつぐる涙なりけり
亭子院・新古今和歌集一三（恋三）
〔大意〕手枕としてあなたに貸した私の袂が、朝露に濡れていると思ったのは、夜が明けたと告げるあなたの涙であったよ。

作者不詳・万葉集一〇
玉襷《たまたすき》かけぬ時なしわが恋は時雨し降らば濡れつつも行かむ
〔大意〕私の恋は心に懸けないときはない。もし時雨が降ったならば、濡れかかりながらでも逢いに行こう。
〔注解〕「玉襷」―「懸く」に掛かる枕詞。
玉ぼこの道行《みちゆき》ぶりに見しひとはゆく末しらぬ恋となりなむ
田安宗武・悠然院様御詠草
〔大意〕道で行きずりに見たあの人は、この先の予想もつかない私の苦しい恋の相手となるだろう。〔注解〕「玉ぼこ」―「通」に掛かる枕詞。

風に寄する恋
便ある風《かぜ》もうきたる心地《ち》してことづてやらん人

を待《（まつ）》かな

幽斎・玄旨百首

〔大意〕消息を伝えるという風も頼りない心地がして、私の思いを伝えたいあの人が直接に来てくれることを待っていることです。

〔参考歌〕

聞《き》くやいかにうはの空《そら》なる風だにも松《まつ》に音《おと》するならひありとは

宮内卿・新古今和歌集一三（恋三）

題しらず

たよりにもあらぬ思《おも》ひのあやしきは心を人につくるなりけり

在原元方・古今和歌集一一（恋二）

〔分類〕「逢わずして慕う恋」の「ひそかに恋う」の歌。〔大意〕伝言の使いでもない「思い」が、使いでもあるように思われて不思議なのは、その「思いの火」が、私の心を運んでいって、あの人に付き添わせることなのです。〔注解〕「思ひ」—「思ひ」の「ひ」に「火」を掛ける。

たらちねの母に障《さや》らばいたづらに 汝《いまし》 もわれも事成るべしや

作者不詳・万葉集一一

〔大意〕お母さんにはばかっていたならば、なすところなく、あなたも私もうまくことが運ばないでしょう。〔注解〕「たらちねの」—「母」に掛かる枕詞。

女の許にまかりて、心ちの例ならず侍りければ、帰りてつかはしける

たれゆきて君につげまし道芝《みちしば》の露《つゆ》もろともに消《き》えなましかば

賀茂成助・新古今和歌集一三（恋三）

〔分類〕「帰路の恋」の歌。〔大意〕誰が行ってあなたに伝えるのでしょうか。帰りに、道端の雑草に置く露といっしょに消えてしまったならば。

「ち」

契る恋

契《（ちぎり）》あらば恋《こひ》しつらしといはずともあはれと人や思《おも》ひよは《（わ）》らむ

正徹・永享九年正徹詠草

〔大意〕契りがあるならば、恋しいとかつらいとか言わなくても、「あわれ」といって人はしだいに思い弱って

いくのでしょうか。

心変りて侍りける女に、人に代りて
契《ちぎ》りきなかたみに袖《そで》をしぼりつゝ末《すゑ》の松《まつ》山波《なみ》こさじとは
清原元輔・後拾遺和歌集一四（恋四）
〔大意〕約束しましたね、お互いに袖の涙を絞りながら、末の松山に波を越させない（心変わりはしないと）と。
〔注解〕「かたみに」―お互いに。「末の松山」―陸奥の国の枕詞。

題知らず
契《ちぎ》りこしことの違《たが》ふぞ頼《たの》もしきつらさもかくや変《かは》ると思《おも》へば
藤原実方・千載和歌集一二（恋三）
〔大意〕約束したことを破られることは、かえって頼もしいことだ。あの人のつれなさもこのように変わるかと思えば。

契りける事違ひにける女につかはしける
契《ちぎ》りしもろともにこそ契《（ちぎり）》しか忘《わす》れば我も忘《わす》れましかば
藤原為通・千載和歌集一四（恋四）
〔大意〕約束した時も、二人で一緒に約束したことでしたよ。あなたが忘れるならば、私も忘れればよいと思うのだが、それができない。

契《（ちぎり）》しをわすれぬ心そこにあれやたのまぬからにけふの久しき
伏見院・金玉歌合
〔大意〕約束したことを忘れない心が奥底にあるからか、あなたが来ることを、期待するまいと思うだけで、（訪れが期待されて）今日一日が長く感じられます。

逢はざる恋
ちはやぶる神垣山のみしめ縄かけて恋《こ》ふともしらせてしがな
藤原為家・中院詠草
〔大意〕神垣山にみしめ縄をかけて神に恋の成就を祈る、そんな思いをかけた恋をしていると、あの人に知らせたいものだ。〔注解〕「ちはやぶる」―「神」に掛かる枕詞。

夜ゐに女にあひて、「かならず後に逢はん」と誓言を立てさせて、朝につかはしける

ちはやぶる神ひきかけて誓《ちか》ひてし言《こと》もゆゝしくあらがふなゆめ

藤原滋幹・後撰和歌集一一（恋三）

〔大意〕神にかけて誓ったあの言葉が（神への約束を破ると）恐ろしいので、あなたもそれに逆らわないでほしい、絶対に。

「つ」

月影《かげ》にわが身を変《か》ふる物ならばつれなき人もあはれとや見《み》ん

壬生忠岑・古今和歌集一二（恋二）

〔分類〕「逢わずして慕う恋」の「つれなさをうらむ恋」の歌。〔大意〕月の光にわが身を変えることができるならば、薄情なあの人も、私のことを「あわれ」と思って心を寄せてくれるでしょうか。

月かさねわが思ふ妹に逢へる夜は今し七夜《ななよ》を続《つ》ぎこせぬかも

作者不詳・万葉集一〇

〔大意〕月日をかさねて、私が恋しく思っている妹に逢えた夜は、いまから七夜も続いてくれないものかなあ。

月に寄する恋

月ひとり空にしりてや宿《やど》るらむ忍ぶる袖の涙なれども

幽斎・玄旨百首

〔大意〕月だけは私の心を知っていて、誰にも知られずに涙で濡れる私の袖に、その光を宿すのだろう。

〔参考歌〕

月かげはいつなれそめてやどるらんもらす隙なき袖の涙に

藤原行房・天徳二年十五夜内御会

網によす

月日のみつもりの海人《あま》の浦におく網の一めもみでややみなん

小沢蘆庵・六帖詠草

〔大意〕月日ばかりが積もって、津守の漁師が浜辺におく網の目のように、あの人に一目も逢わないで、私の恋は終わってしまうのだろうか。

月まつといひなされつるよひのまのこゝろの色を袖にみえぬる

山家心中集（西行の私家集）

〔大意〕月の出を待っているのだと、言い繕う宵の、本当はあの人を待ち望んでいる心の色を、月光を浴びて涙で濡らす袖にあらわしてしまったことだ。

五条后宮西の対に住みける人に、本意にはあらでもの言ひわたりけるを、睦月の十日あまりになむ、他所へ隠れにける。在り所は聞きけれど、えものも言はで、又の年の春、梅の花盛りに、月の面白かりける夜、去年を恋ひて、かの西の対に行きて、月の傾くまで、あばらなる板敷に伏せりて、よめる

月やあらぬ春や昔の春《はる》ならぬわが身ひとつはもと
の身にして

在原業平・古今和歌集一五（恋五）

〔分類〕恋「わが身は」の歌。〔大意〕月も春も、昔のままではないのだろうか。人の心は変わるものだが、私だけが元のまま、あの人のことを恋い慕い続けている。

釣殿の皇女につかはしける

筑波嶺《つくばね》の峰より落《お》つるみなの河恋ぞ積《つ》もりて淵と
なりける

陽成院・後撰和歌集一一（恋三）

〔大意〕筑波山の峰から流れ落ちるみなの川の水が積もって淵となるように、あなたへの私の恋心も積もって淵のような深い思いとなってしまった。

〔参考歌〕

筑波嶺の岩もとどろに落つる水世にもたゆらにわが
思はなくに

作者不詳・万葉集一四

つゝめども袖にたまらぬ白玉は人を見ぬめの涙な
りけり

安倍清行・古今和歌集一二（恋二）

〔分類〕「逢わずして慕う恋」の「寝ても恋う」の歌。
〔注解〕「人を見ぬめの」―あなたに逢えないための。

長実卿の家歌合、恋の心をよめる

つゝめども涙《なみだ》の雨《あめ》のしるければ恋《こひ》する名《な》をもふら
しつるかな

藤原忠隆・金葉和歌集七（恋上）

〔大意〕隠しても、涙が雨のように流れ出るので、恋をしているという噂を触れ広めてしまったことだ。

〔参考歌〕

みゆきとか世《よ》にはふらせていまはたゞこずゑのさく
ら散《ち》らすなりけり

上東門院中将・後拾遺和歌集一九（雑五）

津の国《くに》のなにはの葦《あし》のめもはるにしげきわが恋人《こひ》
しるらめや

紀貫之・古今和歌集一二（恋二）

〔分類〕「逢わずして慕う恋」の「つれなさをうらむ恋」の歌。〔大意〕摂津の国の難波の葦は「芽も張る」というが、同じように芽を出した葦が「目も遥かに」生い茂るように、私の恋の激しい思いをあの人は知っているのだろうか。〔注解〕「めもはる」—「芽も張る」と「目も（遥（はる）か」を掛ける。

露霜に衣手《ころもで》濡れて今だにも妹がり行かな夜は更《ふ》け
ぬとも

作者不詳・万葉集一〇

〔大意〕露霜に衣手（袖）を濡らして、いまからでも妹のもとへ行こう。夜が更けたけれども。

つゆならぬ心を花にを《（お）》きそめて風ふくごとに物お
もひぞつく

紀貫之・古今和歌集一二（恋二）

〔分類〕「逢わずして慕う恋」の「恋に乱れて」の歌。〔大意〕花に置く消えやすい露のようではない恋心をあなたに抱きはじめて、風が吹くたびに露が揺れ落ちるように、あなたの噂を聞くたびに、私のあなたへの思いは揺れ動くことです。〔注解〕「風」—噂。

露ばかりたのめし人の言の葉もそれだに冬は散《ち》り
やしぬらん

能因集（能因の私家集）

〔大意〕露のようにほんのわずかでも頼りにしていたあの人の言葉、それすらも冬になれば散ってしまうのだろうか。

契りけることありける女に遣はしける

露　許《（ばかり）》　頼《たの》めしほどの過《す》ぎゆけば消《き》えぬ　許《（ばかり）》　の心地
こそすれ

菅原輔昭・拾遺和歌集一一（恋一）

〔大意〕露ほどの小さな約束が実現もしないで時が過ぎていくので、恋の思いの苦しさに身も消え入るような気持ちになることだ。

恋の心をよめる

つらきをも思《おも》ひも知《し》らぬ身の程に恋しさいかで忘《わす》
れざるらん

藤原長実・金葉和歌集八（恋下）

〔大意〕あなたの薄情な態度も分からないわが身なのに、

恋しいと思う気持ちをどうして忘れることができないのだろうか。

〔参考歌〕
つらしとは思物《（おもふ）》から恋《こひ》しきは我にかなはぬ心なりけり
よみ人しらず・拾遺和歌集一五（恋五）

つらさのみ絶《た》えぬ契《ちぎ》りも惜《お》しからで心の限《かぎ》り恨《うら》みつるかな
二条良基・後普光園院殿御百首

〔大意〕つらさばかりが絶えなかった仲であったが、そのときはふたりの仲が絶えることも惜しいと思わず、心のすべてを言って恨んだものだったよ。

題知らず
つらさをば君《きみ》にならひて知《し》りぬるをうれしきことを誰《たれ》にとはまし
道命・詞花和歌集七（恋上）

〔大意〕恋のつらさはあなたと馴れ親しんで知りました。うれしいことを知るには誰に尋ねたらいいでしょう（私にはあなたしかいませんのに）。

つらさをも見《み》てやみぬべしつくり来《こ》し恋《こひ》のつみにてこよひ消《き》えなん
一条摂政御集（藤原伊尹の私家集）

〔大意〕あなたの薄情さを見ながら、この身は終わってしまうでしょう。あなたのために重ねてきた恋の罪で、今宵、私は死んでしまうでしょうから。

〔参考歌〕
年の内に積《つ》もれる罪《つみ》はかきくらし降《ふ》る白雪と共に消《き》えなん
紀貫之・拾遺和歌集四（冬）

三井寺にて人く恋歌よみけるに、よめる
つらしとも思《おも》はん人は思《おも》ひなん我《われ》なればこそ身をば恨《うら》むれ
公円・金葉和歌集八（恋下）

〔大意〕あなたを薄情だと思う人は、きっとそう思うでしょう。私だからこそ（あなたを恨まず）この身を恨んでいるのですよ。

女の許につかはしける
つらしとも思《（おもひ）》ぞはてぬ涙河流《（なかれ）》て人をたのむ心は
橘実利・後撰和歌集一〇（恋二）

〔大意〕あなたがどれほど薄情でも、つらく苦しくてもあなたをあきらめません。涙が川となって流れても、私は生き永らえてあなたとのことを頼みにしています、私の心は。〔注解〕「流て」―「永らえて」を掛ける。

剣刀《つるぎたち》身に佩《は》き副《そ》ふる大夫《ますらを》や恋とふものを忍《しの》びかねてむ

作者不詳・万葉集一一

〔大意〕剣刀を身につけている男子たるものが、どうして恋というものにたえられないのだろうか。

業平朝臣の家に侍ける女のもとに、よみて、遣はしける

つれぐのながめに増《ま》さる涙河袖のみぬれて逢《あ》ふよしもなし

藤原敏行・古今和歌集一三（恋三）

〔分類〕「契りを結んで後になお慕い思う恋」の「逢うよしなしに」の歌。〔大意〕ながながと降る長雨で水かさを増す川のように、気もまぎれずつのる私の恋心が流す涙川で袖ばかりが濡れて、恋しい人に逢う手立てもありません。

つれなきを今は恋《こ》ひじとおもへども心よは（わ）くも落《お》つる涙か

菅野忠臣・古今和歌集一五（恋五）

〔分類〕恋「わが身悲しも」の歌。〔注解〕「つれなきを」―あの人のつれなく応えてくれないことを。

俊綱朝臣の家に題を探りて歌よみ侍りけるに、恋をよめる

つれなくてやみぬる人《ひと》にいまはたゞ恋死《こひし》ぬとだに聞《き》かせてしがな

中原政義・後拾遺和歌集一一（恋一）

〔大意〕つれないままで終わったあの人に、今はただ恋い死にするとだけでも聞かせたいものだ。

負恋

つれなくばまたじ今はの心にもまけて恋しき夕ぐれの空

小沢蘆庵・六帖詠草

〔大意〕こんなに薄情ならばもう待つまいと決めた今の心に負けて、夕暮の空を見ると、もう、恋しさがつのることだ。

〔参考歌〕

恨《うら》みわび待《ま》たじいまはの身なれども思《おも》ひなれにし夕暮《ぐれ》の空

寂蓮・新古今和歌集一四（恋四）

つれなさにいはで絶《た》えなんと思ふこそ逢《あ》ひ見《み》ぬ先《さき》

の別《わか》れなりけれ

藤原季能・千載和歌集一一（恋二）

〔大意〕恋しい人の薄情さに、恋の思いを口にだしていわないであきらめようとすることは、逢わない以前の別れというものだ（逢って見てこそ別れはあるのに）。

つれなさにいまは思《おも》ひも絶《た》えなましこの世《よ》ひとつの契《ちぎ》りなりせば

顕昭・千載和歌集一二（恋二）

〔大意〕この世だけの契りであるならば、あの人の薄情さに、今は恋い慕う思いを絶ち切ってしまうだろうに（後世まで続く契りなので思いを絶ち切れない）。

草に寄する恋

つれなさを形見《かたみ》のすゝきしげき野となりて夜な〱虫《むし》もうらみよ

心敬・寛正百首

わが身はかなき露ともなり侍らば、うへをける一もと薄も繁き野となりて、なく虫もつれなかりしかたを恨みよとなり

〔大意〕私が死んだら、形見に植えておいた薄が繁って野となって、あの人の薄情さを夜な夜な虫も恨んで鳴けよ。

祈る恋

つれなさをさのみ祈《いの》らば人よりも神のみるめに先《まづ》やそむらん

正徹・永享五年正徹詠草

〔大意〕あの人の薄情さをかえてほしいと一心に祈るならば、あの人よりも前に神の御目にまず染み入るだろうか。

遇はざる恋

つれもなき心をなににたとへまし岩《いは》木は人をいとひやはする

頓阿・頓阿法師詠

〔大意〕あの人の薄情な心を何にたとえればよいのか。情け心もない岩木だって人を厭うことがありましょうか。

〔参考歌〕逢《あ》ふ事のかく難《かた》ければつれもなき人の心や岩《いは》木なるらむ

賀茂政平・千載和歌集一二（恋二）

女のもとにつかはしける

つれもなき人に負《ま》けじとせし程に我もあだ名《な》

は立《たち》ぞしにける

藤原清正・後撰和歌集一一（恋三）

〔大意〕薄情なあなたに負けまいとしているうちに、私にも浮気者の噂がたってしまったことです。

つれも無くあるらむ人を片思《かたもひ》にわれは思へば侘《わび》しくもあるか

大伴家持・万葉集四

〔大意〕自分に関心を持ってくれそうにもない人を、片思いに私は恋をしているので、侘びしいことである。

つれもなくなり行《ゆく》人の事の葉《は》ぞ秋よりさきのもみぢなりける

源宗于・古今和歌集一五（恋五）

〔分類〕恋「人の心は…」の歌。〔大意〕つれなくなっていくあの人の言葉は「言の葉」なのですね。木の葉は秋となって紅葉するのに、飽き果てるよりも先に心変わりするものなのですね。〔注解〕「秋」―「飽き」を掛ける。「もみぢ」―紅葉する意と心変わりする意を掛ける。

「て」

手《て》もふれで月日へにける白檀弓《しらまゆみ》おきふしよるは寝《い》こそねられね

紀貫之・古今和歌集一二（恋二）

〔分類〕「逢わずして慕う恋」の「つれなさをうらむ恋」の歌。〔大意〕手もふれないで月日を経た白檀の弓よ、弓は「起き、伏し、寄る、射る」して使うものだが、私は起きたり、伏したりしてあなたのことを思い続けて、夜は寝ることもできません。〔注解〕「おきふしよる」―弓の使い方の「起き、伏し、寄る（は）、射（こそ）」と人の「起き、臥し、寄る（は）、寝（いこそ）」を掛け、「よるは」に「夜は」を掛ける。

「と」

元輔が婿になりて朝に

時の間《ま》も心は空《そら》になる物をいかで過《す》ぐしし昔なるらむ

藤原実方・拾遺和歌集一四（恋四）

〔大意〕朝あなたと別れて帰ってきてみれば、この一時の間も私の心はあなた恋しさで上の空になっているのに、あなたと結婚する前、私はいったいどのようにして過ごしてきたのだろう。

九条右大臣のむすめに初めてつかはしける

年《とし》月はわが身にそへてすぎぬれど思ふ心《こゝろ》のゆかずもあるかな

源高明・新古今和歌集一一（恋一）

〔分類〕「初めて言ふ恋」の歌。〔大意〕年月はわが身といっしょに過ぎていったけれども、あなたを思い慕う私の心は、思いを遂げることもできずにいることだ。〔注解〕「ゆかず」—思いを遂げる、思いを晴らす。

〔参考歌〕

年月はたちもとまらずすぐれども思ふ心はゆかずもあるかな

よみ人しらず・古今和歌六帖五

年《とし》ふれどあはれに絶《た》えぬ涙かな恋《こひ》しき人のかゝらましかば

藤原顕輔・千載和歌集一五（恋五）

〔大意〕年が経ていくけれど、かなしさに流れのとまらない涙であることだ。恋しいあの人がこのように涙を流すのであったならばよいのに。

年《とし》もへぬいのる契《ちぎり》ははつせ山お《(を)》のへの鐘《かね》のよその夕暮《ぐれ》

藤原定家・新古今和歌集一二（恋二）

〔分類〕「久しき恋」の歌。〔大意〕年も経ってしまった。恋の成就を祈って約束をした初瀬山よ。その山の上の鐘が告げるのはよその夕暮で、私はこの夕暮もあの人に逢えないことだ。

〔参考歌〕

憂《う》かりける人を初瀬《はつせ》の山を《(お)》ろしよはげしかれとは祈《いの》らぬものを

源俊頼・千載和歌集一二（恋二）

人の文つかはして侍ける返事にそへて、女につかはしける

年《とし》をへて思《おも》ふ心のしるしにぞ空《そら》もたよりの風はふきける

藤原高光・新古今和歌集一一（恋一）

〔分類〕「初めて言う恋」の歌。〔大意〕何年もあなたを思い慕ってきた私の心がついに顕われて、このあてどもない空にも良い便りの風が吹いてきたのだな。〔注解〕「空」—あてのないことの「そら」を掛ける。

年《とし》を経《へ》てきえぬ思《おも》ひはありながら夜《よる》のたもとは猶
こほりけり

紀友則・古今和歌集一二（恋二）

〔分類〕「逢わずして慕う恋」の「恋に乱れて」の歌。
〔注解〕「夜のたもと」―独り寝の夜の涙に濡れた袖。

年を経《へ》てつれなき人を恋《こふ》る身は泪《なみだ》の河の身を
つくしかな

能因集（能因の私家集）

〔大意〕何年もの間、薄情なあの人を恋慕い続けてきたこの身は、涙川の「澪標」が朽ち果てるように身を尽くしてしまうことだなあ。〔注解〕「身をつくし」―船に通行しやすい水脈や水深をしめす杭である「澪標」に「身を尽くす」を掛ける。

とにかくにいとはまほしき世なれども君がすむに
もひかれぬるかな

山家心中集（西行の私家集）

〔大意〕とにもかくにも、厭まれるこの世ではあるけれども、あなたが住む世であると思うと、やはり心がひかれてしまうことだなあ。

片思

問《と》はばやな花に嵐の憂《う》きの身《み》はさりともおなじ心
なりやと

三条西実隆・再昌草

〔大意〕尋ねて見たいものだ。嵐の中の花のようにつらいこの身は、片思いだとしても、あなたの心も花に吹きつける嵐と同じように薄情なのかと。

〔参考歌〕
うき身をばわれだに厭《いと》ふ厭《いと》へたゞそをだにおなじ心
と思《おも》はん

藤原俊成・新古今和歌集一二（恋二）

遠山に霞たなびきいや遠《とほ》に妹《いも》が目見ずてわれ恋ひ
にけり

万葉集一一（柿本人麻呂家集）

〔大意〕遠く山に霞がたなびき、いよいよ遠くに霞んで見えるように、妹の顔を見ないでいるので私は恋しい。

「な」

長き根《ね》のすがのあら野にかる草のゆふてもたゆく

とけぬ君かな

藤原家隆・家隆卿百番自歌合

〔大意〕須賀の荒野に生える菅の長い根のように長い一日、刈る草を結ぶ手もだるくなるように、何を言っても打ち解けてくれないあなたであるよ。

〔本歌〕

信濃《しなの》なる須賀《すが》の荒野《あらの》にほととぎす鳴く声聞けば時すぎにけり

作者不詳・万葉集一四

おもふとも恋《こ》ふとも逢《あ》はむ物なれや結《ゆ》ふ手《て》もたゆく解《と》くる下紐《したひも》

よみ人しらず・古今和歌集一一（恋一）

長《なが》しとも思《（おもひ）》ぞはてぬ昔より逢《あ》ふ人からの秋の夜《よ》なれば

凡河内躬恒・古今和歌集一三（恋三）

〔分類〕「契りを結んで後になお慕い思う恋」の「まれに逢う夜は」の歌。〔大意〕長いとも思いもしません。昔から、逢う人によって長さが決まる秋の夜ですから。

なか〱に逢《あ》はぬ思ひのまゝならばうらみばかりや身《み》につもらまし

山家心中集（西行の私家集）

〔大意〕あのまま逢わないでつらい思いのままであったならば、恋の思いが恨み心になって、この身に積もるばかりになっていたことであろう。

中《（なかなか）》〱に言《い》ひも放《はな》たで信濃《しなの》なる木曾路《きそぢ》の橋《はし》のかけたるやなぞ

女のもとに遣はしける

源頼光・拾遺和歌集一四（恋四）

〔大意〕なまはんかにして、きっぱりと言い放つこともしないで、信濃の木曾路に架かる橋のように、おもわせぶりに私をかかずらわせておくのは、どういうことなのか。

なかなかに黙然《もだ》もあらましをあづきなく相見始《そ》めてもわれは恋ふるか

作者不詳・万葉集一二

〔大意〕いっそなにもしないでいればよかったものを。あの人に逢い始めてしまって、私はどうしようもなく恋におちてしまったことだ。

なかなかに黙《もだ》もあらましを何すとか相見そめけむ遂《と》げざらまくに

大伴家持・万葉集四

〔大意〕いっそ黙っていればよかったものを。どうしようとして、あなたに逢いはじめたのだろう、恋の思いを遂げることはできないだろうに。

汝《な》が母に嘖《こ》られ吾《あ》は行く青雲《あをくも》のいで来《こ》吾妹子《わぎもこ》逢ひ見て行かむ

作者不詳・万葉集一四

〔大意〕あなたの母親に叱られて私は帰って行く。出ておいで吾妹子よ、一目あなたを見て帰りたいので。〔注略〕「青雲の」――「いで」に掛かる枕詞。

月前の恋といへる事をよめる

眺《なが》むれば恋しき人の恋《こひ》しきにくもらばくもれ秋の夜《よ》の月

藤原基光・金葉和歌集七（恋上）

〔大意〕眺めていると恋しい人がさらに恋しくなるので、曇るならば曇れ、秋の夜の月よ。

雲に寄する恋

ながめても思ひやいづるとばかりにうき身をかくる夕暮《ゆふぐれ》の雲

心敬・寛正百首

〔大意〕雲を眺めて私のことを思い出してくれるかもしれないと、ただそれだけを思ってこのつらい身を託す夕暮の雲である。

霧に寄する恋

ながめてもむなしき空の秋霧にいとゞ思ひのゆくかたもなし

頓阿・頓阿法師詠

〔大意〕果てのない空を眺めても、秋霧のためにいよいよ沈んでいく思いは行くあてもない。

〔本歌〕

わが恋《こひ》はむなしき空《そら》に満《み》ちぬらし思（おもひ）やれども行（ゆく）かたもなし

よみ人しらず・古今和歌集一一（恋一）

逢はざる恋

ながらへてあらばあふ世を頼《たの》むこそわれにのどけき契りなりけれ

正徹・永亨五年正徹詠草

〔大意〕生きながらえていれば、逢える機会もあるだろうと期待することは、私にはあまりに気の長い契りであることだ。

〔参考歌〕

いかにしてしばし忘《わす》れん命《いのち》だにあらば逢《あ》ふよのあり

もこそすれ　　よみ人しらず・拾遺和歌集一一（恋一）

逢ふ恋

ながらへてあらば逢夜《あふよ》をもろともに今よりのちや契《ちぎ》りを《お》かまし　　正徹・永享五年正徹詠草

〔大意〕生きながらえていれば、いまから後にお互いが逢う夜を、約束しておくものを。（それもできないはかないわが命よ）

〔参考歌〕

いかにしてしばし忘れん命《いのち》だにあらば逢《あ》ふよのありもこそすれ　　よみ人しらず・拾遺和歌集一一（恋一）

恋の声

流《なが》るとも音やはたてんあぢきなく夜だにゆるせ袖の涙を　　三条西実隆・再昌草

〔大意〕流れるとしても音はたてまい。どうにもしかたがないので、せめて夜だけでも許してほしい、袖に流れる涙を。

題しらず

流《ながれ》てはゆく方《かた》もなし涙河わが身のうらや限《かぎり》なる覧《らん》　　藤原千兼・後撰和歌集一〇（恋二）

〔大意〕流れて行く方向もわからない涙川です。結局は憂きつらいわが身が、その流れの行き着く果てになるのでしょうよ。〔注略〕「わが身のうら」—「わが身の憂」と「浦」を掛ける。

泣《な》き恋《こ》ふる涙に袖のそほちなば脱《ぬ》ぎかへがてら夜《よる》こそは着《き》め　　橘清樹・古今和歌集一三（恋三）

〔分類〕「契りを結んで後になお慕い思う恋」の「人目を忍ぶ恋」の歌。〔大意〕亡き人を泣いて恋い慕う涙で袖が濡れそぼることもあるので、脱ぎかえるついでに、夜だけは喪服を着ることにしましょう。

初めの恋をよめる

なき名立《た》つ人だに世《よ》にはあるものを君恋《きみこ》ふる身《み》と知《し》られぬぞ憂《う》き　　実源・後拾遺和歌集一一（恋一）

〔大意〕あらぬ噂が立つ人さえ、この世にはいるのに、あなたを恋するわが身であるとあなたに知られないことが憂きつらいことです。

なく涙やしほの衣それながら馴《なれ》ずは何の色かしのばむ

藤原定家・定家卿百番自歌合

〔大意〕泣いて流した涙が衣をやしおの衣に染めたが、あの人に馴れ親しまないでいたら、何の色をよりどころにして偲んだらいいだろう。〔注略〕「やしほ（八入）の衣」―色濃くそまった思いを譬える。

題知らず

歎《なげ》きあまり憂《う》き身ぞ今はなつかしき君ゆ《ゑ》へものを思《おも》ふと思へば

藤原季通・千載和歌集一四（恋四）

〔大意〕歎いても歎ききれない憂きつらいこの身が、今はいとしく思われることだ。あなたゆえの恋の物思いだと思えば。

恋の歌とてよめる

歎《なげ》きあまりしらせそめつる事《こと》の葉《は》も思《おも》ふばかりはいはれざりけり

源明賢・千載和歌集一一（恋一）

〔大意〕歎いても歎ききれず、相手に初めて恋の思いを知らせた言葉も、思うようには言うことができなかったことだ。

なげけとて月やはものを思はするかこちがほなる我《わが》涙かな

山家心中集（西行の私家集）

〔大意〕歎けといって月が物思いをさせるのだろうか。月にかこつけているが、実は恋のつらさで流れる私の涙であることよ。

〔参考歌〕

待ち得ては恨み顔なる涙かな物思へとて出づる月かは

湛覚・月詣和歌集九（雑下）

夏野ゆく牡鹿《をしか》の角《つの》の束《つか》の間《ま》も妹が心を忘れて思《おも》へや

柿本人麻呂・万葉集四

〔大意〕夏野を行く牡鹿の短かい角ほどの短い間も、私を思ってくれる妹の心を忘れようか、いや、いつも忘れずに思っている。

夏虫を何《なに》かいひ剣《けむ》心から我もおもひにもえぬべら也

凡河内躬恒・古今和歌集一二（恋二）

〔分類〕「逢わずして慕う恋」の「恋に乱れて」の歌。

〔大意〕なんで夏虫のことを火に飛び込んではかないも

のだといったのだろうか。自分の心が原因で、私も恋の炎に燃えてしまうだろう。〔注解〕「思ひ」―「思ひ」の「ひ」に「火」を掛ける。

何せむに命継《つ》ぎけむ吾妹子《わぎもこ》に恋ひざる前《さき》に死なましものを

万葉集一一（柿本人麻呂歌集）

〔大意〕どうして、命を継いで生きてきたのだろう。吾妹子に恋する前に死んでいればよかったものを（今、私は生き永らえながら恋の物思いに苦しんでいる）。

女を恨みて、さらにまうで来じと、誓ひて後に遣はしける

藤原実方・拾遺和歌集一四（恋四）

何せむに命をかけて誓《ちか》ひ　剣《（けん）》いかばやと　思《（おもふ）》折《おり》も有《（あり）》けり

〔大意〕どうして死んでも来るまいと誓ったのだろう。「行き（生き）」たいと思うときもあったよ。〔注略〕「いかばや」―「行かばや」に「生かばや」を掛ける。

何せむに命をもとな永く欲《ほ》りせむ生《い》けりともわが思ふ妹《いも》に易く逢はなくに（旋頭歌）

万葉集一一（柿本人麻呂歌集）

〔大意〕どうして命をとどめなく永くと願うだろうか。生きていても私が思う妹にたやすく逢うことはできないのに。

なにとなくさすがにおし《（を）》き命《いのち》かなありへば人や思《（おもひ）》しるとて

西行・新古今和歌集一二（恋二）

〔分類〕「片思」の歌。〔大意〕未練ではあるが、さすがに惜しく思われるわが命よ。生き永らえていれば、あの人も分かってくれるかと思って。

〔参考歌〕

ながらへば人の心も見るべきに露の命ぞ悲《（かなし）》かりける

よみ人しらず・後撰和歌集一三（恋五）

「をのれを思へだてたる心あり」といへる女の返事につかはしける

難波潟《なにはがた》刈り積《つ》む葦《あし》のあしづゝのひとへも君を我や隔《へだ》つる

藤原兼輔・後撰和歌集一〇（恋二）

〔大意〕難波潟で刈り積む蘆の蘆筒のように、薄ものの一枚ほどでも、私はあなたを隔てているでしょうか、隔ててはいませんよ。〔注解〕「あしづゝ」―蘆の茎の中の薄い皮膜。

遇ふ恋

なびくともいかゞたのまむ吹《ふ》く風に空《そら》ゆく雲のうつりやすさを

頓阿・頓阿法師詠

〔大意〕私に靡いてきたとしてもどうして頼みにできるでしょうか。あの人の心は風に吹かれて空を行く雲のように移りやすいのですから。

涙川こひより出《い》でゝ流《なが》るればかく氷《こほ》る夜もさえぬなりけり

能因集（能因の私家集）

〔大意〕涙川は、恋の「火」から出て流れているので、このように凍てついた夜でも凍りつくことはないのだ。〔注解〕「こひ」―「恋」に「火」を掛ける。「流る」―「泣かる」を掛ける。

万葉集和し侍ける歌

涙《なみだ》河底《そこ》の水屑《みくづ》となりはてゝ恋《こひ》しき瀬《せ》ゞに流《ながれ》こそすれ

源順・拾遺和歌集一四（恋四）

〔大意〕私の身は涙川の底の水屑となってしまい、恋しく思う折々には、泣きながら、瀬々を流れていくことだ。〔注解〕「流」―「流れ」に「泣かれ」を掛ける。

涙河《なみだがは》身もうくばかりながるれど消《き》えぬは人の思《おもひ》なりけり

藤原元真・新古今和歌集一一（恋一）

〔分類〕「川に寄する恋」の歌。〔大意〕恋の涙川は、この身が浮くほどに流れるけれども、それでも消えないものは人の思いの火であることだ。

〔参考歌〕

浅《あさ》みこそ袖は漬《ひ》つらめ涙河身さへながると聞《き》かばたのまむ

在原業平・古今和歌集一三（恋三）

題知らず

涙《なみだ》やはまたも逢《あ》ふべきつまならん泣《な》くよりほかのなぐさめぞなき

藤原道雅・後拾遺和歌集一三（恋三）

〔大意〕涙はふたたび逢うための手がかりになるだろうか。私には泣くよりほかに慰めがない。〔注解〕「つま」―端の意。いとぐち、てがかり。

悩《なや》ましけ人妻《ひとつま》かもよ漕ぐ船の忘れは為《せ》なないや思《も》ひ増すに

作者不詳・万葉集一四

〔大意〕悩ましい人妻であるよ。漕ぎ去って行く船のように、忘れ去ることができずにいよいよ思いがつのって。

馴《な》れてのち死《し》なむ別《わか》れのかなしきに命《いのち》に替《か》へぬ逢《あ》ふ事もがな

道因・千載和歌集一二（恋二）

〔大意〕恋しい人と馴れ親しんだ後で死んで行く別れは悲しいものなので、命に引き替えでなく逢うことができたらよいのに。

〔参考歌〕昨日まで逢《あ》ふにしかへばと思《おもひ》しをけふは命《いのち》のお《を》しくもあるかな

藤原頼忠・新古今和歌集一三（恋三）

なれてみし面《おも》かげせめてわすられよたちそへばこそ恋しさもそへ

藤原為兼・金玉歌合

〔大意〕見慣れてきたあの人の面影よ、せめて忘れられればよいのに、あの人の面影が立ち添えば、また恋しさもつのります。

「に」

濁《にご》り江《え》のすまむことこそかたからめいかでほのかに影《かげ》をだにみむ

伊勢集（伊勢の私家集）

〔大意〕濁り江の水が澄むことは難しいように、あなたと住むことは難しいが、どうにかして水面に、ちらっとでも、あなたの面影だけでも見たい。〔注解〕「すまむ」――水が「澄まむ」と「住まむ」を掛ける。

女を物越しにほのかに見てつかはしける

にほふらんかすみのうちの桜花思《おも》ひやりてもお《を》しき春かな

清原元輔・新古今和歌集一一（恋一）

〔分類〕「春に寄せて侘ぶる恋」の歌。〔大意〕色も香もはなやかだろう霞の中の桜花よ、思いを馳せるにつけ、（恋の進展もなく）過ぎていくのが惜しまれる春であることだ。

〔参考歌〕

山ざくら霞の間《ま》よりほのかにも見てし人こそ恋《こひ》しかりけれ

紀貫之・古今和歌集一一（恋一）

「ぬ」

ぬばたまの妹《いも》が黒髪今夜《こよひ》もかわが無き床《とこ》に靡《なび》けて寝《ぬ》らむ

作者不詳・万葉集一一

〔大意〕今夜も、私がいない床で妹はその黒髪をなびかせて寝ていることであろうか。〔注解〕「ぬばたまの」―「黒」「髪」に掛かる枕詞。

沼二つ通《かよ》は鳥が巣吾《あ》が心二行《ふたゆ》くなもと勿《な》よ思《も》はりそね

作者不詳・万葉集一四

〔大意〕沼二つを通う鳥の巣が二つあるように、私の心が二人の女性を思っているなどとどうか思わないでください。

雨に寄する恋

ぬれ〳〵も今夜（こよひ）の雨にわが行《ゆ》かば人やこゝろをあはれともみん

心敬・寛正百首

〔大意〕今夜の雨に濡れに濡れながら私が行ったならば、あの人は私の心をあわれと思ってくれるだろうか。

「ね〜の」

音《ね》になきて漬《ひ》ちにしかども春雨《さめ》にぬれにし袖と問ゝはばこたへん

大江千里・古今和歌集一二（恋二）

〔分類〕「逢わずして慕う恋」の「片思い」の歌。〔大意〕声に出して泣いた涙で袖が濡れてしまいましたが、人に聞かれたら、春雨に濡れた袖と答えよう。

人に逢ひて朝に、よみて、遣はしける

寝《ね》ぬる夜の夢《ゆめ》をはかなみまどろめばいやはかなにもなりまさる哉（かな）

在原業平・古今和歌集一三（恋三）

〔分類〕「契りを結んで後になお慕い思う恋」の「きぬぎぬ」の歌。〔大意〕共寝した夜が夢のように不確かに思われるので、もう一度見ようと、うとうとすると、まあ、いっそうはかなくなっていくのですよ。

閨《ねや》ちかき梅の匂ひに朝《あさ》なくくあやしく恋のまさる比哉《ころかな》

能因集（能因の私家集）

〔大意〕寝室近くを梅の匂いが漂って来て、朝ごとに妖しく恋心がつのるこの頃であるよ。

恋の歌とてよめる

藤原成通・金葉和歌集七（恋上）

後《のち》の世と契《ちぎり》し人もなきものを死《し》なばやとのみ言《い》ふぞはかなき

〔大意〕来世で共にと約束した人もないのに、死にたいとばかり言うことこそはかないことだ。

「は」

素性・古今和歌集一二（恋二）

はかなくて夢にも人を見つる夜《よ》はあしたの床《とこ》ぞ起《お》き憂《う》かりける

〔分類〕「逢わずして慕う恋」の「片思い」の歌。〔注解〕「はかなくて」—逢うことができないみじめでせつない状態をいう。

近江更衣にたまはせける

醍醐天皇・新古今和歌集一三（恋三）

はかなくも明《あ》けにけるかな朝露《あさつゆ》のおきての後《のち》ぞ消《き》えまさりける

〔分類〕「朝霧に寄する恋」の歌。〔大意〕あっさりと夜が明けてしまったことだ。朝露が置き、あなたも起きて帰った後の今、私はますます消え入るばかりの気持ちである。〔注解〕「おきて」—「置き」と「起き」を掛ける。

はかなくも人に心をつくすかな身のためにこそ思《おも》ひそめしか

源有仁・千載和歌集一二（恋二）

〔大意〕頼りにならないと思いながらも、あの人への思いで心を使い果たしてしまうことだ。わが身のためにと思いはじめたのに。

夢中逢恋

はかなくも夢に契りし後の世は覚《さめ》たる今の現《うつつ》なりけり

香川景樹・桂園一枝
〔大意〕夢で約束した将来は、目覚めた今のこの現実なのだ。夢の約束なんてものは、はかないものだ。

獣に寄する恋

はかなしやかゝる恋路《こひぢ》におりたちてひま行《ゆく》駒も身にはしられず

幽斎・玄旨百首
〔大意〕しょうがないことだ。私はこのような恋の泥道にとらわれてしまい、とらわれることもなく駈け抜けて行く駒（時）の歩みなど、私の身には何も感じられないでいる。〔注解〕「恋路」―「泥（こいぢ）」を掛ける。

はしけやし間近き里を雲居にや恋ひつつをらむ月も経なくに

湯原王・万葉集四
〔大意〕あわれ、あの人は間近い里にいるのに、私は遠くにある雲のように、はるか遠くから恋しく思い続けていなければならないのだろうか。あの人に逢ってからひと月も経っていませんが。

忘るる恋

はじめてもいふにやなさむみず知らぬ契《ちぎり》に人は思《おも》ふ中かな

正徹・永享五年正徹詠草
〔大意〕見ず知らずの人との初めての契りに、世間の人は思い合った恋仲と噂をするだろうか。

初雁《はつかり》のなきこそわたれ世中《よのなか》の人の秋し憂《う》ければ

紀貫之・古今和歌集一五（恋五）
〔分類〕恋「人の心は…」の歌。〔大意〕秋の初雁が鳴き渡るように泣き暮らしています。この世の秋は淋しいものですが、人の心の「飽き」こそがつらいので。〔注解〕「なき」―「鳴き」と「泣き」を掛ける。「秋」―「飽き」を掛ける。

初雁《はつかり》のはつかに声《こゑ》をきゝしより中空《なかぞら》にのみ物を思《おもふ》哉

凡河内躬恒・古今和歌集一一（恋一）
〔分類〕「逢わずして慕う恋」の「ひそかに恋う」の歌。〔大意〕初雁の声をわずかに聞くように、ちらっと恋しい人の声を聞いたときから、上の空の気持ちで物思いにふけっていることです。

花すゝきほにいでて恋《こ》ひば名をお《を》しみ下結《したゆ》ふ紐《ひも》の

むすぼゝれつゝ

小野春風・古今和歌集一三（恋三）

〔分類〕「契りを結んで後になお慕い思う恋」の「人目を忍ぶ恋」の歌。〔大意〕花すすきが穂をだすように、表だってあなたを恋すると、世間に評判が立つのが惜しいので、下袴の紐がより強く締めつけられるように心が晴れないことです。

題しらず

花すゝき我こそ下《した》に思《おもひ》しかほにいでゝ人にむすばれにけり

藤原仲平・古今和歌集一五（恋五）

〔分類〕恋「わが身は」の歌。〔大意〕花すすきのようなあの人を私は心の内で深く恋しく思っていたのに、あの人はすすきの穂がでるように、表だって他の人と結ばれてしまった。

春霞たなびく山の桜花みれどもあかぬ君にもある哉《かな》

紀友則・古今和歌集一四（恋四）

〔分類〕「契りを結んで後になお慕い思う恋」の「見れども飽かず」の歌。〔注解〕「あかぬ」―美しいものや良いものを見て満ち足りること。

春霞山にたなびきおぼぼしく妹を相見て後《のち》恋ひむかも

作者不詳・万葉集一〇

〔大意〕春霞が山にたなびき、おぼろに見えるように、ほのかに妹の姿を見て、あとで恋しく思うのだろうか。

正月、雨降り風吹きける日、女につかはしける

春風のふくにもまさる涙《なみだ》かなわが水上《みなかみ》も氷とくらし

藤原伊尹・新古今和歌集一一（恋一）

〔分類〕「春に寄せて侘ぶる恋」の歌。〔大意〕春風が吹くにつけ、ますます流れ落ちる涙よ。私の涙川も春雨ばかりか氷も解けて水量がましているようだ。

〔参考歌〕

涙河落《お》つる水上《みなかみ》はやければ塞《せ》きぞかねつる袖《そで》の柵《しがらみ》

紀貫之・拾遺和歌集一四（恋四）

はるかなる岩《いは》のはざまに独《ひと》りゐて人目《め》おもはで物思《おも》はゞや

西行・新古今和歌集一二（恋二）

〔分類〕「忍ぶ恋」の「岩に寄せる」の歌。〔大意〕はるかなる山奥の岩の狭間に独りで坐って、人目を気にしないで、恋の物思いにふけってみたいものだ。

〔参考歌〕

いかならん巌《いはほ》の中《なか》に住《す》まばかは世の憂《う》きことの聞《き》こえこざらむ

よみ人しらず・古今和歌集一八（雑下）

麗景殿女御まいりてのち、雨降り侍ける日、梅壺女御に

春雨のふりしく比《ころ》か青柳《あをやぎ》のいとゞ乱《みだ》れて人ぞこひしき

後朱雀院・新古今和歌集一四（恋四）

〔分類〕「思ふ恋」の「青柳に寄す」の歌。〔大意〕春雨の降りしきるこの頃よ。青柳の糸が乱れるように、私の心はいよいよ乱れてあの人が恋しく思われることだ。〔注解〕「いとゞ乱れて」―青柳の糸が乱れる意と心が乱れる意を掛ける。

〔参考歌〕
青柳《あをやぎ》のいとよりかくる春しもぞみだれて花のほころびにける

紀貫之・古今和歌集一（春上）

春されば卯の花ぐたしわが越えし妹が垣間《かきま》は荒れにけるかも

作者不詳・万葉集一〇

〔大意〕春には卯の花を散らして私が越えて入っていった妹の家の垣根は、いまはすっかり荒れてしまったことである。〔注解〕「ぐたし」―散らし。

春さればしだり柳のとををにも妹は心に乗りにけるかも

万葉集一〇（柿本人麻呂歌集）

〔大意〕春になると枝垂れ柳がたわたわとしなうように、妹は、私の心がしなうほどに、私の心に乗ってしまっています。

春さればまづ三枝《さきくさ》の幸《さき》くあらば後にも逢はむ莫《な》恋ひそ吾妹《わぎも》

万葉集一〇（柿本人麻呂歌集）

〔大意〕無事であれば、後できっと逢うこともできるだろう。だから恋の物思いに苦しむな、吾妹よ。〔注解〕「春されば～三枝の」―「幸く」に掛かる序。「三（さき）」と「咲き」を掛ける。

春されば百舌鳥《もず》の草潜《くさぐ》き見えずともわれは見やらむ君が辺《あたり》をば

作者不詳・万葉集一〇

〔大意〕春になると百舌鳥が草の中に入ってその姿が見えないように、あなたの姿は見えないだろうが、私は見てやろう。あなたの家のあたりをば。

初恋

春の日のかすがの野辺の早蕨《さわらび》のもえでそめぬるわがおもひかも

田安宗武・悠然院様御詠草

〔大意〕春になると、春日の野辺の蕨が萌えでるように、燃えて表に出てはじめた私の恋の思いである。〔注解〕「春の日の」―「かすが（春日）」に掛かる枕詞。

まだ年若かりける女につかはしける

葉を若《わか》み穂《ほ》にこそ出《い》でね花薄《すゝき》下《した》の心に結《むす》ばざらめや

源中正・後撰和歌集一〇（恋二）

〔大意〕あなたはまだ若いので、薄が穂を出すように表だって逢うことはできないだろうが、心ひそかに思いを通い合わせましょうよ。〔注解〕「葉を若み」―若い女性をたとえる。

「ひ」

久方のあまつ空《そら》にも住《す》まなくに人はよそぞ思《(おもふ)》べらなる

在原元方・古今和歌集一五（恋五）

〔分類〕恋「わが身は」の歌。〔大意〕あの人は遠く遥かな空に住んでいるわけではないのに、まるで天上界の人のように、私のことをよそよそしく思っておられるようです。〔注解〕天・光・雲・月などの枕詞。

年へて言ひ渡侍ける女に

久《ひさ》しくも恋《こひ》わたる哉《(かな)》住《すみ》の江の岸に年ふる松ならなくに

源俊・後撰和歌集一〇（恋二）

〔大意〕長い間恋し続けてきたことであるよ。住の江の岸に幾年も久しく生えている松ではないのになあ。

人言《ひとごと》の繁きこのころ玉ならば手に巻き持ちて恋ひずあらましを

河辺宮人・万葉集三

〔大意〕人からの噂を頻繁に聞くこの頃、もしあなたが玉ならば手に巻いて持っていて、このように離れたところから恋したりしないのですが。

人言《ひとごと》は夏野の草の繁くとも妹《いも》とわれとし携《たづさ》はり寝ば

作者不詳・万葉集一〇

〔大意〕人の噂は夏野の草のように繁く立とうとも、妹と私が手を携えて寝さえすれば（良いのだが）。

人知《し》れず逢ふ夜の夢の面影《(おもかげ)》に残《のこ》る契《(ちぎり)》も猶《(なほ)》や忍《しの》ばん

源政賢・宝徳二年十一月仙洞歌合

〔大意〕人に知られずにあなたにお逢いした夜の、夢のようにはかない面影に残る契りであっても、やはり忍んでいましょう。

人知《ひとし》れず逢《あ》ふを待《ま》つまに恋死《こひし》なば何《なに》にかへたるいのちとかいはむ

平兼盛・後拾遺和歌集一一（恋二）

〔大意〕あの人に逢えるのを待っている間に、あの人に知られずに恋い焦がれて死んでしまったならば、何と引き換えにした命といったらよいのだろうか。

〔参考歌〕

よそながら逢《あ》ひ見ぬほどに恋《こ》ひ死《し》なば何にかへたる命《いのち》とか言《い》はむ

よみ人しらず・拾遺和歌集一一（恋二）

女のもとに遣はしける

人知《し》れず落《お》つる涙の積《つ》もりつゝ数《かず》かく許《(ばかり)》なりにける哉《(かな)》

藤原惟成・拾遺和歌集一四（恋四）

〔大意〕あの人に知られずに、流れ落ちた私の涙は積もって、数を画くという涙の流水となってしまったことだ。

人知《ひとし》れず思《おも》ひそめてし心こそいまは涙《なみだ》の色《いろ》となりけれ

源季貞・千載和歌集一一（恋一）

〔大意〕人に知られずに深く思い染めた私の心は、いまは紅の涙の色となってあらわれたことだ。

〔参考歌〕

恋《こひ》すてふ我《わ》が名はまだき立《(たち)》にけり人知《し》れずこそ思《(おもひ)》そめしか

壬生忠見・拾遺和歌集一一（恋一）

夏に入りて恋増さるといふ心をよめる

人知《し》れず思《おも》ふ心はふかみ草花咲《ぐさはなさ》きてこそ色《いろ》にいでけれ

賀茂重保・千載和歌集一一（恋一）

〔大意〕人知れずあの人を思う心はますます深くなって、深見草の花が咲くように、私の思いはとうとう顔色に出てしまったよ。〔注解〕「ふかみ草」—思う心が「深まる」ことと、深見草（牡丹の別名）を掛ける。

懸想し侍ける女の家の前をわたるとて、言ひ入れ侍ける

人知《ひとし》れず思《(おもふ)》心を留《とゞ》めつゝいくたび君が宿《やど》を過《す》ぐらん

よみ人しらず・拾遺和歌集一一（恋二）

〔大意〕人に知られない秘めた恋の思いを心に留めながら、立ち去りがたい思いで、いくたびあなたの家の前を通り過ぎたことであろうか。

絶えて久しき恋といへる心をよめる

人知《ひとし》れずむすびそめてし若草の花《はな》の盛《さか》りも過《す》ぎやしぬらん

藤原隆信・千載和歌集一四（恋四）

〔大意〕人に知られずに私がひそかに恋心を寄せたあの少女は、もう娘盛りも過ぎてしまっただろうか。〔注解〕「若草の」―若い娘の比喩。少女。

雨の降る日忍びたる人につかはしける

人知《し》れずもの思《おも》ふころの袖《そで》みれば雨《あめ》も涙《なみだ》もわかれざりけり

藤原頼宗・千載和歌集一一（恋二）

〔大意〕あの人に知られないままに、恋の物思いをしている頃の私の袖を見ると、雨も涙もその区別がつきませんよ。

〔参考歌〕

人知《し》れず物思《ものおもひ》頃《ころ》の我《わ》が袖は秋の草葉《ば》に劣《おと》らざりけり

貞数親王・後撰和歌集一三（恋五）

堀河院御時の艶書合によめる

人しれぬ思《おも》ひありその浦風《うらかぜ》に波《なみ》のよるこそ言《い》はまほしけれ

藤原俊忠・金葉和歌集八（恋下）

〔大意〕人知れぬ恋の思いを、荒磯の浦風で波が寄せてくる、そんな夜にこそ打ち明けたいものです。〔注解〕「人しれぬ～波の」―ここまで序。「よる」―「寄る」と「夜」を掛ける。

〔参考歌〕

言《い》はで思《おもひ》ありその浜《はま》風に立《た》つ白《しら》浪のよるぞわびしき

よみ人しらず・後撰和歌集一〇（恋二）

人知《ひとし》れぬ思《おも》ひのみこそわびしけれわがなげきをば我のみぞ知《し》る

紀貫之・古今和歌集一二（恋二）

〔分類〕「逢わずして慕う恋」の「つれなさをうらむ恋」の歌。〔大意〕人知れず燃える恋の思いの火こそがつらいものなのです。火の中に入れる投木のように、思いの火を燃えつのらせるこの私の嘆きは、私だけが知っているのです。〔注解〕「思い」―「火」を掛ける。「なげき」―「投木」に「嘆き」を掛ける。投木は火に投げ込んで燃やす薪をいう。

女のもとに遣はしける

人知《し》れぬ思ひは年も経《へ》にけれど我のみ知《し》るはかひなかりけり

藤原実頼・拾遺和歌集一一（恋一）

〔大意〕人に知られずに秘めた恋の思いを抱いたまま幾年も経ったけれども、自分だけが知っているのでは甲斐のないことだ。

人知《ひとし》れぬ恋《こひ》にし死なばおほかたの世《よ》のはかなきと人《ひと》や思《おも》はん

源道済・後拾遺和歌集一四（恋四）

〔大意〕人に知られない秘かな恋に焦がれて死んだならば、世間一般のはかない一例であると人は思うだろうか。

〔参考歌〕

こひ死《し》なば誰《た》が名《な》はたゝじ世中（よのなか）のつねなき物と言《い》ひはなすとも

清原深養父・古今和歌集一二（恋二）

見れどあはぬ恋といふ心をよみ侍ける

人しれぬ恋《こひ》にわが身はしづめども見《み》る目《め》にうくは涙なりけり

源有仁・新古今和歌集一二（恋二）

〔分類〕「忍ぶ恋」の「涙に寄せる」の歌。〔大意〕人に知られない密かな片思いの恋に私の身は沈んでいるが、あの人を見る私の目に浮くものは涙なのだな。〔注解〕「見る目」―「海松」を掛ける。「涙」―同音で「波」を掛ける。

人知《し》れぬしのぶの山に鳴《な》く鹿も音（ね）にたてゝこそ妻《つま》を恋《こ》ふらめ

宗尊親王・文応三百首

〔大意〕人の知られぬように、しのぶの山の「しのぶ」のように忍んで鳴いている鹿も、今は声を高くあげて鳴き、妻を恋しく思っているだろう。

〔参考歌〕

秋来ればしのぶの山に鳴く鹿も人に知られぬ妻やとふらむ

平政村・万代和歌集五（秋下）

人知《ひとし》れぬ仲《なか》はうつゝぞなからまし夢《ゆめ》さめてのちわびしかりけり

実方朝臣集（藤原実方の私家集）

〔大意〕人の目を忍ぶ仲にとっては、うつつ（現実）などないほうがいい。（恋しい人に逢うと見た）夢がさめた後の現実はなんともわびしいことだ。

東の五条わたりに、人を知りをきてまかり通ひけり。忍びなる所なりければ、門よりしも、え入らで、垣の崩れより通ひけるを、度重なりければ、主聞きつけて、かの道に夜ごとに、人を伏せて守らすれば、行きけれど、え逢はでのみ帰りて、よみて、遣りける

人《ひと》しれぬわが通《ゝよ》ひぢの関守《せきもり》はよゐ《(ひ)》〱ごとにうち
も寝《ね》ななむ

在原業平・古今和歌集一三（恋三）

〔分類〕「契りを結んで後になお慕い思う恋」の「逢うよしなしに」の歌。〔大意〕人に知られない私の（恋の）通い路の関守は、宵ごとにいつも早く寝てしまってほしい。〔注解〕「関守」—警備する人。「うちも寝ななむ」—早く寝てしまってほしい。

祈る恋

人しれぬ我ねぎごとをたのむ哉《(かな)》いさやよるべの水
のこゝろは

慶運・慶運百首

〔大意〕人の知らない自分の恋の願いを神に頼んでみても、さてこのよるべの水は私の思いを叶えてくれるだろうか。〔注解〕「ねぎごと」—神仏への祈願。「よるべの水」—神前に供えて神霊を招く水。

〔参考歌〕
さもこそはよるべの水に水草ゐめ今日のかざしよ名さへ忘るる

源氏物語（幻）

絶えて後に顕るる恋

人しれぬ尾花《ばな》がもとは中〱《(なかなか)》にかれにし後ぞあら
はなりける

慶運・慶運百首

〔大意〕人に知られずに草の中に隠れていた尾花のもとが草の枯れた後にあられるように、人に知られないでいた二人の密かな恋仲は、かえって別れた後に世間に知られてしまったことだ。〔注解〕「かれにし」—「枯れ」と「離れ」を掛ける。

〔参考歌〕
道の辺の尾花がしたの思ひ草今さらになど物か思はむ

作者不詳・万葉集一〇

一瀬《ひとせ》には千《ち》たび障《さは》らひ逝《ゆ》く水の後《のち》にも逢はむ今な
らずとも

大伴像見・万葉集四

〔大意〕一つの瀬で千たびもぶつかりながら流れて行く

水が、後で合流して一つになるように、後で逢いましょう（一緒になりましょう）。いまではなくとも。

月に寄する恋

人ぞうき待《ま》つと別《わか》れの二道《みち》にうらみられても月ぞのこれる

正徹・永享九年正徹詠草

〔大意〕待つにしても、別れるにしても、恨みに思われようが月は空に残っているのに、ほんの少しでも恨み言をいうと、訪れてくれないあの人は薄情なことだ。

人の家より物見に出づる車を見て、心づきにおぼえ侍ければ「誰そ」とたづね問ひければ、出でける家の主と聞きてつかはしける

人づまに心あやなく掛橋《かけはし》のあやう《（ふ）》き道は恋《こひ》にぞ有《（あり）》ける

よみ人しらず・後撰和歌集一〇（恋二）

〔大意〕人妻にわけもわからずに心をかけてしまったよ。断崖の掛橋のように危うい道とは、恋でありましたよ。

人はいさ我は無《な》き名のお《（を）》しければ昔も今もしらずとを言《い》はむ

在原元方・古今和歌集一三（恋三）

〔分類〕「契りを結んで後になお慕い思う恋」の「逢うよしなしに」の歌。〔注解〕「無き名」―逢う実のない名。「しらずとを」―あの人をまったく知らないと。

しのびて物言ひ侍ける人の、人しげき所に侍ければ

人目《め》をもつゝまぬ物と思ひせば袖の涙のかゝらましやは

藤原実方・拾遺和歌集一二（恋二）

〔大意〕人目を気にしないで恋の思いを外にあらわしても良いと思うのであれば、涙が流れかかって、こんなに袖を濡らすことがあるまいに。

夜を連ねて待つ恋

一夜《ひとよ》にもうき偽《（いつはり）》はしらるゝをなにのたのみにたへて待《ま》つらん

頓阿・頓阿法師詠

〔大意〕一夜来なくても、あの人の悲しい嘘はわかるものなのに、私はなにを頼みにして毎夜耐えて待つというのか。

他人《ひと》よりは妹そも悪《あ》しき恋もなくあらましものを

思はしめつつ

中臣宅守・万葉集一五

〔大意〕他の誰より妹が悪いのだ、妹がいなければ、恋に苦しめられることもなかったのに。こんなに私を思い悩ませてばかりいて。

ひとりして物をおもへば秋のよの稲葉《いなば》のそよといふ人のなき

凡河内躬恒・古今和歌集一二（恋二）

〔分類〕「逢わずして慕う恋」の「恋に乱れて」の歌。
〔注解〕「そよと」―葉にあたる風の音と「そうだよ」という呼びかけを掛ける。

万葉集和せる歌

ひとり寝《ぬ》る宿《やど》には月の見えざらば恋しき事の数《かず》はまさらじ

源順・拾遺和歌集一三（恋三）

〔大意〕ひとり寝るこの家にいて、もし月が見えなかったならば、あの人を恋しく思うことの数は増すこともあるまい。

中臣朝臣東人、阿倍女郎に贈る歌

独り宿《ね》て絶えにし紐《ひも》をゆゆしみとせむすべ知らずねのみしそ泣く

中臣東人・万葉集四

〔大意〕独りで寝たのに切れてしまった紐が不吉なことに思えて、どうしたらよいかなすすべもわからずに、私は声をあげてただ泣くばかりである。

ひとりのみ思《おも》へば苦《くる》し如何《いかに》しておなじ心に人を教へむ

壬生忠岑・後撰和歌集一〇（恋二）

〔大意〕ひとりだけで恋しく思っているので苦しい。どのようにして私とおなじ心になるようにあの人に教えたらいいのでしょうか。

ひとりのみながめふるやのつまなれば人を忍《しのぶ》の草ぞ生《お》ひける

貞登・古今和歌集一五（恋五）

〔分類〕恋「逢うことも間遠になって」の歌。〔大意〕長雨が降り続く古屋の軒端（つま）なので、人を忍ぶという忍草が茂っていますが、私は独りで物思いしている「つま」ですので、あの人を慕う心がつのっていることです。〔注解〕「ながめ」―「物思いして眺める」の意と「長雨」の意を掛ける。「ふるや」―「降るや」「古屋」「経るや」を掛ける。「つま」―「軒端の「端（つま）」と「つま（夫・妻）」を掛ける。

河原の院にて、むすめにかはりて

一人《ひとり》ふす荒《あ》れたる宿《やど》の床《とこ》の上《うへ》に　哀《(あはれ)》　いく夜《よ》の寝覚《ねざめ》なるらん

能因集（能因の私家集）

〔大意〕一人臥す荒れた家の床の上で、ああ、わびしく幾夜も寝覚めがちに過ごしたことでしょう。

人を思ふ心の木《こ》の葉《は》にあらばこそ風のまにく散《ち》りもみだれめ

小野貞樹・古今和歌集一五（恋五）

〔分類〕恋「人の心は…」の歌。〔大意〕人を思う心の言の葉が木の葉であれば、風の吹くままに散り乱れる（他の人に思いを寄せる）ことでしょうが、木の葉ではないので散り乱れることはありません。

人を　思《(おもふ)》　心は雁《かり》にあらねども雲居《くもゐ》にのみもなきわたる哉

清原深養父・古今和歌集一二（恋二）

〔分類〕「逢わずして慕う恋」の「恋に乱れて」の歌。〔注解〕「雲居」―雲のあるはるかな空。「うわの空」の意を引き出す。「なきわたる」―「鳴き渡る」と「泣きわたる」を掛ける。

女のもとに、はじめてつかはしける

人を見て思ふ思《おも》ひもある物を空《そら》に恋《こ》ふるぞはかなかりける

藤原忠房・後撰和歌集一〇（恋二）

〔大意〕人を見て、はじめて恋しくなる思いもあるのに、まったく逢うこともなく恋い慕うということは、はかないことでありますよ。〔注解〕「空に恋ふる」―誰と決めずにあてもなく恋をすること。

〔参考歌〕

見ずもあらず見もせぬ人の恋《こひ》しくはあやなく今日《けふ》やながめ暮《くら》さむ

在原業平・古今和歌集一一（恋一）

日にそへてうらみはいとゞ大海《おほうみ》のゆたかなりけるわがなみだかな

山家心中集（西行の私家集）

〔大意〕（あなたに逢えない）日が経つにつれ、恨みはいよいよ増し、大海のように袖に溢れる私の涙よ。

〔参考歌〕

いで我《われ》を人なとがめそ大《おほ》舟のゆたのたゆたに物思《(おもふ)》ころぞ

よみ人しらず・古今和歌集一一（恋一）

「ふ」

ひと

深《ふか》き思《おも》ひ染《そ》めつといひし言《こと》の葉《は》はいつか秋風吹《(ふき)》てちりぬる

伊勢集（伊勢の私家集）

〔大意〕深く心に思い染めたと言ったあなたの言葉は、秋風が吹いて散る紅葉のように色変わりして、いつ失せてしまったのか。〔注解〕「秋風」――「飽き風」を掛ける。

題しらず

深くのみ思ふ心は葦《あし》の根《ね》のわけても人に逢《あ》はんとぞ思《(おもふ)》

敦慶親王・後撰和歌集一〇（恋二）

〔大意〕深く思う私の心は、葦の根のように地中をわけていってでも、あの人に逢いたいと思っています。

題しらず

吹《(ふき)》まよふ野風をさむみ秋萩《はぎ》のうつりも行《(ゆく)》か人の心の

常康親王・古今和歌集一五（恋五）

〔分類〕恋「人の心は…」の歌。〔大意〕方向も定めずに野を吹く寒い風で、秋萩の花が散って葉が色づいていくように、人の心はこうも変わっていくものなのか。

人につかはしける

臥《ふ》して寝《ぬ》る夢路《(ゆめぢ)》にだにも逢《あ》はぬ身は猶《(なほ)》あさましき現《うつゝ》とぞ思《(おもふ)》

紀長谷雄・後撰和歌集一〇（恋二）

〔大意〕臥して寝ている夢路の中でも恋しいあの人に逢えないこの身は、やはりがっかりする様な情けないこの現実であると思います。

富士《ふじ》のねの煙《けぶり》もなを《(ほ)》ぞ立《た》ちのぼる上《うへ》なきものは思《おも》ひなりけり

藤原家隆・新古今和歌集一二（恋二）

〔分類〕「絶えて逢はざる恋」の「山に寄せる」の歌。

〔大意〕富士の嶺の煙はさらに上へと立ち昇ってゆくが、それよりも高い最上のものは、この胸の中で燃える思いの火であることだ。〔注解〕「思ひ」――「火」を掛ける。

〔本歌〕

世の人の及《をよ》ばぬ物は富士《ふじ》の嶺《ね》の雲居《くもゐ》に高《たか》き思ひなりけり

村上天皇・拾遺和歌集一四（恋四）

恋

富士のねの雪間の烟代《よ》とともに消《け》つかたもなき身のおもひかな

藤原為家・中院詠草

〔大意〕富士の嶺の冠雪の間から立ち昇る煙は代が経ても消えることがない。それと同じように、代が経ても消えることなく続く私の恋の思いよ。

〔参考歌〕

夏虫も明くるたのみのあるものをけつ方もなきわが思ひかな

藤原兼宗・新勅撰和歌集一五（恋五）

山に寄する恋

富士《ふじ》のねを廿《はたち》ばかりはかさぬとも麓にやみんわが恋の山

幽斎・玄旨百首

〔大意〕（私の恋の思いはつのるばかりで）富士の嶺を二十ばかり重ねても、それを麓として見おろすほどに高い、私の恋の山である。

本院の東の対の君にまかりて通ひて、あしたに

二《ふた》つなき心は君に置《を》きつるを又ほどもなく恋《こひ》しきやなぞ

源清蔭・拾遺和歌集一一（恋二）

〔大意〕二つとないはずの心をあなたのもとに置き残してきたのに、またほどなくして恋しく思う心がおこってくるのはいったいどうしてであろうか。

冬河のうへはこほれる我なれやしたに流《ながれ》て恋《こ》ひわたるらむ

宗岳大頼・古今和歌集一二（恋二）

〔分類〕「逢わずして慕う恋」の「恋に乱れて」の歌。

〔注解〕「こほれる」―「凍っている意と動じない意を掛ける。「うへ」―氷の上と気持の表面上を掛ける。「した」―氷の下と心の中を掛ける。

題しらず

冬の池に住《す》む鳰鳥《にほどり》のつれもなくそこにかよふと人にしらすな

凡河内躬恒・古今和歌集一三（恋三）

〔分類〕「契りを結んで後になお慕い思う恋」の「人目を忍ぶ恋」の歌。〔大意〕冬の池の住む鳰鳥はいつも雌雄一緒だが、今は連れもなく水「底」に潜り泳でいる、それと同じように私がひそかに「其処」に通っていると、人に知らせないで下さい。〔注解〕「つれもなく」

―連れのない意と関係のない意を掛ける。「そこ」―「底」と「其処」を掛ける。「かよふ」―移動する意と「通う」意を掛ける。

冬の日を春《はる》より長《なが》くなすものは恋《こ》ひつゝ暮《く》らす心《こゝろ》なりけり

藤原忠通・千載和歌集一三（恋三）

〔大意〕短い冬の日を永い春の日よりも永くするものは、人を恋いしながら一日を暮らす心であることだ。

女のもとより帰り侍けるに、ほどもなく雪のいみじう降り侍ければ

冬の夜《よ》の涙《なみだ》にこほるわが袖の心とけずも見ゆる君《きみ》かな

藤原兼輔・新古今和歌集一一（恋二）

〔分類〕「氷に寄する恋」の歌。〔大意〕冬の夜に、流す涙で凍る私の袖が解けないように、少しも打ち解けてくれないように見えるあなたですね。

雨に寄する恋

ふる雨にさはらぬまではかたくとも晴《は》れ間《ま》をたのむ契《ちぎり》ともがな

頓阿・頓阿法師詠

〔大意〕降る雨を面倒に思わずに来ることは難しくとも、晴れたときは訪れてくれるのではと頼りにできるほどの契りであってほしい。

雨の中の恋

降《ふ》る雨のこまかに思ひつゞくればほのかなるべき雲まだになし

三条西実隆・再昌草

〔大意〕この降る雨のように、（あの人のことを）こまやかに思い続けると、ほのかに見えるはずの雲間さえなく（私の恋する思いは晴れることがない）。

「ほ」

郭公《ほととぎす》なきあかしつる言葉《ことのは》を人伝《づ》てならずきかせてし哉《かな》

能因集（能因の私家集）

〔大意〕ホトトギスのように一夜中泣き明かしたこの胸の思いを、人づてではなく、直接に逢ってあの人に聞かせてみたいものです。

女に逢ひてまたの日つかはしける

ほどもなく恋《こ》ふる心はなになれや知《し》らでだにこそ年《とし》はへにしか

大中臣輔親・後拾遺和歌集一二（恋二）

〔大意〕（あなたにお逢いして）間もないのに、こんなに恋しく思う心はいったい何なのでしょうか。あなたのことを知らないで、幾年も過ごしてきたというのに。

東宮とまうしける時、故内侍の督のもとにはじめてつかはしける

ほのかにも知《し》らせてしがな春霞《はるがすみ》かすみのうちに思《おも》ふ心を

後朱雀院・後拾遺和歌集一一（恋一）

〔大意〕ちらっとでも知らせたいものだなあ。この春霞がほのかにかすんでいる中で、あなたのことを思っている私の心を。〔注解〕「ほのかにも」―「春霞」と呼応する。

「ま」

ま愛《かな》しみさ寝《ね》に吾《わ》は行く鎌倉の美奈《みな》の瀬川《せがは》に潮満つなむか

作者不詳・万葉集一四

〔大意〕（妹が）愛しくて、共寝をしに私は行く。鎌倉の美奈瀬川にはいまごろ潮が満ちているだろうか。

まがねだにとくといふなる五月雨《さみだれ》になにの岩木《いはき》になれる君そも

能因集（能因の私家集）

〔大意〕黒金（まがね）さえも溶けるというこの五月雨の降る頃に、なんという岩木のようなあなたなのでしょう。（あなたは少しも打ち解けてくれない）。〔注解〕「まがね」―黒金。鉄。「岩木」―非情・薄情なことを譬える。

枕より又しる人もなき恋《こひ》を涙《なみだ》せきあへず漏《も》らしつる哉

平貞文・古今和歌集一三（恋三）

〔分類〕「契りを結んで後になお慕い思う恋」の「色に出でなむ」の歌。〔注解〕「漏らしつる哉」―他の人に洩らしてしまったことです。

ま日《け》長く恋ふる心ゆ秋風に妹が音聞《おときこ》ゆ紐解き行かな

万葉集一〇（柿本人麻呂歌集）

〔大意〕長い間恋しく思っていたので、秋風によって妹

のそぶりを窺うことができる。さあ、紐を解いて妹の所へ行こう。〔注解〕「心ゆ」―心に思っていたので。

まこも刈《か》る淀《よど》の沢《さは》水あめふれば常《つね》よりことにまさるわが恋《こひ》

紀貫之・古今和歌集一二（恋二）

〔分類〕「逢わずして慕う恋」の「恋に乱れて」の歌。〔大意〕菰を刈る淀川の沢水は雨が降るといつもよりいっそう水かさを増すように、いっそう激しさを増す私の恋よ。

思ひながら色には出でざりける女のもとにて鏡を借りて、その裏にかきつけて返しける

ます鏡《かゞみ》心も映《うつ》るものならばさりともいまはあはれとや見《み》む

藤原公衡・千載和歌集一二（恋二）

〔大意〕この真澄の鏡に（姿ばかりでなく）心も映るものであるならば、いくらなんでも今は、この私をかわいそうだと思って見てくださるでしょうか。〔注解〕「ます鏡」―真澄の鏡。「映る」「見む」は縁語。

〔参考歌〕

影にだに見えもやするとたのみつるかひなく恋《こひ》をます鏡哉《かな》

よみ人しらず・後撰和歌集一二（恋四）

大夫《ますらを》と思へるわれをかくばかりみつれにみつれ片思《かたもひ》をせむ

大伴家持・万葉集四

〔大意〕大夫（立派な男子）と思っている自分なのに、これほどまでにやつれはてて、片思いをすることであろうか。〔注解〕「みつれにみつれ」―やつれはてて。

大夫《ますらを》の聡《さと》き心も今は無し恋の奴《やつこ》にわれは死ぬべし

作者不詳・万葉集一二

〔大意〕大夫（立派な男子）である私の聡明な心も今は無い。恋の奴隷となって私は死ぬに違いない。

大夫《ますらを》や片恋ひせむと歎けども鬼《しこ》の大夫《ますらを》なほ恋ひにけり

舎人皇子・万葉集二

〔大意〕大夫（立派な男子）と思っている自分が、片思いの恋などするものかと歎いてはみたが、このだめな大夫はいっそう恋しく思ってしまうことだ。〔注解〕「鬼（しこ）」―醜いことの意から嘲る、自嘲する意。

まだ逢《あ》はぬつらさも悲《かな》し人の身をならはし物とた

れかいひけん

宗尊親王・文応三百首

〔大意〕いまもなお、逢えない苦しさがつらい。人は習慣に慣れるものだといったい誰が言ったのだろうか。

〔本歌〕

人の身も習《なら》はしものを逢《あ》はずしていざ心見むこひや死《し》ぬると

よみ人しらず・古今和歌集一一（恋二）

まだ知《し》らぬ思《おも》ひに燃《も》ゆる我《わ》が身 哉《(かな)》さるは 涙《なみだ》の河の中にて

よみ人しらず・拾遺和歌集一五（恋五）

〔大意〕いまだかつて知ることのない思いの「火」に燃えている我が身であるよ。それというのも、涙の川の中で燃えているのだから。〔注解〕「思ひ」—「思ひ」の「ひ」に「火」を掛ける。「さるは」—それというのも。

またもなくたゞひと筋《すぢ》に君を思ふ恋道《こひ(ぢ)》にまどふ我やになる

藤原伊通・千載和歌集一一（恋二）

〔大意〕他に比べるものもないくらいに、ただひとすじにあなたを思う恋路に迷っている私は、いったいどうなっているのだろうか。

〔参考歌〕

須磨《すま》の海人《あま》の浦《うら》こぐ舟《ふね》のあともなく見《み》ぬ人恋《こ》ふるわれやなになり

源高明・後拾遺和歌集一一（恋二）

待つ恋

まち明《あ》かす人のねし夜の枕香にこがるゝ胸《むね》をなを《(を)》おさへつゝ

正徹・永享五年正徹詠草

〔大意〕あの人と共寝をしたあの夜の、枕に染み込んだ香に焦がれる胸をおさえながら、一晩中待ち明かすことだよ。

「み」

蔵人にて侍ける頃、内裏をわりなく出でて女のもとにまかりてよめる

三《み》日《か》月のおぼろげならぬ恋《こひ》しさにわれてぞ出《い》づる雲《くも》の上《うへ》より

藤原永実・金葉和歌集八（恋下）

〔大意〕なみなみでないあなたへの恋しい思いに、三日月が雲の上に割れて出てくるように、私は無理をして殿上から出てまいりました。〔注解〕「三日月の」—「おぼろげ」の枕詞。「われて」—三日月が割れいるさまに「無理をして」「心を砕いて」の意を掛ける。「雲の上」—殿上、宮中。

鳥に寄する恋

慶運・慶運百首

み狩《かり》野にかくろひかねてたつ鳥もあはで命をすつるものかは

〔大意〕鷹狩をする野で身を隠しきれずに飛び立つ鳥でさえも、一度も逢い契ることなく命を捨てるものであろうか。

〔参考歌〕夕《ゆふ》まぐれ山《やま》かたつきてたつ鳥《とり》の羽《は》(お)をとに鷹《たか》をあはせつるかな

源俊頼・千載和歌集六（冬）

右近の馬場の引折の日、向ひに立てたりける車の下簾より、女の顔の、ほのかに見えけりば、よむで遣はしける

見ずもあらず見もせぬ人の恋《こひ》しくはあやなく今日《けふ》やながめ暮《くら》さむ

在原業平・古今和歌集一一（恋一）

〔分類〕「逢わずして慕う恋」の「ほのかに見て恋う」の歌。〔大意〕まったく見ないというわけでもなく、はっきり見たというわけでもないその人が恋しく思われるので、私はわけもわからず、今日は物思いにふけって暮らすことであろうか。〔注解〕「あやなし」—条理。筋のないこと。

旅宿の恋の心をよめる

藤原忠通・金葉和歌集七（恋上）

見せばやな君《きみ》しのび寝《ね》の草 枕《まくら》玉《たま》ぬきかくるたびの気色を

〔大意〕見せたいものだ。あなたを恋い偲ぶこの旅寝の草枕に私の落とす涙の玉が貫きかかっている、そんなこの旅の様子を。〔注解〕「玉ぬきかくる」—恋しい人を思う涙が草枕に落ちかかるさまをたとえた表現。

枕に寄する恋

藤原為家・中院詠草

見せばやな身さへながるゝ敷妙《しきたへ》の枕とゞめぬ床のなみだを

〔大意〕あの人に見せたいものだなあ、一人寝の枕もと

どめることなくわが身さえも流れてしまうほど、床に溢れる私の涙を。〔注解〕「敷妙の」―枕・床に掛かる枕詞。

道にあひて咲《ゑ》まししからに降る雪の消《け》なば消《け》ぬがに恋《こ》ふとふ吾妹《わぎも》

聖武天皇・万葉集四

〔大意〕道で逢ってほんの少し笑いかけただけなのに、降る雪が消えてしまいそうなほどに、私を恋しく思っているという吾妹よ。〔注解〕「からに」―だけで。

陸奥《みちのく》にありといふなるなとり河無《な》き名《な》とりては苦《くる》しかりけり

壬生忠岑・古今和歌集一三（恋三）

〔分類〕「契りを結んで後になお慕い思う恋」の「逢うよしなしに」の歌。〔大意〕陸奥にあるという名取川のように、逢う実のない「無き名」の評判がたつのは苦しいことだ。〔注解〕「なとり河」―名取川と評判になるの「なとり」を掛ける。

陸奥《みちのく》のしのぶもぢずり誰《たれ》ゆへ《（ゑ）》にみだれむと思《（おもふ）》我ならなくに

源融・古今和歌集一四（恋四）

〔分類〕「契りを結んで後になお慕い思う恋」の「ひたすらに慕うわが恋」の歌。〔大意〕陸奥の信夫の地に産する忍草の摺り染めの模様が乱れているように、あなた以外の誰のために心を乱そうと思う、そんな私ではありません。〔注解〕「しのぶ」―地名の「信夫」と忍草の「しのぶ」を掛ける。

満《み》つ潮《しほ》の流《なが》れひるまを逢《あ》ひがたみ見るめの浦《うら》によるをこそ待《ま》て

清原深養父・古今和歌集一三（恋三）

〔分類〕「契りを結んで後になお慕い思う恋」の「人目を忍ぶ恋」の歌。〔注解〕「ひるま」―「干る間」と「昼間」を掛ける。「逢ひがたみ」―逢うことができないので。「見るめ」―「海松（みるめ）」と「見る目」と地名の「みるめの浦」を　掛ける。

水たまる池の玉藻の下にのみ吾《われ》こそこふれしるひとなしに

田安宗武・悠然院様御詠草

〔大意〕池の水藻のように心の中だけでひそかに私は恋しく思っている。あの人に知ってもらえることもないで。〔注解〕「水たまる」―「池」に掛かる枕詞。

題しらず

水の泡《あわ》のきえでうき身といひながら流《ながれ》て猶もたのまるゝ哉《かな》

紀友則・古今和歌集一五（恋五）

〔分類〕恋「人の心は…」の歌。〔大意〕消えやすい水の泡が消えないで浮くように、死にもしないでつらい我が身と言いながら、私は泡が流れていくように、涙を流しながら、それでもこのままあの人を頼みにせずにはいられないことだ。〔注解〕「きえで」―消えないの意と死なないでの意を掛ける。「うき」―「浮き」と「憂き」を掛ける。「流て」―「流れて」「泣かれて」と成り行きのままでの意を掛ける。

斎宮女御まいり侍りけるに、いかなる事かありけん

水の上《うへ》のはかなき数《かず》も思《おも》ほえずふかき心しそこにとまれば

村上天皇・新古今和歌集一五（恋五）

〔分類〕「思ひ煩ふ恋」の歌。〔大意〕水の上に書く数のはかなさ（私を思ってくれないむなしさも）も私には苦労とは思わない、私のあなたを思う深い心はそこにとどまっている（変わることはない）ので。

〔本歌〕
行《ゆく》水に数《かず》かくよりもはかなきは思《おも》はぬ人をおもふなりけり

よみ人しらず・古今和歌集一一（恋一）

冬の恋といへることをよめる

水の面に降《ふ》る白雪《しらゆき》のかたもなく消《き》えやしまなし人のつらさに

藤原成通・金葉和歌集八（恋下）

〔大意〕水面に降る白雪があとかたもなく消えてしまうように、私も消えて死んでしまうのであろうか、あの人のつれなさのために。

忍ぶる恋

身にあまるおもひの程もしらるべき泪《なみだ》を人に何つゝむらん

慶運・慶運百首

〔大意〕わが身にあまるほどの思いのたけも知られてしまうだろうに、どうして見られまいとして、涙を人に包み隠すのだろうか。

まさたゞがむすめに言ひはじめ侍ける、侍従に侍ける時

身にしみて思《おもふ》心の年経《へ》ればつゐ《ひ》に色にも出《い》でぬべき哉《かな》

藤原敦忠・拾遺和歌集一一（恋二）

〔大意〕身にしみて恋しく思ってきた心が、年月を経たので、ついに思いあまって外に現われてしまいそうだよ。

人のもとにて歌よみし中に、春の恋といふことを

身にぞしむ霞《かすみ》にもるゝ面影《（おもかげ）》のさだかに見《み》えし花のした風《かぜ》

正徹・永享九年正徹詠草

〔大意〕霞の間から恋しい人の面影のようにはっきりと見えた桜の花、その木の下を吹く風が身にしみて、恋の思いをさらにつのらせることだ。

〔本歌〕

山ざくら霞の間《ま》よりほのかにも見てし人こそ恋《こひ》しかりけれ

紀貫之・古今和歌集一一（恋一）

身の憂《う》さの思ひしらるゝことは《（わ）》りにを《（お）》さへられぬはなみだなりけり

山家心中集（西行の私家集）

〔大意〕身のつらさを思い知らされる恋の定め、その定めでも抑えられないものは、こぼれる涙であることだよ。〔注解〕「身の憂さ」—かなわぬ恋の定めの身のつらさ。

〔参考歌〕

忘《わす》らるゝ身はことは《（わ）》りとしりながら思《おも》ひあへぬはなみだなりけり

清少納言・詞花和歌集八（恋下）

恋の歌とてよめる

身のほどを思《おも》ひ知《し》りぬることのみやつれなき人のなさけなるらん

隆縁・詞花和歌集七（恋上）

〔大意〕相手にしてくれないほどの身のほどであることを思い知ったことだけが、薄情なあの人が私に示してくれたただ一つの情けなのだろうか。

絶えて年ごろになりにける女の許にまかりて、雪の降り侍ければ

三《（み）》吉野の雪にこもれる山人もふる道とめて音《ね》をや泣《な》くらん

源景明・拾遺和歌集一三（恋三）

〔大意〕吉野の雪の中で籠もっている山人（あなた）も、雪の降る古道を探して、声を立てて泣いていることであろうか。〔注解〕「山人」—山に住む人。仲のとだえ

た恋人を譬える。

題しらず

見るめ刈《か》る渚《なぎさ》やいづこあふごなみ立寄《よ》る方《かた》も知《し》らぬ我《わ》が身は

在原元方・後撰和歌集一〇（恋二）

〔大意〕海松布（みるめ）を刈る渚（あなたを見る機会のある場所）はどこでしょうか。あなたに逢う機会もなく、立ち寄る所も知らないこのわが身は…。〔注解〕「見るめ刈る」—海藻の「海松布（みるめ）」と見る機会の「見るめ」を掛ける。「あふごなみ」—逢う機会がないの意の「逢う期なみ」と朸（あふご）桶を担ぐ天秤棒がない意の「朸（あふご）無み」を掛ける。

見渡せば明石の浦に燭《とも》す火の秀《ほ》にそ出でぬる妹《いも》に恋ふらく

門部王・万葉集三

〔大意〕見渡すと明石の浦に漁師の灯す火が見えるように、はっきりと外に現われてしまった。妹を恋する私の思いは。

仲平朝臣、あひ知りて侍けるを、離れ方になりにければ、父が、大和守に侍けるもとへまかるとて、よみて、遣はしける

身を知《し》れば人のとがとは思《おも》はぬに恨《うら》みがほにもぬるゝ袖かな

西行・新古今和歌集一三（恋三）

〔大意〕身のほどを知っているので、このつらさもあの人のせいだとは思いませんが、それでも恨ましげに涙で濡れる袖よ。

「む」

むかしよりものおもふ人やなからまし心にかなふなげきなりせば

山家心中集（西行の私家集）

〔大意〕昔から物思いする人はなかっただろうよ。もしも恋の嘆きのすべてが心にかなうものであったならば。

武蔵野《むさしの》の草のはつかに見《み》てしより果《は》てなきものは思《おも》ひなりけり

二条良基・後普光園院御百首

〔大意〕武蔵野に生えだした草がわずかに見えるように、ちらっとあなたを見初めたときから、果てしないもの

は（武蔵野ではなく）、私の恋の思いであったことだ。
〔参考歌〕
春日野《かすがの》の雪間《ま》をわけて生《お》ひいでくる草のはつかに見えしきみはも
壬生忠岑・古今和歌集一一（恋一）

虫のごと声《こゑ》に立ててはなかねども涙のみこそ下《した》にながるれ
清原深養父・古今和歌集一二（恋二）
〔分類〕「逢わずして慕う恋」の「恋に乱れて」の歌。
〔注解〕「下」—心の中に。空間的な「下」と「心中」を掛ける。

虫の音も月のひかりも風の音《をと》もわが恋増《ま》すは秋にぞ有《（あり）》ける
能因集（能因の私家集）
〔大意〕虫の音も、月の光も、風の音も、すべてが、私の恋心をつのらせるのは、秋という季節なのだなあ。

結《むす》びそふる露ももらすなかはしつる枕 計《（ばかり）》 はよしや知《し》るとも
藤原実量・宝徳二年十一月仙洞歌合
〔大意〕袖の涙に結び添える露のように、他の人にはつゆとも洩すな、（共寝して）交わし合った枕だけは二人のことを知っているとしても。〔注解〕「露」—「つゆとも」（少しも）の意を掛ける。
〔参考歌〕
わが恋《こひ》を人知《し》るらめやしきたへの枕のみこそ知《し》らばしるらめ
よみ人しらず・古今和歌集一一（恋一）

結《むす》び置《を》きし 契《ちぎり》 よいかに岩代《いはしろ》のまつにむなしき世《よ》を重《かさ》ぬらん
宗尊親王・文応三百首
〔大意〕結んで置いた約束よ、どのようになったのだろうか、岩代の松の「まつ」ではないが、待っていて、このままむなしい世を重ねるのだろうか。
〔本歌〕
磐代《いはしろ》の浜松が枝を引き結び真幸《まさき》くあらばまた還り見む
有馬皇子・万葉集二

村肝《むらきも》の 情《こころ》 くだけてかくばかりわが恋ふらくを知らずかあるらむ
大伴家持・万葉集四
〔大意〕心もくだけるほどに私があなたのことを恋しく思っていることを、あなたは知らずにいるだろうか。

〔注解〕「村肝の」─「情」に掛かる枕詞。

中将更衣につかはしける

むらさきの色に心《こゝろ》はあらねどもふかくぞ人を思《おも》ひそめつる

醍醐天皇・新古今和歌集一一（恋一）

〔分類〕「紫草に寄す」の歌。〔大意〕私の心は、紫草で染めあげた色というわけではないが、深くもあの人を恋しく思いはじめたことだ。〔注解〕「むらさき」─紫草の根で染めた濃紫色。「思いそめ」─「染め」と「初め」とを掛ける。

紫草《むらさき》は根をかも竟《を》ふる人の児の心《うら》がなしけを寝《ね》を竟《を》へなくに

作者不詳・万葉集一四

〔大意〕紫草は「根」をすっかりと取り尽くすものだなあ。私は心に愛しく思うあの人と共「寝」をしたいと思って果たせないのに。

「め」

異女に物言ふと聞きて、元の妻の内侍のふすべ侍ければ

目《め》も見えず涙の雨のしぐるれば身の濡衣《ぬれぎぬ》は干《ひ》るよしもなし

小野好古・後撰和歌集一三（恋五）

〔大意〕（あなたにかけられた疑いのために）私は目も見えないほどに涙の雨が時雨のように降るので、私の濡衣（無実の罪）は乾くひまもありません。

「も」

女につかはしける

藻屑《もくづ》火の磯間《いそま》を分《わ》くるいさり舟ほのかなりしに思《おも》ひそめてき

藤原長能・千載和歌集一一（恋一）

〔大意〕藻屑火の見える磯間を分けていく漁師の舟がほのかに見えるように、私はあなたのことをほのかに見ただけなのだが、もう私は思いそめてしまった。

〔参考歌〕

志賀《しか》の白水郎《あま》の釣し燭《とも》せる漁火のほのかに妹を見むよしもがも

作者不詳・万葉集一二

怨むる恋

藻塩《もしほ》火の煙《けぶり》にくもる月もみつかひなき里《さと》のしるべとふとて

慶運・慶運百首

〔大意〕私は、藻塩を焼く火の煙に曇る月を晴れることない私の心を見るように見たことだ。（恋しい人に逢うことができずに、行っても）甲斐のない里への道案内人をたずねようとして。

夕の恋といふ事をよみ侍ける

藻塩《もしほ》やく海人《あま》の磯屋《いそや》のゆふ煙《けぶり》たつ名《な》もくるし思《おもひ》たえなで

藤原秀能・新古今和歌集一二（恋二）

〔分類〕「逢はざる恋」の「海人に寄せる」の歌。〔大意〕藻塩を焼いている海人のいる磯屋から立つ煙のように、浮名が立つことは苦しいことだ。思いの火を絶えず燃やして。〔注解〕「思」（おもひ）―「火（ひ）」を掛ける。「やく（焼く）」「煙」は縁語となる。

もの思《おも》へどもかゝらぬ人もあるものをあはれなりける身の契《ちぎ》りかな

円位・千載和歌集一五（恋五）

〔大意〕恋の物思いをしてもこれほどに悩まない人もあるのに、あわれに思えるわが身の因縁であることだ。

ものをも《お》へばそでにながるゝ涙がはいかなるみをにあふせ有《あり》なん

山家心中集（西行の私家集）

〔大意〕恋の物思いに沈めば、袖に流れる涙の川、どの水脈（みお）に、（あの人との）逢瀬があるのだろうか。

黄葉《もみぢば》の過ぎかてぬ児を人妻と見つつやあらむ恋しきものを

作者不詳・万葉集一〇

〔大意〕紅葉のように美しく、見過ごすことができない人を、人妻だからといってあきらめなければならないのでしょうか、こんなに恋しく思っているのに。〔注解〕「過ぎかてぬ」―見過ごしにすることができない。

百年《ももとせ》に老舌《おいじた》出でてよよむともわれはいとはじ恋は益《ま》すとも

大伴家持・万葉集四

〔大意〕百年も年を取って、歯が落ち舌がでて、腰が曲がったとしても、私は厭うことはない。恋の思いが益すことはあっても。〔注解〕「よよむ」―腰が曲がること。

忍ぶることを忘るる恋

もれやせんさしも心にかけし身のことのはにほふ袖のうつり香《が》

正徹・永享五年正徹詠草

〔大意〕（二人の恋が）洩れないようにと、心にかけていたこの身であるのに、密かに交わし合った言葉が外にあらわれてしまいそうだ、袖のうつり香によって。
〔注解〕「ことのはにほふ」―密かに交わしあった言葉が外にあらわれること。

唐土《もろこし》も夢にみしかば近《ちか》かりき思《おも》はぬ仲《なか》ぞはるけかりける

兼芸・古今和歌集一五（恋五）

〔分類〕恋「逢うことも間遠になって」の歌。〔注略〕「思はぬ仲」―夢の中でも逢うことのない二人の仲。

「や」

やがて身をはなれざりけりくろかみのすゑふむ斗有《ばかりあり》し面影

香川景樹・桂園一枝

〔大意〕しばらくの間もわが身を離れることはなかった。黒髪が足元までもあったあの人の面影は。〔注略〕「やがて」―しばらくの間。

やはらかに寝《ぬ》る夜《よ》もなくて別《わか》れぬる夜《よ》ゝの手枕《たまくら》いつか忘《わす》れむ

藤原長能・千載和歌集一三（恋三）

〔大意〕やすらかに共寝をする夜もなく別れてしまったが、あの人と夜ごとに交わした手枕を、いつのことか忘れることがあろうか、忘れることはない。

山賤《がつ》の垣《かき》ほに這《は》へる青《あを》つゞら人はくれども事づてもなし

源寵・古今和歌集一四（恋四）

〔分類〕「契りを結んで後になお慕い思う恋」の歌。〔注略〕「山賤の垣ほ」―山に住む人の垣根。「事づて」―恋しい人の事伝て。

人の花摘みしける所にまかりて、そこなりける人のもとに、後に、よみて、遣はしける

山ざくら霞の間《ま》よりほのかにも見てし人こそ恋《こひ》しかりけれ

紀貫之・古今和歌集一一（恋二）

〔分類〕「逢わずして慕う恋」の「ほのかに見て恋う」の歌。〔注略〕「見てし」—見定めた。

山の端《は》にさし出づる月のはつはつに妹をそ見つる恋しきまでに

万葉集一一（柿本人麻呂歌集）

〔大意〕山の端にさし出てくる月のように、ちらっと妹を見た。いまこれほど恋しく思われるまでに。

恋の心をよめる

山《やま》のゐの岩《いは》もる水《みづ》に影《かげ》見《み》ればあさましげにもなりにけるかな

藤原伊通・金葉和歌集八（恋下）

〔大意〕山の井の岩から漏れだしてくる水に映った自分の姿を見ると、（恋のつらさで）あきれるほどに憔悴してしまっていることだ。〔注略〕「山のゐ（井）」—山中の清水のたまったところ。

女の、深き山にも入らまほしきよしいひて侍ければつかはしける

山よりも深《ふか》き所をたづね見ばわが心にぞ人は入《い》るべき

藤原斉信・千載和歌集一五（恋五）

〔大意〕山よりも深い所に行くこと（出家）を望むならば、（そんなことは考えずに）私の深い心の中にあなたは入ればよいのです。

〔参考歌〕

世をすてて山に入《いる》ひと山にても猶うき時はいづちゆくらむ

凡河内躬恒・古今和歌集一八（雑下）

「ゆ」

右大臣に侍ける時、家歌合に、恋の歌とてよみ侍ける

行《ゆ》き帰《かへ》る心《こゝろ》に人のなるればや逢《あ》ひ見《み》ぬ先《さき》に恋《こひ》しかるらん

藤原兼実・千載和歌集一一（恋一）

〔大意〕わが身から離れて恋しい人のもとへ行き帰る私の心に、あの人は馴れ親しんだからであろうか。だから、まだ逢って見ない前からこのように恋しく思われるのだろう。〔注解〕「行き帰る心」—自分の身から離れ出て恋人のところへ行き通う心。

〔参考歌〕

あくがるゝ心ばかりは山桜《ざくら》たづぬる人にたぐへてぞやる

源顕房室・後拾遺和歌集一（春上）

夕されば蛍より異《け》にもゆれどもひかり見《み》ねばや人のつれなき

紀友則・古今和歌集一二（恋二）

〔分類〕「逢わずして慕う恋」の「片思い」の歌。〔大意〕夕暮れになると、私の思いの火は蛍よりもいっそう激しく燃え盛るが、私の思いの火は光がなくて見えないので、あの人はつれないのだろうか。〔注解〕「異に」―いっそう。

ゆみはりの月にはづれてみしかげのやさしかりしはいつかわすれん

山家心中集（西行の私家集）

〔大意〕弓張月の月の光で物陰からちらっと見たあの人の面影の優美な印象は、いつ忘れることがあろうか。忘れることはない。〔注解〕「はづれてみし」―物陰から見ること。

和歌所歌合に、遇ひて逢ぬ恋の心を

夢路《ぢ》にも露やを《（お）》くらん夜《よ》もすがら通《かよ》へる袖のひちてかは《（わ）》かぬ

紀貫之・古今和歌集一二（恋二）

〔分類〕「逢わずして慕う恋」の「片思い」の歌。〔大意〕夢路にも露は置くものなのでしょうか。夢の中で夜通し通いつめて逢えない、この私の袖が濡れて乾かないところをみると。

夢なるかわが手枕《たまくら》に我ふれて人のと思ひし閨《ねや》のくろかみ

香川景樹・桂園一枝

〔大意〕夢であったのかなあ。自分で手枕をして、自分の髪に触れて、恋しいあの人のものと思った閨の黒髪よ。

切なる恋

夢にだにあひみぬ中をのちの世の闇《やみ》のうつゝにまたやしたはん

慶運・慶運百首

〔大意〕夢の中でさえも（恋しいあの人に）逢い見ることのできない仲であるのに、来世の闇の中で、また恋い慕うことになるのであろうか。

〔本歌〕

むばたまの闇《やみ》の現《うつゝ》はさだかなる夢《ゆめ》にいくかもまさらざりけり

よみ人しらず・古今和歌集一三（恋三）

夢にだにあひ見《み》る事を絶《た》えねとやぬるひまもなき思ひなるらん

宗尊親王・文応三百首

〔大意〕夢でさえ逢い見ることをあきらめよというので、私は寝るひまもない物思いをするのであろうか。

ゆめにだに袂《たもと》、とくとはみえざりつゝあやしくにほふ枕《まくら》がみかな

一条摂政御集（藤原伊尹の私家集）

〔大意〕夢の中でさえ、あの人は袂を解いてくださるとは見えなかった。それなのに不思議にも、枕の上にあの人の移り香が匂うことだ。

夢にだにまだ見えなくに恋《こひ》しきは何時《いつ》にならへる心なるらん

在原元方・後撰和歌集一一（恋三）

〔大意〕（現実ばかりでなく）夢の中でさえまだ逢えないのに、あの人のことがこれほど恋しく思われるのは、何時からこのような習慣になってしまった私の心なのだろうか。

片恋

ゆるしなき色とはしれど恋衣こき紅《くれなゐ》にひとりそめつゝ

賀茂真淵・賀茂翁家集拾遺

〔大意〕許されない色とは知っているが、恋の衣を濃い紅色に一人で染めに染めてしまった（あの人を深く片思いしてしまった）。〔注解〕「恋衣こき紅に」―激しく恋していることの譬喩。

「よ」

よく渡る人は年にもありとふを何時の間《ま》にそもわが恋ひにける

京職藤原大夫、大伴郎女に贈る歌

藤原麿・万葉集四

〔大意〕よく我慢し続ける人は、一年でも待ち続けるというが、いつのまにか、私は恋しさに我慢できなくなっていることだ。〔注解〕「よく渡る」―よく我慢し続ける。「渡る」は時を経ること。

吉野《よしの》河いはなみ高《たか》く行《ゆく》水のはやくぞ人を思《おもひ》そめてし

紀貫之・古今和歌集一一（恋一）
〔分類〕「逢わずして慕う恋」の「音に聞く恋」の歌。〔大意〕吉野川が岩にあたり波高く流れて行く、その早い水の流れように、早くもあの人を思い初めてしまった。〔注解〕「はやく」—「速く」と「早く」の意を掛ける。

吉野河よしや人こそつらからめはやく言《い》ひてし事はわすれじ

凡河内躬恒・古今和歌集一五（恋五）
〔分類〕恋「人の心は…」の歌。〔大意〕吉野川はその名を「よし」と言うように流れの早い川ですが、「よしや」あの人がつれなくても、私は早くから恋の告白をしたことは忘れはしない。〔注解〕「吉野河」—同音反復「よしや」を引き出す。

よしゑやし死なむよ吾妹《わぎも》生けりとも欺《か》くのみこそ吾《あ》が恋ひ渡りなめ

作者不詳・万葉集一三
〔大意〕ええままよ、死んでしまおう、吾妹よ。生きていてもこのように私はあなたを恋い続けるだけなのでしょうから。

よそにのみ聞《き》かまし物をおとは河わたるとなしに身なれ初《そ》めけむ

藤原兼輔・古今和歌集一五（恋五）
〔分類〕恋「わが身は」の歌。〔大意〕遠くから噂だけを聞いていればよかった。音羽河はその名のように「音」に聞くだけで河を渡らなくても水に親しめるのに、どうして私はあの人と中途半端に馴染み初めてしまったのだろうか。

よそにのみみねの浮雲《うき》晴《は》れぬ日はあれどもむねに消《きえ》ぬまもなし

嶺に寄する恋
正徹・永享五年正徹詠草
〔大意〕遠くからだけ見える峰の浮雲が晴れない日はあっても、私の胸に燃える恋の火は消える間もない。〔注解〕「みね」—「峰」に「見」を掛ける。「晴れぬ日」—「日」と「火」を掛ける。

よそ人に問《と》はれぬるかな君《きみ》にこそ見《み》せばやと思ふ袖《そで》の雫《しづく》を

実快・千載和歌集一一（恋一）
〔大意〕（あなたでない）他の人に尋ねられてしまった。あなたにこそ見せたいと思っていたこの袖の雫を。

〔参考歌〕
人知《ひとし》れぬ我《わ》が物思ひの涙をば袖につけてぞ見すべかりける
よみ人しらず・後撰和歌集一一（恋三）

鳥羽殿歌合に、恋の心をよめる
よとゝもに袖《そで》のかは《(わ)》かぬわが恋や敏馬《としま》が磯《いそ》によする白波《しらなみ》
藤原仲実・金葉和歌集八（恋下）
〔大意〕いつも涙で袖の乾くことのない私の恋は、駿馬の磯に寄せる白波であるのか。〔注解〕「よとゝもに」―いつも。

国信卿家歌合に、夜半の恋の心をよめる
よとゝもに玉散《たまち》る床《とこ》のすが枕《まくら》見せばや人に夜《よ》はのけしきを
源俊頼・金葉和歌集七（恋上）
〔大意〕いつも、恋しい思いで涙が玉となって散る私の床の菅枕。見せたいものだ、あの人に、この独り寝の夜の情景を。〔注解〕「玉」―涙を譬える。

題しらず
世とゝもに流《(ながれ)》てぞ行《(ゆく)》涙河冬もこほらぬ水泡《みなわ》なりけり
紀貫之・古今和歌集一二（恋二）
〔分類〕「逢わずして慕う恋」の「片思い」の歌。〔注解〕「世」―人生。二人の恋仲。
〔参考歌〕
巻向《まきむく》の山辺とよみて行く水の水沫《みなわ》のごとし世の人われは
万葉集七（柿本人麻呂歌集）

中院右大臣中将に侍ける時、歌合し侍ける時よめる
夜とゝもに行《ゆ》くかたもなき心かな恋《こひ》の道《みち》なきものにぞありける
藤原顕季・千載和歌集一三（恋三）
〔大意〕夜になるとともに、行くべき方角も分からなくなる私の心だよ。恋とは道のないものであったのだなあ。〔注解〕「行くかた」―行き先の意と心を晴らす意を掛ける。
〔参考歌〕
夏草のうへは繁《しげ》れるぬま水のゆく方のなきわが心哉
壬生忠岑・古今和歌集一〇（物名）

夜《よ》な〳〵の月も涙にくもりにき影《かげ》だに見せぬ人をこふとて

藤原定家・定家卿百番自歌合

〔大意〕夜ごとに出るあの月は涙で雲ってしまったことだ。影さえも見せてくれないあの人を恋い慕うので。

世のうきも人のつらきもしのぶるに恋《こひ》しきにこそ
思ひわびぬれ

藤原元真・新古今和歌集一五（恋五）

〔大意〕世間の憂きことも、人の薄情さも耐えることはできるのに、恋の思いだけはなんともしようがなく、思いあぐねてうちしがれることだ。

身を恨むる恋

世のうさも人のつらさも身のほかにあらばぞさら
に思ひわかまし

正徹・永享五年正徹詠草

〔大意〕世の憂さも、あの人の薄情さも、わが身に関係ないことであれば、さすがに分別もつくでしょうに（自分自身のことなので、自分の身を恨めしく思うばかりです）。〔注解〕「身のほか」―身にかかわりのないこと。

題しらず

世の常《つね》のねをし泣《な》かねば逢《あふ》事の涙の色もことに
ぞありける

藤原治方・後撰和歌集一〇（恋二）

〔大意〕世の常のように声を上げて泣くことはせず、忍んで泣いているので、逢うことがなくて流す私の涙の色も世の常とは異なっているほどである。〔注解〕「逢事の涙の色」―「涙」に「無み」を掛ける。「こと」―異なること。

伝え聞く恋

世中《よのなか》とことのみぞよきさしもやと見《み》ぬ面影《おもかげ》は慕《した》
はずもがな

三条西実隆・内裏着到百首

〔大意〕恋する二人の仲は美しい言葉のやりとりだけがいい。実際はどうなのだろうかと、見ていない相手の面影は慕わないほうがいい。〔注解〕「世中」―男女の仲。

〔本歌〕
いで人は事のみぞ良《よ》き月草のうつし心は色ことにして

よみ人しらず・古今和歌集一四（恋四）

世中《よのなか》はかくこそありけれ吹《ふく》風の目《め》に見ぬ人もこ
ひしかりけり

紀貫之・古今和歌集一一（恋一）

〔分類〕「逢わずして慕う恋」の「音に聞く恋」の歌。
〔注解〕「世中」―男女の仲。

富士の山の形を造らせ給て、藤壺の御方へ遣はす

世の人の及《をよ》ばぬ物は富士《ふじ》の嶺《ね》の雲居《くもゐ》に高《たか》き思ひなりけり

村上天皇・拾遺和歌集一四（恋四）

〔大意〕世間の人が私にかなわないものは、富士の嶺のように、雲高くそびえて燃える私の恋の思いの火であることだ。

夜《よひ》ゐの間《ま》もはかなく見ゆる夏虫にまどひまされる恋《こひ》もする哉《かな》

紀友則・古今和歌集一二（恋二）

〔分類〕「逢わずして慕う恋」の「片思い」の歌。〔注解〕「夏虫に」―夏虫よりも。

夜《よひ》ゐ〳〵に脱《ぬ》ぎてわが寝《ね》る狩《かり》衣かけて思《おも》はぬ時のまもなし

紀友則・古今和歌集一二（恋二）

〔分類〕「逢わずして慕う恋」の「恋に乱れて」の歌。
〔大意〕夜ごとに脱いで私が寝るこの狩衣を掛けるように、心に懸けてあの人を思わない時は少しもない。〔注解〕「かけて」―衣を「掛け」と心に「懸け」を掛ける。

夢に寄する恋

よひ〳〵にみしはあだなる夢ぞともいつの現《うつゝ》に思《おも》ひあはせん

慶運・慶運百首

〔大意〕毎宵、恋しく思っているあの人に逢った夢を見たが、それはむなしい夢であったと、いつこの現実と思い比べたらよいのだろうか。

橋に寄する恋

よひ〳〵の人め思はぬ通《かよ》ひ路《ぢ》やうつゝにまさる夢の浮《うき》橋

幽斎・玄旨百首

〔大意〕夜ごとに人目を気にしないで通うことのできる夢の通い路は、いつも人目を気にする現実の通い路よりも良い、夢の中の恋の浮橋であるよ。

露に寄する恋

よもぎふに残《のこ》るもかなしおき出《いで》しあかつき露のあとの面影《おもかげ》

此ゆふぐれとちぎりて、かりそめに出

でにし庭もむかしがたりになりて、よ
もぎが露のみ形見なることを

心敬・寛正百首

〔大意〕起きだして暁の露に（夕暮の逢瀬を約束したこと）いまは昔語りの面影となって、いまはただ、蓬生の露ばかりが残っているのがかなしい。

夜もすがらもの思《おも》ふころは明《あ》けやらぬ閨《ねや》のひまさ
へつれなかりけり

俊恵・千載和歌集一二（恋二）

〔大意〕夜通し（薄情な人のことを）思い続けているころは、（早く夜が明ければ良いと思うが）なかなか夜が明けなくて閨の戸の白んで来ないすき間さえもがつれなく思われることだ。

〔参考歌〕

冬《ふゆ》の夜《よ》にいくたびばかり寝覚《ねざ》めして物思《ものおも》ふ宿《やど》のひま
白《しら》むらん

増基・後拾遺和歌集六（冬）

夜昼《よるひる》といふ別知《わき》らずわが恋ふる心はけだし夢《いめ》に見
えきや

大伴家持・万葉集四

〔大意〕夜昼という区別もつかずに私の恋しく思う心は、もしかしたら、あなたの夢に見えましたか。〔注解〕「けだし」―もしかしたら。

「わ」

人にしらるゝ

我《わが》おもひつゝめばつゝむけはひより中〳〵人にし
られそめぬる

小沢蘆庵・六帖詠草

〔大意〕私の恋の思いをつつみ隠そうとすると、つつみ隠そうとするその様子から、かえって人に知られてしまうことだ。〔注解〕「中〳〵に」―かえって。

我《わ》が心何時《いつ》ならひてか見ぬ人を思《（おもひ）》やりつゝ恋《こひ》し
かる覧《（らん）》

紀友則・後撰和歌集一〇（恋二）

〔大意〕私の心は何時から慣れてしまったのだろうか。まだ見てもいない人に思いを馳せながら恋しく思っているなんて。

わが心乏《とも》しみ思へば新夜《あらたよ》の一夜《ひとよ》もおちず夢《いめ》に見えこそ

万葉集一二（柿本人麻呂歌集）
〔大意〕私の心は物足りなく思っていますので、毎日新にやってくる夜ごとに、一夜もかかさずに私の夢に現れてください。

わがごとく物やかなしきほとゝぎす時ぞともなく
夜《よ》たゞなく覧《らむ》

藤原敏行・古今和歌集一二（恋二）
〔分類〕「逢わずして慕う恋」の「片思い」の歌。〔注解〕「時ぞともなく」―夏の季節を告げるともいうわけでもなく。

わがごとく我をおもはむ人も哉《がな》さてもや憂《う》きと
世を心見む

凡河内躬恒・古今和歌集一五（恋五）
〔分類〕恋「わが身は」の歌。〔大意〕私が恋い慕うように私を思ってくれる人がほしい。そのような人との仲でもせつないものなのか試みてみたいのです。

題しらず
わが恋《こひ》にくらふの山のさくら花まなくちるとも数《かず》
はまさらじ

坂上是則・古今和歌集一二（恋二）
〔分類〕「逢わずして慕う恋」の「恋に乱れて」の歌。
〔大意〕私の恋に比べれば、暗部の山の桜が絶え間なく散るとしても、その花の散る数は私の恋の激しさにまさることはない。〔注解〕「くらふ」―「比ぶ」と地名の「暗部の山」を掛ける。

恋の心をよめる
わが恋の思《おも》ふばかりの色《いろ》に出《い》でばいはでも人に見
えまし物を

藤原実能・金葉和歌集八（恋下）
〔大意〕私の恋心がその思うままに外に現われれば、口に出して言わなくても、あの人に見えるであろうものを。
〔参考歌〕
いかでかは知《し》らせそむべき人知《し》れず思《おもふ》心の色《いろ》に出《い》
ですは

源邦正・拾遺和歌集一一（恋一）

我《わ》が恋《こひ》の数《かず》にしとらば白妙の浜《はま》の真砂《まさご》も尽《つ》きぬべ
ら也《なり》

在原棟梁・後撰和歌集一〇（恋二）
〔大意〕私の恋の思いを数えてみれば、きっと白い浜辺の砂も尽きてしまうでしょうよ。

女につかはしける

わが恋の数《かず》をかぞへば天《あま》の原曇《くも》りふたがり降《ふ》る雨のごと

藤原敏行・後撰和歌集一二（恋四）

〔大意〕私の恋の思いの数を数えたならば、天空一面が雲ってなにも見えなくなるほどに降る雨のように、数えることなどできません。〔注解〕「曇りふたがり」—雲が一面にふさがってなにも見えなくなること。

わが恋《こひ》はあひそめてこそまさりけれ飾磨《しかま》の褐《かち》のいろならねども

藤原道経・詞花和歌集八（恋下）

〔大意〕私の恋は逢い初めてからいっそう深くなったことだ。飾磨の藍染の褐色ではないのだけれども。〔注解〕「あひそめ」—「逢初め」と「藍染」を掛ける。「飾磨」—地名。姫路市。

入道前関白太政大臣家の歌合に

わが恋《こひ》は今をかぎりと夕《ゆふ》まぐれお（を）ぎ吹《ふ》く風のを（お）とづれてゆく

俊恵・新古今和歌集一四（恋四）

〔分類〕「風に寄せて絶えむとする恋」の歌。〔大意〕私の恋はこれっきりにしなさいと言うように、この夕暮に、荻を吹く風が葉を鳴らしてゆく。〔注解〕「夕まぐれ」—「言ふ」を掛ける。

摂政左大臣家にて、時ぐ逢ふといふことをよめる

わが恋《こひ》は賤《しづ》のしけ糸《いと》すぢ弱《よは》み絶《た》えまは多《おほ》くくるは少《すく》なし

源顕国・金葉和歌集八（恋下）

〔大意〕私の恋は、賤のしけ糸の繊維が弱くてすぐに切れてしまうように、（あの人の訪れも）絶え間が多く、来ることは少ないことです。〔注解〕「賤のしけ糸」—繭からとった粗末な糸。「くる」—「繰る」と「来る」を掛ける。

わが恋《こひ》は知《し》らぬ山路《ぢ》にあらなくに迷（まよふ）心ぞわびしかりける

紀貫之・古今和歌集一二（恋二）

〔分類〕「逢わずして慕う恋」の「恋に乱れて」の歌。〔大意〕私の恋は、知らない山道でもないのに、初めての山道に迷うように恋に迷う、そんな私の恋心がわびしいことです。

恋歌とてよみ侍りける

わがこひは庭のむら萩うらがれて人をも身をも秋の夕暮《ぐれ》

慈円・新古今和歌集一四（恋四）

〔分類〕「恨みて弱る恋」の歌。〔大意〕私の恋は、庭の群萩が末枯れるように終ってしまい、私は人もわが身をも、秋の夕暮の「あき」ではないが、飽きてしまったことだ。〔注解〕「秋」―「飽き」を掛ける。

女のもとにつかはしける

わが恋《こひ》は春《はる》の山《やま》べにつけてしを燃《も》えいでて君《きみ》が目《め》にも見《み》えなむ

藤原兼家・後拾遺和歌集一四（恋四）

〔大意〕私の恋の火は、春の山辺につけてしまった。だから燃え出してあなたの目にも見えることでしょう。〔注解〕「わが恋は」―「恋（こひ）」の「ひ」に「火」を掛ける。

わが恋《こひ》はほそ谷川《たにがは》のまろき橋《はし》ふみかへされてぬるるそでかな

平通盛・平家物語九

〔大意〕私の恋は、細い谷川にかけられた丸木橋が踏みかえされて濡れているように、文を返されて涙に袖が濡れていることです。〔注解〕「ふみかへされて」―「文返されて」の意を掛ける。「ぬるる」―谷川の流れと涙に濡れる意を掛ける。

北野宮歌合に、忍ぶ恋の心を

わが恋《こひ》はまきのした葉にもる時雨《しぐれ》ぬるとも袖の色《いろ》にいでめや

後鳥羽院・新古今和歌集一一（恋一）

〔分類〕「木に寄せて忍ぶ恋」の歌。〔大意〕私の恋は、こぼれる時雨にいくら濡れても槙の下葉が紅葉することがないように、いくら涙で濡れても、袖が染まって人目についたりしようか。

六帖題にてよみける中に夕づく夜を

我《わが》恋はまつのはしごの夕月夜おぼつかなくてやみぬべき哉《かな》

小沢蘆庵・六帖詠草

〔大意〕私の恋は、松の葉越しに見える夕月夜のように、恋しい人の気持もはっきりと分からないままに終わってしまいそうであるよ。

百首歌たてまつりし時よめる

わが恋《こひ》は松を時雨《しぐれ》のそめかねて真葛《まくず》が原《はら》に風さは《(わ)》ぐなり

慈円・新古今和歌集一一（恋一）

〔分類〕「木に寄せて忍ぶ恋」の歌。〔大意〕私の恋は、時雨が松を染めようとしてもできないように、また真葛が原の風に吹きつけられて葛の葉裏を見せるように、（表には出さずに）心中は激しく騒ぎ、恨みに思い続けていることだ。〔注解〕「真葛が原」—葛が風で葉裏を見せること→「葛見」→同音で「恨み」を起こす。

わが恋《こひ》は深《み》山がくれの草なれやしげさまされど知《し》る人のなき

小野良樹・古今和歌集一二（恋二）

〔分類〕「逢わずして慕う恋」の「片思い」の歌。〔注解〕「しげさ」—草の繁る意と恋心の絶え間のない激しさを掛ける。

わが恋《こひ》はゆくゑ《（へ）》もしらずはてもなし逢《あ》ふを限《（かぎり）》と思許《（おもふばかり）》ぞ

凡河内躬恒・古今和歌集一二（恋二）

〔分類〕「逢わずして慕う恋」の「逢うことを願う恋」の歌。〔大意〕私の恋は行く先の目当てもわからないし、行き着く果てもありません。いまはただあの人に逢うことを恋のきわみと思うばかりです。

承歴四年内裏歌合によめる

わが恋《こひ》は夢路《ゆめぢ》にのみぞなぐさむるつれなき人もあふとみゆれば

藤原伊家・詞花和歌集七（恋上）

〔大意〕私の恋は、夢路でだけ慰められることだ。薄情なあの人も夢の中では逢うと見えて。

〔参考歌〕

夢をだにいかで形見《かたみ》に見てし哉《（がな）》逢《あ》はで寝《ね》る夜《よ》の慰《なぐさ》めにせん

柿本人麻呂・拾遺和歌集一三（恋三）

堀川院御時、百首歌たてまつりけるによめる

わが恋《こひ》は吉野《よしの》の山《やま》のおくなれや思《おも》ひいれどもあふ人もなし

藤原顕季・詞花和歌集七（恋上）

〔大意〕私の恋は、吉野の山の奥のようなものなのだろうか。山奥ではほとんど人に逢わないように、私がいくら深く思い入れても、私には逢って契る人もいないことだ。〔注解〕「あふ」—逢って契る。

しのぶ草のもみぢしたるにつけて、女のもとにつかはしける

わが恋《こひ》もいまは色《いろ》にやいでなまし軒《のき》のしのぶもも

みぢしにけり

源有仁・新古今和歌集一一（恋一）

〔分類〕「草に寄せて忍ぶ恋」の歌。〔大意〕私の恋も、今は外にあわれて顔色に出ることだろうか。「忍ぶ」という名の軒のしのぶ草も紅葉してしまったよ。

わが恋《こひ》をしのびかねてはあしひきの山　橘《たちばな》　のいろに出《い》でぬべし

紀友則・古今和歌集一三（恋三）

〔分類〕「契りを結んで後になお慕い思う恋」の「色に出でなむ」の歌。〔注解〕「あしひきの」—山に掛かる枕詞。「いろに出でぬべし」—恋心が表面にでてしまう。

女のもとより、「心ざしのほどをなんえ知らぬ」と言へりければ

我《わ》が恋《こひ》を知《し》らんと思はば田子《たこ》の浦に　立覧《たつらん》　浪の数《かず》を数《かぞ》へよ

藤原興風・後撰和歌集一〇（恋二）

〔大意〕私の恋の思いのたけを知りたいと思うのならば、田子の浦に立っているだろう波の数を数えてみなさいよ。

我《わ》が背子《せこ》が来《き》まさぬ宵《よゐ》の秋風は来《こ》ぬ人よりもうらめしき哉《かな》

曾祢好忠・拾遺和歌集一三（恋三）

〔大意〕わが背子がいらっしゃらない宵に吹く秋風は、（寒さが心にしみて物悲しく）来ない人よりもかえって恨めしく思えることだ。

題知らず

我《わが》袖《そで》の潮《しほ》の満《み》ち干《ひ》る浦《うら》ならば　涙《なみだ》　の寄《よ》らぬをりもあらまし

源頼政・千載和歌集一二（恋二）

〔大意〕私の袖が潮の満ち干る浦であるのならば、波が寄せないで乾くときもあるだろう（でも、私の袖は浦ではないので涙に濡れるばかりだ）。〔注略〕「涙」—「波」を掛ける。

わが袖は色にいでぬべしかくれくの初瀬《はつせ》の山もうちしぐれつゝ

藤原家隆・家隆卿百番自歌合

〔大意〕私の袖には紅涙ではっきりと色が顕われてしまうだろう。隠れていたあの初瀬の山も降ってくる時雨で紅葉がはじまっている。

わが宿《やど》の菊のかきねにを《(お)》く霜《しも》のきえかへりてぞ恋《こひ》

しかりける

紀友則・古今和歌集一二（恋二）

〔分類〕「逢わずして慕う恋」の「片思い」の歌。〔大意〕私の家の庭の菊の垣根に置く霜が消えたかと思うとまた置くように、私も消え入りそうになってはまた恋しく思うことです。

わが屋戸《やど》の草の上《うへ》白く置く露の命も惜《を》しからず妹に逢はざれば

大伴家持・万葉集四

〔大意〕わが家の庭の草の上に白く置く露が消えやすいように、私の命は消えても惜しくない。恋しい妹に逢わずにいるので。

わが宿は道もなきまで荒《あ》れにけりつれなき人を待《ま》つとせしまに

遍昭・古今和歌集一五（恋五）

〔分類〕恋「逢うことも間遠になって」の歌。〔注略〕「待つとせしまに」―待っている間に。

風速の浦に船泊てし夜作る歌

わが故に妹嘆くらし風早《かざはや》の浦の沖辺《おきへ》に霧たなびけり

作者不詳・万葉集一五

〔大意〕私のせいで妹が嘆いているらしい、風早の浦の沖辺に霧がたなびいている。

わが故に思ひな痩《や》せそ秋風の吹かむその月逢《あ》はむものゆゑ

作者不詳・万葉集一五

〔大意〕私のために、物思いをして痩せないでください。秋風が吹くその月には帰ってあなたに逢うのだから。

わが 齢《よはひ》 おとろへゆけばしろたへの袖のなれにし君をしぞ 思《おもふ》

よみ人しらず・新古今和歌集一五（恋五）

〔分類〕「袖（衣手）に寄する恋」の歌。〔大意〕私も年をとっていくので、長いあいだ交わした袖を着古すまで馴れ親しんだあなたを恋しく思うことだ。〔注略〕「しろたへの」―「袖」に掛かる枕詞。

別《わか》れかねやすらふほどに咲《さ》きにけり妹《いも》がまがきの朝顔《あさがほ》の花《はな》

八田知紀・しのぶぐさ

〔大意〕別れかねて、私がためらっているうちに咲いてしまった。妹の家の垣根の朝顔の花は。

別るる恋

別《わか》れ路《ぢ》をことばのこらずしたへとやかねては鳥のおどろかすらん

慶運・慶運百首

〔大意〕後朝（きぬぎぬ）の別れの時だから、お互いに言葉を尽くし合って慕いなさいというつもりで、早くも鳥が鳴いて目を覚めさせるのだろうか。

別れてもまたも逢ふべく思ほえば心乱れてわれ恋ひめやも

万葉集九（田辺福麿歌集）

〔大意〕別れても、ふたたび逢えそうだと思えるならば、こんなにも心乱れて、なんで私は恋しく思うだろうか。

吾妹子《わぎもこ》が如何《いか》にとも吾《わ》を思はねば含《ふふ》める花の穂に咲きぬべし

作者不詳・万葉集一一

〔大意〕吾妹子は私のことをなんとも思っていないのに、私は花の蕾が穂に咲きだすように、自分の恋の思いを外に表わしてしまいそうである。

女を控へて侍りけるに、情なくて入りにければ、つとめてつかはしける

わぎもこが袖《そで》ふりかけしうつり香《が》のけさは身《み》にしむ物をこそ思へ

源兼澄・後拾遺和歌集一一（恋二）

〔大意〕吾妹子が私に袖を振りかけたときのうつり香が、今朝までも私の身に残って、（あなたの薄情さが）身にしみてつらく思われます。

吾妹子《わぎもこ》が屋前《やど》の秋萩花よりは実《み》になりてこそ恋ひ益《まさ》りけれ

作者不詳・万葉集七

〔大意〕吾妹子の家の前の秋萩は、花よりも実になってこそまさるように、あなたに逢った後の方がかえって恋しさがつのってしまった。〔注解〕「花よりは実になりてこそ」―逢った後の方がかえって。

吾妹子《わぎもこ》が結《ゆ》ひてし紐を解かめやも絶えば絶ゆとも直《ただ》に逢ふまでに

万葉集九（笠金村歌集）

〔大意〕吾妹子が結んだ紐を私から解くことがあろうか、いや解くことはしまい。たとえ紐が切れるならば切れようとも、直接に逢うまでは。

吾妹子《わぎもこ》がゆふかみ山の夕霜に知《し》れかし人の秋の思《おも》ひを

正徹・永享九年正徹詠草

〔大意〕吾妹子が「結う髪」というゆふかみ山に置く霜（自分の白髪）で、あの人の私に対する思いに「飽き」が来たことを自覚しろ。〔注解〕「ゆふかみ」―「結ふ髪」を重ねる。「夕霜」―霜に白髪を譬える。「秋」―「飽き」を掛ける。

吾妹子《わぎもこ》に相坂山《あふさかやま》のはだ薄《すすき》穂には咲き出でず恋ひ渡るかも

作者不詳・万葉集一〇

〔大意〕相坂山のはだ薄の穂のように、私は外に表わさずにあなたを恋い慕い続けることです。〔注解〕「吾妹子に～はだ薄」―ここまで序。

吾妹子《わぎもこ》に逢坂山を越えて来て泣きつつ居《を》れど逢ふよしも無し

中臣宅守・万葉集一五

〔大意〕吾妹子に逢うという名の逢坂山を越え遠くにやって来て、妹が恋しくて泣いているけれども、私には逢う手立てもない。〔注解〕「吾妹子に」―「あふ」に掛かる枕詞。

吾妹子《わぎもこ》に逢ふ縁《よし》を無み駿河《するが》なる不盡《ふじ》の高嶺《たかね》の燃えつつかあらむ

作者不詳・万葉集一一

〔大意〕吾妹子に逢う手立てがないので、駿河の富士の高嶺のように、（私の恋の思いの火は）燃え続けていくことであろうか。

吾妹子《わぎもこ》に恋ひ為方《すべ》無かり胸を熱《あつ》み朝戸開《あ》くれば見ゆる霧かも

作者不詳・万葉集一二

〔大意〕吾妹子が恋しくてならない。胸の熱さに朝戸を開けてみると、朝霧が流れているのが見える

吾妹子《わぎもこ》に恋ひつつ居《を》れば春雨のそれも知る如《ごと》止《や》まず降りつつ

作者不詳・万葉集一〇

〔大意〕吾妹子を恋しく思い続けていると、春雨がそれを知るかのように止まないで降り続けていて（吾妹子の所へ行かせない）。

吾妹子《わぎもこ》に恋ふれにかあらむ沖に住む鴨の浮寝《うきね》の安けくもなき

作者不詳・万葉集一一

〔大意〕吾妹子を恋しく思っているからだろうか。沖で浮き寝をしている鴨が落ち着かないように、私も心が穏やかでない。

吾妹子《わぎもこ》にまたも逢はむとちはやぶる神の社を祈まぬ日は無し

作者不詳・万葉集一一

〔大意〕吾妹子にふたたび逢いたいと、神のおられる社に祈らない日はありません。〔注解〕「ちはやぶる」―「神」に掛かる枕詞。

吾妹子《わぎもこ》を相知らしめし人をこそ恋のまされば恨めしみ思《おも》へ

田部忌寸櫟子・万葉集四

〔大意〕吾妹子を私に会わした人を、いま恋の思いがつのるにつけ、恨みに思うのだが。

吾妹子を外《よそ》のみや見む越《こし》の海の子難《こがた》の海の島ならなくに

作者不詳・万葉集一二

〔大意〕私は恋しい吾妹子を外から見ているだけなのだろうか。近づき難いという、あの越の海の子難の海の島だというわけではないのに。

鳥に寄する恋

幽斎・玄旨百首

鷲《わし》さへもこゐに思ひをかけぬれば空とぶ鳥も落《おつ》るためしを

〔大意〕鷲でさえも木居の取り方に気配りをしているので、空を飛ぶ鳥も逃れられずに落ちるはめになるというのに、いくら私が恋の思いをかけても、あの人は私になびいてくれる様子がない。〔注解〕「こゐ」―「木居」（鷹狩の鷹が狩のときのとまる木）と「恋」を掛ける。

百首歌の中に

わすらるゝ身を知《し》る袖の村《むら》雨につれなく山の月はいでけり

後鳥羽院・新古今和歌集一四（恋四）

〔分類〕「月に寄せて忘らるる恋」の歌。〔大意〕忘れられているというわが身のほどを知って袖に流れる村雨のような涙にもかかまわず、無情にも山の端に月が出て、いっそう私を嘆かせることだ。〔注解〕「袖の村雨」―袖にかかる村雨のような雨。

〔本歌〕

忘《わす》らるゝ身《み》を知る雨《あめ》は降《ふ》らねども袖《そで》許《(ばかり)》こそかは《(わ)》かざりけれ

よみ人しらず・後拾遺和歌集一二（恋二）

月に寄する恋

忘《わす》られぬ涙のうちのおもかげも袖にこぼるゝ有明《ありあけ》の月

正徹・永享五年正徹詠草

〔大意〕忘れられない恋しい人の面影が、涙に映って袖にこぼれ落ち、また、涙に映った有明の月の光もこぼれ落ちている。

忘草《(わすれぐさ)》かれもやするとつれもなき人の心に霜《しも》はを《(お)》か南《(なむ)》

源宗于・古今和歌集一五（恋五）

〔分類〕恋「人の心は…」の歌。〔大意〕恋を忘れさせるという忘草がもしかしたら枯れることもあるのではないかと、つれないあの人の心に生えている忘草を枯らす霜がおりてくれないかと思います。

寛平御時、御屏風に、歌書かせ給ひける時、よみて、書きける

わすれぐさ何《なに》をか種《たね》と思《(おもひ)》しはつれなき人の心なりけり

素性・古今和歌集一五（恋五）

〔分類〕恋「人の心は…」の歌。〔大意〕恋を忘れるという忘草はいったい何を種にして生えてくるのかと思いましたら、それはつれないあの人の心でしたよ。

大伴宿禰家持、坂上家の大嬢に贈る歌

忘れ草《ぐさ》わが下紐に着《つ》けたれど醜《しこ》の醜草言《しこくさこと》にしありけり

大伴家持・万葉集四

〔大意〕恋のつらさを忘れることができるという忘れ草を私の下紐につけたけれども、この馬鹿な醜草め、言葉ばかりだった（少しも忘れることができない）。

忘《わす》れじといひしばかりの名残《なごり》とてその夜《よ》の月はめぐり来《き》にけり

藤原有家・新古今和歌集一四（恋四）

〔分類〕「月に寄せて忘らるる恋」の歌。〔大意〕忘れることはないと誓ったあの人は来ないで、その言葉だけを思い出させる名残りの月がその夜と同じく巡ってきたことだ。

忘《わす》れじといひて別《わか》れし暁《あかつき》のなにのつらさに袖のぬれけん

宗尊親王・文応三百首

〔大意〕（あなたを）忘れることはないといって別れた暁も、なにがつらくて涙で袖が濡れたのだろうか。

忘《わす》れじと契らざりせばかねてより思ひしまゝのわが身ならまし

宗尊親王・文応三百首

〔大意〕（あなたを）忘れないよとあの人が約束しなかったならば、（恋に苦しむことのなかった）前から思っていたままのわが身であっただろうに。

忘《わす》れじのちぎりうらむる故郷の心《こゝろ》もしらぬ松虫の声

藤原定家・定家卿百番自歌合

〔大意〕忘れることはないだろう、という今ではむなしくなった契りを恨みに思いながら、あの人の訪れもなくさみしく故郷に居るこの私の気持ちも知らずに鳴く、「待つ」という名の松虫の声よ。

中関白通ひそめ侍けるころ

忘《わす》れじよ一夜の夢《ゆめ》の篠枕《さゝまくら》人こそかりに思《おも》ひなすとも

二条良基・後普光園院殿御百首

〔大意〕忘れることはないよ、一夜の夢のような旅枕を。あの人はかりそめに交わした契りと思い込んでも。

片思

吾はこへど汝《な》は背《そむ》くかも汝を背く人をこはせて吾よそに見む

田安宗武・悠然院様御詠草

〔大意〕私は恋しく思っているのにあなたは相手にしてくれない。あなたの思い通りにならない人をあなたに恋しく思わせて、私はそれを外から眺めたいものだよ。

わびしさを同《おな》じ心と聞《き》くからに我《わ》が身を棄《す》てゝ君ぞかなしき

源信明・後撰和歌集九（恋一）

〔大意〕苦しい思いは、あなたも同じだと聞いたとたん、この身を棄ててでもあなたのことがいとおしく思えることだよ。〔注解〕「かなしき」—愛しく思う。

わびぬれば今はた同《おな》じ難波《なには》なる身をつくしても逢《あ》はむとぞ思《おもふ》

元良親王・拾遺和歌集一二（恋二）

〔大意〕（あなたに逢うことができずに）思い悩んでいるので、もうこうなってしまったなら、同じことだ。難波にある澪標（みをつくし）ではないが、この身を滅ぼしてでも、あなたに逢いたいと思います。〔注解〕「身をつくし」—「澪標」（船の航行のための標識）を掛ける。

わびぬればしひて忘《わす》れむと思《おも》へども夢といふ物ぞ人だのめなる

藤原興風・古今和歌集一二（恋二）

〔分類〕「逢わずして慕う恋」の「片思い」の歌。〔注解〕「わびぬれば」―つらいので。「人だのめ」―むなしい期待を人に抱かせる。

我のみぞ悲《かな》しかりける彦星《ひこぼし》も逢《あ》はで過《す》ぐせる年しなければ

凡河内躬恒・古今和歌集一二（恋二）

〔分類〕「逢わずして慕う恋」の「逢うことを願う恋」の歌。〔大意〕私だけが悲しいことですよ。あの彦星も織女に逢うことがなく過ぎていく年はないだから。

〔参考歌〕

年にありて一夜妹《いも》に逢ふ彦星《ひこぼし》もわれにまさりて思ふらめやも

作者不詳・万葉集一五

われのみや斯く恋すらむ杜若《かきつはた》丹《に》つらふ妹は如何にかあるらむ

作者不詳・万葉集一〇

〔大意〕私だけがこんなに恋しく思っているのだろうか。杜若のように紅の頬の美しい妹はどのように思っているだろう。〔注解〕「丹つらふ」―頬の美しい。

片思の心を

われぱかりつらきをしのぶ人やあるといま世《よ》にあらば思ひあはせよ

藤原兼実・新古今和歌集一三（恋三）

〔分類〕「相思はぬ恋」の歌。〔大意〕私ほど恋のつらい思いに耐えている者はいないと思う。（私は恋い焦がれて死んでしまうでしょうから）この先あなたがこの世に生きながらえるのならば、思い当たってみてください。

〔参考歌〕

われぱかり物思ふ人はまたもあらじと思へば水の下にもありけり

伊勢物語（二七段）

「恋」の思い―短歌（近・現代）

をりにふれたる

砂の上にわが恋人の名をかけば波のよせきてかげも

とゞめず
落合直文・明星

恋のために身はやせ〳〵てわがせ子がおくりし指輪ゆるくなりたり
落合直文・明星

秋風に柳ちりくるこのゆふべつく〴〵恋をやめむと思ひき
落合直文・明星

色あせし庭の芙蓉の下蔭に蝶死にてありわれ恋やめむ
落合直文・明星

君が母はやがてわれにも母なるよ御手とることを許させたまへ
落合直文・明星

穢れたる人のこの世にはめづらしと神もおぼすらむわが祈る恋
落合直文・国文学

§

あひみきと見えけん夢の何しかも我には見えぬ恋ひつつあるを
森鷗外・うた日記

§

遠つまこひみともしみ荒金のとくる熱さもしらてきにけり
伊藤左千夫・伊藤左千夫全短歌

常磐木の木の間紅葉と眼につける京の少女に吾恋にけり
伊藤左千夫・伊藤左千夫全短歌

知らぬ里旅ゆく道のゆき逢に逢へる少女にあやに恋ひつも
伊藤左千夫・伊藤左千夫全短歌

君が手を吾にとりけむ吾手をば君がとりけむ其青葉山
伊藤左千夫・伊藤左千夫全短歌

吾庭の青葉吹く風吾恋を伝へか吹かむ君か岡べに
伊藤左千夫・伊藤左千夫全短歌

家知らぬ君にし恋ふれしかすがに花に触れ来し清き思を
伊藤左千夫・伊藤左千夫全短歌

年月の移りはなくて今宵見し一目の君をとはに思はむ
伊藤左千夫・伊藤左千夫全短歌

うつくしく思へる恋の堪へがてに手触る吾が手を否と云はざりし
伊藤左千夫・伊藤左千夫全短歌

おほらかに命をせねど堰く恋の此苦しさを堪ふべく思へや
伊藤左千夫・伊藤左千夫全短歌

冬こもる梅の蕾の堅ふゝみ心にとちて恋ひや暮さむ
伊藤左千夫・伊藤左千夫全短歌

百年に心足らせる吾恋もこもり果つべしはつるともよし
伊藤左千夫・伊藤左千夫全短歌

玉くしけ二つのかをりとり合せ成れる吾が恋こもり

ともよし
伊藤左千夫・伊藤左千夫全短歌

吾が心君に知れらば空蟬の恋の籬よ越えずともよし
伊藤左千夫・伊藤左千夫全短歌

夕月夜園は空しく花寒み悲しき恋を泣くにかなへり
伊藤左千夫・伊藤左千夫全短歌

かをり寒き梅の林に相恋ひし悲しき情語りつくさむ
伊藤左千夫・伊藤左千夫全短歌

のがれいづる道は一すぢ生も死も此の一筋と恋はせまれり
伊藤左千夫・伊藤左千夫全短歌

親に友に筋の立てりしわがみさほ今はあやなや恋の
みだれに
伊藤左千夫・伊藤左千夫全短歌

許されぬ人に恋ひつつ白玉の清き思ひもこもりはつべし
伊藤左千夫・伊藤左千夫全短歌

七夕行

ひさかたの秋の初風こころぐし君に恋ひつつ花に物いふ
伊藤左千夫・伊藤左千夫全短歌

たらちねの言伝《ことづて》もちて訪ひしかどわが恋若く人をおそるも
伊藤左千夫・伊藤左千夫全短歌

§

雲室に酒をひやして室守が昔の恋をかたる夜半かな

帰りくれば君はとつぎぬ花はちりぬ何に帰りし我身
なるらむ
佐佐木信綱・思草

おもしろく轆轤《ろくろ》の前《まへ》になりいづる陶器《すゑもの》のごと恋《こひ》をおもふや
佐佐木信綱・新月

処女《をとめ》の日君《ひきみ》はいひけり宝玉《はうぎよく》の千《ち》よろづ箱《はこ》も恋《こひ》にかへじと
佐佐木信綱・新月

ほのぐらき夕《ゆふ》べの堂《だう》に御仏《みほとけ》を念《ねん》ぜず、君《きみ》を思《おも》ひつる罪《つみ》
佐佐木信綱・新月

天人《あまびと》かまぼろしびとか法《はふ》けづき奇《くす》しき恋《こひ》に身《み》は衰《おとろ》へぬ
佐佐木信綱・新月

大船《おほふね》はいかりを捲《ま》きぬいざさらば我《われ》らの恋《こひ》も終《をはり》ならむか
佐佐木信綱・新月

地《ち》や動《うご》く天《てん》や動《うご》くのことわりもわれに要《えう》なしただ君《きみ》を恋《こ》ふ
佐佐木信綱・新月

君《きみ》を思《おも》い百里《ひやくり》は来《き》けりいづこまで行《ゆ》きなば君《きみ》を忘《わす》れ
得《う》べけむ
佐佐木信綱・新月

§

花ひとつ、緑の葉より、萌え出でぬ。恋しりそむる、
人に見せばや。

春の花に栄《はえ》ある恋は人知らむわれは秋草すくせさびしき
与謝野寛・東西南北

おぼろげによわきなさけを知りそめて春の夕戸を恋ふる身となりぬ
与謝野寛・紫

ことさらに人を怨《ゑん》ずる恋はせじ夕の雲よ雪とならばなれ
与謝野寛・紫

恋と名といづれおもきをまよひ初めぬわが年ここに二十八の秋
与謝野寛・紫

うまれながら林檎《りんご》このまぬ君と聞きて今得ん恋の末あやぶみぬ
与謝野寛・紫

名をくだすそれを厭《いと》はば山の奥の石をいだきて我恋と云へ
与謝野寛・紫

むらさきの襟に秘めずも思ひいでて君ほほゑまば死なんともよし
与謝野寛・紫

野鼠のものにおそるる恋ならば田にかくれても低く泣かまし
与謝野寛・紫

わが恋を人に問はれてこころにもあらぬかなたの星仰ぎ見し
与謝野寛・紫

くれなゐにそのくれなゐを問ふがごと愚かや我の恋をとがむる
与謝野寛・紫

二人してうゑし桐の木たけのびぬ桐は琴となる恋は歌となる
与謝野寛・紫

§

君が恋は地層に深い水脈《みづすぢ》や吾手にほられて泉と湧いた
青山霞村・池塘集

この恋もなにかゞ遂に消すまいか二人のあゝとを浪がけすやう
青山霞村・池塘集

§

吾命《ワギノチ》の全けむかぎり恋ひ恋ひて在らむか君を見ずて死ぬとも
服部躬治・迦具土

恋ひ恋ひて死なむもよしや君が名は時じく胸を離れざらなむ
服部躬治・迦具土

弱肩にたけなる髪をはらかし褄とる君が湯あがり姿
服部躬治・迦具土

幸に人と生れて幸に君と相見つ死なむともよし
服部躬治・迦具土

世に厭きてただこのままに死なむとも君し忘れぬわが名なりせば
服部躬治・迦具土

かりそめに執りたる筆も君が名を書きての後は捨て難くして
服部躬治・迦具土

はるかなりや、史《ふみ》にわが恋の蹟《あと》絶えぬ、雷《らい》と氷雨《ひさめ》のその日といはむ。
服部躬治・文庫

§

いはけなく罪なき君のこころより恋は尊きものとなりぬる
太田水穂・つゆ艸

罪しらぬ君をかしこみうちつけにいひ出でがたき恋もするかな
太田水穂・つゆ艸

誠ある君とわれとの恋幸をむすぶの神もまもりますらん
太田水穂・つゆ艸

君が手とわが手とふれしたまゆらの心ゆらぎは知らずやありけん
太田水穂・つゆ艸

そめぬける君がゆかたのあやめ草さめやすき色の恋はわがせじ
太田水穂・つゆ艸

§

世の常のわが恋ならばかくばかりおぞましき火に身はや焼くべき
有島武郎・絶筆

修禅する人の如《ごと》くに世にそむき静かに恋の門にのぞまむ
有島武郎・絶筆

雲に入るみさごの如き一筋の恋とし知れば心は足りぬ
有島武郎・絶筆

§

恋すればこころかなしく、恋せずばこころさびしき人の子なりけり
岡稲里・朝夕

秋の雲見るまにほのに紅《べに》さしぬ、わがさびしらの恋にふれつや
岡稲里・朝夕

うつくしきうつくしからぬ際《きは》こえて、君を恋ふべくわれ生れけり

うつくしと見たるばかりの恋ならば、ながくもあらじ、花は実《み》となる
岡稲里・朝夕

§

ひたひたと夜《よる》のうしほの満ち潮《しほ》のひたすに濡《ぬ》れぬ君がひとみに
岡稲里・朝夕

人間のいのちの奥のはづかしさ滲《し》み来るかもよ君に対《むか》へば
新井洸・微明

君に逢《あ》ひて今帰りつつ行方《ゆくへ》なくしかも惑《まど》へるこの愁《うれ》ひはも
新井洸・微明

ややあをき頬《ほほ》にかかれる髪もあれきれ長《なが》まみの俯目《ふしめ》かなしも
新井洸・微明

小夜ふけて眠るといふもうつつなく君がひとみに沈みゆくこと
新井洸・微明

§

われ等《ら》また馴るるに早き世の常のさびしき恋に終らむとする
前田夕暮・収穫

君ねむるあはれ女の魂のなげいだされしうつくしさかな
前田夕暮・収穫

木に花咲き君わが妻とならむ日の四月なかなか遠くもあるかな
前田夕暮・収穫

わがふるさと相模に君とかへる日の春近うして水仙の咲く
前田夕暮・収穫

自棄《じき》の涙君がまぶたをながるるや悲しき愛にさめはてし頃
前田夕暮・収穫

あたたかき汝《な》がだきしめに馴れやすきわれの心をのがさしむるな
前田夕暮・収穫

こころしてわれを愛せよまもれよとこのわがままの男のいひける
前田夕暮・収穫

去年よりはおしろいなれし君が顔こなたによせよくちづけをせむ
前田夕暮・収穫

あはれみか愛かなさけか君みれば捨てもかねたる歎きのみして
前田夕暮・収穫

いつはりの涙なりともにじみ来よ命死ぬべく君の泣けるに
前田夕暮・収穫

眼をとぢていつも思ひぬ悲しみに終るが如き二人の恋を
前田夕暮・収穫

みなほせど溺れし故にあらじかと思へど君は美くしかりき
前田夕暮・収穫

かはゆさに余りてなるや故もなく君を憎むに心つかれぬ
前田夕暮・収穫

しばし前憎しと口も利かざりしおなじき人のいとほしさかな
前田夕暮・収穫

わが女われより外に恋ひし人なかれと祈る信なき日なり
前田夕暮・収穫

いかにして男の誇きづつけずあらむ悲しき意識の恋よ
前田夕暮・収穫

君が唇《くち》闇のなかにもみゆるほどあかかりし夜の強きくちづけ
前田夕暮・収穫

夜の海恋ざめし子をいたはりて暗きかたへに夜もすがら鳴れ
前田夕暮・収穫

吾悲しすべての人の性をもつうらわかき日に君を恋ひして
前田夕暮・収穫

川ひとすぢあかずながるるみてあればみてあるほどに君恋ひまさる
前田夕暮・収穫

いひしれぬ醜きうちに美くしきひとつをみいで君を恋ふる日
前田夕暮・収穫

軟き汝《な》が抱擁《だきしめ》に接吻《くちつけ》に身はこころよく肥えてゆくなり
前田夕暮・収穫

わが女よこの生《なま》ぬるき三月の風ふきいでぬひとりねはせじ
前田夕暮・収穫

うすみどり林間に入れば君が眼に光そふなりくちづけをする
前田夕暮・収穫

うしろよりわが唇を吸ふ前髪のやはらかなるを忘れかねつ
前田夕暮・収穫

純なりし悲しみのみに生きてあり初恋のみに生きてありけり
前田夕暮・収穫

§

相見ざる二日こころも火となりて君を欲《ほり》すれひるよ

るとなく

田波御白・御白遺稿

死ぬといふおどかしをもて君われになぐさめごとを強ひたまふかな

田波御白・御白遺稿

ゆく春のたんぽぽに似て髪白き君はもさらに恋せむといふ

田波御白・御白遺稿

木は石となる年月も恋はむとぞいつはりならぬいつはりをいふ

田波御白・御白遺稿

ただ六日されど花さき花ちりきいとあわつけきわが恋もしき

田波御白・御白遺稿

君をにくむにくむ、われをば言ひときて心はなほも恋ふるにかあらむ

田波御白・御白遺稿

わがこころ物にまどはず美しき人見てひたに恋ふるなりけり

田波御白・御白遺稿

死するとも君わすれじといひなれしことなどなにのかかはりあらむ

田波御白・御白遺稿

まづさきに恋せし彼女の時来り去りゆくなればわれはとどめじ

田波御白・御白遺稿

残りたる生命のすべてひたすらに君を恋ひつつわれの死ゆく

田波御白・御白遺稿

いたく君を恋ふるがゆゑに君死なばやすかりなむとわれおもふかな

田波御白・御白遺稿

やぶさかに黒髪のただひとすぢの落つるも惜しむ君を得しより

田波御白・御白遺稿

君が病にそまりて死なばうらみなしとやはらかき君が唇《くち》にすはるる

田波御白・御白遺稿

§

海哀《かな》し山またかなし酔ひ痴れし恋のひとみにあめつちもなし

若山牧水・海の声

おもひみよ青海なせるさびしさにつつまれゐつつ恋

ひ燃ゆる身を

若山牧水・海の声

ああ接吻《くちづけ》海そのままに日は行かず鳥翔《ま》ひながら死せ
果てよいま

若山牧水・海の声

接吻《くちづ》くるわれらがまへにあをあをと海ながれたり神
よいづこに

若山牧水・海の声

山を見よ山に日は照る海を見よ海に日は照るいざ唇《くち》を君

若山牧水・海の声

君よなどさは愁《う》れたげの瞳して我がひとみ見るわれ
に死ねとや

若山牧水・海の声

斯くねたみ斯くうたがふがわが恋のすべてなりせば
など死なざらむ

若山牧水・独り歌へる

野のおくの夜の停車場を出でしときつとこそ接吻《きす》は
かはしけるかな

若山牧水・独り歌へる

われひとり暮れのこりつつ夕やみのあめつちにゐて
君をしぞおもふ

若山牧水・独り歌へる

けふ見ればひとがするゆゑわれもせしをかしくもな
き恋なりしかな

若山牧水・独り歌へる

山奥にひとり獣の死ぬるよりさびしからずや恋の終りは

若山牧水・独り歌へる

恋といふつゆよりもいやはかなかるわが生《よ》のなかの
夢をみしかな

若山牧水・独り歌へる

わが恋の終りゆくころとりどりに初なつの花の咲き
いでにけり

若山牧水・独り歌へる

女ありき、われと共に安房の渚に渡り
ぬ。われその傍らにありて夜も昼も絶
えず歌ふ

恋ふる子等かなしき旅に出づる日の船をかこみて海
鳥の啼く

若山牧水・別離

栗の樹のこずゑに栗のなるごとき寂しき恋を我等遂《と》
げぬる

若山牧水・別離

命なりそのくちびるを愛せよと消息《せうそこ》に書き涙落しぬ

若き日をささげ尽して嘆きしはこのありなしの恋なりしかな
若山牧水・別離

§

かくまでも黒くかなしき色やあるわが思ふひとの春のまなざし
若山牧水・路上

君を見てびやうのやなぎ薫るごとき胸《むな》さわぎをばおぼえそめにき
北原白秋・桐の花

くれなゐのにくき唇あまりりすつき放しつつ君をこそおもへ
北原白秋・桐の花

金口《きんぐち》の露西亜煙草のけむりよりなほゆるやかに燃ゆるわが恋
北原白秋・桐の花

ものづかれそのやはらかき青縞のふらんねるきてなげくわが恋
北原白秋・桐の花

恋すてふ浅き浮名もかにかくに立てばなつかし白芥子の花
北原白秋・桐の花

片恋のわれかな身かなやはらかにネルは着れども物おもへども
北原白秋・桐の花

あかあかと鶩《あひる》卵を置いてゆく草場のかげの夏の日の恋
北原白秋・桐の花

女は白き眼をひきあけてひたぶるに寄り添ふ、淫らにも若く美しく
北原白秋・桐の花

どくだみの花のにほひを思ふとき青みて迫る君がまなざし
北原白秋・桐の花

ひとすぢの香《かう》の煙のふたいろにうちなびきつつなげくわが恋
北原白秋・桐の花

そはおなじ絃《いと》の奏鳴楽《ソナタ》を美しく聴きも了《をは》ると恋を了《をは》ると
北原白秋・桐の花

ゆくりなく膝にかきのせ接吻《くちつ》くるかなしき人をゆるしたまひね
北原白秋・桐の花

片恋のわれをあはれと鈴麦の花さく傍《そひ》を通ひ来にけり
北原白秋・桐の花

かくながら現身にそふ恋衣や恋の経緯常新らしき
北原白秋・桐の花

憚らで朝を白菊地にかをれなしのまゝなる我恋のごと
北原白秋・白秋全集

笑まるべき恋も知らぬを春風にうたて今年も花咲きほこる
北原白秋・白秋全集

心ある魂もよりこの春の仮寐恋のたゞちの夢美しき
北原白秋・白秋全集

天雲の彩の乱れに恋は散れ朝げを花にあたらしき露
北原白秋・白秋全集

春花に二人が恋ぞ薫りぬる罪の驕に露薫りぬる
北原白秋・白秋全集

恋と詩をわれとつなぎて天にゆけ秋さびにけり胸の玉の緒
北原白秋・白秋全集

おほけなき恋を羞ぢては白萩のくづをれてのみゆらめくが如
北原白秋・白秋全集

春風にわれとほこりの罪ひめず心ゆくかな恋のあけぼの
北原白秋・白秋全集

夕月に低唱かをる菖蒲風呂恋の匂に肌やはらかき
北原白秋・白秋全集

相思はむえにしにほひし森かげの恋の片影水よいかにせし
北原白秋・白秋全集

恋すてむ夏を緑のあさぼらけ空ゆり落せ山ほとゝぎす
北原白秋・白秋全集

悲しむな葎荒るとも乱るとも恋の碑銘とこしへに
北原白秋・白秋全集

行く水にこびて花ある浮草をいざなふ恋のかりそめか君
北原白秋・白秋全集

まろらかに美酒《みさけ》湛ゆる甕のごと酔ひてまろびて恋あふれぬる
北原白秋・白秋全集

いとけなき霊は血潮にはぐゝまれ初々しうも恋となりぬる
北原白秋・白秋全集

あこがれの恋のうつゝぞ覚束な。花深うして鳥も鳴かずけり。
北原白秋・白秋全集

我《われ》もとより天《あめ》の子なれば白鳥《しらとり》のなげきに似たる恋も又《また》する
北原白秋・白秋全集

君をみて花梔子《はなくちなし》を嗅《か》ぎしごとき胸《むな》さわぎをばおぼえそめてき
北原白秋・白秋全集

めぐり逢ひて君に袂をかざしあへず花園小路いづち避くべき
北原白秋・白秋全集

心よりなほやはらかににひほひある君がはだへをゆ

かしみてある
北原白秋・白秋全集

片おもひけふの春日《はるび》のさみしさはたんぽぽも知
る燕《つばくろ》も知る
北原白秋・白秋全集

ひとすぢの香《かう》の煙のふたいろにうちなびきつつなげ
くわが恋
北原白秋・白秋全集

§

よこ文字《もじ》を見《み》る目《め》さびしく、疲《つか》れけり。ふと思《おも》ひ出《い》
づるはつ恋《こひ》の事《こと》。
土岐善麿・黄昏に

わが身《み》にちかくありしにおどろきぬ、――きよく恋《こ》
ひ、きよく怨《うら》める　ひとりの女《をんな》の。
土岐善麿・黄昏に

かかるとき、涙《なみだ》よ、流《なが》れよ、恋《こ》はるるは、かかる
ときぞ、と、心《こころ》のわらへり。
土岐善麿・黄昏に

『死《し》にたし』と、くちづけの後《のち》に、ささやきし、か
の女《ぢよ》の嘘《うそ》は、なつかしきかな、
土岐善麿・黄昏に

その手《て》に、わが手《て》をおかば、いかになりしやらむ。
かの冬《ふゆ》の夜《よ》の、いまもおそろし。
土岐善麿・黄昏に

会《あ》はましといひやることを、負《ま》くるごとく、たがひ
におもひしころの、なつかし。
土岐善麿・黄昏に

つつましく愛《あい》せし女《をんな》、――けふとなりて、しづか
に思《おも》へば、もつとも恋《こひ》し。
土岐善麿・黄昏に

天《あま》つ女《め》の君ぞ恋しきやま霧に朝影しつつ照りはるるとき
土岐善麿・はつ恋

あけがたや覚めて厨《くりや》のものの音《ね》にふと君恋し春雨のふる
土岐善麿・はつ恋

恋し恋し水ひたひたと古沼の春のゆふ日のうすれゆくとき
土岐善麿・はつ恋

あまりよく似たるすがたよゆきずりの人のこころに
君をもとめつ
土岐善麿・はつ恋

をとめありわれをしたひぬわれも恋ひぬ若き日なれ
ばかくて足らひき
土岐善麿・はつ恋

恋は君裁縫《しごと》の針をあやまちて吁《あ》とのみ指の血を吸ふ如し

土岐善麿・はつ恋

幸《さち》なりきさなりかつてはことごとにただ君をのみおもひいでにき

土岐善麿・はつ恋

許せ君かかるわれだに恋はるると知りし涙のこのおどろきを

土岐善麿・はつ恋

癒えがたの傷ぐち洗ふ薬にも似てすがすがしまた恋をせむ

土岐善麿・はつ恋

われら逢へり逢はばただまづ抱きしめむ、と思ひゐしを手だにえとらず

土岐善麿・はつ恋

§

砂山《すなやま》の砂《すな》に腹這《はらば》ひ　初恋《はつこひ》の　いたみを遠《とほ》くおもひ出《い》づる日《ひ》

石川啄木・我を愛する歌

やはらかに積《つ》れる雪《ゆき》に　熱《ほ》てる頬《ほ》を埋《うづ》むるごとき恋《こひ》してみたし

石川啄木・我を愛する歌

わが恋《こひ》を　はじめて友《とも》にうち明《あ》けし夜《よる》のことなど思《おも》ひ出《い》づる日《ひ》

石川啄木・煙

大形《おほがた》の被布《ひふ》の模様《もやう》の赤《あか》き花《はな》　今《いま》も目《め》に見《み》ゆ　六歳《むつ》の日《ひ》の恋《こひ》

石川啄木・煙

かくばかり熱《あつ》き　涙《なみだ》は　初恋《はつこひ》の日《ひ》にもありきと　泣《な》く日《ひ》またなし

石川啄木・秋風のこころよさに

あはれなる恋《こひ》かなと　ひとり呟《つぶや》きて　夜半《よは》の火桶《ひをけ》に炭添《すみそ》へにけり

石川啄木・手套を脱ぐ時

何《なに》がなく　初恋人《はつこひびと》のおくつきに詣《まう》づるごとし。郊外《かうぐわい》に来《き》ぬ。

石川啄木・悲しき玩具

その頃《ころ》は気《き》もつかざりし　仮名《かな》ちがひの多《おほ》きことかな、昔《むかし》の恋文《こひぶみ》！

石川啄木・悲しき玩具

夢はかくて恋はかくしてはかなげに過ぎなむ世とも人の云はば云へ

石川啄木・明星

鋳し鐘の音《ね》に万づ代のちからある歓喜《よろこび》としも我恋成りぬ
石川啄木・明星

枯花《かればな》に冬日てるごとわが歌ににほひ添ふとか恋燃えてくる
石川啄木・明星

海の鳥ふところに入るかく思ひ潮《しほ》にのり来し君を抱きぬ
石川啄木・明星

君を恋ひ君を得つるを恐ろしき　懲罰《ちようばつ》と知るわりなきかなや
石川啄木・明星

わが恋をうたがふべくは朝来り明《あか》るくなるも不可思議とせよ
石川啄木・明星

恋すると死ぬとは同じ生くるてふことに疲《つか》れてもとめしなれば
石川啄木・明星

恋ふらくは竈《かまど》のなかに渦巻ける煙よりけに胸の苦しき
石川啄木・明星

世にあれば古今《いにしへいま》を貫《つらぬ》きて恋ふらくはよし生けるしるしに
石川啄木・明星

夜昼《よひる》なく胸の鳴る聞くかかるをかあはれまことに恋ふるといふらむ
石川啄木・明星

猛くして男の子の道に、脆くして恋の細路に魂迷ふ夕。
石川啄木・明星

君を我はみそら照る日を向日葵《ひぐるま》は終日《ひねもす》恋ひぬ夏のいのちに
石川啄木・日記

ひと夜《よ》見《み》ず心《こころ》かはきて死《し》なまくも君《きみ》ぞ恋《こひ》しきいかにせましや
石川啄木・小天地

神の山獣の山のその峡にいとうづたかし恋の屍
石川啄木・小樽日報

秋野ゆき萩咲くみちの白露に消えまく君を恋ひわたるかも
石川啄木・丁未日記

春の海ああその沖をゆく舟のたよりもきかず君のこひしき
石川啄木・心の花

恋ふるてふことに生命《いのち》をかへがたき丈夫《ますらを》こそは悲しかりけれ
石川啄木・心の花

恋ふらくはいつの世よりの習はしにかくは苦しきものにかありけむ
石川啄木・心の花

忘れじと堅くも神に誓ひてしならずなじかはかくも恋ふらむ
石川啄木・書簡

物思ふいとまだになき貧《まづ》しさの我の恋こそ悲しかりけれ
石川啄木・書簡

かへり見《み》れば　人《ひと》にかくせる我《わ》が恋《こひ》も　早《は》や四年《よとせ》となりにけるかな
石川啄木・敷島

§

夏のおもひで
石川啄木・精神修養

かの宵の露台のことはゆめひとに云ひたまふなと云へる君かな
吉井勇・酒ほがひ

君見ずとかたく誓ひて来しものをもの狂はしやまた君を見る
吉井勇・酒ほがひ

君にちかふ阿蘇の煙の絶ゆるとも万葉集の歌ほろぶとも
吉井勇・酒ほがひ

砂山の麓にのこる足のあと恋の足あとなほ消えずけり
吉井勇・酒ほがひ

旅ゆくか或は恋より遁れしか知らずうつけて海にうかびぬ
吉井勇・酒ほがひ

君が家のいとあはれなる屋根の草その草よりもあはれなる恋

夏来れば君が瞳に解きがたき謎のやうなる光さへ見ゆ
吉井勇・昨日まで

山火《やまび》見ゆ夜の空あかしかかる時ひとしほ切に君をおもほゆ
吉井勇・昨日まで

夏ゆきぬ目にかなしくも残れるは君が締めたる麻の葉の帯
吉井勇・昨日まで

君とあればいと微かなる夏の夜の遠いかづちもなまめきにけり
吉井勇・昨日まで

人の世の旅のなかばもはや過ぎぬ恋二つ三つ失ひし間に
吉井勇・河原蓬

祇園

寂しさに加茂の河原をさまよいて蓬を踏めば君が香ぞする
吉井勇・祇園歌集

§

いはけなく夜半《よは》に立ち上《あが》り恋ふと聞けばかかる恋には逢《あ》はざりきや吾《われ》は
土屋文明・ゆづる葉の下

§

まづ我の若きひとみを射て後《のち》にしづかにわれを抱《いだ》きける君
中村三郎・中村三郎歌集

ストオブのぬるみに倦《う》みぬ身に迫る君が寝息もなやましきかな

中村三郎・中村三郎歌集

相ともに死なむと云《い》ひて抱《いだ》きける如月《きさらぎ》の夜の雪あかりかな

中村三郎・中村三郎歌集

§

片恋のわが世さみしくヒヤシンスうすむらさきににほひそめけり

芥川龍之介・紫天鵞絨

恋すればうら若ければかばかりに薔薇《さうび》の香にもなみだするらむ

芥川龍之介・紫天鵞絨

五月来ぬわすれな草もわが恋も今しほのかににほひづるらむ

芥川龍之介・紫天鵞絨

刈麦のにほひに雲もうす黄なる野薔薇《のばら》のかげの夏の日の恋

芥川龍之介・紫天鵞絨

憂しや恋ろまんちつくの少年は日ねもすひとり涙流すも

芥川龍之介・客中恋

かなしみは君がしめたる其宵《そのよひ》の印度更紗《インドさらさ》の帯よりや来し

芥川龍之介・客中恋

ときすてし絽《ろ》の夏帯の水あさぎなまめくまゝに夏や往《い》にけむ

芥川龍之介・客中恋

しのびかに黒髪の子の泣く音きこゆる。初恋のありとも見えぬ薄ら明りに。

芥川龍之介・若人

いとせめて泣くべく人を恋もこそすれ。黄　《わうろふ》の涙おとすと燃ゆる如くに。

芥川龍之介・若人

恋すてふ戯れすなる若き道化は。かりそめの涙おとすを常とするかも。

芥川龍之介・若人

何時となく恋ものうくなりにけらしな。移り香の（憂しや）つめたくなりまさる如。

芥川龍之介・若人

§

すこやかに　うるはしきひとよ　病みはてて　わが目黄いろに狐ならずや

宮沢賢治・校本宮沢賢治全集

きみ恋ひて　くもくらき日を　あひつぎて　道化祭の山車は行きたり

宮沢賢治・校本宮沢賢治全集

きみがかた　見んとて立ちぬこの高地　霧のたちま
ひ　雨とならしを
宮沢賢治・校本宮沢賢治全集

神楽殿　のぼれば鳥のなきどよみ　いよよに君を
恋ひわたるかも
宮沢賢治・校本宮沢賢治全集

いなびかり　みなぎり来れば　わが百合の　花はう
ごかずましろく怒れり
宮沢賢治・校本宮沢賢治全集

§

あかあかと天《あめ》のそぐへに傾くや雲にも似ざるわが恋
ひごころ
前川佐美雄・天平雲

§

目瞑《めつむ》りてひたぶるにありきほひつつ憑みし汝《なれ》はすで
に人の妻
宮柊二・群鶏

しばしばもわが駭けり目に顕《た》ちて白き頸《うなじ》の汝《な》が
後姿《うしろ》はも
宮柊二・群鶏

匍匐《はらば》ひてわれは慨《なげ》きぬ海辺《うみべた》にたゆたひ寄りし君が櫛はや

宮柊二・群鶏

若くわが恋せしひとの夢寐《むび》に来て朝を囁く不思議なるかな
宮柊二・忘瓦亭の歌

ならざりし恋にも似るとまだ青き梅の落実《おちみ》を園より拾ふ
宮柊二・純黄

「恋」の思い
——俳句（近世〜現代）

歌も妙《たへ》なり紙燭《しそく》一すん
これみつをめす夕がほの花の宿
徳元・犬子集

§

恋路《こひぢ》なりけり舟路也《ふなぢなり》けり
玄札・犬子集

海よりもふかき思ひをいかゞせん
玄札・犬子集

あふてこゝろをいつかはれもの
玄札・犬子集

君の口すいがうやくをねがひにて
玄札・犬子集

§

敷《しき》たえのふとんの上の恋の道
正友・談林十百韻

§

朝夕おもふ十八の君
玉札《たまづさ》に恋《まつ》といふ字をほのめかし
慶友・犬子集

六十になれど心はわかやぎて
高野《かうや》も今は恋の最中《さいちう》
慶友・犬子集

お手ひろぐ〳〵とまねく月の夜
ほに出《いで》て薄《すすき》も我もざれごゝろ
慶友・犬子集

恋ゆへ神にまいる人〳〵
おん中のよかれと文のうはがきし
慶友・犬子集

§

紅梅や見ぬ恋つくる玉すだれ
芭蕉・其木がらし

物おもふ身にもの喰へとせつかれて
芭蕉・ひさご

落書《らくがき》に恋《こひ》しき君が名も有《あり》て
芭蕉・卯辰集

咲初《さきそめ》て忍ぶたよりも猿《さる》すべり
芭蕉・深川

定《さだま》らぬ娘《むすめ》のこゝろ取《とり》しづめ
芭蕉・続猿蓑

§

やせおとろへて心ぼそしや

かた糸をよる昼となき恋やみに
重頼・犬子集

恋せじと思ひきられぬうさつらさ
御手洗川《みたらしがは》でやむはらうさい
重頼・犬子集

いとゞ我身《わが》の恋ぞつもれる
いつかさて君の姿を見なの川
重頼・犬子集

心からつくりやまひをながくして
帯は三重《みへ》にぞまはる恋やせ
重頼・犬子集

§

またるゝはそれか雪踏《せった》の音絶《たえ》て
志計・談林十百韻

恋せしは右衛門《うゑもん》といひし見世守リ
志計・談林十百韻

伊達衣《だてごろも》今は小夜《さよ》ぎの袖はへて
志計・談林十百韻

§

紙くずに泪《なみだ》まじりの文《ふみ》一つ
一朝・談林十百韻

§

まつ宵《よひ》の油こぼるゝうき泪《なみだ》
雪柴・談林十百韻

§

寄鯨恋

我恋ハ千曳の石かより鯨
信徳・熊野烏

雨の日の富士迚外《とてそと》の恋憎《にく》し　西鶴・蓮実

§

腰もとは隠居の夢をおどろかし　在色・談林十百韻

かはらじと君が詞《ことば》のやき鼠　在色・談林十百韻

伽羅《きやら》の香に心ときめく花衣　在色・談林十百韻

おもはくが故人なからん旅の空　在色・談林十百韻

しのぶ山しのびてかよふ駕籠《かご》も哉《がな》　在色・談林十百韻

別《わかれ》はの思ひや胸の火の車　在色・談林十百韻

§

寄花恋

馬の上花よめ睡《ねむ》る夕日哉　杜国・曠野後集

§

待恋

こぬ殿《との》を唐黍《たうきび》高し見おろさん　荷兮・春の日

閑居増恋

秋ひとり琴柱《ことぢ》はづれて寐ぬ夜かな　荷兮・春の日

初恋

はなの顔おもひやるともちがひけり　荷兮・曠野後集

§

恋無常《こひむじやう》花にひとつの心かな　千那・鎌倉海道

忍ぶ夜の踵《（キビス）》こそばき木の葉哉　千那・鎌倉海道

我恋は榾《ほだ》たく山の尉《じよう》が閨《ねや》　千那・鎌倉海道

§

いなづまに寝はぐれし夜や恋無常　朱拙・初便

我が恋は蒲団で荷《に》なへ夕涼　朱拙・土大根

§

逢恨恋

我《わが》恋や口もすはれぬ青《あを》鬼灯《（ホヅキ）》　嵐雪・其袋

§

尋る恋

ゆふがほやふくべやまがふ君が宿　万子・卯辰集

§

大胆《だいたん》におもひくづれぬ恋をして　半残・猿蓑

§

さま〴〵に品《しな》かはりたる恋をして　凡兆・猿蓑

§

見ぬ恋《こひ》に近江《あふみ》の人の汐干《しほひ》哉　許六・風俗文選犬註解

§

楊貴妃

はる風に帯《おび》ゆるみたる寐貌《ねがほ》哉　越人・阿羅野

忍恋

一人なり女負《おひ》ゆく雪の跡《あと》　越人・猫の耳

不逢恋

おもへどもうけらが花の宿世《すくせ》かな　越人・猫の耳

§

余興　春尽の余興に、恋の風流を筆すさみたるをうけて、今又

君またば暮かぬる日の秋の暮　土芳・蓑虫庵集

いざよひやまだおさなげな恋《こひ》の闇《やみ》　土芳・蓑虫庵集

§

わがせこをわりなくかくす縁《えん》の下《した》　野水・あら野

羅《うすもの》に日をいとはるゝ御《おん》かたち　野水・ひさご

§

むかしせし恋《こひ》の重荷《おもに》や紙子《かみこ》夜着　其角・みづひらめ

§

恋のない身にも嬉《うれ》しや衣がへ　鬼貫・鬼貫句選

おもひあまり恋《こふ》る名をうつ碪《きぬた》哉　鬼貫・俳諧大悟物狂

§

静なる恋のすがたやほしの影　李由・浮世の北

§

噛思無邪三字

事業《ことわざ》の恋といふらし恋の春　野坡・野坡吟艸

§

わぎも子が爪紅粉《つまべに》のこす雪まろげ　探丸・猿蓑

§

七夕

ほし合《あひ》をうらむや恋の高のぼり　梢風・木葉集

§

なひ(い)恋を尻《しり》にあらする踊《をどり》哉　吾仲・柿表紙

はつ秋の音や薮《やぶ》からしのぶ恋　吾仲・しるしの竿

§

馬方を待恋《まつこひ》つらき井戸の端《はた》　洒堂・深川

待宵《まつよひ》の身をもだえたる四つの鐘《かね》　洒堂・深川

§

寄蓮恋

蓮の香の深くつゝみそ君が家　太祇・太祇句選

初恋や灯籠《とうろう》によする顔と顔　太祇・太祇句選

§

行春や同車の君のさゞめ言　蕪村・落日庵句集

かりそめの恋をする日や更衣　蕪村・題苑集

目《め》に嬉《うれ》し恋君《こひぎみ》の扇真白《ましろ》なる　蕪村・蕪村遺稿

恋《こひ》わたるかま倉武士《くらぶし》の扇哉　蕪村・蕪村遺稿

繪《ゑ》團《うちは》のそれも清十郎《せいじふらう》にお夏《なつ》かな　蕪村・蕪村句集

岩倉《いはくら》の狂女《きやうぢよ》恋せよ子規《ほととぎす》　蕪村・蕪村句集

老が恋わすれんとすれば時雨哉　蕪村・自画賛

§

青簾
爪さきを恋のはじめや青簾　蓼太・蓼太句集
十夜
我恋は婆々になりたる十夜《じふや》哉　蓼太・蓼太句集
§
七夕（以下二句、同前文）
またるればまたるゝもの歟《か》ほしの恋　闌更・半化坊発句集
星の恋空には老もなきやらん　闌更・半化坊発句集
§
恋
二人見し月を泪のかたみ哉　樗良・樗良発句集
題恋
初しもに駒下駄すべるしのび哉　樗良・樗良発句集
§
田植　青田
夜は君が手枕の手を田植かな　青蘿・青蘿発句集
年忘
うき恋に似し曉やとしわすれ　青蘿・青蘿発句集
妹《いも》がりや霄更初るうめの月　青蘿・青蘿発句集
うす雪の曙を我こひ寐《ね》哉　青蘿・青蘿発句集
かたおもひ歯にも合ざる鮑《あはび》哉　青蘿・青蘿発句集
§

春雨や簑の下なる恋ごろも　几董・井華集
花手折《たをる》美人縛らん春ひと夜　几董・井華集
君見ずや花に我等がおとし文　几董・井華集
菫踏で石垣のぼる恋路かな　几董・井華集
述懐
死なでわれむかしの恋を魂祭　几董・井華集
待恋
老そめて恋も切なれ秋夕　几董・井華集
幾度歟《か》碪《きぬた》うちやむよそごゝろ　几董・井華集
恋（以下二句、同前文）
恨寐の蒲団そなたへゆがみけり　几董・井華集
凍へ来し手足うれしくあふ夜哉　几董・井華集
胼《ひび》の手を真わたに恥る女かな　几董・井華集
§
粽ゆふ小冠者《こくわじや》に恋のこゝろあり　成美・成美家集
身のむかし恋せし人か夏野ゆく　成美・成美家集
初恋
きのふ見しも詠《ながめ》られけり庭の草　成美・成美家集
§
高き木に花もあれかし星の恋　乙二・松窓乙二発句集
§

まてど来ぬ人や遠音になく蛙　　卓池・青々処句集

§

春の夜の刀預る恋もあり　　内藤鳴雪・鳴雪句集

月更けて恋の部に入る踊かな　　内藤鳴雪・鳴雪句集

§

くらぶ山見ぬ恋も打つ砧かな　　石橋忍月・忍月俳句抄

§

恋にうとき身は冬枯るゝ許《ばか》りなり　　正岡子規・子規句集

水祝《みずいわい》恋の敵と名のりけり　　正岡子規・子規句集

§

羽子板の裏や恋歌のぬすみ書　　尾崎紅葉・紅葉句帳

§

朧故に行衛も知らぬ恋をする　　夏目漱石・漱石全集

朧夜や顔に似合ぬ恋もあらん　　夏目漱石・漱石全集

神かけて祈る恋なし宇佐の春　　夏目漱石・漱石全集

端然と恋をして居る雛かな　　夏目漱石・漱石全集

梅の神に如何なる恋や祈るらん　　夏目漱石・漱石全集

吾恋は闇夜に似たる月夜かな　　夏目漱石・漱石全集

逢ふ恋の打たでやみけり小夜砧　　夏目漱石・漱石全集

朝貌や惚れた女も二三日　　夏目漱石・漱石全集

§

ふらこゝや少し汗出る恋衣　　松瀬青々・妻木

§

汐汲《しほく》みに恋語るらん春の風　　河東碧梧桐・碧梧桐句集

§

わが恋《こひ》は人《ひと》とる沼《ぬま》の花菖蒲《はなあやめ》　　泉鏡花・鏡花句集

抱《だ》きしめて逢《あ》ふ夜《よ》は雪《ゆき》のつもりけり　　泉鏡花・鏡花句集

恋人《こひびと》と書院《しよゐん》に語《かた》る雪解《ゆきげ》かな　　泉鏡花・鏡花句集

§

春雨《はるさめ》の衣桁《いこう》に重し恋衣《こいごろも》　　高浜虚子・五百句

もとよりも恋は曲者《くせもの》の懸想文《けそうぶみ》　　高浜虚子・五百句

座を挙《あ》げて恋ほのめくや歌かるた　　高浜虚子・五百句

これよりは恋や事業や水温《ぬる》む　　高浜虚子・五百句

麦笛や四十の恋の合図吹く　　高浜虚子・五百句

恋はものの男甚平《じんべい》女紺しぼり　　高浜虚子・五百句

羽子《はね》をつき手毬《てまり》をついて恋をして　　高浜虚子・七百五十句

§

開き見る恋の文箱や春のあめ　　羅蘇山人・蘇山人俳句集

§

或る若い友

落葉を踏んで来て恋人に逢つたなどといふ　　種田山頭火・草木塔

いまさら恋でもあるまい花束を嗅ぐ　種田山頭火・定本種田山頭火全集

§

ともる窓下に恋忍びよる朧かな　島田青峰・青峰集

白酒に恋ほのかなる朱唇かな　島田青峰・青峰集

恋心白き芙蓉とうつろへり　島田青峰・青峰集

§

柘榴《ざくろ》が口あけたたはけた恋だ　尾崎放哉・須磨寺にて

恋心四十にして穂芒　尾崎放哉・小豆島にて

§

雛芥子は美しけれど妹恋し　長谷川零余子・雑草

秋扇やしみぐとして恋ひ恋はれ　長谷川零余子・雑草

雛芥子は美しけれど妹恋し　長谷川零余子・雑草

§

歌の師にあかす恋あり星祭　高田蝶衣・青垣山

§

紅梅の花のすくなに恋ごゝろ　原石鼎・花影

§

初雁やかりそめならぬ湯女が恋　石島雉子郎・雉子郎句集

§

浮草や洗へば軽ろき恋の櫛　原月舟・月舟俳句集

§

たまはれる破魔矢は恋の矢としてむ　山口青邨・花宰相

§

永き日やほのかに芽ぐむ恋ありて　日野草城・花氷

恋愛墓誌銘

ゆく春はこゝに埋むる恋衣　日野草城・花氷

春愁を消せと賜ひしキス一つ　日野草城・花氷

踏青や心まどへる恋二つ　日野草城・花氷

夏痩や所詮叶はぬ恋もして　日野草城・花氷

人妻を恋へば芙蓉に月繊し　日野草城・花氷

罔惚で終りし恋や玉子酒　日野草城・花氷

龍安寺石庭

この庭の石を見る間も恋ごころ　日野草城・旦暮

片恋やひとこゑもらす夜の蟬　日野草城・旦暮

降りに降る雪や恋情汪然と　日野草城・旦暮

月下なる恋愛すでに凍てにけむ　日野草城・旦暮

§

雪女郎おそろし父の恋恐ろし　中村草田男・火の島

§

くちづくるとき汝が眉のまろきかな　篠原鳳作・海の度

くちづくるときひたすらに眉ながき　篠原鳳作・海の度

そのゑくぼ吸ひもきえよと唇づくる　篠原鳳作・海の度

くれなゐの頬のつめたさぞ昬づくる　篠原鳳作・海の度

§

春怒濤少年の日に何を恋ひし　加藤楸邨・雪後の天

愚かしき恋とはいはんや鰺の前　加藤楸邨・雪後の天

額の汗顎の汗恋おそるべし　加藤楸邨・野哭

若きには恋ありオーバーなき腕組み　加藤楸邨・野哭

苺つぶすは恋のさなかの二人らし　加藤楸邨・野哭

§

雨がふる恋をうちあけようと思ふ　片山桃史・北方兵団

「妻」への思い——男歌

「妻」への思い

―短歌（古代〜近世）

「あ行」

あかねさす日《ひ》並べなくにわが恋は吉野の川の霧に立ちつつ

作者不詳・万葉集六

〔大意〕旅に出て、日数が経ったわけではないのに、私の妻を恋する思いは、吉野の川の霧となって立ちこめることである。〔注解〕「あかねさす」―「日」に掛かる枕詞。

あしひきの山霍公鳥汝《な》が鳴けば家なる妹《いも》し常に思ほゆ

作者不詳・万葉集八

〔大意〕山ホトトギスよ、おまえが鳴くと、家にいる妻がいつも恋しく思われる。〔注解〕「あしひきの」―「山」に掛かる枕詞。

相見らく飽き足《だ》らねどもいなのめの明けさりにけり船出《ふなで》せむ妻

万葉集一〇（柿本人麻呂歌集）

〔大意〕お互いに逢うことができて満足をしたわけではないが、夜が明けてしまった。さあ別れて私は船出しよう、妻よ。〔注解〕「いなのめの」―「明く」に掛かる枕詞。

天地と別れし時ゆ己妻《おのづま》は然《しか》ぞ年にある秋待つわれは

万葉集一〇（柿本人麻呂歌集）

〔大意〕天と地が別れた神話の時代から、私の妻とは一年に一度逢うだけである。だから秋の来るのを待っている、私は。

天《あめ》にある一つ棚橋《たなはし》いかにか行かむ若草の妻がりといへば足荘厳《よそひ》せむ　（旋頭歌）

万葉集一一（柿本人麻呂歌集）

〔大意〕一枚板の渡りづらい棚橋をどのようにして渡って行こうか。若草のような妻のもとへというのだから、私は足結いを飾り整えよう。〔注解〕「天にある」―「日（ヒ）」に掛かる枕詞。この場合は「一つ」の「ヒ」に掛かる。「若草の」―「ツマ」に掛かる枕詞。

磯の上《うへ》に根這《は》ふむろの木見し人をいづらと問はば語り告げむか

大伴旅人・万葉集三

〔大意〕磯の上に根を這わしているむろの木よ、お前が見たあの人（妻）がどこにいるかと聞いたならば、お前は教えてくれるだろうか。

いにしへの真間《まま》の手児奈《てこな》をかくばかり恋《こ》ひてしあらむ真間《まま》のてこなを

雨月物語（浅茅が宿）

〔大意〕昔の人は真間の手児奈を思い、その死を聞いて、このように慕い嘆いたことだろう。私は真間の手児奈のような死んだ妻を恋い慕っている。〔注解〕「真間の手児奈」―真間に住んでいたという美人で、多くの男性からの求愛に悩み、水に身を投げたという、万葉集の伝説による。

家人《いへひと》に恋ひ過ぎめやもかはづ鳴く泉の里に年の歴《へ》ぬれば

石川広成・万葉集四

〔大意〕家にいる妻を恋い慕う心を忘れることなどできようか。カワズが鳴くこの泉の里に来て年が経ったからといって。

今のみの行事《わざ》にはあらず古の人そまさりて哭《ね》にさへ泣きし

柿本人麻呂・万葉集四

〔大意〕妻を恋しく思って泣くのは、今だけのことではないのだ。昔の人の方が今よりもまして声をあげて泣いたのだ。

妹《いも》があたりわが袖振らむ木《こ》の間より出で来《く》る月に雲な棚引き

作者不詳・万葉集七

〔大意〕妻のいるあたりに向かって、私の袖を振ろう。だから木の間から出てくる月に、雲よ、たなびかないでほしい（よく見えるように）。

妹がため貝を拾《ひり》ふと血沼《ちぬ》の海に濡れにし袖は乾《ほ》せど干《かわ》かず

作者不詳・万葉集七

〔大意〕妻のために貝を拾おうとして入った血沼の海に濡れた袖は、干しても乾かない。

妹が見し棟《あふち》の花は散りぬべしわが泣く涙《なみた》いまだ干《ひ》なくに

山上憶良・万葉集五
〔大意〕妻が見たあの棟の花は散ってしまうだろう。妻を失って泣く私の涙はいまだに乾かないのに。

天皇の御製歌

妹に恋ひ吾《あが》の松原見渡せば潮干の潟《がた》に鶴《たづ》鳴き渡る

聖武天皇・万葉集六
〔大意〕妻を恋しく思って吾の松原を見渡すと、潮がひいたこの干潟に鶴が鳴いて渡っていく。

宇陀《うだ》の野の秋萩しのぎ鳴く鹿も妻に恋ふらくわれには益《ま》さじ

丹比真人・万葉集八
〔大意〕宇陀の野の秋萩を押し踏んで鳴く鹿も、妻を恋しく思う気持ちは、私よりまさることはないだろう。

うつくしと思《おもひ》し妹《いも》を夢に見て起《お》きて探《さぐ》るになきぞ悲《かな》しき

よみ人しらず・拾遺和歌集二〇（哀傷）
〔大意〕愛しいと思っていた亡き妻を夢に見て、起きて手探りしてみたのに、いないのはなんとも悲しいことだ。

愛《うつく》しと思へりけらし莫《な》忘れと結びし紐の解くらく思へば

作者不詳・万葉集一一
〔大意〕妻が私を恋しいと思っているらしい。忘れることのないようにと、妻が結んでくれたこの下紐が解けるところを見ると。

沖つ藻に偃《こや》せる君を今日今日と来《こ》むと待つらむ妻し悲しも

作者不詳・万葉集一三
〔大意〕沖の藻を枕にして横たわる君を、今日か今日かと待っているにちがいない妻はかわいそうなことだ。

奥山の石本菅《いはもとすげ》の根深くも思ほゆるかもわが思妻《おもひづま》は

作者不詳・万葉集一一
〔大意〕奥山の石のもとに生える菅の根が深いように、心に深く思われることである。私が思いを寄せる妻は。

おほぎみの命恐《みことかしこ》みうつくしきいもをふり捨て旅するわれは

田安宗武・悠然院様御詠草
〔大意〕大君の命令につつしんで従い、いとしい妻を振り捨てて旅をする私であるよ。
〔参考歌〕
大君の命　畏《みことかしこ》み愛《うつく》しけ真子《まこ》が手離《はな》り島伝《づた》ひ行く
作者不詳・万葉集二〇

大伴《おほとも》の御津《みつ》の浜にある忘《わす》れ貝《がひ》家にある妹《いも》を忘れて思へや
身人部王・万葉集一
〔大意〕大伴の御津の浜にある忘れ貝は、それを拾うと恋しく思う苦しさを忘れることができるというが、私は家にいる妻を忘れることができようか、忘れることはできない。

妻の亡くなりて侍ける頃、秋風の夜寒に吹き侍ければ
思《おもひ》きや秋の夜《よ》風の寒《さむ》けきに妹《いも》なき床《とこ》に独《ひと》り寝《ね》むとは
藤原国章・拾遺和歌集二〇（哀傷）
〔大意〕思ってもみただろうか、秋の夜の風が寒々と吹いているのに、妻のいない床に独りで寝ようとは（思ってもみなかったことだ）。

女にをくれて歎き侍けるころ、肥後がもとより問ひて侍けるにつかはしける
思《おも》ひやれむなしきとこをうちはらひむかしをしのぶ袖《そで》の雫《しづく》を
藤原基俊・千載和歌集九（哀傷）
〔大意〕想像してみてください。妻が亡くなってからになった床の塵を打ち払って、在りし日を偲んで袖に落ちるこの涙の雫を。

「か行」

風雲《かぜくも》は二つの岸に通へどもわが遠妻《とほつま》の言《こと》そ通はぬ
作者不詳・万葉集八
〔大意〕風と雲は天の川の二つの岸の間を通い合うけれども、私の遠くにいる妻の言葉は通うことはない。

題知らず
風にちるはなたちばなに袖しめて我《わが》思《おも》ふ妹《いも》が手枕《たまくら》にせむ
藤原基俊・千載和歌集三（夏）
〔大意〕風に散る橘の花の香りを袖に染み込ませて、私の愛しい妻の手枕のかわりにしよう。
〔参考歌〕

さ男鹿の入野《いりの》の薄《すすき》初尾花いつしか妹が手を枕《まくら》かむ

作者不詳・万葉集一〇

河口の野辺《のべ》に廬《いほ》りて夜の経《ふ》れば妹《いも》が手本《たもと》し思ほゆるかも

大伴家持・万葉集六

〔大意〕河口の野辺に仮屋をたてて、幾夜も経ったので、妻のたもとが恋しく思われることだ。〔注解〕「たもと」―二の腕。袖。

紀の国に止《や》まず通はむ妻《つま》の杜《もり》妻寄《よ》しこせね妻と言ひながら

持統天皇・万葉集九

〔大意〕妻の杜がある紀の国にいつも通っていこう。妻の社よ、私に妻を与えてください、その妻という名の通りに。

草枕この旅の日《け》に妻放《さか》り家道《いへぢ》思ふに生ける為方《すべ》無し

作者不詳・万葉集一三

〔大意〕この旅の間の日に妻を亡くしてしまい、帰る家路を思うと、私は生きていてもどうしようもない。〔注解〕「草枕」―「旅」に掛かる枕詞。

琴取れば嘆き先立《さきた》つけだしくも琴の下樋《したび》に嬬《つま》や隠《こも》れる

作者不詳・万葉集七

〔大意〕琴を取るとまず嘆かれる。もしや琴の下桶に、この琴を弾いていた亡き愛しい妻が隠れているのではないかと。

隠口《こもりく》の泊瀬《はつせ》小国《をくに》に妻しあれば石は履《ふ》めどもなほし来にけり

作者不詳・万葉集一三

〔大意〕泊瀬の国に妻がいるので、石を踏む歩きづらい道ではあるが、それでもなお私はやって来たのだ。〔注解〕「隠瀬の」―「泊瀬」に掛かる枕詞。

「さ行」

佐保過ぎて寧楽の手向《たむけ》に置く幣《ぬさ》は妹《いも》を目離《か》れず相見しめとそ

長屋王・万葉集三

〔大意〕佐保を過ぎて奈良山に着き、手向の場に幣を置くのは、妻から離れることなくいつも会わせてくださいと祈る気持ちです。〔注解〕「手向」―旅の無事を祈って道の神に幣を手向けること。

佐保山にたなびく霞見るごとに妹を思ひ出《で》泣かぬ日は無し

大伴家持・万葉集三

〔大意〕佐保山にたなびく霞をみるたびに妻を思い出して泣かない日はない。

佐保渡り吾家《わぎへ》の上に鳴く鳥の声《こゑ》なつかしき愛《は》しき妻の兒

安都年足・万葉集四

〔大意〕佐保のあたりを飛び渡って私の家の上で鳴く鳥の声のように、声のなつかしい、愛しい私の妻よ。

関無《せきな》くは還《かへ》りにだにもうち行きて妹《いも》が手枕纏《ま》きて寝ましを

大伴家持・万葉集六

〔大意〕不破の関がなければ、せめて少しの間だけでも帰って、妹の手枕をして寝てくるのだが。〔注解〕「関」―不破の関。伊勢の鈴鹿、越前の愛発（あらち）とともに三関の一つ。

従一位源師子かくれ侍りて、宇治より新少将がもとにつかはしける

袖ぬらす萩のうはばのつゆばかり昔《むかし》わすれぬ虫《むし》の音《ね》ぞする

藤原忠実・新古今和歌集八（哀傷）

〔大意〕袖を濡らす萩の上葉に置く露。その露に濡れて鳴く虫の声が聞こえる。私も妻と共に過ごした昔を、つゆばかりも忘れることができずに、袖を濡らして声をあげて泣いています。〔注解〕「つゆばかり」―「露ばかり」とすこしもの意の「つゆばかり」を掛ける。「虫の音」―妻の死を嘆いてあげる泣き声の意をたくす。

「た行」

瀧《たぎ》の上《へ》の三船の山は畏《かしこ》けど思ひ忘るる時も日も無し

車持千年・万葉集六

〔大意〕宮瀧のほとりの三船の山（山霊）は畏れ多いが、大和に残してきた妻を忘れる時は一日もない。

たのしみは機《はた》おりたてゝ新しきころもを縫《ぬひ》て妻が着する時

橘曙覧・春明艸

〔大意〕楽しみは機を織って、新しい衣を縫って、妻が着せてくれる時である。

旅恋　　田安宗武・悠然院様御詠草

常に見てやすらに有《あり》し吾妹子《わぎもこ》を旅をしすれば恋《こひ》わぶるかも

〔大意〕いつも逢って心安らかにしていたわが妻を、旅に出てみると恋しさでやるせなく思うことだ。

妻もあらば採《つ》みてたげまし佐美《さみ》の山野の上《へ》のうはぎ過ぎにけらずや

柿本人麻呂・万葉集二

〔大意〕もし妻がここにいるならば摘んで食べたであろう。佐美の山の野に生える嫁菜も食べ頃の時期が過ぎてしまったのではないか。

年ごろ住み侍りける妻におくれて又の年、はてのわざつかうまつりけるによめる

年《とし》を経《へ》て馴《な》れたる人《ひと》も別《わか》れにし去年《こぞ》は今年《ことし》の今日《けふ》にぞありける

紀時文・後拾遺和歌集一〇（哀傷）

〔大意〕幾年もの間、馴れ親しんだ妻と永遠の別れをした去年のあの日は、今年の今日の日のことであったのだなあ。

妻なくなりて又の年の秋ごろ、周防内侍がもとへつかはしける

とへかしなかたしく藤《ふぢ》の衣手《（ころもで）》になみだのかゝる秋の寝《ね》覚《ざ》めを

藤原通俊・新古今和歌集八（哀傷）

〔大意〕見舞いに来てください。さびしく独り寝をしている藤衣（喪服）の袖に涙がかかるこの秋の寝覚めを。

〔注解〕「かたしく」―片敷く。独り寝のこと。

遠妻《とほづま》し高《たか》にありせば知らずとも手綱の浜の尋ね来なまし

作者不詳・万葉集九

〔大意〕遠くにいる妻が多珂にいるのならば、そこがどこか知らなくても尋ねて行っただろうに。〔注解〕「高」―茨城県多賀郡。「和名抄」にみえる多珂郡多珂。「手綱の濱」―同音で「尋ね」に掛かる枕詞。

遠妻《とほつま》と手枕《たまくら》交《か》へてさ寝《ね》る夜は鶏《かけ》はな鳴きそ明けば

明けぬとも

万葉集一〇（柿本人麻呂歌集）

〔大意〕いつもは遠くにいる妻と手枕を交わして寝る今夜は、鶏は鳴かないでおくれ、たとえ夜が明けたとしても。〔注解〕「遠妻」—遠くに離れている妻。

「な・は行」

北方亡せ侍りて後、天王寺に参り侍りける道にてよめる

難波江《なにはえ》のあしの若根《わかね》のしげゝればこゝろもゆかぬ船出《ふなで》をぞする

源顕房・金葉和歌集一〇（雑下）

〔大意〕難波江の蘆の若い根が茂っているので、乗り気になれない船出をするように、妻を亡くして悲しむ私の激しい泣声で、気の進まない船出をすることだ。〔注解〕「あしの若根」—「若根」と、泣く「わが音」を掛ける。

難波人《なにはひと》葦火《あしひ》焚《た》く屋の煤《す》してあれど己《おの》が妻こそ常《つね》めづらしき

作者不詳・万葉集一一

〔大意〕難波の人が蘆で火を焚く家のようにすすけてはいるけれど、自分の妻こそは、いつもめずらしく良いものである。〔注解〕「難波人～焚く屋の」—ここまで序。

長谷《はつせ》の斎槻《ゆつき》が下《した》にわが隠せる妻あかねさし照れる月夜《つくよ》に人見てむかも（旋頭歌）

万葉集一一（柿本人麻呂歌集）

〔大意〕泊瀬の斎槻の下に隠してある私の妻、その妻を、照らす月の光で誰かが見ただろうか。〔注解〕「長谷」—地名「泊瀬」。「斎槻」—手を触れてはいけない神聖な槻の木。「あかねさし」—「照る」に掛かる枕詞。「見てむ」—見ただろう。

ひとりにもあらぬ思《（おもひ）》はなき人もたびの空《そら》にやかなしかるらん

藤原為頼・新古今和歌集八（哀傷）

〔大意〕ひとりのものではなく、共につれあいを亡くして嘆いているこの思いは、亡くなった妻も同じで、死出の旅の空で別れを悲しんでいることであろうか。

思ふ妻に後れて嘆く頃、詠み侍ける

藤衣あひ見るべしと思《（おもひ）》せばまつにかゝりて慰《なぐさ》

めてまし

大江為基・拾遺和歌集二〇（哀傷）

〔大意〕藤衣（喪服）を着ることとなったが、「待つ」という名の松に掛かる藤のように、亡き妻とふたたび逢えると思うならば、その機会を待ちのぞんで、心を慰めることができるだろうに。〔注解〕「藤衣」―麻でつくった喪服。「まつにかゝりて」―「松」に「待つ」を掛ける。「藤」と「松」を詠みこむことは和歌の類型的な手法の一つ。

故郷《ふるさと》の野べ見にくればむかしわが妹《いも》とすみれの花
咲《さき》にけり

すみれを

賀茂真淵・賀茂翁家集

〔大意〕故郷の野辺に見に来てみると、以前、妻と住んでいたことを思い出させるスミレの花が咲いていることである。〔注解〕「すみれ」―「スミレ」と「住む」を掛ける。

「ま・や行」

大夫《ますらを》の靭《ゆき》取り負《お》ひて出でて行《い》けば別れを惜しみ嘆
きけむ妻

大伴家持・万葉集二〇

〔大意〕大夫が靭（矢を入れる道具）を背負って出て行けば、別れを惜しんで嘆いたであろう、その妻よ。

月前の旅宿といふ事をよめる

松《まつ》が根《ね》に　衣《ころも》かたしき夜《よ》もすがらながむる月を妹《いも》
見るらむか

藤原顕季・金葉和歌集三（秋）

〔大意〕松の根に衣を片敷きにして（独り寝しながら）一晩中眺めている月を、妻も見ているだろうか。〔注解〕「衣かたしき」―衣片敷き。独り寝のこと。

はらか

み吉《よし》野《の》も若菜《わかな》つむ覧《（らん）》　わぎもこがひばらかすみて
日数《かず》へぬれば

清原元輔・拾遺和歌集七（物名）

〔大意〕吉野でも若菜を摘んでいることだろう、私の妻が。檜原に霞が立ってから、日数が経っているので。

三輪山《みわやま》の山下響《とよ》み行く川の水脈《みを》し絶えずは後もわが妻

作者不詳・万葉集一一

〔大意〕三輪山の麓を音を響かせながら流れて行く川の

水脈が絶えることのないように、絶えず私を思ってくれるならば、いつまでもあなたは私の妻です。

澪標《みをつくし》心盡《つく》して思へかも此処《ここ》にももとな夢《いめ》にし見ゆる

作者不詳・万葉集一二

〔大意〕心を尽くして妻が私のことを思っているからだろうか。ここでもしきりと妻のことを夢にみることだ。〔注解〕「澪標」―「心尽くし」に掛かる枕詞。「もとな」―しきりに。

山越《こ》しの風を時じみ寝《ぬ》る夜おちず家なる妹《いも》を懸《か》けて偲《しの》ひつ

軍王・万葉集一

〔大意〕山越の風がいつも吹いてくるので、家に帰ることばかりが思われて、毎夜、家にいる妻を心に思い浮かべて偲んでいる。

湯の原に鳴く蘆鶴《あしたづ》はわがごとく妹《いも》に恋ふれや時わかず鳴く

大伴旅人・万葉集六

〔大意〕湯の原の蘆原で鳴いている鶴も、私のように妻を恋しく思っているのか、時をさだめずに鳴いている。

夕《ゆふ》されば衣手寒《さむ》しわぎもこが解《と》き洗《あら》ひ衣 行《ゆき》てはや着《き》む

唐へ遣はしける時詠める

柿本人麻呂・拾遺和歌集八（雑上）

〔大意〕夕方になると、衣手（袖）のあたりが寒く感じられる。家に帰って妻が洗い張りをした衣を早く着たいものだ。

「わ行」

若草の新手枕《にひたまくら》を枕《ま》き初《そ》めて夜をや隔てむ憎くあらなくに

作者不詳・万葉集一一

〔大意〕若草のような妻とはじめての手枕を交わして、どうして一晩でも間をあけることができようか。可愛くてしかたがないのに。〔注解〕「若草」―妻をたとえる。

わが妻はいたく恋ひらし飲む水に影《かご》さへ見えて世に忘られず

若倭部身麿・万葉集二〇

〔大意〕私の妻は私のことをひどく恋しく思っているらしい。飲む水にも妻の影が見えて、どうにも忘れることができない。

わが妻も絵に描《か》きとらむ暇《いづま》もが旅行く吾《あれ》は見つつしのはむ

物部古麿・万葉集二〇

〔大意〕わが妻を絵に描き取る暇が欲しい。旅に行く時、私はそれを見て思い偲ぼう。〔注解〕「もが」—が欲しい。

わが目妻《めづま》人は離《さ》くれど朝貌《あさがほ》の年さへこごと吾《わ》は離《さ》かるがへ

作者不詳・万葉集一四

〔大意〕私の愛しい妻を人は離そうとするが、何年経とうと私は離れはしない。〔注解〕「目妻」—愛しい妻。「朝貌の」—「サク（離く）」に掛かる枕詞。

吾妹子《わぎもこ》を早見《はやみ》浜風《はまかぜ》大和なる吾《わ》をまつ椿《つばき》吹かざるなゆめ

長皇子・万葉集一

〔大意〕妻を早く見たいと思う私の思いのように速く吹く浜風よ、大和にある私の家の松や椿に吹き、私を待っている愛しい妻に吹いて、私の思いを伝えておくれ。〔注解〕「早見」—「早く見たい」意と「速く吹く」を掛ける。「まつ」—「松」と「待つ」を掛ける。「椿」—妻を椿にたとえる。

吾等《わろ》旅は旅と思《おめ》ほど家《いひ》にして子持《こめ》ち痩《や》すらむわが妻《み》かなしも

作者不詳・万葉集二〇

〔大意〕自分の旅のつらさは、旅とはこういうものなのだと思ってあきらめるけれども、家にいて、子供を持って痩せるであろうわが妻が愛しい。

廉義公の母なくなりてのち、女郎花を見て

をみなへし見《み》るに心はなぐさまでいとゞ昔《むかし》の秋ぞこひしき

藤原実頼・新古今和歌集八（哀傷）

〔大意〕美しい女郎花を見ても、心は慰められることはなく、亡き妻と共に過ごした昔の秋の日々がいっそう恋しく思われることだ。

「妻」への思い
――短歌（近・現代）

明治二十九年九月二日、妻初枝の身まかりければ。その忌の終る日。

世にあれば怨言《かごと》も言へど亡き後の妻屋を見れば悲しとぞ思ふ

与謝野礼厳・礼厳法師歌集

§

ねもやらでしはぶく己がしはぶきにいくたび妻の目をさますらむ

落合直文・国文学

§

錦織《にしきお》る才《ざえ》なき妻が編む糸の千筋《ちすぢ》のおもひあはれとおぼせ

森鷗外・うた日記

§

はしけやし我が見に来れば産屋戸に迎へ起ち笑む細り妻あはれ

伊藤左千夫・伊藤左千夫全短歌

産屋住み気ながき妻が面痩せの清々しきに恋ひ返りすも

伊藤左千夫・伊藤左千夫全短歌

此の春を二十三なる花桃の若き吾妻我かもひかへる

伊藤左千夫・伊藤左千夫全短歌

国遠く四とせ空く相恋ひて逢ひし吾妻猶も若かり

伊藤左千夫・伊藤左千夫全短歌

親々も神も言寄《ことよ》せゆるしたる妻にわがこふるわがをさな妻

伊藤左千夫・伊藤左千夫全短歌

兒をあまた生みたる妻のうらなづみ心ゆく思ひなきにしもあらず

伊藤左千夫・伊藤左千夫全短歌

§

罪もなき妻を叱りてたちいづる門の秋風そゞろつめたき

佐佐木信綱・思草

うつくしき妻あり我に光よき鍬あり我に楽し人の世

佐佐木信綱・思草

世中のせむすべをなみ新妻《にひづま》のうつくしづまに荷車おさす

佐佐木信綱・思草

病める妻荷馬にのせて山奥のいで湯あみにゆく春の山道

佐佐木信綱・思草

漂ひし沖の七夜のものがたり酒つぐ妻がおもやつれたる

佐佐木信綱・思草

§

冬野吹く風をはげしみ戸をとぢて夕灯をともす妻遠く在り

島木赤彦・馬鈴薯の花

病院の前の下宿

疲れつつ眠り入りたる子のそばに帯をほどきぬあはれなる妻は

島木赤彦・馬鈴薯の花

灯《ひ》の下にそろばん持てる妻の顔こらへられねば寝なとこそいへ

島木赤彦・切火

くらやみの室のなかよりマッチ擦り顔は見えつも我が妻の顔

島木赤彦・氷魚

面《おも》やつれいたくも妻のせしものかぬば玉の夜の衣をきかへて

島木赤彦・氷魚

畳の上

遠国《ゑんごく》の妻より手紙とどきたり汗ふきてよむ我が身は裸

島木赤彦・氷魚

心しきりに家もつことを危みつつ日ねもす妻を待ちくらし居り

島木赤彦・氷魚

わが病癒えずと知らば歎くべみ夜ふけて妻に告げにけるかも

島木赤彦・氷魚

悲しみていく夜も寝ざるわが妻をあはれと思ひ物言はずをり

島木赤彦・氷魚

蚕《こ》のあがり静まりて風呂にゐる妻をあはれとぞ思ふ帰り来りて

島木赤彦・氷魚

わが妻はいとまなければ楓葉の落ちしきる庭に衣洗ひ乾せり

島木赤彦・氷魚

神経は弱りてわれは言ひしかば今日の日ねもす妻は黙《もだ》しつ

島木赤彦・氷魚

旅にして暮らす日おほしたまさかに妻と起きゐて茶を飲む真夜中《まよなか》

島木赤彦・氷魚

子を喪ひ母をうしなひ悲しみを知れる我が妻に心したしむ

島木赤彦・氷魚

このあしたしとどにおける桑の露の乾くを待てり桑摘むわが妻

島木赤彦・太虚集

二月十三日帰国昼夜痛みて呻吟す。肉痩せに痩せ骨たちにたつ

火箸もて野菜スープの火《ひ》加減《かげん》を折り折り見居り妻の心あはれ

島木赤彦・柿蔭集

§

かき垂れて乏しき髪をひきむすぶ白元結《しろもとゆひ》のさびしく寝《ね》る妻

宇都野研・木群

子のために老朽《おいく》ちて行く妻ながらおのづからにして慰むらしき

宇都野研・宇都野研全集

蕗《ふき》の薹《たう》いくつも萌《も》ゆとうづくまり物疎《ものうと》くなりし妻がをさなき

宇都野研・宇都野研全集

§

さみだれの雨の夜ふけにわが妻は髪を梳《す》きをり次《つぎ》の間《ま》に居《ゐ》て

岡麓・庭苔

仮住《かりずみ》の家居に馴れて妻が弾《ひ》く琴のねたかくひびきこゆれ

岡麓・庭苔

時雨ふる夕べしづけしをさな子に弾かせて妻がうたふ琴唄

岡麓・庭苔

をしへられ梅漬つける老妻《おいづま》のたどたどしさよ馴れぬしぐさは

岡麓・湧井

蜩は遠くにきこゆ帰る子をどこまで妻のおくりて行きし

岡麓・湧井

§

病める児に添ひ臥しながら　張りいたむ乳房ゆ　乳をしぼりゐる妻。

石原純・靉日

みちのくに冬遶《めぐ》る陽のいろしろし。この日ごろ妻の悪阻《つはり》やみゐる。

石原純・靉日

霧降る国

乏しくも遠きにすめる家妻と　霧になやめる我とかなしく。

石原純・靉日

§

みごもりし妻をいたはらむ言《こと》さへもただに短しきのふもけふも

斎藤茂吉・遍歴

茶の間《ま》の暗き灯《ほ》かげに水蜜桃《もも》はめば妻が浴衣《ゆかた》のまづしきをあはれ

新井洸・微明

§

妻（以下五首、同前文）

しばらくは君一人《にん》の夫《つま》たらむ愛せよといへば涙ぐみける

前田夕暮・陰影

たやすくは別れがたなくなりしよりあはれさまして可愛ゆがりける

前田夕暮・陰影

こころよしやまひあがりのやや痩せてふらんねるきし君をいだけば

前田夕暮・陰影

秋の夜の更けし隣りの妻の部屋帯やとくらしこほろぎのなく

前田夕暮・陰影

裾短かにたくしあげたる我が妻の白き踵《かかと》の秋らしきかな

前田夕暮・陰影

前垂の白きはしにて涙ぬぐふこともおぼえけむ妻のいとしさ

前田夕暮・陰影

われひとりをまもらむと思ひきはめたる心のはしに触るるわが妻

前田夕暮・陰影

八月、箱根蘆の湖畔にてよめる

わが妻がかけし蒲団の裾赤きあたりを軽くふみてみるかな

前田夕暮・陰影

§

相模なる妻が許へ送れる歌（以下三首、同前文）

向つ峰《を》に真昼白雲わくなべに汝《なれ》が黒髪おもほゆるかも

若山牧水・砂丘

愁ふる時閉ぢゆく癖のその眸《まみ》を思ひ痛みて立ちてゐにけり

若山牧水・砂丘

きはまりて恋しき時は三日にしてすへる煙草をひと夜には吸ふ

若山牧水・砂丘

疲れしと嘆かふ妻の背に額《ぬか》にくれなゐ椿ゆれ光りつつ

若山牧水・朝の歌

みごもりていまは手さへも触《ふ》りがたきかなしき妻とそがひには寝《ね》る

若山牧水・くろ土

肌にややかなしきさびの見えそめぬ四人子《よたりご》の母のは

しきわが妻

若山牧水・黒松

をとめ子のかなしき心持つ妻を四人子の母とおもふ
かなしさ

若山牧水・黒松

§

苦虫《にがむし》をつぶせしごとき一日《いちにち》かな。わが妻《わが》よ、いちど
わらはむ。

土岐善麿・黄昏に

よこ抱《だ》きに、乳《ちち》をのませつつ、ものをとる茶《ちや》の間《ま》の
秋《あき》の、妻《つま》の顔《かほ》かな。

土岐善麿・黄昏に

妻の、四日にいちど髪あぐる　ならはしを、ふと、
さびしくおもふ。

土岐善麿・不平なく

戸あくれば、雪。わが妻の頬の赤さよ、あさ寝の枕に。

土岐善麿・不平なく

あたたかに、いざ、眠らまし、妻よ、まだ、雪はや
まざるや、あたたかに、いざ。

土岐善麿・不平なく

§

友《とも》がみなわれよりえらく見《み》ゆる日《ひ》よ　花《はな》を買《か》ひ来《き》て
妻《つま》としたしむ

石川啄木・我を愛する歌

わが妻《つま》のむかしの願《ねが》ひ　音楽《おんがく》のことにかかりき　今《いま》
はうたはず

石川啄木・煙

子《こ》を負《お》ひて　雪《ゆき》の吹《ふ》き入《い》る停車場《ていしやば》に　われ見送《みおく》りし
妻《つま》の眉《まゆ》かな

石川啄木・忘れがたき人人

八年前《ねんぜん》の　今《いま》のわが妻《つま》の手紙《てがみ》の束《たば》！　何処《どこ》に蔵《しま》ひし
かと気《き》にかかるかな。

石川啄木・悲しき玩具

放《はな》たれし女《をんな》のごとく、わが妻《つま》の、振舞《ふるま》ふ日《ひ》なり。
ダリヤを見《み》入《い》る。

石川啄木・悲しき玩具

しら甕《がめ》を胸に羅馬の春の森上つ代ぶりのわが妻わかし

石川啄木・明星

われ天《てん》を仰ぎて歎ず恋妻の文《ふみ》に半月《はんげつ》かへりごとせず

石川啄木・明星

§

病院の明るき室にみとりゐる妻の身なりのあはれまづしも

古泉千樫・青牛集

病める児はよく眠りたり落ちつきて妻よ夕食《ゆふげ》をたうべて来れ
古泉千樫・青牛集

夕かげに立てるわが妻老いにけりあまりに苦労せしめけるかも
古泉千樫・青牛集

あたたかに寒《かん》の日の照る街をきてうし紅《べに》買ひつ古妻《ふりづま》のために
古泉千樫・青牛集

夜寒く帰りて来ればわが妻ら明日《あす》焚かむ米の石ひろひ居《を》り
古泉千樫・青牛集

朝鮮米うましうましと妻に言ひ食《たう》べはじめて幾月を経し
古泉千樫・青牛集

夜ふけて米の石をば拾ふゆゑ寝むといへども妻は寝なくに
古泉千樫・青牛集

しかすがにみどり輝くわが小庭妻とならびて今日見つるかも
古泉千樫・青牛集

たまゆらに遊べる妻かこの原の若草の上に遊ぶと云はむ
古泉千樫・青牛集

瓶《かめ》の中に紅き牡丹の花いちりん妻がおごりの何ぞうれしき
古泉千樫・青牛集

貧しくて老いたる妻が心よりこの大き牡丹もとめけらしも
古泉千樫・青牛集

めづらしきけさの朝けやうつそ身のすこやかにして妻の恋しき
古泉千樫・青牛集

§

ふる里へ父の看護にかへしたる妻をおもへり夜《よる》の更《くだ》ちに
半田良平・幸木

一の子を嫁《とつ》がしめたる気疲《きづか》れをかたみにもちて妻と坐《すわ》れり
半田良平・幸木

外《と》の面《も》より闇《くら》しくらしと声かけて帰りくる妻よ宵《よひ》は浅きに
半田良平・幸木

§

我が心　知らざるにあらず。ひた背向《そむ》き、鏡に、髪をうつしゐる妻
釈迢空・春のことぶれ

§

潮《しほ》ざゐの音しづかなる昼磯《ひるいそ》や妻とあゆみてわが疲れたり
岩谷莫哀・仰望

さかりゐてさればこゝ乏しき心妻あけぬ暮れぬと吾を待つらむに
岩谷莫哀・仰望

下腹ゆ寒けく痛みひろごりて夜のほどろは妻恋ひにけり
岩谷莫哀・仰望

ぴあのなど夢みることのありやなしやみしんを据《す》ゑて妻よろこべり
岩谷莫哀・仰望以後

水泡《みなわ》なすもろき命を惜しみつつ幾年まかぬ妻に寄るべき
岩谷莫哀・仰望以後

§

冬されば一つ家《へ》ぬちもことしげし産月《うみづき》ちかく妻はやつれぬ
中村憲吉・しがらみ

うつそみに暇《いとま》を得たる旅やどり妻はあまたの子の母たりき
中村憲吉・軽雷集

旅の荷を解《と》きしばかりの夜ぬくし羽織をぬぎて妻は居にけり
中村憲吉・軽雷集

§

櫃《ひつ》をもちて山瀬にくだるうしろかげさびしき妻のすがたなるかも
石井直三郎・青樹

まづしかる包みわれにも持たしめて心たらふかあはれわが妻
石井直三郎・青樹以後

§

十年《じふねん》あまり二人《ふたり》あるくは稀《まれ》なりき海《うみ》ぎしに下《お》りて妻は寒がる

§

土屋文明・放水路

わが妻は馬肉《ばにく》を買ひて上諏訪《かみすは》の冬をこもりしこともはるけし
土屋文明・放水路

おそれつつ世《よ》にありしかば思ひきり争《あらそ》ひたりしはただ妻とのみ
土屋文明・ゆづる葉の下

西の海の雲の夕映《ゆふばえ》いつくしき光《ひかり》の中《なか》に妻をみにけり
土屋文明・ゆづる葉の下

暮れてゆく峰《みね》より寒き風のふくつつじ花原《はなはら》に妻と立ち居り
土屋文明・ゆづる葉の下

山の上《うへ》にことのままに歩きつつ老い清《きよ》まはり妻のやすけし
土屋文明・ゆづる葉の下

ありありて二十何年《にじふなんねん》か吾《わ》がこのむ山に老いたる妻を率《ゐ》て来つ
土屋文明・ゆづる葉の下

吾《わ》が妻が手に触るすかんぽ故里《ふるさと》の思ほゆ五月頃《ごぐわつごろ》とい
ひつべし
土屋文明・ゆづる葉の下

草も土も陰をつくりてたみたる道つき来《く》る妻の須臾《すゆ》
わかく見ゆ
土屋文明・ゆづる葉の下

浮き浮きと声はずませて我が妻の手をさへとりて導
きましき
土屋文明・続々青南集

老耄年を迎ふ

あり布をはぎて真白の窓掛は老いたる妻の我への年玉
土屋文明・続々青南集

家なく食なき時に幼二人携《たづさ》へて妻の此所《ここ》に住みにき
土屋文明・青南後集

§

沁々《しみじみ》と妻のいのちをかねおもふわれの齢《よはひ》のふけに
けるかも
土田耕平・一塊

もんぺ穿《は》きて小畑つくれるわが妻に隣の嫗《おうな》来て親しめり
土田耕平・一塊

一つ家に音をひそめてゐる妻よかかるあはれも十年
ふりしか
土田耕平・一塊

§

命はも淋しかりけり現《うつ》しくは見がてぬ妻と夢にあらそふ
明石海人・白描

§

かぐはしく麺麭の焼けゆく夕まぐれ無言歌のうたを
妻口ずさむ
木俣修・冬暦

その父を亡《な》くせし妻が夜の明けにしのび泣けるをわ
が胸は知る
木俣修・呼べば谺

みまかりし子の落書のある壁を妻は惜しむか移らんとして
木俣修・呼べば谺

欲《ほ》るがままに買ひうる身にもあらざりき買へばかな
らず妻をくるしめき
木俣修・呼べば谺

§

妻のため氷をくだくゆふぐれに茅蜩《ひぐらし》啼けばかすかなる幸《さち》
佐藤佐太郎・歩道

§

たまものの　を灯《とも》して厨辺《くりやべ》にちひさき幸《さち》と妻働けり

昼寝覚《ひるいざめ》濁りてあるに果無《はかな》しやはればれと妻の帰りくる声
宮柊二・小紺珠

子のために欲しきバターと言ふ妻よ着物を売りて金を得しゆゑ
宮柊二・小紺珠

わたくしに得しよろこびと胡麻の実の黒く熟《う》れしを妻は見せに来《く》
宮柊二・小紺珠

昨夜《よべ》ふかく酒に乱れて帰りこしわれに喚《わめ》きし妻は何者
宮柊二・晩夏

三人子をつぎつぎと呼び囲らせばけぶるがにきよし妻なれど母
宮柊二・日本挽歌

いさぎよき口調をつかひ物売と応接なしき銭なき妻が
宮柊二・日本挽歌

悲しみを耐へたへてきて某夜《あるよ》せしわが号泣は妻が見しのみ
宮柊二・多く夜の歌

自分のみ愛して遂に譲らずと妻言ひしこと胸に上《のぼ》り来《く》
宮柊二・多く夜の歌

灯《ひ》を明かく待ちゐし妻にたまものの絵を遣らん初めて愛を言はん
宮柊二・多く夜の歌

ぴしぴしと土を打つ雨様々に欺きしとも妻をおもふ夜
宮柊二・藤棚の下の小室

あたたかき饂飩《うどん》食ふかと吾が部屋の前にたちつつわが妻が言ふ
宮柊二・藤棚の下の小室

新しく病む者つひに出でざりし去年《こぞ》なりしかな妻の努《つとめ》に
宮柊二・独石馬

目覚時計《めざまし》のねぢ捲き終へて二時間の眠に妻は落ちゆきにけり
宮柊二・独石馬

三鷹なる吾妻はいまは眠りしや寒し寒しと帰り行きしが
宮柊二・独石馬

あけぐれの見知らぬ町を歩みつつさしづめ妻を恋ひ思ひをり
宮柊二・独石馬

わが病ひ嘆きをりたる古孀《ふるづま》の睡りの覚めぬ春のあけぼの
宮柊二・緑金の森

この別離妻抱《いだ》かんと欲りすれど我やあへなし身力《みぢから》失せて
宮柊二・緑金の森

バタングウ大姉と名告り夜も寝ねず看取《みと》りてくるる
宮柊二・緑金の森

妻に感謝す

母のごと妻が恋しも見舞妻去りてひと日のいまだ経《た》たねど　宮柊二・緑金の森

古家《ふるいへ》の古庭《ふるには》に咲くくれなゐの椿折りきて壺に挿す妻は　宮柊二・緑金の森

折りて来て壺に活けたるわが庭の金木犀は妻の匂ひす　宮柊二・純黄

妻の背にすがりて臥床《ふしど》へゆかむとし十歩ほどなるその距離遠し　宮柊二・純黄

宮柊二・白秋陶像

「妻」への思い

——俳句（近世〜現代）

女房《にようぼう》のちからつたなし煤《すす》はらひ　亀洞・曠野後集

伊勢の国又玄が宅へとゞめられ侍る比、その妻男の心にひとしく、もの毎にまめやかに見えければ、旅の心をやすくし侍りぬ。

§

彼日向守の妻、髪を切て席をまうけられし心ばせ、今更申出て

月さびよ明智《あけち》が妻の咄《はな》しせん　芭蕉・勧進牒

ある坊に一夜をかりて

碪《きぬた》打《うち》て我にきかせよや坊が妻《つま》　芭蕉・甲子吟行

§

舟引《ふなひき》の妻の唱歌か合歓《ねむ》の花　千那・猿蓑

炭やきのおのが妻こそ煤払《すすはら》ひ　千那・鎌倉海道

名月は座頭《ざとう》の妻の泣夜《なく》かな　千那・鎌倉海道

§

妻悼

尸《かばね》かな桔梗《ききやう》かるかやおみなへし　嵐雪・玄峰集

悼青流亡妻

物ごとに妻なき家の茄子《なすび》づけ　嵐雪・玄峰集

§

なに波津にあし火焼家はすゝけたれど

炭売《すみうり》のをのがつまこそ黒《くろ》からめ　重五・冬の日

§

鶏頭《けいとう》や山家《やまが》の妻が窓の前　万子・柞原

§

妻の名のあらばけし給《たま》へ神送り　越人・阿羅野

§

妻《つま》もたでどうやら淋《さび》し年の暮《くれ》　涼菟・簗普請

§

不形《ふなり》なる粽《ちまき》を妹《いも》が喰《く》はせけり　由平・蓮実

§

そば湯《ゆ》して妻や待《まつ》らん鉢敲《はちたたき》　白雪・曠野後集

§

道心《だうしん》の妻しほれ来て恨《うら》む槿垣《むくげがき》　其角・東日記

§

初午や妻の影ふむ素浪人　沾徳・俳諧五子稿

§

身にしむや亡妻《なきつま》の櫛《くし》を閨《ねや》に踏《ふむ》　蕪村・蕪村句集

腰ぬけの妻うつくしき巨燵《こたつ》かな　蕪村・蕪村句集

§

いづれをと妻の問なる袷かな　嘯山・葎亭句集

艶あるは妻の手業《てわざ》か茶筌売　嘯山・葎亭句集

妻出て庭へ払ふや肩の雪　嘯山・葎亭句集

§

鰹《かつを》つり妻はまつほのうら船か　青蘿・青蘿発句集

§

あさ顔や悋気《りんき》せぬ妻うつくしき　几董・井華集

いたく降と妻に語るや夜半の雪　几董・井華集

---

§

古妻やあやめの冠着たりけり　乙二・松窓乙二発句集

§

妻持ちしことも有りしを著衣始　井上井月・井月の句集

§

鶯の声聞きしより妻孕み　内藤鳴雪・鳴雪句集

家売りて妻伴ふや秋の旅　内藤鳴雪・鳴雪句集

§

老妻のものわすれして事納　中川四明・四明句集

§

細君に齎す仁や桜餅　石橋忍月・忍月俳句抄

§

女房をたよりに老ゆや暮の秋　村上鬼城・鬼城句集

§

花咲いて妻なき宿ぞ口をしき　正岡子規・子規句集

§

美しき妻驕り居る炬燵かな　尾崎紅葉・紅葉句帳

§

行春や里へ去なする妻の駕籠　夏目漱石・漱石全集

病妻の閨に灯ともし暮るゝ秋　夏目漱石・漱石全集

月に行く漱石妻を忘れたり　夏目漱石・漱石全集

行年を妻炊ぎけり粟の飯　夏目漱石・漱石全集

淋しいな妻ありてこそ冬籠　夏目漱石・漱石全集

§

雲丹酒や心利きたる妻にして　巌谷小波・さゞら波

§

名月やわが妻載せて渡守　藤野古白・古白遺稿

§

頑の妻を持ちけり薬喰　石井露月・露月句集

菜園に我妻見たり綿帽子　石井露月・露月句集

§

一年を妻の蔵《をさ》めし唐辛子　河東碧梧桐・碧梧桐句集

海鼠あり庖厨《はうちゆう》は妻の天下かな　河東碧梧桐・碧梧桐句集

§

爪弾《つまびき》の妹《いも》が夜寒《よさむ》き柱《はしら》かな　泉鏡花・鏡花句集

§

書中古人に会す妻が炭ひく音すなり　高浜虚子・五百句

行年《ゆくとし》やかたみに留守の妻と我　高浜虚子・五百句

蹇《あしなえ》の妻を車に花に曳《ひ》く　高浜虚子・五百五十句

手をたゝき婢《ひ》を呼びづめや風邪《かぜ》の妻　高浜虚子・五百五十句

客を好む主《あるじ》や妻や胡瓜《きゆうり》もみ　高浜虚子・六百五十句

取敢《とりあえ》ず世話女房の胡瓜もみ　高浜虚子・六百五十句

胡瓜もみ世話女房といふ言葉　高浜虚子・六百五十句

妻病みて春浅き我が誕生日　高浜虚子・六百五十句

明治三十年元旦　鎌倉に在り偶々室を異にして同宿せる新婚の湖南に贈る。

先づ女房の顔を見て年改まる　高浜虚子・慶弔贈答句抄

§

秋風や眼《め》を病む妻が洗髪《あらひがみ》　寺田寅彦・寅日子句集

革《あらたま》る妻が病や別霜《わかれじも》　寺田寅彦・寅日子句集

§

妻こはき人揃ひけり年忘　青木月斗・時雨

§

銀婚記念撮影、一句

目白啼く日向に妻と坐りたり　臼田亜浪・旅人

師走の店の妻には欲しきものばかり　臼田亜浪・旅人

夏羽織着て下町へ妻とかな　臼田亜浪・旅人

蛇打つて打つて息荒き妻見けり　臼田亜浪・旅人

出雲へ妻の旅立てるに

淡雪や妻がゐぬ日の蒸し鰈　臼田亜浪・旅人

§

妻が糸瓜をまくといふ干場になつている庭辺　小沢碧童・碧童句集

妻が盆礼に行き日覆を下ろし　小沢碧童・碧童句集

老妻の今年も割りぬ鏡餅　小沢碧童・碧童句集

§

古妻や馴れて海鼠を膳に上ぼす　島田青峰・青峰集

§

雪ふる中をかへりきて妻へ手紙かく
種田山頭火・定本種田山頭火全集

§

亡母十三回忌の朝

春浅き牡丹活ける妻よ茶焙は　渡辺水巴・白日

妻も来よ一つ涼みの露の音　渡辺水巴・白日

一つ燈の妻子に白魚わかちけり　渡辺水巴・富士

白団扇妻には貸さじ老けて見ゆ　渡辺水巴・富士

§

妻やがて面白くなる手毬かな　吉武月二郎・吉武月二郎句集

古妻の怠る鉄奬や冬に入る　吉武月二郎・吉武月二郎句集

妻が添う厠通ひや冬の雨　吉武月二郎・吉武月二郎句集

酔ふ我にしかと妻居る火鉢かな　吉武月二郎・吉武月二郎句集

背を揉みし夜長の妻へ世辞一つ　吉武月二郎・吉武月二郎句集

病中吟

寒燈やかりそめ言に泣きし妻　吉武月二郎・吉武月二郎句集

妻が手のつめたかりけり風邪顔　吉武月二郎・吉武月二郎句集

妻行商にいそしむ

子を置いてなりはひ妻の秋暑かな　吉武月二郎・吉武月二郎句集

身にしむや濡れて帰りし妻の袖　吉武月二郎・吉武月二郎句集

身にしむやみとりしなれて貧し妻　吉武月二郎・吉武月二郎句集

見えてゐる菜圃の妻を雪照らす　吉武月二郎・吉武月二郎句集

起きぬけに妻のたたかふ凍の音　吉武月二郎・吉武月二郎句集

§

聴けよ、妻。ふるもののあり。かすかにもふるもののあり。初夜過ぎて。夜の幽けさとやなりけらし。ふりいでにけり。なにかしらふりいでにけり。声のして、ふりまさるなり。雨ならし。いな雪ならし。雪なりし。あはれ初雪。よくふりぬ。さてもめづらにふる雪のよくこそはふれ、ふりいでにけれ。さらさらと、また音たてて、しづかなり。ただ深むなり。聴けよ、妻。そのふる雪の、満ち満ちて、ただこの闇に、舞ひ深むなり、ふりつもるなり。

たまさかに浪の音して夜の雪なり　北原白秋・竹林清興

椿が咲きましたと活けに来た妻　北原白秋・竹林清興

§

茄子畑に妻が見る帆や秋の海　飯田蛇笏・山廬集

聖燭の夜をまな妻が白鵞ペン　飯田蛇笏・春蘭

薪水に風邪妻の手のさやかなる　飯田蛇笏・春蘭

春耕の子をいたはりて妻老いぬ　飯田蛇笏・春蘭

§

妻病む

病人の食ふものを買ひぬ東風の吹く　長谷川零余子・雑草

梅を見るに乳房ふくませて女房かな　長谷川零余子・雑草

病む妻の我を見て居る昼寝かな　長谷川零余子・雑草

目刺焼くや一つ違ひの女房と　長谷川零余子・雑草

§

檜笠着て頬の若さや山家妻　原石鼎・花影

藍干すに仮りの檜笠や山家妻　原石鼎・花影

妻を迎ふ

われのほかの涙目殖えぬ庵の秋　原石鼎・花影

妻縁を走り障子開け初雪見せにけり　原石鼎・「花影」以後

うつし世に妻はきよけし夏の月　原石鼎・「花影」以後

§

炬燵寝やあまり幼き妻の夢　石島雉子郎・雉子郎句集

§

窓の藤煌くや殊に妻居ぬ日　中塚一碧楼・はかぐら

§

病む妻にほころびを縫つてもらつてゐる　大橋裸木・人間を彫る

妻が入陽の赤いこと云ふて短日の裏戸　大橋裸木・人間を彫る

妻の病みつきさうな顔火を吹く　大橋裸木・人間を彫る

爪噛む癖のわびしさを夜の妻に見た　大橋裸木・人間を彫る

病む妻赤子抱いて立たうとする　大橋裸木・人間を彫る

病む妻の顔の白い日の暮に座つてゐる君だ　大橋裸木・人間を彫る

酸漿かんで石ころ道へ出て行つた妻よ　大橋裸木・人間を彫る

夜店のでつかい南瓜買ふ妻と並んで立つてる　大橋裸木・人間を彫る
厨の団扇へなへな使つて妻が汗入れてる　大橋裸木・人間を彫る
病む身と同じもの食べて妻が酷暑に堪へる　大橋裸木・人間を彫る
風邪薬飲めと云ふ妻も飲み夜なべしてゐる　大橋裸木・人間を彫る
妻をいたはる心となれば寒しぞ我は　大橋裸木・人間を彫る
妻の赤い頬冬夜いつしか更けわたり　大橋裸木・人間を彫る
愁の中に妻とゐて妻の顔を見る　大橋裸木・人間を彫る

§

乳垂るる妻となりつも草の餅　芥川龍之介・芥川龍之介全集（発句）

§

百舌鳥来鳴き夜明の妻は病めるなり　水原秋桜子・帰心
妻病めば虫おとろへて愁夢夜々　水原秋桜子・帰心
妻病めば秋霖さむく余生濡る　水原秋桜子・帰心
妻病めり秋風門をひらく音　水原秋桜子・帰心
妻病めり秋鮎を煮て楽しまず　水原秋桜子・帰心
妻癒えて良夜我等の影並ぶ　水原秋桜子・帰心
妻癒えて有明月に額しろし　水原秋桜子・帰心
妻病みて旅つづくなり冬鷗　水原秋桜子・帰心
風邪の妻船の毛布を被き臥す　水原秋桜子・帰心
妻病めり三刻とよもす大雷雨　水原秋桜子・帰心

§

汐騒や妻は昼寝をたのしみて　山口青邨・雪国
門の菊妻が愛してをれば憑く　山口青邨・雪国
鶯は近く妻もしづか吾もしづか　山口青邨・雪国
妻も寄り灯火管制の灯は親し　山口青邨・雪国
妻とゐるこの一時や夕立来　山口青邨・花宰相
梅を干す楚々銀婚の女房かな　山口青邨・花宰相
西日来て書斎を逃れ妻が部屋　山口青邨・花宰相
菊しづか山妻なにをしつゝあらむ　山口青邨・花宰相
山妻は冬至の南瓜煮る仕度　山口青邨・花宰相
妻も一筆豊年祭の奉加帳　山口青邨・花宰相
銀婚の妻のみちべに濃竜胆　山口青邨・花宰相
妻もかぶり吾もかぶるや時雨笠　山口青邨・花宰相
ぼたもちを山妻呉れる日向ぼこ　山口青邨・花宰相
寒月のうつくしといふ閨の妻　山口青邨・花宰相

米取りに山妻髪に紅梅を　山口青邨・花宰相
古畳古女房も花咲けば　山口青邨・花宰相

§

沐みもどりて汗の女房を見出しけり　島村元・島村元句集

§

虎落笛毛糸編む妻いも寝ずに　五十崎古郷・五十崎古郷句集

§

小走りに妻従へる寒詣　川端茅舎・定本川端茅舎句集

§

妻もするうつりあくびや春の宵　日野草城・花氷
妻といふかはゆきものや春の宵　日野草城・花氷
春の夜や脱ぎぼそりして閨の妻　日野草城・花氷
永き日や何の奇もなき妻の顔　日野草城・花氷
うらゝかに妻のあくびや壬生念仏　日野草城・花氷
行水の妻しろ〴〵と立ち上る　日野草城・花氷
ぼうたんや眠たき妻の横坐り　日野草城・花氷
朝寒や歯磨匂ふ妻の口　日野草城・花氷
たはぶれに妻を背負ひぬ秋の暮　日野草城・花氷
長き夜や善い哉夫《ふ》は愚妻《さい》は凡　日野草城・花氷

そのかみの恋女房や新豆腐　日野草城・花氷
妻さびて紅の襷や草の花　日野草城・花氷
うら若き妻ほゝづきをならしけり　日野草城・花氷
初雪を見るや手を措く妻の肩　日野草城・花氷
古妻の寒紅をさす一事かな　日野草城・花氷
元日や古色めでたき庵の妻　日野草城・花氷

しゆびんとはむさくあさましくわびしきものと常ひごろ思ひたりしに、病みて起ち居もかなはねば、しゆびん身のほとりよりはなしがたくて日を経るまま、いつしかに親しく愛しきものとなりぬるこそあはれなりけれ

冬ざれて枯野へつづく妻の手か　日野草城・旦暮
春の夕厨の妻を遠くおもふ　日野草城・旦暮
春の宵妻のゆあみの音きこゆ　日野草城・旦暮
素顔にて齢《よはひ》かくれず風邪の妻　日野草城・旦暮
妻の痩眼に立ちそめぬ大旱《おほひでり》　日野草城・旦暮
妻の手の生むもぐさ火の熱きこと　日野草城・旦暮
病むわれに妻の観月短かけれ　日野草城・旦暮
永き日を妻と暮らしつ子は措きて　日野草城・旦暮
春の夜の浴室《ゆむろ》かぐはし妻のあと　日野草城・旦暮

妻も飲むあまくつめたき春の酒　日野草城・旦暮
おぼろ夜の妻よ古りつついや愛し　日野草城・旦暮
一片の妻と欠き合うチヨコレエト　日野草城・旦暮
死ぬ妻は想ふも堪へず花ふぶき　日野草城・旦暮
春の夜は馴れにし妻も羞ぢにける　日野草城・旦暮
春はあけぼの妻の寝顔をまなかひに　日野草城・旦暮
妻の手のいつもわが辺に胼《ひび》きれて　日野草城・旦暮
華燭の日はるかになりし妻の顔　日野草城・旦暮
妻の息白し寒厨氷点下　日野草城・旦暮
四十二の顔を仰向け風邪の妻　日野草城・旦暮
試歩たのし厨の妻に逢ひにゆく　日野草城・旦暮
白南風《しらはえ》や立ち去る妻の足の裏　日野草城・旦暮
　米価遂に一升二百五十円を称ふ売文何ぞはかなき（以下二句、同前文）
衣高く売れてよろこぶ妻よ妻よ　日野草城・旦暮
妻萎えて草木の萎えを戻り来る　日野草城・旦暮
衣売りに炎天へ出る妻たのしげ　日野草城・旦暮
汗みづく妻のあはれさはいふも愚か　日野草城・旦暮
うららかや猫にものいふ妻のこゑ　日野草城・銀
午後十時疲れし妻をなほ使ふ　日野草城・銀

さくら見て来し妻さくら見せたがる　日野草城・銀
古妻の遠まなざしや暑気中《しょきあた》り　日野草城・銀
夕涼しちらりと妻のまるはだか　日野草城・銀
妻古りて指のすがたも崩れけり　日野草城・銀
柚子湯出し顔つやつやと古女房　日野草城・銀
若かりし妻若からず初鏡　日野草城・銀
妻古りぬ妻の春着も古りにけり　日野草城・銀
妻子は寝息われは眠らず沍ゆる夜を　日野草城・銀
妻眠る白き襖のあなたにて　日野草城・銀
　浴みせざること幾とせ
昼風呂を妻のたのしむ音きこゆ　日野草城・銀
妻の顔いつも仰ぎて十とせ臥す　日野草城・銀
妻の汗見てわが汗を拭ひけり　日野草城・銀
妻が飲むビールの冷えを飲み下す　日野草城・銀
次の間に妻も覚めをり喜雨ひびく　日野草城・銀
古妻と古猫と午下熟睡す　日野草城・銀
こほろぎや句を考へる妻の顔　日野草城・銀
息白く妻が問ふよく寝ねしやと　日野草城・銀
炬燵の妻且つ句を案じ且つ眠り　日野草城・銀
妻も子も柚子湯ぼてりのよき眠り　日野草城・銀

初鏡娘のあとに妻坐る　日野草城・銀
わが手枯れ妻の手は固くなりにけり
　あはれなりわが妻や　日野草城・銀
その半ば十とせをみとり妻として　日野草城・銀
§
夏痩せの妻や外国人《とつくにびと》と禱る　中村草田男・火の島
妻二タ夜あらず二タ夜の天の川　中村草田男・火の島
八ッ手咲け若き妻ある愉しさに　中村草田男・火の島
春陰の国旗の中を妻帰る　中村草田男・火の島
薄暑日々妻とわかたん暇乏しく　中村草田男・火の島
妻抱かな春昼の砂利踏みて帰る　中村草田男・火の島
炎天の空へ吾妻の女体恋ふ　中村草田男・火の島
妻恋し炎天の岩石もて撃ち　中村草田男・火の島
妻のみ恋し紅き蟹などを歎かめや　中村草田男・火の島
炎天に妻言へり女老い易きを　中村草田男・火の島
月夜なり買ひ来て下駄を眺める妻　中村草田男・火の島
妻と来て泉つめたし土の岸　中村草田男・火の島
泉辺に日のありどころ妻問へり　中村草田男・火の島
妻と其の寒気凛々しきピアノの音　中村草田男・万緑
足はつめたき畳に立ちて妻泣けり　中村草田男・万緑

虹に謝す妻よりほかに女知らず　中村草田男・万緑
妻恋ふや黍の戦ぎ葉双肩《もろかた》に　中村草田男・万緑
金木犀妻を置き来て友訪ひ居り　中村草田男・母郷行
妻爽やか舞台の野路を灯《ひ》の提灯　中村草田男・母郷行
吾妻の運何に向けるぞ薔薇の向き　中村草田男・母郷行
秋水一枚新聞大葉《たいえふ》妻拡ぐ　中村草田男・母郷行
七夕や手休み妻を夕写真　中村草田男・母郷行
落花の下酬はれざらむと妻と語る　中村草田男・母郷行
臼いただきに白餅成りて妻潔《きよ》し　中村草田男・母郷行
§
泣きぼくろしるけく妻よみごもりぬ　篠原鳳作・海の度
みごもりし瞳のぬくみ我をはなたず　篠原鳳作・海の度
爪紅のうすれゆきつゝみごもりぬ　篠原鳳作・海の度
をさなけく母となりゆく瞳のくもり　篠原鳳作・海の度
§
妻病む（以下四句、同前文）
枝蛙真夜を鳴くなり堪へがたし　加藤楸邨・寒雷
妻が名をわがよびにけり枝蛙　加藤楸邨・寒雷
枝蛙鳴けよと念ふ夜の看護《みとり》　加藤楸邨・寒雷
紫蘭もて訪ひ来し人も逢はしめず　加藤楸邨・寒雷

秋刀魚焼き妻はたのしきやわが前に　加藤楸邨・寒雷
百日紅片手頬にあて妻睡る　加藤楸邨・穂高
炎天の息つめて見し妻の顔　加藤楸邨・穂高
汝妻我《われ》夫火鉢十指ならべ　加藤楸邨・穂高
大寒の朝焼妻に何を言はむ　加藤楸邨・穂高
妻ものいふ春暁遠き静けさを　加藤楸邨・穂高
妻ゐねば蜩ないて腹減りぬ　加藤楸邨・穂高
妻の肩尖り空梅雨始まるか　加藤楸邨・穂高
毛糸巻《まき》妻は昔の片ゑくぼ　加藤楸邨・穂高
炭をつぐその手その肩妻よべば　加藤楸邨・穂高
燕来ぬ妻には妻の願あり　加藤楸邨・穂高
梅雨没日昔の我を言ふ妻か　加藤楸邨・穂高
梅雨の窓子が覗き去り妻の留守　加藤楸邨・穂高
夜半過ぎし秋風妻も聴くごとし　加藤楸邨・穂高
潮鳴や妻子に遠き春炬燵　加藤楸邨・雪後の天
子が寝ねて妻の水のむ雪明り　加藤楸邨・雪後の天
妻は我を我は枯木を見つつ暮れぬ　加藤楸邨・雪後の天
子が来ねば妻を呼びなど春燈下　加藤楸邨・雪後の天
妻の影子の影冬の崖を愛す　加藤楸邨・雪後の天
顎埋めて妻といふべき風邪の顔　加藤楸邨・雪後の天

妻うたふ梅雨夕焼の厨より　加藤楸邨・雪後の天
十六夜や妻への畳皎々と　加藤楸邨・雪後の天
十六夜や妻の双眉《ふたまゆ》照らしいづ　加藤楸邨・雪後の天
夜の露妻よりながき日なりけり　加藤楸邨・雪後の天
鰯雲妻には明日のありにけり　加藤楸邨・雪後の天
妻に日々戦近づく瑞茎干　加藤楸邨・雪後の天
啓蟄や妻をひとりに置くなかれ　加藤楸邨・雪後の天
子を呼べば妻が来てをり五月尽　加藤楸邨・雪後の天
月出でて月の色なる妻の髪　加藤楸邨・雪後の天
妻の目に涙あふれ来天の川　加藤楸邨・雪後の天
妻の名を十日呼ばねば浴衣さむし　加藤楸邨・雪後の天
わが月日妻にはさむし虎落笛　加藤楸邨・野哭
悴みて妻に遺しし句の幾つ　加藤楸邨・野哭

§

大霜へ息かぐはしく妻立てり　高橋馬相・秋山越
妻春の襟巻雨を寒がりぬ　高橋馬相・秋山越
朝かげに立ちける妻に麦青し　高橋馬相・秋山越
夜の庭を掃きゐる妻に百日紅　高橋馬相・秋山越

§

かへり来て汗の夜ぐるみ妻の前　石橋辰之助・山暦

夏炉焚きぬ妻を尊むさびしさに　石橋辰之助・山暦
梅雨の夜の川音妻の膝くづれ　石橋辰之助・山暦
妻の力朝露まみれ草担ふ　石橋辰之助・山暦
蕎麦咲かせ妻の言々農婦めく　石橋辰之助・山暦
秋風や肥桶妻と担き替る　石橋辰之助・山暦
秋山を妻と下りくる刻《とき》ちがふ　石橋辰之助・山暦
妻こゝにひとり秋灯に耐へゐたり　石橋辰之助・山暦

§

水無月の青女房の嘆言かな　石田波郷・風切
飯しろく妻は祈るや法師蟬　石田波郷・風切
妻が歌芙蓉の朝の水仕かな　石田波郷・風切
牡丹雪その夜の妻のにほふかな　石田波郷・雨覆
細雪妻に言葉を待たれをり　石田波郷・雨覆
翠菊や妻の願はきくばかり　石田波郷・雨覆
蚊の声や妻恋子恋妻恋し　石田波郷・雨覆
東京に妻をやりたる野分かな　石田波郷・雨覆
妻が来し日の夜はかなしほとゝぎす　石田波郷・胸形変
息白き妻が見てをり剃毛《ていもう》す　石田波郷・胸形変
冬暁のわが細声の妻起せず　石田波郷・胸形変
冬日の妻よ吾に肋骨無きのちも　石田波郷・胸形変

足袋脱ぐ妻ひとりの衾踏み立ちて　石田波郷・胸形変
寝しや妻枯園の雨川瀬めく　石田波郷・胸形変
除夜の妻ベッドの下にはや眠れり　石田波郷・胸形変
水仙花附添妻の夢つよし　石田波郷・胸形変
凍蝶や妻を愛さざる如病み臥す　石田波郷・胸形変
寒むや吾かなしき妻を子にかへす　石田波郷・胸形変
冬日低し吾と子の間妻急がん　石田波郷・胸形変
妻恋へり裸木に星咲き出でて　石田波郷・胸形変
妻よわが短日の頰燃ゆるかな　石田波郷・惜命
天地に妻が薪割る春の暮　石田波郷・惜命
松の蕊雨上る妻の来つゝあらむ　石田波郷・惜命
妻が来し日の夜はかなしほとゝぎす　石田波郷・惜命
妻ゆきし萩しづまりぬ道を閉ぢぬ　石田波郷・惜命
野分あと子等の許なる妻を恋ふ　石田波郷・惜命
息白き妻が見てをり剃毛《ていまう》す　石田波郷・惜命
足袋脱ぐ妻ひとりの衾踏み立ちて　石田波郷・惜命
水仙花附添妻の夢つよし　石田波郷・惜命
我が病臥足袋脱ぐ妻の後ろむき　石田波郷・惜命
妻の目や寒夜ベッドの下に臥て　石田波郷・惜命
妻恋へり裸木に星咲き出でゝ　石田波郷・惜命

梅雨の朱き蛇目傘《じやのめ》に妻が隠り来ぬ　石田波郷・惜命
梅雨来し妻足を拭へるかなしさよ　石田波郷・惜命
傷める芒妻の言のみ聞きつゝ持つ　石田波郷・惜命
末枯径吾妻よ胸をはり帰れ　石田波郷・惜命
吾妻来て立つ外套の胸を開きつゝ　石田波郷・惜命
弾み歩む冬の真闇の妻の肩　石田波郷・惜命
吾と妻冬青空に閉ざされぬ　石田波郷・惜命
元日の夜の妻の手のかなしさよ　石田波郷・惜命
鳩を見てをれば妻来て花水木　石田波郷・酒中花以後
春菊や袋大きな見舞妻　石田波郷・酒中花以後
青梅雨のわが病室へ通ひ妻　石田波郷・酒中花以後
稲光見舞妻来ぬ夜はしげし　石田波郷・酒中花以後
ねぎらはむ鮎を買ひ来し見舞妻　石田波郷・酒中花以後
鵙日和病室に妻の跫音して　石田波郷・酒中花以後
蒲公英や妻に如く賞はあらねども　石田波郷・酒中花以後
行く春やいさかひ帰る見舞妻　石田波郷・酒中花以後
枇杷啜る妻を見てをり共に生きん　石田波郷・酒中花以後
ジンジャの香夢覚めて妻在らざりき　石田波郷・酒中花以後

「子・孫」への思い――男歌

「子」への思い

―短歌（古代～近世）

「あ行」

朝夕《あさゆふ》に手《て》まりそそくる外《ほか》ぞなきうなゐはなりが春《はる》のまうけは

井上文雄・調鶴集

〔大意〕朝夕に手毬を縫おうとしてまさぐっているほかにはすることがないようだ、幼い女の子の正月の準備は。〔注解〕「そそくる」―手まさぐる。「うなゐはなり」―幼い女の子。

あはれなどおなじ烟《けぶり》に立《たち》そはでのこる思ひの身をこがす覧《らむ》

大納言典侍身まかりての比

藤原為家・中院詠草

〔大意〕ああ、どうして娘を火葬する同じ煙に立ち添わないで、私は残された悲しい思いに、この身を焦がさなければならないのだろう。

子の身まかりにける次の年の夏、かの家にまかりたりけるに、花橘のかほりければよめる

あらざらんのちしのべとや袖の香を花橘《はなたちばな》にとゞめをきけん

祝部成仲・新古今和歌集八（哀傷）

〔大意〕自分が死んでしまった後に偲ぶようにといって、あの子は袖にたきしめた香を橘に残しておいたのだろうか。

荒栲《あらたへ》の布衣《ぬのきぬ》をだに着せがてに欺くや嘆かむ為《せ》むすべを無み

山上憶良・万葉集五

〔大意〕（わが子に）荒栲の布の衣さえも着せてやることができなくて、こんなにも私は嘆くことであろうか、なすすべもなくて。

いとほしやみるに涙《なみだ》もとどまらず親《おや》もなき子《こ》の母《はは》をたづぬる

金槐和歌集（源実朝の私家集）

〔大意〕かわいそうなことだ。見ていると涙も止まらずに流れてくる。親をなくした子供が母を呼んで泣いているよ。

憂《う》き世にはある身も憂《う》しと嘆《なげ》きつゝ涙のみこそふる心地《こゝち》すれ

藤原朝光・拾遺和歌集二〇（哀傷）

〔大意〕（子供を亡くして）つらく悲しいこの世には、こうして生きている自分の身もつらいと嘆きながら、涙だけが雨のように降り、時が経っているような思いがすることだ。〔注解〕「ふる」―「降る」と「経る」を掛ける。

子におくれて侍りける頃、夢に見てよみ侍りける

うたゝねのこの世《よ》の夢《ゆめ》のはかなきにさめぬやがての命《いのち》ともがな

藤原実方・後拾遺和歌集一〇（哀傷）

〔大意〕うたた寝をして見た、死んだわが子の夢がはかなかったので、夢の中で醒めないままでの自分の命であったならばいいのにと思うことだ。〔注解〕「この世」―「此の」と「子の」を掛ける。

うち日さす宮に行く兒をまがなしみ留《と》むれば苦しやればすべなし

大伴宿奈麿・万葉集四

〔大意〕宮仕えするわが子が心から愛しいので、留めれば苦しいし、送りだせばもう逢う手立てもないことだ。〔注解〕「うち日さす」―「宮」に掛かる枕詞。

藤原朝臣久須麿に報へ贈る歌

末《うら》若み花咲きがたき梅を植ゑて人の言《こと》繁み思ひぞわがする

大伴家持・万葉集四

〔大意〕枝先が若くてまだ花の咲きにくい梅（娘）を植え、大切にしていると、もう人の噂も頻繁で、何かと思いわずらうことです。〔注解〕「梅」―娘に譬える。

瓜食《は》めば　子《こ》ども思ほゆ　栗食《は》めば　まして偲《しぬ》はゆ　何処《いづく》より　来《きた》りしものそ　眼交《まなかひ》に　もとな懸《かか》りて　安眠《やすい》し寝《な》さぬ（長歌）

山上憶良・万葉集五

〔大意〕瓜を食べれば、子供のことが思われる。栗を食べれば、いっそう偲ばれる。（いったい子供は）何処から、やって来たものなのか。目の前に、しきりと浮か

んで、安眠もさせてくれないことよ。〔注解〕「眼交」—目と目の間。目の前に。「もとな」—しきりと。

左近中将通宗が墓所にまかりて、よみ侍ける

を《(お)》くれゐて見《み》るぞかなしきはかなさをうき身の跡《あと》となに頼《たの》みけむ

源通親・新古今和歌集八（哀傷）

〔大意〕わが子に先立たれて見る墓ほど悲しいものはない。命のはかなさの象徴であるこの墓を、どうしてつらいわが身の跡と思い込んで、そうなるものとばかり思っていたのだろう。

順が子亡くなりて侍ける頃、とひに遣はしける

思《(おもひ)》やる子恋《こゝゐ》の森《もり》の雫《しづく》にはよそなる人の袖も濡《ぬ》れけり

清原元輔・拾遺和歌集二〇（哀傷）

〔大意〕子恋の森の雫、亡くした子供恋しさに流す涙の雫を思いやると、他人である私の袖も涙で濡れることだ。

御子たちを冷泉院親王になして後、よませ給ひける

思《おも》ふこと今《いま》はなきかななでしこの花《はな》咲《さ》く許《(ばかり)》なりぬと思《おも》へば

花山天皇・後拾遺和歌集七（賀）

〔大意〕心配することは、今はなにもない。愛情をかけて育ててきた子供たちも、常夏の花が咲くように、華やかに成長したと思うと。〔注解〕「なでしこ」—植物の「常夏」と「撫でし子」を掛ける。

おやなけば子さへなくなり世の中のせむすべなさも何もしらずて

大隈言道・草径集

〔大意〕親が泣けば子供さえも泣くものである。どうしようもない世の中のつらさも何も知らずに。

「か・さ行」

かすみたつながきはるひにこどもらとてまりつきつゝこのひくらしつ

大愚良寛・布留散東

〔大意〕霞がたつ永い春の日に子供たちと手毬をつきつき、この春の一日を過ごしたことだ。

筑紫にまかりける娘に

帰《かへ》りては誰《たれ》を見《み》んとか思《おも》ふらん老《お》いて久《ひさ》しき人はありやは

藤原節信・後拾遺和歌集八（別）

〔大意〕（娘は）帰って来ていったい誰に会うつもりなのだろうか。年老いていつまでも生き続けている人などいないのに（娘に再び会えるのだろうか）。

韓衣《からころむ》裾に取りつき泣く子らを置きてそ来《き》ぬや母《おも》なしにして

作者不詳・万葉集二〇

〔大意〕裾に取り付いて泣く子供たちを置いて来てしまった。母親もいないのに。〔注解〕「韓衣」―「裾」に掛かる枕詞。

このさとにてまりつきつゝこどもらとあそぶはるひはくれずともよし

大愚良寛・布留散東

〔大意〕この里で手毬をつきながら、子供たちと遊ぶこの春の日は暮れなくてもよい。

このみやのもりのこしたにこどもらとあそぶはるひになりにけらしも

大愚良寛・布留散東

〔大意〕この宮の森の木の下で子供たちと遊ぶ春の日になったことだ。

先立《さきだ》てば藤《ふぢ》の衣をたちかさね死出《しで》の山路《ぢ》はつゆけかるらん

安法法師集（安法の私家集）

〔大意〕親に先立って子が亡くなり、親は藤の衣（喪服）の袖を涙で濡らしているが、あの子の死出の山路もきっと涙の露で濡れていることだろう。〔注解〕「たち（裁）かさね」―「衣」の縁語。

むすめにまかり後れて又の年の春、桜の花盛りに、家の花を見て、いさゝかに思ひを述ぶといふ題を詠み侍ける

桜《さくら》花のどけかりけり亡《な》き人を恋《こ》ふる涙ぞまづは落《お》ちける

藤原実頼・拾遺和歌集二〇（哀傷）

〔大意〕桜の花は散り落ちる様子もなく、のどかに咲いている。亡くなった娘を恋しく思う私の涙が先に流れ落ちてしまうよ。

静範法師八幡の宮のことにかゝりて、
伊豆の国に流されて、又の年の五月に、
内の大弐三位の本につかはしける

さつきやみ子恋《こゝゐ》の杜《もり》のほとゝぎす人知《ひとし》れずのみ鳴《な》きわたるかな

藤原兼房・後拾遺和歌集一七（雑三）

〔大意〕五月闇の中で子恋の杜の時鳥が人に知られることもなく鳴き続けているように、私は流罪にされた子供のことを恋しく思って泣いています。

成尋法師入唐し侍ける時よみ侍ける

銀《しろかね》も金《くがね》も玉も何せむに勝《まさ》れる寶子に及《し》かめやも

山上憶良・万葉集五

〔大意〕金も銀も玉もどうして子供というすぐれた宝に及ぶことがあろうか、及ぶことはない。

むすめにをくれて嘆き侍ける人に、月の明かりける夜、いひつかはしける

そのことと思《おも》はぬだにもあるものをなに心地して月をみるらん

藤原頼宗・詞花和歌集一〇（雑下）

〔大意〕そのこと故にと思わなくても、月を見ているとただそれだけで悲しくなるのに、娘を亡くされたあなたは、いったいどんな気持ちで月を見ているでしょうか。

「た・な行」

こそ君といふ子なくなりて、七月八日、
あさぼらけに

たなばたの今朝《けさ》のわかれにくらぶればなを《（ほ）》こはまさる心ちこそすれ

実方朝臣集（藤原実方の私家集）

〔大意〕七夕の牽牛と織女の別れに比べると、やはり子を亡くした私の悲しみの方が深いように思われます。
〔注解〕「こは」—「此は」と「子は」を掛ける。

谷《たに》風の身にしむごとにふる里の木《こ》の下《もと》をこそ思《おも》ひやりつれ

藤原公任・千載和歌集一七（雑中）

〔大意〕（こちらでも）谷風が身に沁むたびに、都の屋敷の木の下の子供たちがどうしているかと思い遣っていますよ。〔注解〕「木の下」—「子の許」を掛ける。

律師長済みまかりてのち、母のその扱

ひをしてありける夜、夢に見えける歌

垂乳女《たらちめ》の嘆《なげ》きをつみて我《われ》がかく思《おも》ひのしたになるぞ悲《かな》しき

藤原長済・金葉和歌集一〇（雑下）

〔大意〕母親は子供を亡くすと、嘆きながら投げ木をして火葬するが、私がそのつらい思いの下で火葬になることは実に悲しいことであるよ。〔注解〕「嘆き」―「投げ木」（火葬の薪）を掛ける。「思ひ」―「火」を掛ける。「投げ木」の縁語。

年《とし》へぬる竹《たけ》のよはひを返《かへ》しても子《こ》のよをながくなさむとぞ思ふ

冷泉院・詞花和歌集九（雑上）

〔大意〕年をとった親の年齢を返してでも、子供の命を長くしたいと思うものです。〔注解〕「竹のよはひ」―親の年齢を譬える。「よをながく」―「よ（世・節）ながく」で竹の縁語となる。

石竹花が花見るごとに少女《をとめ》らが笑《ゑ》まひのにほひ思ほゆるかも

大伴家持・万葉集一八

〔大意〕ナデシコの花を見るたびに、少女たちの笑みの可愛らしさが思われることである。

師尹朝臣のまだわらはにて侍ける、常夏の花を折りて持ちて侍ければ、この花につけて、内侍のかみの方に贈り侍ける

撫子《なでしこ》はいづれともなくにほへども遅《をく》れて咲《さ》くはあはれなりけり

藤原忠平・後撰和歌集四（夏）

〔大意〕ナデシコはいずれが良いとも区別がつけられないほどに美しく咲いているが、遅れて咲いたものはとくに愛しく思われることだ。おなじように、愛情をかけて育てた子供たちはいづれも可愛いが、とくに遅れて育った子は一層愛しく思われることだよ。〔注解〕「撫子」―「撫し子（愛情をかけて育てた子）」を掛ける。

子に後れて詠み侍ける

なよ竹の我《わ》が子《こ》の世をば知《し》らずして生《お》ほし立《た》てつと思《おもひ》ける哉《かな》

平兼盛・拾遺和歌集二〇（哀傷）

〔大意〕なよ竹のような幼い我が子の命がこれほどはかないものとは知らずに、よく育てたものと思ったことだ。〔注解〕「なよ竹の」―竹の節を「よ」ということから「世」に掛かる枕詞。幼い子供を譬える。「我が子

の世」―「此の世」を掛ける。「節（よ）」を掛け、竹の縁語となる。

「は・ま行」

おさなかりける子の身まかりにけるに

はかなしといふにもいとゞ涙《なみだ》のみかゝるこの世《よ》を頼《たの》みけるかな

源道済・新古今和歌集八（哀傷）

〔大意〕はかないと思いながらも、いよいよ涙ばかりがこぼれかかってくる。子供を亡くしてしまうまで、私はこのようなはかない世を、それでも頼みとしていたのだなあ。〔注解〕「かゝるこの世」―「かかる世（このような世）」と涙のこぼれ「掛かる」を掛ける。

家持、藤原朝臣久須麿に贈る歌

春風の声《おと》にし出《で》なばありさりて今ならずとも君がまにまに

大伴家持・万葉集四

〔大意〕春風が音を立ててはっきり吹くように、このまま時が過ぎて目に見えて娘が成長したら、あなたの望みのままにしましょう。

太政大臣の、左大将にて、相撲の還饗し侍ける日、中将にてまかりて、事終りて、これかれまかりあかれけるに、やむごとなき人二三人許とゞめて、客人、主、酒あまたゝびの後、酔にのりて、子どもの上など申けるついでに

人の親《おや》の心は闇《やみ》にあらねども子を思《おもふ》道にまどひぬる哉《かな》

藤原兼輔・後撰和歌集一五（雑一）

〔大意〕親の心は、闇というわけではないのですが、私には他のことは何も見えず子を思う道に迷ってしまっています。

姫島《ひめしま》の松《まつ》のゆふ日《ひ》に雁《かり》なきてわが子恋《ここひ》しき秋風《あきかぜ》ぞ吹《ふ》く

加納諸平・柿園詠草

〔大意〕姫島の松に夕日がさして雁が鳴いている。そこに秋風が吹いて来ると、わが子が恋しく思われることだ。

身《み》におはぬかたみぬきいれうなゐ子《ご》が山田《やまだ》の沢《さは》に若菜《わかな》摘《つ》むなり

井上文雄・調鶴集

〔大意〕体にあわない大きな籠を作った子供たちが、山

田の沢で若菜を摘んでいることだ。〔注解〕「かたみ」―籠。

物《もの》いはぬ四方《よも》のけだものすらだにもあはれなるかなや親《おや》の子《こ》を思《おも》ふ

金槐和歌集（源実朝の私家集）

〔大意〕ものを言うことのできないあちらこちらの獣でさえも、感慨深く思われることだ、親が子を思ってかわいがっている様子は。

「わ行」

宇治前太政大臣少将に侍ける時、春日の使に出で立ち侍りて又の日雪の降り侍けるに、四条大納言のもとにつかはしける

若菜《わかな》つむ春日《かすが》の原《はら》に雪《ゆき》ふれば心づかひを今日さへぞやる

藤原道長・後拾遺和歌集一九（雑五）

〔大意〕若菜を摘む春日の原に雪が降ったので、今日使いに出した子供はどうしているか、気懸りである。〔注解〕「心づかひ」―「使い」を掛ける。

「子」への思い
―短歌（近・現代）

子をあまた持てれど、皆遠き国にあれば、老の心細さに、折にふれて恨みかこつことも多かり。（以下六首、同前文）

暑き日はわが子を思ひ老いはてて身の寒ければましてしのばゆ

与謝野礼厳・礼厳法師歌集

遠く住む子等にも告げよほととぎす身のさびしさにその父は泣く

与謝野礼厳・礼厳法師歌集

足撫槌手撫槌神《あしなづちてなづち》も名にし負へば子は古《いにしへ》も愛《めぐ》くやありけん

与謝野礼厳・礼厳法師歌集

子と言へばせめて命の際《きは》ばかり膝をも枕《ま》きて死なんとぞ思ふ

与謝野礼厳・礼厳法師歌集

過ぎし世の如何なる咎《とが》か報いきて我には疎き子を持《も》

たるらん
与謝野礼厳・礼厳法師歌集

折ふしは親の上をも語るやと子を思ふごとに泣き咽びつつ
与謝野礼厳・礼厳法師歌集

§

子のうせしをりよめる歌どもの中に

小屏風をさかさまにしてその中にねたるわが子よお
きむともせず
落合直文・明星

さくら見に明日はつれてとちぎりおきて子はいねた
るを雨ふり出でぬ
落合直文・明星

去年《こぞ》の夏うせし子のことおもひいでてかごの螢をは
なちけるかな
落合直文・明星

§

雛鳩《ひなばと》の親よぶきけば古里《ふるさと》にふたり残しし子等《こら》をしぞおもふ
森鷗外・うた日記

あらぬまにものいふまでになりし子をつひにし見ず
ば哀《かな》しかりなん
森鷗外・うた日記

何となきおもひで苦しあまりにもおとなしき子とい
ひおこせつる
森鷗外・うた日記

病院に入りにしときも常いつく雛《ひな》もろ手に抱《いだ》きたりけん
森鷗外・うた日記

院しぞく日猶《なほ》病める子の病《やまひ》の名おぼろかなるをた
のみけるかな
森鷗外・うた日記

二人子《ふたりご》のすむ二家《ふたいへ》のいづれにかいなんと夢にまよひ
けるかな
森鷗外・うた日記

§

幼子は白きをいなと云ふからに赤き乾菓子に取かへやりぬ
伊藤左千夫・伊藤左千夫全短歌

垂乳根の母が乳房に寄眠り一つの蜜柑小さ手に持つ
伊藤左千夫・伊藤左千夫全短歌

言問はぬ稚兒が乞ふ手を物もなく苦るしすべなし父
親吾は
伊藤左千夫・伊藤左千夫全短歌

雪子兒が手にとりすがり肩馬《かどま》にし乗せとせがめばす
べもあらなく
伊藤左千夫・伊藤左千夫全短歌

末なるがめぐしきものと群肝の心にしみぬしが幼な声
伊藤左千夫・伊藤左千夫全短歌

春の芽の若葉に開く幼なふりうらゝきよらに生ひ立ちにけり
伊藤左千夫・伊藤左千夫全短歌

草花の手把《たば》を手に持ちうま寐する幼き人を神護ります
伊藤左千夫・伊藤左千夫全短歌

神の手を未だ離れぬ幼兒はうべも尊とく世に染まずけり
伊藤左千夫・伊藤左千夫全短歌

神の恵み深く尊とく授かりし子故に親はいのちのぶらく
伊藤左千夫・伊藤左千夫全短歌

我《わ》がこもる窓《まど》の外《と》のべにとゝと呼《よ》ぶをさなきふたり且《か》つ相《あひ》かたる
伊藤左千夫・伊藤左千夫全短

黒髪《くろかみ》のうなゐふたりが丹《に》のおものまろき揃《そろ》へて笑《ゑ》みかたまけぬ
伊藤左千夫・伊藤左千夫全短歌

いとけなくめぐしき兒等《こら》が丹《に》のをもの輝《かゞや》くいまを貧《まづ》しといはめや
伊藤左千夫・伊藤左千夫全短歌

§

糸車ひく手とゞめて家出せし我子の上を又おもふかな

佐佐木信綱・思草

庭の枇杷《びは》赤らみにけり末の子がかく文やゝにとゝのひ来けり
佐佐木信綱・常盤木

§

蟲が来てランプに鳴きぬ夜の室に古き畳に寝反《ねそ》れる子どもら
島木赤彦・馬鈴薯の花

子の眼病に重大なる疑問を宣せられて直に東京に向ひぬ。夜一夜汽車に揺られて七月二十四日暁飯田町に著せば直に車並べて病院に伴ふ。疲れを休むるひまもなし。親心只恐れ急ぐに

あが人力車《くるま》動きてあるを覚ゆれど眼《まなこ》の前の子をこそ守れ
島木赤彦・切火

蚊をやくと夜をふかく持つ灯の下は腹もあらはに我が子のねむり
島木赤彦・切火

子どもらの寝顔並べり黄色《くわうしよく》の火をうごかして蚊の翅追ふも
島木赤彦・切火

藪のなか露にぬれたる掌《て》をひらき木瓜《ぼけ》の青《あを》を果《み》を見

せたり我子《あこ》は
　　　　　　　島木赤彦・氷魚

たまさかに帰れる父のかたはらを寂しと思《も》ふか子どもは眠る　島木赤彦・氷魚
かへり来て家にいくらも居らぬゆゑに眠れる子らの顔を見て居り　島木赤彦・氷魚
光うすき春日曼陀羅の硝子戸に我と稚子《わくご》の息は曇るも　島木赤彦・氷魚
足袋買ひて子に穿かしめぬ木枯の落葉吹き下《おろ》す坂下の街に　島木赤彦・氷魚
忙がしき我れの仕事を思ひつつ子を守り行く冬木のまへを　島木赤彦・氷魚

逝く子（以下四首、同前文）

むらぎもの心しづまりて聞くものかわれの子どもの息《いき》終るおとを　島木赤彦・氷魚
これの世に汝《いまし》やはある吾《あ》れの子の手をとり握りひたすらにあり　島木赤彦・氷魚

幼きより生みの母親を知らずしていゆくこの子の顔をながめつ　島木赤彦・氷魚
玉きはる命のまへに欲りし水をこらへて居よと我は言ひつる　島木赤彦・氷魚
子どものたはれ言《ごと》こそうれしけれ寂しき時に我は笑ふも　島木赤彦・氷魚
二《ふた》とせまへい逝きし吾子《あこ》が書きし文鞄《ふみかばん》に入れて旅立たむとす　島木赤彦・氷魚
稚子《をさなご》の心はつねに満ちてあり声をうちあげて笑ふ顔はや島木赤彦・太虚集みどり子の肥え太りたる腕短しただに歓びて湯をたたき居り　島木赤彦・太虚集
何ものを見るとにあらず幼子の足《た》り頰笑《ほ》まひてただに見て居り　島木赤彦・太虚集

長子政彦の逝きしは十二月十八日なりき

冬空の澄むころとなれば思ひいづる子の面影ははる

かなるかな
島木赤彦・太虚集

古き籠《かご》に書物《ふみ》と著物《きもの》を詰め入れて吾子《あこ》は試験に旅立ちにけり
島木赤彦・柿蔭集

幼子が母に甘《あま》ゆる笑《ゑ》み面《おも》の吾《あ》をも笑《ゑ》まして言《こと》忘らすも
島木赤彦・柿蔭集

§

病を養ひて信濃にありたる子の久しぶりに帰るといふに

垣ごしにとなりの梅の咲きてより子を待つこころ二十日経にけり
太田水穂・冬菜

花うちて闇にみぞれのふる音す子にゆく夢の寝覚がちなる
太田水穂・冬菜

汽車降りてわれに向へる子の顔の面がはりして含羞《はにか》むらしき
太田水穂・冬菜

春土に萌え出て紅き百合若芽すこやかにして子はここにあり
太田水穂・冬菜

§

ライスカレーに立てる湯気より顔もたげ吾が子を見たり湯気に紅《あか》き顔
宇都野研・宇都野研全集

ほの〴〵とみごもり妻となりし子の頰《ほほ》の毳《わたげ》に和《やは》らぐ日ざし
宇都野研・宇都野研全集

いつの日もこの子は笑《ゑ》めり病《や》み臥《ふ》して起《た》つ日ありやと思ふ床《とこ》にも
宇都野研・春寒抄

笑みつゝも子がいふ言《こと》は亡《な》きあとを姉妹《きやうだい》に分けむあの衣《きぬ》この衣
宇都野研・春寒抄

病み呆《ほ》けて心をさなしわが娘母父《おもちち》よ手をつなぎてと言ふ
宇都野研・春寒抄

常の日のごとく其日《そのひ》も業《げふ》しつつ死行《しゆ》く娘に辛《から》くも会ひにし
宇都野研・春寒抄

§

子らのため火入れし行火《あんくわ》子らいねて我《わが》足あぶる霜夜ふけけり
岡麓・庭苔

夕づく日藤のわか葉が透徹《すきとほ》るうつくしさをば我子《わこ》に

見せてむ
岡麓・庭苔

良弟を寄宿舎に誘ひて夕方の一時間ばかり玉川の川原に来れり

あひに来しわが子の顔のうるみたり寒きかといへば
否《いな》とこたふる
岡麓・庭苔

土筆（以下二首、同前文）

をさな子は土筆《つくし》つみきて数《かず》よむと土をこぼせりわが
文机《ふづくゑ》に
岡麓・庭苔

をさな子は土筆のはかまむきながら学校の事をなは
しかけたり
岡麓・庭苔

§

幼な子の重き病にをかされし日よりつくづくいとし
うなりぬ
岡稲里・朝夕

ものごころ少しつきたるをさな子の、くるしむ見つ
つ胸のいたしや
岡稲里・朝夕

はじめてのわが子いだきて、ありし日のわれにさめ
つつ世をおもふかな
岡稲里・朝夕

わがおもていかにうつるや、百日子《もゝかこ》の、あけぼのに
似しその幼なまみ
岡稲里・朝夕

こぼこぼと病兒《びやうじ》の小《ち》さき咳嗽《せき》の声冷《こゑひ》えし廊下《らうか》をつた
はりて来《く》る
岡稲里・早春

疲《つか》れたる二重眼《ふたかはめ》して熱高《ねつたか》き病兒《びやうじ》は母《はは》の顔《かほ》を見《み》つむる
岡稲里・早春

熱《ねつ》さめしあとの疲《つか》れにすやすやと寝《ね》る兒《こ》のそばにほ
と吐息《といき》つく
岡稲里・早春

をさな子《ご》の行末《ゆくすゑ》などをおもひ見《み》るわれらが秋《あき》もなか
ばとなりぬ
岡稲里・早春

ときとしてわが病弱《びやうじやく》の身《み》にからむあまた幼《をさな》き命《いのち》
をおもふ
岡稲里・早春

目鼻《めはな》だちややととのひし幼子《をさなご》をはじめて覗《のぞ》きこころ
おちつく
岡稲里・早春

三人《みたり》まで幼《をさな》きもののわれをまつ家《いへ》とおもひぬ今更《いまさら》のごと

岡稲里・早春

かはゆき眼《め》六《むつ》つならびてわが著《つ》きし俥《くるま》を門《かど》にかこみけるかな

岡稲里・早春

しくしくと歯《は》を病《や》みて泣《な》く子《こ》の側《そば》に親効《おやがひ》もなくえも近寄《ちかよ》らず

岡稲里・早春

子供等《こどもら》の林檎《りんご》のごとき頬《ほ》のいろによみがへりたる生命《いのち》かなしも

岡稲里・早春

§

稚児の気息《いき》早みつつしづめれば、憂ひはわくも。あなひたぶるに。

石原純・靉日

わく児ふたり　肺炎やみて臥してゐる部屋に湯沸し、妻とゐにけり。

石原純・靉日

熱さめし我が稚児らやす寝《い》して、この夜過ぎなむ。ものしづやかに。

石原純・靉日

§

わがこもる部屋《へや》に来《きた》りて穉児《をさなご》は追儺《つゐな》の豆を撒《ま》きて行きたり

斎藤茂吉・白桃

をさな児の飯《いひ》くふ見ればこのゆふべはつかのハムをうばひ合ふなり

斎藤茂吉・白桃

うまいより醒《さ》めて話《はなし》をしはじめたるわが子等《こら》見つつ心ゆらぐも

斎藤茂吉・暁紅

いとけなきわが子二人《ふたり》が枕ならべて阿多福風《おたふくかぜ》を引き臥《ふ》して居り

斎藤茂吉・暁光

§

そむかれむ日の悲びをうれひつつ百日《ももか》に足らぬ子をいだくなり

新井洸・微明

§

膝に泣けば我が子なりけり離れて聞けば何にかあらむ赤子ひた泣く

若山牧水・秋風の歌

或時は寝入らむとする乳呑兒の眼ひき鼻ひきたはむれあそぶ

若山牧水・秋風の歌

わびしさや玉蜀黍畑《もろこしばた》の朝霧に立ちつくし居れば吾子呼ぶ声す
若山牧水・砂丘

いつの間に離《さか》りは行きしあはれ吾子《あこ》砂山の松の根にし手招く
若山牧水・朝の歌

著換すと吾子《あこ》を裸體《はだか》に朝床に立たせてしばし撫で讃《たた》ふるも
若山牧水・朝の歌

かき抱き吾子《あこ》と眠れる癖つきてをりをりおもふその吾子がことを
若山牧水・渓谷集

月ふたつ越えてなほ病む兒が髪は耳をおほひて延びほうけたり
若山牧水・くろ土

忘れゐしこのあまえごとをおのづから思ひ出でてする病める兒あはれ
若山牧水・くろ土

生れ来てけふ三日《みか》を経つ目鼻立そろへるみれば抱《だ》かむとぞおもふ
若山牧水・山桜の歌

貧しくてもはやなさじとおもひたる四人目《よたりめ》の子を抱けばかはゆき
若山牧水・山桜の歌

兒ひとり姉のふたりに増すとさへ思はれてこの子いとしかりけり
若山牧水・山桜の歌

四人《よたり》をる吾子のなかなるすゑの子のみづごかはゆしわが年ゆゑに
若山牧水・山桜の歌

四人目の末のみづごのとりわけてかはゆしおのれ病みがちにして
若山牧水・山桜の歌

わがむすめ六《む》つになれるがいたいたしなゐにおびえて痩の見えたる
若山牧水・黒松

机なる柘榴《ざくろ》ゆびざし見飽きなば賜《た》べよ喰べむと吾子の言ふなる
若山牧水・黒松

ゆくさきざき嫌はれてゐしわんぱくのひと日も終りいま眠りたる
若山牧水・黒松

§

あけがたの、真珠のごとき鼻の上に、汗のたままれり、むすめよ、むすめよ。

土岐善麿・不平なく

わがむすめも、まつしろな靴を涼しげにはくやうになれり。つゆ草のさく。

土岐善麿・不平なく

その声のするどさ、わが怒れるそのままなるいとしさ、泣くな、泣くな、むすめ。

土岐善麿・不平なく

わけもなく泣きわめくむすめを、おほ声に、叱りて、やがて、さびしくなりぬ。

土岐善麿・不平なく

わがむすめ、やつと眠《ねむ》れば、家《いへ》は、みな、爪先《つまさき》のみの、秋《あき》のゆふぐれ。

土岐善麿・黄昏に

わがむすめ、ひとり寝台《ねだい》に目《め》さめたる、小《ち》さきあくびの、春《はる》のあけぼの。

土岐善麿・黄昏に

砂浜《すなはま》に、小《ち》さくつくばひ、わがむすめ、蟹《かに》と遊《あそ》べり。世界《せかい》、事《こと》なし。

土岐善麿・黄昏に

わが寝顔《ねがほ》に、たはむれて手《て》の、いたいけさ。たるき眼《め》をあけて、わが子《こ》を眺《なが》むる。

土岐善麿・黄昏に

日南《ひなた》ぽつこ。このいたづらな、健《すこ》やかな、むすめの顔《かほ》に、ふと眠《ねむ》くなる。

土岐善麿・黄昏

§

夜《よる》おそく　つとめ先《さき》よりかへり来《き》て　今死《いまし》にしてふ児《こ》を抱《だ》けるかな

石川啄木・手套を脱ぐ時

二三《ふたみ》こゑ　いまはのきはに微《かす》かにも泣《な》きしといふになみだ誘《さそ》はる

石川啄木・手套を脱ぐ時

おそ秋《あき》の空気《くうき》を　三尺《さんじやく》四方《しはう》ばかり吸《す》ひてわが児《こ》の死《し》にゆきしかな

石川啄木・手套を脱ぐ時

底知《そこし》れぬ謎《なぞ》に対《むか》ひてあるごとし　死児《しじ》のひたひにまたも手《て》をやる

石川啄木・手套を脱ぐ時

かなしみの強《つよ》くいたらぬ　さびしさよ　わが児《こ》のからだ冷《ひ》えてゆけども

石川啄木・手套を脱ぐ時

まくら辺《べ》に子《こ》を坐《すわ》らせて、まじまじとその顔《かほ》を見《み》れば、逃《に》げてゆきしかな。

石川啄木・悲しき玩具

いつも、子《こ》を　うるさきものと思《おも》ひゐし間《あひだ》に、その子《こ》、五歳《さい》になれり。

石川啄木・悲しき玩具

その親《おや》にも、親《おや》の親《おや》にも似《に》るなかれ――かく汝《な》が父《ちち》は思《おも》へるぞ、子《こ》よ。

石川啄木・悲しき玩具

時《とき》として、あらん限《かぎ》りの声《こゑ》を出《だ》し、唱歌《しやうか》をうたふ子《こ》をほめてみる。

石川啄木・悲しき玩具

何思《なにおも》ひけむ――　玩具《おもちや》をすてて、おとなしく、わが側《そば》に来《き》て子《こ》の坐《すわ》りたる。

石川啄木・悲しき玩具

§

我が亡き子利公に（以下四首、同前文）

夏の中《うち》にひそめる秋を感じつゝ涙ぞいづる子の死にし後《のち》

木下利玄・銀

やはらかくをさなきものゝおごそかに眼《まなこ》つぶりて我より遠し

木下利玄・銀

いとし子のつめたきからだ抱きあげ棺にうつすと頬ずりをする

木下利玄・銀

友禅《いうぜん》のをんなのごとき小袖着て嬰児《えいじ》は瓶《かめ》の底にしづみぬ

木下利玄・銀

夏子に（以下六首、同前文）

病める子に心はかゝり夢に見つうつゝに思ひつ安眠しなさぬ

木下利玄・紅玉

ふなばたに吾子おもひをれば眼に揺《ゆ》れて暁《あかつき》海《うみ》の波は蒼《あを》しも

木下利玄・紅玉

いとし子の臥床《ふしど》によりそひその額《ぬか》に手おけば熱《あつ》しかはゆきものを

木下利玄・紅玉

わが妻は吾子の手握り死にてはいや死にてはいやと泣きくるひけり

木下利玄・紅玉

眼のまはり真紅《まあか》くなして泣きやめぬ妻のうしろに吾子死にてあり

木下利玄・紅玉

夕空に立つ煙突にわが夏子けぶりとなりてなびかひゆくも

木下利玄・紅玉

二郎に（以下五首、同前文）
木下利玄・紅玉

着物の下に手をやりてみれば亡《う》せし子の肌には未だぬくみたもてり
木下利玄・紅玉

病もつ一生《ひとよ》を終り今こそは吾子は眠りをほしいまゝにせり
木下利玄・紅玉

乳慾しく心はあせれ痙攣《けいれん》になやめりし子は今日うせにけり
木下利玄・紅玉

乳児の寝《ぬ》る熟睡《うまい》は寝《い》ねず夜毎になやみし子故妻もやつれつ
木下利玄・紅玉

夜くらし谷中の土に今もかも吾子は掌《て》をくみ眼つぶりてあらむ
木下利玄・紅玉

§

貧しさはかにもかくにも病める児を病院におき安しといはむ
古泉千樫・青牛集

ねむりゐる吾が児の足のあたたかさ今は専らに眠らむわれも
古泉千樫・青牛集

はしけやし玩具を持ちて歩み居りわが児の病今日よくあれよ
古泉千樫・青牛集

日の光あかるきなかにうづくまり病む児おもへばはるかなるかも
古泉千樫・青牛集

ひとびろと昼の湯あかしひびきれし吾児の手足をよく洗ひやらむ
古泉千樫・青牛集

をさな児を二人ともなひ湯にゐつつ今年はよき年ならむと思ふ
古泉千樫・青牛集

日曜の昼の湯に居りかよわかるわが娘《こ》のからだしみじみ見るも
古泉千樫・青牛集

病める児の熱もやうやく平らなれば今宵は安くわが眠りなむ
古泉千樫・青牛集

さ夜ふかみ妻がよぶ声に目さむれば病む児の熱のまたのぼりたる
古泉千樫・青牛集

みづからが拾ひ分けたる米の石かずをかぞへてわが

児は誇《ほこ》る
古泉千樫・青牛集

莢《さや》ながらよき人くれしそら豆の莢をむきつつよろこぶわが児ら
古泉千樫・青牛集

わが児らに教はりながら幼な唄くり返しつつうたひけるかも
古泉千樫・青牛集

このたかき鉄砲山にのぼり見むをさなき吾子《あこ》はわれや背負はむ
古泉千樫・青牛集

よもぎ摘みて今は帰らくわが子供みどり染む手を見せあひにけり
古泉千樫・青牛集

§

いとけなき日の滋《しげる》来て訴《うた》へ泣く夢に目覚めぬ秋の夜の二時
吉井勇・人間経

この夏は吾子《あこ》も日毎に遊びたる鶴間が原に秋の風吹く
吉井勇・人間経

風さむし吾子《あこ》やいかにと思ひつつ煮ゆるを待ちぬ爐の上の酒
吉井勇・人間経

現実《うつしみ》はいつかは死なむ死なばまた見がたき吾子のいとほしきかな
吉井勇・人間経

犬とともに走れる吾子のうしろ影薄に消えぬ泣かまほしけれ
吉井勇・人間経

相模なる鶴間の里の夏ごもり朝餉夕餉《あさげゆふげ》に吾子しおもほゆ
吉井勇・人間経

いまごろは吾子《あこ》はやすけく眠るらむ遠《とほ》ゐる父はいまだ寝なくに
吉井勇・人間経

§

けふ初めて勤《つと》めにいでし長男の帰りを待てば日の暮るる遅《おそ》し
半田良平・幸木

この家にい寝《ぬ》るも今宵《こよひ》ばかりぞと嫁《とつ》ぎゆく子にいひてほほ笑《ゑ》む
半田良平・幸木

夜学よりかへる道程《みちのり》のながくして胸いたきまで亡き

子思ほゆ

死にし子を思へば苦しきのふまで何を恃《たの》みて生き来し吾ぞ　半田良平・幸木

死にし子を由縁《ゆかり》のふかき母上の辺《へ》に葬りて帰り来れり　半田良平・幸木

子の臨終《いまは》静かなりきと聞くだにも目頭《めがしら》熱くなりて涙す　半田良平・幸木

子のために何一つ手を下《くだ》さずして告別式をけふ終りたり　半田良平・幸木

死にし子は吾に隠れて歌を詠《よ》みなかなかによき歌を遺《のこ》せり　半田良平・幸木

みんなみの空に向ひて吾子《あこ》の名を幾《いく》たび喚《よ》ばば心足りなむ　半田良平・幸木

彩帆《サイパン》はいかにかあらむ子が上を昨日《きのふ》も憂ひ今日《けふ》も憂ふる　半田良平・幸木

彩帆にいのち果てむと思はねば勇みて征《ゆ》きし吾子《あこ》し悲しも　半田良平・幸木

人は縦《よ》しいかにいふとも世間《よのなか》は吾には空し子らに後《おく》れて　半田良平・幸木

§

姉の子の二郎をの子よ。睦《むつ》ましみの　心たもちて、
肩《かた》うたせ居り　釈迢空・春のことぶれ

顔色をよく見とる子　と悪《にく》めども、叱《しか》りがたしも。
あはれに思ひて　釈迢空・春のことぶれ

かげろへる大きな銀杏《いちやう》の　梢《うれ》を見よ。わが言ふまゝ
に、目翳《まかげ》さす子か　釈迢空・春のことぶれ

§

百日《ももか》余《ま》りすでに肥立《ひだ》ちしみどり児《ご》に人の笑《ゑ》ひの　貌《かたち》
とゝのふ　中村憲吉・しがらみ

父われの腕《かひな》のうへに眠りたる嬰児《みどりご》の唇《くち》のものを笑《ゑ》みたる　中村憲吉・しがらみ

麗《うるは》しき日向《ひなた》へつれぬみどり児の柔頬《にこほ》は透《す》きて血潮
さすみゆ　中村憲吉・しがらみ

みどり児のしづもる見ればわが胸のシャツの　釦《ぼたん》を
抓《つま》みつつ居り　中村憲吉・しがらみ

親ごころ愚《おろ》かになりぬ抱《だ》ける児のすでに寝息の静け

き見れば

居《る》竦《すく》めて朝あさ妻が拭きてやる幼児《をさなご》ふたり頬《ほほ》霜やけぬ
中村憲吉・しがらみ

はやり感冒《かぜ》つぎつぎ病みて子ども四人顔ならべ臥《ね》たり障子明《あか》り処《ど》
中村憲吉・しがらみ

二階にてこころに懸かるをさな児は妻が寝せしや泣きしづまりぬ
中村憲吉・軽雷集

鴉《からす》よりはやく下りゆき下浜《したはま》に今朝もあそべり吾が子のかげは
中村憲吉・軽雷集

小舎《こや》の窓《と》になみしぶく見ゆ 裸《はだか》にせし子を抱《だ》きおろす岩底の湯に
中村憲吉・軽雷集

§

死にちかき力なき眼《め》を見ひらきて笑《ゑ》みかけし子をいつか忘れむ
石井直三郎・青樹以後

白菊の香のたちまよふこの室《へや》のここに常ゐて笑みし子は亡《な》き
石井直三郎・青樹以後

§

旱《ひでり》つづく朝の曇《くもり》よ病《や》める児《こ》を伴《ともな》ひていづ鶏卵《たまご》もとめに
土屋文明・放水路

おとろへて歩《あゆ》まぬ吾児《わがこ》を抱《いだ》きあげ今ひらくらむ蓮《はす》の花見す
土屋文明・放水路

高き熱いだしたりとふ幼児《をさなご》の朝飯《あさめし》むさぼり食《くら》ふを見たり
土屋文明・放水路

かはるがはる幼《をさな》き二人《ふたり》おぶひつつ登る峠に夏雲雀《なつひばり》なく
土屋文明・放水路

幼《をさな》かりし吾《われ》によく似て泣き虫の吾《わ》が児《こ》の泣くは見るにいまいまし
土屋文明・放水路

青々《あをあを》と海苔《のり》つく岸のあらはれし月島《つきしま》に来《きた》り子供と遊ぶ
土屋文明・放水路

避暑客《ひしよきやく》のかへれる海に吾《われ》は来て吾《わ》が幼子《をさなご》と一日《ひとひ》遊べり
土屋文明・放水路

静かなる夜《よる》のやどりに気《き》を張りて話す幼子の声はこだます
土屋文明・放水路

小坪《こつぼ》の浜の見え来《く》る崎道《さきみち》に幼児《をさなご》はころぶいきほひこみて
土屋文明・放水路

子供等《こどもら》は浮かぶ海月《くらげ》に興《きよう》じつつ戦争といふことを
理解せず
土屋文明・放水路

§

帰り来て吾児《わがこ》が眠る面《おも》ざしを立ちて見てをり蚊帳《かや》の上より
大熊長次郎・真木

§

愛垂《あいだ》るる子を離れきてむなしさよ庭籠《にはご》の餌粟《ゑあは》の殻《から》を
吹きつつ
明石海人・白描

あが兒《こ》はもむなしかりけり明けさるや紫雲英《げんげ》花野に
声は充《み》つるを
明石海人・白描

母父《おもちち》に手をとられつつ興じやまぬこの幼きを別れゆ
かむとす
明石海人・白描

§

遠空に雲のひとひら消えゆくと眠るわが子は胸に抱きつつ
前川佐美雄・天平雲

夕虹は明るかりけり抱きあげてわが子に見しむ初め
て見しむ
前川佐美雄・天平雲

生《うま》れ来《き》しわが子ことほぐと夕待てばはや白玉《しらたま》のもち
ひなりたる
前川佐美雄・天平雲

をさなごの眼《め》の見えそむる冬にして天《あめ》あをき日をわ
が涙垂《た》る
前川佐美雄・天平雲

一年《いちねん》にはや近くなれる幼子《をさなご》のやはらなる髪に春びかり差《さ》す
前川佐美雄・天平雲

汝《な》が母に享《う》けたる髪は濃《こま》やかにふさふさと伸《の》びて佳《よ》
き子となれ
前川佐美雄・天平雲

胸の上に高高《たかだか》と子をさしあげて親はうれしもよ仰向
きのままに
前川佐美雄・天平雲

吾子《あこ》よ見よかなしき親はましらなし汝《な》がために樹《き》に
登らむとする
前川佐美雄・天平雲

をやみなく雨降れりわれや幼児《をさなご》を胡座《あぐら》のなかに入れ
てあそばす
前川佐美雄・天平雲

をさな子の枕べを這ふ幾つもの蟻つぶししんとわが

眼《め》疑《うたが》はず　前川佐美雄・天平雲

わが荒き胸に映りて子の影の濃《こ》きたしかさよどこにも行くな　前川佐美雄・天平雲

いつしかに露草《つゆくさ》咲けりわが子ろも恙《つつが》なくして清き目見《まみ》見す　前川佐美雄・天平雲

よわよわしきわが子まもればはや霖雨《つゆ》の蜀葵《たちあふひ》淡《うす》く紅《べに》に咲きたり　前川佐美雄・天平雲

雨づつみいぶせきときもはしけやしわが子の声のわが背《せ》にひびき　前川佐美雄・天平雲

草花を摘み散らかしてあそべるも女《め》わら三歳《みつつ》に年まだ満たず　前川佐美雄・天平雲

まどしきは親のこころにありつらむ今はればれとわが子にむかふ　前川佐美雄・天平雲

§

若葉照る坂下りつつ昂《たか》ぶりのつねにしあらず吾子《あこ》は生《あ》れたり　木俣修・流砂

たのしけく玉蜀黍《たうきび》をもぐ吾子見ればなに嘆かんやこの朝光《あさかげ》に　木俣修・冬暦

幼子は鮭のはらごのひと粒をまなこつむりて呑みくだしたり　木俣修・冬暦

草に散る桜の花を追ふ吾子よわれもおぼれて春日照る苑　木俣修・冬暦

苦しみつつ机の前にひと夜経しわれを呼ぶ幼子はすでに眼ざめて　木俣修・冬暦

乳にほふ幼子に来る蚊をうちて梅雨のあめ蒸すゆふべひととき　木俣修・冬暦

幼子《をさなご》はひとり寝につけり青葉木菟《あをばづく》とほき木群《こむら》に啼《な》きそめしかば　木俣修・冬暦

無花果《いちじく》は熟《う》れて匂《にほ》へどよろこびのこゑあげむ高志汝《たかしなれ》　木俣修・落葉の章

はすでになし　木俣修・落葉の章

仮名文字《かなもじ》の小さき童話をひとつ書き亡《な》きわが童子の
霊《たま》にささぐる　木俣修・落葉の章

§

生きゆかむ苦しさ知らず陽に灼けし畳のうへに子は
眠りをり　宮柊二・小紺珠

午《ひる》過ぎし土に下《お》り立ちをさな子がをりをり風に眼《まなこ》を瞑《つむ》る　宮柊二・小紺珠

争ひてさまざまにしも生きゆかむ我が血《ち》伝へてうま
れ来《こ》し子ら　宮柊二・小紺珠

上の子の睡《ねむ》きまなぶたさすりやり何に悲しゑ父われの指　宮柊二・小紺珠

をさな子が遊びのひまに表情を変へゆくことのあな優々《やさやさ》し　宮柊二・小紺珠

甘えつつわれに凭《よ》りたつ子の髪のやや赤きこそうら
がなしけれ　宮柊二・小紺珠

閃きて意味を言ふ子よをみなにて今年四歳《よんさい》になりた
るからに　宮柊二・小紺珠

むつぎ干す母の辺《へ》に立つ幼子はふところ手《で》して袖無《そでなし》着たり　宮柊二・小紺珠

欠《あくび》して泣きいだす子の頭《つむり》撫で朝のひかりの畳にゐたり　宮柊二・小紺珠

なぐらるるごとき感じぞわれの子がわれを心に置か
ぬ所作《しよさ》する　宮柊二・晩夏

阿《おもね》りをいふ子きらひと言ひさしてふと見れば溢《こぼ》るる
ばかりの泪《なみだ》　宮柊二・晩夏

病める子よきみが名附くるごろさんのしきり啼く夜
ぞゴロスケホウッホウ　宮柊二・日本挽歌

人を傷《いた》めぬよき子になれと中の子の広き額を撫でて
をりたり　宮柊二・日本挽歌

おとうさまと書き添へて肖像画貼られあり何といふ
吾が鼻のひらたさ　宮柊二・日本挽歌

腕相撲われに勝ちたる子の言ひて聞けば鳴きをり籔の梟
宮柊二・多く夜の歌

つつましき願ひに覗く子の顔や霜明りして目が二つある
宮柊二・多く夜の歌

高校を卒へたる吾が子戻りきて青年のごと部屋ごもりたり
宮柊二・独石馬

老い初めしこの胸《きょう》底《てい》の漠《ひろ》さをば何に喩《たと》へて子らに告ぐべき
宮柊二・独石馬

十日ほど後《のち》に嫁がむ娘と語りわれの独身《ひとり》の日をも語りぬ
宮柊二・独石馬

林あり嫁《とつ》がせし子を思ふべく落葉を踏みて入り来ぬ我は
宮柊二・独石馬

「子」への思い
―俳句（近世～現代）

子をまふけたる人興行
ねぶらせて養《やしなひ》たてよ花のあめ　貞徳・犬子集

§

名月よ今宵《こよひ》生るゝ子もあらん　信徳・大湊

§

呼《よび》つぎの浜《はま》の子どもや苔仕事《のりしごと》　知足・枕かけ

§

節分《せつぶん》は我年とひに来る子哉　猿雖・類題発句集

§

しゝくし若子《わこ》の寝覚の時雨《しぐれ》かな　西鶴・両吟一日一千句

§

松かげにおち葉を着よと拾子かな　素堂・素堂家集

§

さとのこよ梅おりのこせうしのむち　芭蕉・あつめ句
子に飽《あ》クと申す人には花もなし　芭蕉・類柑子
猿を聞人捨子《きくひとすてご》に秋の風いかに　芭蕉・甲子吟行
名月や兒《ちご》たち並《なら》ぶ堂の椽《えん》　芭蕉・初蝉
賤《しづ》の子やいねすりかけて月をみる　芭蕉・桃青
いざ子どもはしりありかん玉霰《たまあられ》　芭蕉・木の葉集
定まらぬ娘のこゝろ取しづめ　芭蕉・続猿蓑
弓はじめすぐり立《たて》たるむす子《こ》共　芭蕉・深川

§

元日や常に見る子のうつくしき　木因・嵐雪戊辰歳日帖

娘みまかりければ
不知夜月《いざよひ》や我身にしれと月の欠《かけ》　杉風・続別座敷

§

初雪や児《ちご》の手にのる小傘《こがらかさ》　荷兮・橋守

§

月鉾《つきぼこ》や児《ちご》の額《ひたひ》の薄《うす》粧《けはひ》　曾良・猿蓑

§

海士《あま》の子や夜は揃《そろふ》る海苔《のり》の幅　路通・柏原集

§

やどる子に父極《きは》むるも情かな　言水・新撰都曲

§

母におくれける子の哀れを
おさな子《ご》やひとり食《めし》くふ秋《あき》の暮《くれ》　尚白・あら野
こがらしや里《さと》の子《こ》覗《のぞ》く神輿部屋《みこしべや》　尚白・あら野
四《よつ》ツ子《ご》のひとり食《めし》くう秋のくれ　尚白・花見車

§

つかみあふ子供の長《たけ》や麦畠　去来・嵯峨日記

§

昏に墨《すみ》つく児《ちご》のすゞみかな　千那・猿蓑

§

子にをくれける比
似《に》た顔《かほ》のあらば出《で》てみん一躍《ひとをど》り　落梧・あら野

うづみ火に子は子成《なり》けり夜着《よぎ》一ツ　介我・きくいたゞき

§

だかれてもおのこゞいきる花見哉《かな》　斜嶺・炭俵

§

竹の子や児《ちご》の歯ぐきのうつくしき　嵐雪・炭俵

§

十歳に成ける童の身まかりけるに
駒《こま》どりのもとの雫《しづく》や末《すゑ》の露《つゆ》　嵐雪・其袋

§

らうたげに物《もの》よむ娘《むすめ》かしづきて　重五・冬の日

§

さし木
つきたかと児《ちご》のぬき見《み》るさし木《き》哉《かな》　舟泉・あら野

§

里の子の五月雨髪《さみだれがみ》や田植笠《たうゑがさ》　許六・きれぎれ
細ながふ(う)首に日永し山の児《ちご》　許六・正風彦根躰

§

里の子の麦藁笛《むぎわらぶえ》や青葉山　才麿・才麿発句抜萃

§

声つかふ寒さや児《ちご》の里ごゝろ　正秀・少柑子

§

子ごゝろやわらぢ悦《よろこ》ぶ雪の朝　土芳・蓑虫庵集

§

捨《すて》し子《こ》は柴刈長《しばかるタケ》にのびつらん　野水・冬の日

§

子をもたばいくつなるべきとしのくれ　其角・続虚栗

信濃《しなの》にも老《おい》が子はありけふの月　其角・萩の露

灌仏《くわんぶつ》や捨子《すてご》すなはち寺の沙弥《しやみ》　其角・韻塞

娘には丸きはしらを月見かな　其角・艶賀の松

はつ雪や赤子に見する朝朗《あさぼらけ》　其角・五元集

寐たうちを子ども起《おこ》すな夕涼　其角・五元集拾遺

§

此秋《このあき》は膝《ひざ》に子のない月見哉《かな》　鬼貫・鬼貫句選

§

乳《ち》のみ子に散《ち》りかゝりたる花見かな　李由・小太郎

§

さみだれに小鮒《こぶな》をにぎる子供哉《かな》　野坡・炭俵

はじめて娘をもたる人のもとへ申つかはす

姫百合《ひめゆり》の小萩《こはぎ》がもとぞゆかしけれ　野坡・続別座敷

梅咲《さく》や子供《ども》をよする風車《かざぐるま》　野坡・裸麦

赤子なく宿は人なしむめのはな　野坡・田植諷

うぐひすや遠《とほ》ふ《(う)》 泣《なく》子に母の耳　野坡・野坡吟艸

つゝじ折《をる》岡のむすめや田植腰　野坡・野坡吟艸

王雅とともに裏町の燈篭見に歩行て

貧《まづ》しさの子を並べけり魂《たま》まつり　野坡・野坡吟艸

五十年に近き人の初子を儲けられけるを、
真児と名をつけて

孫《まご》も子も分《わか》らぬ雪のすゞめかな　野坡・野坡吟艸

§

里《さと》の子《こ》が燕握《つばくらにぎ》る早苗《さなへ》かな　支考・続猿蓑

ふたつ子《ご》も草鞋《わらぢ》を出《だ》すやけふの雪《ゆき》　支考・続猿蓑

笑《わらは》せて見ばやこの子を冬の梅　支考・枕かけ

§

寒食《かんじき》やいはけなき子にすねらるゝ　琴風・其袋

這《は》ふ児《ちご》の目に先《まづ》かゝる菫《すみれ》哉　琴風・瓜作

§

生れ子は仏も赤いつゝじ哉　浪化・柿表紙

§

かくれ子とあらば探《さぐら》ん梅の陰《かげ》　桃妖・文星観

§

あんな子をほしひでもなし仏生会　也有・蘿葉集

隠居家にかくし子鳴くや紙幟　也有・蘿葉集

§

子を抱て御階《みはし》を上る御修法《みずほ》哉　太祇・太祇句選

つみ草や背《せな》に負ふ子も手まさぐり　太祇・太祇句選
児《ちご》つれて花見にまかり帽子《まうす》哉　太祇・太祇句選
武士の子の眠さも堪《たへ》る照射《ともし》かな　太祇・太祇句選
やゝ老て初子《はつご》育《そだつ》る夜寒かな　太祇・太祇句選
憎にする子を膝もとや冬ごもり　太祇・太祇句選
手習子《てらこ》やの門うつ子あり朝さむみ　太祇・太祇句選

§

みどり子の頭巾眉深《まぶか》きいとをしみ　蕪村・蕪村句集

§

いはけなき子にとられたる扇かな　蓼太・蓼太句集
みどり子や見る目の前に相撲とり　蓼太・蓼太句集
舌たらぬ児《ちご》にもとらむ菊の酒　蓼太・蓼太句集

§

御修法（みしほ）
抱た子もぬかづかせぬるみしほ哉　嘯山・葎亭句集
つみくさも相合駕《あひあひかご》や稚子《ちご》二人　嘯山・葎亭句集
稚子は乳をくわへて花見かな　嘯山・葎亭句集
春雨や蓑《みの》着ぬる子の嬉しがほ　嘯山・葎亭句集
春雨やならず息子の二日ゑひ　嘯山・葎亭句集
こゝろせく娘のたけやころもがへ　嘯山・葎亭句集
りゝしげに魚すくう子の袷哉　嘯山・葎亭句集
呑やうに粽喰ふ子の不敵哉　嘯山・葎亭句集
わか竹や悪さする子の指の跡　嘯山・葎亭句集
みどり子に甜《ねぶ》り取れし扇かな　嘯山・葎亭句集
涼しさや上へ撫たる児の髪　嘯山・葎亭句集
乳呑子の泣やのわきの掛り舟　嘯山・葎亭句集
寐覚して子も起居けり十三夜　嘯山・葎亭句集
長き夜や旨く寐る子の病なし　嘯山・葎亭句集
子三人いまだ稚し敷ぶとん　嘯山・葎亭句集

§

子の顔に秋かぜ白し天瓜粉《てんくわふん》　召波・春泥句集

§

里の子の松葉いたゞく春の風　暁台・暁台句集
はだか子に乳の毛ひかれて夕涼　暁台・暁台句集

§

なき母の為とかける笈摺のうしろざま、いとあはれなるに。
夏旅や母のなき子がうしろかげ　白雄・白雄句集

§

朝がほや稚《をさな》き足に蚤のあと　几董・井華集

§

拾ひ子や薺の花の夕ぐもり　乙二・松窓乙二発句集
面《めん》買てくれて子は寐て春のくれ　乙二・松窓乙二発句集
苗とるも植るもひとり子もひとり　乙二・松窓乙二発句集
月嬉《うれ》し乳房はなれし子の心　乙二・松窓乙二発句集

§

空むいて子供弓射る霞かな　鳳朗・鳳朗発句集
侍になつた子の来る端午哉　鳳朗・鳳朗発句集

§

雪とけて村一ぱいの子ども哉　一茶・七番日記
是程《これほど》と牡丹《ぼたん》の仕方《しかた》する子哉　一茶・七番日記
茹《ゆで》栗や胡坐《あぐら》巧者《かうしや》なちいさい子　一茶・七番日記
鳴く猫に赤ん目をして手まり哉　一茶・八番日記
鬼灯《ほほづき》を取つてつぶすやせなかの子　一茶・八番日記

こぞの五月生れたる娘に一人前の雑煮膳を居へて

這《は》へ笑へ二つになるぞけさからは　一茶・おらが春
はつ瓜《うり》を引《ひつ》とらまへて寝た子哉　一茶・おらが春
鵜《う》の真似《まね》は鵜より上手《じやうず》な子ども哉　一茶・おらが春

小児の行末を祝して

たのもしやてんつるてんの初袷《あはせ》　一茶・おらが春
名月を取《とつ》てくれろとなく子哉　一茶・おらが春

§

鍬の刃に菫をのせて子を連《つれ》て　梅室・梅室家集
海士が子に袖ふらせたし風かほる　梅室・梅室家集

§

戸の外に折檻の子の夜寒かな　内藤鳴雪・鳴雪句集
魂棚の前に飯喰ふ子供かな　内藤鳴雪・鳴雪句集
学校に子供まだ居る野分かな　内藤鳴雪・鳴雪句集
飛び下りる子供を叱る火燵かな　内藤鳴雪・鳴雪句集
異見すんで子の立ち去りし夜長かな　内藤鳴雪・鳴雪句集

§

明治三十八年九月十四日古城堡にて茉莉の熱漸く降るを聞く

熱引くや立待《たちまち》居待《ゐまち》一分《ぶ》二分《ぶ》　森鷗外・うた日記

§

杣の子の二つ持ちたる手毬かな　村上鬼城・鬼城句集
春の夜や泣きながら寝る子供達　村上鬼城・鬼城句集
石の上に椿並べて遊ぶ子よ　村上鬼城・鬼城句集
男子生れて青山青し夏の朝　村上鬼城・鬼城句集
蒲団かけていだき寄せたる愛子かな　村上鬼城・鬼城句集

§

いたづらな子は寐入けり秋のくれ　正岡子規・子規句集

§

三女を三千代と名けて

我庵や三人よつて百千鳥　尾崎紅葉・紅葉句帳

§

薺摘んで母なき子なり一つ家　夏目漱石・漱石全集

女の子発句を習ふ小春哉　夏目漱石・漱石全集

§

抱かれ居る児の跳ねるなり凌霄花　幸田露伴・蝸牛庵句集

§

三月や子等と飯食ふ日の稀に　巌谷小波・さゞら波

初袷ふいと出てゆく息子哉　巌谷小波・さゞら波

§

沙弥某の病めるに

秋の蚊よこの子ばかりはさゝざらん　藤野古白・古白遺稿

§

桃の湯の溢るゝを児に浴せけり　篠原温亭・温亭句集

§

ちさい子の走りてあがる爪　河東碧梧桐・碧梧桐句集

涼む子等床几《しやうぎ》舁《か》き行く川の中　河東碧梧桐・碧梧桐句集

泣きやまぬ子に灯ともすや秋の暮　河東碧梧桐・碧梧桐句集

§

息子《むすこ》住む田舎家《いなかや》に来て春惜む　高浜虚子・六百句

五女の家に次女と駆け込む春の雷《らい》　高浜虚子・六百句

買喰《かいぐ》ひをして来よと子に祭銭《まつりぜに》　高浜虚子・五百五十句

並べある木の実に吾子《あこ》の心思ふ　高浜虚子・五百句

稲稔《みの》り蜻蛉《とんぼう》つるみ子を背負ひ　高浜虚子・六百五十句

娘《こ》の訪《と》ひ来《く》すぐ去ることも秋の風　高浜虚子・七百五十句

§

口あいて落花ながむる子は仏　大谷句仏・我は我

§

涙ためて背戸に立つ児や豆の花　西山泊雲・泊雲

§

鬼灯《ほほづき》やどの子にやろと吹き鳴らす　寺田寅彦・寅日子句集

§

風邪の子も酢貝に起きて游びけり　青木月斗・時雨

女の児も裸にさして打水す　青木月斗・時雨

天の川夜泣きする子を抱て出つ　青木月斗・時雨

つぎ〳〵に子の爪切りぬ夕端居　青木月斗・時雨

著ぶくれて雀のやうな子供かな　青木月斗・時雨

§

雪の中声あげゆくは我子かな　臼田亜浪・旅人

懸命に子が坂のぼる暖かき　臼田亜浪・旅人

よろこべる子に降る雪の白くなり　臼田亜浪・旅人

§

子を負ふて質屋出づれば月こほる　羅蘇山人・蘇山人俳句集

§

暖かや寝こけて重き背ナの児　大須賀乙字・乙字俳句集

§

初午や飛びあるく子の狐面　小沢碧童・碧童句集

夏蜜柑を買ひ子供の手に触れ　小沢碧童・碧童句集

きさらぎや子供がむいてうで玉子　小沢碧童・碧童句集

§

生意気にくやしがる子や菌狩　鈴木花蓑・鈴木花蓑句集

§

吾児病んで三月寒きみとりかな　島田青峰・青峰集

末の子の入学式に参りけり　島田青峰・青峰集

種痘する児のいとしさや抱き上げて　島田青峰・青峰集

寝冷え子にいぶせく閉ざす障子かな　島田青峰・青峰集

寝冷え子の又踏み脱ぎし蒲団かな　島田青峰・青峰集

よその子の栗剝くを見るゐる我子かな　島田青峰・青峰集

鶏頭に土踏みそめし我子かな　島田青峰・青峰集

---

§

海見れば暢ぶ思ひ今日も子を連れて　種田山頭火・層雲

子連れては草も摘むそこら水の音　種田山頭火・層雲

病む児寝入れば大きな星が一つ見ゆ　種田山頭火・層雲

蚊やり線香のけむり　ますぐに子をおもふ　種田山頭火・定本種田山頭火全集

はだかではだかの子をだいてゆふべ　種田山頭火・定本種田山頭火全集

子に食べさせてやる久しぶりの雨　種田山頭火・定本種田山頭火全集

子のことは忘れられない雲の峰　種田山頭火・定本種田山頭火全集

子のことも考へないではない雲の峰がくづれた　種田山頭火・定本種田山頭火全集

こどもなかよくあたゝかく芽ぶく　種田山頭火・定本種田山頭火全集

§

湯豆腐や鶯笛を子に鳴らし　渡辺水巴・白日

並び寝の子と手つないで雪夜かな　渡辺水巴・白日

肺炎の児に蚊帳くゞる霜夜かな　渡辺水巴・白日

炭斗や病む児にひゞく蓋の音　渡辺水巴・白日

いねし子の朱唇にうるむ雪夜かな　渡辺水巴・富士
子の髪に櫛入るゝ我れ春めきぬ　渡辺水巴・富士
夏蜜柑よく吸ひし子の四肢匂ふ　渡辺水巴・富士

§

児に草履をはかせ秋空に放つ　尾崎放哉・須磨寺にて
叱ればすぐ泣く児だと云つて泣かせて居る　尾崎放哉・小豆島にて
少し病む児に金魚買うてやる　尾崎放哉・小豆島にて

§

子を連れてしばらく拾ふ椿かな　吉武月二郎・吉武月二郎句集
病床に我が子を寄せぬ寒さかな　吉武月二郎・吉武月二郎句集

台湾の矢野青哉に嫁ぎし長女月夜、男子初産の報あり

掌にのせて木の実の艶を思ふかな　吉武月二郎・吉武月二郎句集

亡児硯哉の百ケ日近し

菊秋の日暮の香や新仏　吉武月二郎・吉武月二郎句集

§

つくしが出たなと摘んでゐれば子も摘んで　北原白秋・竹林清興
物の音の冴える夜だ子も目をあいて　北原白秋・竹林清興
新入生と母とが戻る畔《あぜ》の櫨子《しどみ》だ　北原白秋・竹林清興
芒青うて蝶を追ふ子ぞ　北原白秋・竹林清興
子を連れて草いきれの道曲つて見える　北原白秋・竹林清興
藪虱のほのかを日向ゆく子よ　北原白秋・竹林清興
子とひろふこま柿の青い蔕かよ　北原白秋・竹林清興
童らちんまりと坐り青かへでの日かげ　北原白秋・竹林清興
麦の花のちらちらを子らが駈けてる　北原白秋・竹林清興
童子々々からたちの花が咲いたよ　北原白秋・竹林清興
土ばかりいぢつて何を抜く子ぞ　北原白秋・竹林清興
ちぢこまる子供ささ鳴き　北原白秋・竹林清興

§

子をつれてうるほふこころ春の旅　飯田蛇笏・椿花集
幼子の死に雲ふかし落葉降る　飯田蛇笏・椿花集
秋尽日童の定命を如何にせん　飯田蛇笏・椿花集

§

病める子の癒ゆとも見えず更衣　長谷川零余子・雑草
湯婆の淋しく高し子の寝顔　長谷川零余子・雑草

虫なくや泣くばかりにて乳づかぬ子
長谷川零余子・雑草

§

海棠や稚児に出す子に浴さす
高田蝶衣・青垣山

§

幼《をさな》より憂ひしる子の団扇かな
原石鼎・花影

頤《ゐ》に雫し泳ぎ冷えし子上りけり
原石鼎・花影

朝寝子や永日つゞく寝ざまして
原石鼎・「花影」以後

§

金魚屋にいつ馴染なる我子かな
籾山柑子・柑子句集

§

落葉木晴れつづき家出娘が戻る
大橋裸木・人間を彫る

雪やんだ顔の子が立つてる
大橋裸木・人間を彫る

病む子の寝顔と大きなザボンとのそこに座る
大橋裸木・人間を彫る

肩から覗く子供の眼の寒い日暮を来る
大橋裸木・人間を彫る

大きなあぶら手で病む子の熱を見てゐる
大橋裸木・人間を彫る

霜朝の小鍋で病む子のもの煮る
大橋裸木・人間を彫る

子供に赤マント着せて医者へ連れる
大橋裸木・人間を彫る

子供ちよこちよこする影の落葉を掃いてる
大橋裸木・人間を彫る

熟柿のつめたさ吸ひ込んで泣きやんだ子
大橋裸木・人間を彫る

子を呼ぶおのれに草原の子がみんな顔出した
大橋裸木・人間を彫る

雨夜灯ぼした一と部屋の子を遊ばす
大橋裸木・人間を彫る

くらい夜を戻り子供に笑ひかける
大橋裸木・人間を彫る

すさまじく雨降りき子供膝に来る
大橋裸木・人間を彫る

抱く子のうぶ毛夕風の柔らかさを愛する
大橋裸木・人間を彫る

線香花火持つ子が母に顔寄せてゐる
大橋裸木・人間を彫る

冬夜の深い椅子に置かれし子のつぶら眼
大橋裸木・人間を彫る

いたづらつ子を妻に托し日盛り旅立つ
大橋裸木・人間を彫る

病む子に持たす摘草へなへなとなりて戻る
大橋裸木・人間を彫る

§
妻子は夙に眠り、われひとり机に向ひつつ。
咳《せき》ひとつ赤子のしたる夜寒かな　芥川龍之介・澄江堂句抄
§
栗焼けば寝そびれあそぶ末子かな　水原秋桜子・葛飾
§
海の子等こよひ門火を囲みゐる　山口青邨・雪国
人征きてゐもりと遊ぶ子等愛《かな》し　山口青邨・雪国
背の子に木槿の花のちやうど高く　山口青邨・雪国
吾子はをみな柚子湯の柚子を胸に抱き　山口青邨・雪国
§
食卓に夏めげぬ子等の瞳かな　島村元・島村元句集
§
吾子とゐて吾子をわする丶日向ぼこ　五十崎古郷・五十崎古郷句集
§
暖かや子の虫癖の膞いぢり　富田木歩・木歩句集
兄が子の食初めに
朝寒や児が歯固めの豆腐汁　富田木歩・木歩句集
麻だすきして昼寝子よ秋祭　富田木歩・木歩句集
§
春泥に子等のちんぼこならびけり　川端茅舎・定本川端茅舎句集
§
一つづつ柿もちて立つ子らの路　横光利一・横光利一句集
とつくにの子ら眠りをり青き踏む　横光利一・横光利一句集
§
風邪の子の枕辺にゐてものがたり　日野草城・花氷
とりわきて娘《こ》のひもじがる夏ゆふべ　日野草城・旦暮
思ひ切り喰べたしと真顔にていふ子　日野草城・旦暮
母の日の妻より高き娘かな　日野草城・旦暮
春着の子ここまで育ち呉れしかな　日野草城・銀
誰《た》が妻とならむとすらむ春着の子　日野草城・銀
初春や子が買ひくれしオルゴール　日野草城・銀
春の雨ひとり娘のひとり旅　日野草城・銀
子は旅に春浅き富士晴れたりや　日野草城・銀
春の宵子の旅ばなし聴き倦かぬ　日野草城・銀
つつがなく旅を戻りし子の朝寝　日野草城・銀
年の瀬や子に縁談の重なりて　日野草城・銀
わが子はやかの日の妻の齢《よはひ》なる　日野草城・銀
§

桜の実紅《べに》経てむらさき吾子生る　中村草田男・火の島
吾子顎に力皺寄せ虻目守れる　中村草田男・万緑
母の背に居る高さ虻の来る高さ　中村草田男・万緑
のけぞれば吾が見えたる吾子に南風《みなみ》　中村草田男・火の島
吾子の瞳《め》に緋躑躅宿るむらさきに　中村草田男・火の島
朧三日月吾子の夜髪ぞ潤へる　中村草田男・火の島
虫鳴く夜の日記となりぬ吾子今日立つ　中村草田男・火の島
裾長の寝巻の子佇ち庭の月　中村草田男・火の島
馬多き渋谷の師走吾子と佇つ　中村草田男・火の島
次子生れぬ舌ふくみ鳴く寒雀　中村草田男・火の島
あかんぼの舌の強さや飛び飛ぶ雪　中村草田男・火の島
あかんぼの香のみ隙間風殆ど無し　中村草田男・火の島
あかんぼに紅き唇雪明り　中村草田男・火の島
吾子の春額を仰ぎて壁たゝく　中村草田男・火の島
万緑の中や吾子の歯生え初むる　中村草田男・火の島
赤んぼの五指がつかみしセルの肩　中村草田男・火の島
梅雨さやぐ灯の床吾子と転げ遊ぶ　中村草田男・火の島
吾子も亦汗の蓬髪瞳澄めり　中村草田男・火の島
ほとゝぎす二児の枕の房ひそか　中村草田男・火の島

長女次女に落葉松《からまつ》葉月散りそめぬ　中村草田男・火の島
うから眠る子等の蒲団はやゝ低く　中村草田男・万緑
涅槃けふ吾子の唱《うた》ひし子守歌　中村草田男・万緑
餅白くみどり児の唾泡細か　中村草田男・万緑
冬芭蕉此家《や》で貰ふ吾子の卵　中村草田男・万緑
冬富士や背中かゆくて吾子恋し　中村草田男・万緑
子は育つ柱・梯子に苔咲きつつ　中村草田男・母郷行
吾子と在れば大綿降《くだ》り来《く》乳一滴　中村草田男・母郷行
吾子の呼気をかをる吸気に共昼寝　中村草田男・母郷行
月の面《も》平ら吾子満ち満つる月の頬　中村草田男・母郷行
小娘となりゐし吾子等鳰の行衛　中村草田男・母郷行

§

赤ん坊Ⅰ（以下五句、同前文）
にぎりしめにぎりしめし掌に何もなき　篠原鳳作・海の度
睡りゐるその掌のちさゝ吾がめづる　篠原鳳作・海の度
赤ん坊泣かしおくべく青きたゝみ　篠原鳳作・海の度
赤ん坊の蹠《あうら》まつかに泣きじやくる　篠原鳳作・海の度
泣きじやくる赤ん坊薊の花になれ　篠原鳳作・海の度
赤ん坊Ⅱ（以下五句、同前文）
太陽に襁褓かゝげて我が家とす　篠原鳳作・海の度

赤ん坊を移しては掃く風の二間《ふたま》　篠原鳳作・海の度
指しやぶる音すきくくと白き蚊帳　篠原鳳作・海の度
太陽と赤ん坊のものひらりくく　篠原鳳作・海の度
赤ん坊にゴム靴にほふ父帰る　篠原鳳作・海の度
赤ん坊Ⅲ（以下五句、同前文）
指しやぶる瞳のしづけさに蚊帳垂るゝ　篠原鳳作・海の度
吾子たのし涼風をけり母をけり　篠原鳳作・海の度
涼風のまろぶによろしつぶら吾が子　篠原鳳作・海の度
涙せで泣きじやくる子は誰の性《さが》　篠原鳳作・海の度
蟻よバラを登りつめても陽が遠い　篠原鳳作・海の度

§

男子二才なりしが俄に病みて死す
茘枝熟れ萩咲き時は過ぎゆくも　加藤楸邨・寒雷
夜の蟻寝そびれし子と追ひあそぶ　加藤楸邨・寒雷
相搏てる吾子を汗垂れて見てゐるなり　加藤楸邨・寒雷
汗の顔吾子怒り何をいはんとする　加藤楸邨・寒雷
子の反抗泣きつつ蟬を手に放たず　加藤楸邨・寒雷
吾子の鼻汗かきて蟬を鳴かせゐる　加藤楸邨・寒雷
蟬とりの吾子に叱られ書をとざす　加藤楸邨・寒雷
梅雨の漏飯食ふひまも子が騒ぐ　加藤楸邨・寒雷
炎塵の帽脱りて子のひとりごと　加藤楸邨・寒雷
ものおもへば風邪の子の瞳が我を追ふ　加藤楸邨・寒雷
鵙鳴くやわれに背きし子のひとり　加藤楸邨・穂高
明子死す
末枯に乗りて小さきは吾子菩薩　加藤楸邨・穂高
朝刊を悴み読むや子は膝に　加藤楸邨・穂高
吾子泣寝月光めぐり来て去りぬ　加藤楸邨・穂高
曼珠沙華泣き出でし子を負ひすかし　加藤楸邨・穂高
天の川泣寝の吾子と旅いそぐ　加藤楸邨・穂高
寒き灯の下に子を置き旅いそぐ　加藤楸邨・穂高
春愁の寝顔は誰に似たる子ぞ　加藤楸邨・穂高
蚊帳の月避暑なき吾子をねむらしめ　加藤楸邨・穂高
外套の腕振り戻る吾子のため　加藤楸邨・穂高
新嘗祭子を抱きてよき父といはれ　加藤楸邨・穂高
亡児明子
夏帽の笑顔瞼にありて亡き　加藤楸邨・穂高
吾子のためあげしわが手も秋の風　加藤楸邨・穂高
兜虫障子を鳴らす吾子寝ねて　加藤楸邨・穂高
子がよろこぶ父の体操露の瑠璃　加藤楸邨・穂高
泣きつつぞ鉛筆削る吾子夜寒　加藤楸邨・穂高

呟けば子が問ひかへす汗の中　加藤楸邨・穂高
月あかり書きやめて子の目鼻あり　加藤楸邨・穂高
泣きし子も蟇も真青ぞ青嵐　加藤楸邨・穂高
露の中万相うごく子の寝息　加藤楸邨・穂高
胸に子の名呼びをり落葉急なるとき　加藤楸邨・穂高
笹鳴や玻璃に頰あて吾を見る子　加藤楸邨・雪後の天
入学試験の子等と馴れしが了りけり　加藤楸邨・雪後の天
子等に明日あり冬の夕焼畳に燃え　加藤楸邨・雪後の天
吾子の歌大春雲を戴せかへる　加藤楸邨・雪後の天
人の子のどれも悧《さか》しや春の風邪　加藤楸邨・雪後の天
子へたより燈下を羽虫吹かれゆく　加藤楸邨・雪後の天
子の前に冬シヤツ脱ぐとをどけをり　加藤楸邨・野哭

§

チユウリツプわが子標準胸囲を抜く　高橋馬相・秋山越
初蟬に子の顔ひそとあをかりき　高橋馬相・秋山越
吾子泣けり秋雲よする辺に泣けり　高橋馬相・秋山越
仮名のみの手紙吾子より鵙の晴　高橋馬相・秋山越

§

新春の小さき岩よ吾子と来ぬ　石橋辰之助・山暦
子は抱かれ夏雲の尾根を下りむとせず　石橋辰之助・山暦
吾子の顔剃るや秋雷家を響《とも》す　石橋辰之助・山暦
子も挽きし麦挽き終へて炉火落とす　石橋辰之助・山暦
子と描きし七月の尾根遂に昏れぬ　石橋辰之助・山暦
げんのしようこ次男長女の籠にも入れ　石橋辰之助・山暦
秋山に昏れてゐる子の父がわれ　石橋辰之助・山暦
ぼや拾ふ木がくれの子のたのもしや　石橋辰之助・山暦
蚤に泣く子等や障子を張りいそぐ　石橋辰之助・山暦

§

子供らに七夕すぎぬ天草採　石田波郷・風切
　長女温子出生
三月の産屋障子を継貼りす　石田波郷・雨覆
有明の餞じき子抱く蚊帳の中　石田波郷・雨覆
子の涙こんこんと出づ涼しき如　石田波郷・雨覆
焼跡に盆の衣きて子はあそべ　石田波郷・雨覆
蟬かなしベツドに縋る子を見れば　石田波郷・胸形変
悴み病めど栄光の如く子等育つ　石田波郷・胸形変
冬日の吾子少年少女たる日までは　石田波郷・胸形変
父居ぬ冬子等は基騏驎を始めて見き　石田波郷・胸形変

雪後来し子の柔髪のかなしさよ　石田波郷・胸形変
ほとゝぎすすでに遺児めく二人子よ　石田波郷・胸形変
離れて遠き吾子の形に毛糸編む　石田波郷・惜命
吾子の絵の貨車の下なる梅雨の墓　石田波郷・惜命
子等遠し病力もて胡桃割る　石田波郷・惜命
子を思ふ日ねもす捨菊見えてをり　石田波郷・惜命
襖の隙に二人子が餅焦がしをり　石田波郷・惜命

「孫」への思い
―短歌（古代～現代）

むすめうせたる人、孫かなしげにてあるを見て、祖父に
いにしへの形見《かたみ》にこれや山賤《がつ》の撫《な》でゝおほせる常《とこ》夏の花《はな》
実方朝臣集（藤原実方の私家集）

〔大意〕亡くなった娘さんの忘れ形見なのですね、大切に育てたナデシコのようなこの子が。〔注解〕「常夏の花」―ナデシコ。大切に育てる意の「撫でし子」を掛ける。

§

すゝびたるゐろりのもとの物がたり幼き孫は早寝入りたる
佐佐木信綱・思草

§

孫　重雄歩きはじむ（以下七首、同前文）

みどり児のあゆみはじめし足どりを数《かぞ》へはやしてよろこびかはす
岡麓・庭苔

みどり児は立ちてあゆめりゑみはやす母のわかければわれはかなしき
岡麓・庭苔

手をのばし抱《だ》かむとすれば声あげてなく児すべなしあやしかねつも
岡麓・庭苔

智慧のつくまづはじめかやみどり児の人みしりして大《おほ》声になく
岡麓・庭苔

母親の乳ぶさに頬をすりよせて見馴れぬ顔の人みしりすれ
岡麓・庭苔

五月五日

孫の手をとりて門《かど》べをあゆませつ心だらひにけふは遊ばむ
岡麓・庭苔

抱《だ》きあげて外《そと》に出《い》づれば嬰《みどり》児《ご》のすこしおもたくなりにけるかも
岡麓・庭苔

孫萩原重雄　九月七日信雄より兄重雄八月八日戦死の電報に接す、細事未だ知り得ずと云々（以下八首、同前文）

一枚《ひとひら》の葉書手に持ち見つめゐてあな息づかし重雄死にたり
岡麓・湧井

戦死せし一月後《ひとつきのち》の今日知るをうとかりけりと思ひ悔《く》いめや
岡麓・湧井

長男に生れし汝《なれ》のよく肥《こ》えて大様《おほやう》なりき若《わか》く死なむとは
岡麓・湧井

筑波ねにつれて登りし思出《おもひで》の今あらたなり死にて居らずも
岡麓・湧井

世にいでて妻めとる迄《まで》わが生きてゐたしといひし事のたがひぬ
岡麓・湧井

汝《な》が死にし事は知りにきいづこにていかなるときに命はてけむ
岡麓・湧井

孫重雄八月八日戦死すとわれいくたびも口のうちに唱《とな》ふ
岡麓・湧井

ゆで栗をもらひて帰り来《く》るみちによろこぶ孫の顔がうかぶも
岡麓・湧井

いくらかはをさまるらしき百日咳こよひは孫のいびきを立てつ
岡麓・湧井

いとけなき孫抱きかかへもりしつつ後《あと》十年をいきのびてゐたし
岡麓・湧井

いくらかはゆるむ彼岸の雨の日を孫とくらしつ孫のとしは四つ
岡麓・湧井

をさなきがわきて愛《かな》しく老の身の心弱りて孫あまやかす
岡麓・湧井

§

この春に生《うま》れいでたるわが孫よはしけやしはしけやし未《いま》だ見ねども
斎藤茂吉・白き山

現実《げんじつ》は孫うまれ来て乳《ちち》を呑む直接《ちょくせつ》にして最上の善
斎藤茂吉・つきかげ

ぷらぷらになることありてわが孫の斎藤茂一路上《もいちろじやう》をあるく
斎藤茂吉・つきかげ

§

生れたる曾孫《ひまご》を見むと出でたりき此の小き坂堪《た》へて往来《ゆきき》して
土屋文明・青南後集

§

長女の幼子育つ
嬰児は舌くぼめつつ出入《だしいれ》すいまだ意識の無かるならめど
宮柊二・忘瓦亭の歌

この庭で手鞠《てまり》遊ばむ待ちがたく孫の童《こ》を待つ春のあけぼの
宮柊二・緑金の森

「孫」への思い
──俳句（近世〜現代）

一夜塚《いちやづか》孫は茅花《つばな》をおが（を）みけり
尚白・俳僊遺墨

§

孫《まご》どものかい（ひ）こ養《やしな》ふ日向《ひなた》哉
其角・千々之丞

§

神送り孫《まご》達ならぶ握《にぎ》り箸《ばし》
野坡・野坡吟艸

§

孫つれて空へ杖つく雲雀《ひばり》かな
涼袋・百題集

§

山ざとのはなに孫抱くむしろかな
士朗・枇杷園句集

§

佐倉の山中に孫の徹女を荼毘して
霜柴の我が目に痛き煙かな
内藤鳴雪・鳴雪句集

§

思ひ立つて孫訪ふ日なり捨頭巾
巌谷小波・さゞら波

§

九人目の孫も女や玉椿
高浜虚子・慶弔贈答句抄

§

孫がまた生れたとて
生れてうれしく掌を握つたりひらいたり
種田山頭火・定本種田山頭火全集

孫のよな子を抱いて雪も消えた庭に
種田山頭火・定本種田山頭火全集

§

嬰児賦、六句　昭和十九年一月十日鵬生応

召す、同年六月二十六日初児公子誕生、その時鵬生はすでに遠く蒙疆に在り

児の父の征旅をしのぶ夜寒かな　飯田蛇笏・春蘭

秋もはや日輪すずし嬰児を抱く　飯田蛇笏・春蘭

嬰児だいてさきはひはずむ初月夜　飯田蛇笏・春蘭

ねざめよき児が透く秋の枕蚊帳　飯田蛇笏・春蘭

児をだいて養魚池をみにいわし雲　飯田蛇笏・春蘭

嬰児だいて邯鄲きかな花圃の中　飯田蛇笏・春蘭

「親」への思い――男歌

「親」への思い

―短歌（古代～近世）

朝露《あさつゆ》の消易《けやす》きわが身他国《ひとくに》に過ぎかてぬかも親の目を欲《ほ》り

麻田陽春・万葉集五

〔大意〕朝露のように消えやすいわが身ではあるが、他国では死にきれないことですよ、親に一目会いたくて。〔注解〕「過ぎかてぬかも」―死ぬに耐えないことであるよ。

出でて行きし日を数へつつ今日今日と吾《あ》を待たすらむ父母らはも

山上憶良・万葉集五

〔大意〕私が出発した日から何日経ったかと数えながら、今日か今日かと私を待っておられるだろう父母よ、ああ。

大君の命畏《みことかしこ》み磯に触り海原《うのはら》渡る父母を置きて

丈部造人麿・万葉集二〇

〔大意〕大君のご命令を恐れ多く思って、私は磯を渡り海原を渡って行く。父母を置き残して。

三月尽日、親の墓にまかりてよめる

思《おも》ひ出《い》づることのみしげき野辺《のべ》に来《き》てまた春《はる》にさへ別《わか》れぬるかな

永胤・後拾遺和歌集二（春下）

〔大意〕いろいろと思い出すことの多い草木の繁るこの野辺にやって来て、（亡くなった親と別れるだけでなく）春という季節とも別れてしまうことだ。〔注解〕「しげき」―頻繁に思い出す意の「密し（しげし）」と草木の繁茂する意の「繁き」を掛ける。

ごくらくにわがちゝはゝはおはすらむけふひざもとへゆくとおもへば

大愚良寛・良寛自筆歌抄

〔大意〕極楽にわが父母はおいでであろう。今日そのひざもとへ行くことができると思えば（嬉しい）。

旅行《たびゆき》に行くと知らずて母父《あもしし》に言申《ことまを》さずて今ぞ悔《くや》しけ

川上臣老・万葉集二〇

〔大意〕長旅になるとは知らずに、母父に何も申し上げずに出発して来たことが、今は悔やまれることだ。

父母え斎《いは》ひて待たね筑紫《つくし》なる水《み》漬《づ》く白玉取りて来《く》までに

川原虫麿・万葉集二〇

〔大意〕父母よ、斎いごとをして私を待っていてください。筑紫の海の中の真珠を取って来るまで。

父母が頭《かしら》かき撫で幸《さ》くあれていひし言葉《けとば》ぜ忘れかねつる

丈部稲麿・万葉集二〇

〔大意〕父母が私の頭をかき撫でて、無事でいるようにと言ってくれた言葉が忘れられないことです。

父母が殿の後方《しりへ》の百代草《ももよぐさ》百代《ももよ》いでませわが来《きた》るまで

生玉部足国・万葉集二〇

〔大意〕父よ母よ、百代まで健在でいてください。私が帰って来るまで。〔注解〕「父母が～百代草」――次の「百代」を導く序。

父母も花にもがもや草枕旅は行くとも捧《ささ》ごて行かむ

丈部黒当・万葉集二〇

〔大意〕父も母も花であってほしい。旅に行く時は、ささげて持って行こう。〔注解〕「草枕」――「旅」に掛かる枕詞。

月日《つくひ》やは過《す》ぐは往《ゆ》けども母父《あもしし》が玉の姿は忘れ為《せ》なふも

中臣部足国・万葉集二〇

〔大意〕月日は過ぎて行くけれども、母父の玉のようなお姿は忘れることができない。

一世《ひとよ》には二遍《ふたたび》見えぬ父母を置きてや長く吾《あ》が別れなむ

山上憶良・万葉集五

〔大意〕一生に二度と逢うことができない父母を残して、この先永劫に私は別れるのであろうか。

見《み》し世《よ》にはただなほざりの一言《ひとこと》も思《おも》ひ出《い》づればなつかしきかな

村田春海・琴後集

〔大意〕（父母が）生きていた頃には、おろそかにしていた一言も、いま思いだして見ると懐かしいことであるよ。

昔《むかし》だに昔《むかし》と思《おも》ひしたらちねのなを《(ほ)》恋《こひ》しきぞはかなかりける

藤原俊成・新古今和歌集一八（雑）

〔大意〕今となっては昔の若い頃でも、昔の人のように思っていた親が、いまも恋しく思われるのははかないものだ。

忘らむて野《の》行き山行き我《われ》来《く》れど我が父母は忘れせぬかも
商長首麿・万葉集二〇

〔大意〕忘れようとして、野を行き山を行き私は来たけれども、わが父母は忘れることができないことである。

「親」への思い
——短歌（近・現代）

いくたびも惑ひを悔いてわび申すわが罪ゆるせ冥路《よみ》の父母
与謝野礼厳・礼厳法師歌集

父母の世にあるほどにかもかくも今おもふごと思はましかば
与謝野礼厳・礼厳法師歌集

おなじ世に二たび遇はぬ父母に何しか我は疎《うと》くつかへし
与謝野礼厳・礼厳法師歌集

いつはとは月日もわかず手向せんおほしたてたる父母のため
与謝野礼厳・礼厳法師歌集

身に添ひて父はいませりはぐくみて母いませりと思ひ事《つか》へん
与謝野礼厳・礼厳法師歌集

§

父母を夢に見て

愛子我巡り逢へりと父母のその手を執れは夢はさめにき
天田愚庵・愚庵和歌

世を棄てし我にはあれと病む時は猶父母そ恋しかりけり
天田愚庵・愚庵和歌

§

照る月はこぞの今宵に変らねど父はいまさずはゝは床にあり
落合直文・紀行文・他

§

亡き親の来るとばかりを庭の石にひとりひざまづき麻《あさ》の殼《から》を焚《た》く
正岡子規・子規歌集

§

夏の夜の月影涼し父母のいます方にもかくや照るらむ

笑《わら》ふすべ泣《な》くすべ知《し》らず父母《ちちはは》はまめやかにしも我《われ》を育《そだ》てき
佐佐木信綱・思草

§

父ははの年老いていますずっと山の家を離れて遠く歎き来らむ
佐佐木信綱・新月

§

父ははの年老いています山の家を離れて遠く歎き来らむ
島木赤彦・氷魚

§

あららぎのくれなゐの実《み》を食《は》むときはちちはは恋《こひ》し信濃路《しなのぢ》にして
斎藤茂吉・つゆじも

§

母が碑《ひ》に誌《しる》すべきことあらぬかと父の葉書の墨うすきかな
前田夕暮・陰影

§

父の髪母の髪みな白み来ぬ子はまた遠く旅をおもへる
若山牧水・独り歌へる

§

あなかそか父と母とは目のさめて何か宣《の》らさす雪の夜明《よあけ》を
北原白秋・白秋全集

§

あなかそか父と母とは朝の雪ながめてぞおはす茶を湧かしつつ
北原白秋・白秋全集

§

あなしづか父と母とは一言《ひとこと》のかそけきことも昼は宣《の》らさね
北原白秋・白秋全集

ちちのみの父のひとつの楽しみは夜《よ》に母刀自《はゝとじ》と書読《ふみ》ますこと
北原白秋・白秋全集

垂乳根の父と母とのふたはしらはや寝ねましぬ宵の寒きに
北原白秋・白秋全集

§

燈影《ほかげ》なき室《しつ》に我《われ》あり　父《ちち》と母《はは》　壁《かべ》のなかより杖《つゑ》つきて出《い》づ
石川啄木・我を愛する歌

§

父母の家には行かねかにかくにこの海の辺に一夜寝に来し
古泉千樫・青牛集

§

年老いて不孝の子をば持ちたまふわが父母《ちちはは》のいとほしきかな
吉井勇・毒うつぎ

§

大比叡に棲める諸鳥《しよてう》のこゑ聴けば父恋しとも母恋しとも
吉井勇・遠天

§

世のさまの甚《いた》くなほらぬこの冬は旅にすまひて父ははをおもふ
中村憲吉・しがらみ

§

この母あり父ありて吾ぞありたりし亢《たか》ぶり思ふべき
ことにもあらじ
土屋文明・ゆづる葉の下

§

疲れ来し父つくづくと酒を飲むそれにふれつつ母は
かなしも
松倉米吉・松倉米吉歌集

§

父母をならび思へばとく逝きし父の面影はうすきが如し
土田耕平・青杉

§

かなたなる水からければ丘を越え山越えて父よ母よ
と呼びけむ
前川佐美雄・天平雲

§

病み伏して一日《ひとひ》二日《ふたひ》をあはあはとゆらぎくるもの
父母《ちちはは》老いぬ
宮柊二・群鶏

まどろめば胸《むな》どに熱く迫り来《き》て面影二《ふた》つ父母《ちちはは》よさらば
宮柊二・山西省

老いぬればこころ卑しくものいふと言葉うるみて母
は父を言ふ
宮柊二・小紺珠

父はわが膝に逝きしが母二人は間《ま》に合はざりき我れ
の遅れて
宮柊二・忘瓦亭の歌

老いてわれ父母へ詫ぶ生意気の不孝の子なりし南無三宝
宮柊二・忘瓦亭の歌

亡《な》き父をかなしむ母を慰さむる夢より覚めぬ母も亡きひと
宮柊二・純黄

わが意識おぼろとなりて眠りたる夜の夢に見つ亡き父母《ちちはは》を
宮柊二・純黄

「親」への思い
―俳句（近世〜現代）

父母《ちちはは》のしきりに恋し雉子《きじ》の声　芭蕉・曠野

ふるさとや臍《へそ》の緒《を》に泣《なく》年の暮　芭蕉・曠野

§

親二人《ふたり》ことしも餅《もち》に暮にけり　尚白・孤松

§

老をまたずして鬢先におとろふ

行年《ゆくとし》や親《おや》にしらがをかくしけり　越人・あら野

§

不細工《ぶさいく》を親に手向《たむけ》ル灯篭《とうろ》哉　白雪・芦分舟

§

長き夜の寐覚《ねざめ》語るや父と母　召波・春泥句集

§

双親《ふたおや》の日に当りたる彼岸哉　大魯・蘆陰句選

§

鏡餅母在《ま》して猶父恋し　暁台・暁台句集

§

むかひ火や父のおもかげ母の顔　白雄・白雄句集

§

父母を見るたのしさを菊の花　士朗・枇杷園句集

§

父母の夜長くおはし給ふらん　高浜虚子・五百句

父母も今遊楽や法《のり》の花　高浜虚子・七百五十句

§

入営をひた泣く親の誠かな　大谷句仏・我は我

§

参らせん親は在《おは》さぬ新茶哉《かな》　寺田寅彦・寅日子句集

§

肥後植木に寄留す

父母の霊移して秋の仮寓かな　吉武月二郎・吉武月二郎句集

木槿咲くや畑の中の父母の墓　吉武月二郎・吉武月二郎句集

父母の墓ふるさとにあり霊祭　吉武月二郎・吉武月二郎句集

§

しぐれつゝ白髪まるけの父と母　宮林菫哉・冬の土

§

母も遠し父も遠しや夏桔梗　山口青邨・雪国

§

百日紅父の遺せし母ぞ棲む　中村草田男・火の島

海上半月父母《ちちはは》夏の陸《くが》にねむる　中村草田男・母郷行

松笠落ちて父の銭母の飯恋し　中村草田男・母郷行

§

青蜜柑食ひ父母とまた別れたり　石田波郷・鶴の眼

末弟つひに還らず父母亦遠し

何も彼も遙に炭火うるみけり　石田波郷・雨覆

蓼紅しそよぎて父母は遙かな　石田波郷・雨覆

露けしや父母訪ふ金をまた貯めむ　石田波郷・雨覆

糞るや父母遠き年の暮　石田波郷・惜命

父母在せば枳殻の実の数知れず　石田波郷・惜命

「父」への思い——男歌

「父」への思い

―短歌（古代～近世）

嵐吹《ふく》峰の紅葉を見ぬ時も心はつねにとゞめてぞくる

公任集（藤原公任の私家集）

〔大意〕嵐が吹き散らす名残惜しい紅葉を見ない時でも、私はいつも心を父上のもとに思いとどめてくるのです。（父上のことを思わない時はありません）

いかゞして八十《やそぢ》のおやの目《め》の前にいきてかひある月をみせまし

藤原為家・中院詠草

〔大意〕どのようにして、八十歳になった父の目の前に、長生きして甲斐があったと思ってもらえるような月（自分）を見せようか。〔注解〕「月」―自分自身を譬える。

父の十七年忌に

今も世にいまされざらむよはひにもあらざるものをあはれ親なし

橘曙覧・松籟艸

〔大意〕今も元気であれば、生きていらっしゃらないという年齢でもないのに、すでに亡くなってしまって、私にはあはれなことに親というものがない。

父の服脱ぎ侍りける日よめる

思《おも》ひかねかたみに染《そ》めし墨染《すみぞめ》の衣《ころも》にさへも別《わか》れぬるかな

平棟仲・後拾遺和歌集一〇（哀傷）

〔大意〕悲しい思いに耐えかねて、さらに今日は（喪が明けたので）父を偲ぶ形見に染めた墨染めの衣にまで、別れてしまったことだ。〔注解〕「かたみ」―「形見」と「片身」を掛ける。

歌たてまつれと仰せられければ、忠峯がなど書き集めてたてまつりける奥に書き付けける

ことの葉の中をなく〳〵たづぬれば昔《むかし》の人にあひみつる哉《かな》

壬生忠見・新古今和歌集一八（雑）

〔大意〕（父の残した）歌の中を泣き泣き探しておりますと、亡くなった父に逢ったような気がしたことです。

法輪寺に詣で侍とて、嵯峨野に大納言忠家が墓の侍けるほどに、まかりてよみ侍ける

さらでだに露《つゆ》けき嵯《さ》峨《が》の野べにきて昔《むかし》のあとにし
ほれぬるかな

藤原俊忠・新古今和歌集八（哀傷）

〔大意〕ただでさえ露に濡れているのが常のならいの嵯峨の野辺にきて、亡くなった父の墓を見て、私の袖は濡れしおれてしまったことだ。〔注解〕「露」―涙を暗示する。「嵯峨」―地名の「嵯峨」と常のならい、常態の意の「性（さが）」を掛ける。

六条左大臣みまかりてのち播磨の国にくだり侍けるに、高砂のほどにて、こゝは高砂となむいふと舟人いひ侍ければ、昔を思ひ出づることやありけん、よみ侍ける

高砂《たかさご》とたかくないひそむかし聞《き》きし尾上《をのへ》のしらべ
まづぞ恋《こひ》しき

源相方・後拾遺和歌集一九（雑五）

〔大意〕高砂と声高に言わないでくれ。昔聞いた尾上の松風の音にも似た、亡き父の琵琶の調べがまず恋しくて、その松風の音を聞きたいから。〔注解〕「高砂」―播磨の國の歌枕。「尾上」―琵琶の「緒」を掛ける。「まづ」―「先ず」と「松」を掛ける。

橘の美袁利《みをり》の里に父を置きて道の長道《ながて》は行きかて
ぬかも

丈部足麿・万葉集二〇

〔大意〕橘の美袁利の里に父を置き残して行く、この長い道のりは行き難いものである。

たらちねのなからん後のかなしさを思ひしより
も猶《(なほ)》ぞこひしき

藤原為家・中院詠草

〔大意〕父の亡くなった後は悲しいと思っていたが、亡くなってみると、思っていたよりも悲しく、いっそう恋しく思われる。

〔参考歌〕
昔《むかし》だに昔《むかし》と思《おも》ひしたらちねのなを《(ほ)》恋《こひ》しきぞはかなか
りける

藤原俊成・新古今和歌集一八（雑下）

ちちのみの父《ちち》いまさずて五十年《いそとし》に妻《つま》あり子《こ》あり其《そ》
の妻子《つまこ》あり

楫取魚彦・楫取魚彦歌集

〔大意〕父が亡くなってから五十年、私には妻があり、子があり、その子に妻子のある境涯となったことである。〔注解〕「ちちのみの」―「父」に掛かる枕詞。

春ころ久我にまかりけるついでに、父をとゞの墓所のあたりの花の散りけるを見て、昔花を惜しみ侍ける心ざしなど思出でてよみ侍ける

散《ち》りつもる苔《こけ》の下《した》にもさくら花惜《を》しむ心や猶《なほ》のこる覧《らん》

源通親・千載和歌集一七（雑中）

〔大意〕桜の花びらの散り積もる苔の下にも、桜の花を哀惜した亡き父の心が今も残っているだろうか。〔注解〕「苔の下」―墓の下。

父秀宗身まかりての秋、風に寄する懐旧といふことをよみ侍ける

露《つゆ》をだにいまは形見《かたみ》のふぢごろもあだにも袖をふく嵐《あらし》かな

藤原秀能・新古今和歌集八（哀傷）

〔大意〕涙の露だけでも、いまは亡き父の形見にしようと思っている私の藤衣（喪服）なのに、うらめしくも袖の涙を散らす嵐であるよ。〔注解〕「露」―涙を譬える。「ふぢごろも」―喪服。

恒徳公かくれ侍りてのち、かの常に見侍ける鏡の、物の中に侍けるを見てよみ侍ける

年《とし》をへて君が見なれします鏡《かゞみ》むかしのかげはとまらざりけり

藤原道信・千載和歌集九（哀傷）

〔大意〕幾年にもわたって父君が愛用された真澄の鏡、その鏡は残っていても、父君の昔の面影はとどまらないことだ。

大宰大弐重家入道みまかりて後、山寺の懐旧といへる心をよめる

初瀬山《はつせやま》いりあひの鐘《かね》を聞《き》くたびにむかしのとを《ほ》くなるぞかなしき

藤原有家・千載和歌集一七（雑中）

〔大意〕初瀬山の入相の鐘を聞くたびに、父と過ごした昔の思い出が遠くなっていくのは悲しい。〔注解〕「いりあひの鐘」―日没を告げる寺の鐘。「なる」―「成る」に「鳴る」を掛ける。

〔参考歌〕

山寺の入相《あひ》の鐘《かね》の声《こゑ》ごとに今日《けふ》も暮《く》れぬと聞《き》くぞ悲《かな》しき

よみ人しらず・拾遺和歌集二〇（哀傷）

父が喪にて、よめる

藤《ふぢ》衣はつるゝいとはわび人の涙の玉《たま》の緒《を》とぞなりける

壬生忠岑・古今和歌集一六（哀傷）

〔大意〕藤衣（喪服）がほつれて抜ける糸は、（この世の無常さに嘆き沈む）「わび人」である私の涙をつなぐ緒となっていることです。〔注解〕「藤衣」―喪服。「わび人」―この世に絶望した人。「玉の緒」―玉を貫く緒。魂をつなぐ緒。

前大納言公任、長谷に住み侍けるころ、風烈しかりける夜の朝につかはしける

ふるさとの板間《いたま》の風《かぜ》に寝覚《ねざ》めして谷《たに》のあらしを思ひこそやれ

藤原定頼・千載和歌集一七（雑中）

〔大意〕古里の板の隙間を抜けて吹き込む寒風に目を覚まして、私は父上のいらっしゃる長谷の烈しい嵐を思いやっています。

周防国に父のまかり下りにけるが、かの国にてみまかりにけると聞きて、急ぎ下りける時よめる

待《ま》つらむと思《おも》はゞいかにいそがまし跡《あと》を見《み》にだにまどふ心《こゝろ》を

藤原親盛・千載和歌集九（哀傷）

〔大意〕（父が生きていて）私を待っていると思ったならば、どれほど気持ちが急いたことだろう。（父が亡くなって）その跡を見にいくことさえ惑ってしまう私の心なのに。

冷泉院へたかむなたてまつらせ給とてよませ給ける

世《よ》の中《なか》にふるかひもなき竹《たけ》のこはわがつむ年《とし》をたてまつるなり

花山院・詞花和歌集九（雑上）

〔大意〕世の中に生きていく甲斐もない私は、自分の積み重ねていく年齢を父君が長生きをしてほしいと思って奉るのです。〔注解〕「竹のこ」―親王である自分を譬える。

三月つごもり、ぶくにおはす比

別れにしかげさへ遠く成行（なりゆく）はつねよりお（を）しき年の春哉（かな）

公任集（藤原公任の私家集）

〔大意〕お別れした父の面影さえ遠くなっていくような気がして、ただでさえ名残惜しく思われる春の終りも、とりわけ惜しく思われることよ。

「父」への思い
―短歌（近・現代）

嘉永元年、父のみまかりける時。
身を分けて幾世めぐみし父なれや別れの骨にしみて悲しき
与謝野礼厳・礼厳法師歌集

§

なき父のことをかたみにいひ出てゝ月にこの夜をふかしつるかな
落合直文・古今文学

§

ひたすらに我父上よまちはべる都ノ桜咲かんとぞせば
伊藤左千夫・伊藤左千夫全短歌

§

草深き父の御墓にぬかづきて昔の罪をひとり泣くかな
佐佐木信綱・思草

うと／＼と火鉢によりて眠ります父の面わの老ませるかな
佐佐木信綱・思草

天《あめ》にいますわが父のみはきこしめさむ我がうたふ歌調《しらべ》ひくくとも
佐佐木信綱・思草

うぶすなの秋の祭も見にゆかぬ孤独の性《さが》を喜びし父
佐佐木信綱・常盤木

§

青山の雪かがやけりこの村に父は命をたもちています
島木赤彦・氷魚

雪のこる高山《たかやま》すその村に来て畑道《はたけみち》行く父に逢はむため
島木赤彦・氷魚

この真昼布団《ふとん》のうへに坐《すわ》りいますわが老父《おいちち》は歓びに似たり
島木赤彦・氷魚

われ一人命のこれり年老いし父の涎《よだれ》を拭ひまゐらす
島木赤彦・氷魚

父と我とあひ語ること常のごとし耳に声きく幾ときかあらむ
島木赤彦・氷魚

川の音山にし響くまひるまの時の久しさ父のかたはらに
島木赤彦・氷魚

間《あひだ》なく郭公鳥《くわくこうどり》のなくなべに我はまどろむ老父の辺《へ》に
島木赤彦・氷魚

股引《ももひき》を穿《は》かねば心安まらず田畑に馴れて老いし父はや

島木赤彦・太虚集

§

かへりきて父の位牌にあぐる灯のたち揺れにつつともり冴えたり

太田水穂・冬菜

§

わが父が老《お》いてみまかりゆきしこと独逸《ドイツ》の国にひたになげかふ

斎藤茂吉・遍歴

戒名《かいみやう》をおぼゆるときも無《な》かりしか父みまかりてより一年《ひととせ》を経《へ》ぬ

斎藤茂吉・たかはら

§

弟の家を走りて来りしをつれかへりゆく父のうしろかげ

前田夕暮・収穫

へだたりのいくばくなるを知らねども父おもふときさびしうなりぬ

前田夕暮・収穫

ひたと噤む夜の時計をみあげたる瞳さびしきひとりの父よ

前田夕暮・収穫

§

いづくにか父の声きこゆこの古き大きなる家の秋のゆふべに

若山牧水・みなかみ

父よなど坐るとすればうとうとと薄きねむりに耽りたまふぞ

若山牧水・みなかみ

わがそばにこころぬけたるすがたしてとすれば父の来て居ること多し

若山牧水・みなかみ

静かなる道をあゆむとうしろ手をくみつつおもふ父が癖なりき

若山牧水・くろ土

§

ちちのみの父の嘖《ころ》びをかしこみて涙落つるも吾が心から

北原白秋・白秋全集

葱のぬた食《を》しつつふともこの葱は何処《どこ》の葱ぞと父の宣《の》らしつ

北原白秋・白秋全集

白木蓮の花をながめて父おはすああわが父も老いましにけり

北原白秋・白秋全集

§

おほかたの、わかきむすこのするごとき　不孝《ふかう》をしつつ、父《ちち》にわかれぬ。
土岐善麿・黄昏に

わがすること、わが言《い》ふことの、ふと、父《ちち》にあまり
似《に》たるに、哀《かな》しくなりぬ。
土岐善麿・黄昏に

これだけは家《いへ》の宝《たから》ぞと、一筥《はこ》に父《ちゝ》が遺《のこ》せし、反古《ほご》
のかずかな。
土岐善麿・黄昏に

ふるさとの父のおくれる手がみまで　封じて、われ
を　泣かしむるかな。
土岐善麿・不平なく

§

よく怒《いか》る人《ひと》にてありしわが父《ちち》の　日《ひ》ごろ怒《いか》らず　怒《いか》
れと思《おも》ふ
石川啄木・手套を脱ぐ時

すでに三日つづけて何か怒りたる父わが枕蹴ると夢に来《く》
石川啄木・啄木歌集

§

わが家の米買ふ銭を寂しくも父にせまりてわが得つるかも
古泉千樫・青牛集

家のこといそがはしとて一夜寝て老いたる父のただ
に帰らせり
古泉千樫・青牛集

ならび行き遅れがちなるわが父の老いたるみ面ひそ
かに仰げり
古泉千樫・青牛集

老いませる父のこころの素直なりわれ働きて行かざ
らめやも
古泉千樫・青牛集

うつそみはかなしきものを妻子らをいつくしめよと
父はのらせり
古泉千樫・青牛集

吾《あ》を前に年のほぎ酒汲む父のはやも酔ひませり面を
ゆるべて
古泉千樫・青牛集

わがかたへ土ふみ来ます父の見ゆ広くゆたけき胸別《むなわき》の見ゆ
古泉千樫・青牛集

父を悼む（以下四首、同前文）

ふるさとに父のいのちはあらなくに道に一夜《ひとよ》をやど
りつるかも
古泉千樫・青牛集

この雨に朝草刈らす人のかげ父に似て見ゆ父は今あらぬ
古泉千樫・青牛集

まさしくも父死にしかもわが家のひつそりとして人らゐる見ゆ
古泉千樫・青牛集

土ふかく父の柩ををさめまつりわがおとしたる土くれの音
古泉千樫・青牛集

草木てるみちあゆみつつつくづくに父のよき性《さが》おもほゆるかも
古泉千樫・青牛集

わが山の草木あひ照りかがやけり父とこしへにここにこもれる
古泉千樫・青牛集

なき父の恋しくもあるかこの豊《ゆた》けき青草原にわれは遊べり
古泉千樫・青牛集

§

やうやうに脈よわりゆく父の手をたにぎり持てどせんすべもなし
橋田東声・地懐以後

§

峡《かひ》の家に古《ふ》りし洋燈《らんぷ》をいまも釣れり久びさに父と膳を並ぶる
中村憲吉・しがらみ

§

死近《しにちか》くなりてふる里を恋ひにける父をやせめて親しといはむ
土屋文明・放水路

亡《な》き父と稀《まれ》にあそびし秋の田の刈田《かりた》の道も恋《こほ》しきものを
土屋文明・放水路

有《あ》りありて吾《われ》は思《おも》はざりき暁の月しづかにて父のこと祖父《そふ》のこと
土屋文明・放水路

己《おの》が生《よ》をなげきて言ひし涙には亡《な》き父のただひたすらかなし
土屋文明・放水路

人悪くなりつつ終《を》へし父が生《よ》のあはれは一人《ひとり》われの嘆かむ
土屋文明・放水路

§

老の身を堪へつつ歩く父憶ひなほ昼床に落ちつきがたし
松倉米吉・松倉米吉歌集

疲れて帰る父故に昼床示すにしのびず息苦しみつ夕歩きする
松倉米吉・松倉米吉歌集

父を待つ宵のもだしの深まりて戸を吹き鳴らす風いでにけり
松倉米吉・松倉米吉歌集

一つ打ちては休みゐつつかれがれの唾《つばき》手にひり槌《つち》打つ父はも
松倉米吉・松倉米吉全集

§

ぼろぼろに　赤き咽喉して　かなしくも　また病む父と　いさかふことか
宮沢賢治・校本宮沢賢治全集

§

わが父をつねに見がたくけふ逢《あ》ひてよる年波の寂しく思ほゆ
大熊長次郎・真木

§

苔むせる岩のひとつは庭にありかなしきぞなき父につながる
前川佐美雄・天平雲

§

亡き父の写真の前に坐りつつ危ふきこころしづめんとしき
木俣修・冬暦

§

たたかひの中に育ちし子のまへに多く黙《もだ》しておくれゆく父
宮柊二・小紺珠

老父《おいちち》を抱《だ》きかかへつつ巷《ちまた》かへる生《せい》の廃残に入りしかも父
宮柊二・多く夜の歌

人の恩厚くかむりてわが家の成らんとするを父の喜ぶ
宮柊二・多く夜の歌

氷雨うつ木の間の丘は暮れんとし父に寂しき冬の夜はくる
宮柊二・多く夜の歌

枇杷剥けば汁《つゆ》したたるを床の上ゆ眼《まなこはな》放たず父が持つなり
宮柊二・多く夜の歌

降りつつむ雨の音ありゴム管を胃におろしつつ父は生きつぐ
宮柊二・多く夜の歌

父最期
七日前に別離の言葉をしたためてゐた。乱れ乱れたる字を辿れば、「長々御厄介になりまして、今日でお分れいたします」とあつた。（以下五首、同前文）

いざさらば別離《わかれ》と父が綴りたるいやはての字を辿りつつ読む
宮柊二・多く夜の歌

わが膝の上に抱《いだ》かれ息を引く父を見守る家族十一人
宮柊二・多く夜の歌

苦しみが消えたる顔のま静かに整はりくるさまを見まもる
宮柊二・多く夜の歌

春の夜も雨とどろけり部屋にゐぬ父は何処に行きしかと思ふ
宮柊二・多く夜の歌

父逝きし七日が程に春深く三椏の木に朝の蜂ゐる
宮柊二・多く夜の歌

逝く前の父が臥しつつ見てゐたる部屋の外《そと》なる石を洗へり
宮柊二・藤棚の下の小室

広告の裏を用ゐて亡き父が書き残したる日記百綴《ひやくとぢ》
宮柊二・藤棚の下の小室

ひぐらしの啼けば偲びつわが歳に父いましたる昭和十六年
宮柊二・独石馬

父逝きし彼の日は部屋の障子戸に影の濃かりし三椏《みつまた》の花
宮柊二・独石馬

「父」への思い
——俳句（近世〜現代）

父にをくれ侍りて
炭消《すみきえ》て心の闇《やみ》ぞくすり風呂《ぶろ》
越人・鵲尾冠

§

父の手に起すはしらじ今朝の雪
百里・金龍山

§

魂まつり
なき父の膝もとうれし玉まつり
樗良・樗良発句集

§

亡父大祥忌
牡丹折《ぼたんをり》し父の怒ぞなつかしき
大魯・蘆陰句集

§

俤の三とせをいだく帋衣《かみこ》哉
几董・井華集

§

けふこそは父のもん着ん更衣《ころもがへ》
士朗・枇杷園句集

§

父をうしなひまゐらせて
御影像の蚊を追払ふ泪かな
鳳朗・鳳朗発句集

§

父ありて明《（あけ）》ぼの見たし青田原《（あをたはら）》
一茶・父の終焉日記

§

病んで父を思ふ心や魂祭
正岡子規・子規句集

§

矍鑠《くわくしやく》たる父も在して蚕時
河東碧梧桐・碧梧桐句集

§

父恋ふる我を包みて露時雨《つゆしぐれ》
高浜虚子・六百五十句

父を恋ふ心小春の日に似たる　高浜虚子・六百五十句

§

六月四日家郷の父終に逝く

いのちかれゆく父の寐息の明易く　臼田亜浪・旅人

§

父によう似た声が出てくる旅はかなしい　種田山頭火・定本種田山頭火全集

§

父を悼む

頬冠が淋しかりし人田植にも　島田青峰・青峰集

§

父に似て白き団扇の身に添へる　渡辺水巴・富士

父の画稿焚きてぞ帰る望の夜を　渡辺水巴・富士

父が忌の句座つくられて花の雨　渡辺水巴・富士

§

父逝くや凍雲闇にひそむ夜を　飯田蛇笏・春蘭

§

父死病知りたる二月六日かな　長谷川零余子・雑草

父逝く、兄弟六人声なくして泣く

行秋や長子なれども家嗣がず　長谷川零余子・雑草

§

父母の懐ろを再び出でゝ上京す

接木してこち向かぬ父あはれかな　原石鼎・花影

霍乱のさめたる父や蚊帳の中　原石鼎・花影

目覚めなば父惶ろしき午寝かな　原石鼎・花影

§

酢牡蠣のほのかなるひかりよ父よ　中塚一碧楼・一碧楼一千句

父よいづこもかげろひてあり桐の青葉も　中塚一碧楼・一碧楼一千句

かげろひやまずうすくかげろひて父の墓　中塚一碧楼・一碧楼一千句

空澄んで親父が死んだ裏藪の梅　中塚一碧楼・一碧楼一千句

父にか似てわがこゝろ炉べの日暮れどき　中塚一碧楼・一碧楼一千句

§

眼白飼ふや父が集めし棚人形　原月舟・月舟俳句集

§

白日の小さき杓持ち父の墓を濡らす　大橋裸木・人間を彫る

冬夜親しく読む本を父に覗かれる　大橋裸木・人間を彫る

§

父も来て二度の紅茶や暖炉燃ゆ　水原秋桜子・葛飾

§

父恋し夏さむざむと裘　川端茅舎・川端茅舎句集

虫干や父の結城の我が似合ふ　川端茅舎・川端茅舎句集

虫干や襟より父の爪楊枝　川端茅舎・川端茅舎句集

詣づればお天守見ゆる父の墓　川端茅舎・川端茅舎句集

父の七年（以下二句、同前文）

お地蔵は笑み寒月の父の墓　川端茅舎・川端茅舎句集

明日は花立てますよ寒月の父よ　川端茅舎・川端茅舎句集

父が待ちし我が待ちし朴咲きにけり　川端茅舎・川端茅舎句集

§

残りたる紙一枚や父の春　横光利一・横光利一句集

§

京都駅頭

春光や白髪殖えたる父と会ふ　日野草城・花氷

§

猫の恋後夜かけて父の墓標書く　中村草田男・長子

知らぬ伯母祖父母ならびに父の墓　中村草田男・長子

木兎は呼ぶ父は頭黒うして逝けりし　中村草田男・火の島

若き我が父を夏炉の語り草　中村草田男・火の島

宵闇の義父《ちゝ》の広掌《ひろて》へ子を托す　中村草田男・火の島

虹の心うすらぎ濃くなり父の心　中村草田男・母郷行

§

老父昇天　父八十二歳にて昇天す（以下五句、同前文）

一握り雪をとりこよ食ぶといふ　篠原鳳作・海の度

稚き日の雪の降れゝば雪を食べ　篠原鳳作・海の度

神去りしまなぶたいまだやはらかに　篠原鳳作・海の度

雪天《ゆきぞら》にくろき柩とその子われ　篠原鳳作・海の度

黒髪も雪になびけてわれ泣かず　篠原鳳作・海の度

§

新茶淹《い》れ父はおはしきその遠さ　加藤楸邨・穂高

夢に父と枯木を見しが枯木立つ　加藤楸邨・雪後の天

父の忌の凩を聴くや住みかはり　加藤楸邨・雪後の天

父の忌の母と立ち見る野の枯木　加藤楸邨・雪後の天

父の忌の凍上木よりほろほろ落つ　加藤楸邨・雪後の天

祖母よりも父遠かりし誘蛾燈　加藤楸邨・雪後の天

父に似し疳癖の眉しぐれけり　加藤楸邨・雪後の天

埋火や父の言葉の遠くなりぬ　加藤楸邨・雪後の天

§

のぞきこむ父の面輪や暑気中　石田波郷・風切

「母」への思い——男歌

「母」への思い
――短歌（古代～近世）

「あ～さ行」

阿倍朝臣老人の、唐に遣はさえし時に、
母に奉りて別を悲しぶる歌

天雲《あまくも》の遠隔《そきへ》の極《きはみ》わが思へる君に別れむ日近くなりぬ
阿倍老人・万葉集一九

〔大意〕大空の雲のかなたが遠く果てのないように、私がどこまでも大切に思っている母君にお別れする日が近くなりました。

天地《あめつし》のいづれの神を祈らばか愛《うつく》し母にまた言問《ことと》はむ
大伴部麻興佐・万葉集二〇

〔大意〕天地のどの神に祈ったなら、恋しい母にふたたび逢って話しをすることができるのだろう。

母刀自《あもとじ》も玉にもがもや頂《いただ》きて角髪《みづら》のなかにあへ纏《ま》かまくも
津守小黒栖・万葉集二〇

〔大意〕母刀自も玉であってほしい。そうすれば私の頭にのせて角髪の中にいっしょに巻くのに。〔注解〕「母刀自」――家の主である母親。「あへ」――あわせて、いっしょに。

いかにして我《われ》はあるぞと故郷《ふるさと》に思《おも》ひ出《い》づらむ母《はは》しかなしも
木下幸文・亮々遺稿

〔大意〕わが子はどうしているかと、故郷で私のことを思い出しているだろう母のことを思うと、かなしくも恋しくも思われることだ。

天暦御時、故后の宮の御賀せさせ給はむとて侍けるを、宮失せ給にければ、やがてその設して、御諷誦行はせ給ける時

いつしかと君にと思《おもひ》し若菜《わかな》をば法《のり》の道にぞ今日《けふ》は摘《つ》みつる
村上天皇・拾遺和歌集二〇（哀傷）

〔大意〕できるだけ早く母后に差し上げたいと思ってい

た若菜を、（おもいがけなくも）追善供養のために今日は摘んだことだ。〔注解〕「法の道」―仏道、追善供養。

家に在りて母がとり見《み》ば慰むる心はあらまし死なば死ぬとも

山上憶良・万葉集五

〔大意〕家にいて、母が介抱をしてくれるのであれば、私の心は慰められるだろうに。たとえ死ぬなら死ぬとしても。〔注解〕「とり見ば」―介抱してくれるならば。

母の思ひに侍ける秋、法輪にこもりて、あらしのいたく吹きければ

うき世《よ》にはいまはあらしの山風《かぜ》にこれやなれゆくはじめなるらん

藤原俊成・新古今和歌集八（哀傷）

〔大意〕（母をなくして）このつらい世にはもう身をとどめるまいと思って、（法輪寺にこもって）嵐の音を聞いているが、これが嵐山に吹く嵐になれていくはじめなのだろうか。〔注解〕「あらし」―嵐山の「嵐」と「有らじ」を掛ける。

〔参考歌〕

とふ人も今はあらしの山風《かぜ》に人松虫の声《こゑ》ぞかなしき

よみ人しらず・拾遺和歌集三（秋）

母のおもひに侍しころ、兼好歌をすゝめ侍し返事に

思へたゞつねなき風にさそはれし歎《なげ》きのもとは言葉《ことのは》もなし

頓阿・頓阿法師詠

〔大意〕無常の風に母を失った歎きのために、歌を詠む気持ちにもなれません。そんな私の心を思い遣ってください。〔注解〕「なき風」―無常な風。「言葉」―和歌。

わづらふ事侍ける時、母に先立たむ事を歎き思侍けるを、そのたびをこたりてのち、又母みまかりにける時よめる

先立《さきだ》たむ事を憂《う》しとぞ思ひしに（を）くれても又かなしかりけり

静縁・千載和歌集九（哀傷）

〔大意〕（親に）先だって死んでいくのも憂きつらいことと思ったが、母に逝かれて残されるのもまた悲しいことだ。

母女御かくれ侍りて、七月七日よみ侍ける

墨染《すみぞめ》の袖《そで》は空《そら》にもかさなくにしぼりもあへず露《つゆ》ぞこぼるゝ

具平親王・新古今和歌集八（哀傷）

〔大意〕私の喪服の袖は、（七夕の空の牽牛と織女に）貸したわけでもないのに、（母を亡くした悲しみに私が流す涙で）絞っても絞りきれないほどに露がこぼれるのです。〔注解〕「墨染の袖」―喪服の袖。

「た～は行」

母身まかりにける秋、野分しける日、もと住み侍りける所にまかりて

たまゆらの露《つゆ》も涙もとゞまらずなき人こふる宿《やど》の秋風

藤原定家・新古今和歌集八（哀傷）

〔大意〕ほんのしばしの間も、露の玉も涙の玉もとどまることなく、流れ落ちる。亡くなった母を恋い慕って身を置くこの宿に吹きつける秋風が露を散らし、私の涙をあふれさせるのだ。〔注解〕「たまゆら」―しばし、かすか。「露」―少しもの意の「つゆも」を掛ける。

たらちしの母が日見ずて鬱《おぼほ》しく何方《いづち》向《む》きてか吾《あ》が別るらむ

山上憶良・万葉集五

〔大意〕母に逢うこともできず、また気持ちも晴れず、私はどちらに向かって別れていくのだろうか。〔注解〕「たらちし（垂乳し）」―母に掛かる枕詞。「鬱しく」―気持ちが晴れないこと。

たらちねの消《き》えやらで待《ま》つ露《つゆ》の身《み》を風《かぜ》よりさきにいかで訪《と》はまし

後鳥羽院・増鏡二

〔大意〕露のようにはかない年老いた母が、生き永らえて私を待っているので、無常の風が吹く前に（母が元気でいるうちに）、なんとかして訪ねたいと思う。〔注解〕「たらちね（足乳根・垂乳根）」―「母」に掛かる枕詞。ここでは母の意。

たらちねのはゝがかたみとあさゆふにさど（佐渡）のしま（島）べをうち見つるかも

大愚良寛・良寛自筆歌抄

〔大意〕亡くなった母を偲ぶ形見として、朝も夕も佐渡の島を眺めていることだ。〔注解〕「たらちね（足乳根・垂乳根）」―「母」に掛かる枕詞。

たらちねの母を別れてまことわれ旅の假廬《かりほ》に安く寝《ね》むかも

日下部使主三中・万葉集二〇

〔大意〕母と別れて、ほんとうに私は旅のこの仮の廬で心安らかに寝ることができるだろうか。〔注解〕「たらちね（足乳根・垂乳根）」―「母」に掛かる枕詞。

初めて頭おろし侍ける時、物に書きつけ侍ける

たらちめはか丶れとてしもむばたまの我《わ》が黒髪《くろかみ》を
撫《な》でずや有《あり》けん

遍昭・後撰和歌集一七（雑三）

〔大意〕わが母はこのように（剃髪を）するようにと願って、私の黒髪を撫ではしなかっただろうに。〔注解〕「たらちめ（足乳女・垂乳女）」―母親。「か丶れとてしも」―かくあれと願って。「むばたまの」―「黒」に掛かる枕詞。

母みまかりにける時よめる

たらちめやとまりて我《われ》をお《を》しままし丶代《かは》るに代《かは》
る命《いのち》なりせば

顕照・千載和歌集九（哀傷）

〔大意〕母はこの世にとどまって、死んだ私のことを、きっと、惜しんだであろう。母に代わろうとして代わることのできる私の命であったならば。〔注解〕「たらちめ（足乳女・垂乳女）」―母親。

母のために粟田口の家にて仏供養し侍ける時、はらからみなまうで来あひて、古き面影などさらにしのび侍けるおりふししも、雨かきくらし降り侍ければ、帰るとて、かの堂の障子に書きつけ侍ける

たれもみな涙の雨《あめ》にせきかねぬ空《そら》もいかゞはつれ
なかるべき

藤原忠経・新古今和歌集八（哀傷）

〔大意〕集まった人は誰も、亡くなった母を思って雨のように流れる涙を塞き止めることができなかった。空も、どうしてそ知らぬふりなどできようか（きっと同情して涙の雨を降らしたのだろう）。

津の国の海のなぎさに船装《ふなよそ》ひ発《は》し出《で》も時に母《あも》が目
もがも

丈部足人・万葉集二〇

〔大意〕津（難波）国の海の渚で船を整え出航する時に、見送ってくれる母の目がほしい。

時時《ときとき》の花は咲けども何すれぞ母とふ花の咲き出来《でこ》
ずけむ

丈部真麿・万葉集二〇

〔大意〕その折々の花は咲くが、なぜ母という花が咲き出ないのだろう（あればその花を持って防人に出立するのに）。

母二位みまかりてのちよみ侍ける

鳥《とり》辺山思《おも》ひやるこそかなしけれひとりや苔《こけ》の下《した》に朽《く》ちなん

藤原成範・千載和歌集九（哀傷）

〔大意〕遠く鳥辺山（葬送の地）に思いを馳せるのは悲しい。亡き母はひとりで苔の下に朽ちてしまうのだろうか。〔注解〕「苔の下」―墓の下。

難波《なには》津《つ》に装《よそ》ひ装《よそ》ひ今日の日の出で罷《まか》らむ見る母なしに

丸子連多麿・万葉集二〇

〔大意〕難波の港で船の装いを十分にして、いよいよ今日、命令にしたがって任地に向って行こう。見送ってくれる母もいないで。〔注解〕「罷らむ」―天皇の命で行く。

母の三十七年忌に

はふ兒にてわかれまつりし身のうさは面《おも》だに母を知らぬなりけり

橘曙覧・松籟艸

〔大意〕赤ん坊の時に死に別れてしまったわが身の悲しさは、母の顔さえも知らないことだよ。〔注解〕「はふ兒」―まだ歩けず這っている幼児。

「ま～わ行」

真《ま》木《け》柱《はしら》讃《ほ》めて造れる殿の如《ごと》いませ母刀自《ははとじ》面変《おめかは》りせず

坂田部首麿・万葉集二〇

〔大意〕真木の柱を讃えて造った御殿のように、健やかでいてください、母刀自よ。顔つきも変わることもなく。〔注解〕「母刀自」―家の主。

百《も》くさに八十《やそ》くさ添《そ》へて賜《たま》ひてし乳房《ちぶさ》の報《むくひ》今日《けふ》ぞ我《わ》がする

行基・拾遺和歌集二〇（哀傷）

〔大意〕百石に八十石を添えて私に与えてくれた母の乳房に対する恩返しを、今日は私がすることだ。〔注解〕「百くさに八十くさ添えて」―子供が育つには母乳を百八十石飲むという仏説により、母の恩恵を譬える。

わが門《かつ》の五株柳《いつもとやなぎ》何時《いつ》も何時《いつ》も母《おも》が恋ひすす業《なり》ま

しつつも

矢作部真長・万葉集二〇

〔大意〕いつもいつも母は私のことを恋しく思いながら、家業にいそしんでいる。〔注解〕「わが門の五株柳」—「何時も何時も」を引き出す序。

わが母の袖持ち撫でてわが故《から》に泣きし心を忘らえぬかも

物部乎刀良・万葉集二〇

〔大意〕母が私の袖を持ち、撫でながら私のために泣いたその心が忘れられないことだ。

おやあるときおもくわづらひけるに

をしからぬ命ながらもたらちねのあるよはかくてあるよしもがな

小沢蘆庵・六帖詠草

〔大意〕惜しいとは思わない私の命ではあるが、母がこの世にが生きているうちは、こうして生きている手立てがほしい。〔注解〕「たらちね（足乳根・垂乳根）」—「母」に掛かる枕詞。ここでは母。

母のなくなりてのち

惜《を》しからぬ身《み》ぞ惜《を》しまるるたらちねの親《おや》の残《のこ》せる形見《かたみ》と思《も》へば

元政・草山和歌集

〔大意〕決して惜しくもないこの身ではあるが、亡くなった母親の残した形見であると思うと、やはり惜しまれることだ。〔注解〕「たらちね（足乳根・垂乳根）」—「母」に掛かる枕詞。

「母」への思い

——短歌（近・現代）

我よりも母は忘れじ旦暮《あけくれ》に乳《ち》にとりつきしをさな心を

与謝野礼厳・礼厳法師歌集

§

天地に一人の母を鳥辺野の今朝の烟とたてゝ来らしも

天田愚庵・愚庵和歌

§

舟破《や》れてかへらずなりし子のために狂ひし母よ今日も磯にあり

落合直文・明星

§

早稲藁のいろよき藁を管にぬき糸とらしけむ母をしそおもふ
伊藤左千夫・伊藤左千夫全短歌

§

かくばかり我をおもほす母にだに尚語らはず罪深きわれ
佐佐木信綱・思草

老の目に涙うかべてのたまひし母の御詞今ぞこひしき
佐佐木信綱・思草

いたづきのおもれる母にかゝる事きかせまつらむ事の悲しさ
佐佐木信綱・思草

§

三つのとし母のやは手にきえたると今宵といづれ夢うつくしき
与謝野寛・紫

§

亡き母のおくつき淋しハナノ木を根こじてこむかここに植うべく
服部躬治・迦具土

母君の手づからむきて賜ひたる林檎の味はすずしかりけり
服部躬治・迦具土

§

蟋蟀《こほろぎ》はなきそめにけり母の腰また痛《いた》むらむ寒さいたりぬ
岡麓・庭苔

虫なきて夜《よ》ののびゆくはつらしとふ母のかごとをきくがくるしき
岡麓・庭苔

母神経痛のために此冬をうち臥せり

たらちねの母の病をうれひつつ霜どけおそき氷土《ひづち》をふむも
岡麓・庭苔

冬の日のふかき曇のしづけさよ母の病のひまあるごとし
岡麓・庭苔

そこびえの夕べ帰りて顔のぞく母は眠れり病づかれて
岡麓・庭苔

冬三月《みつき》母病《やみ》臥していつしかと待ちわびをるに春の霜降る
岡麓・庭苔

外《と》に行くと病み臥す母に告げにけり春の雨夜《あまよ》の宵しづかなる
岡麓・庭苔

春雨のふれる夜ふけにかへり来てひそかに母の睡眠《ねむり》をみるも
岡麓・庭苔

つゆどきのくもりはれねど病みて臥す母がねあせの夜着を干すかも　岡麓・庭苔

竿竹のしなひて重き母の夜着よごれもしるしつゆどきぐもり　岡麓・庭苔

つゆどきのくもりの下《した》のあぢさゐの花咲けれども母は臥すかも　岡麓・庭苔

真昼間《まひるま》の母のふしどにすわりゐてたたみのよごれ見ればさびしも　岡麓・庭苔

床の間に這ひあがらむと首のばす亀を見てをり病む老母《おいはは》は　岡麓・庭苔

朝夕の風の涼しく秋立てば母のやまひのたどきしらずも　岡麓・庭苔

寒くなる日の一日《いちにち》もおそかれと思ふがはかな病む母のため　岡麓・庭苔

こほろぎのほそぼそ声をいねがての母はかこちぬ虫がなくよと　岡麓・庭苔

夜ふくればこほろぎの声耳近し病み臥す母は安眠《やすい》しかねつ　岡麓・庭苔

こほろぎの声きくなべにつゆ霜の秋の夜寒を母は嘆きぬ　岡麓・庭苔

ひととせを病み臥す母は蟋蟀のなく秋の夜をあかしかねつも　岡麓・庭苔

母のやまひ心もとなく思へども孫をつけ置きわれかへるなり　岡麓・庭苔

一月十七日夜七時半何の苦痛もなくてみじろぎたるに母の息はとまりぬ

玉の緒のいまはのきはの間《ま》にあはず母が手握《にぎ》るあたたかき手を　岡麓・庭苔

弟の来《きた》るまではと動かさぬ母のなきがら寒けく守《まも》る　岡麓・庭苔

見をさめの母の顔をばゐがきけりゐかきなりけるわが弟は　岡麓・庭苔

弟とふたりむきあひ亡母《なきはは》をまもる霜夜の軒の松風　岡麓・庭苔

わが母の荼毘《だび》の後《あと》なる骨形《ほねがた》をゆりくづしたり焚屍人《おんばう》が行為《わざ》　岡麓・庭苔

母逝きて三七日《みなのか》過ぎぬ手向けにし水仙の花いまだしぼまず
岡麓・庭苔

ふる綿のおもたき夜着を重ね着て夜半の寒さに亡母《はは》をしのべり
岡麓・庭苔

雪の夜を蒲団のうへに足のべて土ふかからぬ母おもひけり
岡麓・庭苔

亡母《はは》思《も》へど今はすべなし海に出《で》ればくもりて寒し黄ばぬ岩苔
岡麓・庭苔

ひたをしむ亡母《はは》のいのちを真冬《まふゆ》咲く豆の花摘みことばにはいはず
岡麓・庭苔

§

さびしらに母とふたりし見る庭の雨に向伏《むかぶ》すやまぶきの花
長塚節・暮春の歌

しかといはば母嘆かむと思ひつつただにいひやりぬ母に知るべく
長塚節・病中雑詠

我さへにこのふる雨のわびしきにいかにかいます母は一人して
長塚節・病中雑詠

いささかのゆがめる障子引き立ててなに見ておはす母が目に見る
長塚節・病中雑詠

張り換へむ障子もはらず来にければくらくぞあらむ母は目よわきに
長塚節・病中雑詠

ここにしてすすびし障子懐《おも》へれば母よと我は喚《よ》ぶべくなりぬ
長塚節・病中雑詠

いくたびか雨にもいでて苺つむ母がおよびは爪紅《つまべに》をせり
長塚節・鍼の如く

§

母はまたわれらが幸《さち》をひたすらに、身にかへてともいのりますなり
岡稲里・朝夕

ふるさとの母をおもふと、秋の夜の雨きくこころとひたに恋しき
岡稲里・朝夕

§

はるばると母は戦《いくさ》を思《おも》ひたまふ桑《くは》の木《こ》の実《み》の熟《う》める畑《はたけ》に
斎藤茂吉・赤光

高ひかる日の母を恋ひ地《ち》の廻《めぐ》り廻《めぐ》り極《きは》まりて天新《あめあら》たなり

斎藤茂吉・赤光

長押《なげし》なる丹《に》ぬりの槍《やり》に塵《ちり》は見ゆ母の辺《べ》の我《わ》が朝目《あさめ》には見ゆ

斎藤茂吉・赤光

死に近き母に添寝《そひね》のしんしんと遠田《とほだ》のかはづ天《てん》に聞《きこ》ゆる

斎藤茂吉・赤光

桑の香《か》の青くただよふ朝明《あさあけ》に堪《た》へがたければ母呼びにけり

斎藤茂吉・赤光

死に近き母が目《め》に寄《よ》りをだまきの花咲きたりといひにけるかな

斎藤茂吉・赤光

死に近き母が額《ひたひ》を撫《さす》りつつ涙ながれて居《ゐ》たりけるかな

斎藤茂吉・赤光

母が目をしまし離《か》れ来て目守《まも》りたりあな悲しもよ蚕《かふこ》のねむり

斎藤茂吉・赤光

のど赤き玄鳥《つばくらめ》ふたつ屋梁《はり》にゐて足乳根《たらちね》の母は死にたまふなり

斎藤茂吉・赤光

我《わ》が母よ死にたまひゆく我《わ》が母よ我《わ》を生《う》まし乳足《ちた》らひし母よ

斎藤茂吉・赤光

いのちある人あつまりて我が母のいのち死行《しゆ》くを見たり死ゆくを

斎藤茂吉・赤光

わが母を焼かねばならぬ火を持てり天《あま》つ空《そら》には見るものもなし

斎藤茂吉・赤光

星のゐる夜ぞらのもとに赤赤とははそはの母は燃えゆきにけり

斎藤茂吉・赤光

灰のなかに母をひろへり朝日子《あさひこ》ののぼるがなかに母をひろへり

斎藤茂吉・赤光

山ゆゑに笹竹《ささたけ》の子を食ひにけりははそはの母よははそはの母よ

斎藤茂吉・赤光

足乳根《たらちね》の母《はは》に連《つ》れられ川越《かはこ》えし田越《たこ》えしこともありにけむもの

斎藤茂吉・あらたま

あが母《はは》の吾《あ》を生《う》ましけむうらわかきかなしき力《ちから》おもはざらめや

斎藤茂吉・あらたま

§

をさなかりし春の夜なりきわれを背に梨の花ふむ母をみしかな
前田夕暮・収穫

さびしさにそと戸をいでぬめざめたるその瞬間の母のまなざし
前田夕暮・収穫

妹をそとさしまねき母はいま呼吸したまふやうかがひてみよ
前田夕暮・収穫

母の手のぬくみしづかに去りゆきしその終りまでとりてありしよ
前田夕暮・収穫

昏睡に入りしかなしき母の面ながむる子等に父もまじりぬ
前田夕暮・収穫

§

日向の国むら立つ山のひと山に住む母恋し秋晴の日や
若山牧水・海の声

わが母の涙のうちにうつるらむわれの姿を思ひ出づるも
若山牧水・路上

ふるさとの美々津《みみつ》の川のみなかみにひとりし母の病みたまふとぞ
若山牧水・路上

病む母よかはりはてたる汝《なれ》が児を枕にちかく見むと思ふな
若山牧水・路上

われを恨み罵りしはてに嘆《つぐ》みたる母のくちもとにひとつの歯もなき
若山牧水・みなかみ

斯る気質におはする母にねがはくは長き病の来ることなかれ
若山牧水・みなかみ

母が愛は刃のごときものなりきさなりいまだにそのごとくあらむ
若山牧水・みなかみ

飲むなと叱り叱りながらに母がつぐうす暗き部屋の夜の酒のいろ
若山牧水・みなかみ

くづ折れてすがらむとすれど母のこころ悲哀《ひあい》に澄みて寄るべくもなし
若山牧水・みなかみ

春あさき田じりに出でて野芹つむ母のこころに休《やすら》ひのあれ
若山牧水・みなかみ

余念なきさまには見ゆれ頬かむり母が芹つむきさらぎの野や
若山牧水・みなかみ

故郷に墓をまもりて出でてこぬ母をしぞおもふ夢みての後《のち》に
若山牧水・黒松

空家《あきや》めく古きがなかにすわりたる母と逢ひにけりみじかき夢に
若山牧水・黒松

白き髪ちひさき御顔ゆめのなかの母はうつつに見えたまふかも
若山牧水・黒松

釣り暮し帰れば母に叱られき叱れる母に渡しき鮎を
若山牧水・黒松

§

母びとは悲しくませば鳳仙花せめて紅《あか》しと言ひ告げやらむ
北原白秋・桐の花

な行きそ夕の雲はさびしきに独戸に倚る母とし思はば
北原白秋・白秋全集

暁にひとりめざめてははそばの母の寝息にしたしみにけり
北原白秋・白秋全集

母の深き吐息きくとき最《もつと》も深く母のこころに触《ふ》り得たりわれ
北原白秋・白秋全集

母の手
ある夜酒に酔ひつぶれて、外より帰り、我儘いつぱいに寝ころびて、（以下二首、同前文）

急に涙が流れ落ちたり母上に裾からそつと蒲団をたたかれ
北原白秋・白秋全集

子守唄思ひいづれば涙ながるるははそばの母はありがたきかも
北原白秋・白秋全集

日暮るれば童《わらべ》ごころのつくものかなにがな恋し母のふところ
北原白秋・白秋全集

吾《わ》がこぼす白《しろ》き飯粒《いひつぶ》ひとつひとつ取《と》りて含《ふく》ます母《は、》は笑ひて
北原白秋・白秋全集

ははそはの母《は、》の茶碗《ちやわん》に白飯《しらいひ》に蠅《はへ》のとまりぬ早《はや》く食《を》しませ
北原白秋・白秋全集

今はただ深く眠らむ小夜《さよ》ふけて母の寝息《ねいき》のかすかにきこゆ
北原白秋・白秋全集

§

たそがれの、蜜柑《みかん》をむきし爪《つま》さきの、黄《き》なるかをり

に、母《はは》をおもへり。
土岐善麿・黄昏に

いふがまま、ただうなづきて、札幌《さつぽろ》へゆくべき金《かね》を、
あたへしも、母《はは》。
土岐善麿・黄昏に

わが母《はは》は六十《ろくじふ》をこしぬ、人《ひと》まへに、ゐねむりをする、
寂《さび》しき女《をんな》かな。
土岐善麿・黄昏に

わが父《ちち》の亡《う》せぬる後《のち》の、わが母《はは》の、すこやかに、花《はな》
いぢりせる。
土岐善麿・黄昏に

母《はは》を、われ、いまも哀《かな》しむ。わが恋《こひ》のやぶれし日《ひ》、
旅《たび》の銀《かね》をあたへき。
土岐善麿・黄昏に

つとめより、夜霧《よぎり》の街《まち》をかへるとき、心《こころ》しめやかに、
母《はは》をおもへり。
土岐善麿・黄昏に

§

ひと塊《くれ》の土《つち》に涎《よだれ》し　泣《な》く母《はは》の肖顔《にがほ》つくりぬ　かな
しくもあるか
石川啄木・我を愛する歌

たはむれに母《はは》を背負《せお》ひて　そのあまり軽《かろ》きに泣《な》きて
三歩《さんぽ》あゆまず
石川啄木・我を愛する歌

もうお前《まへ》の心底《しんてい》をよく見届《みとど》けたと、夢《ゆめ》に母来《ははき》て　泣《な》
いてゆきしかな。
石川啄木・悲しき玩具

薬《くすり》のむことを忘《わす》れて、ひさしぶりに、母《はは》に叱《しか》られ
しをうれしと思《おも》へる。
石川啄木・悲しき玩具

茶《ちや》まで断《た》ちて、わが平復《へいふく》を祈《いの》りたまふ　母《はは》の今日《けふ》ま
た何《なに》か怒《いか》れる。
石川啄木・悲しき玩具

われいまだわが泣く顔をわが母に見せしことなし故
にかなしき
石川啄木・明星

一塊《ひとくれ》の土に涙し泣く母の肖顔《にがほ》つくりぬかなしくもあるか
石川啄木・明星

母よ母よ汝《な》が児《こ》の恋はまた破れぬ今日は一日起さで
おき給へ
石川啄木・莫復問

母上の仮名の手紙のこのごろは少し上手《じやうず》にならせ給へる

§

わが母とわが児と伴ひこの道を恵方まゐりに今し出で行く
石川啄木・莫復問

光のなかわが古家のしづかなり湯を沸かさんと母は帰らす
古泉千樫・青牛集

走りつつ仔牛《こうし》あそべり母ひとりこの家もりて働きています
古泉千樫・青牛集

ふるさとに老いたる母のひとり居りわれ貧しくて久に行かぬに
古泉千樫・青牛集

飲井戸の水替へにけりひとりして家守《いへも》る母のまさきくありこそ
古泉千樫・青牛集

§

ふつかみか雪ふりつぎぬふるさとに母病みたまふころはもとな
橋田東声・地懐以後

病む母の枕《まくら》にかよふ浪《なみ》の音たかければ母は眠られざらむ
橋田東声・地懐以後

池上の山かげ小沼のささ濁《にご》り咲く花さぶし亡き母おもへば

わがこころいたく傷つきかへり来ぬうれしや家に母おはします
橋田東声・地懐以後

§

母刀自《ははとじ》が老いて寂しく暮らします千駄が谷をば思ひやる秋
吉井勇・昨日まで

母刀《と》自《じ》の老《おい》をおもへば涙落つ消息もせで旅に過ごせど
吉井勇・人間経

母刀自の老のおもかげ夜目《よめ》に見ゆ酒な飲みそと云ひたまふごと
吉井勇・人間経

母わかく眉目《みめ》よくましきわれ小《ち》さく疳高《かんたか》かりきその日遠しも
吉井勇・風雪

§

かみそりの鋭刃《とば》の動きに　おどろけど、目つぶりがたし。母を剃《そ》りつゝ
釈迢空・海やまのあいだ

あわたゞしく　母がむくろをはふり去る心ともなし。夜はの霜《しも》ふみ
釈迢空・海やまのあいだ

見おろせば、膿湧《うなわ》きにごるさかひ川　この里いでぬ母が世なりし

釈迢空・海やまのあいだ

§

兄に聞けど兄も覚えて居《ゐ》ずといふわれらの母を誰《たれ》にたづねむ

岩谷莫哀・仰望

§

わが母と吾《われ》と来《こ》し日をかへりみるに四十五年《しじふごねん》になりやしぬらむ

土屋文明・ゆづる葉の下

この母を母として来《きた》るところを疑ひき自然主義渡来《とらい》の日の少年にして

土屋文明・ゆづる葉の下

母は如何《いか》に言ふらむと覚《さ》むる夜《よる》あれど考へてゆけば五年前《いつとせまへ》に亡《な》し

土屋文明・山の間の霧

家に伏すその母に何を伝へむか残れるものは残りてあるなり

土屋文明・青南後集

§

乏《とぼ》しらの灯《ほ》かげに母が面《おも》見ればつばらつばらに見ればかなしも

中村三郎・中村三郎歌集

早起の母が厨《くりや》にしのびかに働きたまふもの音きこゆ

中村三郎・中村三郎歌集

しら露の朝明《あさけ》にひびくははそはの母の拍手《かしはで》虔《つつま》しきかも

中村三郎・中村三郎歌集

§

冷えびえと秋の夜をとほしひとり居る母を思ひて行きがたきかも

松倉米吉・松倉米吉歌集

夜おそく冷たき弁当はみ居つつかよわき母を思ふに堪へず

松倉米吉・松倉米吉歌集

暮れはてぬ庭に静かに雨けむり母は貧しさをおほふなりけり

松倉米吉・松倉米吉歌集

雨上りその夜も更けて米を磨ぐ母に涼しき風吹きにけり

松倉米吉・松倉米吉歌集

夜ふかく仕事に冷えて火にかざす母上がもろ手の皸のかなしさ

松倉米吉・松倉米吉歌集

くだちゆく夜しみじみと母上があかぎれに塗る薬は
匂ふ　　松倉米吉・松倉米吉歌集

灯ともす街飯煮ゆる匂ひうまければ涙ながれて母に帰るも
松倉米吉・松倉米吉歌集

しみじみと秋はゆくらし静かなる母のねむりを今宵
まもるも　　松倉米吉・松倉米吉歌集

月はいま入り方ならしいたつける母を抱きてかはや
に吾が居り　　松倉米吉・松倉米吉歌集

母は死にたまふ

痛しとも言はぬ母故今はさびし骨あらはなるむくろ
拭ひつつ　　松倉米吉・松倉米吉歌集

霜凍《い》てし街の面は明るめり母の柩はゆらぎつつゆく
松倉米吉・松倉米吉歌集

母のなき初夜の寒さしみじみと火をうちかこみさび
しみにけり　　松倉米吉・松倉米吉歌集

とろとろと今宵焼けなむ母はかなしなにをたのみに
この後を行かむ　　松倉米吉・松倉米吉歌集

庭の土うるほひにけりめぐり来し春待ちかねて母は
逝きしも　　松倉米吉・松倉米吉歌集

§

かの浦の木槿《もくげ》花咲く母が門《と》を夢ならなくに訪《と》はむ日もがな
明石海人・白描

§

一握りの土をこぼしぬ。み柩のこの老い母に　せし
こともなし　　折口春洋・鵠が音

遠くゐて、老いたらちねにかゝはりし　我のなげき
も　なくなりにけり　　折口春洋・鵠が音

年明けて、老いたらちねのおこしたるふみは　やす
けく　短かかりけり　　折口春洋・鵠が音

§

涙ぐむ母に訣《わか》れの言述《ことの》べて出で立つ朝よ青く晴れたる
渡辺直己・渡辺直己歌集

§

たまさかに逢へば縋り来幸《く》うすく環境のなかにうろたへて母
宮柊二・小紺珠

わが母と妻の母とがこもごもに訪《と》ひ来《き》ては帰る複雑なり
宮柊二・小紺珠

こゑあげて笑ひし母のときどきに身勝手を言ふ母としおもふ
宮柊二・小紺珠

悔《くや》しみに黙《もだ》しゐるとき入りてきて信濃の味噌をうましと母言ふ
宮柊二・藤棚の下の小室

くれなゐに山茶花咲けば十二月母七十九我れ五十二
宮柊二・藤棚の下の小室

衰へをいたく見せきて老い母が立居《たちゐ》するにも唇《くちびる》を緊《し》む
宮柊二・藤棚の下の小室

あかつきの部屋に坐りてゐし母よただ呆然と孤りの状《さま》に
宮柊二・独石馬

膝に載せ亡き母の手の蝋いろの爪一つづつ剪《き》りゆく我は
宮柊二・忘瓦亭の歌

曇る日の芝の上とぶ蜻蛉《せきれい》の細きは魂《たま》か逝きたる母の
宮柊二・忘瓦亭の歌

「母」への思い
──俳句（近世〜現代）

誰《た》が母ぞ花に珠数《じゅず》くる遅《おそ》ざくら　祐甫・炭俵

§

みじか夜も母をわすれぬ旅寝《たびね》哉　知足・いらこの雪

§

五七の日追善会

卯花《うのはな》も母なき宿《やど》ぞ冷《すさま》じき　芭蕉・続虚栗

〔注解〕「追善会」─其角の母妙務尼の五七日忌。

§

初雪やふところ子にも見する母　杉風・俳諧勧進牒

§

あらぬ世の母おがみたるよひの夢　言水・新撰都曲

§

痩《やせ》たりと母のおものや年のくれ　朱拙・後れ馳

ひとりある母でことしも冬ごもり　朱拙・小柑子

§

幾秋かなぐさめかねつ母ひとり　来山・続いまみや草

§

茶の花や老母《らうぼ》の読《よめ》る朝ぼらけ　涼菟・簗普請

§

夢に来る母をかへすか郭公《ほとゝぎす》　其角・続虚栗

母の日や又泣出《またなきいだ》すまくは瓜　其角・花摘

文月《ふみづき》や産《うま》るゝ文字も母の恩《おん》　其角・花摘

有明《ありあけ》の月に成《なり》けり母の影　其角・花摘

素堂の母七十七の賀ノ句

蘭《らん》の香《か》にはなび待《まつ》らん星の妻　其角・韻塞

麦飯《むぎめし》や母にたかせて仏生会《ぶつしやうゑ》　其角・末若葉

§

よは〱と老母の寝ぬ夜思ひ出《だし》　鬼貫・俳諧大悟物狂

§

亡母年回追悼

同年の尼《あま》くづを《(ほ)》れて袖《そで》の露《つゆ》　李由・韻塞

§

母の影ふみて田植《たうゑ》の女かな　野坡・続虚栗

子泣《こなく》らん母も待らむ花見なら　野坡・野坡吟艸

枕うつ母の拳《こぶし》やほとゝぎす　野坡・野坡吟艸

母つかふ貧《まづし》さおもへ魂《たま》まつり　野坡・野坡吟艸

みのむしはちゝと啼く夜を母の夢　野坡・野坡吟艸

母の目の明かぬほど打《うつ》きぬたかな　野坡・野坡吟艸

市山が母公をいたむ

いねこきも茶を呑《のむ》たびのなみだかな　野坡・野坡吟艸

§

つゝがなき母の便《たより》やころもがへ　支考・浮世の北

§

母の五十年に

五月雨や昼寝の夢と老にける　宗屋・瓢箪集

§

やさしやな田を植るにも母の側　太祇・太祇句選

なぐさめて粽解《ちまきとく》なり母の前　太祇・太祇句選

剃て住法師が母のきぬた哉　太祇・太祇句選

§

母らしき人の居にけり花むしろ　嘯山・葎亭句集

みじか夜や子と背合せの母の様　嘯山・葎亭句集

水漬を母しかりけり今朝の秋　嘯山・葎亭句集

寒梅や久しく立てば母の声　嘯山・葎亭句集

§

たま祭り茄子《なすび》に見ゆる母の顔　樗良・樗良発句集

§

亡母野送り

霧煙今や骨ならむ肉ならむ
亡母三回忌　　暁台・暁台句集

みのむしのさらに喪籠る思ひ哉　　暁台・暁台句集

十三夜は亡母六七日にあたりて
后の世の月ならば母の影もさせ　　暁台・暁台句集

大谷の御堂に母の骨ををさめ奉りて。
氷なみだ御歯にしむな山おろし　　暁台・暁台句集

§

母恋し日永きころのさしもぐさ　　白雄・白雄句集

をぐるまの死なで母吊《と》ふさつき哉　　白雄・白雄句集

日に消ぬ霜とやかこつ母の髪　　白雄・白雄句集

§

亡母二十五回忌
花の雲ぼさちの数と経《ふ》りにけり　　几董・井華集

衣着よと母の使やあきの暮　　几董・井華集

§

母のうせける時
母なしに我身はなりぬ身はなりぬ　　成美・成美家集

§

母のある睦《む》月七日の寒かな　　乙二・松窓乙二発句集

星となりて夜は見え(へ)たまへ母の影　　乙二・松窓乙二発句集

§

母酔うて古き手振りの踊かな　　内藤鳴雪・鳴雪句集

§

亡き母の御仏事の日を初時雨　　中川四明・四明句集

§

母が里にとまりし朝や葱の霜　　石橋忍月・忍月俳句抄

長き夜や母は施無畏《せむゐ》の珠数を繰る　　石橋忍月・忍月俳句抄

§

母親を負ふて出でけり御遷宮　　正岡子規・子規句集

寒さうに母の寐給ふ蒲団哉　　正岡子規・子規句集

行く年を母すこやかに我病めり　　正岡子規・子規句集

§

亡き母の思はるゝ哉衣がへ　　夏目漱石・漱石全集

なき母の湯婆やさめて十二年　　夏目漱石・漱石全集

なき母の忌日と知るや網代守　　夏目漱石・漱石全集

§

雛の前母語り居る外の事　　篠原温亭・温亭句集

§

衣配り母います時の如くせり　　石井露月・露月句集

§

母《はゝ》こひし夕山桜峰《ゆふやまざくらみね》の松《まつ》　　泉鏡花・鏡花句集

§

蚊帳越しに薬煮る母をかなしみつ　高浜虚子・五百句
送火《おくりび》や母が心に幾仏《いくほとけ》　高浜虚子・五百句
野を焼いて帰れば燈下母やさし　高浜虚子・五百句
柊《ひいらぎ》をさす母によりそひにけり　高浜虚子・五百句
いかなごにまづ箸《はし》おろし母恋し　高浜虚子・六百句
水仙や母のかたみの鼓箱《つづみばこ》　高浜虚子・六百五十句
元朝《がんちょう》や座右の銘は母の言　高浜虚子・七百五十句
秋晴や古里近く母を恋ひ　高浜虚子・七百五十句
母がせし掛香《かけこう》とかやなつかしき　高浜虚子・七百五十句
母が餅やきし火鉢を恋ひめやも　高浜虚子・七百五十句

§

母はもとより我も老いけり御命講　小沢碧童・碧童句集
端正に年賀うけつゝ老母かな　小沢碧童・碧童句集
柳箸今年は母の亡かりけり　小沢碧童・碧童句集

§

母の四十七回忌
うどん供へて、母よ、わたくしもいただきまする　種田山頭火・草木塔
ひさびさ袈裟かけて母の子として　種田山頭火・定本種田山頭火全集

§

木に凭れ梅干す母を見てゐたり　島田青峰・青峰集

§

母といふも我が知るのみや宵の春　渡辺水巴・富士

§

母に手を曳かれて遠し蝉の声　北原白秋・竹林清興

§

後山の虹をはるかに母の佇つ　飯田蛇笏・椿花集
最中ただもろ乳垂りて母老いし　飯田蛇笏・椿花集

§

病める母に連翹剪りて上り来し　長谷川零余子・雑草

§

母人の仮名書うれし種袋　高田蝶衣・青垣山

§

母すでに昼寝さめたる流しもと　原石鼎・花影
病める母の障子の外の枯野かな　原石鼎・花影
三月二十八日母逝く
花の月枝がくれ母の心かも　原石鼎・花影

§

畑打や母が灯すを見て戻る　石島雉子郎・雉子郎句集
蚯蚓啼くや繰返し読む母の文　石島雉子郎・雉子郎句集
亡き母に似しと乳母泣く夏衣　石島雉子郎・雉子郎句集

麦秋の田舎の母に子のすこやかさ見せに帰る
石島雉子郎・雉子郎句集

§

母亡《な》ければ悲しみに焼く柚味噌かな
中塚一碧楼・はかぐら

母よ葉の多き秋草の一束ね
中塚一碧楼・一碧楼一千句

母よ巌を打つ浪のしぶきの秋
中塚一碧楼・一碧楼一千句

手毬かゞる麻の葉のほかはなき母よ
中塚一碧楼・一碧楼一千句

母のもとへはや帰る摘草
中塚一碧楼・一碧楼一千句

火燵ふとんの華やかさありて母老い給ふ
中塚一碧楼・一碧楼一千句

§

馬追や母が居眠る針箱に
籾山柑子・柑子句集

§

母と二人で吊りてゆがめる蚊帳かな
原月舟・月舟俳句集

§

麦秋の田舎の母に子のすこやかさ見せに帰る
大橋裸木・人間を彫る

§

母を呼ぶ大きな声や露の宿
山口青邨・雪国

鵲は魂の緒の母の使かな
山口青邨・雪国

母の顔道辺の蓮の花に見き
山口青邨・雪国

§

涼しさや母の足もむ置蚊遣
富田木歩・木歩句集

人形屑《へチ》取りの疲れをまぎらすために和讃を唄ふ

母とゐて和讃うたふや夜半の冬
富田木歩・木歩句集

母脳溢血

母のみとりに仏燈忘る宵の冬
富田木歩・木歩句集

§

梅咲いて母の初七日いゝ天気
川端茅舎・定本川端茅舎句集

春の土に落とせしせんべ母は食べ
川端茅舎・定本川端茅舎句集

母の忌の御空の春の雲仰ぎ
川端茅舎・定本川端茅舎句集

§

母の湯に在る間預る懐炉かな
日野草城・花氷

帰る興安丸

泣く母の声とどく霜置く船に
日野草城・銀

§

はゝそはの母と歩むや遍路来る
中村草田男・長子

母が巻く目醒時計蛾の羽音
中村草田男・長子

母老いぬ裸の胸に顔の影　中村草田男・長子
母が家《や》に月の湯あみの我が髪膚　中村草田男・火の島
母なき冬石臼の目をきざむ音よ　中村草田男・母郷行
冬の土母往き去りしままの道　中村草田男・母郷行
母を言はず障子を夕刊打ちし頃　中村草田男・母郷行
土曜母訪ひ霜解けなどを語りたし　中村草田男・母郷行
庭にも無し背高き母の冬日の影　中村草田男・母郷行
返り花母恋ふ小田巻繰返し　中村草田男・母郷行
芦の刈跡母の恋しさ処置なしや　中村草田男・母郷行
冬の魚臭母さいなみし人もあり　中村草田男・母郷行
寒き枕辺亡母へ金貨並べし夢　中村草田男・母郷行
初花や母たまさりしも朝の空　中村草田男・母郷行
耕しの母の辺で「帰らう帰らうよ」　中村草田男・母郷行
露の鐘鳴るとき母よ子を信ぜよ　中村草田男・母郷行
よく書きし母のゆかりか星祭り　中村草田男・母郷行
清水でそそくさ顔洗ひざま来し乳母ぞ　中村草田男・母郷行
とたんにゆがむ乳母の小さき涼しき顔　中村草田男・母郷行
乳母夏痩「針当指環」今もして　中村草田男・母郷行

話しつつ西日に乳母と後しざり　中村草田男・母郷行
西日も消えぬ乳母語りつぐ四畳半　中村草田男・母郷行
身をしぼる夕顔の蕾よ乳母よさらば　中村草田男・母郷行
踊去るよわが母不言《だま》つてただ逝きて　中村草田男・母郷行
四つの我も十九ちがひの母も昼寝　中村草田男・母郷行
入江日盛母みなもとに復りねむる　中村草田男・母郷行
鰡も跳ばず昼寝の母の頬丸きや　中村草田男・母郷行
詩人を生みし母の運命《さだめ》を蟹かなしむ　中村草田男・母郷行
青無花果母居ぬ町に這入りけり　中村草田男・母郷行
緋マントや母へ手出さんふためきに　中村草田男・母郷行
よき母の腰の緊《しま》りや林檎はこぶ　中村草田男・母郷行
母の命下に春灯点ぜし頃恋し　中村草田男・母郷行
門《かど》過ぎぬ今薔薇咲ける母の寺　中村草田男・母郷行
母を褒められうなづきし頃よ水すまし　中村草田男・母郷行
南無母よ芭蕉の葉筒雨吹き入る　中村草田男・母郷行
撫子や母とも過ぎにし伊吹山　中村草田男・母郷行
母が遺愛の三毛の手ざはり栗熟れぬ　中村草田男・母郷行
亡母の薔薇開きぬ紅唇打ちふるへ　中村草田男・母郷行
亡母の薔薇光の中はさびしきかな　中村草田男・母郷行

§
うちまもる母のまろ寐や法師蟬
芝不器男・定本芝不器男句集
§
無花果や目の端に母老いたまふ
加藤楸邨・雪後の天
柿の朱を守りて老いたる母います
加藤楸邨・雪後の天
春の炉や母の茶に侍す峡の朝
加藤楸邨・雪後の天
§
たちまちに燃えつく榾や母の手に
高橋馬相・秋山越
§
夏山の地図古り母も老いたまふ
石橋辰之助・山暦
母のまへ夏山恋ふるつぶやきを
石橋辰之助・山暦
夕餉すみ夏山のさま母は問ひぬ
石橋辰之助・山暦
夏山に母のうれひは断ちがたく
石橋辰之助・山暦
夏山に母にぞかよふわがこゝろ
石橋辰之助・山暦
英霊の母がきざみし菜の凍れる
石橋辰之助・山暦
小さき母雪山にながくながくあれよ
石橋辰之助・山暦
§
雁なけり母の瞳を目にとらふ
片山桃史・北方兵団
たらちねの母よ千人針赤し
片山桃史・北方兵団
汗し病み母よ黄天に風呂溢る
片山桃史・北方兵団
千人針はづして母よ湯が熱き
片山桃史・北方兵団
§
母恩恋ふ石楠林に身を置きて
石田波郷・風切
紫蘇濃ゆき一途に母を恋ふ日かな
石田波郷・風切
濡縁に母念ふ日ぞ今年竹
石田波郷・風切
芋の露父より母のすこやかに
石田波郷・風切
行人裡炭送り来し母の上
石田波郷・風切
母の目や軽便さむく吾去れば
石田波郷・風切
年越や几の上に母の銭
石田波郷・雨覆
橙に貝殻虫母は老いしかな
石田波郷・雨覆
遙なる伊予の国幾年会はぬ母を思ふは
なみだしてうちむらさきをむくごとし
石田波郷・雨覆
薔薇の辺やこたびも母を捨つるがに
石田波郷・雨覆
高浜港
舷梯や母こそかなし夜の秋
石田波郷・雨覆
神戸三鬼居（以下二句、同前文）
桐の花港を見れば母遠し
石田波郷・雨覆
同じ折、ふと
葛の花母見ぬ幾年また幾年
石田波郷・雨覆
金の芒はるかなる母の祈りをり
石田波郷・胸形変
柿食ふや遠くかなしき母の顔
石田波郷・惜命

春夕べ襖に手かけ母来給ふ　石田波郷・惜命
蝶燕母も来給ふ死に得んや　石田波郷・惜命
母来れば沓脱石に蟻出でぬ　石田波郷・惜命
蚕豆の花の吹降り母来て居り　石田波郷・惜命
月食の春夜を母も寝並べり　石田波郷・惜命
満天星に隠りし母をいつ見むや　石田波郷・惜命
鵙よ遠母に再た手術すと告げ得むや　石田波郷・惜命
亡き母の石臼の音麦こがし　石田波郷・酒中花以後

「兄弟・姉妹」への思い

――男歌

「兄弟」への思い

―短歌（古代〜現代）

橘則長、越にてかくれ侍りにける頃、
相模がもとにつかはしける

思《おも》ひ出《い》づや思《おも》ひ出《い》づるに悲《かな》しきは別《わか》れながらの別《わか》れなりけり

橘季通・後拾遺和歌集一〇（哀傷）

〔大意〕あなたも兄のことを思い出しているでしょうか。思い出すたびに悲しく思われるのは、遠く別れたままでの永遠の別れであったことです。

前参議教長、高野に籠りゐて侍けるが、
病かぎりになり侍ぬときゝて、頼輔卿
まかりけるほどに身まかりぬときゝて、
つかはしける

たづね来《き》ていかにあはれとながむらんあとなき山の峰の白《しら》雲

寂蓮・新古今和歌集八（哀傷）

〔大意〕高野山まで尋ねていらして、あなたはどんなにか悲しい気持ちで眺められたことでしょう。お兄さまが亡くなられて、その跡さえもとどめていないこの山の峰にかかる白雲を。

真幸《まさき》くと言ひてしものを白雲に立ち棚引くと聞けば悲しも

右は、九月二十五日に、越中守大伴宿
祢家持、遥かに弟の喪を聞き、感傷し
びて作れり

大伴家持・万葉集一七

〔大意〕無事で、と声を掛けたのに、弟が（亡くなり）白雲となってたなびいていると聞けば、なんとも悲しいことだよ。

身まかりし兄の三十三回忌にあたりけ
るに

みそぢあまりみしよは我もいはけなき別《わかれ》にさへもかなしかりしを

小沢蘆庵・六帖詠草

〔大意〕三十三年前に見た兄の死は、私も幼いころの別れであったが、それでも悲しいものであったよ。〔注解〕「みしよ」―「三十あまり三」の「み」と、「見し世」を掛ける。

故郷に兄一人居り老ぼけて村人も多く我にうとしも
伊藤左千夫・伊藤左千夫全短歌

§

死の谷を行でゝ帰つたわが兄の戦語にこよひも更けた
青山霞村・池塘集

§

弟の徴兵検査

やさしく汝れを生みたる父母は手を額《ぬか》にしてうれひたまへり
島木赤彦・馬鈴薯の花

§

小樽に弟を訪ふ

北蝦夷の海べの町に家をもつ弟の顔はまだ子どもなり
島木赤彦・氷魚

§

ゆくりなく遠《とほ》くよりして弟《おとうと》の来《きた》りたれども心はさびし
岡麓・庭苔

幼《をさな》くて父にわかれし兄弟《あにおとと》つひに睦《むつび》もあひがたからむ
岡麓・庭苔

母《はは》の前に兄弟《あにおと》三人《みたり》坐《すわ》り居て何《なに》ぞ今宵《こよひ》の心さびしき
岡麓・庭苔

弟《おとうと》の神戸牛肉持《も》て来《き》たりあぶり食《く》ふ時歯を噛《か》みならす
岡麓・庭苔

弟《おとうと》と笹の葉とりに山に行き粽《ちまき》つくりし土産物《みやげ》ばなし
岡麓・湧井

§

松風《まつかぜ》は京《きやう》にすまへる弟《おとうと》としばらく逢《あ》はぬさびしさを吹《ふ》く
岡稲里・早春

§

わが兄の戦ひたりしあとどころ蘇麻堡《そまほ》を過ぎてこころたかぶる
斎藤茂吉・連山

§

わが家《いへ》の、貧《まづ》しきときに生《うま》れあひて、よく病《や》みきてふ、兄《あに》も老《お》いそめぬ。
土岐善麿・黄昏に

§

おちつかぬ我《わ》が弟《おとうと》のこのごろの眼《め》のうるみなどかなしかりけり
石川啄木・手套を脱ぐ時

§

われらみな去《い》ぬる日ちかし弟はいとましあれば薪《まき》を割り居り
古泉千樫・青牛集

このいへを継ぐ弟のかへるまで保《たも》ちかあらむ古き茅屋根
古泉千樫・青牛集

§

畑《はたけ》には大霜《おほしも》おけり早起きを山ゆくと兄は鎌《かま》とぎゐるか
橋田東声・地懐以後

馬柵《ませ》越しに麦食《は》む馬の額《ひたひ》白撫《じろな》でて立つらむ兄はさびしく
橋田東声・地懐以後

§

弟と甲蟲《さいかち》捕《と》りにゆきし日は霧深かりき幾歳《いくつ》なりけむ
吉井勇・風雪

§

その昔おそろかりし兄と今ならびてあるく伊勢崎通り
岩谷莫哀・仰望

身にあまる責《せめ》を思ひて亜米利加《アメリカ》へ渡りし兄のあはれかしこし
岩谷莫哀・仰望

うれしもよ日本の飯《めし》はとりわけてうましと兄の食べてくれれば
岩谷莫哀・仰望

§

弟を悼む

秋さめのかなしき夜に灯《ひ》を振りてこの世には帰らぬ弟《おとと》をうづむ
中村憲吉・しがらみ

§

七年《ななとせ》はむなしかりとも伴《ともな》ひて来《こ》し弟《おとうと》に白髪《しろかみ》みえつ
土屋文明・ゆづる葉の下

こごまりて従ふ見れば白鬚《しらひげ》の吾《われ》より目立つあはれ弟《おとうと》
土屋文明・山の間の霧

かへり来《く》る春の光に風吹きて襟巻《えりまき》をする吾とおとうと
土屋文明・山の間の霧

§

けふ見舞に来たる何もしらずかたはらにゐる兄は見るに堪へぬかも
大熊長次郎・大熊長次郎全歌集

§

わたくしに造りし酒をのみあひぬ兄の二人は吾より酔ひて
佐藤佐太郎・歩道

§

思ひおこすことみなさびしけどこの部屋に昨夜《よべ》は弟《おとと》の来て坐りにし

膝抱きて孤《ひとり》のおもひにふけるとき厨辺《くりやべ》に弟《おと》の叱ら
宮柊二・群鶏

るるこゑ
宮柊二・群鶏

時計が欲しいといふ弟をたしなめてぎらつく外《と》の面《も》へ家出でて来ぬ
宮柊二・群鶏

思想たがふ環境にも耐へて生きたしとある夜《よ》三十歳を過ぎし弟《おと》言ふ
宮柊二・小紺珠

弟の逝かむ日近し人生は将何《はた》なりや堅香子の花
宮柊二・忘瓦亭の歌

はばからず痛いつと大き声を出す歯をいぢくるは吾《あ》弟《おと》なるゆゑ
宮柊二・忘瓦亭の歌

「兄弟」への思い
―俳句（近世〜現代）

ある年名月は降、いざよひはれ侍りければ、俗に二タ子は、後に生るゝを兄といふ事を思ひいでゝ

いざよひはふた子の弟兄《おとと》ならん　§　越人・鵲尾冠

貧曾我といふ事を

兄弟は踊《をどり》に影の添《そ》ふごとく　§　涼菟・梁普請

兄弟の若盛《わかざかり》也《なり》大根《だいこ》引《ひき》　§　桃隣・桃隣句選

七くさや兄弟の子の起そろひ　§　太祇・太祇句選

兄弟の田に水分て戻りけり　§　嘯山・葎亭句集

兄弟が笹あらそひや星まつり　§　士朗・枇杷園句集

布袋腹の皺深く兄日焼せり　§　石橋忍月・忍月俳句抄

冬籠弟は無口にて候　§　夏目漱石・漱石全集

乳兄弟名乗り合たる榾火哉　§　夏目漱石・漱石全集

円卓や栗飯に呼ぶ弟あり　§　河東碧梧桐・碧梧桐句集

帯かけて鞦韆つくる弟かな　§　羅蘇山人・蘇山人俳句集

またあふまじき弟にわかれ泥濘ありく
種田山頭火・層雲

§

妹婿池田寿三郎六月二日永眠す、彼に親なく子なく財なし、茶毘に附す

夏草や後ろに消えし影法師　吉武月二郎・吉武月二郎句集

§

巌ひろぐ根釣に飽きし兄の顔
原石鼎・花影

あるが中の兄の葉書も梅雨さなか
原石鼎・「花影」以後

§

柊の花のしぐれに兄は病めり
宮林菫哉・冬の土

§

青き海へ礫す弟と小石あらむ限り
中塚一碧楼・一碧楼一千句

§

兄はこの春暁をはや書読《ふみ》めり
山口青邨・雪国

卯の花や兄の書斎に一日ゐて
山口青邨・雪国

古稀の炉に栗飯の栗兄が剝く
山口青邨・花宰相

古稀の兄朝とく起きて栗拾ふ
山口青邨・花宰相

§

夏袴兄の姿の甲斐なからん
中村草田男・万緑

§

卒業の兄と来てゐる堤かな
芝不器男・不器男句集

§

松山城下、軍装の兄と相会ふ（以下三句、同前文）

兄と会ひつ城の石垣の秋おどろ
石田波郷・鶴の眼

わが手に穂草兄は軍刀のことのみ言ふ
石田波郷・鶴の眼

兄弟の別れ木実踏去り顧ず
石田波郷・鶴の眼

春遠し兄の拙き戦場便
石田波郷・鶴の眼

ビルマより還らぬ弟に

心づけば汝を待居たる春隣
石田波郷・雨覆

「姉妹」への思い

――短歌（古代〜現代）

妹の身まかりにける時、よみける

泣《な》く涙雨と降《ふ》ら南《なむ》わたり河水まさりなば帰《かへ》りくるがに
小野篁・古今和歌集一六（哀傷）

〔分類〕「ひとをいたむ」の「みまかりける時に」の歌。

〔大意〕私の泣く涙が雨になって降ってほしい。私の涙でわたり川（三途の川）の水が増して、かわいい私の妹が川を渡ることができずに帰って来るように。

§

三月十四日、妹とし子あすは嫁がむといふに、夕より雨のいたくふりいでたれば

春雨に梅が散りしく朝庭に別れむものかこの夜過ぎなば

長塚節・妹嫁ぐ

§

いもうとよ林檎むく汝が白き手のつめたく光る指輪をとりされ

田波御白・御白遺稿

小さなる顔をならべて蚊帳のなかに白くねぶれる二人の妹

田波御白・御白遺稿

§

妹《いもうと》の手《て》がみの文字《もじ》を、まれに見《み》て、心《こころ》あかるく、さびしめるかな。

土岐善麿・黄昏に

冬のあさ。二人の兄を、ただたよるらむ妹の、遠くなつかし。

土岐善麿・不平なく

いもうとに、春衣のおもて裏などを買ひやる身ともなりにけらしな

土岐善麿・不平なく

§

さびしさは、大きむすめを　しなせつることを　言ひ出《で》ずなりし　姉かも

釈迢空・春のことぶれ

積みてかさね、遠来しことを　姉は言ひ居《を》り

釈迢空・春のことぶれ

その面《おも》の　青きつやめきを　思ひ居り。国びとのうへを　姉に　聴きつつ

釈迢空・春のことぶれ

家びとの起《た》ち居とよもす家　はなれ　来し　さびしさの　姉と思はむ

釈迢空・春のことぶれ

家のうち　昼さへ暗し。寝むさぼる姉のいびきに怒らじとする

釈迢空・春のことぶれ

亡《な》き娘にかゝる話を　われはする。うつら病む姉はおどろかねども

釈迢空・春のことぶれ

この日頃。をとめの如《ごと》く　ほがらかに　もの言ふ姉

を　安しと思はむ
釈迢空・春のことぶれ

わが姉の　心しまりに物縫《ぬ》ひて、ゆふべの窓《まど》に、今日は　居にけり
釈迢空・春のことぶれ

うつら病む姉を　ふたゝび家に送り、おちつく心した恥《は》ぢて居り
釈迢空・春のことぶれ

留守《るす》まもる　をひのすさびを　叱らむとして、うつけ心の姉に　悔《く》いたり
釈迢空・春のことぶれ

§

朝《あさ》はやく　婚期《こんき》を過《す》ぎし　妹《いもうと》の　恋文《こひぶみ》めける文《ふみ》を読《よ》めりけり
石川啄木・我を愛する歌

わかれをれば　妹《いもと》　いとしも　赤《あか》き緒《を》の　下駄《げた》など欲《ほ》しとわめく子《こ》なりし
石川啄木・煙

船《ふね》に酔《ゑ》ひてやさしくなれる　いもうとの眼見《めみ》ゆ　津《つ》軽《がる》の海《うみ》を思《おも》へば
石川啄木・忘れがたき人人

不覚《ふかく》にも婚期《こんき》を過ぎし妹の恋文《こひぶみ》めける文《ふみ》に泣きたり
石川啄木・莫復問

§

花のやうに日暮の鳥屋に眠りゐる鶏《かけろ》を姉とわれと見てゐつ
宮柊二・群鶏

姉が来て今年の落葉掃きくれし庭しづまりて年暮れんとす
宮柊二・忘瓦亭の歌

「姉妹」への思い
——俳句（近世～現代）

いもうとの追善に
手のうへにかなしく消《きゆ》る蛍《ほたる》かな　去来・阿羅野

§

姉妹《あねいもと》肩揃《かたそろ》はねど雛《ひな》の駕《かご》　斜嶺・菊の道

§

雀《すずめ》子《こ》や姉《あね》にもらひし雛《ひな》の櫃《ひつ》　槐市・続猿蓑

§

薪《まき》をわるいもうと一人冬籠　正岡子規・子規句集

清女が簾かゝげたるそれは雲の上の御事これは根岸の隅のあばらやに親一人子二人の侘住居

いもうとが日覆《ひおおい》をまくる萩の月　正岡子規・子規句集

母と二人いもうとを待つ夜寒かな　正岡子規・子規句集

いもうとの帰り遅さよ五日月　正岡子規・子規句集

§

妹病むと柳散るころ便《たより》あり　寺田寅彦・寅日子句集

§

双六や風邪を召したる姉の側　羅蘇山人・蘇山人俳句集

§

出でゝ待つ妹が出仕度秋日和　鈴木花蓑・鈴木花蓑句集

§

妹に

送つてくれたあたゝかさを着て出る　種田山頭火・定本種田山頭火全集

§

妹須磨チブスにて逝く、齢二十

夢の名残と笑ふ別れや今朝の秋　島田青峰・青峰集

§

事繁くして妹未だいねず

妹よ二人の朝の初鴉　渡辺水巴・白日

路地に住む事はや六年になりぬ

妹見よや銀河と云ふも露の水　渡辺水巴・白日

亡父の画債整理の為又々遺墨を売却す

妹泣きそ天下の画なり秋の風　渡辺水巴・白日

稗蒔を見つゝ妹と午餉かな　渡辺水巴・白日

寝台車秋雨に妹拉し去りぬ　渡辺水巴・富士

独りゐて新茶汲む妹《いもと》いとまありぬ　渡辺水巴・富士

妹《いもと》老いぬ目刺焼く火の浄らかに　渡辺水巴・富士

§

妹再び我に寄食す

妹とまたも仮寓や秋どなり　吉武月二郎・吉武月二郎句集

§

北海道にゆくとて東京に立ち寄りし老いたる姉に

大姉よそれ〳〵まゐれ初若魚　原石鼎・花影

§

宵闇ぽつつり灯ぼし嫁いだ妹が来る　大橋裸木・人間を彫る

§

この姉も明治の人よ袷よし　山口青邨・雪国

§

妹を姉の養女として

姉にやる子ながら淋し石竹花　富田木歩・木歩句集

病妹（以下二句、同前文）

寝る妹に衣うちかけぬ花あやめ　富田木歩・木歩句集

妹さするひまの端居や青嵐　富田木歩・木歩句集

臨終近しとも知らぬ妹とこまやかに語る

涙湧く眼を追ひ移す朝顔に　富田木歩・木歩句集

§

妹ゆ受けし指環の指を手袋に　中村草田男・長子

§

結婚せし妹に

妹の婚期や雪のわづかに降る　石田波郷・風切

いのちなり露草の瑠璃蓼の紅　石田波郷・雨覆

「兄妹」への思い

——俳句（現代）

春寒や兄妹三人瞠き会ふ　石田波郷・風切

兄妹の相睦みけり彼岸過　石田波郷・風切

三月尽兄妹いつまで倶にあらむ　石田波郷・風切

夏すでに兄妹懈く叱り合ふ　石田波郷・風切

夜の蟬兄妹ともに寝かへるか　石田波郷・風切

兄妹の餉のしづかさの汗の裡　石田波郷・風切

椎も古りぬわれら兄妹東京に　石田波郷・風切

霧の夜々幾日黙す兄妹ぞ　石田波郷・風切

兄妹の今宵鄙めく茶点虫　石田波郷・風切

兄妹の小《さ》干す衣や虫の宿　石田波郷・風切

「家族・祖父母・親戚」への思い——男歌

「家族」への思い

―短歌（古代～現代）

淡路島門《と》渡る船の楫間《かぢま》にもわれは忘れず家をしそ思ふ
作者不詳・万葉集一七
〔大意〕淡路島の瀬戸を渡る船が櫓をこぐそのわずかな間も、私は忘れることなく家族のことを思っている。

家人《いへびと》の使なるらし春雨の避《よ》くれどわれを濡らさく思へば
作者不詳・万葉集九
〔大意〕家族の使いであるらしい、春雨は。避けてもついてきて私を濡らすことを思えば。

憶良らは今は罷らむ子泣くらむそを負《お》ふ母も吾《わ》を待つらむそ
山上憶良・万葉集三
〔大意〕わたくし、山上憶良はいまここから退出しよう。（家では）今ごろ子供が泣いておりましょうし、その子を背負っている母である妻も私を待っているでしょう。〔注解〕「罷らむ」―退出しよう。

恋ひつつも稲葉かき分け家居《を》れば乏しくもあらず秋の夕風
作者不詳・万葉集一〇
〔大意〕（家族のことを）恋しく思いながらも、稲葉をかき分けて田の小屋にいると、秋の夕風がしきりと吹いてくる。〔注解〕「乏しくもあらず」―とぼしくもなく。しきりと吹いてくる。

衣手の名木の川辺を春雨にわれ立ち濡ると家思《も》ふらむか
作者不詳・万葉集九
〔大意〕名木川の川辺で春雨に私が立ち濡れていると、いまごろ家族は思っているだろうか。〔注解〕「衣手の」―「名木」に掛かる枕詞。

たのしみは妻子《めこ》むつまじくうちつどひ頭《かしら》ならべて物をくふ時
橘曙覧・春明艸
〔大意〕楽しみは妻子がなかよく集まって、頭をならべながら食事をする時である。

たのしみは家内《やうち》五人《いつたり》五たりが風だにひかでありあへる時

〔大意〕楽しみは家中の五人が五人とも風邪さえもひかないで元気で一緒にいる時である。

橘曙覧・春明艸

行《ゆ》こ先《さき》に波《なみ》なとゑらひ後方《しるへ》には子をと妻をと置きてとも来《き》ぬ

私部石島・万葉集二〇

〔大意〕この行く先に、波よ高く立つな。後の方には私の子供と妻とを置いて来たのだから。〔注解〕「波なとゑらひ」―波よ立つな。

§

子をあまた持てれど、皆遠き国にあれば、老の心細さに、折にふれて恨みかこつことも多かり。

親と子のともに住めるも多き世に生きて別れて遠く隔つる

与謝野礼厳・礼厳法師歌集

§

父が死んだ時

兄も泣きいもとらも泣き母も泣き命きえゆく御顔をまもる

青山霞村・池塘集

§

番町の家

一人して居ればぞ思ふ妻も子もこの夜の更けに眠りつらむか

島木赤彦・氷魚

中房温泉

高山の谷あひ深くいづる湯に静もりてをりあはれ妻子ら

島木赤彦・太虚集

§

ふるさとの灯《ひ》ともしごろをおもふとき親子《おやこ》の愛《あい》のしみじみと湧《わ》く

岡稲里・早春

§

妻《つま》と子《こ》のあまゆる顔《かほ》を、そを、いたく叱《しか》らんとして、浮《うか》びし涙《なみだ》。

土岐善麿・黄昏に

ほしがりしものを買《か》ひ来《き》て、妻《つま》と子《こ》のうれしがる顔《かほ》を、宝《たから》にはする。

土岐善麿・黄昏に

母《はは》と妻《つま》と子《こ》とを伴《ともな》ひ、六月《ろくぐわつ》の、明《あか》るき海《うみ》のほとり
に、遊《あそ》べり。
土岐善麿・黄昏に

§

わがあとを追《お》ひ来《き》て　知《し》れる人《ひと》もなき　辺土《へんど》に住《す》み
し母《はは》と妻《つま》かな
石川啄木・忘れがたき人人

病院《びやうゐん》に来《き》て、妻《つま》や子《こ》をいつくしむ　まことの我《われ》に
かへりけるかな。
石川啄木・悲しき玩具

§

炎天にあゆみ帰れりやすらかなる妻子の顔を見れば
かなしも
古泉千樫・青牛集

八月十四日の夜東京にも米騒動おこれり
な病みそ貧しかりともわが妻子米の飯たべただにす
こやかに
古泉千樫・青牛集

§

母がこと吾子がことなど思ふときわが雄ごころも萎
へてさびしも
吉井勇・天彦

§

怠業工人
もろともに　喰《は》まざるべからず。飢《う》ゑ怒る妻子《めこ》を
なだめて居る　心はも
釈迢空・春のことぶれ

§

子を抱ける妻とむかひ居てうらさびし夕餉《ゆふげ》のあとを
熱出でにけり
岩谷莫哀・仰望

§

みごもれる妻をともなひ帰りたり家に久しく母待ち
たまふ
中村憲吉・しがらみ

磯岩の限れる底の玉湯《たまゆ》にはわれ親子のみ長閑《のど》にひた
れる
中村憲吉・軽雷集

海のべの初日に染《し》みてつま子らと幸《さき》はふ命《いのち》我れは
ねがはむ
中村憲吉・軽雷集

§

身一つのあらましごとぞ消《け》なば消《け》ね消ぬべくもあら
ぬ妻子《めこ》が縁《えにし》は

明石海人・白描

§

子の匂ひ妻の匂ひと分きがたくまがなしみ思《も》へばわれも汗あゆ

前川佐美雄・天平雲

子ろつれて白き道ふみ草をふみやさしき母を妻はして見す

前川佐美雄・天平雲

何ひとつ妻子につくすなきわれとまた悲しむもここ ろ直《なほ》く生きむ

前川佐美雄・天平雲

うつそみのわれと妻との深なさけあひ和《やは》さまく美《は》しき子のため

前川佐美雄・天平雲

§

ミシン踏む妻と畳はふ幼子とこの部屋にわがけふの歌成る

木俣修・冬暦

母と妻に 紲《きづな》 をわかちゐるおもひつひに言葉となることもなし

木俣修・落葉の章

むごきまで妻をいかりまた母をいかる暗き孤独を脱《のが》れむとして

木俣修・落葉の章

§

山々は若葉となりて皆近しここにともなへる妻と嬰児《みどりご》

佐藤佐太郎・歩道

夕明《ゆふあかり》 いまだ残りてなにがなし妻も子もともにいたはしきかも

佐藤佐太郎・歩道

§

惑ひつつ梅雨ふかき道にいでてきつわが妻襤褸子《らんる》ら も襤褸

宮柊二・日本挽歌

われと妻壮《さう》の二人が働きて老二人憩ひ少二人《せうみたり》学ぶ

宮柊二・独石馬

「家族」への思い
―俳句（近世〜現代）

蟬《せみ》聞《きい》て夫婦《めをと》いさかひはづる哉《かな》

西鶴・蓮実

§

祖父親《おほぢおや》まごの 栄《さかえ》 や柿みかむ

芭蕉・堅田集

子やなかん其子《そのこ》の母も蚊の喰《くは》ン　嵐蘭・猿蓑

§

榾《ほた》の火《ひ》に親子《おやこ》足《あし》さす侘《わび》ね哉《かな》　去来・あら野

§

すご〳〵と親子《おやこ》摘《つみ》けりつくぐし　舟泉・あら野

§

しがらきや茶山《ちややま》しに行夫婦《ゆくめをと》づれ　正秀・猿蓑

§

娵《よめ》むすめ袖入替《いれかへ》て田刈かな　正秀・金昆羅会

§

八十年《やそとせ》を三《み》つ見《み》る童母《ワラハはは》もちて　野水・冬の日

§

親も子も清き心や蓮売《はちすうり》　其角・花摘

§

豆引《まめひき》や夫婦《めをと》吹《ふか》るゝ日枝颪《ひえおろし》　怒風・雪薺集

§

母も子も蝿《はへ》うつ児《ちご》も寐入《ねいり》けり　琴風・瓜作

§

子は裸父《はだかてて》はてゝれで早苗舟《さなへぶね》　利牛・炭俵

§

やぶ入の寐《ね》るやひとりの親の側《そば》　太祇・太祇句選

摘草やよそにも見ゆる母娘　太祇・太祇句選

父と子よよき榾《ほた》くべしうれし顔　太祇・太祇句選

親も子も酔へばねる気よ卵酒　太祇・太祇句選

§

端居《はしゐ》して妻子《つまこ》を避《さく》る暑かな　蕪村・蕪村句集

妻《つま》も子《こ》も寺でもの喰《く》ふ野分哉　蕪村・蕪村遺稿

§

物いはぬ夫婦なりけり田草取　蓼太・蓼太句集

§

妻見が飄泊ことに悲し

我にあまる罪や妻子を蚊の喰《くら》ふ　大魯・蘆陰句集

§

野火留にて

妻も子も榾火《ほたび》に籠る野守かな　白雄・白雄句集

§

小千谷にありてみな月尽日

妻と子が茅輪くゞるよ目に見ゆる　乙二・松窓乙二発句集

§

親子して二日植たる山田かな　鳳朗・鳳朗発句集

§

江戸麻生二本榎に上行寺といふあり。其角

父子の古墳有。ある日吊ひて

親と子の二本榎のしげりかな　梅室・梅室家集

§

元日や親子七人梅の花　内藤鳴雪・鳴雪句集

§

親一人子一人盆のあはれなり　夏目漱石・漱石全集

§

親子してことりともせず冬籠　夏目漱石・漱石全集

§

綿厚き蒲団に父孫妻子かな　河東碧梧桐・碧梧桐句集

§

子の忌日《きじつ》妻の忌日も戈《ほこ》の秋　高浜虚子・五百五十句

§

我とわが子と二人のみ干潟鳶舞ふ日　種田山頭火・層雲

われとわが子と顔うつす水の噴きつきず　種田山頭火・層雲

父子ふたり水をながめつ今日も暮れゆく　種田山頭火・層雲

§

父子《おやこ》で住んで言葉少なく朝顔が咲いて　尾崎放哉・須磨寺にて

あらしの中のばんめしにする母と子　尾崎放哉・小豆島にて

§

ねんごろに妻子おもへり障子張り　飯田蛇笏・山廬集

§

わがことに妻子をわびる冬夜かな　飯田蛇笏・山廬集

§

帆布の匂ふ父と子との短日　中塚一碧楼・一碧楼一千句

§

親子してかゞむ蒲公英庭にあり　山口青邨・雪国

焦都新春

焼け残る春着をまとひ妻子らは　日野草城・旦暮

§

蟬の午後妻子ひもじくわれも亦　日野草城・旦暮

雛の軸睫毛向けあひ妻子睡《ねむ》る　中村草田男・火の島

§

冬蒲団妻のかをりは子のかをり　中村草田男・万緑

父の虹子の虹明日をたのみとす　加藤楸邨・穂高

吾子に毛糸妻はスフ我が年立てり　加藤楸邨・穂高

§

春昼の母子爪剪る向きあひて　加藤楸邨・穂高

眼前の妻子を恋ふる天の川　高橋馬相・秋山越

§

夏天ゆ一機遠き妻子に雲泛ぶ　石橋辰之助・山暦

みかへれば低し妻子等秋風に　石橋辰之助・山暦

§

冬日低し吾と子の間妻急がん　石田波郷・惜命

「祖父」への思い
―短歌（近・現代）

おのづから雨の音して祖父《おほちち》の歌の短冊濡るるごとしも　吉井勇・風雪

いとけなき日のおもひでの目に浮き来《く》祖父《おほちち》の頬《ほ》の白き髭はや　吉井勇・風雪

六歳《むつ》の秋祖父《おほちち》の死に会ひてより無常のおもひ知りしならぬか　吉井勇・風雪

われ老いてわびずみすればいとどなほ祖父《おほぢ》の頬髭なつかしきかも　吉井勇・風雪

祖父《おほちち》よこれの墨絵のしら梅の匂ひとともに現《あ》れさせたまへ　吉井勇・風雪

§

白髯《しらひげ》をまさぐり遊び台風の夜を祖父と居き末の夏実が　宮柊二・多く夜の歌

「祖父」への思い
―俳句（近世〜現代）

祖父の世の紙子《かみこ》に残る教《をしへ》かな　尚白・孤松

§

金くれる祖父《そふ》も有《あり》けり玉まつり　許六・風俗文選犬註解

§

染飯《そめいひ》の蠅《はへ》追《お(う)》ふてゐる祖父《おやぢ》哉　涼菟・皮籠摺

§

秋のくれ祖父《おほぢ》のふぐり見てのみぞ　其角・五元集

玄猪《げんちよ》とや祖父《おほぢ》のうたふ枝折萩《しをりはぎ》　其角・五元集

§

祖父《ぢぢ》が手の火桶《ひをけ》も落《おと》すばかり也《なり》　其角・炭俵

§

祖父《ぢぢ》の指嘗《なめ》るかんろやはつ霰《あられ》　野坡・野坡吟艸

§

帰花祖父が恋の姿かな　　暁台・暁台句集

§

祖父の墓に詣づ

秋草に倒れずありし位牌かな　　長谷川零余子・雑草

「祖母」への思い
―短歌（近・現代）

祖母《おほはは》のみまかられしと報《し》らせこしこのぬばたまの夜《よる》のひそけさ。　石原純・靉日

祖《おほ》はのいのち終れるみ面《おも》さへ　見むことかたし。とほく病みゐて。　石原純・靉日

祖はのいのち死なすと　なきたれば、ゆふかたまけて熱いでにけり。　石原純・靉日

§

いのちをはりて　眼《まなこ》をとぢし祖母《おほはは》の足《あし》にかすかなる皹《ひび》のさびしさ　斎藤茂吉・あらたま

きのこ汁《じる》くひつつおもふ祖母《おほはは》の乳房《ちぶさ》にすがりて我《あ》はねむりけむ　斎藤茂吉・あらたま

§

何ごとのありし夜ぞも祖母《おほはは》も母も灯かげに泣きてまします　吉井勇・風雪

§

かへり住む我が家はひろしはや架《か》けし炬燵《こたつ》によれば祖母《おほはは》思《も》ほゆ　中村憲吉・しがらみ

§

食らふもの干《ほ》し芋《いも》がらを携《たづさ》へて遠く浴《あ》みにし祖母《おほば》をぞおもふ　土屋文明・自流泉

母に打たるる幼き我を抱へ逃げし祖母も賢きにはあらざりき　土屋文明・青南集

風花の舞ふ庭に杉の落葉拾ひ温まりにき祖母《おほば》を中にして　土屋文明・青南後集

「祖母」への思い

―俳句（近世〜現代）

汗《あせ》のたる帽子《ばうし》や祖母《うば》が花の道　土芳・蓑虫庵集

§

祖母ひとりいざよふ月を見ざりけり　乙二・松窓乙二発句集

§

帯解や立ち居つさする母の親　村上鬼城・鬼城句集

§

祖母様の大振袖や土用干　夏目漱石・漱石全集

§

祖母立子声麗《うら》らかに子守唄《こもりうた》　高浜虚子・七百五十句

§

祖母在ますごと燈籠を吊りにけり　臼田亜浪・旅人

§

初菫祖母をはじめのをみな等よ　中村草田男・万緑

§

秋晴《あきばれ》や友《とも》もそれぞれ祖母《そぼ》を持《も》ち　中村草田男・長子

§

褪せはてし写真の祖母や螢籠　加藤楸邨・雪後の天

「叔父・伯父」への思い

―短歌・俳句（近世〜現代）

田舎家《ゐなかや》に中風病みのわが小父《をぢ》が赤き花見る春の夕暮　北原白秋・桐の花

§

ふるさとの薩摩おもへば涙落つ柑子の山に老いし叔父はも　吉井勇・鸚鵡杯

§

年々《としどし》にこの小さき石を据ゑかふる伯父《をぢ》に従ひ《ちひ》土はこびにき　土屋文明・ゆづる葉の下

§

牛売《うり》て伯父と道きる時雨《しぐれ》かな　去来・続山彦

§

すみれつむ伯父御《をぢご》は綱が腕《かひな》より　其角・続山彦

§

蕗《ふき》の薹《たう》さすがに伯父《をぢ》のにがみ哉
舎羅・花の市

§

炉開《ろびらき》や叔父の法師の参られぬ
正岡子規・子規句集

§

八十路を越えし故郷なる叔父の病を訪ふ
枕辺によせある杖や老の秋
吉武月二郎・吉武月二郎句集

「叔母・伯母」への思い
―短歌・俳句（近・現代）

竹やぶのいづこも同じ垣根道いづれなりけむ伯母君の家
佐佐木信綱・思草

§

従弟より伯母の晩年のこといろいろ語り聞かさらる
蝦夷のはてに命終れりこれの世に只一人なる子に抱かれて
島木赤彦・氷魚

§

伯母のぶ（以下三首、同前文）
吾《わ》がためにありし尊《たふと》き幾人《いくたり》かの一人《ひとり》の命《いのち》今日《けふ》ぞ過ぎ去《ゆ》く
土屋文明・ゆづる葉の下

痛みあり触れしめぬ左手も柔かに終りしさまを来《きた》りて見つつ
土屋文明・ゆづる葉の下

この病める腕《かひな》も未《いまだ》若くしてはぐくまれし幼き日ぞかへり来《く》る
土屋文明・ゆづる葉の下

§

縁端や小春機嫌の叔母ぢや人
巌谷小波・さゞら波

§

伯母逝いてかるき悼みや若楓
飯田蛇笏・山廬集

§

本くるゝ叔母今日も来ず春の風
長谷川零余子・雑草

「従兄弟・従姉妹」への思い
―短歌・俳句（近世～現代）

その夜ごろ聖書よみてはひた泣くと長き文せし哀し

き従妹《いとこ》

土岐善麿・はつ恋

§

床《とこ》ふけて語《かた》ればいとこなる男《をとこ》

荷兮・冬の日

§

連《つれ》だつや従弟《いとこ》はおかし花《はな》の時《とき》

荷兮・あら野

§

茶壺《ちやつぼ》わる座敷相撲《ざしきずまふ》や従弟《いとこ》どし

許六・篇突

§

いとこはとこの似て似ぬ顔の昼炬燵

臼田亜浪・旅人

「友人・知人・師弟」への思い——男歌

「友人・知人・師弟」への思い

―短歌（古代～近世）

「あ～さ行」

中根君のかうじかうぶりてこもりゐ給ふころ、ひとりごとによみつゞけゝる

秋雨にうちしをれては君が屋のあたりの空をながめやるかな

橘曙覧・褦襶艸

〔大意〕秋雨の中、打ちしおれて（謹慎閉居して）いる君の家のあたりの空を眺めやることであるよ。

あきはぎのはなさくころはきて見ませいのちまたくばともにかざさむ

大愚良寛・はちすの露

〔大意〕秋萩の花の咲く頃に来てごらんなさい。私が元気でおりましたら、秋萩を一緒に飾りつけましょう。〔注解〕「かざさむ」―①花や枝を冠にさすこと。②飾りつけること。

入唐の禅僧に餞すとて

あぢきなく八島の外の浪分《わけ》て見えぬ心のたれしたふらん

藤原為家・中院詠草

〔大意〕（私に）味気のない思いをさせて、日本の外の波路を行く、窺い知ることもできない君の心は、いったい誰を慕っているのだろう。〔注解〕「八島」―日本の別名。

あづさゆみはるになりなばくさのいほをとくでてきませあひたきものを

大愚良寛・はちすの露

〔大意〕春になったらあなたの草の庵を早く出ておいでなさい。私はあなたに逢いたいので。〔注解〕「あづさゆみ」―弓を「張る」から「はる」を引き出す枕詞。

あめがしたにみつるたまよりこがねよりはるのはじめのきみがおとづれ

大愚良寛・はちすの露

〔大意〕天下に満ちた玉よりも黄金よりも、春の初めにあなたが訪れてくれたことが何よりも嬉しい。

吾《あれ》なしとな侘《わ》びわが背子《せこ》霍公鳥鳴かむ五月《さつき》は珠を貫《ぬ》かさね

大伴家持・万葉集一七

〔大意〕私がいないからといって力を落とさないでください、わが友よ。ホトトギスが鳴くであろう五月には、橘を珠として緒に貫いて薬玉をお作りなさい。〔注解〕「な侘び」―力を落とさないで。「珠を貫かせね」―橘を珠として緒に貫き、薬玉を作りなさいな。

山本由之宛和歌

いかにしてきみいますらむこのごろのゆきげのかぜのひゞにさむきに

大愚良寛・良寛自筆歌抄

〔大意〕どのようにしてあなたは過ごしていらっしゃるでしょうか。近ごろは、雪を降らせそうな風が毎日吹いて寒いのに。

肥後守にて清原元輔下り侍けるに、源満中餞し侍けるに、かはらけ取りて

いか許《ばかり》思《おもふ》らむとか思《おもふ》らん老《お》いて別《わか》るゝ遠《とを》き別《わか》れを

清原元輔・拾遺和歌集六（別）

〔大意〕私がどれほどさみしく思っているか、あなたは理解してくれるだろうか。年老いてから、別れて遠国に行く私の離別の悲しみを。

この人、内裏にさぶらふとていでたちて友待《ともま》つほどの久《ひさ》しきはまさきのかづら散《ち》りやしぬらむ

実方朝臣集（藤原実方の私家集）

〔大意〕（内裏に）出かけてからは、友だちを待つときの待ち遠しさといったら、もう、あのまさきの葛は散ってしまったのではないでしょうか。

源為善朝臣身まかりにける又の年、月を見て

命《いのち》あればことしの秋も月はみつ別《わか》れし人にあふ世《よ》なきかな

能因・新古今和歌集八（哀傷）

〔大意〕命があるので、私は今年の秋も月を見ることができた。しかし、永訣した友にふたたび逢うことのできる世（夜）はないことだなあ。〔注解〕「世」―「夜」を掛ける。

むまのかみ保昌朝臣に、つきよに物語
などして、後いひやる

今更に思ひぞいづる故郷《ふるさと》に月夜に君とものがた
りして

能因集〔能因の私家集〕

〔大意〕今更のように（以前のお付き合いが）思いださ
れることです。なつかしい故郷で、月夜にあなたと語
り合ったことが。

みつえうしのみまかりたまふときゝて

いまさらにことのやちたびくやしきはわかれしひ
よりとはぬなりけり

大愚良寛・良寛自筆歌抄

〔大意〕今更のように、言葉に出して何千回言ってみて
も悔しいことは、お別れした日から一回もあなたを訪
ねなかったことです。

紀利貞が、阿波介にまかりける時に、
餞別せむとて、今日と言ひ送れりける
時に、此処彼処にまかり歩きて、夜更
くるまで見えざりければ、遣はしける

今ぞ知《し》るくるしき物と人またむ里《さと》をば離《か》れず訪《と》ふ
べかりけり

在原業平・古今和歌集一八〔雑〕

〔分類〕「知己の訪れ」の歌。〔大意〕いまはよくわかり
ました。人を待つことが苦しいものであることが。人
が待っている里にはすぐに訪ねるべきでした。〔注解〕
「離れず」―間を置かず、直に。

すゝきにかゝれる雲のをかしかりけれ
ば友のもとへ

おもひやれ枯生《かれふ》のすゝきうちなびき友まちがほの
雪の垣ねを

賀茂真淵・賀茂翁家集

〔大意〕どうか思い遣ってください。枯れた薄が打ちな
びき、友待ち顔の雪のかかる垣根を。

春の歌とて、よめる

おもふどち春の山辺に打《うち》群《む》れてそこともいはぬ
旅寝《たびね》してしか

素性・古今和歌集二〔春下〕

〔分類〕「逝く春」の歌。〔大意〕気のあった者同士で
春の山辺に連れだって遊びに行き、どこと場所を定め
ないで旅寝をしたいものだ。〔注解〕「おもふどち」―
親しい者同士。

独述懐

おもふ友あらばうれしき身ならましありのすさみはある世ながらに

賀茂真淵・賀茂翁家集

〔大意〕心の通い合う友がいれば、嬉しい身であろう。そのような友がいることに慣れてしまって、その有難さを感じないということもある世ではあるが。〔注解〕「ありのすさみ」―あることに慣れてその有難さを感じないこと。

ヲ《（オ）》モフトモツイニ《（ヒ）》ハソハジオナジクハ生《ウ》マレズ死《シ》ナデ友《トモ》トナラバヤ

明恵・明恵上人歌集

〔大意〕（あなたのことを）心に深く思っていますが、結局はお近くにお仕えすることはできません。できるならば生まれず、そして死なない生死を越えた絶対真如の世界で友となりたいものです。

春上らんと言ひ侍ければよめる

思《おも》へたゞ頼《たの》めていにし春《はる》だにも花《はな》の盛《さか》りはいかゞ待《ま》たれし

源兼長・後拾遺和歌集八（別）

〔大意〕ただ思ってもみてください。私をあてにさせたままでむなしく過ぎていった春でさえも、花の盛りには（いっしょに花を見たいと思って）どんなにかあなたを待たれたことでしょうか。

とをき所へまかりける時、師光餞し侍けるによめる

帰《かへ》りこんほどを契《ちぎ》らむと思《おも》へども老《お》いぬる身こそさだめがたけれ

道因・新古今和歌集九（離別）

〔大意〕帰ってくる時を約束したいと思うが、年老いたこの身はこころもとなくて、再会の日を何時と決めることができない。

年頃あひ知りて侍人の、みちのくにへまかるとて、とをき国の別れ、とまうすことをよみ侍し

君去《い》なば月まつとてもながめやらんあづまのかたの夕暮《ゆふぐれ》の空《そら》

山家心中集（西行の私家集）

〔大意〕あなたが陸奥の国に行ってしまわれたら、月の出を待つ時には遠くを眺めて偲ぼう。あなたが住んでいる東国の方の夕暮の空を。

〔参考歌〕

あしひきの山より出《い》づる月待《ま》つと人には言《い》ひて君を

こそ待《ま》て

柿本人麻呂・拾遺和歌集一三（恋三）

大江千古が、越へまかりける餞別に、
よめる

きみが行《ゆ》くこしのしら山しらねども雪のまにく
跡《あと》はたづねむ

藤原兼輔・古今和歌集八（離別）

〔分類〕「遠い別れ」の歌。〔大意〕あなたがお行きにな
る越の国の白山を私は知らないが、あなたが行った通
りに、白山の雪を頼りにしてあなたの跡を尋ねて行き
ましょう。〔注解〕「雪」―「行く」を掛ける。

河原左大臣の、身まかりてのち、かの
家にまかりてありけるに、塩釜と言ふ
所の様を作れりけるを見て、よめる

きみまさで煙《けぶり》たえにし塩釜《ほがま》のうらさびしくも見
えわたる哉

紀貫之・古今和歌集一六（哀傷）

〔大意〕あなたがいらっしゃらないので、煙も絶えてし
まったこの塩釜ですが、その浦はさびしいといいます
が、ほんとうに心さびしく見え渡ることです。〔注解〕
「まさで」―いらっしゃらないので。「まさ」は「居る」
の敬語。「うらさびしくも」―入江の意の「浦さびしい」
と情景が「うらさびしい」の意を掛ける。

キヨタキニウツロフ月《ツキ》モコ、ロアルキミニ見《ミ》ヘ（エ）テ
ゾカゲモスヾシキ

明恵・明恵上人歌集

〔大意〕清瀧川に映っている月も、深い心を持った君に
見られて、その光もいっそう涼やかに澄んだことでし
ょう。

草香江《くさかえ》の入江に求食《あさ》る葦鶴《あしたづ》のあなたづたづし友無
しにして

大伴旅人・万葉集四

〔大意〕草香江の葦の入江で餌を探している鶴のように、
私は、親しい友を失ってたいへん心細く思っておりま
す。〔注解〕「草香江〜葦鶴の」―「たづたづし」を導
く序。「たづたづし」―たどたどしく心細いこと。

あひ知りて侍ける人の、東の方へまか
りけるを送るとて、よめる

雲井にもかよふ心のをくれ《お》ねばわかると人に見
ゆ許《ばかり》なり

清原深養父・古今和歌集八（離別）

〔分類〕「遠い別れ」の歌。〔大意〕遥かな雲のあるところまでも届く私の心が、遅れないで（東国にお行きになる）あなたに連れ添っていきますので、別れていくようにあなたには見えるだけなのですよ。

左一がみまかりしころ

このさとにゆきゝのひとはさはにあれどもさすたけのきみしまさねばさびしかりけり

大愚良寛・布留散東

〔大意〕この里に行き来する人は多いけれども、あなたがいらっしゃらないので私はさびしくてなりません。
〔注解〕「さすたけの」――「君」に掛かる枕詞。

小沢蘆庵身まかりし時よみてつかはしける

親しきはなきがあまたに成《なり》ぬれどをしとは君を思ひける哉《かな》

香川景樹・桂園一枝

〔大意〕親しい人が亡くなることが多くなったが、今また君が亡くなられたことは大変惜しいことだ。

友の、東へまかりける時に、よめる

白雲のこなたかなたにたちわかれ心を幣《ぬさ》とくだく旅《たび》哉《かな》

良岑秀崇・古今和歌集八（離別）

〔分類〕「遠い別れ」の歌。〔大意〕白雲がこちらやあちらへと分れて行くように、（あなたと私が）別れていって、旅の神に捧げる幣のように、心が細かくくだけるようなさみしい旅ですね。

陸奥国へまかりける人に、よみて、遣はしける

白雲の八重《やへ》にかさなる遠方《をち》にてもおもはむ人に心隔《へだ》つな

紀貫之・古今和歌集八（離別）

〔分類〕「遠い別れ」の歌。〔大意〕白雲が八重に重なっている遠い所にいても、あなたを思っている人に対して、心を隔てないでください。

「た～は行」

陸奥国に下り侍ける人に、装束をくるとて、よみ侍ける

たまぼこのみちの山風寒《さむ》からばかたみがてらに着《き》

なんとぞ思《おも》ふ

紀貫之・新古今和歌集九（離別）

〔大意〕陸奥へ向かう道が山風で寒い時は、この衣を着て（私を偲んで）欲しいと思います。〔注解〕「たまぼこの」—「道」に掛かる枕詞。「みち」—「道」と「陸奥」を掛ける。

会友見月

契《ちぎり》つる友のむれ来て見るよひの月夜よき程うれしきはなし

賀茂真淵・賀茂翁家集拾遺

〔大意〕約束をした友が集まって来て見る、この宵の月が澄みきってよく見えることほどうれしいものはない。

信濃の国に下りける人のもとに遣はしける

月影は飽《あ》かず見るとも更級《さらしな》の山の麓《ふもと》に長居《ながゐ》すな君

紀貫之・拾遺和歌集六（別）

〔大意〕（更科山に見る）月の光の美しさは、飽きることなく見るといっても、（心が慰められることはない）更科山の麓に長居はするなよ、君。〔注解〕—「更科の山」—信濃の更科の姨捨山。

月《つき》を見《み》し去年《こぞ》のこよひの友《とも》のみや都《みやこ》にわれを思《おも》ひ出《い》づらむ

平忠度・平家物語八

〔大意〕去年の今宵、ともに月を見た友だけが、都で（遠国にいる）私のことを思い出していることだろう。

能登へまかり下りけるに、人〱まうで来て歌よみ侍ければ

とまるべき道《みち》にはあらずなか〱に会《あ》はでぞ今日《けふ》はあるべかりける

源道済・後拾遺和歌集八（別）

〔大意〕とどまっていることのできる旅路ではないのです。（別れることのつらさを考えると）かえって今日は、会わないでいたほうがよかったよ。

友無きはさびしかりけり然りとて心うちあはぬ友もほしなし

橘曙覧・松籟艸

〔大意〕友がいないことはさびしいものだ。といって心の通い合わない友は欲しくもない。

原田正貞宛書簡中に見えたる和歌

はるの丶にわかなつまむとさすたけのきみがいひにしことはわすれず

大愚良寛・良寛自筆歌抄

〔大意〕春の野でいっしょに若菜を摘みましょうと、あなたがおっしゃったことは忘れません。〔注解〕「さすたけの」―「きみ」に掛かる枕詞。

筑紫に侍ける時に、まかり通ひつゝ、碁打ちける人のもとに、京に帰りまうで来て、遣はしける

ふる里《さと》は見しごともあらず斧《おの》の柄《え》のくちし所ぞ恋《こひ》しかりける

紀友則・古今和歌集一八（雑）

〔分類〕「朋友」の歌。〔大意〕（帰って来た）この古里は、かって住んでいた時のような親しみのある感じではありません。斧の柄が朽ちるほどまで、碁を打ってともに楽しく過ごしたあなたのいるそちらが恋しいことです。

公資朝臣の相模になりて下るに

ふるさとを思ひいでつゝ秋かぜに清見《きよみ》が関を越《こ》えむとすらん

能因集（能因の私家集）

〔大意〕ふるさとの都を思い出しながらこの秋風の吹く中、いまごろあなたは清見が関を越えようとしていることだろうか。

四月許、友だちの住み侍ける所近く侍て、かならず消息つかはしてむと待ちけるに、音なく待ければ

郭公《ほととぎす》来《き》ゐるかきねは近《ちか》ながら待《ま》ち遠《どを》にのみ声のきこえぬ

よみ人しらず・後撰和歌集四（夏）

〔大意〕ホトトギスが来ている垣根は近いのですが、私を待ち遠しく思わせるほどには鳴き声が聞こえてきません（近くに引っ越してこられたのにあなたの様子が分かりません。あなたの消息が知りたいものです）。

「ま～わ行」

夏、熊野へまいり侍りしに、石田と申所にてすゞみて、下向するひとにつけて、京へ西住上人のもとへつかはし侍し

松《まつ》が根《ね》の岩田《いはた》の岸《きし》のゆふすゞみ君があれなとおも

ほゆるかな

山家心中集（西行の私家集）

〔大意〕松の根がかかえる岩、その名の岩田川の岸の夕涼みに、あなたが一緒にいればいいと思われることです。

友達の、久しうまうで来ざりけるもとに、よみて、遣はしける

水の面《おも》におふる五《さ》月の浮草《うきくさ》のうき事あれやねを絶《た》えてこぬ

凡河内躬恒・古今和歌集一八（雑）

〔大意〕水面に生い茂る五月の浮草の「憂き」のように、憂きつらいことがあったのでしょうか。浮草の根が切れたようにあなたの消息が少しも聞こえてこないのは。
〔注解〕「浮草の」―同音反復で「憂き」を引きだす。「ね」―浮草の「根」と「音（ね）」を掛ける。

題知らず

虫ならぬ人も音《をと》せぬ我《わ》が宿《やど》に秋の野辺《べ》とて君は来《き》にけり

曾祢好忠・拾遺和歌集一七（雑秋）

〔大意〕虫が鳴いても、人が訪れることもなかった私の家を、秋の（美しい草花の咲く）野辺だといって、君が訪ねて来てくれた。

モロトモニ生《ウ》マレズ死《シ》ナヌ身《ミ》トナラバワレモ忘《ワス》レジキミモ忘《ワス》ルナ

明恵・明恵上人歌集

〔大意〕後世であなたとともに、生死を超えた絶対真如の身になったならば、私もあなたのことを忘れまい。だからあなたも私のことを忘れないでください。

大和へに君が立つ日の近づけば野に立つ鹿も響《とよ》みてそ鳴く

麻田陽春・万葉集四

〔大意〕大和の方へと君が出発する日が近づいたので、野にいる鹿までもが別れを惜しんで声を響かせて鳴いているよ。

参議資通大弐はてて上りけるに、筑前守にて侍ける時、遣しける

行《ゆ》く君をとゞめまほしく思《おも》ふかな我も恋《こ》ひしき宮《(みや)》こなれども

藤原経衡・千載和歌集七（離別）

〔大意〕都へ帰って行く君を引きとどめたいと思うことだ。私にとっても恋しい都ではあるけれども。

住み侍りける女なくなりにけるころ、

藤原為頼朝臣妻、身まかりにけるにつかはしける

よそなれどおなじ心ぞかよふべきたれも思ひのひとつならねば

藤原実資・新古今和歌集八（哀傷）

〔大意〕私は他人ですが、（妻を先に亡くした私は、悲しみに沈んでるあなたと）同じ嘆きの心が通い合うにちがいありませんね。とはいってもあなたと私以外の人にとって、悲しい思いは一様ではないのですから。

〔参考歌〕
思《おもひ》やる子恋《こゝひ》の森《もり》の雫《しづく》にはよそなる人の袖も濡《ぬ》れけり

清原元輔・拾遺和歌集二〇（哀傷）

別《わか》れけむ心《こゝろ》をくみて涙川《なみだがは》思《おも》ひやるかな去年《こぞ》の今日《けふ》をも

清原元輔・後拾遺和歌集一〇（哀傷）

〔大意〕（あなたが妻と）死別したという、その悲しい心をお察しして、私は涙を流しながら思い遣っています。去年の今日のことを。

別《わか》れての後《のち》も逢《あ》ひみんと思《おも》へどもこれをいづれの時とかはしる

大江千里・新古今和歌集九（離別）

〔大意〕（あなたと）お別れした後も、ふたたび逢いたいと思っていますが、それはいつのことになるのか、分からないことです。

友だちの、人の国へまかりけるに、よめる

わかれてはほどを隔《へだ》つとおもへばやかつ見《み》ながらにかねて恋《こひ》しき

在原滋春・古今和歌集八（離別）

〔分類〕「遠い別れ」の歌。〔大意〕別れてからは、お互いに遠く離れることになると思うと、このように今逢いしていながら、もうあなたが恋しく思われることです。

有国大弐になりて下りける時、よみ侍ける

別《わか》れよりまさりてをしき命《いのち》かな君にふたゝび逢《あ》はむと思《おも》へば

藤原公任・千載和歌集七（離別）

〔大意〕（あなたとの）別れは惜しいが、それにもまさって惜しく思われる私の命であるよ。ふたたびあなたに逢いたいと思うので。

人の餞別にて、よめる

お《（を）》しむから恋《こひ》しき物を白雲《しらくも》のたちなむのちはなに
心ちせむ

紀貫之・古今和歌集八（離別）

〔分類〕「遠い別れ」の歌。〔大意〕別れを惜しみながら同時に恋しく思うものなのに、白雲が遠くにたつように、あなたが出発した後は、いったいどんな気持ちになるでしょうか。〔注解〕「たちなむ」―白雲が「発つ」意と出発する意を掛ける。

「友人・知人・師弟」への思い

―短歌（近・現代）

わが嗔恚のこころを戒めて

正眼《まさめ》にて観れば月日も雨風も世に嗔りなき友には
ありけり

与謝野礼厳・礼厳法師歌集

§

奈良にてよしある友に分れて木津の里より詠て贈りける

はしきやし君に別れて木津の里来れと来かねて又か
へり見つ

天田愚庵・愚庵和歌

瑞穂舎主人が諸越へ行くとて立よりけるに

待わひて相見る時は語らむと思ひし事も忘れはてゝき

天田愚庵・愚庵和歌

§

何事もたのむ〳〵といひながらわが手をとりて友
はねぶれり

落合直文・国文学

御殿場の停車場にて友人に

君は今日ひとつ車のうちに居て三たびわかれに袖し
ぼるらむ

落合直文・紀行文

§

草まくら旅に病みつつさき立ちし友を思へばいや痩《やせ》
に痩《や》す

森鷗外・うた日記

陸奥《みちのく》のあたたらまゆみひきしぼりしばし放たぬきみ
をしぞおもふ

森鷗外・うた日記

§

魂あへる友をたづねて歌がたりかつ歌詠て夜は更に鳧
伊藤左千夫・伊藤左千夫全短歌

寄友
恋痩にやすらん君は朝茶のみ夕牛喰ふとも甲斐あらめやも
伊藤左千夫・伊藤左千夫全短歌

消息の歌　七月八日長塚節へ
梓弓いかにいひけんおもほへす根岸へゆくはあすの次の日
伊藤左千夫・伊藤左千夫全短歌

消息の歌　九月二十二日赤木格堂へ
秋風にまなくひまなくちる萩も今一日とて君をまつらし
伊藤左千夫・伊藤左千夫全短歌

睦月の末つかた訪はなと云ひおこせたる友の日くるゝに猶来らさりけれは詠みてつかはしける
亀井戸の神の社に売る鷽《をそ》のおそある君とわか思はなくに
伊藤左千夫・伊藤左千夫全短歌

消息の歌　二月五日蕨真へ
芋のもち焼きて笥にもり君が家に一夜やどれりしいにし日おもほゆ
伊藤左千夫・伊藤左千夫全短歌

友なる人の家うつりして妻も迎へぬと云ひおこせたるに
花ぎほふ春の弥生にくはしめの新妻えつと君か告らくも。

伊藤左千夫・伊藤左千夫全短歌

橿堂の病を憶ふ
露霜の寒き此頃いほごもり病ませる君をわれ夢に見つ
伊藤左千夫・伊藤左千夫全短歌

悼野口寧斎先生
相見ねは君か柩は送らねと名に聞恋ひて吾は悲む
伊藤左千夫・伊藤左千夫全短歌

赤木格堂が外遊を送る（以下二首、同前文）
大洋の波ふみさくみ大夫のゆくへき道を思ひつゝゆけ
伊藤左千夫・伊藤左千夫全短歌

八十国の目をそはだてゝ我を視る今ゆく君はゆくしるしあり
伊藤左千夫・伊藤左千夫全短歌

§

愚庵和尚よりその庭になりたる柿なりとて十五ばかりおくられけるに
あまりうまさに文《ふみ》書くことぞわすれつる心あるごとな思ひ吾師《わがし》
正岡子規・子規歌集

小石川まで（秀真を訪ふ）
さからはぬ心の友ぞえまほしき木《こ》の実くふ友歌つくる友
正岡子規・子規歌集

亡き友の亡きを悲み思ひをれば車の上に涙落ちけり
正岡子規・子規歌集

愚庵和尚のもとへ

折にふれて思ひぞいづる君が庵《いほ》の竹安けきか釜恙《かまつつが》なきか
正岡子規・子規歌集

獄中の鼠骨を憶ふ（以下四首、同前文）

天地《あめつち》に恥ぢせぬ罪を犯したる君麻縄につながれにけり
正岡子規・子規歌集

人屋《ひとや》なる君を思へば真昼餉《まひるげ》の肴《さかな》の上に涙落ちけり
正岡子規・子規歌集

ある日君わが草の戸をおとづれて人屋《ひとや》に行くと告げて去りけり
正岡子規・子規歌集

ぬば玉のやみの人屋《ひとや》に繋《つな》がれし君を思へば鐘鳴りわたる
正岡子規・子規歌集

四月十二日（左千夫来り夜一時頃去る）

歌がたり夜はふけにけり立川《たてかは》の君が庵《いほり》に牛の乳取る頃
正岡子規・子規歌集

四月十四日（鼠骨の出獄を祝す）

くろがねの人屋《ひとや》をいでし君のために筍鮓《たけのこずし》をつけてうたげす
正岡子規・子規歌集

鼠骨入獄談

かげろひのはかなき命《いのち》ながらへて人屋をいでし君痩《や》せにけり
正岡子規・子規歌集

碧梧桐

飄亭《へうてい》と鼠骨《そこつ》と虚子《きよし》と君と我と鄙鮓《ひなずし》くはん十四日夕《ゆふ》
正岡子規・子規歌集

左千夫

今日《けふ》や来ます明日《あす》や来ますと思ひつつ病の床に下待《したま》ちこがる
正岡子規・子規歌集

漱石

年を経て君し帰らば山陰《やまかげ》のわがおくつきに草むしをらん
正岡子規・子規歌集

今泉丈助へ

みちのくのあだたら真綿《まわた》肌につけ寒きゆふべは君し思ほゆ
正岡子規・子規歌集

左千夫へ

今日明日《けふあす》に君来まさずば我が庭の牡丹の花の散り過ぎんかも
正岡子規・子規歌集

§

そゞろありきそゞろ楽しき夕べなりや行くに友あり野辺に花あり
佐佐木信綱・思草

緑なる牧場をこえて森かげの友の家とふ春のゆふぐれ
佐佐木信綱・思草

志いまだ成らずや七年を音づれあらず暹羅にゆきし友
佐佐木信綱・思草

亡き友がいまはの面わゆくりなく枕に見ゆる秋の夜半かな
佐佐木信綱・思草

碁の友は蕨折にといでゆきて出湯の宿の春の日ながき
佐佐木信綱・思草

日は夕べ水海のほとり山のうへ友ものいはず我も語らず
佐佐木信綱・思草

のめや君ますらをさびてのめや君今宵別れば又いつかあはむ
佐佐木信綱・思草

§

詩友北村透谷を悼む

世をばなど、いとひはてけむ。詩の上に、おなじこゝろの、友もありしを。
与謝野寛・東西南北

槐園と、巣鴨に住みける冬

戸の雪は、我ぞはらはむ。ほだくべて、夕の酒は、君あたためよ。
与謝野寛・東西南北

初めて、槐園と遇ふ

この酒に、おのがこころを、語らばや。君より外に、きく人もなし。
与謝野寛・東西南北

槐園よく泣き、香坡よく笑ふ。

世をおもふ、心はひとつ。太刀なでて、泣く友もあり。笑む友もあり。
与謝野寛・東西南北

佐佐木信綱君、「から山に、駒をひかへて、歌ひけむ、君が歌こそ、きかまほしけれ」と云ふ。返し

知る人は、千とせの後と、思ひしを、あはれやさしき、君もありけり。
与謝野寛・東西南北

泣菫君と話す

詩に痩せて恋なきすくせさても似たり年はわれより四つしたの友
与謝野寛・紫

くげぬまに緑雨君を訪ひて

君が痩のわれにまされる春の朝とりて別るゝ手と手の寒さ
与謝野寛・紫

§

草山の旧社ほろびて秋の風うれしは君が音信である
青山霞村・池塘集

§

まま事の昔の友の名なりけり薄が中のおくつきどころ
服部躬治・迦具土

§

わが友の茂吉も来なく十日経たり火鉢に向きて火を吹く夜なかに
島木赤彦・氷魚

動くことなかれと言ひし我が茂吉わが床のへにものを食ひ居り
島木赤彦・氷魚

十二月六日赤木桁平氏来り夏目先生の危篤《や》を知る

原稿を止めと言はれて止めたまひし大き先生を死なしむべからず
島木赤彦・氷魚

千樫に興ふ

アララギに我一人なる歌を見て友ことごとく寂しと思はむ

大正九年七月斎藤茂吉君の病を訪ひて長崎に至ることあり。大村湾にて

島木赤彦・氷魚

汽車のなかに眼《め》にしむ汗をふきにけり必ず友を死なしめざらむ

森本富士雄君の洋行を送る

島木赤彦・太虚集

一人とぞ思ふ心を綿津見の遠き波まに守りいまさむ

斎藤茂吉西欧に向ふ

島木赤彦・太虚集

病ひにも堪へつつ君は行くらめど堪へられめやもそを思ふものは

呉秀三博士はわが友茂吉君の師なり。大学教授在職二十五年を祝す

島木赤彦・太虚集

わがどちの茂吉を叱りたまふゆゑ親のごとくにわれら思《も》ひをり

茂吉を思ふ

島木赤彦・太虚集

去年洋行前病を養うて富士見にありき

あげつらひ諍ひすぎしわが友を遠《とほ》ちにやりて下思ひをり

中村憲吉黒谷を訪ひ来る

島木赤彦・太虚集

わが友と朝《あした》の床に目ざめゐて物を言ふこそ親しかりけれ
島木赤彦・太虚集

中村憲吉と同行なり
明日香川瀬の音《と》ひびかふ山峡《やまかひ》に二人言止《ことや》みあるが寂しさ
島木赤彦・太虚集

長塚節氏の出雲に旅せしは喉頭結核の宣告を受けし後なり
悲しみを文《ふみ》に手紙《てがみ》に告げざりし君が命し思ほゆるかも
島木赤彦・柿蔭集

§

声立ててこのさみしさをつげんかも灯影ぞ見ゆる友の家の窓
太田水穂・つゆ艸

松杉の木立の奥に家をればこぼれ落ち葉や窓の友なる
太田水穂・つゆ艸

ひさにあはぬ友も来りておもしろき日のゆふぐれを雪ふり出でぬ
太田水穂・つゆ艸

窪田うつぼの奈良に行くといふによみて送れるされど行かずうたのみひとり残れり（以下四首、同前文）
青によし奈良山をこえいかさまに飛ぶ火の野辺を君ゆくらんか
太田水穂・つゆ艸

青によし奈良山こえて行く君につつがあらせじとおもふ旅かな
太田水穂・つゆ艸

よろしめのすむてふところあをによし奈良の都に君をやるかな
太田水穂・つゆ艸

汲みかはすうたげのうたも心地よし君行く方に幸多からん
太田水穂・つゆ艸

語らはん友しなければ文机のふりたる前にひとり物おもふ
太田水穂・つゆ艸

思ひいでよ別れてのちは信濃路に月見る友はひとりなりけり
太田水穂・つゆ艸

この浜にまためぐりあふ春の日をいつとかまたんあはれ我が友
太田水穂・冬菜

漕ぎ入れて荒瀬の波をよぎる時はるかに友のわれを呼ばへる
太田水穂・冬菜

亡き友のここは讃岐路ひとはしの山さへ我れを悲しますなり
太田水穂・冬菜

§

九月十九日、正岡先生の訃いたる、この日栗拾ひなどしてありければ（以下二首、同前文）

年のはに栗はひりひてささげむと思ひし心すべもすべなさ
長塚節・悼正岡先生

ささぐべき栗のここだも掻きあつめ吾はせしかど人ぞいまさぬ
長塚節・悼正岡先生

§

亡友《なきとも》を夢に見しかば朝寝《あさい》する軒端の松に鶯のなく
岡麓・庭苔

亡友を夢に見にけりこの家に来《こ》ざる嘆きの通《かよ》ひけむかも
岡麓・庭苔

わが友のまもり神座《いま》すみ社は古《ふ》りてたふとく冬さびにけり
岡麓・庭苔

わが友の身をすこやかにつねにもと乞祈《こひのみ》まつる諏訪の明神
岡麓・庭苔

斎藤茂吉氏送別歌会（以下二首、同前文）

君が行きわれもいのらむ大洋《おほうみ》を遠《とほ》く渡らす身をすこやかに
岡麓・庭苔

わがどちのあつまりよりていはへれば必《かならず》君に事なかるべし
岡麓・庭苔

茂吉兄帰朝（以下二首、同前文）

かへり来《こ》し君に逢《あ》ふこそうれしけれよろこび事はすくなきものを
岡麓・庭苔

かへり来し君ふとれりとつつましく古実《ふるみ》のいふをきくがうれしき
岡麓・庭苔

赤彦兄上京

魂《たま》あへる人のいのちをひたおもひただちに立ちて君は来ましし
岡麓・庭苔

赤彦兄病む（以下二首、同前文）

君病むとききて手紙を出《だ》しに出《で》ぬ夜空は晴れて天河《あまのがは》見ゆ
岡麓・庭苔

君の病心にかかる宵なれや澄めるみ空をしばしあふぎつ

岡麓・庭苔

伊藤信太郎氏来る

片よりの山里住に遙々《はるばる》と友たづね来て心なぐさむ
岡麓・湧井

帰り行く君のうしろを見おくれば青田日くれて人どほりなし
岡麓・湧井

信濃よきところとおもふ移り来て心誠実《まめ》なる友の情に
岡麓・湧井

なき友のきたり遊びし語草《かたりぐさ》きき伝へいふ人したしけれ
岡麓・湧井

§

薫園氏へ（以下二首、同前文）

湯《ゆ》が原《はら》へ君《きみ》ゆくといふ、あの山《やま》の春寒《はるさむ》きかげの柑子《かうじ》をおもふ
岡稲里・早春

君《きみ》も病《や》みわれも病《や》むてふ消息《せうそく》のさびしき春《はる》のきさらぎに入《い》る
岡稲里・早春

薫園氏の吾が病を京に訪ねたまひし時

晩春《ばんしゆん》のさびしき京《きやう》の君《きみ》をまつ二日三日《ふつかみつか》の梅雨《つゆ》めける空《そら》
岡稲里・早春

§

数学にすぐれたりしが、このとものいのちわかく終ふ。いたましく病み。
石原純・靉日

ゆふぐれて燈《ひ》はきらめけり。死にゆける僚《とも》がうつしみは　移されてなし。
石原純・靉日

§

あが友の古泉《こいづみ》千樫《ちかし》は貧しけれさみだれの中をあゆみゐたりき
斎藤茂吉・赤光

みまかりし千樫《ちかし》のことなどおもひつつ昼《ひる》つかたより風ひきて臥《ふ》す
斎藤茂吉・たかはら

四月十一日中村憲吉君の病を問ふ

床《とこ》のうへに胡座《あぐら》をかきてものをいふ君にむかへば吾はうれしも
斎藤茂吉・白桃

平福百穂画伯追悼歌会

何事《なにごと》も寂《さび》しきままにありしかど君を歎《なげ》かむと生《い》きにけめかも
斎藤茂吉・白桃

布野に中村憲吉君を哀悼す（以下二首、同前文）

こゐあげてこの寂《さび》しさを遣《や》らふとはけふの現《うつつ》のことにしあらず
斎藤茂吉・白桃

うつつなるこの世のうちに生《い》き居《を》りて吾《われ》は近《ちか》づく君がなきがら
斎藤茂吉・白桃

中村憲吉君を憶ふ

電報を受取りぬれば海中《わたなか》の浪《なみ》なぎはてしことのしづまり
斎藤茂吉・白桃

挽歌　岡本信二郎氏を悼む

山がひの小沼《をぬ》に浮べる菱《ひし》のはなまぼろしに見ゆ君をおもへば
斎藤茂吉・霜

わが友とただ二人《ふたり》にてとほりたるほとびし赤土《はに》をおもひつつ居《を》り
斎藤茂吉・小園

§

放蕩の友のこころのかなしみの思はるるなり初秋のかぜ
前田夕暮・陰影

§

いたはられいたはられ若く死ゆくは、友よ、病は、幸なるべし
田波御白・御白遺稿

みかへれば友の病体、みかへれば海、海はつれなかりけり
田波御白・御白遺稿

うすひかる海の面をみつむるにたへず、かたへの友はやせてけり
田波御白・御白遺稿

はや咲のさくらは　友のまくらべにとるべきにあらず、つれなし、さくらは
田波御白・御白遺稿

電燈のさみしく昼はきえてあり、病みやせて友は更にたふとし
田波御白・御白遺稿

みつふたつ　おもちやの人形もおかれたる　病室に、友とわかれをぞする
田波御白・御白遺稿

見るかぎり七里ヶ浜は波たかし、あらしさへする、わが友のため
田波御白・御白遺稿

海藻のにほひかなしき夕風に涙はてなく友をこそおもへ
田波御白・御白遺稿

月は海をはなれぬ友よともにあればかくまでわれは涙ながすまじ
田波御白・御白遺稿

友のなさけはらからのなさけそのなかにうちひたりつつ死にうるさいはひ
田波御白・御白遺稿

§

たはむれのやうに握りし友の手の離しがたかり友の眼を見る
若山牧水・別離

かの友もこの友もみな白玉のこころ濁らずさびしきわれかな
若山牧水・路上

友を送りて

どよめける旅客のなかにただひとり落葉のごとくまじりし汝《なれ》よ
若山牧水・死か芸術か

四月十三日午前九時、石川啄木君死す

午前九時やや晴れそむるはつ夏のくもれる朝に眼を瞑ぢてけり
若山牧水・死か芸術か

友はみな兄の如くも思はれて甘えまほしき六月《ろくぐわつ》となる
若山牧水・死か芸術か

別れゐしながき時間《あひだ》も見ゆるごとさびしく友の顔に見入りぬ
若山牧水・秋風の歌

大吹雪の野辺地駅に草明君出で迎ふ

われ待つと荒野野辺地の停車場の吹雪《ふぶき》のかげに立ちし友はも
若山牧水・朝の歌

友東籬が許に送る

はつきりと眼を見ひらかぬその性《さが》の相似しものか忘られかつね
若山牧水・白梅集

友へ

雄心のしづまりかねつはやりつつ脚さだまらぬ君かとし思ふ
若山牧水・くろ土

友をおもふ歌

いま来よと言ひ告げやらば為し難き事をして来む友をしぞおもふ
若山牧水・山桜の歌

§

庭園の食卓

青き果のかげにわれらが食卓をしつら
へよ、春を惜むわかき日のこころよ

青き果《み》のかげに椅子よせ春の日を友と惜めば薄雲のゆく
北原白秋・桐の花

街の晩秋

わが友の黒く光れる瞳より恐ろしきなし秋ふけわたる
北原白秋・桐の花

啄木に

わかき日の君ならずして誰か知る才ある人のかかる
かなしみ
北原白秋・桐の花

わが友《とも》が深《ふか》き心《こゝろ》の心《こゝろ》かも木《こ》の葉《は》のさゝやき木《こ》の葉《は》の
さゝやき
北原白秋・白秋全集

§

街と家と

わが友《とも》が、くつついて歩《ある》く、秋風《あきかぜ》の、ふわりと広《ひろ》き
長《なが》き外套《ぐわいたう》。
土岐善麿・黄昏に

わが友が病院にゐたりし、まだ生きて　ゐたりしこ
ろの、桜がさけり。
土岐善麿・不平なく

§

我《われ》に似《に》し友《とも》の二人《ふたり》よ　一人《ひとり》は死《し》に　一人《ひとり》は牢《らう》を出《い》で
て今病《いまや》む
石川啄木・我を愛する歌

あまりある才《さい》を抱《いだ》きて　妻《つま》のため　おもひわづらふ
友《とも》をかなしむ
石川啄木・我を愛する歌

人並《ひとなみ》の才《さい》に過《す》ぎざる　わが友《とも》の　深《ふか》き不平《ふへい》もあはれ
なるかな
石川啄木・我を愛する歌

その後《のち》に我《われ》を捨《す》てし友《とも》も　あの頃《ころ》はともに書読《ふみよ》み
ともに遊《あそ》びき
石川啄木・煙

神有《かみあ》りと言《い》ひ張《は》る友《とも》を　説《と》きふせし　かの路傍《みちばた》の栗《くり》
の樹《き》の下《もと》
石川啄木・煙

蘇峯《そほう》の書《しよ》を我《われ》に薦《すす》めし友早《ともはや》く　校《かう》を退《しりぞ》きぬ　まづ
しさのため
石川啄木・煙

田舎《ゐなか》めく旅《たび》の姿《すがた》を　三日《みか》ばかり都《みやこ》に曝《さら》し　かへる友《とも》かな
石川啄木・煙

そのむかし秀才《しうさい》の名《な》の高《たか》かりし　友牢《ともろう》にあり　秋《あき》のかぜ吹《ふ》く
石川啄木・煙

我《われ》ゆきて手《て》をとれば　泣《な》きてしづまりき　酔《ゑ》ひて荒《あば》れしそのかみの友《とも》
石川啄木・煙

閑古鳥《かんこどり》　鳴《な》く日《ひ》となれば起《おこ》るてふ　友《とも》のやまひのいかになりけむ
石川啄木・煙

目《め》を閉《と》ぢて　傷心《しやうしん》の句《く》を誦《ず》してゐし　友《とも》の手紙《てがみ》のおどけ悲《かな》しも
石川啄木・忘れがたき人人

友《とも》われに飯《めし》を与《あた》へき　その友《とも》に背《そむ》きし我《われ》の　性《さが》のかなしさ
石川啄木・忘れがたき人人

函館《はこだて》の青柳町《あをやぎちやう》こそかなしけれ　友《とも》の恋歌《こひうた》　矢《や》ぐるまの花《はな》
石川啄木・忘れがたき人人

演習《えんしふ》のひまにわざわざ　汽車《きしや》に乗《の》りて　訪《と》ひ来《き》し友《とも》とのめる酒《さけ》かな
石川啄木・忘れがたき人人

あらそひて　いたく憎《にく》みて別《わか》れたる　友《とも》をなつかしく思《おも》ふ日《ひ》も来《き》ぬ
石川啄木・忘れがたき人人

敵《てき》として憎《にく》みし友《とも》と　やや長《なが》く手《て》をば握《にぎ》りき　われといふに
石川啄木・忘れがたき人人

顔《かほ》とこゑ　それのみ昔《むかし》に変《かは》らざる友《とも》にも会《あ》ひき国《くに》の果《はて》にて
石川啄木・忘れがたき人人

ゆゑもなく憎《にく》みし友《とも》と　いつしかに親《した》しくなりて秋《あき》の暮《く》れゆく
石川啄木・手套を脱ぐ時

§

草にゐて友と弁当つかひをればこの友のことがいや親《した》しもよ
木下利玄・一路

§

濠端（以下二首、同前文）

長崎の茂吉にも久にたよりせずこの濠ばたの春ふかみかも
古泉千樫・青牛集

みやこべの春くるるなり遠くゐる斎藤茂吉中村憲吉
古泉千樫・青牛集

左千夫六周忌歌会歌（以下二首、同前文）

静なる家居を殊に恋ひにつつ水づく街陰に一生《ひとよ》終へませり
古泉千樫・青牛集

水づきし万葉古義を屋根の上に君と二人し干しにけるかも
古泉千樫・青牛集

十一月一日夜
松倉米吉に寄する歌

ついたちは君が休みと知るゆゑに下《した》に待ちつつ夜はふけにけり
古泉千樫・青牛集

この雪にあゆみいたらばおどろきて迎へむ友を思ひつつ行く
古泉千樫・青牛集

物さびし醤油倉のすみの風呂に入れり灯をもちてゐる友と語るも
古泉千樫・青牛集

青田のなかをたぎちながるる最上川斎藤茂吉この国に生《あ》れし
古泉千樫・青牛集

左千夫忌

よき友はかにもかくにも言絶《ことた》えて別れゐてだによろしきものを
古泉千樫・青牛集

はるばると来《きた》れる友かわが家のらんぷの下に見らくともしも
古泉千樫・青牛集

わが家の門の小みちにこのあした遊べる友をわれは見て居り
古泉千樫・青牛集

早春の一日
二月七日、徳寿、三郎、栄之助の諸子と正岡子規先生の墓に詣づ

わが影をきよらにめぐる日の光り友もしづけく立ちにけるかも
古泉千樫・青牛集

§

かにかくに相模の国の田舎酒酌みておもひぬ亡き友のこと
吉井勇・鸚鵡杯

北海の恋を語りて涙ぐむ啄木の顔をわすれかねつも
吉井勇・鸚鵡杯

杯をまへに置きつついつとなく牧水の死をかなしみてゐし
吉井勇・鸚鵡杯

かにかくに無頼の友もなつかしや浅草の夜の酒をおもへば
吉井勇・鸚鵡杯

まずわれにうま酒の樽を送り来て酔へよとぞ云ふ土佐の友かな
吉井勇・人間経

友いまだ死なず竹林《ちくりん》かきわけて髪蓬《かみほう》としてきたるごとしも
吉井勇・天彦

白秋の死（以下四首、同前文）

博多《はかた》にてうつせし旅の古写真《ふるしやしん》取う出《で》かなしむ友や死にきとまく思《おも》ふも
吉井勇・玄冬

ただひとつ残《のこ》れる友の写真出しつくづく居《を》れば泣かれのみやかくは驚《おどろ》くいなづまの如《ごと》しとおもふ白秋の死を
吉井勇・玄冬

紀《き》の旅や筑紫《つくし》の旅や亡《な》き友のこと思ひ居《を》れば頭《かうべ》垂れ来《こ》し
吉井勇・玄冬

佐渡の友に（以下三首、同前文）

ちちのみの父にわかれし友思《も》へばいとど寒けし佐渡の冬荒《ふゆあ》れ
吉井勇・玄冬

佐渡ヶ島檀特山《だんとくせん》の風寒み友合掌《がつしやう》のすがたおもほゆ
吉井勇・寒行

いまさらに佐渡の寒さを君が父の死により知ると友につたへよ
吉井勇・寒行

§

赤彦の死（以下五首、同前文）

のぼり来て、山葬《はふ》りどに、額《ぬか》の汗《あせ》ひそかにぬぐひわが居たりけり
釈迢空・春のことぶれ

かそかなる　生きのなごりを　我は思ふ。亡き人も、よくあらそひにけり
釈迢空・春のことぶれ

わが友のいまはの面《おも》に　ひたむかひて、言ふべきことば　ありけるものを
釈迢空・春のことぶれ

ふかぐ\と　柩《ひつぎ》のなかにおちつける　友のあたまの、髪《かみ》の　のびはも
釈迢空・春のことぶれ

すこやかに　いまだありける　亡き友と　われと、かゝる夜　茶を飲みて居し
釈迢空・春のことぶれ

富坂

こゝの下宿に、久しく赤彦が居た。

阪下《さかした》に　街広らなり。生ける日の　友としたしみ、人を見に来つ

釈迢空・春のことぶれ

§

友に会ふ八《やつ》ヶ嶺《ね》ちかしあさ雲がなほひくく居る高はら花野

中村憲吉・しがらみ

病《や》む友を遠地《とほち》に思《も》へばここに来て今日の日暮もわれは歎きつ

中村憲吉・軽雷

おろかなる益《やく》をたのみて御ほとけの加持香水《かぢかうすゐ》を友のために貰ふ

中村憲吉・軽雷集

島木赤彦君を悼む（以下四首、同前文）

面《おも》かげに声に其処《そこ》らに君居りと思《も》ふが悲しさ正にあらぬに

中村憲吉・軽雷集

あわただしき心を過ぐる寂しさあり友をはふりて時ゆく今に

中村憲吉・軽雷集

亡《な》き友のいのちを思ひしづかなる生活《くらし》に入りて我れはありなむ

中村憲吉・軽雷集

足やみて来ませるもあり遠人《とほびと》も今日を集《つど》ひて君をしのべる

中村憲吉・軽雷集

世のなかに我が友死にてしづかなる思《おもひ》をのこす今年の春や

中村憲吉・軽雷集

§

友ありて遠きなぎさを伊勢《いせ》の国の見ゆる岬《みさき》にめぐり来《き》にけり

土屋文明・放水路

久保田健次氏戦報

こともなく君は告《つ》げ来《き》ぬはじめて弾《た》丸《ま》の下《した》に激《はげ》しくたたかひたりと

土屋文明・放水路

吾《わ》が友とめぐりて飽《あ》かぬ磯《いそ》のさき沖の白波《しらなみ》は集《く》りて来る

土屋文明・放水路

左千夫先生を思ふ

今日《けふ》の日も紅葉《もみぢ》しぐるる山原《やまはら》のいづれの隈《くま》を君のぼりけむ

土屋文明・放水路

悼平福百穂画伯

朝ぎりは煙《けむり》の如くたなびきて山川《やまがは》の温泉《いでゆ》に君と浴《あ》みにき

徳田白楊を思ふ　別府松原公園にて

土屋文明・放水路

相寄《あひよ》りて君をかなしみ橋わたるほのぼの清《きよ》き三日月《みかづき》立てり
土屋文明・放水路

この見ゆる空の下《した》にただ一つの町友あり吾《われ》を迎へてくれむ
土屋文明・ゆづる葉の下

樋口作太郎君に報ず
飢ゑむ日は君が作れる馬鈴薯《ばれいしよ》をゆきて乞はむと思ふ安《やす》けさ
土屋文明・山の間の霧

森山汀川氏を思ふ
柳吹く九月九日《くぐわつここのか》君を訪ふあるひは永《なが》きわかれかなしみ
土屋文明・山の間の霧

再報樋口作太郎君
世の中の苦楽を超《こ》えて君ありとも君の涙がいくらか分《わか》る
土屋文明・山の間の霧

ああ久米正雄
いくつかは吾より若い筈《はず》なのに君なきかああこころ遂《と》げきや
土屋文明・青南集

万木宗良君を思ふ
物乏しき時に君が母の手織一反食ふ物にかへ吾は生きにしを
土屋文明・青南集

追悼斎藤茂吉
あひともに老の涙もふるひにき寄る潮沫《しほなわ》の人の子のゆゑ
土屋文明・青南集

稲垣鉄三郎君追悼
また一人我より若く君たふる信じ安らぎうたひしものを
土屋文明・青南集

我《わ》が儘《まま》はそれぞれにして森田草平斎藤茂吉亡きをいかにせむ
土屋文明・続青南集

長崎太郎君長逝
足もつるといふ君に必ず杖《つゑ》持てとすすめしことも間にあはざりき
土屋文明・続々青南集

島木赤彦君五十年忌
大正の人として君を送るのかと歎きし中村憲吉もすでにはるけし
土屋文明・青南後集

友の形見
長らへて次々友の形見着る今日は四人目の君がメリヤス
土屋文明・青南後集

古里の雨こまやかにすみれ草《ぐさ》友二人我をさしはさみ行く
土屋文明・自流泉

§

吉井勇に戯る

末の世のくどきの歌の歌ひじり吉井勇に酒たてまつる

芥川龍之介・芥川龍之介全集（短歌）

小沢碧童に

きみが家の軒の糸瓜はけふの雨に臍《へそ》落ちたりやある
ひはいまだ

芥川龍之介・芥川龍之介全集（短歌）

室生犀星君に

遠山《とほやま》にかがよふ雪のかすかにも命を守《も》ると君につげなむ

芥川龍之介・芥川龍之介全集（短歌）

香取先生に

金沢の鯖《さはら》のすしは日をへなばあぶらや浮かむただ
に食《を》し給へ

芥川龍之介・芥川龍之介全集（短歌）

室生に

遠つ峯にかがよふ雪のかすかにも命をもると君につげなん

芥川龍之介・蕩々帖

§

ここに来て知り合へる友の幾人《いくたり》かわれより若く死に
行きしかな

岩谷莫哀・仰望

§

戦死せる友が名ききて慌《あわただ》しく今日《けふ》も出で行く吾《わ》が戦線に

渡辺直己・渡辺直己歌集

草枯れし郎坊の野に石油かけて君を葬《はふ》りの今宵《こよひ》悲しも

渡辺直己・渡辺直己歌集

§

受話器に友のいふこゑはうたがひなし三《み》ケ島葭子《しまよしこ》の
命をはりぬ

大熊長次郎・真木

§

酔ひどれの友とほそぼそふる雨に心から肩くみ合は
せあるく

松倉米吉・松倉米吉歌集

指落して泣いて行きし友のうしろかげ機械の音もた
だならぬかな

松倉米吉・松倉米吉全集

§

病友と友に臥す

寝入りたる姿を見ればおのづから病み細りけむそ
の項《うなじ》あはれ

土田耕平・青杉

§

よき友の誰それとかも指をりてこの世ながらの深き

さきはひ
前川佐美雄・天平雲

わがわかき友みまかりて遺《のこ》しける三巻《みまき》の書《ふみ》のかなし
ものがたり
前川佐美雄・天平雲

§

身をゆすり泣くなる前に神さびてきみがみいのちは
永久《とは》にしづけし
木俣修・流砂

刺すごとき皮肉を吐きて経る日々よ友のいくたりと
もすでにうとしも
木俣修・冬暦

岩塩のわづかばかりを土産とす二階の一間に住む友がため
木俣修・冬暦

悼中山省三郎君（以下四首、同前文）

行春のひと日の窓にプーシキンを語りしきみを永久《とは》
に思はむ
木俣修・冬暦

夏菊の白きがつつむなきがらにまつはるごとく悲しみの楽
木俣修・冬暦

息ぎれのするときもこころはげましてきみは露西亜
の文字にせまりき
木俣修・冬暦

世に出づるきみが訳書をたちまちに遺稿と呼びてこ
ころ哭かゆる
木俣修・冬暦

梅雨闇《つゆやみ》に　梟《ふくろふ》　なけばながく病む高見順を思ふこころ
萎《な》ゆるまで
木俣修・去年今年

§

白秋先生

暗しよと一日《ひとひ》の果《はて》の風聴きておはしましける眼交《まなかひ》を去らず
宮柊二・群鶏

あかつきの風白みくる丘蔭に命絶えゆく友を囲《かこ》みたり
宮柊二・山西省

死《し》すればやすき生命《いのち》と友は言ふわれもしかおもふ兵
は安しも
宮柊二・山西省

伝令のわれ追ひかくる友のこゑ熱田《にぎた》も神《じん》もこときれしとふ
宮柊二・山西省

さまざまを言ひて戻りしコムミユニストの友ゆゑこ
の夜《よ》ひとり寂しゑ
宮柊二・小紺珠

亡師

ありありと面影肥えておだやかに坐《ま》しし知るのみ杳《とほ》くなりたり　宮柊二・小紺珠

往還に白き埃の立ちながれあな恋ほしかも白秋先生　宮柊二・日本挽歌

しづかなるわれをかなしと去りゆきて友ら既に党中にあり　宮柊二・日本挽歌

もの焼けし悪しき臭ひにまざまざと友を焼きたる日の臭ひ顕《た》つ　宮柊二・藤棚の下の小室

吉野秀雄　七月十三日逝く

駈けつけて君がなきがら拝《をろが》むに泪脂《なみだあぶら》を分かぬもの湧く　宮柊二・独石馬

梅雨のあめ降るをとどめよ明日行かむ老の友訪ふ道とほければ　宮柊二・緑金の森

生き生きて戦友二人兵なりしころの三人をなつかしみ語る　宮柊二・緑金の森

城ケ島に白秋先生恋ほしければめぐれる潮のかくもかがよふ　宮柊二・白秋陶像

「友人・知人・師弟」への思い

——俳句（近世～現代）

友だちのかはらでつもる物語　在色・談林十百韻

§

行春《ゆくはる》を近江の人とおしみける　芭蕉・猿蓑

雲とへだつ友かや雁《かり》の生《い》キ別れ　芭蕉・冬扇一路

すみける人外にかくれて、むぐら生しげる古跡をとひて

瓜作る君かあれなと夕すゞみ　芭蕉・あつめ句

旧友に奈良にてわかる

鹿の角先一節《まづひとふし》のわかれかな　芭蕉・笈の小文

許六が木曾路におもむく時

旅人のこゝろにも似よ椎の花　芭蕉・続猿蓑

野水が旅行を送りて

見送リのうしろや寂《さび》し秋の風　芭蕉・みつのかほ

十五夜

米《よね》くるゝ友を今宵《こよひ》の月の客　芭蕉・笈日記

むさし野やさはるものなき君が笠　芭蕉・続寒菊

越人と吉田の駅にて

寒《さむ》けれど二人旅《ふたりたび》ねぞたのもしき　芭蕉・あら野

§

其角にわかるゝとき

あゝたつたひとりたつたる冬《ふゆ》の宿《やど》　荷兮・あら野

元禄七年の夏、ばせを翁の別を見送りて

麦《むぎ》ぬかに餅屋《もちや》の見世《みせ》の別《わかれ》かな　荷兮・続猿蓑

ある人、子うしなはれける時申遣す

あだ花の小瓜《こうり》とみゆるちぎりかな　荷兮・阿羅野

法花執行して身まかりける人の許へ

直《すぐ》にその畳《たたみ》は花の台《うてな》かな　荷兮・橋守

§

うらやまし君が木曾路の橡（トチ）の粥《かゆ》　路通・鳶獅子集

伊勢の園女にあふて

雲の嶺心のたけをくづしけり　路通・鳶獅子集

§

碁の友の紙に目をもる火燵《こたつ》哉　尚白・孤松

青亜追悼

乳のみ子に世を渡したる師走哉　尚白・猿蓑

§

つくしよりかへりけるに、ひみといふ山にて卯七に別て

君がてもまじる成べしはな薄　去来・猿蓑

§

冬の日客をもてなす

君見よや我手いるゝぞ茎の桶　嵐雪・其袋

§

音するは立居の友やさら紙子　来山・続今宮草

§

翁のむかしを忍びて

立寄《たちより》し師の俤《おもかげ》の杜若《かきつばた》　杉風・百曲

§

越の新潟と云所より、しれる人のおくりけるに別るゝとて

馬駕《うまかご》にわかれてふたり秋のくれ　千那・鎌倉海道

§

十日洛にして去来の墓参に

昔我が友よ十日の菊の形《なり》　朱拙・芭蕉盥

§

子におくれし人へ申遣す

帷子《かたびら》はかくすも漏《も》るゝ涙《なみだ》かな　越人・鵲尾冠

散る花の間はむかしばなしかな　越人・あら野

§

路通、つるがへおもひ立ける餞別に

剃立のつむり哀《あはれ》や秋の風　曲翠・花摘

§

憶翁之客労

夏痩《やせ》や能因《のういん》ことに小食《こしよく》なり　其角・名月集

草庵の留守をとひて

衰老《すゐらう》は簾《すだれ》もあげず菴《あん》の雪　其角・猿蓑

はつ雪や内に居さうな人は誰　其角・猿蓑

朋友有信

君と我《われ》炉《ろ》に手を返ㇲしかなかれ　其角・続虚栗

芭蕉翁帰郷餞別ノ句

冬がれを君が首途《かどで》や花の雲　其角・続虚栗

§

野田の山もとを伴ひありきて

翁《おきな》にぞ蚊屋つり草を習ひける　北枝・卯辰集

§

嵐雪上京に送る

貴様《きさま》には吉野の若葉茶也《なり》けり　桃隣・一の木戸下

熟友介我、病死を遥後にきゝておどろき侍る。せめて一句を手向奉りて回向となすのみ

うかむらん世に惜《をしま》れてはちす咲《さく》　桃隣・飛ほたる

§

貧交

まじはりは紙子の切を譲りけり　丈草・猿蓑

---

§

妻におくれける人に申侍る

紫のさむるやゆめの花あやめ　卯七・渡鳥集

§

いざ宵《よひ》や師の影去《さり》て十万里　支考・阿唯話

§

嵐青母身まかりけるに申遣す

霊膳《れいぜん》に新茶そゆるや一つまみ　浪化・喪の名残

東花坊が母の一周忌をとぶらふ

昼がほの袖《そで》もなを(お)ひずなみだ哉　浪化・東西夜話

嵐青が老父追悼

目もくれで涙《なみだ》も居つくあつさ哉　浪化・風雅戊寅集

§

五十日の交遊も爰に明ケかしこに暮て、やう〱水無月の空も下り月につれて、けふの首途を見送ることにはなりぬる

わかるゝや胸に近よる荻《をぎ》の音　吾仲・反故左歌志

§

仙鶴七回忌

友送る手燭《てしよく》の影や石蕗《つは》の花　宗屋・瓢箪集

§

独《ひとり》来て友選びけり花のやま　冬松・あら野

秋

泊居てきぬた打也尼の友　太祇・太祇句選

几圭、師走廿三日の夜死せり。節分の夜明
なりければ。
死ぬとしもひとつ取《とつ》たよ筆の跡　太祇・太祇句選
訪《と》ふとても辺《あた》りの友や後《のち》の月　太祇・三菓社中句集

§

嵐雪《らんせつ》にふとん着せたり夜半の秋　蕪村・夜半叟句集

古人移竹をおもふ
去来去《きよらいさり》移竹移《うつ》りぬいく秋ぞ　蕪村・蕪村句集

雁宕、久しくおとづれせざりければ
有《あり》と見えて扇の裏絵おぼつかな　蕪村・蕪村句集

§

はつゆきやほゝ笑来たる無二の友　嘯山・律亭句集
坐して待と往て訪ふ友や朝の雪　嘯山・律亭句集
来合せる百里の友やとし忘れ　嘯山・律亭句集

§

一茶坊の東へかへるを
雁《かり》はまだ落《おち》ついてゐるに御かへりか　大江丸・はいかい袋

§

過去し素然、夢に発句を語けるに
なき人の発句きゝけり秋の雨　闌更・半化坊発句集

§

竜石にわかるゝとて
秋ぞかなし後の世の友に契《ちぎ》り置《おか》ん　樗良・樗良発句集

良水がおさなきものを、うしなへるをいた
みて
俤《おもかげ》やむめにかなしき笛太鼓　樗良・樗良発句集

§

我友の鼓《つづみ》ふりけり春の雨　大魯・蘆陰句選

§

女子をうしなへる沙漠を悼
辻がはな目なくなりたき思ひあらむ　暁台・暁台句集

§

東山正阿弥にて芭蕉翁百年忌興行。一間に
尊像を祭りしに、かの冬籠の俤をそふ
うづみ火や壁に翁《おきな》の影ぼうし　蝶夢・草根発句集

§

伏見田に友や待つらん月の雁《かり》　無腸・発句題葉集

§

友なる雨石老人、七月七日の夜身まかりけ
るよし告こしけるに、なみだこぼれて
星の夜を臨終とや空をうち見たり　白雄・白雄句集

題楽山子遺章露

なき友は一とせ先の草の露　白雄・白雄句集

§

夢にだに芭蕉翁を見ず

翁見む夢のしぐれは誠にて　青蘿・青蘿発句集

門人奥村耳香を悼

わすれては坐をあけてまつ夕涼　青蘿・青蘿発句集

蘿来を悼む

魂を招かむ月や萩のうへ　青蘿・青蘿発句集

桃如を悼む

なみだには染ずもまつの秋の風　青蘿・青蘿発句集

縁翁を悼む

死ぬことをしつて死けり秋の風　青蘿・青蘿発句集

鰕交を悼む

菊よ月よ我ひとり泣友にせん　青蘿・青蘿発句集

淇園を悼む

花とさくもなき俤《おもかげ》歟《か》われもかう　青蘿・青蘿発句集

宗保を悼む

我なみだ地にしむ時か暁の霜　青蘿・青蘿発句集

二十五年今朝あだしの丶塚の霜　青蘿・青蘿発句集

§

夜は嵐の吹ぬものかは

けふ来ずて見ぬ友ゆかし山桜　几董・井華集

をの〳〵の食過がほや鯨汁《くじらじる》　几董・井華集

§

ふたりまで友達死《しん》で初がつを　成美・成美家集

乙二とわかるゝ時

つゆ浅茅《あさぢ》たがひにながめられにけり　成美・成美家集

§

榛《はん》の木《き》の花見に来《き》ませしじみ汁　道彦・蔦本集

§

憶亡友松兄

あきかぜや髭剃《そる》おとも眼《ま》のあたり　卓池・青々処句集

§

貧交

飯焚て梅をりゆきぬ庵の友　梅室・梅室家集

京にのぼるとき、道の辺の酒店にて見送りの人々に袂をわかつ。

旅駕にうしろ窓《まど》なし花の中　梅室・梅室家集

小児をうしなひし人を悼

行際《ゆきぎは》は春さへあはれのこしけり　梅室・梅室家集

常陸松江の追善

洩るものは泪ばかりの茂かな　梅室・梅室家集

§

定靖君の新館

此窓に何読み給ふ若楓　内藤鳴雪・鳴雪句集

§

太祇百四十五回忌
揚屋うらの小夜砧《さよぎぬた》太祇ねてありや　中川四明・四明句集

§

三十四年夏千葉へ赴任の愚仏氏を送る
つれ立つて両国わたる袷かな　角田竹冷・竹冷句鈔

或人の無罪となりしを祝す
素裸になりて見せたる涼しさよ　角田竹冷・竹冷句鈔

§

ホトヽギスの旧本を見けるに蚋魚先生の名ありし知らぬ人なりしに今は明暮交じらひて骨肉も啻《ただ》ならずたま〳〵姓氏を同うするも宿縁浅からず
似たものゝ二人相逢ふ南瓜かな　村上鬼城・鬼城句集

§

羯南氏住居に隣れば
芭蕉破《や》れて書《ふみ》読む君の声近し　正岡子規・子規句集

漱石虚子来る
漱石が来て虚子《きよし》が来て大三十日《おおみそか》　正岡子規・子規句集

漱石来るべき約あり
梅活けて君待つ菴《いお》の大三十日　正岡子規・子規句集

夏川のあなたに友を訪ふ日哉　正岡子規・子規句集

小夜時雨《さよしぐれ》上野を虚子の来つゝあらん　正岡子規・子規句集

送秋山真之米国行
君を送りて思ふことあり蚊帳《かや》に泣く　正岡子規・子規句集

虚子を待つ松蕈鮓《まつたけずし》や酒二合　正岡子規・子規句集

浅井氏の洋行を送る
先生のお留守寒しや上根岸　正岡子規・子規句集

雨に友あり八百屋に芹《せり》を求めける　正岡子規・子規句集

§

寒山が友ほしく来《こ》しけさの秋　松瀬青々・松苗

§

顔見えぬまで話し居り秋の暮　篠原温亭・温亭句集

§

芋買うて帰れば露月既に在り　坂本四方太・子規「闇汁図解」

§

虚子来訪
一宿《いつしゆく》に足《た》る交りや露涼し　石井露月・露月句集

§

師の病よき頃南瓜《かぼちや》煮たりけり　河東碧梧桐・碧梧桐句集
子規居士の旧事を偲ぶ

故人こゝに在りし遺物と新酒かな　河東碧梧桐・碧梧桐句集

貧の友娶《めと》る一人や蕎麦の秋　河東碧梧桐・碧梧桐句集

虎の子の海羸《ばい》を汝《なんじ》が袂《たもと》かな　河東碧梧桐・続春夏秋冬

§

王城追悼

君と共に四十年《よんじゆうねん》の秋を見し　高浜虚子・五百五十句

老友の学習院長霜の菊　高浜虚子・六百五十句

彼一語《かれいちご》我一語《われいちご》秋深《あきふか》みかも　高浜虚子・六百五十句

泊月句集序句

我君《われきみ》と共に老いたり梅も亦《また》　高浜虚子・七百五十句

梅雨晴間《つゆはれま》絶えて久しき友来《きた》る　高浜虚子・七百五十句

避暑に来て一と日帰農の友と訪《と》ふ　高浜虚子・七百五十句

§

巡錫中俳行脚の碧梧桐子と柏崎に邂逅す限りなきうれしさを語りてやがて別れぬ

夏霞君は果てなき旅に居て　大谷句仏・我は我

愛子をうしなはれたる村上霽月子に逢ひて

春惜しむ淋しき顔を合はせけり　大谷句仏・我は我

秋蒼子の訃に接して

一つ残る虫のあはれを聴く夜かな　大谷句仏・我は我

§

曾遊《そういう》の友と憩《いこ》ひし茂りかな　寺田寅彦・寅日子句集

あの島に住む人ありて吹雪《ふぶき》哉　寺田寅彦・寅日子句集

§

桐明君のおとづれを喜びて

よくぞ来し君よ時雨るゝ日は淋し　大須賀乙字・乙字俳句集

病中の昭允君に

時雨きく静けさは同じ思ひかな　大須賀乙字・乙字俳句集

君にすゝむ玉垂る粽解かばやな　大須賀乙字・続春夏秋冬

§

亡き乙字に逢ひたくなりぬ十三夜　小沢碧童・碧童句集

晩秋や先生腰湯しておはす　小沢碧童・碧童句集

§

三人のふだんの友と月見かな　鈴木花蓑・鈴木花蓑句集

§

友や待つらんその島は晴々と横はれり　種田山頭火・層雲

元寛氏、時雨亭氏に

すこしさみしうてこのはがきかく　種田山頭火・定本種田山頭火全集

伊東君に
逢うてうれしい音の中　種田山頭火・定本種田山頭火全集

澄太さんに
けふはあんたがくるといふ菜の花を活けて　種田山頭火・定本種田山頭火全集

敬治君に（以下二句、同前文）
花菜活けてあんたを待つなんとうららかな　種田山頭火・定本種田山頭火全集

春めいた夜のわたしの寝言をきいてくれる　あんたがゐてくれる　種田山頭火・定本種田山頭火全集

敬君、樹明君に
酔うていつしよに蒲団いちまい　種田山頭火・定本種田山頭火全集

樹明君に
あなたがきてくれるころの風鈴しきり鳴る　種田山頭火・定本種田山頭火全集

抱壺君の訃報に接して
抱壺逝けるかよ水仙のしほるるごとく　種田山頭火・定本種田山頭火全集

§

病む友がくれし春夜の牡丹かな　渡辺水巴・白日

旅に住みて四方に友ある雑煮かな　渡辺水巴・白日

華厳大滝失明の友に鳴りやまず　渡辺水巴・富士

修善寺　上京中の流水君に誘はれて妻子同伴伊豆に遊ぶ
旅の友と旅に出て冬日大いなる　渡辺水巴・富士

句会出席
旧友に逢へるかも落葉降る道を　渡辺水巴・富士

§

山の和尚の酒の友とし丸い月ある　尾崎放哉・小豆島にて

§

恩人巨人先生四十五歳にして逝去さる
春暁や神のごとくに霊のかげ　吉武月二郎・吉武月二郎句集

§

春風や我《わが》苦言《くげん》容《いる》る君が眉宇《びう》　西山泊雲・ホトトギス雑詠集

一字一石夏行の君の机上かな　西山泊雲・続春夏秋冬

§

島崎藤村氏の溘焉として長逝せらるゝを悼みて
秋蚊帳にねざめもやらず大逝す　飯田蛇笏・春蘭

冬ぬくく友愛をわがこころの灯　飯田蛇笏・雲峡

あしおともたてず悪友霜を来《き》ぬ　飯田蛇笏・家郷の霧

「楢山節考」の著者深沢七郎氏来訪

炉語りや五月八日の夜の情　飯田蛇笏・椿花集

友情をこころに午後の花野径　飯田蛇笏・椿花集

地に冬の兆す予感に友の情　飯田蛇笏・椿花集

不図友に山路の雲雀語りかけ　飯田蛇笏・椿花集

§

大震災後麦人を訪ふ

潰れ家に麦人住めりちゝろ虫　長谷川零余子・雑草

飯島みさ子逝く

相知りて久し君なし芙蓉咲く　長谷川零余子・雑草

暁女の死を悼む

水仙や莟と知らずあはて剪る　長谷川零余子・雑草

虎月の妻女を悼む（以下二句、同前文）

秋風に二度まで読みし手紙かな　長谷川零余子・雑草

秋風に弄ばれし命かな　長谷川零余子・雑草

§

詩によつて人に訪《と》はるゝ暮の春　高田蝶衣・続春夏秋冬

からかひに異派の友来つ冬籠　高田蝶衣・青垣山

§

京都の友に

柳緑せり飽食に居る君か　中塚一碧楼・はかぐら

§

炉塞ぐや額《がく》に胡装《こそう》の友の像　楠目橙黄子・橙圃

§

友よ夜更けて大きな影にとつつかれて帰つて行つた　大橋裸木・人間を彫る

§

風呂桶に犀星のゐる夜寒かな　芥川龍之介・犀星発句集

§

十年見ぬ人来し日より麗らなり　水原秋桜子・古鏡

牡丹見る白髪の人ぞ友なりける　水原秋桜子・古鏡

誓子夫妻立てりかたへに夏薊　水原秋桜子・古鏡

戦線の友に　昭和医専医局長原荘内君出征して南支戦線にあり（以下二句、同前文）

汗垂れて手術しつゝぞ君をおもふ　水原秋桜子・古鏡

手術了へ向日葵暑し君はいかに　水原秋桜子・古鏡

釜かけて友を待つ日の福寿草　水原秋桜子・古鏡

夜更けて蔵王村なる宝泉寺に到り、斎藤茂吉先生の墓に詣づ

大人の墓故山の梅雨の月とあり　水原秋桜子・帰心

三宅清三郎君、数寄屋橋画廊を経営す

萩咲くや財人還元す風雅人　水原秋桜子・帰心

寒硯に茂吉遺愛の墨匂ふ　水原秋桜子・帰心

庵後の墓に詣づ（以下三句、同前文）

孤り生きし人の墓なり蟻ひとつ　水原秋桜子・帰心

道の辺にこぼれ咲く菜をささげむか　水原秋桜子・帰心

蛙つぶやく輪塔大空放哉居士　水原秋桜子・帰心

鳴く雲雀《ひばり》烏頭子《うとうし》朝寝如何ならむ　水原秋桜子・旅愁

家人の微恙、漢方薬にて忽ち治癒す

陳さんの処方の験《げん》や牡丹の芽　水原秋桜子・殉教

ベルツ博士生誕の地なる西独逸ビーティヒハイム市へ、日独医学協会より桜の苗木を贈るに添へて

君によりて日本医学の花ひらく　水原秋桜子・殉教

§

桜餅われうつくしき友をもち　山口青邨・雪国

本田あふひ女史一周忌に

小母さんと呼びにし人よ花冷に　山口青邨・雪国

旅に在す恩師いづちの時雨笠　山口青邨・花宰相

§

師やがて来まさん水仙の一重なり　島村元・島村元句集

月に白き友の顔やな瓜畑　島村元・島村元句集

一坡君に

秋雨に蝶来し庭と君知るや　島村元・島村元句集

§

早春の友去にし窓雲白く　五十嵐古郷・五十嵐古郷句集

§

秋風裡我が小さき荷友が持ち　川端茅舎・定本川端茅舎句集

友が呼ぶ殺到し来る秋風裡《しゆうふうり》　川端茅舎・白痴

§

遠野火や寂しき友と手をつなぐ　日野草城・花氷

友去りて灰も寂しき火桶かな　日野草城・花氷

春いまだほろりほろりと友逝きぬ　日野草城・旦暮

父を喪へる楠本憲吉に

友ら逝きわが生きのびて冴え返る　日野草城・旦暮

水谷砕壺に

初七日《しよなのか》の春の深雪を忘れめや　日野草城・旦暮

内田暮情翁追悼

友情のただ中ににじつと眼をつむる　日野草城・旦暮

篠青ししづかに憶ふ君のこと　日野草城・旦暮

楠本憲吉・柴山節子結婚せるを祝ひて

鎌倉や憲吉節子寒からず　日野草城・旦暮

元日の新しい顔で友ら来る　日野草城・銀

なにがしの翁の喜寿を祝ひて

寒梅の七十七花咲き揃ふ　日野草城・銀

門田誠一・林佐伎子結婚

蜜月やきさらぎの花くれなゐに　日野草城・銀

五月二十三日　虚子先生を草舎に迎ふ（以

下二句、同前文）

新緑や老師の無上円満相　日野草城・銀

先生の眼が何もかも見たまへり　日野草城・銀

未見なりし友来て親し春の昼　日野草城・銀

§

暮の富士歌の茂吉に会ひに行く　中村草田男・火の島

歳末の生面の茂吉髭真白　中村草田男・火の島

茂吉歓語手啓《ひら》き炭火見下ろして　中村草田男・火の島

端居の禱《いのり》夙に亡き友かもしれず　中村草田男・火の島

友病臥わづかの竹に寒雀　中村草田男・火の島

鶯や友真直ぐに獄ゆ出で来し　中村草田男・火の島

友もや丶表札古りて秋に棲む　中村草田男・火の島

麦越しに垣越しに友の額見ゆ　中村草田男・万緑

友病よろし土眠に炭団干して　中村草田男・万緑

悼斎藤茂吉先生（読売新聞の需めに応じて）

残雪や「くれなゐの茂吉」逝きしけはひ　中村草田男・母郷行

旧友等と次々に会ふ、或日旧友F（高校校長）の勤先を訪ねて、その校庭に憩ひつつ。

朝顔や友等笑へば幼な顔　中村草田男・母郷行

旧友Hを郊外森松に訪ねて

友も子の新盆参りの留守の下駄　中村草田男・母郷行

蜩や白岩に友とその妻と　中村草田男・母郷行

峡の青星ラムネの玉を友と鳴らす　中村草田男・母郷行

京の御《み》寺の写真は花空友ぞ亡き　中村草田男・母郷行

深雪の夜友をゆさぶりたくて訪ふ　中村草田男・母郷行

梅を愛せし友よ遺骨の在処《ありど》知れず　中村草田男・母郷行

白梅や友情享けしよ恋見送り　中村草田男・母郷行

§

喜多青子を憶ふ（以下五句、同前文）喜多青子は日野草城門下の秀才たり

三角のグラスに青子海を想ふ　篠原鳳作・海の度

咳き入りて咳き入りて瞳のうつくしき　篠原鳳作・海の度

その手

氷雨よりさみしき音の血がかよふ　篠原鳳作・海の度

半生をさゝへきし手の爪冷えぬ　篠原鳳作・海の度

詩に痩せて量もなかりし白き骸　篠原鳳作・海の度

§

病友（以下二句、同前文）

冬薔薇《さうび》瞳によろこべりうつうつと　加藤楸邨・寒雷

病む瞳には眩しきものか冬薔薇　加藤楸邨・寒雷

学窓を離れて数年、来りて母校の園中に佇む
幾霜を経て先生のなつかしき　加藤楸邨・寒雷
吉田謡哉氏出征
稲妻をふりかぶりゆきし人の眉宇　加藤楸邨・寒雷
武笠美人蕉氏出征
この夜冴え銀漢を見しが相別る　加藤楸邨・寒雷
中西香夢氏出征
凍道やむかし防人に歌ありき　加藤楸邨・寒雷
武笠美人蕉戦死（以下三句、同前文）悲報来
帽脱りてふたたび黙す秋風裡　加藤楸邨・寒雷
髯のびて秋刀魚啖《くら》へり我は街に　加藤楸邨・寒雷
村葬
君を葬る冬の浅間のとどろくとき　加藤楸邨・寒雷
会へば誓子秋日にかざす手の白さ　加藤楸邨・穂高
友の寝顔秋日さすとき仏めく　加藤楸邨・穂高
友還る障子に秋の蚊を聴いて　加藤楸邨・穂高
斎藤龍三郎戦死セルの夜明る過ぎ　加藤楸邨・穂高
教へ子の戦死木の芽の明日はあり　加藤楸邨・穂高
教へ子の一人目をあげ青嵐　加藤楸邨・穂高
石田波郷に
夏痩せてありや浴衣の膣を抱き　加藤楸邨・穂高

初燕父子に友の来てゐる日　加藤楸邨・雪後の天
友を悼む蚊をうちしその疳癖も　加藤楸邨・雪後の天
笠原涸川出征
壁の面の汗の手型や征きにけり　加藤楸邨・雪後の天
川端茅舎氏を悼む
寂光の葎にかへる夏露一顆　加藤楸邨・雪後の天
福家愛征く
爪の顔まつたく見えぬまで立ちぬ　加藤楸邨・雪後の天
中野弘一征く
立ち掴む冬木の梢の星降り来《おこ》　加藤楸邨・雪後の天
青池秀二征く
貧交や寒鮒の目のいきいきと　加藤楸邨・雪後の天
永井皐太郎征く
冬鵙のしづかなる目を持てりけり　加藤楸邨・雪後の天
眉ほのぼの茂吉先生冬すこやか　加藤楸邨・雪後の天
これぞ茂吉黒外套のうしろ肩　加藤楸邨・雪後の天
夏の露降るがごとしや友還る　加藤楸邨・雪後の天
安倍能成氏印象
めつむりてゐたまふ咳もたかからず　加藤楸邨・野哭
はげしかりし君が生涯とかの日の鵙　加藤楸邨・野哭
波郷病む

秋の風書き憂かりけむ字の歪み　加藤楸邨・野哭
悼石橋秀野氏
君死後の時雨はそそぐ壕の石　加藤楸邨・野哭
友、戦死す　§
夕寒く君が担架はガタンと地に　片山桃史・北方兵団
§
菊古ればもて来し友はもてゆきぬ　石田波郷・鶴の眼
友娶り然も在らぬか花八つ手　石田波郷・風切
八島平鳥屋
木葉木菟悟堂先生眠りけり　石田波郷・風切
中村草田男氏
栗を手ぐさの松山訛のみならず　石田波郷・雨覆
東品川
楸邨ありや祭の中を踴み行く　石田波郷・雨覆
蜩や草田男を訪ふ病波郷　石田波郷・雨覆
草田男の秋日曜の胸白き　石田波郷・雨覆
病篤き前橋多弦に
君とわれ夏百日を堪へ得んや　石田波郷・胸形変
師の来む日けふ蟬の樹も凡に見ず　石田波郷・胸形変
秋の暮水原先生もそこにゐき　石田波郷・胸形変

雪後の木々楸邨は癒えて起きたらむ　石田波郷・胸形変
横光利一死（以下三句、同前文）
新聞なれば遺影小さく冴えたりき　石田波郷・惜命
死面描けるわづかの線の寒かりき　石田波郷・惜命
遠く寒く病弟子われも黙禱す　石田波郷・惜命
早春やラヂオドラマに友のこゑ　石田波郷・惜命
石原八束君来訪
君去なば食はむ藷君に見られしや　石田波郷・惜命
森元四郎君上京
冬越さむ遠来し友の言なれば　石田波郷・惜命
友の来て風花去りて夕茜　石田波郷・惜命
驟雨を伴れ来し病まざる草田男その夫人　石田波郷・惜命
巨漢田中午次郎も白頭翁となりぬ
君の処女句集なつかしサイネリヤ　石田波郷・酒中花以後
水原先生
巨き掌を賜ひ新茶を賜ひけり　石田波郷・酒中花以後
水原先生見舞ひたまふ
病むわれを囲む師かなし白菖蒲　石田波郷・酒中花以後
水原先生再び
巨き掌をわれに賜ひぬ白菖蒲　石田波郷・酒中花以後
菊池日呂志君逝きて二月余

亡き友が遺せしひとや桔梗提げ　石田波郷・酒中花以後

師の齢過ぎし弟子らや横光忌　石田波郷・酒中花以後

「故郷・古里」への思い——男歌

「故郷・古里」への思い

―短歌（古代〜近世）

「あ〜さ行」

浅茅原《あさぢはら》つばらつばらにもの思《も》へば故《ふ》りにし郷《さと》し思ほゆるかも

大伴旅人・万葉集三

〔大意〕つくづくと一人さびしく物思いをしていると、故郷のことがあれこれとなつかしく思われることである。〔注解〕「浅茅原」―「つばら」の枕詞。「つばらつばら」―つばら（委曲）。つくづくと。大変くわしいさま。

葦辺《あしべ》行く鴨《かも》の羽《は》がひに霜降りて寒き夕べは大和《やまと》し思ほゆ

志貴皇子・万葉集一

〔大意〕葦辺を行く鴨の翼に霜が降る寒い夕方には、（暖かいわが家のある）あの大和がなつかしく思われることだ。〔注解〕「羽がひ」―鳥の左右の羽の重なりあう部分。

あふ人よ 故郷《ふるさと》知《し》らばことづてん 山分衣《やまわけごろも》 はや朽《く》ちにきと

羇中の衣

三条西実隆・再昌草

〔大意〕（道中で）行き逢う人よ、もしあなたが私の故郷を知っているならば、伝えてください。私の山分衣は、はやくも朽ちてしまったと。〔注解〕「山分衣」―山中の草木を分けて歩くときの服装。

天離《あまざか》る鄙《ひな》の長道《ながぢ》を恋ひ来《く》れば明石《あかし》の門《と》より家のあたり見ゆ

作者不詳・万葉集一五

〔大意〕遠く離れた田舎の長い道を、故郷を恋しく思いながら歩いて来ると、明石の海峡から、あのなつかしいわが家のあたりが見えてきた。〔注解〕「天離る」―遠く離れている意。「鄙」にかかる枕詞。

故郷秋夕

いかならむわがまだすみし昔だに悲しかりつる秋の夕ぐれ

香川景樹・桂園一枝

〔大意〕いまはどうであろうか。私が住んでいた昔でさえ悲しい思いをした、故郷の秋の夕暮は。

唐にてよみ侍ける

いざ子《こ》どもはや日の本《もと》へ大伴《おほとも》の御津《みつ》のはま松まちこひぬらん

山上憶良・新古今和歌集一〇（羇旅）

〔大意〕さあみんな、早く日本へ帰ろう。大伴の御津の浜松も、われわれのことをさぞや待ち焦がれていることだろう。〔注解〕「子ども」—目下の者を親しんで呼ぶ言葉。

月前思故郷

いづくにか今は住《すむ》らんと故郷《ふるさと》の月もやわれをおもひ出《いづ》らむ

香川景樹・桂園一枝

〔大意〕（故郷を出てしまった私のことを）今はどこに住んでいるだろうかと、故郷を照らす月も、思い出していてくれるだろう。

出《い》でてこし道のさゝ原しげりあひて誰《たれ》ながむ覧《らん》故郷の月

藤原定家・定家卿百番自歌合

〔大意〕（故郷を）出て来た道には笹原が茂り合っている。故郷ではいまごろ誰が眺めているであろうか、この月を。

故郷

いへもなくなりぬるおのが故郷の道しるべする駒のかなしさ

大隈言道・草径集

〔注解〕「道しるべ」—道案内。「駒」—馬。

海原《うなはら》に霞たなびき鶴《たづ》が音《ね》の悲しき宵《よひ》は国方《くにへ》し思ほゆ

大伴家持・万葉集二〇

〔大意〕海原に霞がたなびいて鶴の鳴く声が悲しげに聞こえる宵は、故郷の方がなつかしく偲ばれることだ。

旅泊の夢

興津舟《おきつふね》おろす碇《いかり》のいかにねてたゆたふ浪《なみ》にかへる夢路ぞ

正徹・永享五年正徹詠草

〔大意〕沖を行く舟の下ろす碇の「いか」ではないが、いかにして寝たら、このただよう波の上で、なつかしい故郷に帰る夢路をたどることができるだろうか。

大伴の御津《みつ》の泊《とまり》に船泊《は》てて龍田の山を何時《いつ》か越え行《い》かむ

作者不詳・万葉集一五

〔大意〕大伴の御津の港に船をとめて、あの龍田の山を越えて、私はいつなつかしい大和の国に行くことだろうか。

旅の歌とて

思《おも》ひをく《(お)》人の心にしたはれて露わくる袖のかへりぬるかな

西行・新古今和歌集一〇（羇旅）

〔大意〕思いを残してきたあの人の情けのために、故郷が慕わしく思われて、帰りたいと思いながら野の露を分け行く私の袖は、すっかり色褪せてしまったよ。〔注解〕「かへりぬる」—色褪せる意の「かへり」と「帰る」意を掛ける。

思ひやれいと〻涙もふるさとの荒《あ》れたる庭の秋の白露《しら》

後鳥羽院・遠島御百首

〔大意〕住んでいた都を思うと、なつかしさにいよいよ涙がこぼれてくる。いまは荒れ果ててしまったであろう庭に置く秋の白露を私の涙であると思って下さい。

しかすがのわたりにやどりて

おもふ人ありとなけれどふるさとはしかすがにこそ恋しかりけれ

能因集（能因の私家集）

〔大意〕恋しい人がいるわけではないが、（このしかすがの渡し場まで来ると）故郷はさすがに恋しいよ。〔注解〕「しかすがに」—「さすがに」の意。地名と掛ける。

韓亭《からとまり》能許《のこ》の浦波立たぬ日はあれども家に恋ひぬ日は無し

作者不詳・万葉集一五

〔大意〕韓亭の能許の浦に波が立たない日もあっても、私が故郷の家を恋しく思わない日はない。

くかみにてよめる

きて見ればわがふるさとはあれにけりにはもまがきもおちばのみして

大愚良寛・布留散東

〔大意〕帰って来て見ると、わが故郷の家は荒れ果ててしまっている。庭も籬も落葉ばかりで埋まっている。

引津の亭に船泊てて作る歌

草枕旅を苦しみ恋ひ居《を》れば可也《かや》の山辺にさ男鹿鳴くも

壬生宇太麿・万葉集一五

〔大意〕旅が苦しくて故郷を恋しく思っていると、可也の山辺に男鹿が鳴く（その鳴き声を聞くと、故郷がいっそう恋しい）。〔注解〕「草枕」―「旅」に掛かる枕詞。

今日はきて手にとるばかりかすむにも筆をそすつる和歌の浦《うら》なみ

心敬・寛正百首

〔大意〕今日、故郷の和歌の浦に帰って来て、手にとるように近くにみえる霞んだ春の景色を眺めると、言葉に言い表わせないほどすばらしい情景なので、もう筆を捨てて（和歌を詠むのをやめて）しまったよ。

〔参考歌〕

めぐりきて手にとるばかりさやけきや淡路の島のあはと見し月

源氏物語（松風）

ことづてむ都までもし誘《さそ》はればあなしの風にまがふ村雲《くも》

後鳥羽院・遠島御百首

〔大意〕伝言を頼もう。都までもし誘われるのであれば。あなしの風（西北の風）に乱れ飛ぶ群がった雲よ。

恋繁み慰めかねてひぐらしの鳴く島陰《しまかげ》に廬《いほり》するかも

作者不詳・万葉集一五

〔大意〕（都を思う）恋しい気持ちがいっぱいなので、その心を慰めることができずに、ひぐらしが鳴く島陰に仮の宿りをすることであるよ。

防人《さきもり》の堀江漕ぎ出《づ》る伊豆手舟《いづてぶね》楫取《かぢと》る間《ま》なく恋は繁けむ

大伴家持・万葉集二〇

〔大意〕防人が難波の堀江を漕ぎ出して行く伊豆手舟の櫓を漕ぐ間隔が休みのないように、私の故郷を恋しく思う気持ちはやむことはないだろう。

島隠《がく》りわが漕《こ》ぎ来《く》れば羨《とも》しかも倭《やまと》へ上《のぼ》る真熊野《まくまの》の船

山部赤人・万葉集六

〔大意〕島のかげを通って漕いで来ると、ああ、うらやましい。なつかしい故郷の大和へ上って行く熊野の船だよ。

「た～は行」

旅朝

たゞよへる朝《あした》の雲はふるさとへ帰りし夢の行《ゆく》へなりけり

香川景樹・桂園一枝

〔大意〕旅の朝、起きて見ると雲が空に浮かんでただよっている。それはきっとさっき見た故郷へ帰った夢がそうなってしまったのだろうよ。

古郷

たちかへりみしは数く《かずかず》なきよりものこりにあふぞ涙《なみだ》おちぬる

心敬・寛正百首

〔大意〕（故郷に）戻ってみると、知り合いの多くは亡くなっていたが、偶然に生き残っている知り合いに逢うと涙がこぼれ落ちることだ。

やまとの国故郷なりければよめる

つひにわがきてもかへらぬ唐錦《からにしき》たつ田《た》や何《なに》のふるさとの山《やま》

下河辺長流・漫吟集

〔大意〕私は、ついに錦を着て故郷に帰えることのないから（空）の錦になってしまったが、そんなことはどうでもよいことだ。私の故郷の大和の国には、唐錦のような紅葉のうつくしい龍田山があるのだから。

爪木（つまき）おるたよりに見れば片山の松のたえまにかすむ故郷

藤原良経・南海漁父北山樵客百番歌合

〔大意〕薪にする小枝を折ったそのついでに見ると、片山の松の絶え間からなつかしい故郷が霞んで見えるよ。

〔注解〕「爪木」―爪先で折りとることができるほどの枝の意で、薪にする焚火ために折った枝。「たより」―ついでに。

久しう住給はざりける所に帰り渡り給て

時しもあれ秋故郷《ふるさと》を来てみれば庭は野べとも成《なり》にけるかな

公任集（藤原公任の私家集）

〔大意〕時もあろうに、この秋の季節に、故郷に帰って来てみると、私の家の庭は繁った夏草がそのままになって、まるで荒れ果てた野辺のようになってしまったことだよ。

年をへて人はおいぬるふるさとの柳のまゆぞあさみどりなる

香川景樹・桂園一枝拾遺

〔大意〕年が経って人はしだいに老いてしまうが、故郷の柳は、毎年新しい浅緑色の若葉をつけることだ。〔注解〕「柳のまゆ」—柳の葉。

ぬばたまの夜明《よあか》しも船は漕《こ》ぎ行かな御津《みつ》の浜松待ち恋ひぬらむ

作者不詳・万葉集一五

〔大意〕夜明かししてでも船を漕いで行こう。いまごろ御津の浜松は私達が来るのを待ちこがれているだろう。〔注解〕「ぬばたまの」—「夜」に掛かる枕詞。

はなの色はむぐらが庭にうつろひて心にのこる故郷《ふるさと》の春

慈円・南海漁父北山樵客百番歌合

〔大意〕華やかに咲いていた桜の花が、雑草の茂る庭に散って、その景色がいつまでも忘れられずに心に残る故郷の春であるよ。〔注解〕「花」—桜の花。

羇中の月

故郷に思ひいづともしらせばや越《こえ》てかさなる山のはの月

藤原為家・中院詠草

〔大意〕月を見ながら思い出しているよとだけでも、故郷に知らせたいものです。山越えをして、そのさらに向こうの山の端に見える月よ。

泊瀬に詣でて帰さに、飛鳥川のほとりに宿りて侍ける夜、よみ侍ける

故郷に帰《かへ》らむことはあすか川わたらぬさきに淵瀬たがふな

素覚・新古今和歌集一〇（羇旅）

〔大意〕故郷に帰るのは明日のことだろうか。飛鳥川よ、私が渡る前に淵瀬を変えないでください。〔注解〕「あすか川」—「飛鳥川」と「明日」を掛ける。

故郷

故郷のあとはこゝなり草むらをおひせばめたるそのゝたかむら

大隈言道・草径集

〔注解〕「たかむら」―竹藪、竹林。

故郷《ふるさと》の苔の岩橋いかばかりを《お》のれ荒《あれ》ても恋《こひ》わたるらん

後鳥羽院・遠島御百首

〔大意〕故郷の苔の岩橋はどのようになっているだろうか。お前が荒れ果てていても、私は恋しく思い続けることだろう。

故郷《ふるさと》の高まど山にゆきてしが紅葉かざゝむ時はきにけり

賀茂真淵・賀茂翁家集拾遺

〔大意〕故郷の高円山に行って見たいものだ。もう紅葉をかざす時は来てしまった。〔注解〕「かざす（挿頭す）」―①花や枝を髪や冠にさすこと。②飾りつけること。

ふるさとのなつめがもとの萩《はぎ》が花《はな》こぼれにけらし秋風《あきかぜ》の吹《ふ》く

加納諸平・柿園詠草

〔大意〕故郷の夏目の家の棗の木の下の、萩の花は咲きこぼれているだろう。もう秋風が吹いている。〔注解〕「なつめ」―「棗（なつめ）」の木と実家の姓の「夏目」を掛ける。

故郷《ふるさと》の庭のさゆりば玉ちりてほたる飛《とび》かふ夏のゆふ暮

藤原良経・南海漁父北山樵客百番歌合

〔大意〕故郷の庭の百合の葉に玉のような露が散って、蛍が飛び交うこの夏の夕暮ですよ。

故郷の橘

幽斎・玄旨百首

故郷《ふるさと》の軒端《ば》におふる草の名を花橘《たちばな》や香に匂ふらん

〔大意〕故郷の橘の花は、軒端に生える「しのぶ草」のその名のように、昔を偲べとばかりに香りを放っていることだ。〔注解〕「軒端におふる草の名」―しのぶ草。昔のことや人、故郷を偲ぶよすがとして詠まれている。

三井寺に物習ひに入給とて白川に寄り給ひければ花さかり成けるが、帰さには散果にければ

故郷《ふるさと》の花は待《ま》たでぞ散《ちり》にける春よりさきに帰ると思《おも》ふに

公任集（藤原公任の私家集）

〔大意〕故郷の花は私達の来るのを待たずに散ってしま

った。春が過ぎるより先に帰ってきたと思ったのに。

故郷花

故郷の人にゆづりし家桜なほわがもの丶こ丶ろはなれず

大隈言道・草径集

〔大意〕故郷に人に譲った家の桜であるが、いまでもなお、自分のものと思う心が離れないことだ。

故郷《ふるさと》の一むら薄《すすき》いかばかりしげき野原と虫《むし》の鳴《なく》らん

後鳥羽院・遠島御百首

〔大意〕かつて住んでいた都の庭に生えていた一群の薄、今ではどれほどか生い繁って野原のようになり、虫がしきりと鳴いていることだろう。

〔本歌〕君《きみ》がうへ《ゑ》し一群《ひとむら》す丶き虫《むし》のねのしげき野辺《のべ》ともなりにけるかな

御春有助・古今和歌集一六（哀傷）

故郷《ふるさと》の山路やいつと夜な〳〵の月の入《いる》さを見《み》るも悲しき

三条西実隆・再昌草

〔大意〕故郷の山路にいつさしかかるのかと、夜な夜な月の入る様子を見るのも悲しいことだ。

旅の泊り

故郷《ふるさと》の夢やはみえんかぢ枕《まくら》いかにぬるよも浦《うら》風ぞ吹《ふ》く

頓阿・頓阿法師詠

〔大意〕船の中でどのように寝ようとしても、浦風が吹いて目が覚め、なつかしい故郷の夢を見ることができない。〔注解〕「かぢ枕」―船の中で寝ること。

〔本歌〕夜《よひ》ゐ〳〵に枕さだめむ方もなしいかに寝《ね》し夜《よ》かゆめに見えけむ

よみ人しらず・古今和歌集一一（恋一）

ふるさとはとをつ《ほ》の浜《はま》の磯《いそ》まくら山越《こ》えてこそ浪になれぬれ

宗尊親王・文応三百首

〔大意〕故郷は遠く離れて、この遠つの浜で旅寝をしているが、山を越えてきて、もう波にも馴れましたよ。

〔本歌〕山越えて遠津《とほつ》の浜の石《いは》つつじわが来るまでに含《ふふ》みて

あり待て

作者不詳・万葉集七

ふるさとは見し世《よ》にもにずあせにけりいづちむかしの人ゆきにけん

山家心中集（西行の私家集）

〔大意〕故郷は以前に見たときとは似ても似つかないほどに荒れ果ててしまった。いったいどちらへ、昔のあの人は行ってしまっただろうか。

あふみぢをすぎて

ふるさとへゆくひとあらばことづてむけふあふみぢをわれこゑにきと

大愚良寛・布留散東

〔大意〕私の故郷へ行く人がいるなら、伝言を頼みたいものだ。私は今日近江路を越えて無事に旅をしていると。

ふるさとも春《はる》もわかれの関山《せきやま》に花《はな》のみ散《ち》りてあふ人《ひと》もなし

安藤野雁・野雁集

〔大意〕故郷とも春とも別れることになる、この（白河の）関山に来たが、ただ花ばかりが散って逢う人もいないことだ。

古郷《ふるさと》をしのぶの軒に風過《す》ぎて苔のたもとに匂ふ橘《たちばな》

後鳥羽院・遠島御百首

〔大意〕昔住んだ都を偲んでいると、忍ぶ草の生える軒を風が吹き抜けて、（過ぎた昔への思いを募らせるように）この粗末な袂に橘の香りが漂うことだ。

ふるさとを焼野《やけの》が原《はら》とかへりみて末《すゑ》もけぶりの波《なみ》路《ぢ》をぞゆく

平経盛・平家物語七

〔大意〕焼野の原と化した故郷を振り返りながら、私は、行く末も煙のようにはかない波路を渡って行くことだ。

故郷《ふるさと》を別《わかれ》路《ぢ》に生《お》ふる葛の葉の風は吹《ふ》けどもかへる世《よ》もなし

後鳥羽院・遠島御百首

〔大意〕故郷の都を離れて隠岐へ向かう途中に生えている葛の葉に、風が吹きつけて、その葉は裏返しになるけれども、私には都に帰る時もない。〔注解〕「かへる」―「返る」と「帰る」を掛ける。

〔本歌〕

忘《わす》るなよ別《わか》れ路《ぢ》に生《お》ふる葛《くず》の葉《は》の秋風吹《ふ》かば今 帰《かへり》来《こ》む

よみ人しらず・拾遺和歌集六（別）

布留山ゆ直《ただ》に見渡す京《みやこ》にそ寝《い》も寝《ね》ず恋ふる遠からなくに

万葉集九（笠金村歌集）

〔大意〕布留山から直かに見渡すことができる奈良の都を、私は眠りもしないで恋しく思うことだ。遠くもないのに。

へだてきてそなたとみゆる山もなし雲のいづくか故郷《ふるさと》の空《そら》

頓阿・頓阿法師詠

〔大意〕遠く隔てたところに来て、故郷はあの方向かと思える山も見えない。あのなつかしい故郷の空は雲のどのあたりにあるのだろう。

堀江より水脈《みを》さかのぼる楫の音《と》の間《ま》なくそ奈良は恋しかりける

大伴家持・万葉集二〇

〔大意〕堀江の水脈をさかのぼって行く船の櫓の音が絶え間のないように、いつも奈良の都は恋しく思われるよ。

「ま〜わ行」

あづまの方にまかりける道にてよみ侍ける

道のべの草の青葉《あを》に駒とめてな を故郷をかへりみるかな

藤原成範・新古今和歌集一〇（羇旅）

〔大意〕道のほとりで、草の青葉を食べさせようと馬をとめては、私はいつまでも故郷を偲んで振り返ることである。

山川《やまがは》の清き川瀬に遊べども奈良の都は忘れかねつも

作者不詳・万葉集一五

〔大意〕山の中を流れる清らかな川の瀬に遊んでいるが、それでも奈良の都は忘れられないよ。

熊野にまいりてあす出でなんとし侍りけるに、人く、しばしは候ひなむや、神も許したまはじなどいひ侍りけるほどに、音無川のほとりに頭白き鳥の侍りければよめる

山がらすかしらも白《しろ》くなりにけりわがかへるべきときや来《き》ぬらん

増基・後拾遺和歌集一八（雑四）

〔大意〕山烏の頭も白くなったことだ。（燕の太子丹のように）私が故郷に帰れるときが来たのであろうか。
〔注解〕「かしらも白く」―中国の故事で、秦の始皇帝が燕の太子丹を捕え、烏の頭が白くなり馬に角が生えてきたら国に帰してやると言ったところ、そのありえないことが起こり、やむなく帰したという。

大和恋ひ眠《い》の寝《ね》らえぬに情《こころ》なくこの渚崎《すさき》廻《み》に鶴《たづ》鳴くべしや

文武天皇・万葉集一

〔大意〕大和が恋しくて眠れないでいるのに、思いやりもなく、どうしてこの渚の崎のめぐりの所で鶴が鳴いたりするのだろう（ますます大和が恋しくなるではないか）。

倭《やまと》は　国《くに》のまほろば　畳《たた》なづく　青垣《あおかき》　山《やま》ごもれる　倭《やまと》しうるはし

倭建命・古事記（中）

〔大意〕大和は国の最上のところだ。重なり合う青い山々、その山に囲まれている大和は本当に美しい。

故郷

行《ゆき》とまる心を宿《やど》とさだめても猶《なほ》故郷《ふるさと》のかたぞゆかしき

幽斎・玄旨百首

〔大意〕放浪という心を自分の住みかと思い定めたが、それでもやはり故郷というものはなつかしいものだ。
〔本歌〕
世中《よのなか》はいづれか指《さ》してわがならむ行《ゆ》きとまるをぞ宿《やど》とさだむる

よみ人しらず・古今和歌集一八（雑下）

屏風の絵に、旅人の、田刈るをみて

わが宿《やど》の門田の稲《いね》も刈《か》り架《か》けてかへらん駒《こま》のためと待《ま》つらん

安法法師集（安法の私家集）

〔大意〕故郷では門の前の田の稲を刈り取って稲架に架け、私が乗って帰ってくる馬に食べさせるためにと思って、待っているだろう。
〔参考歌〕
我《わ》がかどのひとむら薄《すゝき》刈《か》り飼《か》はん君が手馴《てな》れの駒《こま》も来《こ》ぬ哉《かな》

小野小町姉・後撰和歌集一〇（恋二）

わすれ草《ぐさ》わが紐《ひも》に付く香具山の故《ふ》りにし里を忘れむがため

大伴旅人・万葉集三

〔大意〕わすれ草を私は紐に付ける。香具山の麓にあるなつかしい故郷をしばし忘れるために。〔注解〕「わすれ草」―萱草（かんぞう）。憂きつらいことを忘れる草とされた。

忘《わす》れなむ松《まつ》となつげそ中《なか》くに因幡《いなば》の山の峰の秋風《かぜ》

藤原定家・定家卿百番自歌合

〔大意〕忘れてしまおう（故郷のことは）。私のことを待っているなどとなまじ告げないでくれ、因幡の山の峰の秋風よ。〔注解〕「松」―「待つ」を掛ける。

〔本歌〕

立《たち》わかれいなばの山の峰に生《お》ふる松としきかば今かへりこむ

在原行平・古今和歌集八（離別）

「故郷・古里」への思い

―短歌（近・現代）

国見るも限とおもへば与謝の海うらなつかしき天の橋立

与謝野礼厳・礼厳法師歌集

見も聞きも涙ぐまれて帰るにも心そのこる与謝のふるさと

与謝野礼厳・礼厳法師歌集

§

一夜《ひとよ》ぬる野中のやどにめづらしき湯《ゆ》泉の香よ誘へふるさとのゆめ

森鷗外・うた日記

§

こゝもまた秋やよからん故郷の小倉の山の名をうつしつゝ

伊藤左千夫・伊藤左千夫全短歌

古郷に有けむときに夏ごとに泳き遊べる早川の藤。

伊藤左千夫・伊藤左千夫全短歌

故郷をしぬびて

心解く春の雨かも故国《モトクニ》の蟹つりしけむ河辺しおもほゆ
伊藤左千夫・伊藤左千夫全短歌

故郷の吾家の森は楠若葉椎の若葉に我を待てりけり
伊藤左千夫・伊藤左千夫全短歌

§

ふるさとの野寺の池は田となりてそのかたすみに蓮さきにけり
落合直文・明星

ふるさとの野川は今もながれたりおもへばこゝよ鮒とりしところ
落合直文・明星

§

金州城にて

から山の風すさぶなり故《ふる》さとの隅田《すみだ》の桜今か散るらん
正岡子規・子規歌集

故郷《ふるさと》の老木《おいき》の桜朽《く》ちにけり我《われ》見しよりも三十年《みそとせ》ぞ経《へ》し
正岡子規・子規歌集

御車《みくるま》に供奉《ぐぶ》せし事も夢なれや故郷《ふるさと》の山にひとり菊を植う
正岡子規・子規歌集

故《ふる》さとに我に五反の畑あらば硯《すずり》を焚《た》きて麦うゑましを
正岡子規・子規歌集

故郷を憶ふ

故郷《ふるさと》の御墓《みはか》荒れけん夏草のゑぬのこ草の穂に出《い》づるまでに
正岡子規・子規歌集

古里の御寺見めぐる永き日の菜《な》の花曇《はなぐもり》雨となりけり
正岡子規・子規歌集

§

うつらうつら眠《ねむり》催す馬の上に見えては消ゆる古さとの庭
佐佐木信綱・思草

§

丘陵の芒見ゆるにうれしくて家のことはや思ひ居るかも
島木赤彦・馬鈴薯の花

汽車の戸の雑木の夕日生れたる寂しき国に今かへり来つ
島木赤彦・馬鈴薯の花

まこと我を待ちてありやと冬の木の日ぐれの国のなつかしきからに
島木赤彦・馬鈴薯の花

故《ふる》さとの町の祭にかへり来て軽業《かるわざ》を見るわが子とともに
島木赤彦・氷魚

故さとの稲田のなかの温泉《ゆ》に入りて子どもの足を洗ひわが居り
島木赤彦・氷魚

故郷の田ゐのいで湯の中にして思ひ出でけり昔の人を
島木赤彦・氷魚

故郷の越路《こしぢ》おもへばいと遠し月明らけし草山の上に
島木赤彦・太虚集

§

やみてこやす母ありとおもふ故郷に雪なさそひそ山おろしの風
太田水穂・つゆ艸

ふる里の秋の花野のつゆの岡姉におぼえしその星の名よ
太田水穂・つゆ艸

よひよひの夢に見えつる故郷のこやさながらの並松の山
太田水穂・つゆ艸

秋草を愛しみあはれみふるさとの夕べの野路にたちてわが見し
太田穂・つゆ艸

松原に秋の日和のあたゝかき粟稗のわがはたけ村かな
太田水穂・冬菜

いはけなく我れをとゞむるふる里よ行かねばならぬ旅とおもふに
太田水穂・冬菜

二日ゐてはやくも我れを老いさするこのふる里はいとふべきなり
太田水穂・冬菜

なかなかに曇る冬野のわびしさもこゝろになじめ故里にきて
太田水穂・冬菜

ふる里の野の草枯に山々の明るく澄めばこころ憂きかな
太田水穂・冬菜

ふる里のみ祖《おや》の土にみのりたる米ぞと思ひおしいたゞきぬ
太田水穂・冬菜

故郷早魃

いく日でり田は干あがりて稲草《いなくさ》のいのちもなしといふ手紙なり
太田水穂・冬菜

ふるさとは門田の稲の出穂《でほ》ざかり盆踊り子もそゞめきぬらし
太田水穂・冬菜

§

父君も祖父君《おほちち》も住まれけむ昔のままの家のたふとさ
岡麓・庭苔

§

君やいかに秋のみづうみ波さむき国となりけるわがふるさとよ
岡稲里・朝夕

ふるさとはいよいよ遠く、夕山に雲ゆききして、しづこころなし
岡稲里・朝夕

白雲《しらくも》と柿《かき》の若葉《わかば》と麦《むぎ》の穂《ほ》とあはれわびしきふるさとを見《み》る
岡稲里・早春

君《きみ》よわが近江《あふみ》の国《くに》の初秋《はつあき》のさざなみこそは白《しろ》くみえけめ
岡稲里・早春

わが湖《うみ》よ春《はる》は春《はる》にてさびしけれ彦根《ひこね》の城《しろ》にたちつくし見《み》る
岡稲里・早春

§

故郷（以下二首、同前文）

みちのくの我家《わぎへ》の里《さと》に黒き蚕《こ》が二たびねぶり目ざめけらしも

おきなぐさに脣《くちびる》ふれて帰りしがあはれあはれいま思ひ出でつも
斎藤茂吉・赤光

帰国

かへりこし日本《にほん》のくにのたかむらもあかき鳥居《とりゐ》もけふぞ身に沁《し》む
斎藤茂吉・ともしび

§

故郷に帰りて（以下三首、同前文）

あざむかれまた故郷へ帰りゆく心もとなさ山青むころ
前田夕暮・陰影

春深しわが妻とみるふるさとの大竹藪の春蘭《しゆんらん》の花
前田夕暮・陰影

あはただしく故郷を去る旅人のうしろにかすむ春の山山
前田夕暮・陰影

§

故郷

ふるさとのさびしき村にちやるめらの声きくここち春はくれゆく
田波御白・御白遺稿

病みぬればわが下野《しもつけ》もはるかなり相模の雨になきぬるるかな
田波御白・御白遺稿

死ぬるにはいづくもおなじさはいへどふるさとにかへりて死なまほしけれ
田波御白・御白遺稿

ふと思へば　今日は　故郷の盂蘭盆なり　麻柄《をがら》の煙にのりて　われもゆくべかりにし
田波御白・御白遺稿

§

ふるさとの山の五月《ごぐわつ》の杉の木に斧振る友のおもかげの見ゆ
若山牧水・路上

親も見じ姉もいとはしふるさとにただ檳榔樹《びらうじゆ》を見にかへりたや
若山牧水・路上

ふるさとの尾鈴の山のかなしさよ秋もかすみのたなびきて居り
若山牧水・みなかみ

山川のすがた静けきふるさとに帰り来てわが労《つか》れたるかも
若山牧水・黒松

名はいまは忘れはてたれ顔のみのふるさとびとぞ夢に見え来る
若山牧水・黒松

故郷の渓荒くして砂あらず岩を飛び飛び鮎は釣りにき
若山牧水・黒松

§

十一月は冬の初めてきたるとき故国《くに》の朱欒《ザボン》の黄にみのるとき
北原白秋・桐の花

ふるさとの麦の刈穂のい寝ごごち幼な遊びの声もほめきぬ
北原白秋・桐の花

屋根の草凋れ乾きし日のはてにランプの点《とも》るふるさとの家
北原白秋・白秋全集

萱の根の永き春日も暮れはてゝ鴉啼くなり父母の家
北原白秋・白秋全集

§

垢《あか》じみし袷《あはせ》の襟《えり》よ　かなしくも　ふるさとの胡桃《くるみ》焼《や》くるにほひす
石川啄木・我を愛する歌

病《やまひ》のごと　思郷《しきやう》のこころ湧《わ》く日《ひ》なり　目《め》にあをぞらの煙《けむり》かなしも
石川啄木・煙

ふるさとの訛《なまり》なつかし　停車場《ていしやば》の人《ひと》ごみの中《なか》にそを聴《き》きにゆく
石川啄木・煙

やまひある獣《けもの》のごとき　わがこころ　ふるさとのこと聞《き》けばおとなし

石川啄木・煙

ふと思《おも》ふ　ふるさとにゐて日毎《ひごと》聴きし雀《すずめ》の鳴《な》くを三年《みとせ》聴《き》かざり

石川啄木・煙

ふるさとの　かの路傍《みちばた》のすて石《いし》よ　今年《ことし》も草《くさ》に埋《うづ》もれしらむ

石川啄木・煙

二日前《ふつかまへ》に山《やま》の絵《ゑ》見《み》しが　今朝《けさ》になりて　にはかに恋《こひ》しふるさとの山《やま》

石川啄木・煙

それとなく　郷里《くに》のことなど語《かた》り出《い》でて　秋《あき》の夜《よ》に焼《や》く餅《もち》のにほひかな

石川啄木・煙

かにかくに渋民村《しぶたみむら》は恋《こひ》しかり　おもひでの山《やま》　おもひでの川《かは》

石川啄木・煙

田《た》も畑《はた》も売《う》りて酒《さけ》のみ　ほろびゆくふるさと人《びと》に心寄《こころよ》する日《ひ》

石川啄木・煙

あはれかの我《われ》の教《をし》へし　子等《こら》もまた　やがてふるさとを棄《す》てて出《い》づるらむ

石川啄木・煙

石《いし》をもて追《お》はるるごとく　ふるさとを出《い》でしかなしみ　消《き》ゆる時《とき》なし

石川啄木・煙

ふるさとの　村医《そんい》の妻《つま》のつつましき櫛巻《くしまき》なども　なつかしきかな

石川啄木・煙

汽車《きしや》の窓《まど》　はるかに北《きた》にふるさとの山見《やまみ》え来《く》れば襟《えり》を正《ただ》すも

石川啄木・煙

ふるさとの土《つち》をわが踏《ふ》めば　何《なに》がなしに足軽《あしかろ》くなり心重《こころおも》れり

石川啄木・煙

ふるさとに入《い》りて先《ま》づ心傷《こころいた》むかな　道広《みちひろ》くなり橋《はし》もあたらし

石川啄木・煙

ふるさとの停車場路《ていしやばみち》の　川《かは》ばたの　胡桃《くるみ》の下《した》に小《こ》石拾《いしひろ》へり

石川啄木・煙

ふるさとの山《やま》に向《むか》ひて　言《い》ふことなし　ふるさとの
山《やま》はありがたきかな
石川啄木・煙

ふるさとの空遠《そらとほ》みかも　高《たか》き屋《や》にひとりのぼりて
愁《うれ》ひて下《くだ》る
石川啄木・秋風のこころよさに

ふるさとの寺《てら》の御廊《みらう》に　踏《ふ》みにける　小櫛《をぐし》の蝶《てふ》を夢《ゆめ》
にみしかな
石川啄木・秋風のこころよさに

はたはたと黍《きび》の葉《は》鳴《な》れる　ふるさとの軒端《のきば》なつかし
秋風《あきかぜ》吹《ふ》けば
石川啄木・秋風のこころよさに

旅《たび》の子《こ》の　ふるさとに来《き》て眠《ねむ》るがに　げに静《しづ》かにも
冬《ふゆ》の来《き》しかな
石川啄木・秋風のこころよさに

ふるさとの　麦《むぎ》のかをりを懐《なつ》かしむ　女《をんな》の眉《まゆ》にこ
ころひかれき
石川啄木・忘れがたき人人

今日《けふ》もまた胸《むね》に痛《いた》みあり。死《し》ぬならば　ふるさとに
行《ゆ》きて死《し》なむと思《おも》ふ。
石川啄木・悲しき玩具

§

ほとほとに身の貧しさにありわびてわがふる里を思
ふこと多し
古泉千樫・青牛集

貧しさに堪へつつおもふふるさとは柑類《かうるゐ》の花いまか
咲くらむ
古泉千樫・青牛集

ふるさとにわれは旅びと朝露につみて悲しき螢草のはな
古泉千樫・青牛集

ふるさとに父をおくりて朝早み両国橋をあゆみてかへる
古泉千樫・青牛集

みやこべを久に出できてこの雪にふるさと近き山み
ち行くも
古泉千樫・青牛集

ふるさとに旅には来つれたなひらに節分の豆をかぞ
へならべぬ
古泉千樫・青牛集

ふるさとの山の地酒に吾れ酔ひて秘むべきことも語
りけらしも
古泉千樫・青牛集

ふるさとに父は老いたりよき牛を今は痩せさすその

よき牛を

ふるさとへこの山くだる碕《さき》の上のふたもと杉に朝日てりたり
古泉千樫・青牛集

富士白くけさは晴れたりふる里へ下《お》りゆく碕の杉の木ぬれに
古泉千樫・青牛集

朝はれて山はあかるしふる里へはたこのたびも帰らざるべき
古泉千樫・青牛集

ふるさとの山山たかくあざやかに朝日に照れりわれは遊ぶに
古泉千樫・青牛集

雨水のたぎち渓水ここにしてわがふるさとにむかひて落つる
古泉千樫・青牛集

吾児つれて木苺とりに来りけりわがよく知れるこの山の沢に
古泉千樫・青牛集

うちわたす山裾遠くわが家はまともにを見ゆ日のてるなかに
古泉千樫・青牛集

帰省

朝日てる青葉若葉の山山よ斯くし匂へり吾れの見ぬ日もけるかも
古泉千樫・青牛集

たまたまにこの古里にかへり来て今日し飲井《のみゐ》を浚ひけるかも
古泉千樫・青牛集

小夜時雨ふりくる音のかそけくもわれふる里に住みつくらむか
古泉千樫・青牛集

川上のこの道ゆきてふるさとの清澄山に今宵わが寝む
古泉千樫・青牛集

秋深きこのふるさとに帰り来りすなはち立てり柿の木の下に
古泉千樫・青牛集

ふるさとの秋も寒くぞなりにける門の蕎麦畑に雨のふりつつ
古泉千樫・青牛集

冬日かげ一日あたるふるさとの広き縁がはを思ひつつあはれ
古泉千樫・青牛集

節分の豆を撒く夜に泊りたるふるさとびとのしたしかりけり
古泉千樫・青牛集

つちがへるとのさまがへるひきがへる鳴く音分くまで里なれにけり
古泉千樫・青牛集

ふるさとのこの春雨にあさみどりぬれたる山を見つつ別れむ
古泉千樫・青牛集

ふるさとの最も高き山の上に青き草踏めり素足になりて
古泉千樫・青牛集

この雨の今日はしづかに降るらむをわれは立ち行くこの古里を
古泉千樫・青牛集

すこやかに朝日てりわたるふるさとみち山白菊の花さかりなり
古泉千樫・青牛集

§

鎌倉の七つの谷の秋ふかし君のふるさとわれのふるさと
吉井勇・河原蓬

§

月を見て故郷《くに》恋ひごころ我れのする秋の初夜《はつよ》の物のかなしさ
中村憲吉・しがらみ

かへり来て夜のすずしさ山がはに星ぞらを浸《ひた》すこの国原は
中村憲吉・軽雷集

ふるさとの山がはの町は夜霧して空にいざよふ十日余《まり》の月
中村憲吉・軽雷集

少年のわれ山河《やまかは》に親しみて此処に学べり二十年《はたとせ》まへは
中村憲吉・軽雷集

ふるさとの雪谷川《ゆきたにがは》の粗《あら》みづに若みづを汲むいく年振《とせぶり》ならむ
中村憲吉・軽雷集

§

青松山《あをまつやま》しらゆきふりて静かなるこのふるさとにいつか帰らむ
土屋文明・放水路

弟《おとうと》にわれとやま水をのみけりとおもふ谷にも雪ふりてみゆ
土屋文明・放水路

朝鳥の光みだして立ちぐくを見つつし思ふふるさとにあり
土屋文明・放水路

故里《ふるさと》をこひつつ寐《い》ねし朝《あさ》あけて南甘楽《みなみかむら》の谷へ入《い》りゆく
土屋文明・放水路

梅雨《つゆ》になる雨ふりいでて道芝《みちしば》の穂《ほ》の立つ故里《ふるさと》にかへ

り来にけり
土屋文明・ゆづる葉の下

故郷《ふるさと》の山の写真を引きのばし雲ある空に恋ひつつぞ居《ゐ》る
土屋文明・ゆづる葉の下

二月十五日帰省

この谷を永久《とは》の泉《いづみ》と思ふにもオランダ芥子《がらし》来てはびこりにけり
土屋文明・ゆづる葉の下

黒き小豆《あづき》しきりに故郷《ふるさと》を思はしめ行きすぎがたし今《いま》須《す》より山中《やまなか》
土屋文明・ゆづる葉の下

明時《あかとき》に二度《ふたたび》なけるほととぎす故里《ふるさと》の山に吾は目ざめゐる
土屋文明・ゆづる葉の下

故里をおもふ（以下二首、同前文）

頬被《ほほかむ》りして夕暮の野良《のら》かへる我が姿思ふだけで心安まる
土屋文明・青南集

ふらふらと出でて来りし一生《ひとよ》にてふらふらと帰りたくなることあり
土屋文明・青南集

代々《よよ》のみ墓かく保たれて故郷《ふるさと》を思ひ給ひし心もしるし
土屋文明・続青南集

§

日の下になびく萱《かや》の穂つばらかにわが故里《ふるさと》の丘《をか》おもひ出づ
土田耕平・青杉

榛原《はりはら》に鴉《からす》群れ啼《な》く朝曇り故里《ふるさと》さむくなりにけむかも
土田耕平・青杉

蛙鳴かぬ島にし住めばこの頃のそぼ降る雨夜ふるさとを思ふ
土田耕平・青杉

しぐれ来る音まばらなり目をとぢてすなはち憶ふ故里の山
土田耕平・青杉

人より栗を送られしに

置火もてただに焼き食む栗の実の甘さは何と故里のもの
土田耕平・青杉

故里の和田峠路を越えゆきて君が里べに栗拾はましを
土田耕平・青杉

遠山の野火見るころとなりにけりわが故里《ふるさと》の山も焼くらむ
土田耕平・斑雪

§

甥《をひ》つれてひと日あそべりふるさとのくらしは我を誘《いざな》ふごとし
大熊長次郎・蘭奢待

§

飯豊《いひとよ》の王《みこ》が宮居のあとどころいやしからずよわが生《あ》れし村
前川佐美雄・天平雲

ふるさとの土に咲く冬の 菫《すみれ》 ぐさいとけなき日のむらさきや濃《こ》き
前川佐美雄・天平雲

ふるさとの川の流れの眼《め》に見ゆれ黄なる菜種《なたね》がところどころ映り
前川佐美雄・天平雲

§

除虫菊植ゑつづきたる故里《ふるさと》の海辺の村を恋ひつつ眠る
渡辺直己・渡辺直己歌集

§

目庇《まかげ》してふり放《さ》け見れど故郷《ふるさと》や国のまほろば大和し杳《とほ》し
宮柊二・群鶏

ふるさとの盆《ぼん》の 祭《まつり》 に離《さか》りつつ今宵《こよひ》酒飲む孤《ひと》りを見るな
宮柊二・晩

ふるさとは影置く紫蘇も桑の木も一様《いちやう》に寂し晩夏のひかり
宮柊二・多く夜の歌

腹に引く朱《しゆ》のなめらかに太りたるふるさとの鮎食ひつつかなし
宮柊二・多く夜の歌

赤き柿食へば歯に沁みおもほゆる雪乱れ降るわれがふるさと
宮柊二・藤棚の下の小室

ふるさとに行くこともなし魚野川《うをのがは》越後三山夢に見をれど
宮柊二・純黄

「故郷・古里」への思い

——俳句（近世～現代）

古郷《こきやう》へは錦のまもり肌に付《つけ》て
正友・談林十百韻

§

ふる里は童部《わらべ》の時の樗《あふち》かな
尚白・孤松

§

長崎に旅寐のころ

ふるさとも今はかり寐《ね》や渡りどり
去来・去来発句集

§

故郷《ふるさと》は娘の成《なる》やわか楓《かへで》
許六・末若葉

§

綿《わた》ぬいて古郷《こきやう》へ返す思ひ哉
涼菟・簗普請

月は百代の過客にして、我もまた旅人也。
去し冬は、杭瀬川の氷に、硯を扣て年のご

とし。其あら玉をあらたまりて、宮古の筆をねぶりぬ。たゞ広野にあそぶ駒の蜘の為に繋がれて、暮次第也

忘《わす》れ難《がた》し古郷《ふるさと》の餅《もち》に年暮《くれ》ぬ　涼菟・簗普請

§

名所月

小《こ》くらから古郷《こきやう》の月や明石潟《がた》　其角・五元集

§

古郷《こきやう》にも我レもいたゞく秋の月　鬼貫・俳諧大悟物狂

§

かの東皐にのぼれば

花いばら古郷《こきやう》の路《みち》に似《に》たる哉　蕪村・蕪村句集

故郷《ふるさと》や酒はあしくとそばの花　蕪村・蕪村句集

故里《ふるさと》の坐頭《ざとう》に逢ふや角力取《すまひとり》　蕪村・蕪村遺稿

§

相模国片瀬の里に春をむかへ、江の島山に神路山を思ひ寄て。

ふるさとの伊勢なを恋し初日かげ　樗良・樗良発句集

ふるさとへ戻りてみたるやなぎ哉　樗良・樗良発句集

太中庵にて

古郷のおもひにしぐれ聞夜哉　樗良・樗良発句集

§

国を辞して九年の春、都を出て一とせの秋。

われが身に故郷ふたつ秋の暮　大魯・蘆陰句選

§

日ぐらしのなけばつら〱古郷を思ふ　暁台・暁台句集

§

杜宇《ほととぎす》古郷をめぐる夢ぞきく　青蘿・青蘿発句集

§

古《ふる》さとや老の寐ざめに出《いづ》る月　士朗・枇杷園句集

§

病中吟

春の雨心はぬれて古郷《ふるさと》へ　乙二・松窓乙二発句集

上野にて

古郷《ふるさと》にくらぶれば散さくらかな　乙二・松窓乙二発句集

酒田にて

古郷《ふるさと》をおもはぬふりぞ粽とく　乙二・松窓乙二発句集

§

我里《(わがさと)》はどうかすんでもいびつなり　一茶・七番日記

初雪や古郷《(ふるさと)》見ゆる壁の穴　一茶・文化句帖

心からしなのの雪に降られけり　一茶・文化句帖

寝ならぶやしなのの山も夜《(よる)》の雪　一茶・文化句帖

十二月廿四日　古郷ニ入る

是《(これ)》がまあつひの栖《(すみか)》か雪五尺　一茶・句稿消息

ほちやほちやと雪にくるまる在所《ざいしよ》哉　一茶・句稿消息

古郷は蠅迄《まで》人をさしにけり　一茶・おらが春

§

浪化にて。そのかみ三とせがほど住しが、
こたび又こゝに杖をとゞめて

親しさの古さとぶりや芦に厂　梅室・梅室家集

§

天の川故郷の空に傾きぬ　内藤鳴雪・鳴雪句集

§

ふるさとに飯のすゝみや南瓜汁　菅原師竹・菅原師竹句集

§

終りの冬

行年《ゆくとし》を故郷人《ふるさとびと》と酌《く》みかはす　正岡子規・子規句集

故郷《ふるさと》やどちらを見ても山笑ふ　正岡子規・子規句集

夏木立故郷《ふるさと》近くなりにけり　正岡子規・子規句集

故郷《ふるさと》にわが植ゑおきし柳哉　正岡子規・子規句集

金州にて

故郷の目に見えてたゞ桜散る　正岡子規・子規句集

松山

故郷はいとこの多し桃の花　正岡子規・子規句集

五月金州にて

花盛故郷や今衣《ころも》がへ　正岡子規・子規句集

ふるさとや親すこやかに鮓《すし》の味　正岡子規・子規句集

故郷《ふるさと》の大根うまき亥子《いのこ》哉　正岡子規・子規句集

§

故郷を舞ひつゝ出づる霞かな　夏目漱石・漱石全集

名月や故郷遠き影法師　夏目漱石・漱石全集

萩に伏し薄にみだれ故里は　夏目漱石・漱石全集

いたづらに菊咲きつらん故郷は　夏目漱石・漱石全集

菊の香や故郷遠き国ながら　夏目漱石・漱石全集

古里に帰るは嬉し菊の頃　夏目漱石・漱石全集

§

里心麦にふかれて戻るなり　河東碧梧桐・碧梧桐句集

淋しさも不時の帰省や蕎麦の花　河東碧梧桐・碧梧桐句集

§

ふるさとの月の港をよぎるのみ　高浜虚子・五百句

麗《うらら》かにふるさと人と打ちまじり　高浜虚子・六百句

ふるさとに防風摘みにと来し吾《われ》ぞ　高浜虚子・六百句

ふるさとの此松伐《き》るな竹伐るな　高浜虚子・七百五十句

月落つる西の空我が古里と　高浜虚子・七百五十句

ふるさとの人みな子規の月の友　高浜虚子・慶弔贈答句抄

§

我が郷の富士といふ山初日かな　岡本癖三酔・癖三酔句集

§

ふるさとの山見えねども魂祭　臼田亜浪・旅人

ふるさとや炬燵ごもりも一夜二夜　臼田亜浪・旅人

§

古郷に老いて川音しぐれけり　鈴木花蓑・鈴木花蓑句集

§

年とれば故郷こひしいつくつくぼうし　種田山頭火・草木塔

ふるさとは遠くして木の芽　種田山頭火・草木塔

雨ふるふるさとははだしであるく　種田山頭火・草木塔

ほうたるこいこいふるさとにきた　種田山頭火・草木塔

おもひでは汐みちてくるふるさとのわたし場　種田山頭火・草木塔

ふるさとの水をのみ水をあび　種田山頭火・草木塔

彼岸花さくふるさとはお墓のあるばかり　種田山頭火・草木塔

ほろにがさもふるさとの蕗のとう　種田山頭火・草木塔

ふるさとはあの山なみの雪のかがやく　種田山頭火・草木塔

ふるさとの土の底から鉦たたき　種田山頭火・草木塔

ふつとふるさとのことが山椒の芽　種田山頭火・草木塔

ふるさとはちしやもみがうまいふるさとにゐる　種田山頭火・草木塔

ふりかへるふるさとの山は野は暮る、　種田山頭火・層雲

なつかしやふるさとの空雲なけれ　種田山頭火・層雲

ふる郷の小鳥啼く一木撫でてみる　種田山頭火・層雲

ふるさとはみかんのはなのにほふとき　種田山頭火・層雲

うまれた家はあとかたもないほうたる　種田山頭火・層雲

ふるさとの山見つめてあれば鐘鳴る　種田山頭火・定本種田山頭火全集

海よ海よふるさとの海の青さよ
種田山頭火・定本種田山頭火全集

ふるさとの水音踏み歩きけり
種田山頭火・定本種田山頭火全集

焚火よく燃えふるさとのことおもふ山
種田山頭火・定本種田山頭火全集

ふる郷忘れがたい夕風が出た
種田山頭火・定本種田山頭火全集

いちにち雨ふり故郷のこと考へてゐた
種田山頭火・定本種田山頭火全集

ふる郷の言葉なつかしう話しつゞける
種田山頭火・定本種田山頭火全集

ふる郷ちかい空から煤ふる
種田山頭火・定本種田山頭火全集

冬空のふる郷へちかづいてひきかへす
種田山頭火・定本種田山頭火全集

ふりかへるふるさとの山の濃き薄き
種田山頭火・定本種田山頭火全集

ふるさと恋しいぬかるみをあるく
種田山頭火・定本種田山頭火全集

旅の人としふるさとの言葉をきいてゐる
種田山頭火・定本種田山頭火全集

ふるさとの夢から覚めてふるさとの雨
種田山頭火・定本種田山頭火全集

ふるさとの言葉のなかにすわる
種田山頭火・定本種田山頭火全集

ふるさとの夜がふかいふるさとの夢
種田山頭火・定本種田山頭火全集

汲みあげる水のぬくさも故郷こひしく
種田山頭火・定本種田山頭火全集

ふるさとはからたちの実となつてゐる
種田山頭火・定本種田山頭火全集

遠雷すふるさとのこひしく
種田山頭火・定本種田山頭火全集

こゝからふるさとの山となる青葉
種田山頭火・定本種田山頭火全集

ふるさとの山にしてこぼるゝは萩
種田山頭火・定本種田山頭火全集

ほろにがさもふるさとにしてふきのとう
種田山頭火・定本種田山頭火全集

ふるさとの或る日は山蟹とあそぶこともして
種田山頭火・定本種田山頭火全集

ふるさとや茄子も胡瓜も茗荷もトマトも
種田山頭火・定本種田山頭火全集

酔うてふるさとで覚めてふるさとで
種田山頭火・定本種田山頭火全集

落葉松落葉まどろめばふるさとの夢
種田山頭火・定本種田山頭火全集

あれはふるさとの山なみか雪ひかる
種田山頭火・定本種田山頭火全集

ふるさとは忘れられない石蕗の花よ
種田山頭火・定本種田山頭火全集

何の草ともなく咲いてゐてふるさとは
種田山頭火・定本種田山頭火全集

§

郷国の秋ふけやすし墓参り
吉武月二郎・吉武月二郎句集

ふるさとに雪つむ宿りかさねけり
吉武月二郎・吉武月二郎句集

日の下に神の眠りの故山かな
吉武月二郎・吉武月二郎句集

ふるさとの子等に銭やる年賀かな
吉武月二郎・吉武月二郎句集

§

蜩鳴きしきるや故里に似た山家
北原白秋・竹林清興

§

ふるさとの雪に我ある大炉かな
飯田蛇笏・山廬集

浪々のふるさとみちも初冬かな
飯田蛇笏・山廬集

ふるさとの夜半降る雪に親しめり
飯田蛇笏・椿花集

§

故郷や瓜も冷して手紙書く
長谷川零余子・雑草

§

おけら鳴く夜をふるさとにある心
原石鼎・花影

今市俳句会にて留別

故郷去るや眼に一瞥す紙鳶
原石鼎・花影

§

掌がすべる白い火鉢よふるさとよ
中塚一碧楼・一碧楼一千句

ふるさと

青田の中白雲のひゞき地に入る
中塚一碧楼・一碧楼一千句

ふるさと備中をおもふに麦秋の杜の端のいろ
中塚一碧楼・一碧楼一千句

故郷の水の味昼千鳥なく　中塚一碧楼・はかぐら

§

麦の夜風のなまぬくき故里へ病んで戻る　大橋裸木・人間を彫る

雀の声の故里のそこここへ土産を分ける　大橋裸木・人間を彫る

ここ故里のひとところの眠り草かな　大橋裸木・人間を彫る

寒ン晴れの故里に戻り芋粥に喉やく　大橋裸木・人間を彫る

§

ふるさとの沼のにほひや蛇苺　水原秋桜子・葛飾

ふるさとや馬追鳴ける風の中　水原秋桜子・葛飾

§

大陸晩秋

月祀る軍属は風流祖国《くに》遠く　山口青邨・雪国

古里は霜のみ白く夜明けたり　山口青邨・花宰相

§

ふるさとの山仰ぐ眼に霰落つ　横光利一・横光利一句集

ふるさとに芒なびきて霰来る　横光利一・横光利一句集

ふるさとを遠ざかりたる氷かな　横光利一・横光利一句集

§

ふるさとの春暁にある厠かな　中村草田男・長子

蚊帳へくる故郷の町の薄あかり　中村草田男・長子

郷愁は梅雨の真昼の鶏鳴くとき　中村草田男・火の島

§

松山市に到る。

汝《な》が故郷《ふるさと》とく見よとてや西日展《の》ぶ　中村草田男・母郷行

夜目に故郷の土の白さよ暑さ厚く　中村草田男・母郷行

夏埃立ちては故郷の地へ落つる　中村草田男・母郷行

ここ故郷裸女ゐさらひの下かげ瑠璃　中村草田男・母郷行

松前町海岸の入江を訪ふ。ここは、母との生活の、最初の記憶の地なり、その頃の住居現存す。

わが故屋《ふるや》海の端《は》百日紅も亦　中村草田男・母郷行

わが故屋《ふるや》うつつの簾を爪掻きぬ　中村草田男・母郷行

§

ふるさとや石垣歯朶に春の月　芝不器男・不器男句集

ふるさとを去ぬ日来向ふ芙蓉かな　芝不器男・不器男句集

ふるさとの幾山垣やけさの秋　芝不器男・不器男句集

§
ふるさとに東京の名や雁わたる
加藤楸邨・雪後の天

§
つまだちて見るふるさとは喜雨の中
加藤楸邨・雪後の天

§
新涼の眼にふるさとは黍がくれ
高橋馬相・秋山越

§
夜々ひとり雪解の信濃おもふなり
石橋辰之助・山暦

§
ふるさとや春の驟雨の馬車の中
石田波郷・惜命

「短歌俳句愛情表現辞典」男歌（終）

女歌

「恋」の思い——女歌

「恋」の思い

—短歌（古代〜近世）

「あ」

暁のしぎの羽《はね》がき百羽《もゝは》がき君がこぬ夜は我ぞかずかく

よみ人しらず・古今和歌集一五（恋五）

〔分類〕恋「逢うことも間遠になって」の歌。〔大意〕暁の鴫は「百羽がき」というように数多く羽ばたくといいますが、あなたのいらっしゃらない夜は、あなたを待ち続ける私こそが数とりの数をたくさん書きしるすことです。〔注解〕「かずかく」—「数書く」と鴫が羽ばたく意の「掻く」を掛ける。

秋風にあふたのみこそ悲《かな》しけれわが身むなしくなりぬとおもへば

小野小町・古今和歌集一五（恋五）

〔分類〕恋「心の秋」の歌。〔大意〕冷たい秋風にあった田の実（稲穂）はどうにもならないが、あの人の「飽き風」に逢った私の頼みの心こそ悲しいことだ。田の実も中が空であるように、わが身もむなしくなってしまうと思うと。〔注解〕「秋風」—「飽き」を掛ける。「たのみ」—「頼み」と「田の実」を掛ける。「わが身」—「身」と「実」を掛ける。「むなしく」—「空（から）」の意を掛ける。

磐姫皇后、天皇を思ひたてまつる御作歌

秋の田の穂の上《へ》に霧《き》らふ朝霞《あさかすみ》何処辺《いづへ》の方《かた》にわが恋ひ止まむ

磐姫皇后・万葉集二

〔大意〕秋の田の穂の上に立ちこめる朝霞が消えていくように、どちらの方に行ったら私の恋は止むのだろうか。〔注解〕「朝霞」—万葉集では「霞」は春・秋ともに詠まれている。

秋の夜も名のみなりけり逢《あ》ふといへば事ぞともなく明《あ》けぬるものを

小野小町・古今和歌集一三（恋三）

〔分類〕「契りを結んで後になお慕い思う恋」の「まれに逢う夜は」の歌。〔大意〕秋の夜は長いというが、それも名前だけのことでありましたよ。恋しい人に逢うとなると、これというほどもなく、すぐに明けてしまいますのに。
〔参考歌〕
秋の夜を長しと言へど積《つも》りにし恋を尽《つく》せば短くありけり
作者不詳・万葉集一〇

朝霧のおぼに相見し人ゆゑに命死ぬべく恋ひわたるかも
笠女郎・万葉集四
〔大意〕朝霧のようにちらっとお逢いしただけの人なのに、命が絶えるばかりに恋しく思いつづけています。
〔注解〕「おぼに」――はっきりしないこと。

笠女郎の大伴宿禰家持に贈る歌
朝ごとにわが見る屋戸《やど》の瞿麦《なでしこ》の花にも君はありこせぬかも
笠女郎・万葉集八
〔大意〕朝がくるたびに私が見る庭先のナデシコの花が、あなたであったならよいのに。

朝戸出の君が姿をよく見ずて長き春日《はるひ》を恋ひや暮さむ
作者不詳・万葉集一〇
〔大意〕朝、戸を開けて出ていったあなたの姿をよく見なかったので、春の長い一日を、私はあなたのことを恋しく思って暮らすでしょう。

朝寝髪われは梳《けづ》らじ愛《うつく》しき君が手枕《たまくらふ》触れてしものを
作者不詳・万葉集一一
〔大意〕朝の寝起きの髪を櫛けずることはしますまい。枕にしていた愛しいあなたの手が触れたものですから。

題知らず
あしひきの山下《した》風も寒《さむ》けきに今宵《こよひ》も又や我《わ》がひとり寝《ね》ん
よみ人しらず・拾遺和歌集一三（恋三）
〔注解〕「あしひきの」――山の枕詞。「山下風」――山から吹き下ろす風。
〔参考歌〕
あしひきの山の下風《あらし》は吹かねども君なき夕《よひ》はかねて寒しも
作者不詳・万葉集一〇

葦辺《あしべ》より満ち来《く》る潮のいやましに思へか君が忘れかねつる
山口女王・万葉集四
〔大意〕葦辺の生える岸辺から満ちてくる潮のように、

あなたへの恋しさがいよいよ増してくるからか、あなたを忘れようと思っても忘れられないでいます。

あすしらぬ命《いのち》をぞ思《おも》ふを（お）のづからあらば逢《あ》ふよを待《ま》つにつけても

殷富門院大輔・新古今和歌集一二（恋二）

〔分類〕「片思い」の歌。〔大意〕明日をも知らない命が悲しく思われてならない。万一でも、生きていれば逢う時もあるかもしれないと、心待ちに思うにつけても。

〔本歌〕

いかにしてしばし忘《わす》れん命《いのち》だにあらば逢《あ》ふよのありもこそすれ

よみ人しらず・拾遺和歌集一一（恋一）

藤井連の任を遷さえて京に上る時に、娘子の贈る歌

明日よりはわれは恋ひなむ名欲《なほり》山石《いはふ》踏み平《なら》し君が越え去《い》なば

作者不詳・万葉集九

〔大意〕明日からは私はあなたのことを恋しく思うことでしょう、名欲山の岩を踏みならしてあなたが越えて去っていかれたならば。

人を恨みてよめる

あぢきなく過《す》ぐる月日ぞ恨《うら》めしきあひ見し程をへだつと思《おも》へば

大中臣輔弘女・金葉和歌集八（恋下）

〔大意〕逢えずにやるせなく過ぎる月日が恨めしい。あなたに逢ったあの時を遠ざけていくのかと思うと。

〔参考歌〕

立ちかはる春の霞ぞ恨めしき逢ひ見ぬ年をへだつと思へば

大進・永久百首

返事せぬ女のもとにつかはさんとて、人のよませ侍ければ、二月許によみ侍ける

跡《あと》をだに草のはつかに見てしかな結《むす》ぶばかりのほどならずとも

和泉式部・新古今和歌集一一（恋一）

〔分類〕「若草に寄せて」の「見る恋」の歌。〔大意〕せめて便りだけでも、若草がわずかに萌え出るように、一目見たいものだ。草がやがて葉先を結ぶようには、あなたと契りを結ぶとはゆかないまでも。〔注解〕「跡」—筆跡。たより。

相思《あひおも》はぬ人をやもとな白栲《しろたへ》の袖ひづまでにねのみし泣くも

山口女王・万葉集四

〔大意〕思い合っているのでもないあの人を、ただ無性に白栲の袖の濡れるまで泣いて恋い慕っています。

あひにあひて物思《おもふ》ころのわが袖《そで》にやどる月さへ濡《ぬ》るゝ顔《がほ》なる

伊勢・古今和歌集一五（恋五）

〔分類〕恋「わが身は」の歌。〔注解〕「あひにあひて」—たびたび逢うこと。「やどる」—映る。「濡るゝ顔」—涙に濡れた顔。月を擬人化する。

逢《あ》ひ見ての後《のち》つらからば世《よ》ゝをへてこれよりまさる恋にまどはん

皇后宮式部・金葉和歌集七（恋上）

〔大意〕お逢いした後も、このようにあなたがつれないのならば、私はこの先ずっと、今よりもつらい恋に悩むことになるでしょう。

相見ぬはいく久《ひさ》さにあらなくにここだくわれは恋ひつつもあるか

大伴坂上郎女・万葉集四

〔大意〕互いに逢わないのはそんなに長いあいだでもないのに、こんなにもひどく、私は恋しく思い続けているのか。

〔参考歌〕逢《あ》ひ見ては幾久《いくひさ》さにあらねども年月のごとおもほゆる哉《かな》

柿本人麻呂・拾遺和歌集一二（恋二）

あひ見《み》ぬも憂《う》きもわが身のから衣 思《おもひ》しらずも解《と》くるひも哉

因幡・古今和歌集一五（恋五）

〔分類〕恋「わが身悲しも」の歌。〔大意〕お逢いしないのもつらいのも、すべて我が身が原因だが、そんな私の思いも知らないで解ける唐衣の下紐であることよ。〔注解〕「から衣」—「唐衣」と理由の意の「から」を掛ける。

逢《あ》ふことのあけぬ夜《よ》ながら明《あ》けぬればわれこそ帰《かへ》れ心やはゆく

伊勢・新古今和歌集一三（恋三）

〔分類〕「逢はずして帰る恋」の歌。〔大意〕あなたに逢うこともなく、夜中の思いのままで夜が明けてしまったので、私の体は帰っても、心は帰るものですか。

公資に相具して侍りけるに、中納言定頼忍びて訪れけるを、隙なきさまをや見けむ、絶え間がちにおとなひ侍りければよめる

逢《あ》ふことのなきよりかねてつらければさてあらましにぬるゝ袖《そで》かな

相模・後拾遺和歌集一一（恋二）

〔大意〕あなたにお逢いできず、以前からつらい気持でおりますので、今からこの恋がどうなるかと思うと、涙に濡れてしまう袖です。

あふことはしのぶの衣あはれなどまれなる色に乱《みだれ》そめけん

藤原定家・定家卿百番自歌合

〔大意〕逢うことを忍ぶという、この信夫摺りの衣は、逢うことも稀なあの人のせいで、ああ、どうして見るも稀なる涙の色に乱れ染まり初めたのだろう。

成資朝臣大和守にて侍りける時、物言ひわたり侍けり、絶えて年へにけるのち宮にまいりて侍りける車に入れさせて侍りける

あふことをいまはかぎりと三輪《みわ》の山杉《やますぎ》のすぎにしかたぞ恋しき

陸奥・後拾遺和歌集一三（恋三）

〔大意〕逢うのはこれで最後と思うにつけ、三輪山の「杉」の名のように、あなたが大和守であったころの「過ぎ」た日々が恋しく思われます。

中納言源昇朝臣の、近江介に侍ける時、よみて、遣れりける

相坂《あふさか》の木綿《ゆふ》つけ鳥《どり》にあらばこそきみが行《ゆ》き来をなく〳〵も見め

閑院・古今和歌集一四（恋四）

〔分類〕「契りを結んで後になお慕い思う恋」の「離れ行く人を思う恋」の歌。〔大意〕もし私が「逢う」という名の逢坂の関の木綿つけ鳥であるならば、鳴きながらでもそこを往来するあなたを見ることができましょうが、それができない私はただ泣きつづけるだけです。

天雲の遠隔《そきへ》の極《きはみ》遠けども情《こころ》し行けば恋ふるものかも

丹生女王・万葉集四

〔大意〕遠ざかる雨雲の行き先にいるあなたの所は遠いけれど、心は遠くても通うことができるので、恋しく思うものなのですね。

あまの刈《か》る藻《も》にすむ虫《むし》の我からと音《ね》をこそなかめ世をばうら見じ

藤原直子・古今和歌集一五（恋五）

〔分類〕恋「わが身悲しも」の歌。〔大意〕漁師の刈り取る藻にすむ虫の「われから」の名のように「我が身ゆえに…」と声を出して泣きましょう。浦を見るようにあの人の心を詮索して恨むことはしません。〔注解〕「我から」―甲殻類の「割殻」と「我から」を掛ける。「うら見」―「浦見」と「恨み」を掛ける。

海人《あま》のすむ里《さと》のしるべにあらなくにうら見むとのみ人のいふらん

小野小町・古今和歌集一四（恋四）

〔分類〕「契りを結んで後になお慕い思う恋」の「ひたすらに慕うわが恋」の歌。〔大意〕私は漁師の住む里の案内人でもないのに、浦を見たいと人が尋ねてくるようにまとはずれなのに、どうして私を恨みますよとばかりあの人は言うのであろうか。〔注解〕「うら見む」―「浦見む」と「恨みむ」を掛ける。

海小船《あまをぶね》泊瀬《はつせ》の山に降る雪の日《け》長く恋ひし君が音《おと》そする

作者不詳・万葉集一〇

〔大意〕長い間恋い慕い続けていたわが君がおいでになる音がする。〔注解〕「海小船～降る雪の」―ここまで序。

忍びて物思ひける頃よめる

あやしくもあらはれぬべきたもとかな忍《しの》び音《ね》にのみ泣《な》くと思《おも》ふを

和泉式部・後拾遺和歌集一四（恋四）

〔大意〕不思議なことに、恋に悩んでいることが袂に顕れてしまいそうです。声をおさえて泣いていたと思うのに。

あやしくも心のうちぞみだれ行《(ゆく)》物おもふ身とはならじと思ふに

永福門院・永福門院百番御自歌合

〔大意〕奇妙なことに、心の内が乱れてゆく。私だけは恋の物思いにわずらう身とはなるまいと心に決めていたのに。

あやふしと見《み》ゆるとだえの丸橋《まろはし》のまろなどかゝる物思《ものおも》ふらん

相模・後拾遺和歌集一四（恋四）

〔大意〕危ういと見えて、人の往来も途絶えた丸木橋のように、あの人の訪れも途絶えて危機にある仲に、私はどうしてこのように物思いして悩むのだろう。〔注解〕「まろ」—私。

心地例ならず侍りける頃、人のもとに
つかはしける

あらざ覧《(らん)》この世《よ》のほかの思《おも》ひ出《い》でにいまひとた
びの逢《あ》ふこともがな

和泉式部・後拾遺和歌集一三（恋三）

〔大意〕私はこのまま死んでしまうでしょう。どうか来世への思い出として、もう一度あなたにお逢いしたいのです。

あらたまの月立つまでに来まさねば夢《いめ》にし見つつ
思ひそわがせし

大伴坂上郎女・万葉集八

〔大意〕月が新しく変わってもおいでにならないので、私はいつも夢に見ては、あなたに思いを寄せていました。〔注解〕「あらたまの」—月に掛かる枕詞。

有明《ありあけ》の月見《み》すさびにをき《(お)》ていにし人の名残《なごり》をなが
めしものを

和泉式部・千載和歌集一五（恋五）

〔大意〕有明の月を見てその風情に心を惹かれながら、起きると私を置いて帰っていったあの人の面影を、私はしみじみとながめましたものを（それも今は遠い思い出となってしまった）。〔注解〕「をきて」—「起きて」と私を「置きて」を掛ける。

〔参考歌〕
起きてゆく人は露にもあらねども今朝は名残の袖も
乾かず

和泉式部・玉葉和歌集一〇（恋二）

「い」

つらくなりにける人につかはしける

いかでかく心ひとつをふたしへにうくもつらくも
なして見すらん

伊勢・後撰和歌集九（恋一）

〔大意〕あなたを思う心はひとつなのに、どうしてこのように、いやな思いをさせたりつらい思いをさせたりして、二重に苦しめるのでしょうか。

いかにして夜の心《こゝろ》をなぐさめん昼《ひる》はながめにさ
ても暮《く》らしつ

和泉式部・千載和歌集一四（恋四）

〔大意〕どうやって、夜、人恋しく思う心をなぐさめよう。昼間は物思いをしながら、ぼんやりと物を見てなんとなく過ごしたが。
〔参考歌〕
思ひつつ昼はかくても慰めつ夜ぞわびしき独り寝る身は
よみ人しらず・新拾遺和歌集一三（恋三）

いくかへりつらしと人をみくまののうらめしながら恋《こひ》しかるらむ
和泉式部・詞花和歌集八（恋下）
〔大意〕くりかえし憎らしいとあの人を見てきたのに、どうして、恨めしいと同時に恋しく思われるのでしょうか。〔注解〕「みくまののうらめし」―「三熊野」に「見来」を掛け、「浦」に「恨めし」を掛ける。

恋の心を人にかはりて
石《いし》ばしる滝《たき》の水上《みなかみ》はやくより音《をと》に聞《き》きつゝ恋《こ》ひわたるかな
前中宮上総・金葉和歌集七（恋上）
〔大意〕滝の上流の流れが速いように、早くからあなたの噂を聞いていて、私はあなたを恋い続けていましたよ。〔注解〕「石ばしる」―滝の枕詞。
〔参考歌〕
逢《あ》ふことは雲居《くもゐ》はるかになる神のを《（お）》とにき、つ、恋《こ》ひわたる哉
紀貫之・古今和歌集一一（恋一）

偽《いつはり》も似つきてぞ為《す》る何時《いつ》よりか見ぬ人恋ふと人の死《しに》せし
作者不詳・万葉集一一
〔大意〕（私への恋の思いで死にそうだとおっしゃいますが、）嘘も本当らしく言うものです。何時よりはじまったのでしょう、逢ったこともない人に恋い焦がれて死ぬなどということが。

いつまでも命をかけて待《（まつ）》べきにながらへがたくなるぞ悲しき
永福門院・永福門院百番御自歌合
〔大意〕いつまでも命をかけてあの人を待つべきところだが、長すぎて、このままでは生きていられそうもなくなっていくのが悲しい。

いとせめて恋《こひ》しき時はむばたまの夜の衣を返《かへ》してぞ着《き》る
小野小町・古今和歌集一二（恋二）

〔分類〕「逢わずして慕う恋」の「寝ても恋ふ」の歌。
〔大意〕どうしても恋しいときは、夢の中であの人を見たいと思って、寝巻を裏返しにして着るのです。〔注解〕寝巻を裏返して寝ると恋しい人の夢を見ることができるという俗信から。
〔参考歌〕
白栲《しろたへ》の袖折り反《かへ》し恋ふればか妹が姿の夢《いめ》にし見ゆる
作者不詳・万葉集一二

否《いな》と言はば強《し》ひめやわが背菅《すが》の根の思ひ乱れて恋ひつつもあらむ
中臣女郎・万葉集四
〔大意〕いやだというのならば、無理強いはしません、わが背子よ。私は菅の根のように思い乱れてあなたを恋い慕い続けていましょう。

岩根《いはね》踏《ふ》み重《かさ》なる山はなけれども逢《あ》はぬ日数《かず》を恋《こ》ひやわたらん
大伴坂上郎女・万葉集一五（恋五）
〔大意〕二人の間には、岩を踏み越えていく険しい連山のような障害はないのだけれども、それでも私は薄情なあなたに逢うことができない日々を、恋い慕い続けていくのだろうか。

今さらに君はい行かじ春雨の情《こころ》を人の知らざらなくに
作者不詳・万葉集一〇
〔大意〕いまさら、あなたは帰らないでしょう。あなたを帰すまいと降るこの春雨の気持ちを、あなたが知らないはずはないのですから。

初め疎く後思ふ恋といへる心をよめる
いまさらに恋《こひ》しといふも頼《たの》まれずこれも心《こゝろ》の変《かは》ると思《おも》へば
讃岐・千載和歌集一四（恋四）
〔大意〕いまさら恋しいと言ってきてもあてにはできないことです。今度も心変わりがあると思えば。

今更に何をか思《おも》はむうちなびきこころは君によりにしものを
安倍女郎・万葉集四
〔大意〕いまさら何を思いましょう。うちなびいて、私の心はあなたに傾いてしまいましたものを。

今《いま》しはと侘《わ》びにし物をさゝがにの衣に掛《かゝ》りわれを頼《たの》むる

よみ人しらず・古今和歌集一五（恋五）

〔分類〕恋「逢うことも間遠になって」の歌。〔大意〕今はもうあの人は来てくださらないのかと悲しんでおりましのに、喜びを知らせるという蜘蛛が衣に取りついて、あの人が来てくださるのではないかと私に希望をもたせるのです。

今は来《こ》じと思《おもふ》物からわすれつゝ待《ま》たるゝ事のまだもやまぬか

よみ人しらず・古今和歌集一五（恋五）

〔分類〕恋「逢うことも間遠になって」の歌。〔大意〕今となっては来てくださらないものと思うものの、ついそのことを忘れて待ってしまうことが、いまだに止まないのですよ。

今はときみがかれなばわが宿《やど》の花をばひとり見てやしのばむ

よみ人しらず・古今和歌集一五（恋五）

〔分類〕恋「人の心は…」の歌。〔注解〕「かれなば」―花が「枯れる」と人が「離れる」を掛ける。

今はとてわが身時雨にふりぬれば事の葉《は》さへに移《うつ》ろひにけり

小野小町・古今和歌集一五（恋五）

〔分類〕恋「人の心は…」の歌。〔大意〕今はもう、私は秋に降る時雨のような涙に濡れてこの身も古くなったので、木の葉ばかりかあなたの言の葉までも変わってしまったのですね。〔注解〕「ふりぬれば」―「降る」と「古る」と涙が流れる意を掛ける。「事の葉」―手紙を木の葉に見立てた表現。

今は吾《わ》は侘《わ》びそしにける気《いき》の緒《を》に思《おも》ひし君をゆるさく思《も》へば

紀女郎・万葉集四

〔大意〕今は、私はすっかり気落ちしてしまいました。命の綱と思って頼りにしていたあなたを放してしまうと思うと。

夢《いめ》かと心はまとふ月数多《まねく》離《か》れにし君が言《こと》の通へば

作者不詳・万葉集一二

〔大意〕夢ではないかと私の心はとまどっています。幾月ものあいだ、遠ざかっていたあなたの便りが届いたので。

人につかはしける

入《い》るかたはさやかなりける月かげを上《うは》の空《そら》にも待《ま》

ちしよゐ《(ひ)》かな

紫式部・新古今和歌集一四（恋四）

〔分類〕「思ふ恋」の「月に寄す」の歌。〔大意〕入っていく先（相手の女性）がはっきりとわかっていた月（あなた）を、私は気もそぞろに待っていた宵でした。

〔参考歌〕

もろともに大内山は出でつれど入るかた見せぬいさよひの月

源氏物語（末摘花）

題しらず

色かはる萩《はぎ》の下《した》葉を見てもまづ人の心の秋ぞしらるゝ

相模・新古今和歌集一五（恋五）

〔分類〕「変る恋」の「もみじに寄す」の歌。〔大意〕紅葉する萩の下葉を見るにつけても、秋の季節の、まず人の心の「飽き」が最初にくることが知られて悲しいことである。〔注解〕「秋」―季節の「秋」と人の心の「飽き」を掛ける。

〔本歌〕

秋萩《はぎ》の下葉《したば》につけて目《め》に近《ちか》くよそなる人の心をぞ見る

女・拾遺和歌集一七（雑秋）

〔参考歌〕

風吹《(ふけ)》ばなびく浅茅《あさぢ》はわれなれや人の心の秋を知《し》らする

徽子女王・後拾遺和歌集一六（雑二）

色《いろ》見えてうつろふ物は世中《(よのなか)》の人の心の花にぞありける

小野小町・古今和歌集一五（恋五）

〔分類〕恋「人の心は…」の歌。〔大意〕色に見えて衰え散って行くものは花ですが、色が見えないでその様子が変わって行くものは、世の中の人の心の花であることです。〔注解〕「見えて」―接続詞の「て」と打ち消しの助詞の「で」を掛ける。

「う」

うかりしも哀なりしもあらぬ世の今になりてはみなぞ恋しき

永福門院・永福門院百番御自歌合

〔大意〕つらかったことも、感慨深かったことも、二人の仲の終わった今となっては、すべてがなつかしいことだ。

うきめのみおひてながるゝ浦なればかりにのみこ

そ海人《あま》は寄《よ》るらめ

よみ人しらず・古今和歌集一五（恋五）

〔分類〕恋「わが身は」の歌。〔大意〕浮藻ばかり生えて流れる浦なので、それを刈り取るだけのために漁師は寄るのでしょう。同じように、私はつらいことばかりを背負っている気持ちで泣いているので、あの人はかりそめにだけ私のところに立ち寄っているのでしょう。〔注解〕「うきめ」—「浮き海藻（め）」と「憂き目」を掛ける。「おひてながるゝ」—「生ひて流るる」と「負ひて泣かるる」を掛ける。「浦」—心の中の意の「うら」を掛ける。「かり」—「刈り」と「仮り」を掛ける。

うき世《よ》をもまたたれにかはなぐさめん思《おも》ひしらずも問《と》はぬ君《きみ》かな

和泉式部・後拾遺和歌集一三（恋三）

〔大意〕つらいこの世を、あなた以外の誰によって慰められるというのでしょうか。私の気持ちも知らず訪ねてもくれないあなたですよ。

語らひける人の久しく訪れざりければ
つかはしける

うたがひし命《いのち》ばかりはありながら契《ちぎ》りし中《なか》の絶《た》えぬべきかな

大弐三位・千載和歌集一五（恋五）

〔大意〕いつまで生きられるかと疑っていた自分の命だけはありますが、命ある限りはと約束した二人の仲は終わってしまいそうですね。

うたゝねに恋《こひ》しき人を見てしより夢《ゆめ》てふ物は頼《たの》みそめてき

小野小町・古今和歌集一二（恋二）

〔分類〕「逢わずして慕う恋」の「寝ても恋う」の歌。
〔大意〕うたた寝で恋しい人を夢に見てからは、信じられないと思っていた夢というものを頼みにしはじめました。

うたゝ寝《ね》にはかなく覚《さ》めし夢をだにこの世《よ》に又は見でややみなむ

相模・千載和歌集一五（恋五）

〔大意〕うたた寝に見た、恋しい人を見てはかなく覚めた夢さえ、この世でふたたび見ることもなく終わってしまうのだろうか。

〔参考歌〕
逢《あ》ふと見て現《うつゝ》のかひはなけれどもはかなき夢《ゆめ》ぞ命《いのち》なりける

藤原顕輔・金葉和歌集七（恋上）

うつせみの人目を繁み石橋《いははし》の間近《まちか》き君に恋ひわたるかも

笠女郎・万葉集四

〔大意〕世間の人目が多いので、間近にいるあなたに逢うことができず、私は恋しく思い続けています。〔注解〕「うつせみの」―世間の。「人」に掛かる枕詞。「岩橋の」―「間近し」に掛かる枕詞。

現《うつ》にはさもこそあらめ夢にさへ人目《め》を守《も》ると見るがわびしさ

小野小町・古今和歌集一三（恋三）

〔分類〕「契りを結んで後になお慕い思う恋」の「人目を忍ぶ恋」の歌。〔大意〕現実にはそのように人目を気にすることもあるでしょうが、夢にさえ、恋しい人との逢瀬に人目を気にしているところを見てしまうつらさよ。

味酒《うまさけ》を三輪《みわ》の祝《はふり》がいはふ杉手触《てふ》れし罪か君に逢ひがたき

丹波大女娘子・万葉集四

〔大意〕三輪の祝（神官）たちが大切に祀っている杉の木に手を触れた罪なのか、あなたに逢うことが難しいのは。〔注解〕「味酒を」―「三輪」に掛かる枕詞。「祝」―神官。

うらみわびほさぬ袖《そで》だにあるものを恋《こひ》にくちなん名《な》こそをしけれ

相模・後拾遺和歌集一四（恋四）

〔大意〕（人のつれなさを）恨み悲しんで涙で乾かない袖が朽ちることさえ惜しいのに、恋の浮名で朽ちてしまうであろう私の名前が惜しく思われることです。

怨むとも恋《こ》ふともいかゞ雲井より遥《はる》けき人をそらに知《し》るべき

よみ人しらず・後撰和歌集一四（恋六）

〔大意〕恨みに思われても、恋い慕って下さっても、どうして雲の上の遥か遠い人であるあなたのことを、推し測って知ることができましょうか。〔注解〕「そらに」―「空に」と推し測る意を掛ける。

恨《うら》むべき心ばかりはあるものをなきになしても問《と》はぬ君かな

和泉式部・千載和歌集一五（恋五）

〔大意〕お恨みしたい心だけはありますが、私のことをあってなき者のようにして、訪れてくれないあなたなのですね。

うらもなく去《い》にし君ゆゑ朝な朝なもとなぞ恋ふる
逢ふとは無けど

作者不詳・万葉集一二

〔大意〕裏心もなく平気で行ってしまったあなたなのに、朝がくるたびしきりに恋しく思います。お逢いするわけではないのですが。〔注解〕「もとな」―しきりと。

うれしかりし昨日の暮の　契《ちぎり》こそけふはつらさの
数に成《なり》けれ

永福門院・永福門院百番御自歌合

〔大意〕うれしかった昨日の暮の約束こそが、今日は、新たな恋のつらさの数になってしまいました。

〔参考歌〕
つねよりもあはれなりつる名残しもつらきかたさへ
けふはそひぬる

永福門院・玉葉和歌集一〇（恋二）

植《う》へ《（ゑ）》て去《い》にし秋田かるまで見え来《こ》ねばけさ初雁《はつかり》の
音《ね》にぞなきぬる

よみ人しらず・古今和歌集一五（恋五）

〔分類〕恋「逢うことも間遠になって」の歌。〔大意〕田植をして帰って行ったあの人は、秋の田となって刈りとるまでお見えにならないので、今朝飛んできた初雁が鳴くように、私も声をあげて泣いてしまいましたよ。

「お」

人の頼めて来ず侍りければ、つとめて
つかはしける

おきながら明《あ》かしつるかな共寝《ともね》せぬ鴨《かも》の上毛《うはげ》の霜《しも》
ならなくに

和泉式部・後拾遺和歌集一二（恋二）

〔大意〕あなたの訪れを待ち、起きたまま夜を明かしてしまいました。共寝をしないような鴨の上毛に置く霜でもありませんのに。〔注解〕「おきながら」―「起き」に霜の「置き」を掛ける。

奥山の岩本菅《いはもとすげ》を根深めて結びしこころ忘れかねつも

笠女郎・万葉集三

〔大意〕奥山の岩の下の菅の根が深いように、深く結んだ心を忘れられない。

後《おく》れ居て恋ひつつあらずは追ひ及《し》かむ道の阿廻《くまみ》に標結《しめゆ》へわが背《せ》

馬皇女・万葉集二

〔大意〕後に残って恋い慕い続けずに、あなたに追いつきたいのです。道の曲がり角にしるしを結んでください、わが背よ。

後《おく》れ居てわれはや恋ひむ春霞たなびく山を君が越えいなば

作者不詳・万葉集九

〔大意〕後に残されて、私はあなたを恋しく思うことができるでしょうか。春霞がたなびく山をあなたが越えて行ってしまったら。

ある女の、業平朝臣を、所定めず歩きすと思ひて、よみて、遣はしける

大幣《おほぬさ》の引《ひ》く手《て》あまたになりぬれば思《おも》へどえこそ頼《たの》まざりけれ

よみ人しらず・古今和歌集一四（恋四）

〔分類〕「契りを結んで後になお慕い思う恋」の「身のほどを知る」の歌。〔大意〕大幣を引き寄せる手がたくさんあるように、あなたに誘いをかける女性が多いので、私は思いを寄せているものの、あなたを頼りにはできません。〔注解〕「大幣」―大きな串にさした幣で、人々はそれを引き寄せ穢をはらい、その後で川に流す。

大船の思ひたのみし君が去《い》なばわれは恋ひむな直《ただ》に逢ふまでに

作者不詳・万葉集四

〔大意〕大船のように、頼みに思っていたあなたが去ってしまったならば、私は恋しく思い続けることでしょう。ふたたび直接お逢いするまで。

男のはじめて人のもとにつかはしけるに代りてよめる

おぼめくなたれともなくてよひよひに夢《ゆめ》に見《み》えけんわれぞその人《ひと》

和泉式部・後拾遺和歌集一一（恋一）

〔大意〕知らないふりをしないでください。はっきり誰とはわからなくても、宵ごとに夢に出てきた人がいるでしょう、その人こそがこの私ですよ。

久しくまうで来ざりける人のをとづれたりける返事につかはしける

思《おも》ひ出《い》でてたれをか人の尋《たづ》ねまし憂《う》きに堪《た》（へ）えたる命《いのち》ならずは

小式部・千載和歌集一四（恋四）

〔大意〕思い出したからといって、いったいあの人は誰を尋ねてくれるのでしょう。あなたの薄情さに堪えてきたこの命がなかったならば。

思《おもひ》きや逢《あ》ひ見ぬほどの年月をかぞふ許《ばかり》にならん物とは

伊勢・拾遺和歌集一四（恋四）

〔大意〕こんなことになるなどと思っていたであろうか。お逢いしない間の年月が数えるほどになるなんて。

〔参考歌〕
思《おもひ》きや逢《あ》ひ見ぬことを何時《いつ》よりと数《かぞ》ふ許《ばかり》になさむ物とは

源信明・後撰和歌集一〇（恋二）

題しらず

思《おもひ》つゝ寝《ぬ》ればや人の見えつらむ夢としりせば覚《さ》めざらましを

小野小町・古今和歌集一二（恋二）

〔分類〕「逢わずして慕う恋」の「寝ても恋う」の歌。
〔注解〕「人」――恋しく思っている人。
〔参考歌〕
思ひつつ寝《ぬ》ればかもとなぬばたまの一夜もおちず夢《いめ》にし見ゆる

中臣宅守・万葉集一五

思ひ寝《ね》の夢になぐさむ恋《こひ》なれば逢《あ》はねど暮《く》れの空《そら》ぞ待《ま》たるゝ

丹後・千載和歌集一四（恋四）

〔大意〕恋しい人を思って寝る夢で心の慰められる恋なので、お逢いしないけれども、夕暮れの空が待ち遠しく思われることです。

〔参考歌〕
君をのみ思《おも》ひ寝《ね》にねし夢《ゆめ》なればわが心から見つるなりけり

凡河内躬恒・古今和歌集一二（恋二）

思ひ寝《ね》の夜《よ》な〳〵夢《ゆめ》に逢《あふ》事をたゞ片《かた》時の現《うつゝ》とも哉《かな》

よみ人しらず・後撰和歌集九（恋三）

男の絶えて侍けるに、ほどへてつかはしける

思《おも》ひやるかたなきまゝに忘《わす》れゆく人の心ぞうらやまれける

中原頼成妻・後拾遺和歌集一四（恋四）

〔大意〕私があなたへの思いをどちらの方角へ馳せたら

いいのかわからないでいるうちに、私をあっさりと忘れていくあの人の心こそが羨ましく思われます。

〔参考歌〕

思ひやるかたは知らねど片思ひの底にぞ我は恋はなりにける

よみ人しらず・古今和歌六帖四

堀河院御時艶書合によめる

思《おも》ひやれとはで日《ひ》をふる五月雨《さみだれ》のひとり宿《やど》もる袖《そで》のしづくを

皇后宮肥後・金葉和歌集七（恋上）

〔大意〕思いやってください。恋しい人が訪れて来ないまま日が経って、五月雨の降り続く中で、ひとり宿を守り、漏れる雨の雫のように袖に落ちる私の涙の雫を。

〔注解〕「ふる」—「経る」と「降る」を掛ける。「もる」—「漏る」と「守る」を掛ける。

〔参考歌〕

思《おも》ひやれむなしきとこをうちはらひむかしをしのぶ袖《そで》の雫《しづく》を

藤原基俊・千載和歌集九（哀傷）

橘清樹が忍びにあひ知れりける女のもとより、遣せたりける

思《おも》ふどちひとり〱が恋《こ》ひ死《し》なば誰《たれ》によそへて藤《ふぢ》衣きむ

よみ人しらず・古今和歌集一三（恋三）

〔分類〕「契りを結んで後になお慕い思う恋」の「人目を忍ぶ恋」の歌。〔大意〕思い合う二人のどちらかが恋い死するならば、誰を理由にして喪服を着ましょうか。

思ふにし死《しに》するものにあらませば千《ち》たびぞわれは死に返らまし

笠女郎・万葉集四

〔大意〕恋しい人を思うことで死ぬのであったならば、千回でも私は死ぬことを繰り返していたでしょう。

權中納言俊忠中将に侍ける時歌合し侍けるに、初恋の心をよめる

思《おも》ふよりいつしかぬるゝたもとかな涙ぞ恋《こひ》のしるべなりける

筑前・千載和歌集一一（恋二）

〔大意〕あの人のことを思うと、早くも涙で濡れる袂であるよ。涙が恋の道しるべなのだなあ。

を《(お)》ろかなる涙ぞ袖《そで》に玉はなす我は塞《せ》きあへずた

ぎつ瀬《せ》なれば

小野小町・古今和歌集一二（恋二）

〔分類〕「逢わずして慕う恋」の「寝ても恋う」の歌。
〔大意〕あなたのいい加減な涙だからこそ袖に玉をつくるのです。私の涙は塞き止めることができません。沸きたつ急流ですので。

「か」

かき絶《た》へ《（え）》て程《ほど》もへぬるを蜘蛛《さゝがに》の今《いま》は心にかゝらず
もがな

皇后宮美濃・金葉和歌集七（恋上）

〔大意〕二人の仲がすっかり終り時もたったのだから、いまごろになって私の心にかからないでほしい。〔注解〕「蜘蛛」―「い（網）」に掛かる枕詞。
〔参考歌〕
くもでさへかき絶《た》えにけるさゝがにのいのちをいま
は何《なに》にかけまし

馬内侍・後拾遺和歌集一三（恋三）

かぎりなき思《おも》ひのまゝに夜《よる》も来《こ》む夢路《ぢ》をさへに人
はとがめじ

小野小町・古今和歌集一三（恋三）

〔分類〕「契りを結んで後になお慕い思う恋」の「人目を忍ぶ恋」の歌。〔注解〕「夢路をさへに」―夢路のことまでは。

かくのみし恋ひば死ぬべみたらちねの母にも告げ
つ止《や》まず通はせ

作者不詳・万葉集一一

〔大意〕こんなにも恋い慕っていると、死にそうですので、母に話しました。いつも通ってきてください。〔注解〕「たらちねの」―「母」に掛かる枕詞。

見かはしながら恨めしかりける人によ
みかけける

かくばかり恋の病《やまひ》は重《おも》けれど目《め》にかけさけて逢《あ》
はぬ君かな

内大臣家小大進・金葉和歌集八（恋下）

〔大意〕これほど私の恋の病は重いのに、目を合わせることを避けて逢ってくれないあなたですよ。

中臣女郎、大伴宿禰家持に贈る歌

春日山朝ゐる雲のおぼぼしく知らぬ人にも恋ふる

ものかも

中臣女郎・万葉集四

〔大意〕朝の春日山にかかる動かない雲がぼんやり見えるようにしか、よく知りもしないあの人のことを恋しく思うものだなあ。

春になりてと奏し侍りけるが、さもなかりければ、内より、まだ年もかへらぬにやとのたまはせたりける御返事を、かえでの紅葉につけて

かすむらんほどをも知《し》らずしぐれつゝすぎにし秋の紅葉《もみぢ》をぞ見《み》る

徽子女王・新古今和歌集一四（恋四）

〔分類〕「久しく逢はざる恋」の「紅葉に寄す」の歌。

〔大意〕（申し訳ないことに）霞む春になっていることも知らず、涙の時雨に濡れながら、過ぎていった昨年の秋の紅葉を見ています。

風をだに恋ふるはともし風をだに来《こ》むとし待たば何か嘆かむ

鏡王女・万葉集八

〔大意〕風でさえ恋しく思えるのはうらやましいことです。風だけでも来るだろうからと私も待っていられるのなら、どうして嘆いたりするでしょうか。〔注解〕「ともし」―うらやましい。

天暦御時、承香殿の前を渡らせ給て、こと御方に渡らせ給ひければ

かつ見つゝ影離《はな》れ行《ゆ》く水の面《おも》にかく数《かず》ならぬ身をいかにせん

徽子女王・拾遺和歌集一四（恋四）

〔大意〕私が見ているあいだに、帝の姿は遠ざかって行く。行く水の表面に数を画くような、はかないわが身をどうしたらいいでしょうか。〔注解〕「影」―帝の姿。「かく」―このように。「画く」を掛ける。

家持に贈る歌

かにかくに人は言ふとも若狭道《わかさぢ》の後瀬《のちせ》の山の後も逢はむ君

大伴坂上大嬢・万葉集四

〔大意〕とやかくと人は噂をたてるけれども、後にはかならず逢いましょう、わが君よ。〔注解〕「若狭道の後瀬の山」―「後も逢はむ」を引き出す序。

川の上《へ》のいつ藻の花の何時《いつ》も何時《いつ》も来ませわが背子《せこ》時じけめやも

作者不詳・万葉集一〇

〔大意〕川のほとりのいつ藻の花のように、いつもいつも来てください、わが背子よ。時節はずれということはありません。

神名火《かむなび》の伊《い》波瀬《はせ》の杜《もり》の呼子鳥《よぶこどり》いたくな鳴きそわが恋まさる

鏡王女・万葉集八

〔大意〕神名火の伊波瀬の杜の呼子鳥よ、はげしく鳴かないでおくれ、私の恋の思いがさらにつのるから。

かよひこし宿《やど》の道芝《みちしば》かれ〲にあとなき霜のむすぼほれつゝ

藤原俊成女・新古今和歌集一四（恋四）

〔分類〕「絶えたる後の恋」の歌。〔大意〕あの人が通って来た家の道芝は枯れ、訪れも途絶えぎみとなり、足跡のない霜が結んで、私の心も気落ちし続けていることだ。

もと知りて侍けるおとこの、異人に物申すと聞きて文をつかはしたりければ、いひつかはしたりける

狩《かり》人はとがめもやせむ草しげみあやしき鳥《とり》の跡《あと》の乱《みだ》れを

相模・千載和歌集一五（恋五）

〔大意〕狩人（私がいま付き合っている人）はとがめるのではないでしょうか。草が茂っているので、見苦しく乱れた鳥の足跡を（思いがつのっているあなたの見苦しく乱れた手紙の筆跡を）。〔注解〕「草しげみ」—「思ひ繁み」を暗示している。

「き」

来《き》て見《み》れば奈呉《なご》の浦《うら》まに寄《よ》る貝《かひ》の拾《ひろ》ひもあへず君ぞ恋《こひ》しき

伊勢集（伊勢の私家集）

〔大意〕奈呉の浦に来て見れば、寄せる貝を拾い切れないように、きりもないほどにあの人が恋しい。

〔参考歌〕波立てば奈呉の浦廻《うらみ》に寄る貝の間《ま》無《な》き恋にそ年は経にける

田辺福麿・万葉集一八

君があたり見つゝををらん生《い》駒《こま》山雲な隠《かく》しそ雨は

ふるとも

よみ人しらず・新古今和歌集一五（恋五）

〔分類〕「雲に寄する恋」の歌。〔大意〕あなたが住むあたりを眺めていよう。生駒山を、雲よ、隠さないでおくれ、雨が降ろうとも。

君が行く海辺《うみべ》の宿に霧立たば吾《あ》が立ち嘆《なげ》く息《いき》と知りませ

作者不詳・万葉集一五

〔大意〕あなたが行く海辺の宿に霧がたったならば、嘆く私のため息と思ってください。

きみこずは寝屋《ねや》へもいらじ濃《こ》紫わが元結《もとゆひ》に霜はを《(お)》くとも

よみ人しらず・古今和歌集一四（恋四）

〔分類〕「契りを結んで後になお慕い思う恋」の「深く思う恋」の歌。〔注解〕「元結」―頭の頂きに束ねて結った髪。

〔参考歌〕

居明《ゐあ》かして君をば待たむぬばたまのわが黒髪に霜はふれども

作者不詳・万葉集二

君《きみ》こふる心はちゞにくだくれどひとつも失《う》せぬものにぞありける

和泉式部・後拾遺和歌集一四（恋四）

〔大意〕あなたを恋い慕う心はばらばらに砕けても、そのかけらは一つもなくなることなく、あなたを思う心はそのままなのでした。

題しらず

君来《きみこ》んといひし夜《よ》ごとにすぎぬれば頼《たの》まぬものの恋《こ》ひつゝぞ経《ふ》る

よみ人しらず・新古今和歌集一三（恋三）

〔分類〕「夜ふけて待つ恋」の歌。〔大意〕あなたが来ましょうと言った夜がいつもむなしく過ぎてしまうので、もうあてにはしていないのですが、やはり毎夜恋い慕い続けています。

石川大夫の任を遷さえて京に上る時に、播磨娘子の贈る

作者不詳・万葉集九

君なくは何《な》ぞ身装餝《みよそ》はむ匣《くしげ》なる黄楊《つげ》の小梳《をぐし》も取らむとも思はず

〔大意〕あなたがいなくては、なんでこの身を装うこと

がありましょう、櫛箱にある黄楊の小梳も手に取ろうとは思いません。

君に恋ひ寝《い》ねぬ朝明《あさけ》に誰《た》が乗れる馬の足音《あのと》そわれに聞かする

作者不詳・万葉集一一

〔大意〕あなたを恋しく思って寝られなかった朝明けに、誰が乗っている馬の足音だ、私に聞かせてさらに思いをつのらせるのは。

君に恋ひしなえうらぶれわが居れば秋風吹きて月斜《かたぶ》きぬ

作者不詳・万葉集一〇

〔大意〕わが君を恋しく思って、うちしおれて心細く思っていると、秋風が吹いてきて月が傾いてしまった。

待つ恋といへる心を

君待《ま》つとねやへもいらぬ真木《まき》の戸《と》にいたくな更《ふ》けそ山のはの月

式子内親王・新古今和歌集一三（恋三）

〔分類〕「夜ふけて待つ恋」の歌。〔大意〕あなたを待って、閨にも入らずにいれば、真木の戸に光さしこむ山の端の月よ、どうか夜がすっかり更けたと知らせないでおくれ。

額田王の近江天皇を思ひて作る歌

君待つとわが恋ひをればわが屋戸《やど》の簾《すだれ》動かし秋の風吹く

額田王・万葉集八

〔大意〕わが君をお待ちして、恋しく思っていると、私の家の簾を動かす秋風が吹いてくる。

業平朝臣の、伊勢国にまかりたりける時、斎宮なりける人に、いとみそかに逢ひて、又の朝に、人遣るすべなくて思ひ居りける間に、女のもとより遣せたりける

君や来《こ》し我や行《ゆ》きけむ思《おも》ほえず夢《ゆめ》かうつゝか寝《ね》てかさめてか

よみ人しらず・古今和歌集一三（恋三）

〔分類〕「契りを結んで後になお慕い思う恋」の「きぬぎぬ」の歌。〔大意〕あなたが来たのでしょうか、それとも私が行ったのでしょうか、分かりません。夢のことなのか、現実のことなのか、そして、寝ているときのことなのか、目が覚めているときのことなのか、も。

きみや来《こ》む我や行《ゆ》かむのいさよひに槙《まき》の板戸《いたど》もさゝず寝《ね》にけり

よみ人しらず・古今和歌集一四（恋四）

〔分類〕「契りを結んで後になお慕い思う恋」の「深く思う恋」の歌。〔注解〕「いさよひ」―「ためらい」となかなかでない「十六夜」の月を掛ける。「さゝず」―閉めないで。

君《きみ》をしていはせのもりははるけくてつひになきぬるよぶこどりかな

一条摂政御集（藤原伊尹の私家集）

〔大意〕あなたから言わせようと思っていたが、それはなかなか実現せず、とうとう私から声を掛けてしまったことです。〔注解〕「いはせのもり」―大和の国の枕詞。「言はせ」に掛かる。

「く」

黒髪《くろかみ》に白髪《しろかみ》まじり生《お》ふるまでかゝる恋《こひ》にはいまだ逢《あ》はざるに

大伴坂上郎女・拾遺和歌集一五（恋五）

〔大意〕黒髪に混じって白髪が生えるまで、これほどの恋には、いまだかって逢うことがなかったのに。

黒髪《くろかみ》のみだれも知《し》らずうちふせばまづかきやりし人ぞこひしき

和泉式部・後拾遺和歌集一三（恋三）

〔大意〕黒髪が乱れるのもかまわずに私が臥すと、はじめに（共寝をした朝に）この髪をやさしくかきやって私の顔を見てくれたあの人が恋しい。

「け」

弥生のころ、夜もすがら物語りして帰り侍りける人の、けさはいと〻もの思はしきよし申つかはしたりけるに

けさはしも嘆《なげ》きもすらんいたづらに春の夜《よ》ひとよ夢をだに見《み》で

和泉式部・新古今和歌集一三（恋三）

〔分類〕「朝の恋」の歌。〔大意〕今朝という今朝は嘆きもされていることでしょう。春のこの短い夜をむだに起き明かして、夢さえも見ないでお帰りなのですから。

〔参考歌〕

寝《ね》られぬをしひてわが寝《ぬ》る春の夜の夢をうつゝにな
すよしも哉《かな》

よみ人しらず・後撰和歌集二（春中）

人のもとに通ふ人に代りてよめる

けふ暮《く》るゝほど待《ま》つだにも久《ひさ》しきにいかで心をか
けて過《す》ぎけん

伊勢大輔・後拾遺和歌集一二（恋二）

〔大意〕今日の日が暮れていくまでの間を待つだけでも長く感じるのに、どうしていままでは、あなたに思いをかけたまま、逢うこともなく過ぎてきたのでしょうか。

題しらず

けふもまたかくや伊吹《いぶき》のさしも草《ぐさ》さらばわれのみ
燃《も》えやわたらん

和泉式部・新古今和歌集一一（恋一）

〔分類〕「山に寄せて侘ぶる恋」の歌。〔大意〕今日もまたこのようにつれないことを伊吹山のさしも草ではないですが、私だけが恋の思いに燃えつづけるのでしょうか。〔注解〕「伊吹」―地名の「伊吹」に「いふ」をかけ「さらば」と続ける。「さしも草」―伊吹山の「モグサ」で「燃え」の縁語となる。

「こ」

男の気色やうやうつらげに見えければ

心からうきたる舟に乗《の》りそめて一《ひと》日も浪に濡《ぬ》れぬ
日ぞなき

小野小町・後撰和歌集一一（恋三）

〔大意〕自分から望んで「憂き」たる舟に乗りはじめ、（あなたのつれない態度に）一日たりとも涙に濡れない日はありません。〔注解〕「うきたる舟」―「浮き」に「憂き」を掛ける。「浪に濡れぬ」―「浪」は「涙」を示す。

心《こゝろ》からつきなき恋《こひ》をせざりせば逢《あ》はでやみには惑《まど》
はざらまし

源顕仲女・金葉和歌集八（恋下）

〔大意〕もし自分の心からあてのない恋をしなかったならば、あなたに逢えず、月のない闇に惑うこともなかったでしょうに。〔注解〕「つきなき」―あてのない。「月無き」を掛ける。

〔参考歌〕

世中《よのなか》に猶《なほ》有明《あけ》の月なくて闇《やみ》に迷《まどふ》をとはぬつらしな

よみ人しらず・後撰和歌集一四（恋六）

情《こころ》ゆも吾《わ》は思《も》はざりき山河も隔たらなくにかく恋ひむとは

笠女郎・万葉集四

〔大意〕これっぽちも私は思っていませんでした。山も川も隔てていないのに、これほどにあなたを恋しく思うだろうとは。

言清《こときよ》くいたもな言ひそ一日だに君いし無くは痛《たへがた》きかも

高田女王・万葉集四

〔大意〕私たちの間には何もないなどと、きれいごとをおっしゃらないでください。一日だってあなたなしでは、私は耐えられないのですよ。

言《こと》の葉のうつろふだにもあるものをいとゞ時雨の降《ふ》りまさるらん

伊勢・新古今和歌集一四（恋四）

〔分類〕「久しく逢はざる恋」の「時雨に寄す」歌。〔大意〕木の葉の色が変わるように、あなたが約束の言葉を違えることさえ悲しいのに、いっそう時雨が強くなって木の葉が散ってゆくように、私をお捨てになるのでしょうか。

〔参考歌〕

今はとてわが身時雨にふりぬれば事の葉《は》さへに移《うつ》ろひにけり

小野小町・古今和歌集一五（恋五）

来《こ》ぬ人を松ゆふぐれの秋風はいかに吹《ふ》けばわびしかるらむ

よみ人しらず・古今和歌集一五（恋五）

〔分類〕恋「逢うことも間遠になって」の歌。〔大意〕来てくださらないあの人を待っている夕暮は「飽き」という名の秋風が一体どのように吹くからといって、こんなにさみしいのでしょうか。〔注解〕「秋」―「飽き」を掛ける。

この頃《ころ》は君を思ふと為方《すべ》も無き恋のみしつつ哭《ね》のみしそ泣く

狭野弟上娘子・万葉集一五

〔大意〕この頃は、あなたのことを思うと、やるかたもない恋心に苦しみ続け、泣いているばかりです。

恋草《こひくさ》を力車《ちからぐるま》に七車積みて恋ふらくわが心から

広河女王・万葉集四

〔大意〕恋という草を力車に七台分積むぐらいの思いで恋い慕っているのも、私の心からはじまったことです。

七月七日

恋《こ》ひくてあはむとおもふ夕暮《ゆふぐれ》はたなばたつめもかくやあるらん

伊勢集（伊勢の私家集）

〔大意〕恋い焦がれつづけて、やっと逢えるこの夕暮には、七夕の織女も私と同じこんな気持ちでしょうか。

恋ひ恋ひて逢ひたるものを月しあれば夜《よ》は隠《こも》るらむしましはあり待て

大伴坂上郎女・万葉集四

〔大意〕恋い焦がれつづけて、やっとあなたに逢えたのに。月が出ているから夜はまだ深いでしょう、いましばらく、このまま待っていてください。

恋ひ恋ひて逢へる時だに愛《うつく》しき言尽《ことつく》してよ長くと思《も》はば

大伴坂上郎女・万葉集四

〔大意〕恋しく思い続けてきて、ようやくあなたに逢っているあいだだけでも、やさしい言葉のかぎりを言いつくして下さい。末長くと思って下さるのならば。

恋しきに死《し》ぬてふことは聞《きこ》えぬを世《よ》の例《ためし》にもなりぬべきかな

伊勢集（伊勢の私家集）

〔大意〕恋しさのあまり、死んでしまったということは、いまだ聞いたことがありませんが、私がその先例になってしまいそうです。

一条がもとに「いとなん恋しき」と言ひにやりたりければ、鬼の形を書きてやるとて

恋《こひ》しくは影をだに見て慰《なぐさ》めよ我《わ》がうちとけてしぶ顔《かほ》也

一条・後撰和歌集一三（恋五）

〔大意〕恋しく思う時は、この絵を見て気持ちを慰めてください。この鬼の顔はあなたに打ち解けて偲んでいる私の顔です（鬼の顔などいやでしょう、私のことは忘れてください）。

恋しくは形見にせよとわが背子が植ゑし秋萩花咲

きにけり

〔大意〕恋しい時は形見として偲びなさいとわが背子がお植えになった秋萩が花を咲かせている。

作者不詳・万葉集一〇

恋しけば来ませわが背子《せこ》垣《かき》つ柳末《やぎうれ》摘みからしわれ立ち待たむ

作者不詳・万葉集一四

〔大意〕恋しいのならばおいでなさい、私の背子よ。垣根の柳の枝先を摘み枯らしながら、私はお待ちしましょう。

こひすればわが身は影《かげ》となりにけりさりとて人に添《そ》はぬものゆへ《(ゑ)》

よみ人しらず・古今和歌集一一（恋一）

〔分類〕「逢わずして慕う恋」の「寄るべなき恋」の歌。

〔大意〕恋しく思って私は影のようにやせてしまいました。とはいっても、あの人に影として寄り添うわけでもないのに。

〔参考歌〕夕月夜《ゆふづくよ》暁闇《あかときやみ》の朝影にわが身はなりぬ汝《な》を思ひかねに

作者不詳・万葉集一一

恋《こ》ひそめし人はかくこそつれなけれ我《(わが)》なみだしも色変《いろかは》るらん

二条太皇太后宮大弐・千載和歌集一二（恋二）

〔大意〕恋しはじめたあの人は、こうも変わらずに薄情であるよ。それなのに私の涙はどうして色が変わってしまったのだろう。

恋にもそ人は死《しに》する水無瀬河下《みなせがは》ゆわれ瘦《や》す月に日に異《け》に

笠女郎・万葉集四

〔大意〕恋でも人は死ぬものです。水無瀬河の水のように表にでない恋の思いで、私は月ごと日ごとに瘦せていきます。〔注解〕「水無瀬河」—水が表に出ないで下に流れているという川。

恋《(こひ)》やまぬ身はことは《(わ)》りにかへれ共《(ども)》忘るゝ人のうさはゆるさず

永福門院・永福門院百番御自歌合

〔大意〕恋しい思いのやまないわが身は、この恋の当然の結果としてあきらめるけれども、私を忘れたあの人が私に与えたつらい思いは許すことはできない。

皇后宮にて人〴〵恋歌つかうまつりけ

るに、文を返される恋といへることを
よめる

恋《こ》ふれども人の心《こゝろ》のとけぬには結《むす》ばれながら返《かへ》る玉梓《たまづさ》

皇后宮美濃・金葉和歌集七（恋上）

〔大意〕恋い慕っているけれど、あの人の心がうち解けないのでは、その心のように解かれずに結ばれたままで返ってくる私が出した手紙ですよ。

来めやとは 思《（おもふ）》 物からひぐらしのなくゆふぐれは立《た》ち待《ま》たれつゝ

よみ人しらず・古今和歌集一五（恋五）

〔分類〕恋「逢うことも間遠になって」の歌。〔大意〕来てくださらないだろうとは思うものの、ひぐらしが夕暮に鳴き、私も泣いて待ちわびる夕暮には、何度も立って待たずにはいられません。

隠《こも》りのみ恋ふれば苦し山の端《は》ゆ出で来《く》る月の顕《あらは》さば如何《いか》に

作者不詳・万葉集一六

〔大意〕隠れて恋しているので苦しい。山の端を出てくる月のように、親に話してはっきりと表に出したらどうでしょう。

月を見て、田舎なる男を思出で遣は
しける

今夜《（こよひ）》君いかなる里《さと》の月を見て宮《みや》こに誰《たれ》を 思《（おもひ）》 出《い》づらむ

馬内侍・拾遺和歌集一三（恋三）

〔大意〕今夜あなたはどの里の月を見て、都の誰のことを思い出しているのであろうか。

これもみなさぞなむかしの 契《（ちぎり）》 ぞと思《おも》ふ物からあさましきかな

和泉式部・千載和歌集一四（恋四）

〔大意〕あなたとこのような関係になったのも、みな前世からの約束事なのだと思ってみたものの、それにしても不可解で情けのないことであるよ。

忍ぶる恋の心をよみ侍ける

衣手《ころもで》に落つる涙の色《いろ》なくは露とも人にいはましものを

二条院内侍参河・千載和歌集一二（恋二）

〔大意〕私の袖に落ちる涙が紅色でなかったならば、これは露ですと人に言ってごまかしただろうに。

〔参考歌〕

こひすとも涙《なみだ》の色《いろ》のなかりせばしばしは人に知《し》られざらまし

弁乳母・後拾遺和歌集一四（恋四）

「さ〜し」

桜麻《さくらを》の苧原《をふ》の下草露しあれば明《あか》してい行け母は知るとも

作者不詳・万葉集一一

〔大意〕桜麻の生える麻原の下草は露で濡れていますので、私の家で夜を明かしていきなさいな。母が気づこうとも。

人を恨みてよめる

源盛経母・金葉和歌集八（恋下）

さのみやはわが身の憂《う》きになしはてゝ人のつらさを恨《うら》みざるべき

〔大意〕そうとばかり私の身の不幸にしてしまって、あの人のつれなさを恨まずにはいられるものですか。

〔参考歌〕

恋《こ》ひそめし心《こころ》をのみぞうらみつる人のつらさをわれになしつゝ

平兼盛・後拾遺和歌集一一（恋一）

題知らず

伊勢・拾遺和歌集一五（恋五）

さもこそは逢《あ》ひ見むことのかたからめ忘《わす》れずとだに言《い》ふ人のなき

〔大意〕そのように逢い見ることは難しいかもしれないが、せめて忘れることはないとだけでも、言ってくれる人もいないことだ。

中務・拾遺和歌集一三（恋三）

さやかにも見るべき月を我はたゞ涙に曇《くも》る折《をり》ぞ多《おほ》かる

〔大意〕はっきり見えるはずの月を、私はあなたを恋い慕い続ける涙で曇らせることが多いことだ。

駿河采女・万葉集四

敷栲《しきたへ》の枕ゆくくる涙にぞ浮宿《うきね》をしける恋の繁きに

〔大意〕枕からながれる涙に浮いたまま寝てしまった。恋の思いがしきりにつのるので。〔注解〕「敷栲の」―枕に掛かる枕詞。

時雨《しぐれ》降る暁《あかとき》月夜《つくよ》紐解かず恋ふらむ君と居《を》らましものを

作者不詳・万葉集一〇

〔大意〕時雨の降る暁月夜に、紐も解かずに恋しく思っているあなたと、一緒に居られるとよいのに。

したきゆる雪間《ゆきま》の草《くさ》のめづらしくわが思《おも》ふ人に逢《あ》ひ見《み》てしがな

和泉式部・後拾遺和歌集一一（恋二）

〔大意〕下のほうから消えていく雪の間に萌えでる草のようにめずらしく、私が恋い慕うあの人に逢いたい。

〔参考歌〕春日野《かすがの》の雪間《ま》をわけて生《お》ひいでくる草のはつかに見えしきみはも

壬生忠岑・古今和歌集一一（恋一）

雲に寄する恋

したもえに思《おも》ひきえなん煙《けぶり》だに跡《あと》なき雲のはてぞかなしき

藤原俊成女・新古今和歌集一二（恋二）

〔分類〕「忍ぶ恋」の歌。〔大意〕人知れず恋で正気を失い、死んでしまうであろう。その火葬の煙でさえ、跡形もなく雲にまぎれて消えていき、その行末を思うと悲しいことだ。

心地損へりける頃、あひ知りて侍ける人の訪はで、心地をこたりて後訪へりければ、よみて、遣はしける

死出《しで》の山ふもとを見《み》てぞ帰《かへ》りにしつらき人よりまづ越《こ》えじとて

藤原兵衛・古今和歌集一五（恋五）

〔分類〕恋「人の心は…」の歌。〔大意〕死出の山の麓を見て帰ってきました。見舞いにも来てくださらない薄情な人より先にはその山を越すまいと思いまして。

知《し》らじかし思《おも》ひも出《い》でぬ心《こゝろ》にはかく忘《わす》られず我歎《なげ》くとも

相模・千載和歌集一三（恋三）

〔大意〕知らないだろう。私のことを思い出しもしないつれないあの人の心では、このようにあの人のことを忘れられず私が歎いていることなんて。

白露《しらつゆ》に移《うつ》りやはする恋《こひ》すとて言《こと》の葉《は》にのみかゝる涙《なみだ》は

四条宮下野集（四条宮下野の私家集）

〔大意〕白露は秋の木の葉を染めてゆくが、人を恋する言の葉にかかる涙の露は、人の心まで変えることができるでしょうか。

つゆばかりあひ見そめたる男のもとに
つかはしける
白露《しらつゆ》も夢《ゆめ》もこの世《よ》もまぼろしもたとへていへばひさしかりけり
和泉式部・後拾遺和歌集一四（恋四）
〔大意〕白露も夢もこの世も幻も、恋に比べれば、久しい物の譬えになるものでした。
〔参考歌〕
人心たとへて見れば白露の消《き》ゆる間《ま》も猶《なほ》久《ひさ》しかりけり
よみ人しらず・後撰和歌集一八（雑四）

白鳥《しらとり》の飛羽《とば》山松の待ちつつそわが恋ひわたるこの月ごろを
笠女郎・万葉集四
〔大意〕白鳥の飛ぶ飛羽山の松の「まつ」というように、あなたを待ちながら私はここしばらく恋い続けています。〔注解〕「白鳥の」―「飛ぶ」に掛かる枕詞。

題知らず
白浪《しらなみ》のうちしきりつゝ今夜《こよひ》さへいかでかひとり寝《ぬ》るとかや君《きみ》
よみ人しらず・拾遺和歌集一四（恋四）
〔大意〕白波の打ち寄せる波のように、便りをよこすばかりで、今夜さえ来てくださらないで、どのようにして独り寝をしているのかなどと聞いてくるのか、あなたは。

知《し》るといへば枕だにせで寝《ね》しものを塵《ちり》ならぬ名《な》のそらにたつ覧
伊勢・古今和歌集一三（恋三）
〔分類〕「契りを結んで後になお慕い思う恋」の「名立ちて」の歌。〔大意〕（枕が秘密を）知ってしまうと言うので枕さえもしないで寝たのに、塵は空に立つものですが、その塵にも値しない噂が、根拠もないのになぜ立っているのでしょうか。〔注解〕「そらに」―「空に」の意と、根拠のない意を掛ける。

実行卿家歌合に、恋の心をよみ侍ける
知《し》るらめやよどの継橋《つぎはし》よとともにつれなき人を恋《こ》ひわたるとは
藤原長実母・金葉和歌集七（恋上）
〔大意〕ご存じでしょうか、淀の継橋が、その名のように板を次々と継いであるように、私が夜を継いでつれないあなたを恋い慕い続けているとは。

「す〜そ」

須磨《すま》のあまの塩《しほ》やき衣おさ《(を)》をあらみまどを《(ほ)》にあれやきみが来《き》まさぬ

よみ人しらず・古今和歌集一五（恋五）

〔分類〕恋「逢うことも間遠になって」の歌。〔大意〕須磨の浦の漁師の塩焼き衣は、筬（おさ）の使い方が粗く、その横糸が離れているように、間遠いのですか、あなたが来られないのは。〔注解〕「をさ」―横糸をつめる織物の道具。「まどを」（間遠）」―縫いめのあらい意と時間がへだたっている意を掛ける。

〔参考歌〕

須磨の海人《あま》の塩焼衣《しほやきぎぬ》の藤衣《ふぢごろも》間遠《まとほ》にしあればいまだ着《き》なれず

大網人主・万葉集三

住吉《すみよし》の岸《きし》ならねども人しれぬ心のうちのまつぞわびしき

相模・後拾遺和歌集一三（恋三）

〔大意〕住吉の岸の「松」ではないけれども、人知れずに、心のうちにあの人を「待つ」ことはわびしい。〔注解〕「まつ」―住吉の「松」と「待つ」を掛ける。

百首歌中に、恋の心を

袖《そで》の色は人の問《と》ふまでなりもせよ深《ふか》き思《おも》ひを君し頼《たの》まば

式子内親王・千載和歌集一二（恋二）

〔大意〕私の袖の色は、人が問うほどに紅涙に染まってもかまわない、私のこの深い思いをあなたが頼みとするならば。

〔参考歌〕

しのぶれど色に出《い》でにけり我《わ》が恋は物や思《(おもふ)》と人の問《と》ふまで

平兼盛・拾遺和歌集一一（恋一）

それをだに思《(おもふ)》事とてわが宿《やど》を見きとな言《い》ひそ人の聞《き》かくに

よみ人しらず・古今和歌集一五（恋五）

〔分類〕恋「わが身悲しも」の歌。〔大意〕あなたが来なくなった後のことばかりを思っておりますので、私の家を知っていたなどと言わないでください、人が聞きますので。

「た」

誰《た》が里《さと》に夜離《よが》れをしてか郭公《（ほととぎす）》たゞこゝにしも寝《ね》たるこゑする

よみ人しらず・古今和歌集一四（恋四）

〔分類〕「契りを結んで後になお慕い思う恋」の「身のほどを知る」の歌。〔大意〕今夜はどの女性の所に行くのをやめたのでしょうか。ホトトギスがほかにいくところがないと鳴くがごとく、あなたはこの私のところだけで寝ているようにおっしゃるが。

直《ただ》に逢ひて見てばのみこそたまきはる命に向ふわが恋止《や》まめ

中臣女郎・万葉集四

〔大意〕直接にあなたに逢って見たならばこそ、命をかけた私の恋はやむでしょう。しかし逢えないのだから、止むことはない。〔注解〕「たまきはる」―「命」にかかる枕詞。

橘を守部《もりべ》の里の門田早稲《わせ》刈る時過ぎぬ来《こ》じとすらしも

作者不詳・万葉集一〇

〔大意〕守部の里の門の前の田の早稲を刈る時は過ぎてしまった。そのように、恋しいあの人は来ないつもりらしい。〔注解〕「橘」―「守部」に掛かる枕詞。

男の、待てと言ひおこせて侍ける返事によみ侍ける

たのむるをたのむべきにはあらねども待《ま》つとはなくて待《ま》たれもやせん

相模・後拾遺和歌集一二（恋二）

〔大意〕待てと期待させる、あなたの言葉を頼みにはできませんが、待つということではありませんが、やはり心待ちにされてしまうのでしょうか。

たのめ置く言《こと》の葉だにもなき物をなにゝかゝれる露《つゆ》の命《いのち》ぞ

皇后宮女別当・金葉和歌集七（恋上）

〔大意〕頼みにさせてくれるあなたの言葉さえないのに、なにを頼りに生きる露のようにはかない私の命なのでしょうか。

〔参考歌〕

慰《なぐさ》むる言《こと》の葉《は》にだにかゝらずは今も消《け》ぬべき露の命を

魂合《たまあ》はば相寝《ね》むものを小山田の鹿猪田《ししだ》禁《も》る如《ごと》母し守《も》らすも

よみ人しらず・後撰和歌集一四（恋六）

作者不詳・万葉集一二

〔大意〕心が合うならば、共寝をしましょうものを。山田の鹿猪田を監視するように、母が私を監視しています。

巨勢郎女、報へ贈る歌

玉葛花のみ咲きて成らざるは誰《た》が恋ひにあらめ吾《あ》は恋ひ思《も》ふを

巨勢郎女・万葉集二

〔大意〕玉葛の花だけが咲いて、実が成らないように、実の成らない（誠実ではない）のは誰の恋なのでしょうか。私は心から恋いお慕いしておりますのに。

玉かづら這《は》ふ木あまたになりぬれば絶《た》えぬ心のうれしげもなし

よみ人しらず・古今和歌集一四（恋四）

〔分類〕「契りを結んで後になお慕い思う恋」の「身のほどを知る」の歌。〔大意〕蔓草が這う木が多くなるように、あなたも別な人の所に通うことが多くなったので、蔓が途切れないように、私との関係が切れないでいるあなたの心がうれしくもありません。

玉匣《たまくしげ》あけばきみが名《な》たちぬべみ夜ふかく来《こ》し人見けむかも

よみ人しらず・古今和歌集一三（恋三）

〔分類〕「契りを結んで後になお慕い思う恋」の「きぬぎぬ」の歌。〔大意〕櫛箱のふたは開けて使うものであるように、夜が明けてからではあなたの名が評判になるということで、まだ夜の深いうちに帰って来たのを人が見たのだろうかなあ。〔注解〕「玉匣」―「明く」に掛かる枕詞。

たまさかに逢《あふ》はひと夜の時のまにこひも恨《うらみ》もいかにはるけん

永福門院・永福門院百番御自歌合

〔大意〕思いがけずに逢うことができたら、ほんの一夜の短い時間の中でも、恋の思いも恨みもどんなにかはらすことができるだろう。

魂《たましひ》はあしたゆふべに賜《たま》ふれど吾《あ》が胸痛し恋の繁きに

狭野弟上娘子・万葉集一五

〔大意〕あなたの魂は朝に夕に賜っていますが、私の胸は痛みます。恋心がしきりなので。

玉垂《たまたれ》の小簾《をす》の隙《すけき》に入り通ひ来《こ》ねたらちねの母が問《と》はさば風と申《まを》さむ　（旋頭歌）

作者不詳・万葉集一一

〔大意〕簾のすき間から入っておいでなさい。母が誰かと聞いたならば風ですと申しましょう。〔注解〕「玉垂」―「緒」（この場合は小簾の「を」）に掛かる枕詞。「たらちねの」―「母」に掛かる枕詞。

題しらず

玉桙（たまほこ）の道はつねにもまどはなむ人を訪《と》ふとも我かとおもはむ

藤原因香・古今和歌集一四（恋四）

〔分類〕「契りを結んで後になお慕い思う恋」の「離れ行く人を思う恋」の歌。〔大意〕（あなたは）通って行く道を迷ってほしいものだ。たとえあなたがほかの人のもとを訪れるとしても、私のもとに来られたと思うことです。〔注解〕「玉桙の」―道の枕詞。

たらちねの母に知らえずわが持《も》てる心はよしゑ君がまにまに

作者不詳・万葉集一一

〔大意〕母にも知らせずに、私の心は、ええ、よいでしょう、どうぞあなたの思いのままに。〔注解〕「たらちねの」―母に掛かる枕詞。

「ち」

契（ちぎり）けりまちけり　哀（あはれ）　其（その）時のことの葉残る　水茎（みづぐき）のあと

永福門院・永福門院百番御自歌合

〔大意〕あの人と契った。待った。ああ、いまはその時の言葉が手紙に残るだけである。

千《ち》〻の色に移《うつ》ろふらめど知《し》らなくに心し秋のもみぢならねば

よみ人しらず・古今和歌集一四（恋四）

〔分類〕「契りを結んで後になお慕い思う恋」の「ひたすらに慕うわが恋」の歌。〔大意〕草木が千々の色に移り変わるように、あの人の心はいろいろに変わるようだが、私にはそれがわからない。人の心は「秋」の紅葉ではないのだから、「飽き」がきてもすぐに変わるはずのものではないので。〔注解〕「移ろふ」―紅葉する意と心変わりする意を掛ける。「秋」―「飽き」を掛ける。

千鳥鳴く佐保の河瀬のさざれ波止む時も無しわが恋ふらくは

大伴郎女・万葉集四

〔大意〕千鳥が鳴く佐保川の川瀬の小波の止む時がないように、私の恋心は止む時もない。

「つ」

鴨頭草《つきくさ》に衣《ころも》色どり摺《す》らめども移ろふ色といふが苦しさ

作者不詳・万葉集七

〔大意〕鴨頭草で衣を色に染めようと思うが、移り変わりやすい色というのが苦しい（あの人に心変わりしやすいと思われるのが心配である）。

つき草の移ろひやすく思へかもわが思《も》ふ人の言《こと》も告げ来《こ》ぬ

大伴坂上大嬢・万葉集四

〔大意〕つき草のように移ろいやすい心をもっているのだろうか。私の恋い慕うあの人が何の言葉を告げて来ないのは。

やむごとなき人を思かけたる男に代りて

尽《つ》きもせず恋《こひ》になみだをわかすかなこやなゝくりの出湯《いでゆ》なるらん

相模・後拾遺和歌集一一（恋一）

〔大意〕尽きることなく、恋の思いに涙を煮えたぎらせています。これがあの七くり出で湯というものなのでしょうね。

月夜《よ》には来《こ》ぬ人待《ま》たるかきくもり雨も降《ふ》らなむわびつゝもねむ

よみ人しらず・古今和歌集一五（恋五）

〔分類〕恋「逢うことも間遠になって」の歌。〔大意〕月の美しい夜には来ない人が待たれてなりません。空がかき曇って雨でも降ってほしい。そうなればわびしい思いがするとしても、独りで寝るでしょう。

月夜《よ》よし夜よしと人に告《つ》げやらば来《こ》てふににたり待《ま》たずしもあらず

よみ人しらず・古今和歌集一四（恋四）

〔分類〕「契りを結んで後になお慕い思う恋」の「深く思う恋」の歌。〔大意〕月の景色がよい、夜の景色がよいとあの人に告げたならば、来て欲しいというようなものですね。でも待っていないわけではないのですから。

〔参考歌〕
わが屋戸《やど》の梅咲きたりと告げやらば来《こ》ちふに似たり散りぬともよし
作者不詳・万葉集六

託馬野《つくまの》に生《お》ふる紫草《むらさき》衣《きぬ》に染《し》めいまだ着《き》ずして色に出《い》でにけり
笠女郎・万葉集三

〔大意〕託馬野に生える紫草で衣を染めてまだ着ないうちに（恋の思いを遂げないうちに）、人に知られてしまった。

つゝみくらす涙をゆるす時にして月をさだかにみるよはぞなき
永福門院・永福門院百番御自歌合

〔大意〕夜は包み隠していた涙を流すことができる時なので、流す涙のために月をはっきりと見る夜半とてない。

題知らず

津《つ》の国《くに》のこやとも人をいふべきにひまこそなけれ蘆《あし》の八重葺《やへぶ》き
和泉式部・後拾遺和歌集一一（恋二）

〔大意〕訪れて欲しいとあの人に言うべきところでしょうが、蘆を隙間なく葺いた八重葺きの小屋ではありませんが、人目に隙がなくて言うことができません。〔注解〕「こや」―津の国の歌枕の「昆陽」に「来や」「小屋」を掛ける。

〔参考歌〕
津の国の蘆の八重葺き隙をなみ恋しき人に逢はぬ頃かな
作者不詳・古今和歌六帖二

つゐ《(ひ)》に今宵こずしもならん後にこそつらき人とは思ひはてなめ
永福門院・永福門院百番御自歌合

〔大意〕今宵になっていまだにあの人が来ないのなら、その後にこそは薄情な人なのだと思いあきらめてしまおうか。

露《つゆ》はらふ寝覚《ねざ》めは秋のむかしにて見はてぬ夢にのこるおもかげ
藤原俊成女・新古今和歌集一四（恋四）

〔分類〕「絶えたる後の恋」の歌。〔大意〕枕の露（涙）を払って起きる寝覚めは、飽きられた私には今まで通りの秋の寝覚めですが、目が覚めて途切れてしまった夢の名残りに、あの人の面影が浮かんで見えるのです。
〔注解〕「秋」―季節の「秋」と「飽き」を掛ける。
〔本歌〕
夢地《ゆめぢ》にも宿貸《やどか》す人のあらませば寝覚《ねざめ》に露《つゆ》は払《ら》はざらまし
よみ人しらず・後撰和歌集一一（恋三）

離れがたになりける男のもとに装束調じて送れりけるに、「かゝるからに、うとき心地なんする」と言へりければ

つらからぬ中にあるこそ疎《うと》しといへ隔て果《は》ててし衣《きぬ》にやはあらぬ

小野遠興女・後撰和歌集一一（恋三）

〔大意〕つれないことなどありえない二人の間にある衣をこそ「疎し」というのです。この衣は離れきった間柄でお贈りしたものではありませんか…二人の仲はもともと疎いではありませんか。
〔参考歌〕
衣だに中《なか》に有《あり》しはうとかりき逢《あ》はぬ夜をさへ隔《だ》てつる哉《かな》
よみ人しらず・拾遺和歌集一三（恋三）

おとこの久しくをとづれざりけるが、忘れてやと申侍ければ、よめる

つらからば恋《こひ》しきことは忘《わす》れなでそへてはなどかしづ心なき

馬内侍・新古今和歌集一五（恋五）

〔分類〕「忘るる恋」の歌。〔大意〕私が薄情ならば、どうして恋しい思いを忘れられないばかりか、その上どうして心が落ち着かないのでしょう。
〔参考歌〕
つらからば同《おな》じ心につらからんつれなき人を恋《こ》ひむともせず
よみ人しらず・後撰和歌集九（恋一）

つれもなき人の心はうつせみのむなしき恋《こひ》に身をやかへてん

八条院高倉・新古今和歌集一二（恋二）

〔分類〕「片思」の歌。〔大意〕すげないあの人の心が情けない。私はこのむなしい恋に命を引き換えてしまうのであろうか。〔注解〕「うつせみの」―「むなし」の枕詞。「人の心はうつ（憂つ）」に掛かる。
〔本歌〕
うちはへて音《ね》をなきくらす空蟬《うつせみ》のむなしき恋《こひ》も我はする哉《かな》

よみ人しらず・後撰和歌集四（夏）

つれもなき人もあはれといひてまし恋《こひ》するほどを知《し》らせだにせば

赤染衛門・後拾遺和歌集一一（恋二）

〔大意〕薄情なあの人もかわいそうというでしょう。私があの人を恋い慕う思いのたけを知らせさえすれば。

〔参考歌〕

つれもなき人を恋《こ》ふとて山びこのこたへするまでなげきつる哉

よみ人しらず・古今和歌集一一（恋二）

「と」

あひ知れりける人の、やうやく離れ方になりける間に、焼けたる茅の葉に文を挿して遣はせりける

時すぎてかれ行《ゆく》小野《をの》のあさぢには今は思《おも》ひぞ絶《た》えずもえける

小野小町姉・古今和歌集一五（恋五）

〔分類〕恋「人の心は…」の歌。〔大意〕時が過ぎて枯れていく野原の茅萱には野焼の火が燃えています。同じように恋の時も過ぎあなたが離れていく今、私の恋の思いの火は激しく絶えることなく燃えています。〔注解〕「思ひ」―「思ひ」の「ひ」に「火」を掛ける。

年月の行《ゆく》らん方も思《おも》ほえず秋のはつかに人の見ゆれば

伊勢・拾遺和歌集一四（恋四）

〔大意〕年月が過ぎて行くというが、いったいあの人はどこに行こうとしているのだろうか、その行く先もわからない。この秋のおわりにちらっとあの人が姿を見せただけなのですから。〔注解〕「秋のはつかに」―「わずかに」の意の「はつかに」に「秋の果つ」を掛ける。

題しらず

とふやとて杉《すぎ》なき宿《やど》に来《き》にけれど恋《こひ》しきことぞしるべなりける

よみ人しらず・後撰和歌集一四（恋六）

〔大意〕あなたは訪ねていらっしゃるかしらと、目印の杉のない住まいに来ていましたが、あなたが訪ねて来てくださったのは、あなたへの恋しい思いが、杉の代わりに道しるべになったのですね。

ともかくもいはばなべてになりぬべし音《ね》に泣《な》きてこそ見《み》すべかりけれ

和泉式部・千載和歌集一五（恋五）

〔大意〕あれこれと言葉にだして言えば、普通で珍しくもないものになってしまうでしょう。声をあげて泣いて見せるべきでしたよ。

〔参考歌〕
人知《ひとし》れぬ我《わ》が物思ひの涙をば袖につけてぞ見すべかりける

よみ人しらず・後撰和歌集一一（恋三）

「な」

長《なが》からん心も知《し》らず黒髪《くろかみ》の乱《みだ》れてけさはものをこそ思へ

待賢門院堀河・千載和歌集一三（恋三）

〔大意〕長く変わりのないお心かも知れませんが、あなたが帰っていった今朝は、共寝して乱れた黒髪のように、千々に物思い乱れて悩んでいます。〔注解〕「長からん」——「黒髪」の縁語。

九月《ながづき》の有明《ありあけ》の月夜《つくよ》ありつつも君が来まさばわれ恋ひめやも

作者不詳・万葉集一〇

〔注解〕「九月の有明の月夜」——「このままいつまでも」の意の「ありつつも」に掛かる序。

久しう問はぬ人のおとづれて、またも問はずなり侍にければよめる

なか〳〵にうかりしまゝにやみもせば忘《わす》るゝほどになりもしなまし

和泉式部・後拾遺和歌集一三（恋三）

〔大意〕いっそのこと、二人の仲がつらいままで終わったならば、忘れるほどになったでしょう（でもそうでないので忘れられません）。

冬より比叡の山に登りて春まで音せぬ人のもとに

ながめやる山辺《べ》はいとゞかすみつゝおぼつかなさのまさる春哉《かな》

藤原清正女・拾遺和歌集一三（恋三）

〔大意〕物思いして眺める山の辺はますます霞んで、待ち遠しさがつのる春であることだ。

男に忘られて装束包みて送り侍りける
に、革の帯に結び付け侍りける

泣《な》きながす涙《なみだ》にたへで絶《た》えぬればはなだのおび
の心地こそすれ

和泉式部・後拾遺和歌集一三（恋三）

〔大意〕泣いて流す涙に堪えきれずに、二人の仲が終わってしまったので、まるで切れたはなだの帯のような気持ちがします。〔注解〕「はなだの帯」—薄藍色に染めた帯。

入道摂政まかりたりけるに、門を遅く
開けければ、立ちわづらひぬと言ひ入
れて侍ければ

歎《なげき》つゝ独《ひとり》寝《ぬ》る夜のあくる間《ま》はいかに久《ひさ》しき物
とかは知《し》る

藤原道綱母・拾遺和歌集一四（恋四）

〔大意〕歎きながら独り寝る夜の明けるまでの間がどれほど長く思われるものか、あなたはお分かりになるだろうか。〔注解〕「あくる間」—夜の「明く」に戸を「開く」を掛ける。

恋の心をよめる

なぞもかく身にかふばかり思《おも》ふらん逢《あ》ひ見《み》ん事も
人のためかは

三宮大進・金葉和歌集七（恋上）

〔大意〕どうしてこれほど、わが身の命と引き換えにしてでも（逢いたい）とばかりに思うのだろう。逢い見ることもあの人のためではなく、自分のためで、生きていなければしかたがないのに。

〔参考歌〕
いま見てんかくいひいひて恋ひしなば身にかふばか
り思ひけりとは

源行宗・続詞花和歌集一一（恋上）

夏の野の繁みに咲ける姫百合《ひめゆり》の知らえぬ恋は苦し
きものそ

大伴坂上郎女・万葉集八

〔大意〕夏の野の繁みに咲く姫百合の花のように、人に知られない恋は苦しいものです。

摂政右大臣の時の家歌合に、旅宿に逢
ふ恋といへる心をよめる

難波《なには》江の蘆《あし》のかりねの一夜ゆへ《ゑ》身をつくしてや恋《こ》
ひわたるべき

皇嘉門院別当・千載和歌集一三（恋三）

〔大意〕難波江の蘆の刈り根の一節（よ）のように、ただ一夜の契りゆえに、私は身をささげ尽くして恋し続けなくてはならないのでしょうか。〔注解〕「かりね」―仮寝」に「刈根」を掛ける。「一夜」―「一節（よ）」を掛ける。

〔参考歌〕
わびぬれば今はた同《おな》じ難波《なには》なる身をつくしても逢《あ》はむとぞ思《おもふ》

元良親王・拾遺和歌集一二（恋二）

涙川《なみだがは》おなじ身よりはながるれど恋《こひ》をば消《け》たぬものにぞありける

和泉式部・後拾遺和歌集一四（恋四）

〔大意〕涙川は（恋するこの）同じ身から流れるものであるけれど、恋の火を消すものではなかったよ。

百首歌たてまつりし時

涙河《なみだがは》たぎつ心のはやき瀬《せ》をしがらみかけて堰《せ》く袖ぞなき

讃岐・新古今和歌集一二（恋二）

〔分類〕「逢はざる恋」の「川に寄せる」の歌。〔大意〕涙川よ、このわきかえる私の心の早瀬を柵となって塞き止める袖などないのだ。〔注解〕「しがらみ」―流を塞くために杭を打ち竹を渡して水流を塞く柵。

〔本歌〕
身を投げし涙の川の早き瀬をしがらみかけて誰かとどめし

源氏物語（手習）

泪《（なみだ）》にも余りて人のつらき夜《よ》は慰《（なぐさみ）》に見《み》し月さへもうし

永福門院・永福門院百番御自歌合

〔大意〕あの人のことを思い、涙を流しても流しきれないほどつらい夜は、慰めに眺めた月さえもがうらめしい。

「に～の」

ぬばたまの黒髪濡れて沫雪《あわゆき》の降るにや来《き》ます幾許《ここだ》恋ふれば

作者不詳・万葉集一六

〔大意〕黒髪を濡らして沫雪の降る中をあの人は来てくれるでしょうか。こんなに私が恋い慕っているので。〔注解〕「ぬばたまの」―「黒」「髪」に掛かる枕詞。

ぬばたまのこの夜な明けそ赤らひく朝行く君を待たば苦しも

万葉集一一（柿本人麻呂歌集）

〔大意〕この夜よ、明けないでくれ。朝に帰って行くあなたがまた訪れてくれるまで、待っているのはつらいので。〔注解〕「ぬばたまの」―「夜」に掛かる枕詞。「赤らひく」―「朝」に掛かる枕詞。

ぬばたまのわが黒髪を引きぬらし乱れてさらに恋ひわたるかも

作者不詳・万葉集一一

〔大意〕私の、この黒髪を引きほどいて、それが乱れるように心も乱れて、さらに恋いし続けています。〔注解〕「ぬばたまの」―「黒」「髪」に掛かる枕詞。

音《ね》を泣《な》けば袖《そで》は朽《く》ちても失《う》せぬなりなを憂《（ほ）う》き事ぞつきせざりける

和泉式部・千載和歌集一五（恋五）

〔大意〕声をだして泣けば、涙で袖は朽ち失せてしまうでしょう。それでもなお憂きつらいことは、（その憂きつらさが）尽きないわが身であることだよ。

「は」

はかなくて同《おな》じ心になりにしを思《（おも）》ふがごとは思ふらんやぞ

男のもとにつかはしける

中務・後撰和歌集九（恋一）

〔大意〕心もとないまま、あなたとひとつの心になってしまいましたが、私があなたをお慕いするように、あなたは私のことを思ってくださるのでしょうか。

はかなしや枕《まくら》さだめぬうたゝ寝《ね》にほのかにまよふ夢《ゆめ》の通《かよ》ひ道《（ち）》

恋の歌

式子内親王・千載和歌集一一（恋一）

〔大意〕はかないものだなあ、枕の位置も決めなかったうたた寝の、ほのかに迷う夢の通い路は、思う人に逢えそうで逢えないむなしいものであったよ。〔注解〕「枕さだめぬ」―枕の仕方によって、夢の中で恋人に逢えるという俗信があった。

〔参考歌〕

夜ゐ《（よひ）》〳〵に枕さだめむ方もなしいかに寝《ね》し夜《よ》かゆめ

に見えけむ

よみ人しらず・古今和歌集一一（恋二）

愛《は》しきやし逢はぬ君ゆゑ 徒《いたづら》に此の川の瀬に玉裳ぬらしつ

作者不詳・万葉集一一

〔大意〕ああ、逢ってくれないあなたのせいで、私はむなしくこの川の瀬で玉裳を濡らしてしまいました。

愛《は》しきやし吹かぬ風ゆゑ 玉匣《たまくしげ》開《あ》けてさ寝にしわれそ悔《くや》しき

作者不詳・万葉集一一

〔大意〕ああ、来てくれるわけもないのに、訪れを待って、戸を開けて寝た私の愚かさが悔やまれるよ。〔注解〕「吹かぬ風ゆゑ」—風が吹きもしないのに。あなたが来るわけでもないのに。「玉匣」—「明け」に掛かる枕詞。

遥なる程にも通《かよ》ふ心 哉《（かな）》 さりとて人の知《し》らぬ物ゆへ《（ゑ）》

伊勢・拾遺和歌集一四（恋四）

〔大意〕はるかなところにも通じる私の恋心であるよ。とはいっても、あの人の知らないことなのだが。

春雨の止《や》まず降る降るわが恋ふる人の目すらを相見しめなく

作者不詳・万葉集一〇

〔大意〕春雨が止まず降りに降るため、訪れを妨げて、私が恋しく思うあの人の顔さえも見させないことよ。

春さればまづ鳴く鳥の 鶯《うぐひす》の言先立《ことさきだ》ちし君をし待たむ

作者不詳・万葉集一〇

〔大意〕春がくると最初に鳴く鳥の鶯のように、言葉を先にかけてくれたあなたを、私はお待ちしています。

忘れはべりにし人を、夢に見はべりて

春《はる》の夜《よ》の夢《ゆめ》に逢《あ》ふとし見《み》えつるは思《おも》ひ絶《た》えにし人を待《ま》つかな

伊勢集（伊勢の私家集）

〔大意〕春の夜にあの人に逢う夢を見たということは、思いを絶ってしまったあの人を、実際は思い切れずに待っていたのですね。

「ひ」

晩蝉《ひぐらし》は時と鳴けども片恋に手弱女《たわやめ》われは時わかず泣く

作者不詳・万葉集一〇

〔大意〕ひぐらしは時を定めて鳴くけれども、片思いの恋の物思いに悩む手弱女の私は、時をさだめることなく泣いています。〔注解〕「手弱女」—たおやかな女。しなやかでやさしい女。

ひさしくもなりにけるかな住《すみ》の江《え》の松はくるしき物にぞありける

よみ人しらず・古今和歌集一五（恋五）

〔分類〕恋「逢うことも間遠になって」の歌。〔注解〕「住の江の松」—年月を経た住の江の松のように長い間待つということは。「松」と「待つ」を掛ける。

人恋《こ》ふる涙は春ぞぬるみけるたえぬ思《おも》ひのわかすなるべし

伊勢・後撰和歌集九（恋二）

〔大意〕あの人を恋い慕う涙は春になって暖かくなってきました。（あなたに逢うことができなかった間も）絶えることなく燃え続けていた私の思いの火が沸かしたのに違いありません。〔注解〕「思ひ」—「火」を掛ける。

題しらず

人しれず絶《た》えなましかばわびつゝも無《な》き名《な》ぞとだに言《い》はましものを

伊勢・古今和歌集一五（恋五）

〔分類〕恋「わが身悲しも」の歌。〔大意〕人に知られずに終わる仲ならば悲しい思いをするとしても、せめてありえない噂ですよとだけでも言いましょうに。

人しれぬわが思《おも》ひにや秋《あき》の田《た》の草にもあらず焦《こ》がれ散《ち》るらん

伊勢集（伊勢の私家集）

〔大意〕あの人の知らない私の恋の思いの火で、秋の田の草でもないのに、（秋の田の草が燃え焦げるように）私は恋い焦がれて死ぬだろう。〔注解〕「思ひ」—「思ひ」の「ひ」に「火」を掛ける。

題知らず

人《ひと》の身も恋《こひ》にはかへつ夏虫《なつむし》のあらはに燃《も》ゆと見《み》えぬ許《ばかり》ぞ

和泉式部・後拾遺和歌集一四（恋四）

〔大意〕人もその身を恋のために引き換えにしてしまった。夏虫のように火の中に飛び込んではっきりと燃えるのが見えないだけです。

一夜《ひとよ》だにくるしかりけり呉竹《くれたけ》のゆく末《すゑ》かゝるふしは憂《う》からん

一条摂政御集（藤原伊尹の私家集）

〔大意〕（あなたがお見えにならないのは）一夜だけでも苦しいものです。この先もこのような憂き目をみるのはつらいことでしょう。〔注解〕「呉竹の」―「ふし」に掛かる枕詞。

ひとり寝《ね》し時は待《ま》たれし鳥の音《ね》もまれに逢《あ》ふ夜《よ》はわびしかりけり

よみ人しらず・拾遺和歌集一二一（恋二）

〔大意〕ひとり寝をした時は、（夜が長く思えて）待ち遠しく思われる鳥の声も、まれに逢って共寝する夜は、（別れの時を告げるので）わびしくつらいものに聞えることだ。

「ふ」

物思ひける頃、ものへまかりける道に、
野火の燃えけるを見て、よめる

冬がれの野べとわが身を思《おも》ひせばもえても春《はる》を待《ま》たまし物を

伊勢・古今和歌集一五（恋五）

〔分類〕恋「人の心は…」の歌。〔大意〕冬枯れの野辺と我が身を思うならば、野火ですっかり燃え尽きたとしても、春には草木の芽が萌え出すように、私も思いの火に燃えて恋がふたたび実る日を待とうと思いますが。〔注解〕「思ひ」―「思ひ」の「ひ」に「火」を掛ける。

源正明の朝臣、十月許に、常夏を折り
て、贈りて侍ければ

冬なれど君が垣《き》ほに咲《さ》きければむべ常夏《とこ》と恋《こひ》しかりけり

よみ人しらず・後撰和歌集一四（恋六）

〔大意〕いまは冬ですが、あなたの家垣に咲いた「常夏」ですから、その名のように、夏がいつまでも続いているかのように、いつまでも心惹かれてあなたを恋しく思うことですよ。〔注解〕「常夏と」―花の「ナデシコ」に「常なつかし」を掛ける。

降《ふ》らぬ夜の心を知《し》らで大空《おほぞら》の雨をつらしと思《（おもひ）》ける哉《（かな）》

左近・拾遺和歌集一二三（恋三）

〔大意〕雨が降らない夜も物思いをすることになるとも知らないで、（あの人が来ない理由を）大空から降る雨のせいにして、その雨を恨めしく思っていたことだ。

兼輔朝臣に逢ひはじめて、常にしも逢はざりけるほどに

ふりとけぬ君が雪《ゆき》げの雫《しづく》ゆへ《（ゑ）》袂《たもと》にとけぬ氷しにけり

藤原清正母・後撰和歌集一〇（恋二）

〔大意〕降ってもなかなか解けない雪のように、古くなるまでいつまでも添い遂げてくれないあなたの、偶然に溶けた雫が濡らした私の袂ですので、心が打ち解ける間もなく、またすぐに涙で凍ってしまいました。〔注解〕「ふりとけぬ」―降っても解けない意の「降り解けぬ」と古くなるまで添う意の「古り遂げぬ」を掛ける。

題しらず

古里《ふるさと》にあらぬものからわがために人の心のあれてみゆらむ

伊勢・古今和歌集一四（恋四）

〔分類〕「契りを結んで後になお慕い思う恋」の「離れ行く人を思う恋」の歌。〔大意〕（人の心は）荒れていく古里でないのに、どうして私には、あの人の心が荒れて離れていくように見えるのでしょう。

「ま」

題しらず

枕《まくら》だに知《し》らねばいはじ見しまゝに君かたるなよ春の夜《よ》の夢

和泉式部・新古今和歌集一三（恋三）

〔分類〕「夢に寄する恋」の歌。〔大意〕枕さえもこの夜のことを知らないので、人には洩らすまい。だからあなたも、見たままを人に語らないでほしい、春の夜の夢のことを。

真菅《ますが》よし宗我《そが》の河原に鳴く千鳥間《ま》無しわが背子《せこ》わが恋ふらくは

作者不詳・万葉集一二

〔大意〕宗我川の河原に鳴く千鳥が間を置かないように、わが背子よ、私の恋の思いも絶えることがありません。
〔注解〕「真菅」―「宗我」に掛かる枕詞。

大夫《ますらを》もかく恋ひけるを手弱女《たわやめ》の恋ふる情《こころ》に比《たぐ》ひあらめやも

大伴坂上大嬢・万葉集四

〔大意〕大夫であるあなたもこんなに私を恋しく思っていらっしゃるのだとわかりましたが、この手弱女があなたを恋しく思う心にはくらべものになりませんよ。

〔注解〕「手弱女」—たおやかな女。

真《ま》澄《そ》鏡《かがみ》見ませわが背《せ》子《こ》わが形見持たらむ時に逢はざらめやも

作者不詳・万葉集一二

〔大意〕真澄の鏡を私と思って見て下さい、わが背子よ。私の形見であるこの真澄の鏡を持っておられたら、ふたたび逢えないということはありますまい。

まだ知《し》らぬ人をはじめて恋《こ》ふるかな思《おも》ふ心《こゝろ》よ道《みち》しるべせよ

前太皇太后宮・千載和歌集一一（恋一）

〔大意〕まだ知らない人を初めて恋するのだよ。だから私の恋心よ、あの人に逢うための道案内をしておくれ。

〔参考歌〕

先《さき》に立《た》つ涙《なみだ》を道《みち》のしるべにて我《われ》こそ行《ゆ》きて言《い》はまほしけれ

よみ人しらず・後拾遺和歌集一〇（哀傷）

真《ま》玉《たま》付《つ》くをちこちかねて言《こと》はいへど逢ひて後こそ悔にはありと言へ

大伴坂上郎女・万葉集四

〔大意〕これからも、今も大事にするからと言葉ではおっしゃいますが、お逢いして思いを通い合わせた後こそ、後悔するものだと世間の人が言いますので。〔注解〕「真玉付く」—「をちこち」に掛かる枕詞。「をちこち」—彼方此方、将来と現在。「かねて」—あわせて。

大宰師敦道の御子中絶ゑ侍けるころ、秋つかた思ひ出でてものして侍りけるに、よみ侍ける

待《ま》つとてもかばかりこそはあらまかしか思《おも》ひもかけぬ秋《あき》の夕暮《ゆふぐれ》

和泉式部・千載和歌集一四（恋四）

〔大意〕お待ちしていてお逢いできたとしても、これほどまで嬉しく思ったでしょうか。思いもしなかった突然の今日のあなたの訪れです。もの悲しいはずのこの秋の夕暮ですのに。

待《ま》てといはゞ寝《ね》てもゆかなむ強《し》ひてゆく駒《こま》の足《あし〈を〉》おれ前《まへ》の棚橋《たなはし》

よみ人しらず・古今和歌集一四（恋四）

〔分類〕「契りを結んで後になお慕い思う恋」の「離れ行く人を思う恋」の歌。〔大意〕待ってくださいといったならば、せめてひと眠りしてから帰ってください。あの人を無理矢理に連れて行ってしまう馬の足を折っておくれ、前方にある棚橋よ。

「み」

みさごゐる渚《す》にゐる舟の漕ぎ出《で》なばうら恋《ごひ》しけむ
後は逢ひぬとも

作者不詳・万葉集一二

〔大意〕みさごがいる渚に浮かぶ舟が漕ぎ出るようにあなたが去っていったならば、心の中で私は恋しく思うでしょう、後で逢うとしても。

見《み》し人《ひと》に忘《わす》られてふる袖《そで》にこそ身を知《し》る雨《あめ》はいつ
もをやまね

雨のいたく降る日、涙の雨の袖になど
いひたる人に

和泉式部・後拾遺和歌集一二（恋二）

〔大意〕逢った人に忘れられて月日を過ごしている私の袖に、身の不運を思い知らされる雨がいつもやまずに降っています。〔注解〕「ふる」―「経る」と「降る」を掛ける。

見し夢《ゆめ》の覚《さ》めぬやがてのうつゝにてけふと頼《たの》めし
暮《くれ》を待《ま》たばや

夢の中に契る恋といへる心をよめる

小侍従・千載和歌集一三（恋三）

〔大意〕見た夢が覚めないままやがて現実となって、今日逢いましょうと、私に期待させたこの夕暮を待ちたいものだなあ。

〔参考歌〕

うたゝねのこの世《よ》の夢《ゆめ》のはかなきにさめぬやがて
の命《いのち》ともがな

藤原実方・後拾遺和歌集一〇（哀傷）

み空ゆく月読壮士《つくよみをとこ》夕去らず目には見れども寄る縁《よし》
も無し

作者不詳・万葉集七

〔大意〕大空を行く月（男性）は、毎夕出て来て目には見えるけれども、私には近寄る手立てすらありません。
〔注解〕「月読壮士」―月。月を男性に譬える。

皆人を寝よとの鐘は打つなれど君をし思《も》へば寝《い》ね

かてぬかも

笠女郎・万葉集四

〔大意〕皆の人に寝なさいと告げる鐘の打つ音は聞こえてくるけれども、あなたのことを恋しく思っているので、私はなかなか寝つくことができない。

宮木野《の》のもとあらの小萩《こはぎ》つゆをおもみ風をまつごと君をこそまて

よみ人しらず・古今和歌集一四（恋四）

〔分類〕「契りを結んで後になお慕い思う恋」の「深く思う恋」の歌。〔大意〕宮城野の根元の葉がまばらな小萩が、置く露が重いので、吹き落とす風を待つように、私のさびしく重い心を吹き飛ばしてくれるあなたを待っております。

みるめなきわが身をうらと知《し》らねばや離《か》れなで海《あ》人《ま》の足《あし》たゆくくる

小野小町・古今和歌集一三（恋三）

〔分類〕「契りを結んで後になお慕い思う恋」の「逢うよしなしに」の歌。〔大意〕逢う機会をつくらないのは、私が自分の身を憂いているからだと知らないのか、あの人は離れもしないで通ってくる。それは「海松」の生えない入江と知らないで、漁師が足もだるくなるまで通ってくるようなものです。〔注解〕「みるめ」―海藻の「海松」と「見るめ（見る機会）」を掛ける。

仲平朝臣、あひ知りて侍けるを、離れ方になりにければ、父が、大和守に侍けるもとへまかるとて、よみて、遣はしける

見わたせば近きわたりを廻《たもとほ》り今か来ますと恋ひつつそ居《を》る

万葉集一一（柿本人麻呂歌集）

〔大意〕見渡すと、近いところなのですが、まわり道をして、もう来られるかと恋いしく思いながら待っております。

三《み》輪《わ》の山いかに待《ま》ち見む年経《ふ》ともたづぬる人もあらじと思へば

伊勢・古今和歌集一五（恋五）

〔分類〕恋「逢うことも間遠になって」の歌。〔大意〕三輪山の神は人を「待つ」といいますが、私はどのようにお待ちして逢うことになるのでしょう。年月が経っても訪ねて来る人などいないと思いますので。

「む〜め」

新羅に遣はさえし使人ら別を悲しびて贈答し、また海路にして情を慟み思を陳ぶ。所に當りて誦する古歌を并せたり

武庫《むこ》の浦の入江の渚鳥《すどり》羽《は》ぐくもる君を離れて恋に死ぬべし

作者不詳・万葉集一五

〔大意〕武庫の浦の入江の洲にいる鳥が親鳥の羽に包まれているように、私を包み込んでくれたやさしいあなたと離れることになって、私は恋い焦がれて死んでしまいそうです。〔注解〕「羽ぐくもる」—羽で包み込む。

「や」

八百日《やほか》行く浜の沙《まなご》もわが恋にあに益《まさ》らじか沖つ島守《しまもり》

笠女郎・万葉集四

〔大意〕八百日（何日）も歩いて行くこの浜の砂の数も多いが、私の恋の思いの数の多さにはまさることはないだろう、沖の島守よ。

山城《しろ》の淀《よど》の若菰《わかごも》かりにだに来《こ》ぬ人たのむ我ぞはかなき

よみ人しらず・古今和歌集一五（恋五）

〔分類〕恋「逢うことも間遠になって」の歌。〔大意〕山城国の淀の若菰さえ誰かが刈りに来るのに、「かりそめ」にも来ないあの人を頼みとする私はなんともはかないことだ。〔注解〕「かり」—「刈り」と「かりそめ」の意を掛ける。

文などをこする男ほかざまになりぬべしと聞きて

山の葉《(は)》にかゝる思ひの絶《た》えざらば雲井ながらもあはれと思《おも》はん

藤原真忠妹・後撰和歌集一一（恋三）

〔大意〕手紙をいただいた頃の、あの様な恋しい思いが絶えないのであれば、雲のある遠いところにいても、しみじみとあなたのことを思っておりますよ。〔注略〕「山の葉」—「手紙」を譬える。「雲井ながらも」—雲のある遠いところであるが。

山の井のあさき心もおもはぬを影《かげ》許《(ばかり)》のみ人の見ゆ覧

よみ人しらず・古今和歌集一五（恋五）
〔分類〕恋「逢うことも間遠になって」の歌。〔大意〕山の井のように浅い心で思っているわけではないのに、山の井に映る影のように、どうしてちらっとしかあの人には逢えないのでしょう。〔注略〕「山の井」―山の湧き水が溜まった所。

「ゆ」

夕暮《ゆふぐれ》にもの思ふことはまさるやと我《われ》ならざらむ人にとはばや

和泉式部・詞花和歌集八（恋下）
〔大意〕夕暮には恋の物思いがまさってくるものなのですかと、自分ではない他の人に聞いてみたいものです。

夕さらば君に逢はむと思へこそ日の暮るらくも嬉しかりけれ

作者不詳・万葉集一二
〔大意〕夕方になったならば、あなたにお逢いできると思うからこそ、日が暮れるのも嬉しいのに（あなたは逢いに来てくれない）。

夕《ゆふ》されば人なき床《とこ》をうち払《はら》ひ嘆《なげ》かむためとなれるわが身か

よみ人しらず・古今和歌集一五（恋五）
〔分類〕恋「わが身悲しも」の歌。〔注略〕「嘆かむための」―嘆くだけになっている。

夕闇は路《みち》たづたづし月待ちて行《ゆ》かせわが背子その間《ま》にも見む

大宅女・万葉集四
〔大意〕夕闇は道が不確かです、月の出るのを待って行きなさい、わが背子よ。月の出るまでのその間でもあなたを見ていたいのです。〔注解〕「たづたづし」―たどたどしい。

和歌所歌合に、遇ひて逢ぬ恋の心を

夢かとよ見し面影《おもかげ》もちぎりしも忘《わす》れずながらうつゝならねば

藤原俊成女・新古今和歌集一五（恋五）
〔分類〕「面影に寄する恋」の歌。〔大意〕夢であったのかどうか。あの時に見た面影も、交わした約束も、私は忘れていないのに、現実にはないところを見ると。

ゆめぢには足《あし》もやすめず通《かよ》へども現《うつ、》にひとめ見しごとはあらず

小野小町・古今和歌集一三（恋三）

〔分類〕「契りを結んで後になお慕い思う恋」の「人目を忍ぶ恋」の歌。〔大意〕夢路では足も休めないであなたのもとへと通って行きますが、現実にあなたを一目見た嬉しさほどではありません。

夢《ゆめ》ならであひみむことのかたき身《み》はおほかた床《とこ》を起《お》きずやあらまし

伊勢集（伊勢の私家集）

〔大意〕夢以外には、恋しい人に逢うことができないわが身なので、ほとんど床から起き上がらずに寝ていようかしら。

夢にだに見《み》ゆとは見えじ朝《あさ》なく〳〵わが面影《おもかげ》にはづる身なれば

伊勢・古今和歌集一四（恋四）

〔分類〕「契りを結んで後になお慕い思う恋」の「見れども飽かず」の歌。〔大意〕夢の中でさえ私の方から姿を見せようとして見せているのだなどと思われたくありません。毎朝鏡に見る自分の面影に恥じる思いのこの身ですので。

夢にても見ゆらんものを歎《なげ》きつゝうちぬるよゐ（ひ）の袖のけしきは

百首歌中に

式子内親王・新古今和歌集一二（恋二）

〔分類〕「逢はざる恋」の「夢に寄せる」の歌。〔大意〕せめて夢のなかにでも見えるでしょうに。嘆きながらまどろんでいるこの宵の、私の袖の（紅の涙に濡れた）様子は。

夢のうちにあひ見むことを頼《たの》みつゝ暮《くら》せるよゐ（ひ）は寝《ね》む方もなし

よみ人しらず・古今和歌集一一（恋一）

〔分類〕「逢わずして慕う恋」の「揺れる思い」の歌。
〔注解〕「寝む方」―夢で恋しい人に逢えるという寝方。

「よ」

世《よ》の中《なか》に恋《こひ》てふ色《いろ》はなけれどもふかく身にしむ物にぞ有《あり》ける

和泉式部・後拾遺和歌集一四（恋四）

〔大意〕世の中に恋という色はないけれども、布地に深

く染まる色のように、恋は身に深く染み入るものであったことだ。

題しらず

寄《よ》るべなみ身をこそとをく《ほ》へだてつれ心は君が影となりにき

よみ人しらず・古今和歌集一三（恋三）

〔分類〕「契りを結んで後になお慕い思う恋」の「逢うよしなしに」の歌。〔注解〕「寄るべなみ身」―頼りにして寄りかかりところのない身。

「わ〜を」

わが命の全《また》けむかぎり忘れめやいや日に異《け》には思ひ益《ま》すとも

笠女郎・万葉集四

〔大意〕私の命があるかぎりは、あなたを忘れることなどあるでしょうか。いよいよ日ごとにあなたへの思いは益すことはあっても。〔注解〕「日に異に」―日ごとに。

心ざし侍女、宮仕へし侍ければ、逢ふこと難くて侍けるに、雪の降るに、つかはしける

我《わ》が恋《こひ》し君があたりを離《はな》れねば降《ふ》る白雪も空《そら》に消《き》ゆらん

よみ人しらず・後撰和歌集一四（恋六）

〔大意〕私の燃える恋の火は、あなたの周辺を離れることはありませんので、あなたの上に降る白雪も空でとけて消えてしまっているでしょう。〔注解〕「我が恋し」―「恋」の「ひ」に「火」を掛ける。

わが恋《こひ》は荒磯《ありそ》の海《うみ》の風をいたみしきりに寄《よ》する浪《なみ》のまもなし

伊勢・新古今和歌集一一（恋一）

〔分類〕「海辺に寄する恋」の歌。〔大意〕私の恋は、荒磯の海の風が激しいので、しきりに寄せる波の絶え間のないようにやむことがない。

題しらず

わが恋《こひ》はいはぬばかりぞ難波《なには》なる蘆《あし》のしの屋《や》の下《した》にこそたけ

小弁・新古今和歌集一一（恋一）

〔分類〕「蘆屋に寄する恋」の歌。〔大意〕私の恋は口に

出して言わないだけで、難波の蘆のしの屋の中で焚く火のように、忍びやかに燃えています。〔注解〕「蘆のしの屋」—蘆の葉を隙間なく葺き詰めた小屋。

〔参考歌〕
津《つ》の国《くに》のなには立《た》たまく惜《お》しみこそすくも焼《た》く火の
下《した》に焦《こ》がるれ
紀内親王・後撰和歌集一一（恋三）

わが恋《こひ》は益田《ますだ》の池《いけ》のうきぬなはくるしくてのみ年《とし》
をふるかな
小弁・後拾遺和歌集一四（恋四）

〔大意〕私の恋は、益田の池のジュンサイを手繰るように苦しいばかりで、もう幾年も経っているよ。〔注解〕「うきぬなは」—浮いているジュンサイ。「憂き」を掛け、そのあとの「くるしくて（苦しくて）」に「繰る」を掛ける。

わが背子がかく恋ふれこそぬばたまの夢《いめ》に見えつ
つ寝《い》ねらえずけれ
作者不詳・万葉集四

〔大意〕わが背子がこれほどまでに私のことを恋していたので、夢にくりかえし見え、私は寝られないのだとわかりました。〔注解〕「ぬばたまの」—「夢」「寝」に掛かる枕詞。

わが背子に恋ひて為方《すべ》なみ春雨の降るわき知らず
出でて来《こ》しかも
作者不詳・万葉集一〇

〔大意〕わが背子が恋しくてしかたがないので、春雨が降っているのかいないのかも知らずに、飛び出て来てしまった。

わが背子《せこ》に直《ただ》に逢はばこそ名は立ため言《こと》の通《かよひ》に
何《なに》そ其《そこ》ゆゑ
作者不詳・万葉集一一

〔大意〕わが背子に直接に逢ったならばこそ噂も立つでしょうが、言葉だけのやりとりのために、なんで、それだけで（噂が立ってしまうとは）。〔注解〕「名」—噂。

わが背子に復《また》は逢はじかと思へばか今朝の別れの
すべなかりつる
高田女王・万葉集四

〔大意〕わが背子にふたたびお逢いすることができないと思ったからかでしょうか。今朝の別れが、どうしようもなく切なく思われたことよ。

わが背子にわが恋ひ居《を》ればわが屋戸《やど》の草さへ思ひうらぶれにけり

万葉集一一（柿本人麻呂歌集）

〔大意〕わが背子を私が恋しく思っているので、わが家の庭の草までが思いに沈んでしおれていることだ。

わが背子《せこ》にわが恋ふらくは奥山の馬酔木《あしび》の花の今盛りなり

作者不詳・万葉集一〇

〔大意〕わが背子を、恋しく思う私の気持ちは、奥山の馬酔木の花のように、今は盛りと咲いています。

わが背子《せこ》を何《あ》どかも言はむ武蔵野《むさしの》のうけらが花の時無きものを

作者不詳・万葉集一四

〔大意〕わが恋する背子をなんとたとえようか。武蔵野のウケラの花のように、何時という時なく恋しく思っているので。

わが背子を今か今かと出で見れば沫雪《あわゆき》降れり庭もほどろに

作者不詳・万葉集一〇

〔大意〕わが背子の訪れを今か今かと待って外に出て見ると淡雪が降っている。庭にはらはらと散って。〔注略〕「ほどろに」―はらはらと散って。

わが身こそあらぬかとのみたどらるれ問《と》ふべき人に忘《わす》られしより

小野小町・新古今和歌集一五（恋五）

〔分類〕「絶ゆる恋」の歌。〔大意〕（あの人が亡くなったかと思ったが）それは、私の方こそではないかと結局は思われる。必ず訪れてくれるはずの人に忘れられてからというものは。

〔参考歌〕

わが身こそあらぬさまなれそれながら空おぼれする君は君なり

源氏物語（若菜下）

わが屋外《やど》の松の葉見つつ吾《あれ》待たむ早帰りませ恋ひ死なぬとに

狭野弟上娘子・万葉集一五

〔大意〕私の家の戸口の松の葉を見ながら私はあなたをお待ちしましょう。早くお帰りください。私が恋い焦がれて死んでしまわないうちに。〔注解〕「松」―「待つ」を掛ける。

わが屋戸《やど》の夕影草《ゆふかげくさ》の白露の消《け》ぬがにもとな思ほゆるかも

笠女郎・万葉集四

〔大意〕私の家に生える夕影草に置いている白露のように、私は身も消え入るほどに、無性にあなたのことが恋しく思われます。〔注解〕「もとな」―無性に。

別《わかれ》てもまだ夜は深き鳥のねを　独《ひとり》　なごりの床に聞《きく》かな

永福門院・永福門院百番御自歌合

〔大意〕（あの人に）別れた後も、まだ夜は深く、その静寂の中で鳴く鳥の声を、あの人の面影が残る名残りの床で、ひとり聞くことです。

題知らず

よみ人しらず・詞花和歌集八（恋下）

わすらるゝ人目《め》ばかりをなげきにて恋《こひ》しきことのなからましかば

〔大意〕（恋しい人に）忘れられたということで人目を気にするだけが嘆きの種で、あの人が恋しいという嘆きはなければよいのに。

心変りたるおとこにいひつかはしける

忘《わす》らるゝ身はことは《わ》りとしりながら思《おも》ひあへぬはなみだなりけり

清少納言・詞花和歌集八（恋下）

〔大意〕この身が忘れ捨てられることは当然であると思いながらも、それを理解できないのはこぼれる涙というものなのですねえ。

わすらるゝ身をうぢ橋《ばし》の中たえて人もかよはぬ年《とし》ぞへにける

又は、此方彼方に人も通はず

よみ人しらず・古今和歌集一五（恋五）

〔分類〕恋「よしや世の中」の歌。〔大意〕忘れられている身はつらく、「憂し」という名の宇治橋の途中が切れてしまって、人が通わない年月が経つように、二人の仲も途絶えてしまいあの人が通わない年月だけが経ったことだ。〔注解〕「うぢ橋」―「宇治橋」と「憂し」を掛ける。

忘《わす》らるゝ身をば思《おも》はず誓《ちか》ひてし人の命《いのち》の惜《お》しくもある哉《かな》

右近・拾遺和歌集一四（恋四）

〔大意〕忘れられてしまうこの身のことはなんとも思わないが、神にかけて誓ったあの人の命が、（神の怒りに触れて）失われてしまうのではないかと残念に思われることだ。

忘《わす》るゝは憂《う》き世《よ》の常《つね》と思ふにも身をやる方《かた》のなきぞわびぬる

紫式部・千載和歌集一五（恋五）

〔大意〕（相手を）忘れることはこの憂き世の男女の仲の常であると思いながらも、忘れられたこの身は、やり場もなくなんともせつないことだ。〔注解〕「憂き世の常」―男女の仲の「世」を掛ける。

〔参考歌〕

忘れなんものとはかねて思ひにき心のうちぞまさしかりける

よみ人しらず・古今和歌六帖五

中関白通ひそめ侍けるころ

忘《わす》れじの行《ゆ》く末《すゑ》まではかたければけふを限《かぎ》りの命《いのち》ともがな

儀同三司母・新古今和歌集一三（恋三）

〔分類〕「逢ふ恋」の歌。〔大意〕忘れることはないとおっしゃる言葉も、ずっと先まではあてにはできないので、（あなたとお逢いしている）今日で終わる命であればいいと思います。

忘《わす》れてはうち歎《なげ》かるゝゆふべかなわれのみ知《し》りてすぐる月日を

式子内親王・新古今和歌集一一（恋一）

〔分類〕「久しく忍ぶ恋」の歌。〔大意〕つい忘れては、ため息のでる夕べであるよ。私だけが知るこの歎きを耐え忍んできたこの歳月である。

〔本歌〕

人知《ひとし》れぬ思《おも》ひのみこそわびしけれわがなげきをば我のみぞ知《し》る

紀貫之・古今和歌集一二（恋二）

わたつ海《み》とあれにし床《とこ》を今さらに払《はら》はば袖や泡《あわ》とうきなむ

伊勢・古今和歌集一四（恋四）

〔分類〕「契りを結んで後になお慕い思う恋」の「ひたすらに慕うわが恋」の歌。〔大意〕あの人を思って流れる涙で海のように荒れたこの独り寝の床を、いまさらあの人を迎えるために袖で払おうしても、袖が涙の上に泡となって浮いてしまうことでしょう。〔注解〕「わたつみ（海神・綿津海）」―海司る神、その領域。海。

われといかでつれなくなりて心みんつらき人《ひと》こそ

忘《わす》れがたけれ

和泉式部・後拾遺和歌集一四（恋四）

〔大意〕なんとかして、私の方からつれなくして試してみたい。あの薄情な人が私のことを忘れられないかどうかを。薄情な人こそ忘れられないものだ。

をみなへし咲く沢に生ふる花かつみかつても知らぬ恋もするかも

中臣女郎・万葉集四

〔大意〕私はいままで一度も経験したこともないような激しい恋をしていることです。〔注解〕「をみなへし〜花かつみ」―ここまで序。「花かつみ」―「かつて」に掛かる枕詞。

「恋」の思い
―短歌（近・現代）

思出昔恋

契りなきむかしを更に忍哉情なき人をうらむ　余《あまり》に

樋口一葉・詠草

片恋

伊勢の海のなき《ぎ》さにひろふ片かひの　かた思ひなる恋もするかな

樋口一葉・詠草

変恋

秋やこし野へ《べ》の草葉にあらね共　君か《が》こゝろのいろかはりゆく

樋口一葉・詠草

忍恋

草か《が》くれ谷の下行水なれや　しる人もなきわか《が》おもひ哉

樋口一葉・詠草

待恋

契りおきし君もや来ると待よひは　あやなく永きこゝちこそすれ

樋口一葉・詠草

寄水恋

山の井の水ならなくに我恋は　くむ人なくてよをへぬる哉

樋口一葉・詠草

寄車恋

小車のわた《だ》ちの跡にあらね共　ひとすし《ぢ》ならぬ恋もする哉

樋口一葉・詠草

絶恋

我もまた思ひ絶んとおもひつゝも　なほ其人の恋しかりけり

樋口一葉・詠草

契変恋

かはり行人の心をしらす《ず》して　契りしことのうらめしき哉

樋口一葉・詠草

劣不逢恋

夢ならは《ば》ゆめとも思ひはつへ《べ》きをかくほのかにも逢はあふかは

樋口一葉・詠草

昼恋

待宵も別るゝ朝も何ならす《ず》　むなしきひるそ《ぞ》悲しかりける

樋口一葉・詠草

深夜待恋

いたつ《づ》らに待よはいたく更ぬれと《ど》　思ひすてゝもねられさ《ざ》りけり

樋口一葉・詠草

旅宿恋

わするなよあらしかた敷岩か《が》ねの　枕よりけにかたきちき《ぎ》りを

樋口一葉・詠草

恋長短

くれ竹の一夜は《ば》かりの契り故　なか《が》きおもひをむすひ《び》つる哉

樋口一葉・詠草

洩始恋

我なか《が》らこゝろよはくもまけてけり　しのひ《び》はてむとおもひしものを

樋口一葉・詠草

恨短夜恋

こと更に鳥か《が》音はやき心地して　まれに逢よのあけ安きかな

樋口一葉・詠草

両方恋

なと《ど》てかくひとつ心を玉た《だ》すき　二方にしも思ひかけけん

樋口一葉・詠草

思高人

我おもひふし《じ》のけふ《ぶ》りとのほ《ぼ》らなん　雲の上なるひとをこふとて

樋口一葉・詠草

通心恋

思ひやる空には関もなかるらん　かよふ心を人もとか《が》めす《ず》

樋口一葉・詠草

恋催無常

鳥へ《べ》野ゝ《の》烟と立ものほ《ぼ》りなは《ば》　つれなき人はこ
はさ《ざ》らましを
樋口一葉・詠草

難休恋

谷川のなか《が》れをくた《だ》る柴ふ《ぶ》ねの　やすむひまなき恋
もするかな
樋口一葉・詠草

限一夜恋

うつゝ共夢ともさらにわかぬかな　逢をかき《ぎ》りのひ
と夜斗は
樋口一葉・詠草

一所恋

玉すた《だ》れまち《ぢ》かきほと《ど》に住なか《が》ら　おもふこゝろを
いふよしもなし
樋口一葉・詠草

忍不逢恋

うき名をは《ば》をしむあまりに今はたゝ《ゞ》　逢よしもなく
なりにけるかな
樋口一葉・詠草

通書恋

かきかはすこの玉章のなかりせは《ば》　何をか今日の命
にはせむ
樋口一葉・詠草

恋遠人

諸ともに通ふ心をしるへ《べ》にて　千さとのおちの人を
こそ思へ
樋口一葉・詠草

晩風催恋

入相のかねの音おくる夕風に　たえにし人そ《ぞ》更にまたるゝ
樋口一葉・詠草

隠恋

人しらぬ山のおくにやかくれけん　尋ぬるかひもあ
らぬ頃哉
樋口一葉・詠草

稀逢恋

日頃へしうさとつらさをまれにあふ　こよひ一夜に
いひもつくさん
樋口一葉・詠草

暁別恋

これ故に明る共なき鳥か《が》ねも　猶うらめしきわかれ
路のそら
樋口一葉・詠草

会後恋

待わひ《び》てぬらせし袖や何ならん　あひてそ《ぞ》更にくち
まさり行
樋口一葉・詠草

旅宿逢恋
草まくら一よはか《ば》りのうき中《仲》に　こんよをかけて契
りつるかな
樋口一葉・詠草

夕待恋
契りおきし物ならなくに夕く《ぐ》れはあやしく人の待れ
ぬるかな
樋口一葉・詠草

片恋
かく斗思ふとた《だ》にも人しらは《ば》　しなんいのちのかひ
は有けり
樋口一葉・詠草

憑夢恋
たのまし《じ》と思ふ夢をもたのふ《ぶ》かな　恋のこゝろそ《ぞ》あ
やしかりける
樋口一葉・詠草

顕恋
枕た《だ》にしらし《じ》とおもふ我中《仲》を　たれか語りてよにも
らしけん

障川恋
打渡すかさゝき《ぎ》もか《が》な君と我か《が》　なかになか《が》るゝ天
の川瀬に
樋口一葉・詠草

寄雲恋
朝ほ《ぼ》らけはれたる空を行くもの　ありとしもなき恋
もするかな
樋口一葉・詠草

寄朽木恋
花さかぬ谷のくち木は我なれや　もとのこゝろをし
るひともなし
樋口一葉・詠草

不聞恋
逢ことのまことに今はたえぬらん　つらき行へもき
かぬころかな
樋口一葉・詠草

秋恋
我こひは秋のすへ野のしの薄　まねけと《ど》更にとふ人もなし
樋口一葉・詠草

雪中恋
かきくらしふる白ゆきのいやましに　深くなりぬる

我おもひかな

樋口一葉・詠草

雨中来恋

折からの笠やと《(ど)》りにやとひつらん　おもへは《(ば)》雨もう
れしかりけり

樋口一葉・詠草

昼恋

人とはぬ浅ちか《(ぢが)》原の霧なれや　ひるまも消す《(ず)》こひ渡るかな

樋口一葉・詠草

依涙顕恋

いつのまによにはもれけん君恋る涙は色に出ぬものから

樋口一葉・詠草

夢後恋

夢にた《(だ)》に逢はんとはなと《(ど)》祈りけんさむれは《(ば)》更に恋しき物を

樋口一葉・詠草

§

人を見しところの景色それとなく友にかたりてけす
おもひかな

大塚楠緒子・折にふれては

遠く遠く流れて去にし春の水、水のゆくへや恋のゆ
くへか。

大塚楠緒子・暮春

淡かりし、とばかり春の夢醒めて恋はれし人を今恋
ひぞみる。

大塚楠緒子・暮春

§

ゆるしたまへ二人を恋ふと君泣くや聖母にあらぬお
のれのまへに

与謝野晶子・舞姫

おそろしき恋ざめごころ何を見るわれをとらへん
牢舎《ひとや》は無きや

与謝野晶子・夢の華

思ふ人ある身はかなし雲わきて尽くる色なき大ぞらのもと

与謝野晶子・常夏

さきに恋ひさきにおとろへ先に死ぬ女《をみな》の道にたが
はじとする

与謝野晶子・佐保姫

長椅子に膝《ひざ》をならべて何するや恋しき人と物おもひする

与謝野晶子・佐保姫

見て足らず取れども足らず我が恋は失ひて後《のち》思ひ知るらん

与謝野晶子・青海波

飽くをもて恋の終と思ひしに此《この》さびしさも恋のつづきぞ

与謝野晶子・青海波

清浄《しやうじやう》につゆよこしまのなきものに彼《か》の日の恋もな

りて終りぬ

恋の家きづきおこしぬ大空のしら雲の上けぶりの上に
与謝野晶子・夏より秋へ

三千里わが恋人のかたはらに柳の絮《わた》の散る日にきたる
与謝野晶子・夏より秋へ

わが心よし狂ふとも恋人よ君が口よりをしへたまふな
与謝野晶子・夏より秋へ

日のくれは君の恋しやなつかしや息ふさがるる心地こそすれ
与謝野晶子・さくら草

わが閨《ねや》を鼠の走る音ききて身の棄てられしはてと思ひぬ
与謝野晶子・さくら草

散りてまた男の恋の燐《りん》の火は一つのものとなりにけるかな
与謝野晶子・朱葉集

落日はつよきちからをうち忘れ女のごとく恋のみに燃ゆ
与謝野晶子・朱葉集

新しく湧《わ》き上りたる恋のごと雁来紅《がんらいこう》の立つはめでたし
与謝野晶子・朱葉集

逢はんこと思ひとまりて自《みづか》らを愛《め》でんととりしわが鏡かな
与謝野晶子・朱葉集

あな恋し琥珀《こはく》の色の冬の日のなかに君あり椿となりて
与謝野晶子・舞ごろも

憎むにも妨げ多きここちしぬわりなき恋をしたるものかな
与謝野晶子・晶子新集

朝顔は芝居のいろのむらさきも恋の心のくれなゐも咲く
与謝野晶子・晶子新集

いと多く白菊咲きぬ恋といふことなどすべて知らぬさまかな
与謝野晶子・晶子新集

この恋を遂《と》げずば如何にありつらん痴愚にひとしき疑ひながら
与謝野晶子・火の鳥

恋人の涙に似たる香《か》をたててうばら咲く日となりぬ武蔵野
与謝野晶子・火の鳥

春の日はうぐひすぞ啼く命にも恋にも声のまじるここちに
与謝野晶子・火の鳥

ときめきを覚ゆる度《たび》に散るごとし君と物言ふかたはらの罌粟《けし》
与謝野晶子・火の鳥

恋人とかりに定めしその日より涙ながれぬ君をおもへば
与謝野晶子・火の鳥

かならずと誓言立《せいごんだて》をしたるより忘れがたきは片恋にして
与謝野晶子・火の鳥

むらさきの傘して山を見に出でぬ旅より恋にこころ行く人
与謝野晶子・太陽と薔薇

恋人を夢に見るをば教へたるその力をば何とたたへん
与謝野晶子・太陽と薔薇

身のなかば焔に巻かれ寂光《じやくくわう》の世界を見るも恋の不思議ぞ
与謝野晶子・太陽と薔薇

海の靄《もや》こころにつもる恋の塵《ちり》これぞと覚ゆうす墨にして
与謝野晶子・草の夢

閨《ねや》を吹く妙高おろしはげしけれ恋も恨もこれに譲らん
与謝野晶子・草の夢

ことごとく苦しき恋をになひたる秋草と見ゆ山かぜのなか
与謝野晶子・草の夢

ほととぎすわれば五更《ごかう》の山の湯に恋の涙を洗はんとする
与謝野晶子・草の夢

悲しみも恋の債《おひめ》と云ふものも知らずあそべる渓のしら波
与謝野晶子・草の夢

恋と云ふ身に沁むことを正月の七日ばかりは思はずもがな
与謝野晶子・流星の道

燃え立つも消え行くことも目に見えぬあてなる恋のほのほなるかな

黄金の恋のこころが流すなる紅き涙よつきずあれかし
与謝野晶子・瑠璃光

くれなゐの形の外の目に見えぬ愛欲の火の昇るひなげし
与謝野晶子・瑠璃光

恋ごろも皮ごろもより重ければ素肌の上に一つのみ著る
与謝野晶子・瑠璃光

恋すとも恋ならずとも夢になほ煩ひしこそあはれなりけれ
与謝野晶子・心の遠景

与謝野晶子・心の遠景

§

君よ手をあてても見ませこの胸にくしき響のあるは何なる
山川登美子・明星

なにとなく琴のしらべもかきみだれ人はづかしく成れる頃かな
山川登美子・明星

野に出でてさゆりの露を吸ひてみぬかれし血のけの胸にわくやと
山川登美子・明星

世のかぜはうち肌さむしあはれ君み袖のかげをとはにかしませ
山川登美子・明星

燃えて燃えてかすれて消えて闇に入るその夕栄に似

たらずや君

ほほゑみて火焔も踏まむ矢も受けむ安きねむりの二人いざ見よ
山川登美子・明星

よわき花の風になやむとき丶まさばをりて抱きませ塵とならぬまに
山川登美子・明星

歌もならず思あふれぬ御手とりてたゞにきこえむ嬉しなつかし
山川登美子・明星

君のみはあはれと思せ弱腕にしらべ乱れぬ泣きてとる琴
山川登美子・明星

日を経なばいかにかならむこの思たまひし草もいま蕾なり
山川登美子・明星

またの世は魔神の右手の鞭うばひ美くしき恋みなから打たむ
山川登美子・明星

さゝやきのあつきくちびるふれてふれてわが耳もえぬきゝとれぬまで
山川登美子・明星

目を閉ぢて胸かき合せ又待ちぬ来ませ来ませな幻の君
山川登美子・明星

うたがはず怖ぢず我知る君ひとり賜へいのちのおくに栖ませむ
山川登美子・明星

覚めますな御夢うばひてわれ死なむさくらがもとのうたたねの君
山川登美子・明星

溢れぬる流せかむと築きたる胸の堤に恋の花さく
山川登美子・明星

その人の袖《そで》にかくれん名もしらず夢に見し恋ああもろかりき
山川登美子・山川登美子歌集

くれなゐの蝶《てふ》のにほひに猶《なほ》も似る有りて年ふるわが恋ごころも
山川登美子・山川登美子歌集

§

わが生命少女といふにみじかきか長きかわかず恋をつづけぬ
武山英子・武山英子傑作歌選第一輯

ことごとく君に捧げしうらわかき心のままに衰へゆくかな
武山英子・武山英子傑作歌選第二輯

あさましく狎るる女の性なりやゆゑわかずこの恋しきこころ
武山英子・武山英子傑作歌選第二輯

わがこころ君にとどける夜の如し胸あかるくも涙わくかな
武山英子・武山英子傑作歌選第二輯

§

ひとむきに思ひつづくる性もちて君を恋しと念じはじめぬ
三ケ島葭子・定本三ケ島葭子全歌集

とばかりに花にきたれる蝶のごと君が御口を吸ひにけるかな
三ケ島葭子・定本三ケ島葭子全歌集

指噛みて物おもふことを知りにけりかのなつかしきますら男のため
三ケ島葭子・定本三ケ島葭子全歌集

わが心君に流るるままにして三年へしかど尽きぬ源
三ケ島葭子・定本三ケ島葭子全歌集

このくさり君によりてや解かれなんその時われも御空ゆくらん
三ケ島葭子・定本三ケ島葭子全歌集

わがひとみ君を放たず大空の星の一つを見初めしに似て
三ケ島葭子・定本三ケ島葭子全歌集

二つなき心を神と恋人にささげんとしてまどひぬるかな

猶恋ひん苦しきことのまさるとも相見がたくて命死ぬとも
三ケ島葭子・定本三ケ島葭子全歌集

白き帆に風をみたせる船のごと君恋しさに満てるわが胸
三ケ島葭子・定本三ケ島葭子全歌集

美しき灯かげを愛でて眠らんとしばらく恋の前に目閉ぢぬ
三ケ島葭子・定本三ケ島葭子全歌集

起きゐつつ一日とせんか寝通して一夜とせんか君を待つ三日《みか》
三ケ島葭子・定本三ケ島葭子全歌集

あはれにも小鳥の啼くよ恋に満つわが胸刺すや黄金《きん》の針もて
三ケ島葭子・定本三ケ島葭子全歌集

月に似る恋を得つればわが心またさまざまのうき雲に遇ふ
三ケ島葭子・定本三ケ島葭子全歌集

この命わが心にも問はずして君に捧げぬ咎めたまふな
三ケ島葭子・定本三ケ島葭子全歌集

青みたる君が心の月かげにわれはにほへる黄なる夜の花
三ケ島葭子・定本三ケ島葭子全歌集

みこころを天地としてその中に生れし如く君に抱かる
三ケ島葭子・定本三ケ島葭子全歌集

わが恋は流のすゑも灰色の海へは入らじ天の川たれ

わが被く恋のうすぎぬふと脱がば世の中いかにさびしからまし
三ケ島葭子・定本三ケ島葭子全歌集

おもひわが君を恋ふると告ぐる時うれたや恋の半死ぬ時
三ケ島葭子・定本三ケ島葭子全歌集

ふたたびはまたあひがたき君を見し三日の後よりひた泣きそめぬ
三ケ島葭子・定本三ケ島葭子全歌集

ほし草のかをりにつきぬうるほひを思ひて君が細き指すふ
三ケ島葭子・定本三ケ島葭子全歌集

恋の外また何ものもあらざりし二つの胸と知りぬ別れて
三ケ島葭子・定本三ケ島葭子全歌集

恋なしといはんか恋を捨てし身とまこと言はんかはた黙《もだ》さんか
三ケ島葭子・定本三ケ島葭子全歌集

はなれてはいとはげしかるこの恋のさめてん後と逢はざるがよし
三ケ島葭子・定本三ケ島葭子全歌集

赤き糸もつれしままに火となりしわれらが恋は心地よかりき
三ケ島葭子・定本三ケ島葭子全歌集

美しき恋にしあれば捧げまし否秘めましと胸ぞふためく
三ケ島葭子・定本三ケ島葭子全歌集

帰りなば若き日暮れんこの恋は墓につづける道なりしかな
三ケ島葭子・定本三ケ島葭子全歌集

こころよくわきいづるかなわが涙君がみ口や吸ひいだしけん
三ケ島葭子・定本三ケ島葭子全歌集

うたがひに終らん恋を初めよりさとり顔して覗きつるかな
三ケ島葭子・定本三ケ島葭子全歌集

終るべき恋にあらぬをあやまちてわが捨てしこそ悲しかりけれ
三ケ島葭子・定本三ケ島葭子全歌集

葉の末に露結ぶごとすみやかにやすくととのふ恋ならなくに
三ケ島葭子・定本三ケ島葭子全歌集

しとどにもそそぐと聞きてわれ足りぬ君が涙を君が心に
三ケ島葭子・定本三ケ島葭子全歌集

生きんため死なんがための恋ならじ死も美しくうつる恋かな
三ケ島葭子・定本三ケ島葭子全歌集

美しと永久《とこしへ》に言ふ恋なれど抱きて怖れ隔りて泣く
三ケ島葭子・定本三ケ島葭子全歌集

ひたすらに悲しくなりぬはじめよりよこしまもなき恋なりしかど
三ケ島葭子・定本三ケ島葭子全歌集

あはれにもひとたび逢はんその願それればかりをば恋とするわれ
三ケ島葭子・定本三ケ島葭子全歌集

影となれ別れ死ぬとも消えまじき悲しき恋よ幻となれ
三ケ島葭子・定本三ケ島葭子全歌集

たはむれのまことかはる悲しさに恋の成るなれ恋終るなれ
三ケ島葭子・定本三ケ島葭子全歌集

くらがりに小さきものをさぐるごとわがなす恋のもどかしきかな
三ケ島葭子・定本三ケ島葭子全歌集

母となり子にもよき恋教へんと思ひしものを一人あるかな
三ケ島葭子・定本三ケ島葭子全歌集

恋といふいみじき波に洗はれし清きこころかももいろの貝
三ケ島葭子・定本三ケ島葭子全歌集

わが恋は我の心に従へりわが運命をつかさどれども
三ケ島葭子・定本三ケ島葭子全歌集

灰色の空のやうなる恋なればのがるる道のあらばのがれん
三ケ島葭子・定本三ケ島葭子全歌集

初恋を抱きておそるるわが胸のわななき止めば最終《いやはて》の見ゆ
三ケ島葭子・定本三ケ島葭子全歌集

君思ひ残る血しほのをどる時大天地《おほあめつち》を指して恋てふ
三ケ島葭子・定本三ケ島葭子全歌集

悲しくも恋に先だち悔いがたし又恋ひてまし又悔いてまし
三ケ島葭子・定本三ケ島葭子全歌集

我時に我ならざるをおぼゆとも悲しからずや恋は恋なり
三ケ島葭子・定本三ケ島葭子全歌集

恋人のほかにおのれを愛づること我には未だむづかしと知る
三ケ島葭子・定本三ケ島葭子全歌集

君恋し今か倒るる木の如く今か流るる花の如くも
三ケ島葭子・定本三ケ島葭子全歌集

言ひやうも泣きやうもなしわが恋はむなしや火にて氷なりけり
三ケ島葭子・定本三ケ島葭子全歌集

あやふさを避けんとばかりかなしくも恋しき人にまことをば欠く
三ケ島葭子・定本三ケ島葭子全歌集

強さにもみ優しさにもふれずして君がゆらぎに乱れむとする
三ケ島葭子・定本三ケ島葭子全歌集

いつの日も初恋人の心もてむかひがたくば別れて死なむ
三ケ島葭子・定本三ケ島葭子全歌集

恋なるも恋ならざるも君無くばまことに死なむ我としぞ思ふ
三ケ島葭子・定本三ケ島葭子全歌集

罪としてやがてさやかにあらはれむわがこの頃の恋にをののく
三ケ島葭子・定本三ケ島葭子全歌集

その一つとなりておのれのとどまれるそを熱愛の胸と言ふらむ
三ケ島葭子・定本三ケ島葭子全歌集

月夜惜し見ゆるところに君無きがわが恋しさのもとと思へば
三ケ島葭子・定本三ケ島葭子全歌集

忘れしや一度逢ひし後ならで言ひがたかりしことなどはみな
三ケ島葭子・定本三ケ島葭子全歌集

わが心なやめるほどはあはれこの恋しき人もかたきなるかな
三ケ島葭子・定本三ケ島葭子全歌集

胸苦しこれみなここに滅ぶべき影とはいへど君がかたはら
三ケ島葭子・定本三ケ島葭子全歌集

君ゆゑのなやましさとはつゆ思はじああただわれの弱きゆゑかも
三ケ島葭子・定本三ケ島葭子全歌集

わが涙一夜晴れたる初秋の君がねざめに鳴きし百舌鳥かな
三ケ島葭子・定本三ケ島葭子全歌集

よるべなし男の嘘とまこととをおのれのつくるものと思へば
三ケ島葭子・定本三ケ島葭子全歌集

今はただ問はれて燃ゆる身なりけり心はまづぞ君に答へし
三ケ島葭子・定本三ケ島葭子全歌集

今となり問はでもしるきことを問ふ吸ひ滅ぼさむ君が唇
三ケ島葭子・定本三ケ島葭子全歌集

うき山をはなれあたはずなつかしき君にゆきえず我は痩せぬる
三ケ島葭子・定本三ケ島葭子全歌集

ああさなり君の恋しきためなりと狂ひし後の心にぞ知る
三ケ島葭子・定本三ケ島葭子全歌集

§

やは肌は白蠟《はくろふ》なれば燃えにける君が御息《みいき》の火のうつり来て
岡本かの子・明星

ただふたりただひと時をただ黙《もだ》しむかひてありて燃

えか死ぬらむ

つややかに涙のあとの君が頰をてらし出せし街のともしび 岡本かの子・明星

語るとき笑ふときより泣くときの美しき君を見出でけるかな 岡本かの子・青鞜

君かはた我《わ》が眸《まみ》よりかふと面《おもて》あはせけるとき落ちし涙は 岡本かの子・青鞜

常よりも優しなつかし今日のわが涙にうるむ眼《め》にうつる君 岡本かの子・青鞜

味気なき人の群より遠方の君思ふことの淋しさうれしさ 岡本かの子・青鞜

しのび来て入りもかねたる君ありや門辺しづかに風わたる夜半 岡本かの子・青鞜

百年《ももとせ》も生きて抱かん誓ひをば忘れてまたも死なんと云ふや 岡本かの子・青鞜

うちつけの情《なさけ》にすこしまどひつゝ我を見上ぐる眸《まみ》のあはゆさ 岡本かの子・青鞜

おとなしく眼《まなこ》を閉ぢてとらはれし子よいまさらにいかにかはせん 岡本かの子・青鞜

かへり行く師走の夜半の風いかに頰のくちづけのあとに沁《し》むらん 岡本かの子・青鞜

わが命絶ゆるばかりも恋ひにつつ街に手伝ふ千人針を 岡本かの子・短歌研究

戦国のこの秋にしてをみなごの命ばかりも恋ふとし云はば 岡本かの子・短歌研究

恋ふべからざる人を恋ふよはわが命戦の場にまづ裂かれてん 岡本かの子・短歌研究

軍国のこころは張れるわれにしていはけなき恋やわが下ごころ 岡本かの子・短歌研究

かくばかり苦しき恋をなすべくし長らへにけるわれにあらぬを 岡本かの子・短歌研究

かりそめの風にも揺るる糸すゝきかくしもわれのこころ哀しき 岡本かの子・短歌研究

「恋」の思い
―俳句（近・現代）

藻の花にうす〱の恋なりしかな　長谷川かな女・龍膽

§

爪ぐれに指そめ交はし恋稚く　杉田久女・杉田久女句集
実桑もぐ乙女の朱唇恋知らず　杉田久女・杉田久女句集
なまぬるき春の炬燵に恋もなし　杉田久女・杉田久女句集

§

天上の恋をうらやみ星祭　高橋淡路女・淡路女百句
夢に逢ひし人つれなくて秋の蚊帳　高橋淡路女・淡路女百句

§

虚子師に見て戴きし句帖
書き初めは恋の場面となりにけり　吉屋信子・吉屋信子句集
恋すれば言葉少しソーダ水　吉屋信子・吉屋信子句集
夏帯にほのかな浮気心かな　吉屋信子・吉屋信子句集

§

雪はげし抱かれて息のつまりしこと　橋本多佳子・紅絲

§

人恋へば野は霧雨の赤まんま　三橋鷹女・向日葵
笹鳴に逢ひたき人のあるにはある　三橋鷹女・魚の鰭
薄紅葉恋人ならば烏帽子で来《こ》　三橋鷹女・魚の鰭
千万年後の恋人へダリヤ剪る　三橋鷹女・白骨
いろめきて夕霧あはれ恋めきて　三橋鷹女・白骨

「夫」への思い——女歌

「夫」への思い

—短歌（古代〜現代）

西海道節度使判官佐伯宿祢東人の妻、夫の君に贈る歌

間無《あひだな》く恋ふれにかあらむ草枕旅なる君が夢《いめ》にし見ゆる

佐伯東人妻・万葉集四

〔大意〕途切れることなくいつもあなたを恋しく思っているからか、旅に出ているあなたが夢に見えます。〔注解〕「草枕」—「旅」にかかる枕詞。

磐姫皇后、天皇を思ひたてまつる御作歌

ありつつも君をば待たむ打ち靡《なび》くわが黒髪に霜の置くまでに

磐姫皇后・万葉集二

〔大意〕このままあなたを待っていましょう。靡いている私の黒髪に霜が置くまでも。

額田王、近江天皇を思ひて作る歌

君待つとわが恋ひをればわが屋戸《やど》のすだれ動かし秋の風吹く

額田王・万葉集四

〔大意〕あなたを待って恋しく思っていると、私の家のすだれを動かして秋の風が吹いてきます。

柿本朝臣人麻呂の死りし時、妻依羅娘子の作る歌

直《ただ》の逢ひは逢ひかつましじ石川に雲立ち渡れ見つつ偲《しの》はむ

依羅娘子・万葉集二

〔大意〕直接お逢いすることはできますまい。石川に雲が一面に立って欲しい。それを見ながらあなたのことを偲びましょう。

柿本朝臣人麻呂の妻依羅娘子、人麿と相別るる歌

な思《おも》ひと君は言へども逢はむ時何時《いつ》と知りてかわが恋ひざらむ

依羅娘子・万葉集二

〔大意〕心配することはないとあなたは言うけれども、ふたたびお逢いする時がいつと分かっていれば、私は

こんなにも恋しく思うことはないでしょうに。

入道摂政まかりたりけるに、門を遅く開けければ、立ちわづらひぬと言ひ入れて侍ければ

嘆《なげき》つゝ　独《ひとり》寝《ぬ》る夜のあくる間《ま》はいかに久《ひさ》しき物とかは知《し》る

右大将道綱母・拾遺和歌集一四（恋四）

〔大意〕嘆きながら独り寝をする夜の明けるまでの時間がどれほど長く感じるものなのか、あなたは知っているのでしょうか。

水門《みなと》の葦の末葉《うらは》を誰《たれ》か手折《たを》りしわが背子が振る手を見むとわれそ手折《たを》りし　（旋頭歌）

万葉集七（柿本人麻呂歌集）

〔大意〕みなとの葦の末の葉を誰が手折ったのですか。私の夫が振る手を見ようとして、私が手折ったのです。

わが門に千鳥數《しば》鳴《な》く起きよ起きよわが一夜夫《づま》に知らゆな

作者不詳・万葉集一六

〔大意〕私の家の門口に、さまざまな鳥がしきりに鳴いて夜明けを告げている。起きなさい、起きなさい、私の一夜夫（づま）よ、人に知られないように早く帰ってください。

題しらず

わがせこが衣のすそを吹《ふき》返しうらめづらしき秋のはつかぜ

よみ人しらず・古今和歌集四（秋上）

〔大意〕私の夫の衣の裾を吹き返して、心（うら）めずらしく裾裏を見せる秋の初風であることだ。〔注解〕「うらめづらしき」―衣の「裏」と心の中の意の「心裏（うら）」と掛ける。初句から三句までは序詞。

藤皇后の天皇に奉る御歌

わが背子《せこ》と二人見ませば幾許《いくばく》かこの降る雪の嬉しからまし

光明皇后・万葉集八

〔大意〕私の夫と二人で見たならば、どれほどか、この降る雪が嬉しく思えることだろう。

坂上郎女の京に向ふ海路に濱の貝を見て作る歌

わが背子《せこ》に恋ふれば苦し　暇《いとま》あらば拾《ひり》ひて行かむ恋忘貝《こひわすれがひ》

大伴坂上郎女・万葉集六

〔大意〕私の夫が恋しくて苦しい。もし暇があったならば拾いに行こう、恋の苦しさを忘れることができるという恋忘貝を。

わが背子《せこ》は何処《いづく》行くらむ奥《おく》つもの隠《なばり》の山を今日か越ゆらむ

当麻呂妻・万葉集一

〔大意〕私の夫はいまごろどこを旅しているだろう。隠の山を今日あたり越えているだろうか。〔注解〕「奥つもの」――「隠」に掛かる枕詞。「隠（なばり）」――三重県名張市。

わが背子《せこ》を何処《いづく》行かめとさき竹の背向《そがひ》に寝しく今し悔《くや》しも

作者不詳・万葉集七

〔大意〕私の夫は何処にも行くまいと思って、裂いた竹のように背中合わせに寝たことが、（夫が亡くなった）今となっては悔やまれることだ。

「夫」への思い

――短歌（近・現代）

女より選ばれ君を男より選びしのちのわが世なりこれ

与謝野晶子・舞ごろも

§

君もただこの子ばかりが味方ぞといひつつ今日は幼子を抱く

三ケ島葭子・定本三ケ島葭子全歌集

とく立てと君児の手をばとりていふその時われを捨つといふごと

三ケ島葭子・定本三ケ島葭子全歌集

わが脊子の冬着のシヤツの厚ければ二枚洗ひて肩凝りにけり

三ケ島葭子・定本三ケ島葭子全歌集

その時はまことくやしと思ひけりたちまち忘る夫の言葉は

三ケ島葭子・定本三ケ島葭子全歌集

汝が父をわれ好まねば訪ふなとふ夫の言葉に胸ふさ

がりぬ
三ケ島葭子・定本三ケ島葭子全歌集

いささかのことにも大き声立ててののしる夫をさげすみぬわれは
三ケ島葭子・定本三ケ島葭子全歌集

街中をゆくにも我を叱りたる夫は夕餉を食べて眠れり
三ケ島葭子・定本三ケ島葭子全歌集

うつし身を苦しといへどこの夫と別るべき日のあるにはあらぬ
三ケ島葭子・定本三ケ島葭子全歌集

この夫と別るればからだすこやかになるてふことを我は知れるに
三ケ島葭子・定本三ケ島葭子全歌集

麦多く交ぜて飯炊けり夫が食すひるげのむすび大きくにぎる
三ケ島葭子・定本三ケ島葭子全歌集

言葉はやくあやまりがたしこの夫の怒りやすきを知りつつわれは
三ケ島葭子・定本三ケ島葭子全歌集

遠くゐれば言葉つつしみ書きおこす夫の手紙に心あらたまる
三ケ島葭子・定本三ケ島葭子全歌集

まじめなる手紙はいまも書きがたしあまり知りたるわが夫なれば
三ケ島葭子・定本三ケ島葭子全歌集

やがて夫の姿見ゆべきひとときをひとりの心たのしみてをり
三ケ島葭子・定本三ケ島葭子全歌集

帰りこし夫と思へばその面は見つめがたくて茶の支度する
三ケ島葭子・定本三ケ島葭子全歌集

われはわれの仕事ありけり久し振りに家に帰りて昼寝せり夫は
三ケ島葭子・定本三ケ島葭子全歌集

かくてのみあるべきわれと思はねど夫をたのめて心ゆるむも
三ケ島葭子・定本三ケ島葭子全歌集

はるばると夫の仮住おとづれて小さきばけつにしやつを洗へり
三ケ島葭子・定本三ケ島葭子全歌集

わが夫はすこやかにして朝ごとにわが炊く飯をうましと言ひしか
三ケ島葭子・定本三ケ島葭子全歌集

うつし世の夫と思へばののしりの言葉聞きつつ下に

ほほゑめり

三ケ島葭子・定本三ケ島葭子全歌集

この夫の心つなぐに足らはざる我とも知らでひたに待ちゐし

三ケ島葭子・定本三ケ島葭子全歌集

平仮名の吾子の手紙をよろこびて声あぐる夫にしばし親しむ

三ケ島葭子・定本三ケ島葭子全歌集

§

我をさへ美くしと見ぬ美くしきこの君と行く雨の夜の街

岡本かの子・スバル

美くしく我もなるらん美くしき君にとられてぬる夜積らば

岡本かの子・スバル

心みな君にささげぬ然れども古き歎きはわれ独持つ

岡本かの子・スバル

「夫」への思い

―俳句（近世～現代）

花は根に夫はいまだ旅の空

雪柴・談林十百韻

§

ことごとく夫《つま》の遺筆や種子袋

竹下しづの女・颯

子といくは亡き夫《つま》といく月真澄

竹下しづの女・颯

夫遠し父遠し天の川遠し

竹下しづの女・「颯」補遺

七周忌に

夫の忌を修すや風邪の褥《しとね》より

竹下しづの女・「颯」補遺

§

獺《うそ》にもとられず小鮎釣り来し夫をかし

杉田久女・杉田久女句集

夫留守や戸揺るゝ北風におもふこと

杉田久女・杉田久女句集

夫出立（以下三句、同前文）

言葉少く別れし夫婦秋の宵

杉田久女・杉田久女句集

栗むくや夜行にて発つ夫淋し

杉田久女・杉田久女句集

父立ちて子の起伏《おきふし》や柿の家

杉田久女・杉田久女句集

蠣飯に灯して夫を待ちにけり

杉田久女・杉田久女句集補遺

§

吾亦紅さして夫の忌古りにけり

高橋淡路女・淡路女百句

§

雪はげし夫《つま》の手のほか知らず死す

橋本多佳子・紅絲

§

煖炉灼く夫よタンゴを踊らうか　三橋鷹女・向日葵

惜春やことば少なき夫とゐて　三橋鷹女・向日葵

髪刈りし夫とその子に雷ひゞく　三橋鷹女・魚の鰭

蜂飛んで還暦夫に容赦なし　三橋鷹女・白骨

冬鵙は愛し夫子《つまこ》は尚更に　三橋鷹女・白骨

燕来て夫の句下手知れわたる　三橋鷹女・白骨

§

マスクせし夫とものいひ年の市　中村汀女・春雪

夫と子をふつつり忘れ懐手　中村汀女・春雪

§

バス降りて主人帰るや避暑の宿　星野立子・鎌倉

§

夫が煮る白粥ぬくし春の雪　柴田白葉女・遠い橋

§

大夕焼消えなば夫の帰るべし　石橋秀野・桜濃く

§

怒ることに追はれて夫に夏痩なし　加藤知世子・冬萌

横顔の夫と柱が夕焼けて　加藤知世子・冬萌

エンジェルフィッシュの我に似し貌夫が買ふ　加藤知世子・朱鷺

何か負ふやうに身を伏せ夫昼寝　加藤知世子・朱鷺

阿波にて

棒のごとし石のごとし夫の阿波踊り　加藤知世子・朱鷺

猫を叱るや昼寝の夫がこたへをり　加藤知世子・頰杖

「子・孫」への思い——女歌

「子」への思い

—短歌（古代）

「あ〜た行」

二条前太政大臣の妻なくなり侍てのち、落ちたる髪を見てよみ侍りける

あだにかく落《お》つと思《おも》ひしむばたまの髪《かみ》こそ長《なが》き形《かた》見《み》なりけれ

藤原定頼母・後拾遺和歌集一〇（哀傷）

〔大意〕なんということもなく落ちていると思ったこの髪の毛こそ、（亡くなった娘の）いつまでも永い形見であったことです。〔注解〕「むばたまの」—「髪」に掛かる枕詞。「長き」—髪の「長き」と形見の「永き」を掛ける。

おさなき子の失せにけるが植へをきたりける昌蒲を見て、よみ侍りける

あやめ草たれしのべとかうへ《（ゑ）》を《（お）》きて蓬《よもぎ》がもとの露《つゆ》ときえけん

木綿四手・新古今和歌集八（哀傷）

〔大意〕このあやめ草を見て、誰を偲べといってあの子は植えておいて、自分は蓬の根元の露となって消えて（死んで）しまったのでしょう。

いはけなくいかなるさまにたどりてか死出《しで》の山路《やまぢ》をひとり越《こ》ゆらむ

土岐筑波子・筑波子歌集

〔大意〕幼くあどけないわが子は、どのようにたどりながら、死出の山路をひとりで越えていくのだろうか（かわいそうでしかたがない）。

うなゐ子《こ》がはなりの髪《かみ》をうつくしと見《み》つつ撫《な》でつつ思《おも》ふ生《お》ひさき

荷田蒼生子・杉のしづ枝

〔注解〕「うなゐ子がはなりの髪を」—子供がうなじのあたりまで結ばずに垂らしている髪のこと。

小式部内侍、露をきたる萩をりたる唐衣をきて侍りけるを、身まかりてのち、上東門院よりたづねさせ給ひける、た

てまつるとて
を《（お）》くと見し露《つゆ》もありけりはかなくて消《き》えにし人をなににたとへん
和泉式部・新古今和歌集八（哀傷）
〔大意〕秋萩の上に消えてしまうかと見ていた露が残っていました。それなのに、露よりもはかなく消えて（死んで）しまったあの子をいったい何に譬えたらいいのだろうか。
〔参考歌〕
秋風になびく草葉の露《つゆ》よりも消《き》えにし人を何《なに》にたとへん
村上天皇・拾遺和歌集二〇（哀傷）

春日にして神を祭る日に、藤原太后の作ります歌一首。即ち入唐大使藤原朝臣清河に賜ふ
大船《おほぶね》に真楫繁貫《まかぢしじぬ》きこの吾子《あこ》を韓国《からくに》へ遣《や》る斎《いは》へ神たち
光明皇后・万葉集一九
〔大意〕大船に櫓を多く備えて、この子を韓（唐）国にやります。どうか守って下さい、神々よ。〔注解〕「斎へ」—無事であるように潔斎をしてやってください。

成尋法師入唐し侍ける時よみ侍ける
忍《しの》べどもこの別《わか》れ路《ぢ》を思《おも》ふにはからくれなゐの涙こそふれ
成尋阿闍梨母・千載和歌集七（離別）
〔大意〕忍んでいるけれども、このたびの子供との別れを思うと、紅色の血の涙が流れることだ。〔注解〕「この別れ路」—「此の」と「子の」を掛ける。
〔参考歌〕
白玉と見えし涙も年ふれば唐《から》紅にうつろひにけり
紀貫之・古今和歌集一二（恋二）

天平五年癸酉、遣唐使の船、難波を発ちて海に入る時に、親母の、子に贈る歌
旅人の宿りせむ野に霜降らばわが子羽《は》ぐくめ天《あめ》の鶴群《たづむら》
作者不詳・万葉集九
〔大意〕旅人が泊まる野に霜が降ったならば、私の子を羽の中に包んでおくれ、大空を飛ぶ鶴の群よ。

小野千古が陸奥介にまかりける時に、母の、よめる
たらちねの親《おや》のまもりとあひ添《そ》ふる心許《（ばかり）》はせきなとゞめそ
小野千古母・古今和歌集八（離別）
〔大意〕子供のために、親のお守りとしてつけてやるこ

の親心だけは、関所よ、塞き止めないでほしい。〔注解〕「たらちねの」—「親」に掛かる枕詞。「せき」—「関」と「塞き」を掛ける。

小式部内侍なくなりて、孫どもの侍りけるを見てよみ侍りける

とゞめおきて誰《たれ》をあはれと思《おも》ふらん子《こ》はまさるらん子《こ》はまさりけり

和泉式部・後拾遺和歌集一〇（哀傷）

〔大意〕この世に私たちを残して、あの娘はあの世で誰をあわれと思っているだろう。わが子を思う気持ちのほうがまさっているだろう。私にとっても娘との別れが何よりもつらかったのだから。

「は〜わ行」

大伴坂上郎女、竹田庄より女子の大嬢に贈る歌

早河《はやかは》の瀬にゐる鳥の縁《よし》を無み思ひてありしわが兒はもあはれ

大伴坂上郎女・万葉集四

〔大意〕早く流れる川の瀬にいる鳥が、とまるところがないように、頼るところがないように見えたわが子が気がかりなことである。〔注解〕「縁を無み」—縁りところがない。頼るところがない。

春秋、子を亡くなして思なげく

春《はる》は花《な》秋は紅葉《もみぢ》と散《ち》りぬれば立《た》ち隠《かく》るべきこのもともなし

伊勢集（伊勢の私家集）

〔大意〕春は花、秋は紅葉が散って行くようにわが子は逝ってしまったので、私には、立ち隠れるべき木の下（子の許）もない。

子のおもひに侍けるころ、人の問ひて侍ければよめる

人しれずもの思ふこともありしかど子《こ》のことばかりかなしきはなし

待賢門院安芸・詞花和歌集一〇（雑下）

〔大意〕人に知られずに物思いをするつらいこともあったけれど、（亡くした）子供のことを思うことほど悲しいことはない。

一条院うせさせたまひてのち、撫子の花の侍りけるを、後一条院幼くおはしまして、何心も知らで取らせたまひけ

れば、おぼし出づることやありけん

見《み》るまゝに露《つゆ》ぞこぼるゝおくれにし心《こゝろ》も知らぬ
撫子《なでしこ》の花《はな》

上東門院・後拾遺和歌集一〇（哀傷）

〔大意〕見るにつけ涙の露がこぼれてくることだ。親が死んで後にのこされてしまったことも知らずにナデシコを手にしている、その花のように愛しい子よ。〔注解〕「露」―涙を譬える。「撫子」―花の「撫子」に「撫でし子」を掛ける。

成尋法師入唐し侍りけるに、母のよみ侍ける

もろこしも天《あめ》の下《した》にぞありと聞《き》く照《て》る日の本《もと》をわ
すれざらなん

成尋阿闍梨母・新古今和歌集九（離別）

〔大意〕唐も、恵みをもたらす天（雨）の下にあると聞きます。わが子よ、そこへ行っても日の照らすこの日本を忘れないでいてください。〔注解〕「天の下」―「天」と「雨」を掛け、「照る日」と対照させる。

小式部内侍亡せてのち、上東門院より年ごろ賜はりける衣を亡きあとにもつかはしたりけるに、小式部と書き付けられて侍けるを見てよめる

もろともに苔《こけ》の下にも朽《く》ちもせで埋《うづ》まれぬ名《な》を見
るぞ悲《かな》しき

和泉式部・金葉和歌集一〇（雑下）

〔大意〕わが娘のなきがらとともに苔（墓）の下で朽ちもしないで、埋もれないでいる娘の名を見ることは、悲しくてならないことだ。〔注解〕「苔の下」―墓の下。

むすめに後れ侍て

忘《わす》られてしばしまどろむほども哉《（がな）》いつかは君《きみ》を
夢《ゆめ》ならで見ん

中務・拾遺和歌集二〇（哀傷）

〔大意〕あなたが死んだことなど忘れてしまって、しばらくうとうと眠る時間がほしいものだ。いつ、夢でなくあなたに逢えることがあるというのか、ありはしないのだから。

「子」への思い
―短歌（近・現代）

こん年をいつそ《（ぞ）》といゝて朝な夕な　ゆひ《（び）》折かそ《（ぞ）》ふ子

等も有けり

樋口一葉・詠草

§

子を思ふ不浄の涙身をながれわれ一人のみ天国を墜《お》つ

与謝野晶子・夏から秋へ

なげくこと多かりしかど死ぬきはに子を思ふことよろづにまさる

与謝野晶子・舞ごろも

母の顔木の間《こま》の月を見るやうに子は遠く見る病して後

与謝野晶子・火の鳥

わが子等が小姓のやうに袴《はかま》して板の廊下を通ふはつ春

与謝野晶子・太陽と薔薇

蔓草《つるくさ》のごと知らぬ間に丈のびて子の帰りなば悲しからまし

与謝野晶子・草の夢

露深き草の中にて粥《かゆ》たうぶ地震に死《な》なざるいみじき我が子

与謝野晶子・瑠璃光

病める子に一年生にならん日の見えで苦しき夢見ゆるとぞ

与謝野晶子・心の遠景

絵本ども病める枕をかこむとも母を見ぬ日は寂しからまし

与謝野晶子・心の遠景

人形は目あきてあれど病める子はたゆげに眠る白き病室

与謝野晶子・心の遠景

§

子の顔の二つに見ゆる産屋よりふとあふぎたる春の青空

三ケ島葭子・定本三ケ島葭子全歌集

わが子ともまだおぼえねどしほれたる花のここちにいたはりて抱く

三ケ島葭子・定本三ケ島葭子全歌集

何よりもわが子のむつき乾けるがうれしき身なり春の日あたり

三ケ島葭子・定本三ケ島葭子全歌集

ただに子の眠ればこころ何事かなしをへしごと安らふなりけり

三ケ島葭子・定本三ケ島葭子全歌集

添寝する身に木蓮の花見えて病む子も今は睡りたるかな

三ケ島葭子・定本三ケ島葭子全歌集

あめつちのひろきをめでんやすらかに眠りたる子のたまものとして

三ケ島葭子・定本三ケ島葭子全歌集

爪立てて我をつかめる手の力ゆるぶが如し子の眠りつく

三ケ島葭子・定本三ケ島葭子全歌集

今更に思へばこころこそばゆしわが子を眺めわれを母かと

三ケ島葭子・定本三ケ島葭子全歌集

まことには子のする咳におどろきてなげうつ筆を持てる身なりし
三ケ島葭子・定本三ケ島葭子全歌集

まづ何をおぼえそむらむ負はれてはかまどに燃ゆる火など覗く子
三ケ島葭子・定本三ケ島葭子全歌集

可愛ゆさにわれを忘れてあやす顔雲のごとくも子にはうつらむ
三ケ島葭子・定本三ケ島葭子全歌集

膝のうへ兎のごとくはねあがる子をば抱きてものを思へり
三ケ島葭子・定本三ケ島葭子全歌集

恋にさへ倦めるかあはれわが心いま子のほかに何ものもなし
三ケ島葭子・定本三ケ島葭子全歌集

生きもののかずに洩れねば神のごとねてありし子もつひに起きいづ
三ケ島葭子・定本三ケ島葭子全歌集

夕空も見ずしてわが子眠るかと眠りそめしを抱きて下り立つ
三ケ島葭子・定本三ケ島葭子全歌集

汗ばみて眠りに飽きし子を抱けば未明の窓に蜩の鳴く
三ケ島葭子・定本三ケ島葭子全歌集

子のためにただ子のためにある母と知らば子もまた寂しかるらん
三ケ島葭子・定本三ケ島葭子全歌集

轢きたるは空車《からぐるま》とぞよろこびし子の怪我なきをたしかめて後
三ケ島葭子・定本三ケ島葭子全歌集

病める子に（以下一一首、同前文）

病める子に添寝しながらうつらうつら昔のことを思ひたりけり
三ケ島葭子・定本三ケ島葭子全歌集

雨の音はげしけれども病める子の眠りて朝のしづかなるかな
三ケ島葭子・定本三ケ島葭子全歌集

下駄穿くと朝まだきより言ひし子の今日としなれば昼も眠るか
三ケ島葭子・定本三ケ島葭子全歌集

二日三日物を食はせぬ子の手足つかめばしんに冷たかりけり
三ケ島葭子・定本三ケ島葭子全歌集

そこなひしその腸《はらわた》を癒さんと冬の夜すがら子を餓ゑしむ
三ケ島葭子・定本三ケ島葭子全歌集

よき脈を打てるわが子の手をとりて着せなん衣のことを思へる
三ケ島葭子・定本三ケ島葭子全歌集

脈打てりつねにこの脈打てる手と思ひよらめや今宵とる手に
三ケ島葭子・定本三ケ島葭子全歌集

刎ねあがる生《いき》の力か柔き吾子の手頸にひそみ打つ脈
三ケ島葭子・定本三ケ島葭子全歌集

夜着はよく耳の上までかかれるをこの幼子の咳をはじむる
三ケ島葭子・定本三ケ島葭子全歌集

隣にて物音すれば聞くに堪へぬ吾子の咳ふと聞えざりけり
三ケ島葭子・定本三ケ島葭子全歌集

病める子を床に待たせて裏口を締めに出づれば月のありけり
三ケ島葭子・定本三ケ島葭子全歌集

髪伸びてよその子供の心地する吾児はすわれり灯のかげに
三ケ島葭子・定本三ケ島葭子全歌集

もの縫へるわがかたはらに紙切りてしばしおとなし日にやけし子は
三ケ島葭子・定本三ケ島葭子全歌集

床の上枕さすべく抱きおこす吾児のからだの汗ばみて重し
三ケ島葭子・定本三ケ島葭子全歌集

夏の夜の賑はふ町を別るべき子の手を引きてゆき戻りけり
三ケ島葭子・定本三ケ島葭子全歌集

片言のかはゆかりける日を思ひ次の子どもの欲しさをおぼゆ
三ケ島葭子・定本三ケ島葭子全歌集

雪降りてあめつちうつくし雪を見て喜びをらん田舎の吾子は
三ケ島葭子・定本三ケ島葭子全歌集

今宵また子の咳すればとりいでし本も開かず抱きねにけり
三ケ島葭子・定本三ケ島葭子全歌集

抱けども眠りたる子は知らずをり死なばかくやとたまゆら思ふ
三ケ島葭子・定本三ケ島葭子全歌集

明日来るわが子が持たんとしまひおきしおもちやとりいで埃を払ふ
三ケ島葭子・定本三ケ島葭子全歌集

ひた土にちりしく桜の花びらを針にし摘みてわが子飽かなく
三ケ島葭子・定本三ケ島葭子全歌集

けふもよくものを食べし幼子のはや眠りたり遊び疲れて
三ケ島葭子・定本三ケ島葭子全歌集

子の泣きに堪へぬ我かもその腹を気づかひにつつ菓子をやりたり
三ケ島葭子・定本三ケ島葭子全歌集

傘もちてゆきし子なれど夕近くいまだ帰らず雨ふりまさる
三ケ島葭子・定本三ケ島葭子全歌集

向うより吹きあげきたる埃風吾子を抱へて後向となる
三ケ島葭子・定本三ケ島葭子全歌集

熱さめて今宵安らかに眠る子の眠は深し疲れ目に見ゆ
三ケ島葭子・定本三ケ島葭子全歌集

床の上に座り遊ぶといふ吾子に羽織を出して着せにけるかも
三ケ島葭子・定本三ケ島葭子全歌集

吾子ゐたり早くも言葉かけざれば涙はまさに溢るるなりき
三ケ島葭子・定本三ケ島葭子全歌集

一日にて別るる吾子のほころびを着たるままにてつくろひやれり
三ケ島葭子・定本三ケ島葭子全歌集

みちのくの遠き旅より帰りきてけふ見る吾子はすこやかにあり
三ケ島葭子・定本三ケ島葭子全歌集

明日のあした吾子に着すべき衣持ちて汽車に乗りをり大みそかの夕べ
三ケ島葭子・定本三ケ島葭子全歌集

たまたまに逢へば吾子はわが膝にありつつ我の襟をながむる
三ケ島葭子・定本三ケ島葭子全歌集

並びゐる一年生の列の中にわが子の姿やうやく見いでつ
三ケ島葭子・定本三ケ島葭子全歌集

眠たきを起されし子は起きあがり笑ひ顔しつつ眼開《あ》きえず
三ケ島葭子・定本三ケ島葭子全歌集

吹きはらしの運動場ひろし吾子の競技見ると立ちをり人に交りて
三ケ島葭子・定本三ケ島葭子全歌集

停車場に送り来し吾子は荷物持ちて我に先だち階段をのぼる
三ケ島葭子・定本三ケ島葭子全歌集

すこやけきわが子の幸ようつせみのわがいのちさへいとほしくなりぬ
三ケ島葭子・定本三ケ島葭子全歌集

見も飽かぬ吾子のふるまひ母子とふ名に在り生くるわれらの不思議
三ケ島葭子・定本三ケ島葭子全歌集

赤き傘すだれの外に見えたれば今ぞ我が子の来しと思ひし

三ケ島葭子・定本三ケ島葭子全歌集

わが弱きからだ思へばいちじるく丈のびし吾子のまだまだ幼き

三ケ島葭子・定本三ケ島葭子全歌集

やや痩せて口の大きくなりし吾子の背はいちじるく伸びにけるかな

三ケ島葭子・定本三ケ島葭子全歌集

遠き母を心ほのかにたのみゐるわが子のことのおもほゆるなり

三ケ島葭子・定本三ケ島葭子全歌集

先生に教はりながら丁寧に吾子が縫ひたるわが肌襦袢

三ケ島葭子・定本三ケ島葭子全歌集

久久に吾子が見せたる綴方おどろくばかりうまく書けたり

三ケ島葭子・定本三ケ島葭子全歌集

§

悲しさはあやしき目もて背《せな》の子がいぶかしき者来れりと泣く

九条武子・薫染

叱りつつ出《いだ》しやりたる子の姿ちひさく見ゆる秋風の門《かど》

岡本かの子・浴身

§

うつし世の人の母なるわれにして手に触《さや》る子の無きが悲しき

岡本かの子・母子叙情

若くして親には別れ外《と》つ国の雪降る街を歩むかあはれ

岡本かの子・母子叙情

君が行手《ゆくて》に雲かかるあらばその雲に雪積まば雪に問へかしわれを

岡本かの子・母子叙情

君行きて心も冥《くら》く白妙に降るてふ夜の雪黝《くろ》み見ゆ

岡本かの子・母子叙情

はじめよりわがものならぬ天地のひとつの命あづかり居にけん

岡本かの子・わが最終歌集

ともに棲むいのちみじかし親よ子と呼び交《か》ひ暮らす日を惜しみてん

岡本かの子・わが最終歌集

ふたたびを生れ出づらん世にしてや汝が親にしもわれあらませば

岡本かの子・わが最終歌集

われよりも背丈《せたけ》のびたる男《を》の子《こ》をばかい撫《な》でて嘆く
今日《けふ》の別れに
岡本かの子・わが最終歌集

「子」への思い
——俳句（近世〜現代）

衣更《ころもがへ》わざと隣《となり》の子をだきに　園女・柏原集
みどり子を頭巾《づきん》でだかん花の春　園女・住吉物語
おほ《（う）》た子に髪なぶらるゝ暑サ哉　園女・陸奥鵆
名月や箔紙《はくがみ》かゝる児《ちご》の顔　園女・陸奥鵆

§

お《（を）》さな子の膝《ひざ》にみじかき衣がへ　梢風・木葉集

§

しみ〴〵と子は肌《はだ》へつくみぞれ哉　秋色・三上吟

§

里の子の肌《はだ》まだ白しもゝの花　千代女・千代尼発句集
海士《あま》の子に習《な》らはせて置汐干哉　千代女・千代尼句集

§

多美子の病名を癌と聞かされ（以下二句、同前文）
芽吹く庭胸に打たれし五寸釘　阿部みどり女・雪嶺
涙目のまくなぎ払ひても払ひても　阿部みどり女・雪嶺
寒禽は雪をついばみ子の忌日　阿部みどり女・雪嶺

§

短夜を乳足らぬ児のかたくなに　竹下しづの女・颯
短夜や乳ぜり泣く児を須可捨焉乎《すてつちまをか》　竹下しづの女・颯
乳ふくます事にのみ我が春ぞ行く　竹下しづの女・颯
子を負うて肩のかろさや天の川　竹下しづの女・颯
凍て飯にぬる茶もあらず子等昼餉　竹下しづの女・颯
子をおもふ憶良の歌や蓬餅　竹下しづの女・颯
吾児美《くは》しラガーと肩を組みてゆく　竹下しづの女・颯
節穴の日が風邪の子の頰にありて　竹下しづの女・颯
吉信帝大に入る
新しき角帽の子に母富まず　竹下しづの女・颯
健次郎を七高に入れて（以下二句、同前文）
寮の子に樗よ花をこぼすなよ　竹下しづの女・颯
汝に告ぐ母が居は藤真盛りと　竹下しづの女・颯

§

ぬかご拾ふ子よ父の事知る知らず　長谷川かな女・龍膽

菊畠に髪置の子を歩かせし　長谷川かな女・龍膽
寝てしまふ子の頼りなし冷奴　長谷川かな女・雨月
§
菓子ねだる子に戯画かくや春の雨　杉田久女・杉田久女句集
菌茎かゆく乳首かむ子や花曇　杉田久女・杉田久女句集
草摘む子幸あふれたる面かな　杉田久女・杉田久女句集
姉ゐねばおとなしき子やしやぼん玉　杉田久女・杉田久女句集
入学児に鼻紙折りて持たせけり　杉田久女・杉田久女句集
縫ふ肩をゆすりてすねる子暑さかな　杉田久女・杉田久女句集
金魚掬ふ行水の子の肩さめし　杉田久女・杉田久女句集
子らたのし夏痩もせず海に山に　杉田久女・杉田久女句集
朝寒の竈《くど》焚く我に起き来る子　杉田久女・杉田久女句集
朝寒に起き来て厨にちゞめる子　杉田久女・杉田久女句集
先に寝し子のぬくもり奪ふ夜寒かな　杉田久女・杉田久女句集
鯊煮るや夜寒灯にありし子等は寝て　杉田久女・杉田久女句集
遊学の我子の布団縫ひしけり　杉田久女・杉田久女句集

湯気の子をくるみ受取る布団かな　杉田久女・杉田久女句集
右左に子をはさみ寝る布団かな　杉田久女・杉田久女句集
風邪の子や眉にのび来しひたひ髪　杉田久女・杉田久女句集
な泣きそと拭へば胼や吾子の頬　杉田久女・杉田久女句集
退院
面痩せし子に新らしき単衣かな　杉田久女・杉田久女句集
銀河濃し救ひ得たりし子の命　杉田久女・杉田久女句集
床に起きて絵かく子となり蝉涼し　杉田久女・杉田久女句集
熱下りて蜜柑むく子の機嫌よく　杉田久女・杉田久女句集
熱とれて寝息よき子の蚊帳のぞく　杉田久女・杉田久女句集
鬼灯や父母へだて病む山家の娘　杉田久女・杉田久女句集
にこ〳〵と林檎のうまげやお下げ髪　杉田久女・杉田久女句集
朱唇ぬれて葡萄うまきかいとし子よ　杉田久女・杉田久女句集
子等を夢見て病院淋し石蕗の雨　杉田久女・杉田久女句集
靴買うて卒業の子の靴磨く　杉田久女・杉田久女句集

帰省子の琴のしらべをきく夜かな　杉田久女・杉田久女句集
いとし子や帰省の肩に絵具函　杉田久女・杉田久女句集
遊学の旅にゆく娘の布団とぢ　杉田久女・杉田久女句集
寮住のさみしき娘かな雛まつる　杉田久女・杉田久女句集
健やかにましますイ子娘等の雛祭　杉田久女・杉田久女句集
子のたちしあとの淋しさ土筆摘む　杉田久女・杉田久女句集
初苺喰《は》ませたく思ふ子は遠く　杉田久女・杉田久女句集
次女病床に来て甚あどけなし
椿よりも汝を見る我目たのしめり　杉田久女・杉田久女句集補遺
次女光子
ひまはりに背丈負けたる我子かな　杉田久女・杉田久女句集補遺
長女病む
熱高き子に蔓朝顔の風はげし　杉田久女・杉田久女句集補遺
熱高き子に水汲むや五月闇　杉田久女・杉田久女句集補遺
§
子とあればわが世はたのし金魚玉　高橋淡路女・淡路女百句

一人子の征きし家とて門の秋　高橋淡路女・淡路女百句
§
羽子板に一人はほしき女の子　吉屋信子・吉屋信子句集
§
子にあまえたんぽぽの黄はさらに濃し　原コウ子・昼顔
蟬声の家中透り父なき子　原コウ子・昼顔
海女がひらく脚にすがる子春の潮　原コウ子・胡卉
三才の浩一君ぶらんこを漕ぐこと妙
子に漕がれ若葉仏のわが機嫌　原コウ子・胡色
節分や子の赤鬼がかくれゐて　原コウ子・胡色
§
吾子とゐて父なきまどゐ壁炉もえ　橋本多佳子・海燕
子とあれば吾いきいきと初蛙　橋本多佳子・信濃
かぎろへる遠き鉄路を子等がこゆ　橋本多佳子・信濃
ねむたさの稚児《ちご》の手ぬくし雪こんこん　橋本多佳子・紅絲
日を射よと草矢もつ子をそそのかす　橋本多佳子・紅絲
童子寝る凩に母うばはれずに　橋本多佳子・紅絲
麻疹子《はしかご》の並びて髪の長きが姉　橋本多佳子・紅絲
母のどこか掴みてどれも雪焼け子　橋本多佳子・海彦

§

子を欲れりぼたんざくらの散るなべに　三橋鷹女・向日葵

機翼現れ吾子の口笛北風に和す　三橋鷹女・向日葵

北風駈る草原吾子を駈らしめ　三橋鷹女・向日葵

少年に別るる吾子となりて北風に　三橋鷹女・向日葵

冬野来て吾子の背丈の低くはなし　三橋鷹女・向日葵

子の望み大いならざりき冬の野に　三橋鷹女・向日葵

野路さむく吾子の心にさからはざり　三橋鷹女・向日葵

冬日の中父に似し子をさびしみゐる　三橋鷹女・向日葵

寒波来る少年の身丈母を越え　三橋鷹女・向日葵

吾子府立第四中を了ふ

焼山に大き手を挙げ男の子吾子　三橋鷹女・向日葵

子の真顔焼山に佇ち国原を　三橋鷹女・向日葵

春愁ふ真珠《またま》の吾子をかたはらに　三橋鷹女・向日葵

子の鼻梁焦げて夏野の日を跳べり　三橋鷹女・向日葵

夏野原征くべき吾子を日に放ち　三橋鷹女・向日葵

子の寝息すこやかに青き蚊帳《かや》を垂れ　三橋鷹女・魚の鰭

夏旅の短に吾子の頬尖り　三橋鷹女・魚の鰭

カンナ散る蟷螂《かまきり》を殺ししは吾子か　三橋鷹女・魚の鰭

夕べ子を怒らせをれば雷雨来ぬ　三橋鷹女・白骨

瑠璃鳥《るりてう》啼いて吾子の青春瑠璃色に　三橋鷹女・白骨

泣きわめく兒《こ》を綾に負ひ芋嵐　三橋鷹女・白骨

ばらの如き娘のあり吾子を愁へしむ　三橋鷹女・白骨

§

末の子が黴と言葉を使ふほど　中村汀女・春雪

二男急患にて入院

夏布団病篤ければおとなしく　中村汀女・春雪

釘打つて今日はあそぶ子秋風に　中村汀女・春雪

咳をする母を見上げてゐる子かな　中村汀女・春雪

寒燈に母と子供のうなじかな　中村汀女・春雪

仙台の町さかんなる迎火を焚く

あひふれし子の手とりたる門火かな　中村汀女・春雪

あはれ子の夜寒の床の引けば寄る　中村汀女・春雪

咳の子のなぞ〱あそびきりもなや　中村汀女・春雪

ひとりでに子は起き雪車はおこさるゝ　中村汀女・春雪

みどり児と蛙鳴く田を夕眺め　中村汀女・春雪

晩涼の子や太き犬いつくしみ　中村汀女・春雪

吾子等はやくはしきかなや絵双六　中村汀女・汀女句集

風邪の子や団栗胡桃抽斗に　中村汀女・汀女句集

霜焼の手を子は告ぐる婢は告げで　中村汀女・汀女句集

ここにまた吾子の鉛筆日脚のぶ　中村汀女・汀女句集
子を愛づる言葉ひたすら水温む　中村汀女・汀女句集
山の子のいつもひとりで雨蛙　中村汀女・汀女句集
夏帯やわが娘きびしく育てつつ　中村汀女・汀女句集
おいて来し子ほどに遠き蝉のあり　中村汀女・汀女句集
遠雷や睡ればいまだいとけなく　中村汀女・汀女句集
手花火にらうたく眠くおとなしく　中村汀女・汀女句集
いつまでも大根洗ひ見る子かな　中村汀女・汀女句集
をさな児とあそびて遅々と落葉焚　中村汀女・汀女句集
短日の暗き活字を子も読める　中村汀女・汀女句集
昼寝ざめ肌冷たく子の抱かれ　中村汀女・花影
暖かや背の子の言葉聞きながし　中村汀女・花影
秋日和父よ母よと子等機嫌　中村汀女・花影
子は母に右手をあづけて夕落葉　中村汀女・花影
走り来し子に春水の汀石　中村汀女・花影
旅の子の第一信や花桔梗　中村汀女・花影
石投げて土投げて子よ秋の水　中村汀女・花影
咳の子の咳すぐひびく夜の障子　中村汀女・花影
旅の子の第一信や花桔梗
富山に移りし濤美子　中村汀女・花影

行秋の越の暮しを少し告ぐ　中村汀女・花影
路次の夜子はまだ蟬を鳴かせ居り　中村汀女・花影
子をあやす行く舟見せて秋の暮　中村汀女・花影
母我をわれ子を思ふ石蕗の花　中村汀女・花影
子にかかる思ひを捨てぬ更衣　中村汀女・都鳥
夏川に濯ぎて遠き子と思ふ　中村汀女・都鳥
泣いてゐし子を伴へば稲雀　中村汀女・都鳥
初鏡すでにあらそふ子をかたへ　中村汀女・紅白梅
手渡しに子の手こぼるる雛あられ　中村汀女・紅白梅
草芳しもつとも遊ぶ咳する子　中村汀女・紅白梅
凧糸につまづく母を歎く子よ　中村汀女・紅白梅
子やあはれ泣くにも間ある昼寝覚め　中村汀女・紅白梅
誘ひに寄りてまだ待つ子　中村汀女・紅白梅
落葉風歩きそめたる子を立たせ　中村汀女・紅白梅

§

子に破魔矢持たせて抱きあげにけり　星野立子・立子句集
朝寒の子に縁側の光りをり　星野立子・立子句集
娘とは嫁して他人よ更衣　星野立子・星野立子集
娘と我の性《さが》灯取虫誘蛾灯　星野立子・星野立子集
子供等に楽しき紅茶雪だるま　星野立子・鎌倉

疲れきし子を抱き上げ春の風　星野立子・鎌倉
娘等のうか〳〵あそびソーダ水　星野立子・鎌倉
風邪の子に日々の外出の土産もの　星野立子・鎌倉
青梅や我になじまぬ吾子を脊負《お》ひ　星野立子・鎌倉
手つなぎてうかれ通る娘滝しぶき　星野立子・鎌倉
子の摘める秋七草の茎短か　星野立子・鎌倉
子を抱いて石段高し初詣
　明治神宮初詣。昭和十年一月一日。　星野立子・鎌倉
霙るゝや子をかばひゆく軒づたひ　星野立子・鎌倉
針供養してさて娘らやどこへゆく　星野立子・鎌倉
退屈をまだせぬ子供浮葉見て　星野立子・鎌倉
　トラピスト
秋暑し修女に吾子従きわれ従ふ　星野立子・鎌倉
　§
月明き志津野に子らは育ちつつ　柴田白葉女・遠い橋
母のこし寒の仏となりし吾子　柴田白葉子・朝の木
　§
つゝじ燃ゆ吾児に与へん腕かな　石橋秀野・桜濃く
　安見子生れて十ケ月余となる
その子いま蜜柑投ぐるよ何を言はん　石橋秀野・桜濃く

朝寝児の乳さぐらざる生ひ立ちよ　石橋秀野・桜濃く
灯を消して子がひとり寝の春の雷　石橋秀野・桜濃く
　安見子中耳炎
桐の花あまき夜ごとは子に泣かれ　石橋秀野・桜濃く
すがる子のありし浴みや夏の夕　石橋秀野・桜濃く
子が泣けば父が飯炊く寒燈　石橋秀野・桜濃く
年の豆あそびつかれの子を膝に　石橋秀野・桜濃く
子は飯を母は粥煮て花の雨　石橋秀野・桜濃く
　子にさとして
青蠅や食みこぼす飯《いひ》なかりけり　石橋秀野・桜濃く
ひとり言子は父に似て小六月　石橋秀野・桜濃く
霜焼の幼なはらから並び寝て　石橋秀野・桜濃く
　病中子を省みず自嘲
衣更鼻たれ餓鬼のよく育つ　石橋秀野・桜濃く
子の茶碗つばめ西日をきりかへす　石橋秀野・桜濃く
　あめ五粒ほどを購ひて
柿若葉くちはた濡れて稚児よろし　石橋秀野・石橋秀野集
　§
戦や子に手ほどきの毛糸編　加藤知世子・冬萌
夏の闇吾子の忌となり川の音　加藤知世子・冬萌
乳児の力ぐいぐい闇に菊の香あり　加藤知世子・冬萌

冬萌や朝の体温児にかよふ　加藤知世子・冬萌

小熊座に毛糸づくめの乳児抱き出づ　加藤知世子・冬萌

吾子着て憎し捨てて美しアロハシャツ　加藤知世子・朱鷺

子は雨にとびだしたがりかたつむり　加藤知世子・夢たがへ

「孫」への思い
——短歌・俳句（古代〜現代）

孫の幼きを、周防内侍見侍りて後、鶴の子の千代のけしきを思ひ出づるよし、言ひにおこせて侍りける返しにつかはしける

思《おも》ひやれまだ鶴《つる》の子《こ》の生《お》ひ先《さき》を千代《ちよ》もと撫《な》づる袖《そで》のせばさを

藤三位・後拾遺和歌集七（賀）

〔大意〕思いやってください、まだ鶴の子のようなこの子の将来を、千代までもと撫でている私の袖の力なさを。〔注解〕「袖のせばさを」—孫を守る自分の力なさを。

§

老の寐覚のかぎりなきに

雪やけや夜毎《よごと》に孫が手をふかせ　智月・俳諧勧進牒

孫どもに引起《ひきおこ》されて歳《とし》の暮　智月・翁草

「親・父」への思い——女歌

「親」への思い

――短歌・俳句（近世～現代）

父の眼に残れる母のわかさなど時にきく夜のわが涙かな
武山英子・武山英子傑作歌選第二輯

§

明日はとくかへらんものを一夜なるゆめにまづ見る父母のかげかな
三ケ島葭子・定本三ケ島葭子全歌集

届きたる小包ひらきつくづくと涙落ちたり父上母上
三ケ島葭子・定本三ケ島葭子全歌集

§

涼しみの母の乳房《ちぶさ》や父の膝《ひざ》
智月・虚空集

§

声あげて父母を呼びたし秋の山
阿部みどり女・微風

§

父母の墓遠く炎天に水こぼす
原コウ子・昼顔

§

玉なしてちちははの世の初音かな
野澤節子・駿河蘭

「父」への思い

――短歌（古代～現代）

久我内大臣、春ごろうせて侍ける年の秋、土御門内大臣、中将に侍ける時、つかはしける

秋ふかき寝覚《ねざ》めにいかゞ思《おも》ひいづるはかなく見えし春の夜《よ》の夢
殷富門院大輔・新古今和歌集八（哀傷）

〔大意〕秋の深まったこのごろの寝覚めに、あなたはどのように思い出していらっしゃるでしょうか。春の夜の夢かとばかりにはかなく逝ってしまわれた父君のことを。

老いたる親の、七月七日筑紫へ下りけるに、はるかに離れぬることを思ひて、八日あか月、をひて舟に乗る所につかはしける

あまの河《がは》そらにきえにし舟出《ふなで》にはわれぞまさりて

今朝《けさ》はかなしき

加賀左衛門・新古今和歌集九（離別）

〔大意〕牽牛が天の川の空に消えていった舟出の時の織女の悲しみよりも、（七月八日の）今朝、筑紫へ舟出するお父様を見送る私の悲しみのほうがまさっております。

三条右大臣身まかりて翌年の春、大臣召しありと聞きて、斎宮のみこにつかはしける

いかでかの年ぎりもせぬ種《たね》も哉《（がな）》荒《あ》れたるやどに植《う》へ《（ゑ）》て見るべく

三条御息所・後撰和歌集一五（雑一）

〔大意〕何とかして、あの、年によって花が咲かないというようなことのない種がほしいものだ。父が亡くなって荒れてしまった家の庭に植えて見たいと思うので。

〔注解〕「年ぎりもせぬ種」―年によって花が咲かないことなどない種。

俊頼朝臣身まかりてのち、常に見ける鏡を仏に造らせ侍とてよめる

うつりけん昔《むかし》のかげやのこるとて見るに思《おも》ひのます鏡《かゞみ》かな

新少将・新古今和歌集八（哀傷）

〔大意〕父の昔の面影が、映っているだろうかと思って見たが、映っているわけはなく、見るにたび、亡くなった父への思いがいよいよ増す「ます鏡」である。〔注解〕「ます鏡」―澄み切った鏡。思いの「増す」を掛ける。

入道摂政のために万灯会をこなはれ侍けるに

水底《みなそこ》にちゞの光《ひかり》はうつれども昔《むかし》のかげはみえずぞ有《（あり）》ける

東三条院・新古今和歌集八（哀傷）

〔大意〕池の水底に無数の灯明の光は映っているが、生前の元気な頃の父の姿は、もう見えることはない。

§

父君の喪にこもりて（以下三首、同前文）

雲居にぞ待ちませ父よこの子をも神は召します共に往なまし

山川登美子・明星

わが胸も白木にひとし釘づけよ御柩《みひつぎ》とづる真夜中のおと

山川登美子・明星

たのもしき病の熱よまぼろしに父を仄見《ほのみ》て喚ばぬ日

も無し
山川登美子・明星

§

雪白き山にまたきぬもの思はず働くことを父に誓ひて
三ケ島葭子・定本三ケ島葭子全歌集

あやまちのおほしと父になげかるる日はなほわれを
かへりみもせず
三ケ島葭子・定本三ケ島葭子全歌集

かよわさをつとめて人におほへよと父の憂ひしわれ
なりしかな
三ケ島葭子・定本三ケ島葭子全歌集

父うらむよしなし我のすくよかに育たざりしは貧し
かりしため
三ケ島葭子・定本三ケ島葭子全歌集

わが夫と心へだてるさびしさを耐《こら》へて今宵父の死を守る
三ケ島葭子・定本三ケ島葭子全歌集

たのめなき人の心と思ひつつ臨終《いまは》の父の枕べにをり
三ケ島葭子・定本三ケ島葭子全歌集

息かすかになりしと思ひしみ手とればすでに脈なき
父のみ手はも
三ケ島葭子・定本三ケ島葭子全歌集

美しきものと見まつれ息絶えし父のみ顔にしばしの痙攣
三ケ島葭子・定本三ケ島葭子全歌集

人人が湯灌の酒を飲める間をひとりぞまもる父のな
きがらを
三ケ島葭子・定本三ケ島葭子全歌集

死にませる父のみ顔にこの年ごろかつて見ざりしや
はらぎのあり
三ケ島葭子・定本三ケ島葭子全歌集

葬式の馬車に出遭ひぬわが父の柩もきのふかくぞゆきにし
三ケ島葭子・定本三ケ島葭子全歌集

§

明如上人二十五回忌法楽落花
ありし春花のうたげにともなはれ語りし父のおもか
げに見ゆ
九条武子・薫染

「父」への思い
―俳句（近・現代）

いまそかるみ霊の父に卒業す　竹下しづの女・颷

父逝く

とことはの御別れ蚊帳となりにけり　竹下しづの女・颸

§

貧しけれどもクリスマスの夜の父ありぬ　長谷川かな女・龍膽

§

父逝くや明星霜の松になほ　杉田久女・杉田久女句集

父の忌や林檎ニ籠鯉十尾　杉田久女・杉田久女句集

幼時追懐

信濃なる父のみ墓に草むしり　杉田久女・杉田久女句集

狐火におとなしく怖き父と寂し　杉田久女・杉田久女句集補遺

§

柏餅父の湯呑の大いなる　吉屋信子・吉屋信子句集

文春主催。山王山の茶屋

父老いぬ二重廻しの裾のはね　吉屋信子・吉屋信子句集

§

父逝く

父在しし梢のままに夏の月　中村汀女・花影

§

父がつけしわが名立子や月を仰ぐ　星野立子・鎌倉

§

いちまいの若葉で見えぬ父のこと　中尾寿美子・舞童台

「母」への思い——女歌

「母」への思い

——短歌（古代～現代）

母の身まかりにけるを嵯峨野辺におさめ侍ける夜、よみける

今はさはうき世《よ》の嵯峨《さが》の野べをこそ露《つゆ》きえはてし跡《あと》としのばめ

藤原俊成女・新古今和歌集八（哀傷）

〔大意〕いまとなっては、そういうことで、憂き世のならいとして母を埋葬したこの嵯峨の野辺を、露が消え果てるようにはかなく亡くなっていった母の思い出の跡として偲びましょう。〔注解〕「うき世」―「浮世」と「憂き世」を掛ける。「嵯峨」―地名の「嵯峨」と「世のならい」の意の「性（さが）」を掛ける。

家婦が京に在す尊母に贈らむが為に、誂へらえて作る歌

白玉の見が欲《ほ》し君を見ず久に夷《ひな》にし居《を》れば生《い》けるともなし

坂上大嬢・万葉集一九

〔大意〕真珠のようにいつも見ていたいと思う母君に、久しく逢うことなく田舎にいるので、生きた心地もしないことです。

人の娘の母の物へまかりたりける程に、重き病をして隠れなんとしける時、書き置きてまかりける歌

露《つゆ》の身の消《き》えもはてなば夏草《なつくさ》の母《は》いかにしてあらんとすらん

よみ人しらず・金葉和歌集一〇（雑下）

〔大意〕露のようにはかない私の身が消え果てて（死んで）しまったならば、母はどのようにして生きてゆくことだろう（死にきれないことです）。〔注解〕「夏草の」―「葉（は）」の枕詞で、ここでは同音で「母（はは）」を導く。

〔参考歌〕

はかなくて消ゆるものから露の身の草葉に置くと見えにけるかな

伊勢・古今和歌六帖一

山とに昔おやありける人の、おや亡くなりて、初瀬に参るとて

一人ゆくことこそうけれふるさとの昔《むかし》ならびて

みし人もなく

伊勢集（伊勢の私家集）

〔大意〕一人で（大和に）旅ゆくことはつらくさみしい。故郷を昔いっしょに並んで見た母は今はもういないのだから。〔注解〕「たらちね（足乳根・垂乳根）」——「母」に掛かる枕詞。

§

うつら病む春くれがたやわが母は薬に琴を弾《ひ》けよと云へど

与謝野晶子・舞姫

§

行くべきや蟒蛇《をろち》は暗き谷間よりこひしき母の声してぞ喚《よ》ぶ

山川登美子・山川登美子歌集

§

いづくにか少女のかをりうせやらぬわれ産みし後の母のうつしゑ

武山英子・武山英子傑作歌選第二輯

時折はわがかよわさを訪ひて来ぬはげしき母の老いゆきしかな

武山英子・武山英子傑作歌選第二輯

子をおきてわかくはてにし我が母の終焉《をはり》さびしく見えぬる夕

武山英子・武山英子傑作歌選第二輯

あはれ今宵母の忌日の燈明にむかへば涙をさなくも出づ

武山英子・武山英子傑作歌選第二輯

§

われをつれ赤子おひ母は雨の中苗とる人に道をききたり

三ケ島葭子・定本三ケ島葭子全歌集

知らぬ道を母につれられ歩みをり田植の人の笠を見ながら

三ケ島葭子・定本三ケ島葭子全歌集

少女の日のおもひで

母上が病めば来よとの手紙きぬ秋風たちて涼しきゆふべ

三ケ島葭子・定本三ケ島葭子全歌集

母の病おもひしほどに重からず今宵月見るふるさとの庭に

三ケ島葭子・定本三ケ島葭子全歌集

ひさびさに母のかたへに寝ねしかばあかつき早くめざめけるかも

三ケ島葭子・定本三ケ島葭子全歌集

冬山の峠まで来ぬ父のもとに帰りゆくべき母を送りて

三ケ島葭子・定本三ケ島葭子全歌集

月見れば涙ぞ浮ぶたらちねのわが母上はこの世におはさず

三ケ島葭子・定本三ケ島葭子全歌集

盆の夜かすかに笛の音は聞え亡き母のことわれは思へり

三ケ島葭子・定本三ケ島葭子全歌集

朝夕に母が水汲む家なりきれんげうの花垣に咲けり
し
三ケ島葭子・定本三ケ島葭子全歌集

すすめたる鮨の馳走をくやみつつ胃を病む母を一人
まもるも
三ケ島葭子・定本三ケ島葭子全歌集

やうやくに寝息きこゆる母の顔なほ苦しげに眉よせ
たまへり
三ケ島葭子・定本三ケ島葭子全歌集

§

九つの汝《な》がかきたると母刀自はとりいで給ふいとま
きの絵を
九条武子・薫染

京に来てこのしづこころうれしみつ南の縁に母と糸捲く
九条武子・薫染

清水の音羽の瀧をひきいれし水のおと聞きて母と夕餉《ゆふけ》す
九条武子・薫染

ちさき爪はしき形にそろへやれば汝《な》がなき母のおも
かげうかぶ
九条武子・薫染

§

うすぐらき納戸《なんど》の隅《すみ》に亡《な》き母のおはぐろの香《か》のただ
よへるかな
岡本かの子・愛のなやみ

「母」への思い
―俳句（近・現代）

母とあればわれも娘や紅芙蓉　長谷川かな女・龍膽

母恋しければ落葉をかむり掃く　長谷川かな女・龍膽

母思う二月の空に頰杖し　長谷川かな女・胡笛

§

母の帯巻きつゝ語る蚊帳の外　杉田久女・杉田久女句集

母と寝てかごときくなり蚊帳の月　杉田久女・杉田久女句集

夏雨に母が炉をたく法事かな　杉田久女・杉田久女句集

かくらんやまぶた凹みて寝入る母　杉田久女・杉田久女句集

難苦へて母すこやかや障子張る　杉田久女・杉田久女句集

朝な梳く母の切髪花芙蓉　杉田久女・杉田久女句集

山馴れで母恋しきか三日月　杉田久女・杉田久女句集

老顔に秋の曇りや母来ます　杉田久女・杉田久女句集
八十の母手まめさよ萩束ね　杉田久女・杉田久女句集
母淋しつくりためたる押絵雛　杉田久女・杉田久女句集
娘をたよる八十路の母よ雛作り　杉田久女・杉田久女句集
母美しトマトつくりに面瘦せず　杉田久女・杉田久女句集
病む母に苺摘み来ぬ傘もさゝず　杉田久女・杉田久女句集
夕顔や灯とほく母とねころびて　杉田久女・杉田久女句集補遺
甘酒をわかし我まつ母やさし　杉田久女・杉田久女句集補遺

§

冬木立一壺となりし母軽し　吉屋信子・吉屋信子句集
雪晴や昨日は母を葬むりし　吉屋信子・吉屋信子句集
母の逝く日は知らざりし初暦　吉屋信子・吉屋信子句集
昨日までおはせし炬燵に通夜の雪　吉屋信子・吉屋信子句集
母永久《とは》に留守の離室や梅雨しとど　吉屋信子・吉屋信子句集
文壇句会
七五三子よりも母の美しく　吉屋信子・吉屋信子句集

§

母の日も母の素足の汚れ居り　原コウ子・昼顔

§

母葬る土美しや時雨降る　橋本多佳子・信濃
紫蘇しぼりしぼりて母の恋ひしかり　橋本多佳子・信濃
武蔵野の樹々が真黄に母葬《はふ》る　橋本多佳子・信濃
仏母たりとも女人は悲し灌仏会　橋本多佳子・紅絲

§

母に秋日はらから吾等寄り集《つど》ひ　三橋鷹女・魚の鰭
かなくや母を負ひゆく母の里　三橋鷹女・白骨
古里に母を置き捨て黍嵐　三橋鷹女・白骨

§

泣いてゆく向うに母や春の風　中村汀女・春雪
曼珠沙華抱くほどとれど母恋し　中村汀女・春雪
母我をわれ子を思ふ石蕗の花　中村汀女・花影
みぞそばに沈む夕日に母を連れ　中村汀女・花影
古暦母には残す夜の暇　中村汀女・花影
日脚伸ぶ母をいたはる仮住に　中村汀女・花影
つつじ咲く母の暮しに加はりし　中村汀女・都鳥
麦秋の母をひとりの野の起伏　中村汀女・都鳥
返り花母いたはりて別るる日　中村汀女・薔薇粧ふ
初霜やわが母なれど面冴え　中村汀女・芽木威あり

§

秋晴の母と楽しき旅出かな　星野立子・鎌倉

母たのし汐干にあそぶ子を眺め　星野立子・鎌倉

涼しさやとりかこまれて母若し　星野立子・鎌倉

炬燵の間母中心に父もあり　星野立子・笹目

鶯やいつもこの刻母を訪ふ　星野立子・句日記Ｉ

§

三十二歳となる

我年に母吾を生みぬ初湯浴み　石橋秀野・桜濃く

霜やけや母に夕餉の後影　石橋秀野・桜濃く

§

危篤なりし母快方に

朝の虫牛はほのぼの眠りをり　加藤知世子・冬萌

§

二階より隙間風来る母の死後　中尾寿美子・狩立

§

寒卵わが晩年も母が欲し　野澤節子・花季

雑煮椀双手に熱し母は亡し　野澤節子・駿河蘭

「兄弟・姉妹」への思い——女歌

「兄弟」への思い

―短歌（古代～現代）

大津皇子薨りましし後、大来皇女伊勢の斎宮より京に上る時の御作歌

神風《かむかぜ》の伊勢の国にもあらましをなにしか来けむ君もあらなくに

大伯皇女・万葉集二

〔大意〕伊勢の国にいればよかったのに、どうして来てしまったのでしょう。弟ももう生きていないのに。〔注解〕神風の―「伊勢」に掛かる枕詞。

大津皇子の屍を葛城の二上山に移し葬る時、大来皇女の哀しび傷む御作歌

磯《いそ》のうへに生《お》ふる馬酔木《あしび》を手折《たを》らめど見すべき君がありと言はなくに

大伯皇女・万葉集二

〔大意〕岩のほとりに生えている馬酔木を手折ろうと思うけれども、それを見せるべき弟がこの世にいるとは言えないのです。

大津皇子の屍を葛城の二上山に移し葬る時、大来皇女の哀しび傷む御作歌

うつそみの人にあるわれや明日よりは二上山を弟《いろ》世《せ》とわが見む

大伯皇女・万葉集二

〔大意〕現世の人である私は、明日からは二上山を弟だと思って眺めましょう。

二人行けど行き過ぎ難き秋山をいかにか君が独り越ゆらむ

大伯皇女・万葉集二

〔大意〕二人で行っても越えにくい物さびしい秋の山を、今ごろ弟はどのようにしてひとりで越えていることであろうか。

大津皇子薨りましし後、大来皇女伊勢の斎宮より京に上る時の御作歌

見まく欲《ほ》りわがする君もあらなくになにしか来けむ馬疲るるに

大伯皇女・万葉集二

〔大意〕会いたいと思う弟もいないのに、どうして来てしまったのでしょう。馬も疲れるというのに。

大津皇子、竊かに伊勢の神宮に下りて
上り来まし時の大伯皇女の御作歌

わが背子を大和へ遣《や》るとさ夜深《ふ》けて暁《あかとき》露《つゆ》にわが立ち濡《ぬ》れし

大伯皇女・万葉集二

〔大意〕わが弟が大和へ帰って行くのを見送ってたたずんでいると、いつのまにか夜がふけていって暁の露に、私はすっかり濡れてしまったことである。

§

おとうとはをかしおどけしあかき頬《ほ》に涙ながして笛ならふさま

与謝野晶子・舞姫

左にて小刀つかひ木《こ》の実《み》など彫りける兄とはやく別れき

与謝野晶子・佐保姫

§

夜は明けぬやさしき兄が若水を汲むといでたる軒のつまより

三ケ島葭子・定本三ケ島葭子全歌集

母にかくれ水浴びに来し弟はわがおさふれどきかざりにけり

三ケ島葭子・定本三ケ島葭子全歌集

いつまでも水浴びやめず弟はくちびるの色むらさきなるに

三ケ島葭子・定本三ケ島葭子全歌集

十五夜のすすきをとると弟ら汽車の踏切越えてゆきたり

三ケ島葭子・定本三ケ島葭子全歌集

ふるさとのわが弟はちさき手をちぢめて泣かんけさの寒さに

三ケ島葭子・定本三ケ島葭子全歌集

盂蘭盆と思へばかなしひさびさに弟の家をたづねんと思ふ

三ケ島葭子・定本三ケ島葭子全歌集

弟の死（以下六首、同前文）

わが弟一とせ前に死にけるをまはりの人らわれに秘しおきし

三ケ島葭子・定本三ケ島葭子全歌集

一とせあまり弟の死をかくしおき人らたくみにうそのみ言ひし

三ケ島葭子・定本三ケ島葭子全歌集

弟の死を一年あまり気づかざりし心の鈍さ思へばくやし

三ケ島葭子・定本三ケ島葭子全歌集

死にたりと聞きて心のおちつきぬ死にたる弟思ひつついねむ

三ケ島葭子・定本三ケ島葭子全歌集

ともに病み永久に逢ひえぬを嘆きしか弟はすでに亡き人なりし
三ケ島葭子・定本三ケ島葭子全歌集

ただならずつねに気になりし弟はすでに他界の人なりしなる
三ケ島葭子・定本三ケ島葭子全歌集

§

（兄・大貫晶川への挽歌、以下三首）

武蔵野の雑木のなかの一ひらの白銀《しろがね》の葉は散り失せにけり
岡本かの子・愛のなやみ

多摩川の流れの末の末とほく行かばや君の魄に逢はむと
岡本かの子・愛のなやみ

真白なる石に交りて君が魄ありやとまどふ川辺あゆめば
岡本かの子・愛のなやみ

「兄弟」への思い

―俳句（現代）

蟬殻を溜めて姉弟のちぎりとす　原コウ子・胡色

§

虫鳴けば横顔征きし弟を　三橋鷹女・向日葵

§

電話口咳して兄の出てきたり　星野立子・鎌倉

§

亡き兄追想

成木責兄は大猿われ小蟹　加藤知世子・夢たがへ

「姉妹」への思い

―短歌（古代～現代）

大伴の田村家の大嬢の妹坂上大嬢に与ふる歌

茅花《つばな》抜《ぬ》く浅茅《あさぢ》が原のつぼすみれいま盛りなりわが恋ふらくは
大伴田村大嬢・万葉集八

〔大意〕茅花を摘みとる浅茅の原のつぼすみれは、いまが盛りと咲いていますが、おなじように、私のあなたを思う心もいまが盛りです。

§
いもうとと七夕《たなばた》の笹二つ三つながるる川の橋を行くかな
与謝野晶子・佐保姫

§
姉君の髷の手絡《てがら》の濃むらさき品《しな》よき色にさくあやめかな
武山英子・武山英子傑作歌選第二輯

§
病身の妹は椿ちるころの音なき雨をよろこべるなり
武山英子・武山英子傑作歌選第二輯

§
妹の来しうれしさにくつろぎて今宵は言葉なめらかに語る
三ケ島葭子・定本三ケ島葭子全歌集

「姉妹」への思い
―俳句（現代）

年寄りし姉妹となりぬ菊枕
星野立子・星野立子集

「家族・祖父母・親戚」への思い——女歌

「家族」への思い
―俳句（現代）

夫と子をふっつり忘れ懐手
中村汀女・汀女句集

禱《いの》り長き母を待つ子や小春寺
中村汀女・紅白梅

「祖母」への思い
―短歌（現代）

口にがくわが病《や》むあした霜《しも》きびし祖母《そぼ》は厨《くりや》に味噌《みそ》すりたまふ
三ケ島葭子・三ケ島葭子歌集

くたびれて帰る山みち靄こめぬ夕餉とゝのへ祖母待ちまさん
三ケ島葭子・定本三ケ島葭子全歌集

姑息の言葉にあざむかれて君が文に心足らひぬこの日こそ久に病みゐる祖母をたづねむ
三ケ島葭子・定本三ケ島葭子全歌集

「叔母・伯母」への思い
―短歌・俳句（近・現代）

叔母達と小豆《あづき》を選《え》りしかたはらに白菊咲きし家のおもひで
与謝野晶子・朱葉集

§

わが叔母が機織る軒に枝垂れて柿の実赤く色づきにけり
三ケ島葭子・定本三ケ島葭子全歌集

わが叔母は箒にすとてもろこしの赤黒き実を軒につるしぬ
三ケ島葭子・定本三ケ島葭子全歌集

ゐろりの火焚きつつ夕べの山道を冷えて来らん叔母を思へり
三ケ島葭子・定本三ケ島葭子全歌集

山の家に寂しく住めばこの夕べ叔母の土産のただに

うれしも

三ケ島葭子・定本三ケ島葭子全歌集

§

母とともに伯母も老いまし麦青む

中村汀女・花影

「甥」への思い

―短歌（古代）

大伴宿禰家持、閏七月、越中国の守に任けらえ、即ち七月を以ちて任所に赴く。時に、姑大伴氏坂上郎女の、家持に贈る歌

今のごと恋しく君が思ほえばいかにかもせむする為方《すべ》のなさ

大伴坂上郎女・万葉集一七

〔大意〕今のようにあなたが恋しく思われるならどうすればよいのでしょう。どうしようもありません。

更に越中国に贈る歌

旅に去《い》にし君しも継《つ》ぎて夢《いめ》に見ゆ吾《あ》が片恋の繁ければかも

大伴坂上郎女・万葉集一七

〔大意〕旅に出てしまったあなたが、続けて夢に出てきます。私だけが恋しく思い続けているからでしょうか。

「友人・知人・師弟」への思い――女歌

「友人・知人・師弟」への思い
―短歌（古代〜近世）

女ともだちと物語して、別れて後に、遣はしける

飽《あ》かざりし袖のなかにや入《い》りにけむわが魂《たましひ》のなき心地《ち》する

橘陸奥・古今和歌集一八（雑）

〔分類〕「朋友」の歌。〔大意〕（話を十分できなくて）満足することができませんでした。袖の中にでも入ってしまったのでしょうか。私の魂がなくなったような気持ちがします。

されど其ほどをもまたず又とひ奉りて

あきはぎのはなさくころをまちとをみなつくさわけてまたもきにけり

貞心尼・はちすの露

〔大意〕秋萩の花の咲く頃まではとても待ち遠しいので、夏草を分けてふたたび参りました。〔注解〕「まちとをみ」―待ち遠しいので。

甲斐へまかりける人につかはしける

君が世はつるの郡《こほり》にあえてきね定《（さだめ）》なき世《よ》の疑《うたが》ひもなく

伊勢・後撰和歌集一九（離別・羇旅）

〔大意〕あなたは、都留（つる）の郡の「鶴の群」にあやかって長寿になって来てください。定めのない不安定な人生に、次はいつ逢えるかなどという疑いをもたずに。〔注解〕「あえてきね」―あやかってきなさい。

はじめてあひ見奉りて

きみにかくあひ見ることのうれしさもまださめやらぬゆめかとぞおもふ

貞心尼・はちすの露

〔大意〕お師匠さまにこのようにお逢いできることが嬉しくて、まだ覚めない夢を見ているのではないかと思っています。

桜ばな色《いろ》はひとしき枝《えだ》なれど形見《かたみ》に見《み》ればなぐさまぬかな

伊勢集（伊勢の私家集）

〔大意〕この桜花は、あなたのように美しい枝ぶりです

が、あなたを偲ぶ形見としてみると、やはり慰めにはならないことですよ。

信濃へまかりける人に、たき物つかはすとて

信濃《しなの》なる浅間《あさま》の山も燃ゆなれば富士《ふじ》の煙《けぶり》のかひやなからん

駿河・後撰和歌集一九（離別・羇旅）

〔大意〕信濃にある浅間の山も燃えているということですから、（わたくし「駿河」がさしあげる）「不尽」の思いを込めた富士の煙では（貰った）甲斐がないでしょうか。〔注解〕「富士の煙」―「不尽」を掛ける。思いがいつまでも続く意。自分の名前が駿河なので、富士を詠み込む。

死《しに》も生《いき》もおやじ心と結びてし友や違《たが》はむわれも依りなむ

作者不詳・万葉集一六

〔大意〕死も生も同じ心と約束し合った友が、どうして約束を違えることなどあろうか。私もあなたに従おう。

〔注解〕「おやじ」―同じ。

遠所へまかりける人のまうできて、あか月帰りけるに、九月尽日虫の音もあはれなりければよみ侍る

鳴《な》きよは《(わ)》るまがきの虫《むし》もとめがたき秋《あき》の別《わか》れやかなしかるらん

紫式部・千載和歌集七（離別）

〔大意〕私もあなたとの別れが悲しいが、鳴き弱っていく籬の虫も、とめることもできずに過ぎていく秋との別れが悲しくて鳴いているのだろうか。

秋のころ、おさなき子にをくれたる人に

別《わか》れけんなごりの袖もかは《(わ)》かぬにを《(お)》きやそふらん秋の夕露《ゆふつゆ》

大弐三位・新古今和歌集八（哀傷）

〔大意〕（お子様を）亡くされたとお聞きしましたが、別れの後に涙を流した名残の袖も乾かないのに、さらに置き添うのでしょうか、秋の夕露が。

「友人・知人・師弟」への思い
――短歌（近・現代）

月夜訪友（以下二首、同前文）

さしのほ《ぼ》る月影清しいさ《ざ》ゝらは《ば》　とはゝ《ゞ》や今宵友の
あたりを　樋口一葉・詠草

心合ふ友の家居をいさ《ざ》とひて　月の夜すか《が》ら語り明
さん　樋口一葉・詠草

雪中待人
小車のすく《ぎ》行毎に見つる哉　雪の中道友のこしかと　樋口一葉・詠草

雪中訪友
ふりなは《ば》と契りし友や待ならんい　さ《ざ》とひてまし雪の中道　樋口一葉・詠草

山家友
よをすてゝ思ひ入たる里なか《が》ら詞か《が》たきの友はあり
けり　樋口一葉・詠草

幽栖思友（以下二首、同前文）
世の中をこか《が》くれてすむ宿なか《が》らさすか《が》に友は恋し
かりけり　樋口一葉・詠草

何となく友の恋しき夕へ《べ》哉松風寒きよもき《ぎ》ふの宿
樋口一葉・詠草

雨中待友
あやにくに降いて《で》し雨かかならす《ず》と契りし友もいま
た《だ》こなくに　樋口一葉・詠草

§

（石川啄木追悼、以下二首）
いろいろに入り交《まじ》りたる心より君は尊とし嘘は云《い》へ
ども　与謝野晶子・東京日日新聞

啄木が嘘を云ふ時春かぜに吹かるる如《ごと》く思ひしもわれ
与謝野晶子・東京日日新聞

悲しみて（有島武郎追悼、以下五首）
君亡《な》くて悲しと云《い》ふを少し超え苦しといはば人怪し
まむ　与謝野晶子・「泉」

信濃路《しなのじ》の明星の湯に君待てば山風荒れて日の暮れ
し秋　与謝野晶子・「泉」

末つ方隔てを立ててもの言ひき男女《おとこおんな》のはばかりに
由り　与謝野晶子・「泉」

ゆくりなく君と下《くだ》りし碓氷路《うすいじ》をいつしか越えて帰り

こぬかな

与謝野晶子・「泉」

死なんとも云はで別れし人故に思ひ上りもなくなりにけり

与謝野晶子・「泉」

朝《あした》より隠れてありし常念《じやうねん》の峰雲を出で友遠く来ぬ

与謝野晶子・瑠璃光

帰り行く友のくるまの端《はし》触れて山の一木《ひとき》の葉を落すおと

与謝野晶子・草と月光

立ち別れ岬に見ればわが友の船痩せて行くここちこそすれ

与謝野晶子・草と月光

わが友と浅間の坂に行き逢ふも恋しき秋に似たることかな

与謝野晶子・白桜集

§

野に山にかすみの中にまよひつつ学びの友と遊ぶたのしさ

三ケ島葭子・定本三ケ島葭子全歌集

なつかしき小川の流れ今日はしも親しき友と渡りけるかな

三ケ島葭子・定本三ケ島葭子全歌集

痩せはてし顔もおほはず友のかた向きて眠りぬともしび近く

三ケ島葭子・定本三ケ島葭子全歌集

しつかりと瓦の上に置きにけりわが友のめづる鳳仙花の鉢

三ケ島葭子・定本三ケ島葭子全歌集

鳳仙花一つ萎めばわが友はその一花を摘みてとるも

三ケ島葭子・定本三ケ島葭子全歌集

松倉米吉三七日追悼歌会歌

うつそみのこれの命をながらへてゆきませる君をしたに悲しむ

三ケ島葭子・定本三ケ島葭子全歌集

東京へものをまなびにゆく友を小さき駅にみおくるわれは

三ケ島葭子・定本三ケ島葭子全歌集

ならびねし友まだ目ざめずあかつきの玻璃戸つめたくちぎれ雲見ゆ

三ケ島葭子・定本三ケ島葭子全歌集

二人のみこもれる二階こやりゐる友の素顔にしたし
み語る
三ケ島葭子・定本三ケ島葭子全歌集

たゆげにもふとんに置ける友の腕《かひな》ふくよかなるに
熱はあるらし
三ケ島葭子・定本三ケ島葭子全歌集

生ひたちの異なる思《も》へばこの友にわがさびしさは告
げがてにけり
三ケ島葭子・定本三ケ島葭子全歌集

この病める友よりも痩せしわがからだともに湯に入
り語りつつ居り
三ケ島葭子・定本三ケ島葭子全歌集

わが言へどきかず夜ふけてもの書ける友のからだに
又熱出でん
三ケ島葭子・定本三ケ島葭子全歌集

いびき立てて友の眠ればわがこころややにくやしく
目覚めたるかも
三ケ島葭子・定本三ケ島葭子全歌集

心離《か》れぬ日ごろのなやみひとときに胸こみあげて泣
きいでぬ友は
三ケ島葭子・定本三ケ島葭子全歌集

友の心そこなふべきを知りにつつわが言ひしことの
我にさびしき
三ケ島葭子・定本三ケ島葭子全歌集

まごころの友の手紙を読みたれば心くつろぎ雨を聞きをり
三ケ島葭子・定本三ケ島葭子全歌集

大正十四年一月某日　遠藤琴子さま
（もとの原田琴子さま）甲斐の国万沢村
にてお亡くなりになりました。その時
私も病気でした。（以下二首、同前文）

君死ぬと涙もなくて聞きにけりわれも病の重き枕べ
三ケ島葭子・定本三ケ島葭子全歌集

葉書とりまことかと思ひ読みにけり脊の君の文字琴
子は逝くと
三ケ島葭子・定本三ケ島葭子全歌集

§

嶋地大等氏をいたみて（以下六首、同
前文）

かひなかりかへらぬことと知れどわれ心たるまで惜
しと云はまく
九条武子・薫染

ゆゆしかる現世のはてをほほゑみて門出《かどで》せし君のし
づこころかな
九条武子・薫染

幾億年みそらの星も滅するをとはのいのちに君いでけりや

君にききし勝鬘経のものがたりことば〳〵に光ありしか
九条武子・薫染

あが甥はいとけなくして爺《ぢい》と呼び君がこころにそだてられにき
九条武子・薫染

ぬば玉の心のやみに点ぜんと永劫《とは》のともし火君とりましし
九条武子・薫染

§

はなれゆきし友よりわびの消息の待たるる春の夜のこころかな
武山英子・武山英子傑作歌選第二輯

「友人・知人・師弟」への思い
― 俳句（近世〜現代）

婦人の追悼

そのわかれ浮屮《うきくさ》の花けしの花
千代女・千代尼発句集

都のかたへ旅だつ人に

おくらばや清水に影の見ゆるまで
千代女・千代尼発句集

§

路通の行脚を送りて

見やるさへ旅人さむし石部山
智月・猿蓑

§

四月八日は虚子・恒友両師の忌

こころの師いつも左右に梅椿
阿部みどり女・阿部みどり女句集

§

夜のテレビに生ける久女や露寒し
長谷川かな女・牟良佐伎

§

青き踏むや離心《りしん》抱《いだ》ける友のさま
杉田久女・杉田久女句集

師に侍して古書の墨をすりにけり
杉田久女・杉田久女句集

虚子留守の鎌倉に来て春惜しむ
杉田久女・杉田久女句集

先生に逢うて蕨を分け入れし
杉田久女・杉田久女句集

§

いのちありて帰還せられし無智翁さんに十数年ぶりに遇ふ

がばと握られ二つの汗の手を解かず
原コウ子・昼顔

§

名古屋に加藤かけい氏を訪ふ。かすみ女様

に初めておめにかかる、そしてこれが最後
となりし
枯るる道ひとに従ひゆくはよき　橋本多佳子・信濃

鼓ヶ浦
師の前にたかぶりゐるや冬の濤　橋本多佳子・紅絲

杉田久女に、菱採ると遠賀の娘子裳濡ずも、
の句あり、久女を想ひつつ遠賀川を渡る
(以下二句、同前文)
咳きしつつ遠賀《をが》の蘆原旅ゆけり　橋本多佳子・海彦
青蘆原をんなの一生《よ》透きとほる　橋本多佳子・海彦

保養院を出づれば菜殻火盛んなり
つぎつぎに菜殻火燃ゆる久女のため　橋本多佳子・海彦

§

人征けり秋日に鉄を打つ反響《ひびき》　三橋鷹女・魚の鰭
友らみな白髪をまじへ銀木犀　三橋鷹女・白骨

§

子を失ひしゆみ女氏へ
つつじ咲き仏と母も呼び給ふ　中村汀女・花影

§

秋晴の茅舎を訪へばよろこべり　星野立子・鎌倉

§

真砂女さんに
生き耐へし女どうしの小さき足袋　柴田白葉女・夕浪

師の喪
露万朶喪の帯誰もひくく締め　柴田白葉女・夕浪
鷹女逝き髪透くまでに花冷えす　柴田白葉女・朝の木

§

波郷氏出征
征く君に熱き新酒とおぼえけり　石橋秀野・桜濃く

清水崑応召
いで征くと鎌倉山の花おそし　石橋秀野・桜濃く

麦寸氏急逝
栃若葉くらしと魂のかけりけん　石橋秀野・桜濃く

九月廿日陽明文庫に折口信夫先生をむかへて
かな〱や緋の毛氈に茶をたまふ　石橋秀野・桜濃く

牛尾三千夫氏突然来訪
友よしや石見の早鮎もたらして　石橋秀野・桜濃く

桔梗五郎氏比島に病死とのみ人づてに聞く
ありしおもかげに（以下二句、同前文）
雪の銀座論が果つれば酒さめぬ　石橋秀野・石橋秀野句集
寒の水のまず逝きしがあはれかな　石橋秀野・石橋秀野句集

§

皆川弓彦氏応召

征くが弓彦闇の向ふが花八つ手　加藤知世子・冬萌

§

霜の夜悪友を恋ひわたるなり　中尾寿美子・狩立

立泳ぎして友情を深うせり　中尾寿美子・老虎灘

「故郷・古里」への思い——女歌

「故郷・古里」への思い
——短歌（古代〜現代）

秋の野のみ草《くさ》刈り葺《ふ》き宿《やど》れりし宇《う》治《ぢ》の 京《みやこ》の假廬《かりいほ》し思ほゆ

額田王・万葉集一

〔大意〕秋の野の草を刈って屋根に葺いて住んでいた、宇治の都の仮廬がなつかしく思い出される。

うちしぐれふるさと思《おも》ふ袖《そで》ぬれて行《ゆ》くさき遠《とほ》き野《の》路《ぢ》の篠原《しのはら》

阿仏尼・十六夜日記

〔大意〕心もしめりがちになって故郷のことを思っていると、降ってくる時雨とともに涙で袖が濡れて、行く先の遠いこの広い野路の篠原でありますよ。〔注解〕「うちしぐれ」—心が「うちしめる」ことと「しぐれ（時雨）」を掛ける。

王昭君をよめる

なげきこし道《みち》の露《つゆ》にもまさりけりなれにし里《さと》を恋《こ》ふるなみだは

赤染衛門・後拾遺和歌集一七（雑三）

〔大意〕嘆きながら、故郷（胡国）までやって来た道中の露よりも多くこぼれ落ちたことだ。住みなれた故郷を恋しく思う私の涙は。

三輪山をしかも隠すか雲だにも 情《こころ》あらなも隠さふべしや

額田王・万葉集一

〔大意〕あのなつかしい三輪山をそれほどまでも隠すのか。せめて雲だけでも情けがあってほしい。私が見ようとしているのに、覆い隠してしまうことがあってよかろうか。

§

旅宿嵐

古郷のたより告こせ夕あらし 旅寐のとこに音はたつとも

樋口一葉・詠草

故郷紅葉

まれにた《（だ）》に誰かはとはん故郷の庭の紅葉は染つくすとも

樋口一葉・詠草

故郷路

むかしわか《（が）》植し千草のなかりせは《（ば）》 野へ《（べ）》とはならし《（じ）》

故さとの路

旅宿時雨

故郷のことをも更に思ひ出てしく(ぐ)る丶よ半はねられさ(ざ)りけり

樋口一葉・詠草

恋人に逢はんとあした山をいでゆふべにつきしふるさとの家

樋口一葉・詠草

§

故郷の涼しさ思ひわがもとに帰らぬ君をよしと思ひぬ

三ケ島葭子・定本三ケ島葭子全歌集

わが心俄に待たる故郷によき雨得たる君を思へば

三ケ島葭子・定本三ケ島葭子全歌集

いまここにもののなべてを忘れんと眼はとづれどもふるさとのみゆ

三ケ島葭子・定本三ケ島葭子全歌集

三ケ島葭子・定本三ケ島葭子全歌集

めざむれば朝日のひかりひややかに流れてありぬ故郷の家

三ケ島葭子・定本三ケ島葭子全歌集

縁側に姑《はは》の髪梳けりふるさとの桑の畑に朝日のぼるも

三ケ島葭子・定本三ケ島葭子全歌集

裏庭の湿れる土を掃き立てて故郷の秋は寒くなりつる

元日のひねもす忙し年玉の手拭を裁つふるさとの家に

三ケ島葭子・定本三ケ島葭子全歌集

茶をつくるふるさとの家箕をもちて我も茶をあふるたやすきことなれば

三ケ島葭子・定本三ケ島葭子全歌集

軒近く花あやめ咲くふるさとに何か心の落ちつきがたき

三ケ島葭子・定本三ケ島葭子全歌集

端居して夏衣縫へるふるさとの家ひろびろし夕明りさす

三ケ島葭子・定本三ケ島葭子全歌集

ふるさとよりたよりのありし嬉しさに友を誘ひて外出なせり

三ケ島葭子・定本三ケ島葭子全歌集

§

本願寺

紫明《しめい》の間《ま》いくとせぶりに大いなる柱によれば故郷《ふるさと》さびぬ

九条武子・薫染

柿の実も熟《う》れにけらしなふるさとの秋にひたりて幾日《か》か経にし

九条武子・薫染

窓のもとにちりこし葉あり懐《なつ》かしみ日をかきつけぬ

ふるさとの家　九条武子・薫染

京洛にて

ふるさとにつけばたゞちにながめやる山みな今朝は
霧こめてけり　九条武子・薫染

「故郷・古里」への思い
――俳句（近世〜現代）

蘭子の東行を送る

雪におもへ富士にむかはゞ故郷の絵《ゑ》　園女・菊の塵

§

故里の藁屋の花をたづねけり　杉田久女・杉田久女句集

故里の小庭の菫子に見せむ　杉田久女・杉田久女句集

ふるさとの野に遊ぶ娘やすみれ草　杉田久女・杉田久女句集補遺

§

ふる里に母あり水草生ひ競ひ　三橋鷹女・向日葵

水草生ひふるさとの沼は青きかな　三橋鷹女・向日葵

§

ふるさとも南の方の朱欒かな　中村汀女・春雪

「阿蘇」主催水竹居忌に参ず

照影も殊に故郷の花の蔭　中村汀女・花影

故里の花一日の日焼かな　中村汀女・花影

窓を開け幾夜故郷の春の月　中村汀女・花影

絶間なく春禽こぼす父祖の山　中村汀女・軒紅梅

§

大和路に入る

稜は早稲の香りの故郷かな　石橋秀野・桜濃く

ふるさと

山ごもる大和は遠し目刺食す　石橋秀野・桜濃く

子にうつす故里なまり衣被　石橋秀野・桜濃く

§

じつにたくさん手でする仕事雪故郷　中尾寿美子・狩立

「短歌俳句愛情表現辞典」女歌（終）

監修者　大岡　信（おおおか　まこと）

1931年　静岡県三島市に生まれる
1953年　東京大学文学部卒業
詩人、日本芸術院会員
【詩集】－「記憶と現在」「悲歌と祝禱」「水府」「草府にて」「詩とはなにか」「ぬばたまの夜、天の掃除器せまつてくる」「火の遺言」「オペラ 火の遺言」「光のとりで」「捧げるうた　50篇」など
【著書】－「折々のうた」（正・続・第3～第10・総索引・新１～6）「連詩の愉しみ」「現代詩試論」「岡倉天心」「日本詩歌紀行」「うたげと孤心」「詩の日本語」「表現における近代」「万葉集」「窪田空穂論」「詩をよむ鍵」「一九〇〇年前夜後朝譚」「あなたに語る日本文学史」（上・下）「日本の詩歌－その骨組みと素肌」「光の受胎」「ことのは草」「ぐびじん草」「しのび草」「みち草」「しおり草」「おもい草」「ことばが映す人生」「私の万葉集」（全５巻）「拝啓漱石先生」「日本の古典詩歌（全6巻）」など
【受賞】－「紀貫之」で読売文学賞、「春　少女に」で無限賞、「折々のうた」で菊池寛賞、「故郷の水へのメッセージ」で現代詩花椿賞、「詩人・菅原道真」で芸術選奨文部大臣賞、「地上楽園の午後」で詩歌文学館賞
恩賜賞・日本芸術院賞（1995年）、ストルーガ詩祭（マケドニア）金冠賞（1996年）、朝日賞（1996年度）、文化功労者顕彰（1997年）など

短歌俳句 愛情表現辞典

2002年11月5日　第1刷発行
監修者　大岡　信
編集著作権者　瓜坊進
発行者　遠藤　茂
発行所　株式会社 遊子館
107-0062　東京都港区南青山1-4-2八並ビル4F
電話 03-3408-2286 FAX.03-3408-2180
印　刷　株式会社 平河工業社
製　本　協栄製本株式会社
装　幀　中村豪志
定　価　外箱表示

ISBN4 - 946525 - 42 - 4 C3592